앤서니 레이놀즈

리그 오브 레전드

『대몰락』

『가렌: 첫 번째 방패』

라이엇 게임즈

『리그 오브 레전드: 룬테라의 세계』

대몰락

리그 오브 레전드 소설

앤서니 레이놀즈 지음

라이온브리지 게임즈 코리아 옮김

제우미디어

대몰락: 리그 오브 레전드 소설

초판 1쇄 | 2023년 6월 29일

지은이 | 앤서니 레이놀즈
옮긴이 | 라이온브리지 게임즈 코리아

펴낸이 | 서인석
펴낸곳 | 제우미디어
출판등록 | 제 3-429호
등록일자 | 1992년 8월 17일
주소 | 서울시 마포구 독막로 76-1 한주빌딩 5층
전화 | 02-3142-6845
팩스 | 02-3142-0075
홈페이지 | www.jeumedia.com

ISBN | 979-11-6718-271-5
• 파본은 구입하신 서점에서 교환해드립니다.

제우미디어 트위터 | twitter.com/jeumedia
제우미디어 페이스북 | facebook.com/jeumedia

만든 사람들
출판사업부 총괄 손대현 | **편집장** 신한길 | **책임 편집** 안호성 | **기획** 신은주, 장재경, 민유경, 김성하
디자인 총괄 디자인 수 | **영업** 김금남 | **제작** 김용훈

내 사랑이자 삶, 베스를 위해

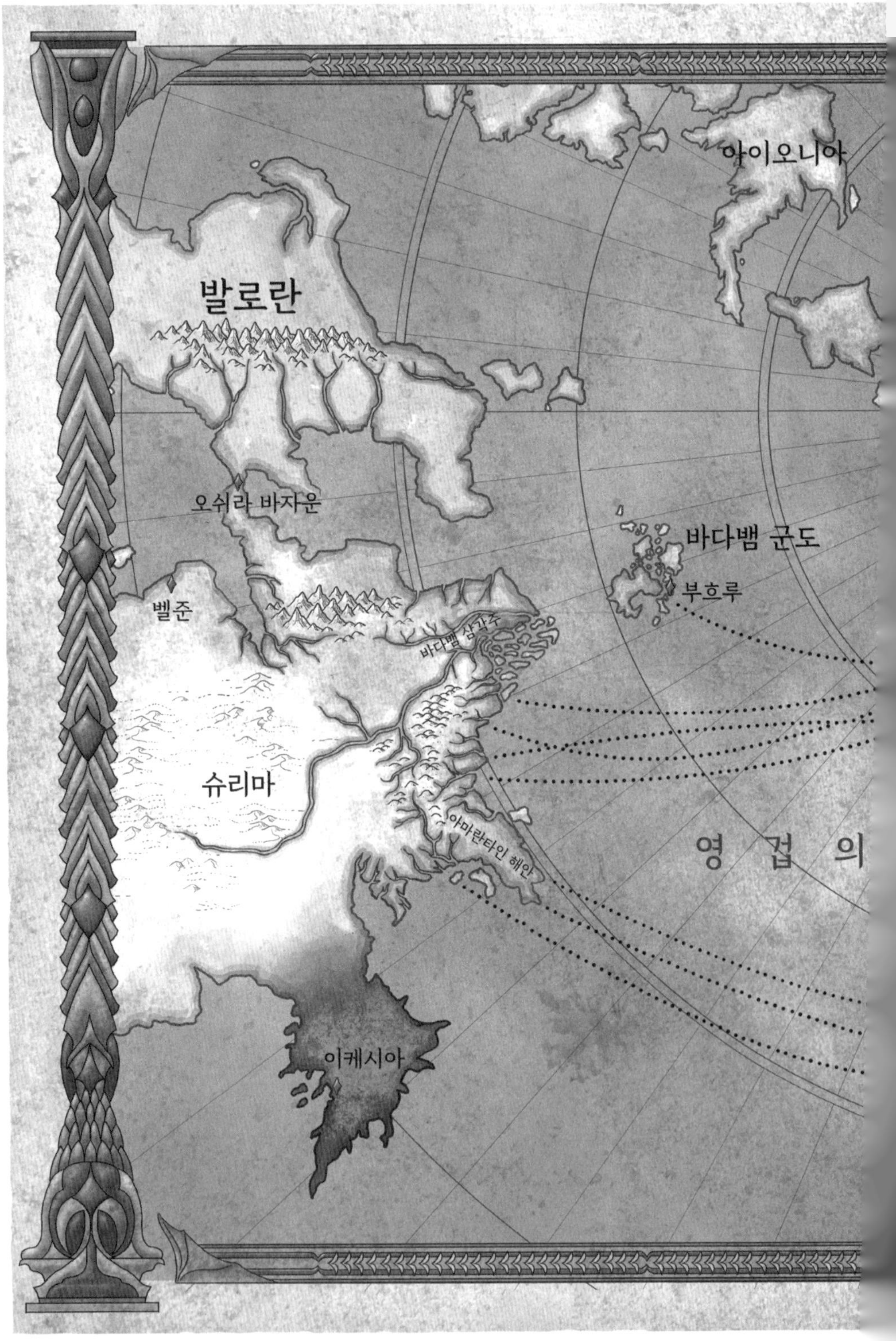
아이오니아
발로란
오쉬라 바자운
바다뱀 군도
부흐루
벨준
바다뱀 삼각주
슈리마
아마란타인 해안
영 겁 의
이케시아

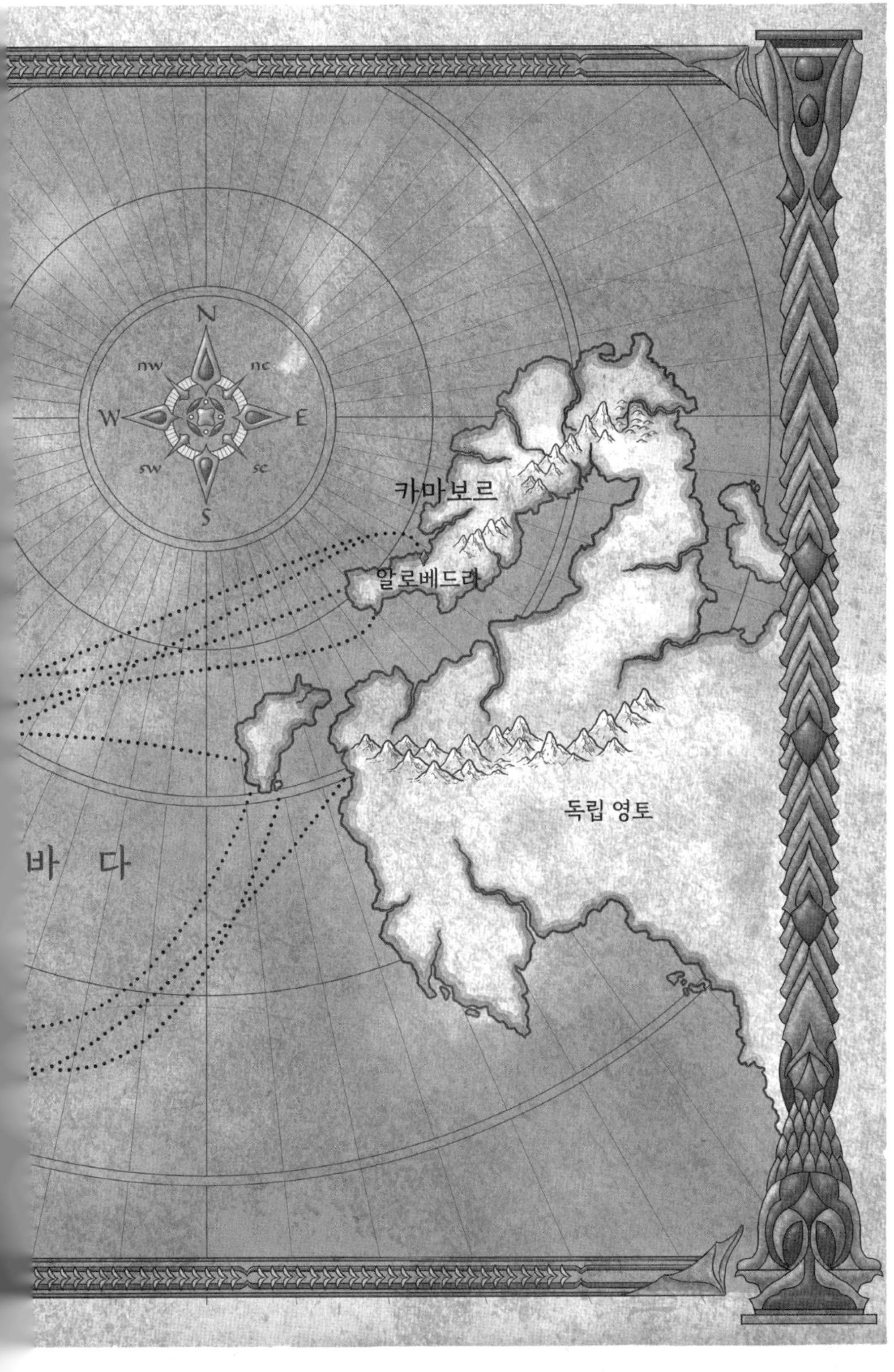
N
nw
ne
W
E
sw
se
S
카마보르
알로베드라
독립 영토
바 다

카마보르
강철 성채
알로베드라
타오르는 계곡
자발라
산토라스
판타스

타스카로스
폴레미아
알샬라야
타칸 항

볼 칼라흐 헤이가리

카마보르의 사자
알바로
사망
황금의
니보라
첫 번째 부인, 사망
독실한
엘리안테
사망
니보르
사망
카스틸리아
출생 전 사망
칼리스타

왕실 가계도

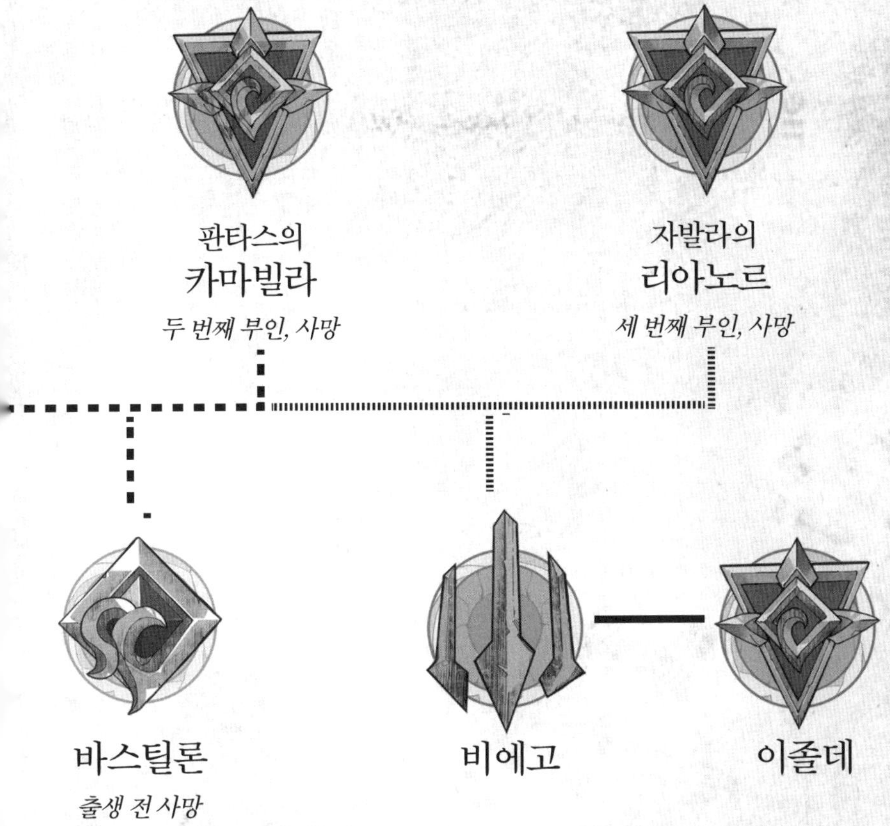

RUINATION

모든 국가는 허물어지고 몰락하여 결국 잊히기 마련이다. 그리고 그 최후의 몸부림에서 다른 것들까지 끌어내리곤 한다.

—『제국의 역사』 6권
헬리아의 타이러스

시작하는 이야기

축복의 빛 군도, 헬리아

에를로크 그라엘은 선정식을 기다리며 다른 동급생들과 떨어져 서 있었다. 그들은 흰 대리석으로 빛나며 금색 갓돌로 둘러싸인 작은 야외 원형극장 안에서 기다렸다. 헬리아는 축복의 빛 군도 해안 너머에 있는 잔혹한 삶에 저항이라도 하듯 그 화려한 위용을 뽐내고 있었다.

초조한 마음에 하나가 된 다른 학생들은 서로 바싹 붙어 농담을 주고받거나 웃음을 터뜨렸다. 그러나 그라엘은 강렬한 눈빛으로 혼자 조용히 서 있을 뿐이었다. 그라엘에게 말을 붙이거나 농담을 속삭이는 사람은 아무도 없었다. 사실 그라엘의 존재를 인식하는 사람조차 몇 명 되지 않았다. 그들의 시선은 마치 그라엘이 존재하지 않는 것처럼 그라엘을 미끄러져 지나갔다. 대부분의 학생에게 그라엘은 없는 사람이나 마찬가지였다.

그라엘은 신경 쓰지 않았다. 그들과 무의미한 잡담은 나누고 싶지 않았을뿐더러 유치한 동지애 따위에 질투를 느끼지도 않았기 때문이다. 오늘은 그라엘에게 승리의 날이었다. 오늘 그라엘은 중추 기관에 합류하여 베일에 싸여 있는 빛의 결사 내 고위 기관에서 수습 생활을 시작하게 될 것이다. 그라엘은 그 자리에 오를 자격이 충분했다. 이곳에 있는 학생 중 그 누구도 그라엘의 상대가 되지 않았다. 글도 모르는 돼지 농가에서 태어난 그라엘과 달리 다들 부유한 귀족 가문 출신이었지만, 그라엘만큼 재능을 타고나거나 자격이 있는 학생은 없었다.

수장들이 도착하여 중앙 계단을 줄지어 내려오기 시작하자 시끌벅적하게 떠들던 후보생들이 조용해졌다. 그라엘은 굶주린 눈빛을 불태우며 수장들을 바라보았다. 곧 자신이 누리게 될 권위와 영예를 음미하며, 곧 자신이 알게 될 온갖 비밀을 생각하며 입술을 핥았다.

원형 극장의 아래쪽 좌석으로 이동해 자리를 잡은 수장들은 근엄한 표정으로 바닥에 있는 후보생 무리를 내려다보았다. 긴장감을 조성하기 위한 다소 긴 침묵이 지나간 후 마침내 두꺼비처럼 생긴 희고 기름진 피부의 거만한 수장 바르텍 원로가 목을 가다듬고 졸업생을 환영했다. 진지한 말과 자축의 말을 차치하더라도 듣고 있기 힘들 정도로 장황한 원로의 연설에 그라엘의 눈이 점점 풀리기 시작했다.

마침내 수장들이 자신의 기관으로 데려갈 졸업생을 선택하는 시간이 다가왔다. 결사의 주요 학문과 교파를 이끄는 수장들이 모두 이곳에 와 있었다. 그들은 비전 과학, 논리와 형이상학을 가르치는 다양한 학파, 축복의 빛 문서 보관소, 점성술 협회, 신비학회, 비전 기하학, 탐구단을 비롯한 여러 학문 단체를 대표했다. 모든 단체는 결사의 원대한 목적을 위하여 각기 다른 방식으로 이 세상에 존재하는 가장 강력한 신비의 유물들을 모으고, 연구하고, 정리하고, 보호했다.

세계에서 가장 뛰어난 석학들이 모인 상서로운 자리였지만, 에를로크 그라엘은 그중 한 명에게만 집중했다. 바로 열쇠의 수장 말구르자 고관이었다. 어두운 피부에 깊은 주름이 파인 말구르자 고관의 머리는 한때 흑단처럼 검었지만 이제 대부분 회색으로 변해 있었다. 말구르자는 헬리아의 학자들 사이에서 전설이나 다름없는 존재였다. 그녀는 선정식에 매년 나타나지는 않았지만, 나타날 때는 반드시 중추 기관에 데려갈 새로운 수습생을 선택하곤 했다.

선택의 막대기가 그 모습을 드러냈다. 막대기는 이 자리에서 제일 명예로운 수장인 말구르자 고관에게 가장 먼저 전달됐다. 말구르자가 쭈글쭈글한 손으로 막대기를 쥐자 학생들 사이에서 소곤거리는 소리가 파문처럼 번졌다. 말구르자는 오늘 정말 수습생을 선택할 생각이었다. 그라엘의 얇은 입술이 희미하게 말려 올라갔다. 말구르자는 하나같이 숨을 죽이고 모여 있는 후보생들을 매서운 눈길로 바라보았다.

이름이 불리는 자는 그 자격을 인정받아 신성한 엘리트 집단의 일원이 되고 미래를 보장받을 것이다. 에를로크 그라엘의 손가락이 기대감에 씰룩거렸다. 지금이 바로 자신의 순간이었다. 마침내 말구르자가 입을 열었을 때 그라엘은 이미 발을 반쯤 내딛고 있었다. 말구르자는 나이 든 참나무에 깃든 영혼처럼 거칠게 쉰 목소리로 말했다.

"헬레스모어의 타이러스."

그라엘은 눈을 깜빡였다. 잠시 뭔가 착오가 있는 게 분명하다고 생각했지만, 이내 선택받지 못했다는 차가운 현실이 밀려들었다. 얼굴에 얼음장 같은 물을 한 바가지 뒤집어쓴 느낌이었다.

선택받은 학생이 환호성을 지르는 것과 동시에 속삭이는 소리와 놀란 듯 숨을 들이켜는 소리가 터져 나왔다. 새롭게 이름을 불린 수습생은 의기양양한 얼굴로 함박웃음을 지은 채 등에 손바닥 세례를 받으며 앞으로 나아갔다. 그리고 원형 극장의 계단을 달려 올라가 말구르자 고관의 뒤로 갔다.

그라엘은 겉으로 반응하진 않았지만 위험해 보일 정도로 가만히 있었다.

이후 의식은 비현실적으로 흐릿하게 진행됐다. 선택의 막대기가 한 수장에게서 다른 수장에게로 전달될 때마다 새로운 수습생이 선택을 받았다. 호명되는 이름이 늘수록 그라엘 주위에 있는 후보생은 점차 줄어들었다. 어느새 서 있는 사람은 그라엘뿐이었다. 관람석을 메운 수장들과 예전 동급생들이 사형 선고 준비를 마친 배심원단처럼 그라엘을 내려다보았다.

그라엘의 손은 더 이상 씰룩거리지 않았다. 그라엘의 마음속에서는 마치 죽음을 앞두고 미친 듯이 버둥거리는 뱀 한 쌍처럼 수치심과 증오심이 몸부림쳤다. 마지막으로 딸깍거리는 소리를 내며 다시 상자에 봉인된 선택의 막대기는 금색 로브를 입은 수행원들에 의해 옮겨졌다.

"에를로크 그라엘." 바르텍이 눈웃음을 지으며 알렸다. "어떤 수장도 네 이름을 부르지 않았지만, 빛의 결사는 아주 자비롭지. 널 위한 자리는 마련해 두었다. 어쩌면 그곳에서 네게 필요한 겸손, 적어도 약간의 공감 능력 정도는 배울 수 있겠구나. 잘하면 나중에 널 거두겠다는 수장이 나타날지도—"

"어디입니까?" 그라엘이 말을 끊었다. 웅성거리는 소리와 혀를 차는 소리가 들렸지만 신경 쓰지 않았다.

바르텍이 둥글납작한 코 밑으로 그라엘을 내려다보았다. 바르텍의 표정은 실수로 뭔가 불쾌한 것을 밟은 사람의 그것과도 같았다. "넌 문턱 감시대에서 하급 보조로 일하게 될 것이다." 바르텍의 눈이 적의로 빛났다.

예전 동급생 사이에서 조소와 억눌린 웃음소리가 터져 나왔다. 모든 학생이 둔탁 감시대라고 부르며 조롱하는 그곳은 말 그대로도 비유적으로도 바닥 중 바닥이었다. 감시대에 소속된 사람들은 헬리아 밑에 있는 금고 중에서도 가장 낮은 곳을 지키고 순찰했다. 밉보이거나 행실이 나빠 수장들의 노여움을 샀거나 결사에서 눈에 안 띄게 치우고자 하는 사람들로 구성된 곳이었다. 어둠 속 깊숙한 곳에 있는 그들은 쉽게 잊히는 웃음거리이자 부끄러운 존재였다.

선심을 쓰는 척 훈계를 늘어놓는 바르텍의 목소리가 계속해서 웅웅 울렸지만 그라엘은 그 말을 거의 듣지 않았다.

그 순간 그라엘은 이렇게 끝내지 않겠다고 맹세했다. 감시대에서 맡은 임무를 다하며 이 콧대 높은 한심한 수장들이나 오만한 동급생들이 부정할 수 없게 자신의 가치를 증명해 보일 것이다. 한두 해 정도 복무한 다음 자신이 마땅히 있어야 할 중추 기관으로 자리를 옮길 것이다.

그들은 그라엘을 꺾을 수 없을 것이다.

그리고 그라엘은 이 모욕을 기억할 것이다.

카마보르, 알로베드라

신성한 심판의 성소 안은 어둡고 서늘했다. 칼리스타는 바깥에서 작열하는 카마보르의 여름 더위를 잠시 피할 수 있다는 사실에 감사했다. 몸에 꼭 맞는 갑옷을 걸치고 위에 술이 달린 투구를 쓴 칼리스타는 차렷 자세로 심판이 내려지기를 기다렸다.

볕이 들지 않는 곳이었지만 칼리스타 옆에서 무릎을 꿇고 있는 아르젠트 왕가의 젊은 계승자는 호리호리한 몸으로 땀을 흘리며 가쁘게 숨을 쉬었다.

비에고 산티아룰 몰라크 볼 칼라흐 헤이가리. 그는 자신이 왕위에 오르게 될지, 이날이 생애 마지막 날이 될지 그 결과를 기다리는 중이었다.

절대 왕권 또는 죽음. 그 중간은 있을 수 없었다.

비에고는 칼리스타의 숙부였지만, 칼리스타는 비에고에게 누나와도 같은 존재였다. 둘은 같이 자랐으며 칼리스타는 비에고가 늘 우러러보는 대상이었다. 사실 비에고는 왕위를 이을 운명이 아니었다. 장자였던 칼리스타의 아버지가 예기치 않게 죽음을 맞이하면서 동생인 비에고가 다음 계승자가 되었을 뿐이었다.

밖에 모인 군중의 소리는 성소를 둘러싼 차가운 벽에 묻혀 작게 들려왔다. 두건을 뒤집어쓰고 그림자와 아무 장식이 없는 도자기 가면으로 얼굴을 가린 사제들이 어둠 속에 원을 이룬 채 특색 없이 서 있었다. 향로에서 나오는 향은 역겨울 정도로 매캐했다. 사제들은 쉬쉬 소리를 내며 단조롭게 기도문을 속삭이고 있었다.

"칼?" 비에고가 나직이 말했다.

"말해." 비에고 옆에 선 칼리스타가 낮은 목소리로 대답했다.

비에고가 칼리스타를 힐긋 올려다보았다. 길쭉하니 잘생긴 비에고의 귀족적인 얼굴이 그 순간만큼은 스물한 살이라는 나이보다 어려 보였다. 공포에 질린 비에고의 눈은 도망치는 것과 싸우는 것 사이에서 갈등하는 동물의 그것과도 같았다. 비에고의 이마에는 피로 그린 선 세 개가 눈썹 사이에서 하나로 모여 있었다. 피의 삼지창은 망자가 빨리 저세상으로 넘어가 고귀한 선조들의 눈에 띌 수 있도록 전통적으로 죽은 자에게만 그리는 것이었다. 곧 벌어질 일 때문에 목숨을 잃을 수 있다는 것을 뜻했다.

"아버지의 마지막 말씀을 다시 얘기해 줘." 비에고가 속삭였다. 칼리스타가 몸을 굳혔다. 선왕은 전장과 정치 무대에서 무시무시한 평판을 얻어 카마보르의 사자로 불렸다. 하지만 침대에서 죽어 가는 그에게서는 적들을 공포로 몰아넣던 건장한 전사 왕의 모습을 전혀 찾아볼 수 없었다. 마지막 순간 쇠약하고 마른 그의 몸에서는 타의 추종을 불허하던 힘과 활력이 모두 빠져나갔다. 그나마 눈에서는 전성기 때의 힘이 조금이나마 뿜어져 나왔지만 그것은 어둠이 그를 삼키기 전 마지막으로 빛을 내는 최후의 불씨와도 같았다.

그는 마지막 힘을 다해 칼리스타를 움켜쥐었다. 그의 손은 인간의 것이라기보단 독수리의 발톱에 더 가까워 보였다. "약속해다오." 그는 필사적으로 생명의 불을 태우며 꺽꺽거렸다. "그 애에겐 지배자의 기질이 없어. 다 내 탓이다. 하지만 네가 그 짐을 짊어져야 한다, 손녀야. 그 애를 이끌어 주겠다고 약속해 주렴. 그 애에게 조언해 줘. 필요하다면 그 애를 통제해도 좋다. 카마보르를 지켜다오. *이제 그것이 네 의무다."*

"약속할게요, 할아버지. 약속할게요."

비에고는 기대에 찬 눈빛으로 칼리스타를 올려다보며 기다렸다. 밖에서 희미하게 들리는 군중의 함성이 커졌다가 멀리서 부딪치는 파도 소리처럼 잦아들었다.

"네가 훌륭한 왕이 될 거라고 하셨어." 칼리스타는 거짓말을 했다. "자신을 뛰어넘는 왕이 될 거라고."

비에고는 칼리스타의 말을 위안으로 삼으려고 애쓰며 고개를 끄덕였다.

"두려운 게 당연해." 칼리스타가 엄한 표정을 풀며 안심시켰다. "이럴 때 두렵지 않은 건 바보뿐일걸." 칼리스타가 한쪽 눈을 찡긋 감았다. "그러니까, 너보다 더 멍청한 바보 말이야."

비에고가 웃음을 터뜨렸다. 다소 격앙된 웃음소리가 동굴 같은 공간에 크게 울려 퍼졌다. 사제들이 노려보자 비에고는 태도를 가다듬었다. 제멋대로 뻗어 나온 곱슬곱슬한 머리카락을 한쪽 귀 뒤로 넘긴 비에고는 다시 한번 어둠 속을 응시했다.

"공포에 휘둘리면 안 돼." 칼리스타가 말했다.

"검이 내 목숨을 앗아 가면 다음에 여기 무릎을 꿇는 건 네가 될 거야, 칼." 비에고가 속삭였다. 비에고는 잠시 그 말을 곱씹었다. "네가 나보다 훨씬 나은 통치자가 되겠지."

"그런 말 하지 마." 칼리스타가 날카롭게 속삭였다. "넌 선조의 축복을 받았어. 네 아버지에게는 없었던 힘을 타고났지. 너한테는 자격이 있어. 해가 질 무렵이면 왕위에 오르게 될 거야. 이 모든 건 그저 추억이 되겠지. 검은 네 목숨을 앗아 가지 않을 거야."

"그래도 만약—"

"검은 네 목숨을 앗아 가지 않을 거야."

비에고가 천천히 고개를 끄덕이며 말을 따라 했다. "검은 내 목숨을 앗아 가지 않을 거야."

공기의 흐름이 변하며 사제들이 기도문을 외는 소리가 빨라졌다. 향로가 좌우로 흔들리며 향이 퍼졌다. 높이 있는 돔 중앙에 설치된 수정 렌즈를 통해 성소에 한 줄기 빛이 내려왔다. 마침내 해가 바로 위쪽으로 이동한 것이다. 빛줄기 속에서 먼지가 흩날리고 역겨운 향을 지닌 연기가 띠처럼 떠다녔지만 아무것도 모습을 드러내지 않았다.

그때 왕의 검이 나타났다.

그 검의 이름은 '신성'이었다. 칼리스타는 검을 올려다보며 숨을 죽였다. 공중에 떠 있는 검은 카마보르의 정당한 통치자가 불러내거나 새로운 군주의 심판을 위하여 사제들이 소환할 때를 제외하고는 영혼 세계에 속하는 선조의 전당에만 존재한다는 거대한 검이었다.

카마보르의 모든 군주는 아르젠트 왕관을 썼다. 아르젠트 왕관은 오랫동안 이어져 내려온 호전적인 지배자 혈통에 걸맞게 뾰족한 세 개의 가시가 돋보이는 호전적인 느낌의 관이었다. 하지만 왕위의 진정한 상징은 '신성'이었다. '신성'을 쥐는 자의 우월성은 그 누구도 반박할 수 없었다. 왕의 검을 소지한다는 것은 그 검에 영혼이 구속된다는 것을 의미했다. 그러나 카마보르의 모든 왕위 계승자가 구속 의식에서 살아남은 것은 아니었다.

칼리스타는 그게 신화에나 나오는 막연한 협박이 아니라는 것을 알았다. 대를 잇는 역사에서 수십 명의 계승자가 이곳 심판의 성소에서 목숨을 잃었다. 영혼을 찢는 검이라는 별명이 괜히 붙은 게 아니었다. 이 검은 카마보르의 계승자에게도 적에게도 응당한 공포의 대상이었다.

밖에 있는 군중이 조용해졌다. 새로운 군주를 맞이하거나 계승자의 죽음을 애도할 준비를 하며 숨을 죽이고 기다리는 것이었다. 문이 활짝 열리며 검을 손에 쥔 비에고가 당당한 모습으로 걸어 나오지 않는다면 성소 꼭대기에 있는 종이 딱 한 차례 쓸쓸한 음을 울리며 비에고의 죽음을 알리게 될 것이다.

"비에고, 때가 됐어."

비에고가 고개를 끄덕이며 자리에서 일어섰다. 검은 비에고가 잡기만을 기다리며 비에고의 앞에 떠 있었다. 그러나 비에고는 여전히 망설였다. 검을 바라보며 공포에 질려 얼어붙었다. 사제들은 무표정한 가면 뒤에서 눈을 크게 뜨고 쏘아보며 자신들이 알려 준 대로 할 것을 말없이 재촉했다.

"비에고…" 칼리스타가 낮게 말했다.

"나랑 함께할 거지?" 비에고가 다급히 속삭였다. "나 혼자서는 못할 것 같아. 나라를 다스리는 일 말이야."

"함께할게. 늘 그랬듯이 네 곁에 있을 거야. 약속할게."

비에고는 고개를 끄덕인 후 빛줄기 속에 가만히 떠 있는 '신성'을 향해 다시 몸을 돌렸다. 곧 이 순간은 사라질 것이다. 심판의 시간이었다.

사제들이 기도문을 외는 소리가 정점에 다다랐다. 연기가 신성한 검을 휘감자 마치 수많은 뱀이 몸을 비틀며 몸부림치는 것 같았다. 비에고는 더 주저하지 않고 앞으로 나아가 양손으로 검의 자루를 쥐었다.

비에고의 눈이 커지고 동공이 급격히 수축됐다.

비에고는 입을 열고 소리를 지르기 시작했다.

1부

그 검이 표적을 맞혔다면 세상이 얼마나 달라졌을까…

—감시단 기능장 젠다카야

나의 누이나 다름없는 이졸데 전하께

이 편지를 받으실 즈음이면 알로베드라를 떠나 산토라스에서 며칠 떨어지지 않은 곳에 계시겠죠.

외교적 해결책을 찾고자 했던 저희 노력이 결실을 보지 못해 아쉽긴 하지만 낙심하지 마세요. 할아버지가 다스리던 시절에 피를 보지 않는 협상 같은 것은 상상도 할 수 없었습니다. 우리는 진전을 이뤄냈어요. 카마보르가 더 이상 적을 만들지 않고 우방국의 경제를 보전해야 한다는 전하의 간절한 호소에는 엄청난 힘이 있었습니다. 비에고가 전장에서 승리를 거둬 지배력을 강화해야 한다는 생각이 강하지만 않았다면 사제단과 기사단의 주장에 귀를 기울이지 않았을지도 몰라요.

비에고는 전하의 조언을 무엇보다 중요하게 여깁니다. 전하께서 비에고에게 계속 긍정적인 영향을 주신다면 기사단이 과하게 엇나가지 않도록 통제할 수 있겠죠. 결혼식을 올린 지 얼마 되지도 않았는데 비에고가 이렇게나 변하다니! 비에고는 벌써부터 제가 꿈도 꾸지 못했던 변화를 일궈 내고 있어요. 밤마다 동쪽 병영 주방을 열어—이것도 전하께서 강력히 요청하신 사항이라 들었습니다만—궁핍한 백성들의 배를 채워 준 덕분에 알로베드라의 가난한 이들 사이에서 비에고의 평판이 크게 올랐죠. 선출된 하층민 대표를 의회 자리에 앉히도록 비에고를 설득하신 일을 생각하면 아직도 감탄스럽습니다.

앞으로 전투가 벌어질 이곳 산토라스와 그렇게 가까운 곳으로 오신다고 하니 걱정이 가시지 않지만 전하의 생각도 충분히 이해합니다. 궁중의 다른 이들에게 전하의 지혜와 인정, 연민이 조금이라도 있다면 세상은 그야말로 훨씬 살

만한 곳이 되겠죠. 과거 수많은 도시와 국가가 그랬듯 산토라스가 함락된다는 데는 의심할 여지가 없습니다만 전하의 말씀이 맞습니다. 전하께서 계신다면 전투 후 산토라스가 도륙을 당할 일은 없을 거예요.

정복한 적들에게서 부당하게 빼앗은 재물로 금고를 채우며 부를 늘려 온 기사단장들이 도시를 약탈하지 말라는 지시를 받고 탐탁하지 않아 하겠지만 감히 비에고의 명령을 거스르지는 못할 테니까요. 물론 폭력과 갈취가 아예 없지는 않을 겁니다. 그러길 바란다면 너무 순진한 생각이겠죠. 하지만 전 카마보르가 새로운 시대를 맞이하는 중이라 믿습니다. '숭고한 원정'이라는 명목하에 이뤄지는 잔혹한 정복과 학살에 집착하는 대신 우방국과 무역을 활성화하고 평범한 카마보르인이 더 나은 삶을 살 수 있게 애쓰는 그런 시대요.

기사단의 고루하고 야만적인 원정 문화를 바꾸려면 시간이 걸리겠지만, 전하께서 도와주신다면 비에고가 원정 문화에 종지부를 찍도록 인도할 수 있으리라 확신합니다. 숭고한 의도로 시작되었던 원정은 탐욕으로 타락해 버렸어요. 이 끔찍한 관례는 진작 사라져야 했습니다. 전하의 사람들은 몸소 그 폐단을 경험했죠. 누구도 그들처럼 조국이 유린당하고 사랑하는 이들이 학살당하는 모습을 봐선 안 됩니다. 그때의 참상에 대해 속죄할 방법은 없겠지만 그런 일이 다시는 일어나지 않도록 할 수는 있습니다.

향후 카마보르가 위대해지는 데 전하의 영향이 얼마나 컸는지 역사에 기록되리라 믿어 의심치 않습니다. 전하는 비에고의 가장 좋은 면을 끌어내시죠. 앞으로 다가올 미래가 기대됩니다.

전하의 둘도 없는 친구이자 아군,

칼리스타

제 1 장

산토라스, 휩쓸린 평원
비에고의 대관식으로부터 18개월 후

칼리스타 볼 칼라흐 헤이가리. 주력군 장군이자 아르젠트 왕가의 창인 왕의 조카는 머리에 쓰고 있던 투구를 거칠게 벗었다. 숨을 깊이 들이쉰 후 땀에 젖은 긴 머리를 손으로 넘겼다.

수그러들 기미가 보이지 않는 햇빛이 가차 없이 내리쬐었다. 이글거리는 열기에 폐가 타는 것 같았지만 곧 심장 박동이 안정을 되찾기 시작했다. 그제야 전투의 분노가 가시면서 언제 생겼는지 알 수 없는 상처에서 얼얼하고 욱신거리는 통증이 느껴졌다. 머리는 무겁고 귀에서는 이명이 일었다. 머리를 맞았던가? 그럴 가능성도 있었지만 워낙 혼란스러운 전투였던지라 확신할 수 없었다.

팔은 무거웠고 등은 쑤셔 왔다. 칼리스타는 그저 땅에 쓰러져 눈을 감고 싶었지만 그러지 않았다. 사령관이 지쳐서 나가떨어진 모습을 보고 싶은 병사는 없을 테니까. 칼리스타는 간신히 서 있으며 다리 힘이 풀리지 않게 해 달라고 선조에게 기도했다.

칙칙한 평원에는 수천 구의 시신이 널려 있었다. 전투가 제일 치열했던 곳에는 병사들이 충돌하고 죽은 전선을 따라 전사자들이 높게 쌓여 있었다. 대부분 미동조차 없었지만 모두가 그런 것은 아니었다. 양쪽의 생존자들이 몸을 꿈틀거리며 신음했다. 그러나 승전국은 카마보르였다. 이송되어 치료를 받게 될 카마보르의 부상자들과 달리 산토라스의 부상자들은 이미 최후의 일격을 맞이하고 있었다.

전장 너머 도시의 경사진 사암 성벽 위에서는 저 병사들의 아내와 딸, 남편과 아들이 모든 광경을 지켜보고 있었다. 칼리스타의 귀에 그들이 울부짖는 소리가 들리는 것만 같았다. 벽 안쪽은 그야말로 공황 상태에 빠졌을 터였다. 카마보르에 맞서며 모두의 목숨을 걸었던 그들의 왕은 죽었고 도시는 적의 입성만을 기다리고 있었다.

칼리스타 뒤쪽 멀리 전장이 내려다보이는 언덕 위 천막에서는 카마보르의 왕과 왕비가 함께 지켜보고 있었다. 비에고는 위대한 검 '신성'을 들고 이곳에 내려와 직접 병사들을 이끌며 싸우고 싶어 했다. 전사였던 왕들의 피를 이은 후손이자 카마보르의 사자로 불리며 명성을 날렸던 선왕의 아들로서 당연한 일이었다. 왕위에 오른 지 1년 반이 지난 지금 비에고는 아군과 자신을 못마땅하게 여기는 세력 모두에게 자신의 힘을 증명하고 싶어 했다.

전투가 벌어지기 전, 비에고는 안전하게 멀리서 지켜만 보라고 강력히 권고하는 참모들과 장군들의 조언을 묵살했다. 그들이 사라지자 칼리스타는 비에고와 정면으로 맞섰다.

"넌 왕이야. 게다가 아직 후계자도 없잖아." 슬슬 인내심이 바닥난 칼리스타가 이를 악물며 말했다.

"아버지의 그늘 속에서 사는 건 이제 지긋지긋해." 비에고가 신경질적으로 말했다. 비에고는 금색 테두리로 둘러싸인 번쩍이는 검은색 판금 갑옷을 입고 전장에 나갈 채비를 마친 상태였다. "나도 아버지 못지않은 전사야. 이번 승리를 내가 차지하고 싶어."

"네가 직접 나서지 않더라도 네 승리가 될 거야." 칼리스타가 쏘아붙였다.

"역사에는 비에고 왕의 승리로 기록되겠지. 네가 진짜 싸우는지 아닌지는 상관없어."

"나한테는 상관있어." 비에고가 지지 않고 받아쳤다.

감히 비에고에게 칼리스타와 같은 어조로 말할 수 있는 사람은 아무도 없었다. 어렸을 때 비에고는 늘 칼리스타의 동의를 구했다. 그것은 지금도 여러모로 마찬가지였다.

하지만 이번만큼은 비에고의 태도가 완강했다. 비에고가 따지기 위해 입을 열자 이졸데 왕비가 비에고의 팔에 손을 올렸다. "칼리스타 님은 현명해. 내 곁에 있어 줘. 부탁이야. 당신은 아무것도 증명할 필요 없어."

부드러운 이졸데의 말에는 엄청난 힘이 담겨 있었다. 비에고가 한숨을 내쉬더니 결국 수긍했다. "내가 괜한 자존심을 세운 모양이야." 비에고가 왕비의 손 위에 자신의 손을 올리며 말했다. "당신이 바라는 대로 하지."

먼지가 자욱하게 낀 뜨거운 전장에서 시체와 죽어 가는 이들에게 둘러싸인 칼리스타는 창을 높이 들어 멀리 있는 국왕 부부에게 경의를 표했다.

"빨리 치료하시는 게 좋겠습니다, 장군님." 굵고 낮은 목소리가 울렸다. 칼리스타는 자신이 가장 신임하는 부하이자 유능한 대장인 레드로스를 돌아봤다. 레드로스는 카마보르 군대에서 두 번째로 큰 병사보다 머리 하나는 거뜬히 올라오고도 남을 정도로 큰 남자였다. 햇볕에 짙게 그을린 레드로스의 얼굴에는 옅은 흉터가 교차되어 있었다. 주력군에 소속된 다른 하층민 출신 보병들과 마찬가지로 그가 걸친 갑옷이라곤 열로 굳힌 가죽 흉갑과 초라한 청동 투구, 가죽 정강이받이가 전부였다. 커다란 나무 방패는 언제 쪼개졌는지 레드로스가 팔에서 풀어내자 산산조각이 났다. 팔은 또 어찌나 거대한지 보통 남자의 허벅지 크기만 했다. 레드로스의 몸은 붉게 물들어 있었지만, 대부분 레드로스가 흘린 피는 아니었다.

칼리스타는 레드로스를 바라보며 그 말이 무슨 뜻인지 생각했다. 레드로스가 옆머리를 가리키자 칼리스타는 관자놀이에 손을 가져다 대었다. 손끝에 피가 묻어난 것을 본 칼리스타의 얼굴이 일그러졌다. 감각이 무딘 손가락에 느슨히 들려 있는 투구를 힐긋 내려다보자 파여서 찢긴 측면이 보였다. 도끼에 맞은 자국이었다. 비스듬히 스쳐 지나간 게 분명했다. 그렇지 않았다면 지금쯤 칼리스타도 다른 이들과 함께 먼지 속에 누워 있었을 테니까. 칼리스타는 운이 좋았다. 레드로스도 그 사실을 알고 있었다.

"별것 아니야."

레드로스는 머리 하나를 들고 있었다. 산토라스의 왕이었다. 적군이 무너진 것은 전사 군주인 그가 죽은 이후였다. 늘 그랬듯이 한번 패주가 시작되면 끝이나 다름없었다. 전장에서 공포는 전염되기 쉬웠고 병사들의 결의는 무너지기 쉬웠다. 조약돌 하나로 산사태가 일어나듯 한 사람의 죽음이 전열 전체를 무너뜨릴 수 있었다.

"마무리가 제법이었어."

적국의 왕은 실력 있는 검사로 정평이 나 있었다. 그가 싸우는 모습을 본 칼리스타는 그 평판이 과장된 게 아니라는 사실을 깨달았다. 친위대를 이끌고 아군의 오른쪽을 파고든 그는 반신반인처럼 싸우며 자신의 앞에 있는 모든 것을 말살했다. 카마보르의 전열이 흐트러지며 뚫릴 위기에 처했을 때 레드로스가 전장을 헤치고 나아가 왕의 앞을 막아섰다.

왕이 타고난 전사라는 사실에는 의심할 여지가 없었다. 다만 왕이 레드로스 같은 자를 한 번도 마주한 적이 없었을 뿐이다.

"보통 실력이 아니더군요." 레드로스가 툴툴거렸다.

"그래도 널 당해 낼 정도는 아니었던 모양이야." 칼리스타가 눈길을 주었다. "기사단에서 네가 승리의 영광을 가로챘다고 화를 낼 거야."

레드로스가 씩 웃었다. 큼직큼직한 이목구비 때문에 잘생겼다고 하긴 어려웠지만 정직해 보이는 얼굴이었다. 레드로스는 보기 드물게 간계 따위를 모르는 사람이었다. "그 말을 들으니 이번 승리가 더 달콤하게 느껴지는군요." 레드로스의 검은 눈동자가 짓궂게 빛났다.

칼리스타는 콧방귀를 뀌었다. 품위 없는 소리였지만 그 소리를 들을 수 있는 것은 레드로스와 충직한 다른 주력군 병사들뿐이었다. 칼리스타는 상류층 출신이었지만 아첨과 거짓말, 중상모략을 일삼는 다른 귀족들과 어울리는 것보다 일반 사병들 사이에 있는 것을 더 편안하게 느꼈다. 속임수, 갑작스러운 공격, 절박한 최후의 저항이 난무하는 카마보르의 궁정 정치는 어떤 전장 못지않게 위험했다. 칼리스타는 차라리 전장에서 적을 상대하는 편이 낫다고 생각했다. 적어도 전장에서는 누가 검을 쥐고 있는지 보였기 때문이다.

멀리서 먼지구름이 일며 흩어진 적군 패잔병들이 달아난 위치를 알려 주었다. 오래 버티지는 못할 터였다. 푸른 불꽃 기사단, 흑각 기사단, 강철 기사단 등 세 상급 기사단 역시 소수의 하급 기사단과 함께 이번 전투에 참전했다. 기사단은 전투에 본격적으로 나서기도 전 적군이 무너지는 바람에 결정적인 공격을 가하며 활약할 기회를 놓쳤으니 생존자를 뒤쫓는 것으로 아쉬운 마음을 달랠 터였다.

칼리스타는 지친 몸을 애써 무시하며 레드로스와 함께 주력군 사이를 걸었다. 장군으로서 병사들 앞에 모습을 드러내야 했다. 칼리스타는 번번이 걸음을 멈춰 병사 하나하나를 칭찬하며 농담을 던지거나 위로를 건넸다. 부상병 옆에서는 무릎을 꿇었고 죽어 가는 병사의 손을 잡았으며 전사자의 이마에는 피로 삼지창 모양을 그렸다. 그들의 용기에 감사를 표하는 것도 잊지 않았다. 공허한 말처럼 들렸지만 살아남은 병사들에게는 나름대로 위안이 되는 듯했다. 칼리스타는 젊은 병사들에게 이제 노련한 군인이 되었다고 말했다. 불안한 눈빛을 한 노병들에게는 말없이 고개를 끄덕여 주었다. 도자기 가면을 쓴 사제들은 전장에서 조심조심 발을 내디디며 손가락 북의 팽팽한 표면을 두드려 망자의 영혼이 고귀한 선조들의 품으로 갈 수 있게 도와주었다.

두 사람이 가는 곳마다 병사들이 레드로스의 어깨를 쳤다. 레드로스가 적국의 왕을 죽이는 모습을 직접 보지 못한 병사들도 모두 그 사실을 알고 있었다. 주력군의 모든 병사가 경외심과 존경이 뒤섞인 눈빛으로 레드로스를 바라보았다. 레드로스는 주력군의 부적과도 같았다. 칼리스타는 주력군의 심장이자 영혼이나 다름없는 레드로스가 전사한다면 어떤 일이 벌어질지 생각만 해도 두려웠다.

칼리스타와 레드로스가 모여 있는 병사들을 헤치고 나아가는 사이 해가 낮게 떨어졌다. 먼지 때문에 바싹 마른 목의 갈증이 더욱 심해지자 칼리스타는 한 장교가 건네는 가죽 부대를 기꺼이 받아 들었다.

서서히 전투의 충격이 가시면서 주력군에는 의기양양한 분위기가 감돌기 시작했다. 그들은 전투에서 살아남아 승리를 거두었다. 아내, 남편, 아이들을 다시 한번 볼 수 있었으며 다음 새벽을 영광스럽게 맞이할 수 있게 된 것이다.

레드로스를 향해 엄청난 환호성이 터져 나오자 레드로스는 모두가 볼 수 있게 피비린내 나는 전리품을 들어 올렸다. 칼리스타는 레드로스의 넓은 뺨이 붉게 물든 것을 보고 미소를 지었다. 큰 덩치로 불굴의 투지를 발휘하며 두려워하는 기색도 없이 중무장 기병대의 돌격을 막아설 수 있는 레드로스였지만 이런 환호를 받으니 긴장되는 모양이었다. 칼리스타는 그런 모습이 인간적으로 느껴졌다.

레드로스와 칼리스타의 눈이 마주쳤다. 레드로스는 도와 달라는 듯 간절한 눈빛을 보냈다. 칼리스타는 자신의 머리 위로 불쑥 올라오는 레드로스의 거대한 어깨에 한쪽 손을 올리고 창을 들어 올린 후 소리쳤다.

"국왕 시해자 레드로스!"

레드로스가 아연실색하여 내려다보자 칼리스타는 그 난처해하는 모습을 보며 웃음을 터뜨렸다.

주력군은 동의의 함성을 지르며 레드로스의 이름을 연호했다. 어느새 모두가 자리에서 일어나 흠집과 피로 엉망이 된 무기를 허공에 찌르고 있었다. 칼리스타는 열기가 잦아들기 시작한 후에야 근처에서 조용히 지켜보고 있는 중무장 기수의 존재를 눈치챘다. 강철을 두른 거대한 크기의 군마를 타고 화려한 갑옷을 입은 기사는 휘황찬란했다. 기사의 어깨에는 최고급 벨벳으로 만든 보라색 망토가 둘려 있었다.

강철 기사단의 기사단장 헤카림, 칼리스타의 약혼자였다.

칼리스타는 레드로스의 어깨에서 황급히 손을 떼었다. 방금까지의 환희는 사라지고 침묵만이 남았다. 레드로스는 주력군의 다른 병사들처럼 헤카림에게 몸을 돌린 후 공경의 의미로 눈을 내리깔았다. 칼리스타는 그렇게 하지 않았다. 왕족인 칼리스타가 눈을 내리까는 대상은 왕뿐이었다.

헤카림의 모습은 당당하고 기품 있었으며 세련되고 고상했다. 헤카림은 병사들에게 고압적인 시선을 던졌다. 그 시선은 잠시 레드로스에게 머물더니 곧 칼리스타에게 고정되었다. 검은 곱슬머리를 어깨까지 기른 헤카림의 녹갈색 피부는 흠이나 잡티 하나 없이 깨끗했다. 심해처럼 짙은 녹색을 띤 눈에는 매혹적인 동시에 위험한 빛이 담겨 있었다.

헤카림이 달그락거리는 갑옷 소리와 함께 미끄러지듯 매끄러운 몸놀림으로 말에서 내려왔다. 헤카림은 키가 크고 어깨가 넓었다. '레드로스만큼은 아니지만. 하기야 그런 사람이 있을까?' 그때 종자가 달려와 군마의 굴레를 잡았다. 헤카림의 종자 자리를 얻어 낼 정도로 부유한 귀족의 딸이었다. 군마는 눈을 번득이며 힝힝거리고 쇠발굽을 굴렀다. 잠시 동안 종자를 물 것처럼 날뛰던 군마는 주인의 호령 한마디에 잠잠해졌다.

"레이디 칼리스타." 헤카림은 고개를 숙이는 도중에도 칼리스타의 눈에서 시선을 떼지 않았다.

"헤카림 경." 칼리스타가 고개를 살짝 끄덕이며 답했다.

칼리스타는 헤카림이 말하길 기다리며 침묵을 지켰다. 갑옷 안에서 근육이 붙은 팽팽한 등을 타고 땀방울이 흘러내렸다. 두 사람은 올해가 끝나기 전 결혼하기로 예정되어 있었지만 말을 섞어 본 것은 이번이 겨우 세 번째였다. 서로 거의 모르는 사람이나 다름없었으니 분위기가 어색한 것도 당연했다. 수십 명이 그 장면을 지켜보며 귀를 기울이고 있었지만, 솔직한 심정으로 칼리스타는 자신의 옆에서 석상처럼 꼼짝 않고 서 있는 레드로스가 제일 신경 쓰였다.

칼리스타의 생각을 알아채기라도 한 듯 헤카림이 다시 레드로스에게 시선을 주었다. 그리고 여전히 레드로스의 손에 들려 있는 머리통을 잠시 바라보았다. 칼리스타는 헤카림이 천출 따위가 자신의 몫을 가로챘다며 한마디 하려는 게 아닐까 생각했다. 헤카림은 그 대신 미소를 지으며 얼굴을 환히 밝혔다.

"잠시 함께 걸으시겠습니까?"

"물론이에요."

헤카림은 몸을 돌려 팔을 내밀었다. 칼리스타는 수행원에게 창을 넘기고 헤카림 옆에 서서 화려한 완갑 위에 살포시 손을 얹었다.

'참 볼만한 광경이겠군.' 결혼을 앞둔 약혼자들에게는 느긋한 오후의 정원 산책이 더 어울리겠지만, 두 사람은 시체와 죽어 가는 사람들 사이를 걷고 있었다. 칼리스타는 자신이 티끌 하나 없는 헤카림과 달리 피와 먼지, 땀으로 뒤덮여 있다는 사실을 잘 알고 있었다.

"제가 좋은 곳으로 모신 적이 없다고 발뺌하시면 안 됩니다." 헤카림이 웃음기 어린 목소리로 말했다. "운이 허락한다면 다음번에는 납골당으로 모시죠. 늪도 괜찮겠군요. 물론 수행원을 데려오셔도 됩니다."

칼리스타는 헤카림이 나름 재치 있는 사람이라는 사실을 알게 되어 기뻤다. 둘 사이에 감돌던 긴장감이 살짝 풀리자 칼리스타가 헤카림을 쳐다보았다. 어쩜 저렇게 이가 가지런하지? 칼리스타는 멍하니 생각했다.

"웃으시는 모습을 보니 좋군요." 헤카림이 부드럽게 말했다.

칼리스타가 주위를 둘러보며 인정했다. "이런 상황에 웃을 수 있다니 나도 놀랐네요."

"오늘 엄청난 승리를 거두셨잖습니까. 후세에 대대로 기억될 승리였죠."

"모든 영광은 왕의 이름으로 남아야 하지만요."

"물론입니다."

두 사람이 지나가자 옆에 있던 주력군 병사들이 절도 있게 경례했다.

"다들 당신을 정말 좋아하는군요?"

"자신들을 하찮게 여기지 않는 장군을 고맙게 생각하거든요." 헤카림이 앓는 소리를 냈다. 재미있어서 그런 것인지, 한 번도 생각해 본 적이 없는 사고방식이라 그런 것인지 알 수 없었다. 사실 하층민을 하찮게 여기지 않는 귀족은 드물었다.

"당신이 평민들을 너무 쥐락펴락한다고 걱정하는 이들도 있습니다."

"내가 그들을 소처럼 도살장으로 끌고 가지 않는다는 이유로요?"

"그들의 숫자가 많기 때문입니다." 헤카림이 턱을 긁으며 대답했다. "과거 대중과 영합한 군주들은 하층민의 봉기를 통해 힘을 얻었죠."

칼리스타가 웃음을 터뜨렸다. "내가 아르젠트 왕가를 노린다고 생각하는 자가 있다면 한심한 멍청이인 게 틀림없네요. 난 통치에는 관심 없어요. 궁정 정치는 질색인걸요. 앞으로도 전장에만 있을 거예요."

헤카림의 미소를 본 칼리스타는 생각했다. '굉장한 미남이군.'

"당신의 통솔 능력이 뛰어나다는 것은 압니다. 하지만 그럴듯한 뒷소문이 없을 때는 이야기를 만들어 내는 자들이 있기 마련이죠. 당신이 아끼는 하층민 출신 병사에게 국왕 시해자라는 별명을 붙였다는 사실이 알려진다면 호사가들이 가만있지 않을 텐데요."

칼리스타가 얼굴을 찌푸렸다. "난 뒤에서 쑥덕거리는 말 따위는 신경 쓰지 않아요. 궁정은 독사들로 가득한 곳이죠."

헤카림의 표정이 더 진지해졌다. 마치 구름 뒤로 가라앉는 태양의 모습을 보는 것 같았다. 발걸음을 멈춘 헤카림이 칼리스타를 돌아보더니 칼리스타의 손을 꼭 쥐었다. 처음으로 둘의 몸이 닿는 순간이었다.

"사과드리겠습니다." 헤카림이 진심 어린 목소리로 말했다. "당신을 화나게 하려는 것은 아니었습니다. 전 그저 당신이 무사한지 확인하고 오늘 당신이 거둔 성과를 축하하기 위해서 왔을 뿐이에요."

칼리스타는 뺨이 화끈거리는 것을 느꼈다. "고마워요."

헤카림이 칼리스타의 손을 놓았다. 말없이 다시 발걸음을 옮긴 두 사람은 한

바퀴를 빙 돌아 출발했던 곳으로 돌아왔다.

헤카림의 종자가 여전히 성이 난 흑마를 잡고 있었다. 종자는 고삐를 넘기게 되어 안심하는 눈치였다.

"전 이만 가 봐야겠군요. 전하께서 도시를 약탈하지 말라고 지시하셨습니다. 명령이 제대로 지켜지고 있는지 확인해야 해서요. 성벽 안에서 승리를 기념하는 연회가 열릴 예정입니다. 저에게 곁에 앉을 영광을 주시겠습니까?"

"그럴 수 있다면 내가 더 영광이죠."

마지막으로 씩 웃은 헤카림은 다시 거대한 말 위에 올라탔다. 그리고 한 번 방향을 돌려 그대로 말을 타고 멀어졌다. 그 뒤를 따르는 수행원들의 모습이 바람에 흩날리는 나뭇잎 같았다. 헤카림은 안장에 앉기 위해 태어난 사람처럼 말을 몰았다. 헤카림과 그의 사나운 군마는 마치 하나인 것처럼 느껴졌다.

단장의 복귀에 강철 기사단이 환호했다. 요란한 뿔피리 소리와 함께 강철의 전령으로 알려진 자가 진군 명령을 내리자 기사단이 산토라스를 향해 달리기 시작했다.

그 뒤로 먼지가 일자 칼리스타의 표정이 어두워졌다. 산토라스가 약탈당하는 일은 없겠지만 어느 정도의 갈취와 수탈은 있을 수밖에 없었다. 헤카림이 그렇게 말했어도 전투가 끝나면 으레 그러기 마련이었으니까. 저항하는 자에게는 죽음뿐이었다.

레드로스가 바닥에 침을 뱉었다.

"승마 실력은 제법이네요. 그건 인정해야겠어요."

제 2 장

산토라스

칼리스타는 차근차근 진행되는 중매결혼이 그다지 불만스럽지 않았다. 남편감을 고르는 일은 자신의 몫이 아니라는 사실을 늘 알고 있었다. 선왕의 손녀이자 새로운 왕 비에고의 조카딸인 칼리스타가 정치적 이득을 위한 결혼을 하게 되리라는 것은 당연했다. 칼리스타는 그 사실이 전혀 괴롭지 않았다. 그것은 당연한 일이었다. 자신이 늙고 뚱뚱한 귀족과 결혼하게 될 것이라고 생각하며 체념한 지 오래인 칼리스타는 헤카림과 결혼했으면 좋겠다는 비에고의 말에 깜짝 놀랄 수밖에 없었다.

물론 오해는 없었다. 헤카림과의 약혼은 그저 권력을 강화하기 위한 수단일 뿐이었다. 하지만 정복한 도시 산토라스의 중앙 광장에서 열린 승전 기념 연회 중 헤카림 옆에 앉은 칼리스타는 자신이 선조의 미움을 사지는 않은 모양이라고 생각했다.

칼리스타보다 고작 몇 살 더 많은 헤카림은 강철 기사단에서 빠르게 출세했다. 강철 기사단 역사상 최연소 단장인 헤카림은 이미 수많은 승리를 거두고 엄청난 명예를 얻었다. 강철 기사단은 정치적으로나 군사적으로나 왕국에서 제일 힘이 센 기사단이었다. 거기에 부까지 고려하면 더했다. 수백 년 동안 정복 활동을 이어 온 강철 기사단의 철통같은 요새 속 금고는 금, 귀중한 보석, 마법이 깃든 유물로 넘쳐났다.

해가 지고 몇 시간이 지난 후였다. 탁자에는 음식이 가득했고 맥주와 와인이 넘쳐흘렀다. 도시 앞에서 두 군대가 충돌하는 순간 이미 연회를 준비하고 있었던 게 틀림없었다. 산토라스 왕의 승전을 기념하려고 준비한 연회였을 것이다. 하인들은 애써 두려움을 숨기고 있었다. 모시던 주인들이 지금 시중을 드는 자들에 의해 죽었으니 두려운 게 당연했다.

"고마워." 칼리스타가 자신의 앞에 음식을 둔 어린 하인에게 말했다. 하지만 하인은 칼리스타가 말을 걸어서 깜짝 놀란 듯 거의 도망치다시피 자리를 떴다.

연회는 이미 시끌벅적했다. 술에 취해 탁자 너머로 소리를 지르는 카마보르인들이 승리를 자축하는 건배를 하며 시끄럽게 웃어 댔다. 악사들의 연주에 맞춰 춤추는 고양잇과 바스타야 무용단은 인간과 다른 우아한 자태로 빙빙 돌고 앞뒤로 공중제비를 넘으며 황홀한 무지갯빛 소용돌이를 나부꼈다.

아직 연회에 참석하지 않은 비에고와 젊은 왕비는 먼저 연회를 시작하라는 전갈을 보냈다. 귀족들은 쌍수를 들고 그 명령을 따랐다. 죽을까 봐 두려워하며 집에서 몸을 웅크리고 있을 도시 주민들을 생각하니 먹고 마시는 것이 불편하게 느껴진 칼리스타는 음식을 먹는 척만 했다. 예의를 해치지 않을 만큼만 자리를 지키다가 일어날 생각이었다. 물론 비에고가 약탈하지 말라는 명령을 내리지 않았다면 상황이 훨씬 더 나빴겠지만, 이날 사랑하는 사람을 잃은 많은 이들에게 그 사실이 큰 위안이 되지는 않을 터였다.

칼리스타는 여전히 갑옷을 입고 있었다. 갑옷은 아까와 달리 깨끗이 닦인 상태였다. 몸을 씻을 시간은 없었지만 손과 얼굴은 씻을 수 있었다. 하인들은 흑단처럼 까맣고 긴 칼리스타의 머리카락을 빗은 후 기름을 발라 주었다. 칼리스타는 머리가 흩날리도록 묶지 않고 두었다. 결혼식을 올리는 날까지는 그럴 생각이었다. 이후에는 머리를 땋아서 묶어야 했다. 칼리스타의 삶이 헤카림의 삶에 속박되었다는 상징이었다. 칼리스타의 창은 탁자 옆쪽에 기대어 있었다. 손을 뻗으면 닿는 거리였다.

백 명에 가까운 연회 참석자는 모두 귀족 출신이었다. 대부분은 기사였지만 주력군 장교로 복무하는 칼리스타의 부하들도 있었다. 장교들은 아니나 다를까 탁자 한쪽 구석으로 밀려나 있었다. 주력군에서 복무하는 것은 명예롭게 여겨지긴커녕 돈도 되지 않았다. 진정한 부와 명성을 얻을 수 있는 곳은 기사단이었다. 칼리스타는 자신이 왕족이라서 누리는 특혜에 관하여 잘 알고 있었지만 상황이 달랐더라도 주력군에서 복무했을 것이라고 생각했다. 카마보르의 엘리트 집단 사이에 앉아 있느니 성벽 밖에 있는 주력군 병사들과 함께 먹고 마시는 편이 훨씬 나았다. 하지만 비에고는 칼리스타가 이곳에 있길 원했으니 이곳에 있어야 했다.

칼리스타의 왼쪽에 앉은 헤카림은 세심하고 매력적인 구혼자였다. 헤카림과 나누는 대화는 편하고 가벼웠다. 두 사람의 양옆에는 비에고, 주력군과 함께 산토라스까지 동행한 다른 기사단의 수장들이 앉아 있었다. 키가 크고 엄격한 푸른 불꽃 기사단의 오르도노 경과 조각 같은 외모를 지닌 흑각 기사단의 단장 레이디 오로라였다. 무시무시한 평판을 지닌 레이디 오로라는 목소리가 크고 솔직한 여자였다. 칼리스타는 레이디 오로라가 무척 마음에 들었다.

탁자 건너편에는 하위 기사단에 속하는 황금 방패 기사단의 단장이 앉아 있었다. 고집이 세 보이는 작은 눈을 가진 건장한 체격의 중년 남자였다. 보기 흉한 흉터가 단장의 창백한 얼굴을 가로질렀다. 그 역시 거나하게 취한 상태였다.

"불가능한 일을 해내신 것 같군요, 레이디 칼리스타." 그가 느릿하게 말했다.

그와 말을 섞고 싶은 마음이 없었던 칼리스타는 속으로 한숨을 내쉬었지만 미소를 지으며 답했다. 그러나 눈가에는 웃음기가 전혀 묻어나지 않았다. "무슨 뜻인가요, 시오도나 단장?"

"오합지졸이나 다름없는 천것들을 꽤 쓸 만한 군대로 만드셨잖습니까." 시오도나가 휘청거리며 술잔을 들어 올리자 안에 든 내용물이 살짝 쏟아졌다. "참

대단하십니다. 전 그런 일이 가능할 줄 상상도 못 했거든요. 누가 시도할 줄도 몰랐고요. 그것도 왕족이 말입니다."

"난 기대를 거스르는 걸 좋아해서요."

궁정에 있는 사람 대부분은 칼리스타가 주력군을 이끈다는 사실에 경악했다. 칼리스타는 자신이 군사 전략에 재능을 타고났다는 사실을 굳이 부정하지 않았다. 그리고 어마어마한 규모의 상비군을 이끄는 장군이 될 수 있다면 그보다 더 나라에 기여할 방법은 없으리라 생각했다. 귀족들은 하층민 병사들을 이끄는 것을 영예롭지 못한 일로 여겼지만, 무책임한 귀족들이 뭐라고 생각하든 칼리스타가 알 바는 아니었다.

"그런데 왜 주력군입니까?" 시오도나가 말을 이었다. "기사단에 들어가셨다면 다들 함께할 수 있어 영광으로 생각했을 텐데요. 왜 하필이면 그런 천것들을 이끄십니까?"

"그 천것들이 오늘 전투를 승리로 이끌었죠." 칼리스타가 지적했다. "게다가 난 카마보르에 제일 잘 기여할 수 있는 자리를 택했을 뿐입니다. 온 카마보르에 기여할 수 있는 자리를요. 과거 주력군은 단순히 화살받이나 적의 돌격을 막는 완충 장치로 쓰이는 일이 너무 많았죠."

"고작해야 천것들이지 않습니까." 시오도나가 입을 닦으며 말했다.

"그들도 카마보르인입니다. 단순한 소모품으로 취급해서는 안 돼요. 난 주력군이 그보다 더 나은 존재가 될 수 있다고 믿습니다. 강한 주력군이 있다면 카마보르가 강해지는 데도 도움이 되겠죠."

시오도나 단장은 술잔을 채우며 앓는 소리를 냈다. "카마보르를 강하게 하는 건 기사단입니다. 진정한 힘은 바로 기사단에 있죠. 늘 그랬듯이 말입니다."

칼리스타는 시오도나에 대한 반감이 드러나려는 것을 가까스로 억눌렀다. "기사단이 곧 카마보르는 아닙니다. 여러 기사단이 약속을 저버리거나 새로 왕위에 오른 군주에게 충성을 맹세하길 거부했던 때도 있었죠. 황금 방패 기사단은 내 선조이신 세우로 왕 시절에 왕권에 맞섰던 것으로 알고 있는데요."

"시오도나 단장이 한 방 먹었네요." 레이디 오로라가 씩 웃으며 말했다.

시오도나가 표정을 일그러뜨리며 으르렁거렸다. "그건 300년 전 일이잖습니까. 저희 기사단은 아르젠트 왕가를 위해 수없이 많은 피를 흘렸습니다. 국왕 전하의 대관식 날 충성을 바치겠다 맹세하기도 했죠. 어떤 기사단과는 달리 말입니다." 시오도나가 콕 집어 헤카림을 바라봤다.

강철 기사단은 비에고에게 곧바로 충성을 맹세하지 않았다. 드문 일은 아니었지만 강철 기사단이 늘 왕좌의 가장 충직한 수호자였다는 점을 고려하면 새로운 왕을 신뢰한다는 뜻으로 보기도 어려웠다. 강철 기사단은 일주일이 지나고 칼리스타와 헤카림의 약혼이 성사된 후에야 왕에게 충성을 맹세했다.

근처에 앉은 귀족들은 헤카림이 미끼를 물지 확인하기 위해 목을 쭉 뺐다. 하지만 헤카림은 그저 작게 웃으며 비단 냅킨으로 입가를 누를 뿐이었다.

칼리스타가 달래듯 한 손을 들어 올렸다. 재미는 있었지만 계속해서 시오도나를 자극하는 것은 누구에게도 좋을 게 없었다. "황금 방패 기사단의 명성을 더럽히려는 게 아닙니다. 내 말은 카마보르에 명예로운 기사단 외에도 따로 국가에 소속된 강하고 충성스러운 군대를 두는 편이 현명하다는 뜻이었어요."

시오도나가 헤카림을 향해 툴툴거렸다. "이 말에 동의합니까?"

헤카림은 어깨를 으쓱했다. "주력군이 강해져서 우리 기사단의 피해가 줄어든다면 반대할 이유가 어디 있겠습니까."

시오도나가 말도 안 된다는 듯 손을 내저었다. "레이디 칼리스타와 약혼하지 않았다면 다른 말을 했을 텐데요. 도시를 약탈하지 말라는 왕명도 그렇고. 쳇! 이래서야 전쟁을 한 보람이 없지 않습니까!"

헤카림의 미소가 차가워졌다. 그러나 어조는 여전히 경쾌했다. "물 좀 드시죠, 시오도나 단장님." 헤카림이 큰 목소리로 말했다. "안 그러면 내일 아침 지끈거리는 머리를 부여잡고 일어나서 오늘 밤 건드린 모든 사람과 결투를 벌이셔야 할 테니까요."

목소리가 닿는 거리에 있는 사람들이 가볍게 웃음을 터뜨렸다. 주변에는 청

중이 제법 모여 있었다. 귀족들은 늘 재미있는 이야깃거리에 굶주려 있었다. 두 기사단장이 서로를 견제하는 상황은 뿌리치기 힘든 유혹이었다. 코웃음을 친 시오도나는 물을 마시라는 헤카림의 제안을 무시하며 또 술을 마셨다.

칼리스타는 자신에게 몰려 있던 이목을 능숙하게 다른 곳으로 돌린 헤카림이 고마웠다. 헤카림이 칼리스타에게만 보이도록 한쪽 눈을 찡긋 감았다. '정치적인 요령은 나보다 훨씬 낫군.' 전 기사단장이 전사했을 당시 그렇게 젊은 나이에 단장 자리에 오를 수 있었던 이유가 오로지 전투 실력 때문만은 아닌 모양이었다.

결혼을 통해 강철 기사단을 왕권에 묶어 두려는 것은 현명한 선택이었다. 처음에 약혼 얘기를 듣고 왕의 약삭빠른 수석 고문의 머리에서 나온 발상이 아닌가 의심했던 칼리스타는 이제 헤카림이 직접 추진한 일이 아닐까 생각했다. 헤카림은 왕에게 직접 접근해서 제안하고도 남을 정도로 대담한 사람이었다. 결혼을 제안한 게 정말 헤카림이 맞다면 그 엄청난 야심에 감탄해야 할지 경계해야 할지 확신이 서지 않았다. 칼리스타는 둘 다라고 결론을 내렸다.

칼리스타의 생각이 더 깊어지기 전에 연회의 소음에 묻히지 않도록 크게 외치는 소리가 들려왔다. "카마보르의 비에고 국왕 전하와 이졸데 왕비 전하이십니다! 만수무강하소서!"

자리에 모인 귀족들이 모두 일어나 국왕 부부를 맞았다.

양쪽에 근위병을 대동한 비에고와 이졸데가 나팔 소리를 들으며 안뜰로 들어섰다. 늘 왕의 곁을 지키는 호위 무사 바아스크가 바로 뒤를 따랐다. 젊은 왕은 환한 승리의 미소를 지으며 성큼성큼 앞으로 걸어갔다. 그에 반해 왕과 팔짱을 낀 왕비는 우아한 걸음으로 미끄러지듯 움직였다. 서로에게 푹 빠진 듯한 모습에 칼리스타는 그저 기쁠 뿐이었다. 비에고는 살면서 사랑을 받은 경험이 많지 않았다.

어린 시절 원하는 것은 뭐든 받을 수 있었던 비에고였지만 부모님의 사랑만큼은 예외였다. 어머니는 출산 중 죽었고 비에고가 태어났을 때 이미 노인이었던 아버지는 장자가 죽을 때까지 비에고를 철저히 무시했다. 이후에도 차갑고 숨이 막힐 듯 고압적인 태도로 비에고를 대할 뿐이었다. 선왕은 고작 몇 개월 후 죽었기 때문에 비에고는 왕이 될 준비를 할 시간이 거의 없었다.

비에고를 남동생처럼 아끼며 다소 과하게 감싸는 칼리스타도 비에고가 응석받이로 자라 거절당하는 것에 익숙하지 않은 청년이 되었다는 사실은 인정했다. 그렇지만 칼리스타만큼 비에고를 잘 아는 사람은 없었다. 겉보기에 어떻든 비에고는 좋은 심성을 지녔으며 공감 능력이 뛰어났다. 칼리스타는 올바른 길로 이끌면 조금 성숙해진 비에고가 좋은 왕이 될 수 있으리라고 믿었다.

처음에는 칼리스타도 비에고의 충동적인 결혼에 다른 귀족들처럼 충격을 받고 적지 않게 우려했다. 이졸데는 역사가 깊은 명문가 출신이 아니었기 때문에 이 결혼으로 카마보르가 정치적인 힘이나 부를 얻을 수는 없었다. 심지어 이졸데는 카마보르인이 아니라 카마보르가 정복한 나라의 천한 재봉사였을 뿐이었다. 그러나 두 사람이 같이 있는 모습을 본 칼리스타는 곧바로 생각을 바꿨다.

비에고는 평생 사랑이 뭔지 몰랐던 사람처럼 이졸데에게 홀딱 빠져 있었다. 처음으로 자신의 바람과 욕구보다 남을 먼저 생각하기 시작했다. 비에고는 이졸데의 말에 귀를 기울이며 고문이나 칼리스타의 의견보다 이졸데의 의견을 훨씬 중요하게 여겼다. 또 이졸데는 정식 교육을 받지 못했지만 굉장히 똑똑했으며, 사람과 궁정 정치에 관하여 이해하는 능력이 뛰어났다. 무엇보다 중요한 것은 이졸데가 다정하고 생각이 깊은 사람이라는 사실이었다. 이졸데는 훨씬 충동적이고 제멋대로인 비에고의 결의를 누그러뜨렸다. 마침내 칼리스타와 함께 비에고의 성향을 바로잡고 카마보르에 안정을 가져다줄 아군이 생긴 것이다.

드디어 비에고는 카마보르의 군주에 걸맞은 인물로 성장하고 있었다. 치밀하게 계획된 오늘 밤의 축하연은 비에고가 모두의 사랑을 받는 강력한 통치자가 될 수 있다는 가능성을 보여 주었다. 카리스마와 자신감을 뿜어내고 있는 비에고는 자신이 등장하는 시각을 정확히 계획했다. 귀족들은 이미 와인과 승리에 한껏 취해 있었지만 얼굴이 붉어진 시오도나를 제외하고 비틀거리거나 이성을 잃을 정도로 취한 사람은 없었다.

비에고는 왕의 위엄에 걸맞되 너무 과하지 않게 차려입고 있었다. 알로베드라의 궁정에서 입을 법한 의복은 전투의 여파가 가시지 않은 이곳에서는 어울리지 않았다. 비에고는 가슴 위로 번쩍이는 검은색 흉갑을 둘러 자신이 비록 이번 전투에는 참가하지 않았으나 엄연한 전사라는 것을 모두에게 보여 주었다. 비에고의 이마에는 뾰족뾰족한 왕관이 자리하고 있었지만 진정한 왕위의 상징인 거대한 검 '신성'은 어디 있는지 보이지 않았다.

한편 비에고의 왕비 이졸데는 차분한 미의 화신 같았다. 얼굴은 완벽한 계란형이었으며 크고 푸른 눈에는 풍부한 감정이 담겨 있었다. 이졸데가 직접 만든 드레스에는 수없이 많은 비단과 벨벳이 층층이 겹쳐 있었다. 드레스는 이졸데의 주변에서 꽃잎처럼 흔들렸다. 이졸데는 전통적인 카마보르 복장으로 자신의 이질성을 숨기는 대신 직접 드레스를 만들어 이질성을 *강조하는* 대담한 태도를 취했다. 그 효과는 보석을 고르는 왕비의 뛰어난 안목 덕분에 더욱 부각되었다. 그물처럼 얽힌 우아한 은목걸이는 사파이어로 장식되어 있었다. 궁정의 여인들이 착용하는 것과 전혀 달랐지만, 칼리스타는 곧 많은 이들이 이졸데의 옷차림을 따라 하지 않을까 생각했다.

이졸데는 어느 모로 보나 외국에서 온 매혹적인 왕비였다. 판금과 사슬로 둘러싸인 왁자지껄한 기사와 귀족 무리 사이에서 이졸데는 꽃처럼 섬세하고 보석처럼 귀해 보였다. 그러나 칼리스타는 이졸데 주위에 있는 많은 이의 웃음 뒤에 숨겨진 멸시와 반감을 볼 수 있었다. 그들은 이졸데가 천민 출신이라는 사실을, 외국 출신이라는 사실을 달가워하지 않았다.

아무것도 모르는 비에고와 이졸데는 둘을 위해 비워 둔 안뜰 내 상석으로 발걸음을 옮겼다. 비에고는 왕비의 손에 입을 맞추며 왕비가 자리에 앉게 도운 후 모여 있는 이들을 향해 돌아섰다.

"카마보르의 형제자매들이여." 벨벳처럼 매끄러운 비에고의 목소리는 모든 이에게 들릴 만큼 컸다. "오늘 그대들은 조국을 자랑스럽게 했다! 고귀한 선조들을 자랑스럽게 했다! 그리고 나를 자랑스럽게 했다!" 비에고는 손에 있는 술잔을 높이 들어 올렸다. "오늘 밤은 그대들을 위하여 건배하겠다!" 진심 어린 환호성이 터져 나오고 수백 개의 술잔이 공중으로 치솟으며 와인이 튀었다. 비에고가 자신의 잔을 비우고 옆으로 던지자 군중은 기뻐했다. "한 잔 더 가져와라!" 비에고가 웃으며 소리쳤다.

비에고는 자리에 앉으려고 했지만 이졸데가 몸을 기울이더니 비에고의 가슴에 손을 얹으며 무엇인가 말했다. "아, 그렇지. 고마워, 내 사랑. 하마터면 잊을 뻔했군!" 칼리스타는 비에고의 말이 사실이 아니라는 것을 알았다. "우리가 이곳 산토라스까지 온 이유이지!"

비에고가 박수를 치자 안뜰에는 경외심 어린 침묵이 내려앉았다. 아무 장식이 없는 도자기 가면으로 얼굴을 숨긴 한 무리의 사제들이 고개를 숙이고 앞으로 나온 것이다. 뒤에서는 황금 상자를 어깨에 진 종 넷이 그 무게를 버티며 안간힘을 쓰고 있었다. 종들은 상자를 돌바닥에 내려놓고 상자를 지탱하던 막대기를 빼낸 후 고개를 숙인 채 사라졌다. 비에고는 미소를 지으며 앞으로 나가 늘씬한 손으로 상자의 복잡한 표면 위를 쓸었다. 분위기를 고조하려는 듯 잠시 멈춘 비에고는 딸깍거리는 소리를 내며 자물쇠를 풀고 천천히 상자를 열었다. 모든 이가 그것을 보기 위해 안간힘을 쓰며 앞으로 몸을 기울였다.

칼리스타는 묵묵히 감탄했다. 비에고는 군중을 다루는 법을 알고 있었다. 그것은 전혀 나쁜 게 아니었다. 훌륭한 군주에게 꼭 필요한 자질이었다.

길게 시간을 끌던 비에고가 눈을 크게 뜨더니 이 사이로 휘파람을 불었다. "아무래도 빛이 더 있어야겠군." 비에고의 매끄러운 목소리는 낮았지만 모두에게 분명히 들렸다. 다들 비에고의 말에 귀를 기울이고 있었다.

이졸데 왕비가 손바닥에 들어갈 정도로 작은 유리구를 꺼내 보였다. 비에고는 과장된 동작으로 유리구를 가져가 입술 가까이 가져다 댔다. 그리고 어떤 단어를 속삭이더니 유리구를 공중으로 가볍게 던졌다. 팔 길이의 열 배 정도 되는 거리에서 둥둥 뜬 유리구가 안에서부터 빛나기 시작하자 비에고와 황금 상자 위로 희미한 빛이 드리웠다.

비에고는 얼굴을 찌푸리며 눈을 가늘게 뜨고 유리구를 올려다보았다. "너무 어두운걸." 비에고가 군중의 얼굴을 훑어봤다. "내가 가장 신뢰하는 고문은 어디 있지? 누뇨 네크리트, 앞으로 나오게. 술에 취해 정신을 잃은 게 아니라면 말이야! 자네의 재능이 필요하네!"

누뇨가 사람들을 헤집고 나아가자 웃음소리가 뒤따랐다. 누뇨의 얼굴은 낡아 빠진 가죽처럼 주름으로 가득했고 눈은 푹 꺼져 그림자가 져 있었다. 나이가 들었을지언정 누뇨의 내면에서는 여전히 맹렬한 지성이 밝게 타올랐다. 원래 아무리 좋은 상황에서도 웃지 않고 엄숙한 표정을 유지하는 사람이었지만 왕에게 다가가는 누뇨의 펴질 줄 모르는 얼굴은 더욱 심하게 구겨져 있었다. 자신의 뛰어난 재능을 술에 취한 귀족들의 유희 거리로 사용하는 게 싫은 기색이 역력했으나 왕의 부름에 따라 발을 끌며 앞으로 나갔다.

비에고가 몸을 기울이더니 누뇨의 귀에 대고 무엇인가 말했다. 얼굴을 일그러뜨린 누뇨는 뭐라고 날카롭게 대답한 후 시선을 들어 유리구를 바라보았다. 누뇨가 알아들을 수 없는 말을 조용히 속삭이며 입술을 움직이자 누뇨의 눈에서 특이한 빛이 나타났다. 누뇨가 한쪽 손을 뻗자 유리구는 마치 방향을 바꿔 다시 하늘로 돌아가는 유성처럼 밤하늘 높이 치솟았다. 동시에 유리구에서 나오는 빛이 강렬해졌다. 어찌나 밝은지 안뜰에 있는 모두가 눈이 멀까 봐 고개를 돌릴 수밖에 없었을 정도였다.

순식간에 새로운 태양이 생긴 것 같았다. 그것은 산토라스 위에서 차갑게 타오르며 몇십 리 안에 있는 모든 것을 밝고 희미한 빛으로 비추었다.

"훌륭해! 아주 훌륭해!" 비에고가 외쳤다. 왕비는 기뻐하며 박수를 쳤다. "고맙네, 누뇨. 훨씬 낫군! 훨씬 나아!"

누뇨는 일그러진 얼굴을 풀지 않고 조용히 물러났다.

"오늘 우리는 위대한 조국의 선조를 자랑스럽게 했다!" 비에고가 말을 이었다. 비에고는 열정과 신념으로 눈을 불태우며 귀족들 앞에서 왔다 갔다 움직였다. “우리의 건국 시조, 카모르와 고귀한 아보라 쌍둥이가 우리에게 미소를 짓는다! 온 카마보르에 미소를 짓는다!” 비에고는 다시 황금 상자 앞에 서서 상자 안으로 손을 뻗었다. “그럼 긴말하지 않겠다. 모두 잘 봐라. 미카엘의 성배다!”

그 말과 함께 비에고가 위대한 유물을 높이 들어 올렸다. 룬 문자와 고대 상징이 새겨진 뚜껑 달린 성배였다. 성배 주변의 공기가 아지랑이에 둘러싸인 것처럼 희미하게 아른거리는 듯했다. 모여 있는 기사들에게서 경탄하는 소리가 터져 나왔다.

“이 신성한 유물을 해방하기 위한 우리의 숭고한 원정이 끝났다! 고귀한 카모르가 아스토르의 검은 화살을 맞고 죽어 갈 때, 카모르의 누이 아보라가 그를 살렸다. 우리 모두 알고 있는 이야기지. 하지만 난 아보라가 바로 이 성배로 카모르를 살렸다는 사실을 최근에야 알게 되었다! 아보라가 이 성배를 카모르의 입술에 갖다 대자 카모르의 상처가 나았지! 그리고 수 세기가 지난 지금 이 성배는 우리에게 돌아왔다!”

아까보다 더 큰 환호성이 터져 나왔다. 사방에 가득한 얼굴을 힐끔거린 칼리스타는 탐욕에 굶주린 귀족들의 눈을 보고 마음이 불편해졌다.

‘숭고한 원정을 떠나는 우리의 문화가 언제부터 이렇게 타락했지? 언제부터 우리의 원정이 약탈과 습격의 명분으로 내세우기 쉬운 것 그 이상도 이하도 아니게 됐지? 어느 순간부터 그저 죽이고, 비옥한 땅을 차지하고, 이웃을 약탈하기 위한 명분이 됐지? 언제부터 카마보르 왕국에 부와 명성을 가져다줄 도시국가와 국가에 대한 침입을 정당화하는 수단으로 사용됐지?’

칼리스타는 카모르의 원정 이념이 돌이킬 수 없이 타락한 시점을 고작해야 몇 세대 전으로 추측했다. 냉소적으로 생각해 보면 카모르 시절부터 그랬을지도 몰랐다. 어찌 됐든 카모르는 군대를 지휘하는 전쟁군주였으며 ‘신성’을 손에 쥐고 쓰러진 적의 시체 위에 사랑하는 조국을 세웠기 때문이다.

오늘의 전투도 그와 다를 바 없었다. 산토라스는 알로베드라의 남동쪽, 끊임없이 확장하는 카마보르 국경 바로 밖에 있는 독립 도시 국가였다. 두 국가는 오랜 세월 역사를 같이하며 수많은 상황에서 함께 아군이 되어 싸웠다. 두 국가 사이의 교역은 두 국가 모두에게 이익이 되기도 했다. 그러나 한 사제가 산토라스 성벽 안의 신비한 힘이 깃든 고대 가보를 되찾는 것 — 사제의 표현에 따르면 보호하는 것 — 이 선조의 뜻이라고 주장하면서 그 관계는 한순간에 무너지고 말았다.

오늘 거둔 승리로 만족스러웠던 칼리스타의 기분이 낮게 가라앉았다. 칼리스타는 탐욕으로 물든 환호에 가세하지 않았다. '여기서 멈춰야 해.' 물론 쉬운 일은 아닐 것이다. 그러나 칼리스타는 비에고가 아직 미숙한 점이 있어도 마음이 따뜻한 사람이라는 것을 알았다. 올바른 길로만 이끈다면… 비에고가 올바른 일을 할 것으로 믿었다.

모두 환호하는 동안 칼리스타는 이졸데를 바라보았다. 이졸데는 미소를 띠며 웃고 있었지만 칼리스타는 그것이 억지웃음이라는 것을 알 수 있었다. 칼리스타는 조용히 선조에게 감사했다. 이졸데의 영향이 있다면 실제로 변화가 가능할지도 몰랐다. 이졸데는 지금 카마보르의 왕비였지만 카마보르는 이졸데가 태어나기 전 이졸데의 나라를 짓밟았다. 그 침략도 이번처럼 사제단이 신성한 원정을 주장한 게 발단이었다. 카마보르가 원정 문화를 뒤로하도록 이끌고자 하는 게 칼리스타뿐이었다면 성공할 가능성이 크지 않았을 것이다. 하지만 이졸데의 도움이 있다면 비에고도 흔들릴 게 틀림없었다.

그러나 칼리스타는 아주 실리적인 사람이기도 했다. 오늘 전투는 미카엘의 성배를 차지하는 것과 아무런 관련이 없었다. 이번 침략이 선언되기 전 사제단 외에 이 유물에 대해 들어 본 사람이 있던가? 산토라스의 부가 카마보르의 금고에 도움이 되긴 하겠지만 산토라스를 차지하는 것도 이번 침략의 주요한 목적은 아니었다. 길게 보면 평화로운 무역 동맹을 유지하는 게 수익성 측면에서는 더 좋았다.

오늘은 비에고가 전장에서 승리를 거두었다는 게 중요했다. 비에고는 국경 너머의 이들에게 메시지를 보내야 했다. 카마보르의 사자로 불리는 전설적인 전사 왕은 죽었지만 그 아들이 대를 이었다는 선언이었다. 이를 통해 비에고는 만만한 상대가 아니며 카마보르가 여전히 무시할 수 없는 세력이라는 것을, 카마보르를 거스르면 학살로 이어진다는 것을 시기적절하게 상기시킬 수 있었다.

게다가 최근 들어 기사단이 점점 제멋대로 굴고 있었다. 이번 승리를 쥐여 주면 잠시나마 만족하며 잠자코 있을 터였다.

칼리스타는 억지로 웃으며 박수를 쳤다. 오늘의 전투는 꼭 필요한 일이었다.

그러나 주위를 돌아본 칼리스타의 눈에 비친 기사들과 귀족들은 전혀 사람처럼 보이지 않았다. 위에서 빛나는 부자연스러운 빛에 모두 얼굴색이 빠져나가 악령과 악귀 같아 보였다.

칼리스타는 두려움에 몸서리를 쳤다.

제 3 장

그들이 눈에 띈 것은 부자연스럽게 침착한 행동 때문이었다.

다른 하인들은 카마보르인들이 당장에라도 달려들 것처럼 하나같이 겁에 질려 떨고 있었다. 당연한 일이었다. 산토라스 군대는 고작 몇 시간 전 전장에서 궤멸했다. 하인들은 눈을 마주치지 않으려고 애쓰며 덜덜 떨리는 손으로 정복자들의 시중을 들었다.

반면 새로 채운 술병과 음식이 담긴 쟁반을 들고 왕의 탁자로 접근하는 두 하인에게서는 아무런 감정도 엿보이지 않았다. 남자 하나와 여자 하나였다. 두 하인은 어느 모로 보나 평범했다. 딱히 기억에 남는 얼굴도 아니었다. 다른 때였다면 둘의 위장은 완벽했겠지만 지금 칼리스타가 이상한 점을 느낀 것은 훈련된 행동 때문이었다. 저 둘이 초조해 보였다면 일이 일어난 후에야 정체를 눈치챘을지도 몰랐다.

칼리스타는 주변의 의문스러운 눈길을 무시하며 일어나 창을 낚아챘다. 헤카림이 뒤에서 뭐라고 말했지만 하인인 척하는 두 사람에게 집중한 칼리스타의 귀에는 아무것도 들리지 않았다. 아직 자신이 잘못 판단했을 가능성도 배제할 수 없었기에 소리를 지르진 않았다.

칼리스타는 왕이 있는 탁자를 향해 성큼성큼 걸어갔다. 탁자를 둘러싼 근위병들은 경계를 게을리하지 않았다. 두 하인의 몸을 가볍게 두드리며 소매와 옆구리에 숨겨 둔 무기가 없는지 확인했다. 아무것도 찾지 못한 근위병들은 두 하인이 지나가도록 허용했다.

'내가 틀렸을지도 몰라.' 칼리스타가 생각했다. 하지만 께름칙한 느낌을 떨치지 못한 칼리스타는 걸음을 재촉했다.

두 하인이 흩어졌다. 술병을 쥔 여자는 얌전히 고개를 숙인 채 왕이 앉은 탁자 옆으로 향했다. 남자는 방금 요리한 진미가 담긴 쟁반을 들고 반대쪽으로 갔다. 탁자 위에 음식이 수북한 접시를 놓은 남자는 바로 빈 접시를 수거하며 왕이 있는 쪽으로 움직이기 시작했다.

칼리스타는 왕의 탁자까지 반쯤 이동한 상태였다. 이졸데에게 푹 빠져 다른 것을 신경 쓸 정신이 없는 비에고는 칼리스타가 오는 것을 눈치채지 못하고 있었다. 그래도 칼리스타는 소리를 지르지 않았다. 아직 확신이 서지 않았다.

왕의 호위 무사 바아스크는 근처 그림자 속에 서서 한쪽 손을 칼자루에 가볍게 올려놓은 채 위협이 될 만한 것을 살피고 있었다. 바아스크가 왕에게 다가가는 여자 하인을 향해 시선을 돌렸다. 바아스크는 왕의 매로 불렸다. 아주 적절한 표현이었다. 위협이 있다면 바아스크가 놓칠 리 없었다.

칼리스타도 그럴 것이라 생각했다.

그때, 여자의 입술이 열리자 비에고가 고개를 반쯤 돌렸다. 올려다보지 않고 고개를 끄덕이며 감사를 표한 비에고가 자신의 술잔을 가리켰다. 여자는 뚫어지게 바라보는 바아스크의 시선을 피해 다른 손이 보이지 않도록 몸을 돌린 채 상체를 기울여 술잔을 채우기 시작했다.

보이지 않게 숨긴 여자의 주먹에서 검은 연기가 리본처럼 휘감기며 뻗어 나왔다. 마치 물에 떨어진 잉크가 소용돌이치는 것 같았다. '마법이야!' 연기는 순식간에 순수한 암흑의 검으로 변했다. 칼리스타가 한 번도 본 적이 없는 종류의 마법이었다. 바아스크도 근위대도 아직 이상한 점을 눈치채지 못한 상태였다.

상황을 아는 것은 칼리스타뿐이었다.

암살자가 검을 꽂을 준비를 했다. 그 순간에도 아무런 감정이 실리지 않은 암살자의 얼굴에서는 그 어떠한 의도도 느낄 수 없었다. 그 순간에도 칼리스타는 소리를 지르지 않았다. 누군가 반응하기도 전에 왕이 죽을 것을 알았기 때문이다.

칼리스타는 악을 쓰며 창을 던졌다. 지금까지 자신이 다진 실력과 힘을 있는 힘껏 실어 던지며 선조에게 그것이 부족하지 않기를 기도했다. 창은 공기를 가르며 근위대를 지나쳐 곧장 날아갔다.

뒤늦게 고개를 든 암살자는 몸을 돌려 피하려고 했지만 너무 느렸다. 그녀는 정면으로 창을 맞고 뒤쪽으로 처박혔다.

잠시 멍한 침묵이 흘렀다. 그리고 안뜰이 폭발하듯 소란스러워졌다. 여기저기서 고함이 터져 나왔다. 기사들과 귀족들이 벌떡 일어나며 의자가 쾅 넘어갔다. 눈을 크게 뜬 비에고는 창을 맞고 처박힌 암살자를 바라보며 자리에서 일어섰다.

칼리스타는 앞으로 달려가며 허리춤에 있는 단검을 뽑았다. 착각한 근위병들이 앞을 가로막으려고 했지만 칼리스타는 그 와중에도 죽은 암살자의 동료를 시야에서 놓치지 않으려고 애쓰며 능숙하게 옆으로 피했다. 남자는 수거하던 접시를 떨어뜨리고 충격과 공포로 몸을 웅크린 것처럼 탁자 옆에 무릎을 꿇고 있었다. 속임수였다. 아무것도 없는 남자의 손에 어둠이 휘감기며 검 한 쌍이 형태를 갖추었다.

바아스크가 다가오는 칼리스타를 보았다. 바아스크의 검은 뽑혀 있었다.

"저기, 저기!" 칼리스타가 두 번째 암살자를 손가락으로 가리키며 소리쳤다.

위협을 확인한 바아스크가 고개를 끄덕였다. 바아스크는 비에고를 다소 거칠게 자신의 뒤로 끌어당긴 후 비에고와 암살자 사이를 가로막았다. 이졸데는 의자에서 내려와 몸을 낮게 웅크리고 있었다. 바아스크는 고함을 지르며 왕의 탁자를 옆으로 뒤집어 임시 방어벽을 만들었다. 도기 그릇과 병이 판석에 부딪히며 산산조각 났다.

암살자가 으르렁거렸다. 부자연스럽게 침착한 표정은 벗어던진 상태였다. 근위병 둘이 공격했다. 암살자는 물 흐르듯 움직이며 근위병의 검을 미끄러지듯 피했다. 근위병들의 움직임은 상대적으로 둔하고 느려 보였다. 암살자는 어찌나 빠른지 지나간 자리에 흐릿한 형체를 남길 정도였다. 근위병들은 암살자가 지나간 후에야 쓰러졌다. 공격하는 모습은 보이지도 않았다.

그때 칼리스타가 나타났다. 칼리스타의 검이 공중을 가르며 암살자의 목을 노렸다. 암살자는 칼리스타의 단검을 쳐 낸 후 맹렬한 속도로 다른 검을 휘둘렀다. 암살자의 무기에서는 검은 그림자가 뚝뚝 떨어지는 것 같았다. 칼리스타는 몸을 뒤로 젖히며 사나운 공격을 피했다. 공격은 간발의 차이로 빗나갔다. 암살자가 칼리스타의 흉골을 발로 차자 칼리스타가 숨을 토하며 나가떨어졌다.

검은색 검에 베인 근위병 둘이 또 쓰러졌다. 암살자는 탁자로 만든 방어벽 위를 부숴 표적에게 가는 길을 확보했다. 그곳에 있던 바아스크가 공격하는 뱀처럼 앞으로 튀어나왔다. 칼리스타는 바아스크만큼 빠른 검사를 본 적이 많지 않았다. 하지만 그런 바아스크조차 암살자 앞에서는 물에서 움직이는 것처럼 느려 보였다. 암살자는 바아스크의 공격을 이리저리 피하며 점점 더 가까이 다가갔다.

칼리스타는 자리에서 일어섰다. 숨조차 쉬기 어려웠지만 비에고를 보호해야 했다.

바아스크는 암살자가 자신보다 한 수 위라는 걸 알았다. 칼리스타는 바아스크의 눈을 보고 알 수 있었다. 바아스크가 그답지 않게 어설픈 공격을 하며 암살자에게 틈을 내주었다. 순식간에 거리를 좁힌 암살자가 두 검을 모두 바아스크에게 꽂았다.

바아스크가 암살자의 어깨 너머를 바라봤다. 바아스크의 시선이 칼리스타에게 고정됐다. 칼리스타는 깨달았다. '일부러 결정타를 유도하려고 틈을 내준 거야.' 암살자 역시 그 사실을 깨달았지만 때는 이미 늦었다. 바아스크가 암살자를 꽉 붙들었다. 암살자는 벗어나려고 했지만 꼼짝도 할 수 없었다. 칼리스타는 칼끝으로 암살자의 목을 노렸고, 그는 즉사했다.

칼리스타가 바이스크의 숭고한 희생에 감사를 표할 기회는 없었다. 바이스크는 이미 쓰러져 최후의 몸부림을 치고 있었다. 검게 변한 혈관이 바이스크의 창백한 목을 타고 올라가 눈을 가득 채웠다.

칼리스타는 첫 번째 암살자의 시신에서 창을 뽑은 후 비에고의 옆으로 갔다. 이졸데의 어깨를 감싼 비에고는 이졸데를 달래며 다시 의자에 앉히고 있었다.

"다쳤어?" 칼리스타가 물었다.

"난 괜찮아."

"전하는 괜찮으십니까?"

이졸데가 겁에 질린 채 크게 뜬 눈으로 올려다보았다. 이졸데는 충격을 받아 아무 말도 하지 못하고 고개를 끄덕였다.

"정체가 뭐지?" 비에고가 으르렁거렸다.

"그보단 누가 보냈는지가 더 중요해." 칼리스타가 중얼거렸다. 자신의 바보 같은 행동에 욕지거리가 나왔다. '두 번째 암살자를 살려 뒀어야 했는데.' 암살자를 보낸 자의 정체가 그와 함께 사라져 버리고 말았다. 칼리스타는 창 뒷부분으로 여자 암살자가 떨어뜨린 검을 쿡 찔렀다. 검은 마치 재로 만들어진 것처럼 분해되어 돌바닥에 검은 얼룩만을 남기고 사라졌다.

이제 왕과 왕비 주변에는 더 많은 근위병이 무기를 꺼내 들고 있었다. 그래도 칼리스타는 경계를 늦추지 않았다. 또 다른 위협이 없는지 확인하며 수많은 얼굴을 훑어보았다. 움직임과 소음이 너무 많아 구분하기 어려웠지만 칼리스타의 눈이 고개를 숙인 채 사람들 사이를 비집고 지나가는 하인에게 향했다.

"저자를 막아라!" 칼리스타가 그 하인을 가리키며 소리쳤다. "잡아!"

구경꾼들이 재빨리 물러서고 근위대가 하인을 향해 달려갔다. 하인인 척하던 남자는 즉시 태세를 바꿔 춤을 추듯 민첩하게 탁자 위로 올라갔다. 남자의 손에서 암흑의 검이 형태를 갖추었다. 남자는 단단하게 변한 검을 휙 뒤집더니 능숙하게 붙잡은 후 던졌다.

검은 빙글빙글 회전하며 비에고를 향해 날아갔다.

"안 돼!" 칼리스타는 앞으로 뛰어오르며 검이 날아가는 방향에 필사적으로 창을 휘둘렀다. 창은 검에 간신히 닿았다. 아주 살짝 건드렸을 뿐 검의 방향을 완전히 바꾸지는 못했지만 회전하는 검이 공중에서 흔들리기엔 충분한 수준이었다.

순간적으로 자신이 실패했다고 생각한 칼리스타는 비에고가 죽을 것이라고 확신하며 날아가는 검을 눈으로 좇았다.

검은 이졸데가 앉아 있던 등받이가 높은 의자로 날아가 박혔다. 이졸데는 움찔하며 몸을 돌렸다. 혐오스러운 검이 이졸데 바로 옆에서 떨리고 있었다.

칼리스타는 참고 있던 숨을 내쉬었다. 아슬아슬했지만 자신의 몫은 다 했다. 기사들과 근위병들이 무기를 겨누며 암살자를 에워쌌다. 아무리 실력이 좋은 자도 저곳에서 벗어날 순 없었다. "생포해라! 반드시 생포해야 한다!" 칼리스타가 지시했다. 근위병 셋이 쓰러졌지만 암살자는 곧 방패와 무장한 주먹, 칼자루 끝으로 내리치는 공격 세례에 나가떨어졌다.

비에고는 그 정도에 만족하지 않았다. 하마터면 이졸데가 검에 맞을 뻔한 모습을 본 비에고는 이성을 잃었다. 아무것도 없는 손에 무기를 불러낼 수 있는 것은 암살자들뿐만이 아니었다. 비에고가 한쪽 손을 내밀었다. 거의 감지할 수 없을 정도로 미세하게 공기가 움직이며 비에고의 주먹에서 '신성'이 그 형체를 드러냈다. 왕의 검과 영혼으로 묶인 비에고는 자신의 의지대로 검을 소환하고 사라지게 할 수 있었다. 비에고는 붉게 상기된 얼굴로 눈을 번뜩이며 바닥에 누워 있는 암살자를 향해 성큼성큼 걸어갔다.

"전하." 칼리스타가 서둘러 비에고의 보조를 맞추며 경고했다.

"비켜!"

"비에고." 칼리스타가 낮게 말했다. "죽이면—"

"물러서!" 비에고가 칼리스타를 밀칠 것처럼 팔을 휘둘렀다. 비에고의 손이

칼리스타에게 닿지는 않았다. 하지만 칼리스타는 저항할 수 없는 힘에 미끄러지듯 밀려나며 휘청거렸다.

여기저기서 숨을 헉 들이쉬는 소리가 들려왔다. 비에고는 카마보르 왕국 역사상 마법의 힘을 타고난 첫 번째 군주였다. 대부분은 비에고가 어머니의 혈통에서 이 힘을 물려받았을 것이라고 믿었다. 왕궁 외부 사람이 비에고가 힘을 쓰는 모습을 본 경우는 거의 없었다. 비에고가 전장에 나가 싸우고 싶어 하던 이유 중 하나도 바로 이 때문이었다. 비에고는 국민들과 아군에게 자신이 지닌 힘을 보여 주고 싶어 했다.

다시 몸을 가눈 칼리스타는 열 걸음 이상 밀려난 상태였다.

"물러서라!" 비에고가 누구 하나 죽일 듯한 얼굴로 다시 외치자 비에고의 분노가 담긴 보이지 않는 힘이 폭발하며 암살자를 짓누르고 있던 병사들이 모두 공중으로 날아갔다.

"그자가 있어야 해!" 칼리스타가 외쳤지만 비에고에게는 칼리스타의 말이 들리지 않았다. 칼리스타는 전에도 비에고의 이런 모습을 본 적이 있었다. 왕위에 오른 후에는 마음을 조금 더 잘 다스리는 편이었지만, 어렸을 때 비에고는 종종 이렇게 분노를 드러내곤 했다. 내면의 피가 들끓으면 비에고는 아무것도 듣지 못했다. 비에고의 피를 타고 흐르는 신비한 힘은 비에고의 감정이 격해질 때 더 강력해지는 것 같았다.

비에고는 피투성이가 된 채 엉망이 된 암살자 앞에 섰다. 양손으로 움켜쥔 '신성'은 마치 사형 집행인의 검 같았다. 거칠게 숨을 쉬는 비에고의 눈은 증오로 찌푸려져 있었다. "감히 내 왕비를 위협해?" 비에고가 씩씩거렸다. "감히 날 죽이려고 해?"

암살자는 비틀거리며 몸을 일으켜 앉았다. 한쪽 귀에서는 피가 흘렀고 두 눈은 거의 뜨지도 못할 정도로 부어오른 상태였다. 한쪽 팔은 이상한 각도로 꺾여 있었다. 기절하지 않은 게 신기할 지경이었다. 암살자는 멍하니 눈을 깜빡이며 비에고를 올려다보았다.

“난 이 세계에서 가장 위대한 국가 카마보르의 왕이다.” 비에고가 으르렁거렸다. “그리고 넌 아무것도 아니지.”

“비에고! 죽이면 안 돼!” 칼리스타가 비에고의 힘에 저항하며 소리쳤다. 하지만 보이지 않는 벽을 미는 것 같았다.

비에고는 날이 밑으로 가도록 왕의 검을 거꾸로 움켜쥐고는 암살자의 숨을 끊었다.

칼리스타를 억누르던 압박이 갑자기 사라지며 칼리스타의 몸이 앞쪽으로 휘청거렸다. 비에고가 검을 뽑자 암살자가 바닥으로 엎어졌다. 암살자의 살은 마치 햇빛에 너무 오래 말린 과일 조각처럼 바싹 말라 있었다.

안뜰은 조용했다. 모든 사람이 일어선 채 얼어붙어 있었다.

그때 이졸데의 목소리가 침묵을 깼다. “비에고.” 이졸데가 속삭이듯 말했다. 이졸데의 손끝에 피가 묻어 있었다.

공포에 질린 칼리스타는 암살자가 던진 검이 이졸데가 입은 드레스의 얇은 천을 가르며 이졸데의 어깨에 얕은 상처를 남겼다는 사실을 깨달았다. 쓰러져 몸부림치는 바아스크의 피부 아래에서 고동치던 검은 핏줄을 떠올린 칼리스타의 심장이 철렁 내려앉았다. “선조시여, 제발 자비를 베푸소서.” 칼리스타가 속삭였다.

등받이가 높은 의자의 목재 부분에 꽂혀 있던 검이 재로 변하더니 부드러운 늦바람에 흩날려 사라졌다.

이졸데의 눈이 위로 뒤집히자 비에고의 목에서 억눌린 듯 비통하게 울부짖는 소리가 터져 나왔다.

이졸데는 얕은 숨을 내뱉으며 바닥으로 쓰러졌다.

제 4 장

축복의 빛 군도, 헬리아
비에고의 대관식으로부터 18개월 후

에를로크 그라엘은 헬리아 아래 깊숙한 곳에 있는 금고 복도를 걸으며 인상을 찌푸렸다.

허리띠에서는 체인과 열쇠가 달그락거렸다. 그라엘의 등불이 깜빡거리며 주변에 춤을 추는 듯한 그림자를 겹겹이 드리웠다. 수많은 영혼과 악마가 신이 나서 뛰어다니는 것 같았다. 그라엘은 그 모습에 불안해하긴커녕 편안한 기분을 느꼈다. 15년에 가까운 세월 동안 그라엘의 동행, 동료, 심복이었던 존재였다. 말 없는 목격자이자 친구, 공모자였던 것이다.

어떨 때는 그림자가 그라엘을 심판하는 듯한 느낌이 들었다. 어둠 속에 있으면 그림자가 속삭여 오며 증오에 찬 충동과 난폭한 생각을 끊임없이 불어넣기도 했다.

잠시 멈춰 선 그라엘은 육중한 나무 문의 경첩을 덜컹거리며 문이 잘 잠겼는지 확인했다. 그리고 등을 높이 들더니 문에 난 철창을 통해 안을 들여다봤다. 작은 방에는 자물쇠 달린 철제 상자 하나가 바닥 한가운데 덩그러니 놓여 있었다. 그라엘은 등을 앞뒤로 비춰 보며 방구석에 남아 있는 어둠을 몰아내 별다른 게 숨어 있진 않은지 확인했다. 만족한 그라엘은 다시 발걸음을 옮겼다.

이것이 바로 하찮은 문턱 감시대원의 생활이었다. 헬리아 밑에 있는 어두운 복도와 통로를 걸으며 세상으로부터 숨겨야 할 만큼 중요하거나 위험한 것으로 여겨지는 유물들이 얌전히 숨겨져 있는지 확인하는 게 그라엘의 임무였다. 그렇다고 해서 그라엘이 지키는 게 아주 중요하거나 위험한 유물인 것도 아니었다. 상대적으로 덜 중요한 유물만 그라엘에게 맡겨졌다. 그라엘이 실력을 증명할 기회는 오지 않았다. 옹졸한 직속상관, 막심 간수장은 틈이 날 때마다 그라엘을 깔보고 깎아내리는 데서 즐거움을 찾았다.

수장들의 말은 거짓말이었다. 수장들은 그라엘이 겸손이나 공감 능력을 배우길 바라며 잠시 이곳으로 보낸 게 아니었다. 그라엘이 이곳에서의 경험을 통해 성장했다는 걸 증명할 기회는 절대 오지 않을 것이다. 그라엘은 자신이 눈에 띄지 않도록 이곳으로 보내졌다는 사실을 깨달은 지 오래였다. 그들은 그라엘의 존재 자체를 잊기 위해 그라엘을 보이지 않는 곳으로 치워 버린 것이다.

그라엘은 외로이 순찰을 계속하며 문이 잠겨 있는지, 봉쇄된 부분이 망가지지는 않았는지 확인했다. 이 어두운 지하에서는 몇 주씩 다른 사람을 보지 못하는 게 그리 드문 일은 아니었다. 금고 감시대원은 근무 시 각자에게 지정된 순찰 구역을 돌아야 했다. 해가 들지 않는 깊은 터널은 수십 개의 층에서 가지를 뻗치듯 한없이 길게 이어져 있어 의도하지 않고서야 누군가와 맞닥뜨릴 일이 거의 없었다. 그라엘은 다른 대원들과 마주치고 싶지 않았다. 그들을 경멸했기 때문이다.

겉보기에 헬리아는 풋풋한 얼굴의 젊은 학자들과 로브를 입은 수장들이 지식을 추구하고 보전하는 아름다운 학문의 도시였다. 평화롭고 풍요로운 지식의 낙원이었다. 그러나 속을 들여다보면 구린내가 진동하는 족벌주의와 위선으로 가득한 결사의 본모습이 드러났다.

중추 기관은 빛의 결사가 평등한 교육을 지향하는 척했지만 가장 심오한 수

수께끼를 깊숙이 묻어 두기 위해 안간힘을 썼다. 그라엘은 그 비밀을 직접 알아내는 것을 자신의 사명으로 삼았다. 그리고 깊숙이 뒤질수록 더 많은 것을 발견했다.

그라엘은 마치 무덤을 파헤치듯 비밀을 캐냈다. 수장들이 이렇게 공들여 숨기는 것이라면 뭔지 몰라도 어마어마한 힘이 있는 게 분명했다. 그들이 무슨 권한으로 공유할 지식과 숨길 지식을 결정한다는 말인가? 오만이 하늘을 찔렀다. 중추 기관의 수장들은 오로지 자신들을 위해 이 힘을 끌어모으고 빈틈없이 감시했다.

그라엘도 중추 기관의 일원이 됐어야 했다. 15년 전, 기관이 그를 받아들였어야 했지만 그 영광은 헬레스모어의 타이러스에게 돌아갔다. 타이러스라니! 그자는 멍청이였다. 그러나 부유하고 명망 높은 집안 출신이었고 그라엘은 아무런 배경도 없었다. 한때 자신이 뛰어난 머리와 학구적 감각으로 최고의 자리에 오르리라 믿어 의심치 않았던 그라엘은 수장들이 자신을 일원으로 받아 줄 리 없다고 확신하게 되었다. 그라엘에게는 연줄도 부도 유산도 없었다. 그라엘 같은 사람은 배제되기 마련이었다.

그라엘은 여전히 그때의 치욕에 시달렸다.

그가 순찰하는 터널은 지면 아래에서 구불구불 멀리까지 이어졌다. 미로 같은 땅굴이었다. 열심히 살펴봤는데도 아직 확인하지 못한 곳이 많았다. 헬리아는 흰개미 때문에 구멍이 숭숭 뚫린 썩은 그루터기와 같았다. 연줄에만 의지하며 안주하는 도시는 안에서부터 썩어 가고 있었다. 무너지는 것은 시간문제였다.

그라엘은 결코 독실한 사람이 아니었다. 어떤 신에게도 충성을 맹세하지 않은 그는 신앙심이 사후 어떻게 될지 모른다는 공포에서 비롯된 것이라고 생각했다. 삶에는 딱히 대단한 이유가 없다는, 세상은 차갑고 비정한 곳이라는, 누군가 죽고 사는 건 아무런 의미가 없다는 불편한 진실을 외면하고 거짓된 위안을 얻고자 하는 욕망에서 비롯된 것이라 생각했다. 그럼에도 그라엘은 축복의 빛 군도가 무너지는 순간 자신이 그곳에 있게 해 달라고 기도했다.

그는 자신을 에워싼 그림자와 씁쓸한 마음을 벗 삼아 고요한 복도를 걸으며 계속해서 나아갔다. 끝없는 터널은 구불구불하고 방향을 종잡을 수 없는 미로 같았지만 수년간 돌아다니니 눈을 감고도 어디가 어디인지 알 수 있었다. 처음 감시대에 들어왔을 땐 걸핏하면 길을 잃곤 했다. 한번은 등기름이 떨어지는 바람에 사흘 동안 어둠 속에 갇힌 적도 있었다. 그때 그라엘은 손으로 주변을 더듬으며 앞으로 나아갔다. 겨우 나가는 길을 찾았지만 순전히 운 덕분이었다. 감시대원, 특히 신참이 이곳에서 죽는 것은 드문 일이 아니었다.

신참 시절 그라엘은 지도, 벽과 바닥의 분필 표시, 실뭉치에 의지하며 길을 찾았다. 지금은 그런 게 필요하지 않았다. 순찰 경로를 다 외웠기 때문이다. 가끔은 일부러 칠흑 같은 어둠 속을 걸으며 자신을 시험할 때도 있었다. 그라엘은 어떤 곳을 밟으면 울퉁불퉁한지, 어긋난 돌이 어디 있는지 전부 알았다. 앞이 안 보여도 발을 헛디디지 않을 정도였다. 여유 시간에 잠긴 금고에서 몰래 가져온 두꺼운 금서와 두루마리를 미친 듯이 넘기며 수장들이 숨긴 비밀을 찾아볼 때가 아니면 지정된 순찰 구역을 한참 벗어난 경계 구역을 탐색하고 확인하며 미로 깊숙한 곳을 조사했다.

깊은 지하에서는 시간의 흐름을 가늠하긴커녕 밤낮도 구분하기 어려웠다. 빛은 지면까지 쭉 뻗어 있는, 교묘하게 제작된 수직 통로를 통해 가장 위에 있는 몇 개의 층에만 들어왔다. 많지는 않지만 바다를 향해 좁은 창구멍이 나 있는 복도도 있었다. 창을 통해 보이는 건 별로 없었지만 소금기와 물보라가 실린 상쾌한 바람이 들어오면 탁하고 건조한 금고 내부의 공기에서 잠시나마 벗어날 수 있었다. 물론 이런 구역은 인기가 많아 지위가 높은 감시대원이 담당하곤 했다. 뇌물과 아첨을 통해 꼭대기까지 올라간 자들 말이다.

그라엘이 잠을 자며 몇 없는 소지품을 보관하는 방도 모든 것을 집어삼키는 어둠에 휩싸여 있었다. 등불을 끄면 코앞에서 흔드는 손도 보이지 않았다. 어둠 속에 너무 오래 있으면 정신이 이상해지기 십상이었다. 시각적 자극이 없으면 정신은 마음속 깊이 있는 기억과 영혼의 가장 깊숙한 구석에서 끌어낸 형상을 만들어 냈다. 감시대원이 광기에 빠지는 것은 드문 일이 아니었다.

구불구불 도는 긴 순찰을 마친 그라엘은 차가운 돌을 손끝으로 무심히 쓸며 자신의 방으로 돌아가기 시작했다. 다른 감시대원들은 근무가 끝나면 곧장 공용 식당으로 가곤 했다. 식사 시간은 살아 있는 존재와 마주할 수 있는 유일한 시간이었지만 그라엘은 꼭 필요한 때가 아니면 남에게 모습을 드러내지 않았다. 그라엘의 방에는 물병 여러 개와 몇 주치 건조식품이 있었다. 그는 혼자 식사할 생각이었다. 무엇보다 며칠 전 동쪽 하층부 금고에서 몰래 가져온 두꺼운 책들을 계속 읽고 싶은 마음이 간절했다.

단단한 돌 사이로 난 좁은 나선 계단을 내려가던 중 아래에서 어떤 소리가 들려왔다. 멈춰 선 그라엘은 급히 등불의 덧창을 내려 빛을 숨겼다. 그리고 그 자리에 한참 서서 귀를 기울였다.

아무 소리도 들리지 않았다.

착각이었을까? 충분히 가능한 일이었다. 터널에서는 소리가 이상하게 울렸기 때문에 소리의 근원지가 어느 쪽인지, 얼마나 떨어져 있는지 가늠하기 어려웠다. 이유를 알 수 없는 두드리는 소리, 삐걱거리는 소리, 앓는 소리, 발소리가 어둠을 뚫고 울리는 경우도 많았다.

그라엘이 조금 더 기다렸다가 다시 발을 옮기려던 찰나 다시 소리가 들려왔다. 이번에는 확실했다. 누군가 낮은 목소리로 이야기하고 있었다.

에를로크 그라엘은 등불을 가린 채 최대한 살금살금 계단을 내려가 자신의 방이 있는 복도로 향했다. 중얼거리는 소리가 들리더니 나무를 부수는 듯 갈라지는 소리가 났다. 마지막 모퉁이를 돌아 자신의 방에서 흘러나오는 빛을 본 그라엘의 얼굴이 분노로 일그러졌다. 순찰을 돌기 전, 아홉 시간 전쯤 문을 잠가놨었다. 문을 잠글 때 썼던 육중한 자물쇠가 부서진 채 돌바닥에 떨어져 있었다.

안에서 또다시 큰 소리가 나자 그라엘은 성난 발걸음으로 성큼성큼 빠르게 걸었다. 문턱을 넘은 그라엘의 눈이 증오로 차오르며 사나워졌다. 방은 아수라장이었다. 책상 서랍이 죄다 열려 있었고 그 안에 있던 물건은 바닥에 나뒹굴었다. 침대 밑에 있던 묵직한 상자는 잠금장치가 박살 난 채 밖으로 끌려 나와 있었다. 안에 있던 옷과 책은 여기저기 흩어진 상태였다. 침대도 거칠게 벽에서 끌어낸 듯한 모습이었다. 시트와 이불은 딱딱한 매트리스에서 뜯겨 나가 있었다.

순간 상자 바닥의 비밀 칸이 발각된 게 눈에 들어왔다. 침대 뒤쪽을 깎아 만든 우묵한 공간을 가려 주던 판석도 드러난 상태였다.

상황이 좋지 않았다.

그라엘 같은 감시대원의 임무는 금고에 넣어 둔 유물과 서적을 지키는 것이었다. 서면으로 수장들의 허가를 받지 않고 금고에서 물건을 꺼내는 자는 누구든 추방이었다. 하지만 그라엘은 몇 년 동안이나 금고 물건을 멋대로 꺼내 왔다. 그리고 이곳, 그라엘의 방에 범죄의 증거가 낱낱이 드러나 있었다.

얼굴이 붉어진 그라엘은 튀어나올 듯한 눈으로 자신의 잘못을 적발한 대머리 감시대원이 중얼거리는 모습을 바라봤다. 남자는 무릎을 꿇은 채 그라엘의 공책을 뒤지고 있었다. 그가 고개를 들었다.

막심 간수장이었다. 창백하고 살집이 있는 간수장의 얼굴에는 고소한 기색이 역력했다. 그는 오랫동안 그라엘을 무너뜨리려고 애쓰며 못살게 굴었다. 그리고 그라엘은 오랫동안 간수장의 옹졸한 괴롭힘을 버티며 저항했다.

막심이 맛있는 음식을 음미하듯 입술을 핥았다. "넌 이제 끝이다, 그라엘."

제 5 장

카마보르, 타오르는 계곡

칼리스타는 길게 이어지는 행군 대열을 따라 성큼성큼 걸으며 병사들을 거슬러 올라갔다. 밀집 대형을 이룬 주력군이 샌들을 신은 발로 굳고 갈라진 땅을 일제히 밟자 그들이 지나간 자리에 엄청난 먼지구름이 피어올랐다. 두 계절이 다 되어 가는 동안 비가 내리지 않았다. 벌써부터 가뭄의 여파가 왕국의 곳간까지 미칠 것이라는 말이 나오는 실정이었다. 굶주린 군대는 칼리스타에게도 큰 걱정거리였지만 지금은 그 문제를 걱정할 때가 아니었다.

병사들은 칼리스타가 지나가자 창을 높이 들었지만, 칼리스타는 경례에 답하지 않았다. 칼리스타는 어두운 표정으로 바깥과 차단된 거대한 가마에 시선을 고정하고 있었다.

주력군 병사 오십 명이 땀을 뻘뻘 흘리며 어깨에 지고 있는 거대한 왕의 가마는 웬만한 하층민의 집보다도 컸다. 이들은 수그러들지 않는 더위 속에서 사흘째 행군하고 있었다. 가마를 지는 병사들은 행군 속도가 느려지지 않도록 두 시간에 한 번씩 교대했다. 해가 뜨기 전에 시작되는 행군은 끊임없이 이어지다가 한낮에 잠시 멈춰 휴식한 후 해가 질 때까지 계속됐다. 강행군이었지만 이대로 가면 이틀 후 수도인 알로베드라에 도착할 수 있었다.

왕비는 죽지 않았다. 칼리스타는 자비를 베풀어 준 선조에게 감사했다. 미카엘의 성배가 아니었다면 이졸데는 연회에서 죽었을지도 몰랐다. 역설적인 상황이었다. 카마보르가 산토라스를 공격하는 바람에 암살 시도가 일어났을 가능성이 높지만, 공격으로 얻은 마법의 유물 덕분에 왕비가 살았으니까. 사실 칼리스타는 단지 산토라스를 공격하기 위한 핑계로 쓰인 값싼 장식물에 불과한 줄 알았던 유물이 진짜 효과를 발휘하자 조금 놀랐다.

성스러운 성배에는 신성한 치유의 효과가 있었기 때문에 왕비가 쓰러지자 서둘러 성배에 채운 물로 왕비의 입술을 적셨다. 그러나 성배의 힘은—왕의 고문 누뇨가 타고난 재능으로 극대화했는데도—퍼지는 독을 막을 수 없었다. 대신 독이 퍼지는 속도를 늦춰 치료 방법을 찾을 시간을 벌어 주긴 했다.

왕비가 살아 있는 한 희망은 있었다. 하지만 칼리스타는 먼지투성이 가마로 향하며 씁쓸히 고개를 저었다. 애초에 이런 일이 생기면 안 됐다. 칼리스타는 너무 늦게 움직인 자신이 원망스러웠다. 진작 암살자를 발견하고 더 일찍 소리치지 못한 자신이 원망스러웠다. 더 빠르거나 강하거나 똑똑하지 못해 이 비극을 미연에 방지하지 못한 자신이 원망스러웠다.

왕의 목숨을 살린 일로 찬사를 받았지만 영웅은커녕 패배자가 된 기분이었다. 칼리스타의 창 덕분에 암살자의 검이 원래 표적에서 빗나갔지만 그로 인해 왕비가 고통받게 됐으니까. 그 일은 칼리스타를 괴롭게 했다. 칼리스타는 머릿속으로 계속 암살 시도 장면을 되풀이하며 자신이 달리 행동할 방법은 없었는지, 비에고와 이졸데를 더 잘 지킬 방법은 없었는지 생각했다.

칼리스타는 후회와 자책을 잠시 접어 두고 가마로 다가갔다. 가마를 에워싼 근위병들이 고개를 끄덕이며 칼리스타를 들여보냈다. 가마 앞쪽에서 뻗어 나온 황금 계단은 거의 바닥까지 이어졌다. 칼리스타는 계단에 발을 디뎠다. 부하들의 등에 자신의 무게까지 더해졌다고 생각하니 마음이 편치 않았다.

칼리스타는 계단을 오르며 투구를 벗어 한쪽 팔 밑에 끼웠다. 가마의 두꺼운 캔버스 천은 공기와 빛이 들어오도록 뒤로 묶여 있었지만 대신 속이 비칠 정도로 얇은 비단 커튼이 내려져 있어 안은 잘 보이지 않았다. 근위병 하나가 비단을 옆으로 걷어 길을 열어 주었다.

내부는 국왕 부부가 머무는 곳에 걸맞게 호화스러웠고 필요한 가구를 모두 갖추고 있었다. 가마가 어찌나 호화롭고 흔들림이 없었는지 이곳은 왕궁이 아니라는 사실을 되새겨야 할 정도였다. 왕비는 거대한 침대에 의식 없이 누워 있었다. 혼미한 정신으로 고통에 시달렸을 때보다는 훨씬 나아 보였다.

비에고는 이졸데의 축 늘어진 손 한쪽을 붙잡고 있었다. 칼리스타가 들어오자 비에고가 고개를 들었다. 붉고 움푹 꺼진 비에고의 눈 밑은 검게 그늘져 있었다. 이졸데가 쓰러진 이후 잠을 자지 않은 것 같았다.

어의 라몬이 이졸데의 상처를 살펴본 후 새 붕대를 감으며 처치하는 중이었다. 라몬은 이들을 만나기 위해 수도에서 출발해 몇 시간 전 도착했다. 칼리스타는 수십 년간 왕실을 보필해 온 라몬을 잘 알았다. 어린 시절 칼리스타가 길들지 않은 종마를 안장 없이 타려고 했다가 팔이 부러졌을 때도, 바다에서 30미터 가까이 솟아 있는 카모르 종착지에서 뛰어내려 익사할 뻔했을 때도 라몬이 칼리스타를 보살펴 주었다.

"어떻지?" 비에고가 쉰 목소리로 말했다.

라몬이 한숨을 내쉬고 이마의 땀을 닦았다. "이런 것은 처음 봅니다. 상처가 치료제에 어떻게 반응하는지 봐야겠지만 고통을 덜어 드리는 것 외에 제가 할 수 있는 일이 있을지 모르겠군요. 피부밑에서 검은 혈관이 퍼지고 있어요. 느리지만 시간이 지나면 결국 심장까지 닿을 듯합니다. 송구합니다, 전하. 기적이 일어나지 않는 한 제가 할 수 있는 일은 더 이상 없을 것 같습니다."

칼리스타의 심장이 뒤틀리는 듯했다. 비에고는 아무 반응도 하지 않고 이졸데의 모습에서 시선을 떼지 않았다.

라몬이 칼리스타를 돌아봤다. 눈에 진심 어린 슬픔이 서린 라몬의 어깨는 축 처져 있었다. 칼리스타는 지친 듯한 미소를 지으며 라몬의 등을 토닥거렸다. 라몬의 진단은 어느 정도 예상한 것이었다. 적어도 칼리스타에게는 그랬다.

"그래서 할 수 있는 게 아무것도 없다고?" 비에고는 공격적으로 말하지 않았고 시선도 여전히 이졸데를 향한 채였지만 비에고를 잘 아는 칼리스타는 위험 신호를 알아차렸다.

"비에고…" 칼리스타가 주의를 줬다.

"전하." 라몬이 입을 열었지만 비에고가 늘씬한 손가락을 들어 입을 다물게 하며 라몬에게 몸을 돌리더니 낮게 말했다.

"아니. 왕비를 살리는 데 도움이 되는 말이 아니라면 더 이상 말하지 마라."

"어떤 독인지 알면 왕비 전하를 도울 수 있을지도 모릅니다."

칼리스타는 속으로 움찔했다. 비에고가 마지막 암살자를 죽이지 않았다면 얻을 수 있는 정보였을지도 몰랐다.

비에고가 라몬의 멱살을 잡으며 벌떡 일어섰다. 칼리스타처럼 키가 크고 군살 없이 늘씬한 비에고는 팔다리 힘이 무쇠 같았다. 라몬이 뭍에 올라온 물고기처럼 입을 떡 벌렸다.

"치료하지 못하는 치료사가 무슨 쓸모지?" 비에고가 으르렁거렸다.

"비에고, 놔 줘." 칼리스타가 어깨에 손을 올리며 말했지만 비에고는 칼리스타를 무시했다.

라몬을 붙든 비에고가 뒤쪽으로 성큼성큼 걸어갔다. 출구로 밀려나며 발 디딜 곳을 찾아 헤매는 라몬의 샌들이 질질 끌리고 미끄러졌다.

"네가 도울 수 없다면 쓸 만한 일이라도 하거나 도울 수 있는 자를 찾아라!" 비에고는 사납게 소리를 지르며 라몬을 가마 밖으로 밀쳤다. 외마디 비명과 함께 계단을 구른 라몬은 둔탁한 소리를 내며 흙먼지가 가득한 땅으로 떨어졌다.

비에고는 거친 숨을 몰아쉬며 다시 이졸데의 곁으로 돌아가 그녀의 손을 잡았다. 칼리스타는 얇은 비단 커튼을 통해 라몬이 다시 일어서려고 애쓰는 모습을 보았다.

"왕비를 잃을 순 없어, 칼." 비에고가 속삭였다. "대가가 뭐든 상관없어. 잃을 순 없다고."

입을 꾹 닫고 아무 말도 하지 않은 칼리스타는 별다른 말 없이 돌아서서 국왕 부부의 공간을 빠져나갔다. 황금빛 계단을 내려오며 술이 달린 투구를 다시 머리에 쓴 칼리스타가 땅으로 가볍게 내려왔다.

"비에고를 용서해 줘." 칼리스타가 일어서는 라몬을 도우며 말했다. 주황빛 흙먼지를 뒤집어쓴 라몬은 이곳저곳 멍이 든 게 분명했지만 떨어지면서 다친 것은 자존심뿐인 듯했다. "비에고는 괴로워하고 있어. 왕비는 비에고의 전부니까."

로브에 잔뜩 묻은 먼지를 의미 없이 털어 내는 라몬의 표정은 어두웠다. "그렇다면 앞으로 닥칠 일이 걱정이군요. 제 소견으로는 왕비 전하께서 회복하지 못하실 것 같으니까요. 국왕 전하는 어렸을 때도 항상 종잡을 수 없고 고집이 센 분이셨죠. 자신의 전부인 사람이 죽는다면 어떻게 나오실까요?"

칼리스타는 좋은 대답이 떠오르지 않았다.

"왕비 전하 일은 정말 안타깝습니다. 국왕 전하도 진심으로 안됐고요. 하지만 카마보르에는 강하고 안정적인 통치자가 필요합니다. 전하께서 과연 그런 분이실까요?"

"말조심해." 칼리스타가 낮은 목소리로 말했다. 대화가 흘러가는 방향이 마음에 들지 않았다. "비에고가 고통에 빠진 젊은 왕인 동시에 그대가 충성을 맹세한 왕이라는 사실을 명심하도록."

라몬이 어깨를 으쓱했다. "전하보다 칼리스타 님이 선왕을 훨씬 더 닮으셨군요. 칼리스타 님이 아르젠트 왕가를 이었다면 얼마나 좋았을까요."

"그런 생각은 두 번 다시 입에 담지 마라." 칼리스타가 날카롭게 말했다.

라몬이 칼리스타를 똑바로 바라보더니 끙 하는 소리를 냈다. "최악의 상황이 와도 제 존재가 환영을 받을지 모르겠군요." 라몬은 고개를 숙이고 슬픈 미소를 지었다. "왕가를 모실 수 있어 영광이었습니다. 이제 전 떠날 때가 된 것 같군요."

칼리스타는 라몬이 멀어지는 모습을 보며 천천히 익사하는 기분이었다. "약속했잖아." 칼리스타가 스스로에게 되뇌었다. 죽어 가는 왕에게 맹세한 약속이었다. 선왕은 이제 선조 사이에 서서 모든 것을 내려다보고 심판했다.

비에고를 지켜라. 카마보르를 지켜다오.

"노력하고 있어요." 칼리스타가 속삭였다.

여러 기사단의 수장들과 부관들이 헤카림의 호화로운 지휘 천막에 모여 탁자에 펼쳐진 지도를 둘러싸고 있었다. 인상을 잔뜩 쓴 칼리스타도 팔짱을 낀 채 그 사이에 서 있었다. 레드로스도 함께였지만 천한 신분에 걸맞게 귀족들이 모여 있는 뒤쪽 그림자 속에서 자리를 지켰다.

"이런 공격을 받고도 그냥 넘어갈 순 없습니다!" 황금 방패 기사단의 기사단장 시오도나 경이 딱 잘라 말했다. "나약한 얼간이들 같아 보일 겁니다!"

"누구를 상대로 보복하자는 말이죠?" 흑각 기사단의 레이디 오로라가 물었다. "암살자를 누가 보냈는지도 모르잖아요!"

시오도나가 장갑 낀 손가락으로 지도를 찔렀다. "이 세상 암살자의 절반은 타칸 항 출신입니다. 대군주들은 놈들을 너무 오랫동안 숨겨 줬습니다. 그곳을 쳐서 본보기로 삼아야 합니다. 감히 카마보르를 위협하는 자는 어떻게 되는지 보여 줍시다."

"타칸 항은 우리 우방이에요!" 오로라가 반발했다.

"산토라스도 그랬죠!" 시오도나가 냉소적으로 말했다. "지금은 카마보르의 일부가 됐고요!"

"그건 사제단이 명한 성전이었습니다." 오르도노 경이 으르렁거리듯 말했다. 푸른 불꽃 기사단은 독실하기로 유명했다. 칼리스타는 기사단장의 믿음이 특히 강하다는 사실을 알고 있었다.

시오도나가 히죽거렸다. "명분이 필요한 것이라면 타칸 항을 불태우는 게 선조의 뜻이라고 선언해 줄 사제 하나쯤은 찾을 수 있을 겁니다."

오르도노가 붉어진 얼굴로 노려보았다. "고귀한 선조들은 전쟁판과 정치판에서 이익에 따라 휘두를 수 있는 도구가 아닙니다, 시오도나. 선조를 욕보일 순 없습니다."

"나 참! 사제들이야말로 궁정의 그 누구보다 무자비하게 정치 놀음을 하지 않습니까! 아무리 경이라도 그건 부정 못 하겠죠!"

오르도노는 계속 반박하려는 듯했지만 칼리스타가 끼어들었다. "암살자들이 타칸 항에서 왔다고 하더라도 대군주들이 관련됐을 가능성은 적어요. 누구든 그들을 고용했을 수 있습니다. 우리 적은 한둘이 아니니까요."

"그리고 암살자들이 죽었으니 그 배후에 누가 있는지 알아낼 방법은 없겠죠." 헤카림이 덧붙였다.

"아무것도 안 하면 다른 이들을 부추기는 꼴밖에 되지 않습니다!" 시오도나가 소리쳤다.

"그럼 우방에 아무 책임이 없는 줄 알면서도 단지 힘을 과시하기 위해 공격할 거라는 말인가요?" 칼리스타가 쏘아붙였다.

"우리를 치려고 호시탐탐 기회를 엿보는 자들에게 공포를 불어넣을 수 있다면요? 그렇다면, 예, 그럴 겁니다. 생각해 볼 것도 없죠."

칼리스타는 뻔뻔스럽게 인정하는 말에 충격을 받았다. 단지 힘을 과시하기 위해 또다시 우방과 정당하지 않은 전쟁을 치른다고 생각하니 속이 뒤집히는 듯했다. 아무 죄 없는 이들이 또 얼마나 죽어 나갈까? '다른 방법이 있을 거야.'

시오도나가 말을 이었다. "자칼들이 주위를 맴돌고 있습니다. 놈들이 두려워했던 사자는 이제 죽었고 사자의 어린 새끼는 아직 힘이 검증되지 않았죠. 산토라스는 좋은 시작이었습니다. 하지만 힘과 무자비한 모습을 더 보여 줘야 합니다. 적들이 새끼 사자를 두려워하지 않는다면 우린 서서히 뜯어 먹히고 말 겁니다."

칼리스타는 평정을 유지하려고 안간힘을 썼다. "방금 경이 모시는 왕을 검증되지 않은 새끼 사자라고 부른 건가요?"

"무례를 범하려던 게 아닙니다. 솔직히 말해 보자 이 말입니다. 선왕께서 살아 계셨다면 이 방침에 동의하셨겠죠. 이미 타칸 항을 평정하시고도 남았을 겁니다!"

"선왕의 잔혹한 정복 전쟁이 지금 우리가 경계해야 하는 적들을 만들어 냈다는 생각은 안 드나요? 우리가 산토라스에 거둔 승리 때문에 앞으로 적이 더 늘어날 것이라는 생각은 안 드나요? 타칸 항을 친다면 다른 우방들이 다음은 자기들의 차례가 될 수도 있다는 생각에 그에 따라 움직일 거라는 생각은 안 드나요? 우리가 이 폭력과 전쟁과 응징의 악순환을 만들었어요. 이제 이 악순환을 끊어야 합니다. 계속하는 게 아니라요."

"이곳은 카마보르입니다! 적이 더 생긴다면 그러라지요! 새로운 적도 짓밟아 버리면 되니까요!"

칼리스타의 표정이 어두워졌다. "의도가 너무 뻔히 보이는군요, 시오도나 단장." 칼리스타가 낮게 말했다. "경은 황금 방패 기사단 근거지 가까이 있는 타칸 항의 부를 오랫동안 탐내 왔죠. 경의 사리사욕을 채우기 위해 이번 암살 시도를 명분으로 카마보르가 일으켜서는 안 되는 새로운 전쟁을 일으키게 하려는 거예요."

"어떻게 그런 말을…" 시오도나가 발끈하며 칼자루에 손을 가져갔다.

칼리스타는 레드로스가 있는 쪽에서 경고하듯 낮게 으르렁거리는 소리가 나는 것을 똑똑히 들었다. 도전에 직면할 준비가 되어 있는 군견의 소리였다. 물론 레드로스가 시오도나를 해치려고 한다면 이유가 어떻든 목숨을 부지할 수 없었다. 칼리스타는 손을 들어 레드로스를 진정시켰다.

"그만!" 헤카림의 목소리가 쩌렁쩌렁 울렸다. "왕비 전하께서 오십 보도 떨어지지 않은 곳에 지독한 상처를 입고 누워 계십니다! 지금은 서로에게 날을 세울 때가 아닙니다."

시오도나가 헤카림 쪽으로 몸을 홱 돌렸다. "하지만 레이디 칼리스타가 선왕의 유산을—"

헤카림의 검이 스르릉 울리며 검집에서 빠져나왔다. "레이디 칼리스타에게는 자신을 대신해 싸워 줄 자가 필요하지 않겠죠. 특히 저 같은 자는 말입니다." 헤카림이 시오도나에게 검을 겨눈 채 으르렁거리듯 말했다. "하지만 무례한 말을 한마디만 더 한다면 절 상대해야 할 겁니다."

시오도나의 얼굴은 시뻘겠다. "경도 저만큼이나 타칸 항을 차지하고 싶잖습니까." 시오도나가 날카롭게 말했다.

"이런 식으로는 아닙니다. 왕비 전하를 신경 쓰느라 정신이 없으신 국왕 전하 뒤에서 그럴 순 없습니다. 우리가 타칸을 치게 된다면 아르젠트 왕가의 명확한 지시가 있을 때여야 합니다."

시오도나가 헤카림을 바라보더니 고개를 끄덕였다. "사죄드립니다, 레이디 칼리스타." 시오도나는 칼리스타에게 아주 살짝 허리를 숙였지만 칼리스타의 눈을 똑바로 쳐다보지 않았다. "제가 너무 성급했군요."

헤카림이 검을 다시 집어넣자 시오도나는 그만 가 봐야겠다며 핑계를 댔다. 다른 기사들도 하나씩 시오도나를 뒤따라 나갔다.

"언제나 그렇듯 재미있네요." 레이디 오로라가 짓궂게 웃으며 말했다. "큰돈을 내고서라도 경이나 레이디 칼리스타가 시오도나 경을 혼쭐내는 모습을 보고 싶었지만요."

레이디 오로라가 수하들을 데리고 나가자 칼리스타, 레드로스와 함께 남은 것은 헤카림과 강철 기사단의 고위 기사 몇 명뿐이었다.

"부하가 자제하는 법을 배워야겠군요." 헤카림이 말했다.

"레드로스는 자제했어요. 시오도나 경의 팔이 아직 멀쩡히 붙어 있잖아요."

헤카림이 픽 웃더니 레드로스를 올려다보았다. 레드로스는 헤카림보다 머리 반 개 정도 더 컸지만 덩치 때문에 훨씬 커 보였다. "일리가 있군요." 헤카림이 수긍했다.

"시오도나 경 말로는 경도 시오도나 경만큼이나 타칸 항을 차지하고 싶어 한다고 하던데요." 칼리스타의 눈이 가늘어졌다. "그런 줄은 몰랐군요. 전하께서는 아시나요?"

헤카림이 한숨을 내쉬더니 한 손으로 얼굴을 문질렀다. 갑자기 피곤해 보였다. "현 상황에 정복과 유산을 얘기하는 것은 부적절하겠죠. 하지만 어떤 기사단은 영광에 대한 약속 때문에 충성을 다합니다."

"강철 기사단은 아니고요?"

헤카림이 다시 웃었다. 이번에는 좀 더 정직한 진짜 웃음 같았다. "과거에는 물론 그랬습니다. 하지만 우리의 약혼으로 강철 기사단과 카마보르의 운명은 떼려야 뗄 수 없게 되었죠. 이제 영광을 향한 끝없는 원정은 뒤로하고 더 나은 미래로 나아갈 때가 되었습니다. 카마보르 전체를 위해. 카마보르인 모두를 위해."

칼리스타는 얼굴을 찌푸렸다. 놀란 마음을 숨길 수가 없었다. 헤카림의 말은 칼리스타의 예상과 달랐다.

헤카림이 다시 눈을 비볐다. 칼리스타는 가면 뒤의 얼굴을 보여 주는 듯한 그 모습이 결코 싫지 않았다.

"좀 쉬시죠, 레이디 칼리스타. 이틀은 더 강행군을 이어 가야 알로베드라에 도착할 테니까요."

칼리스타는 어두워진 야영지를 지나 자신의 천막으로 돌아가며 침묵을 지켰다. 레드로스도 그림자처럼 조용히 칼리스타를 뒤따랐다.

"그자를 믿으십니까?" 주력군 구역으로 돌아오자 레드로스가 물었다.

"모르겠어. 하지만 믿고 싶어."

제 6 장

축복의 빛 군도, 헬리아

그들은 새벽이 밝기 몇 시간 전에 찾아왔다.

그라엘은 주먹으로 문을 두드리는 소리에 깜짝 놀라 깼다. 바로 벌떡 일어선 그라엘의 심장이 두방망이질을 쳤다. 깜빡거리는 주황빛 등불이 바깥에서 문 밑으로 스며 들어왔다. 방 밖에 누군가 서 있었다. 다시 문을 두드리는 소리가 나자 그라엘은 움찔했다.

바닥으로 몸을 낮춘 그라엘은 딱딱한 침대 밑으로 손을 넣어 뭔가를 찾아 헤맸다. 찾던 물건에 손가락이 닿았다. 며칠 전 주방에서 훔친 가죽 제거용 칼이었다. 그라엘은 칼을 빼내며 입술을 혀로 축였다.

다시 쿵쿵 두드리는 소리가 들렸다. 그라엘은 칼을 움켜쥐고 문으로 다가갔다. 마음을 단단히 먹고 빗장을 밀어 천천히 문을 열자 빛 때문에 눈이 깜박거렸다. 그라엘은 칼이 보이지 않게 잘 숨겼다.

"에를로크 그라엘." 굵고 낮은 목소리가 말했다.

"예?" 그라엘이 검은 인영을 알아보려고 눈을 찌푸리며 답했다. 남자 하나와 여자 하나, 총 둘이었다. 그들은 그라엘보다 훨씬 컸다. 그 사실이 신경 쓰이진 않았다. 칼로 목을 노린다면 힘이 얼마나 세든 상관없이 쓰러질 테니까. 하지만 두 사람은 각자 묵직한 도끼창을 들고 있었고 화려한 흰색 흉갑을 입었으며 관리원을 뜻하는 표식이 세로로 파인 투구를 쓰고 있었다. 좋은 징조가 아니었다. 도시를 지키는 경비대원이 없는 헬리아에서는 관리원이 경비대원과 가장 비슷한 존재였다.

"넌 호출됐다." 여자가 딱딱하게 말했다. "니자나 현자님께서 너와 얘기하고 싶어 하신다."

'니자나 현자.'

그라엘은 니자나와 직접 말해 본 적이 없었지만 당연히 그녀가 누구인지 알고 있었다. 니자나는 문턱의 감독관이었다. 모든 감시대원은 니자나 밑에서 일하는 여러 간수장과 행정관을 통해 니자나에게 보고했다. 니자나는 자신의 권한 밑으로 떨어지는 이들에게 차갑고 무자비하고 매정하기로 유명했다.

"저를 왜 부르시는 겁니까?"

덩치 큰 남자가 헛웃음을 짓고 고개를 내저으며 다른 관리원을 바라봤다.

"묻는 걸 깜빡했군." 여자가 매섭게 말했다. "현자님께서 널 보고 싶어 하신다. 지금 당장. 네가 알아야 할 건 그게 다야."

그라엘은 여전히 가죽 제거용 칼을 보이지 않게 움켜쥐고 있었다. 마음에서 갈등이 일었다. 이번 호출은 그라엘이 금고에서 몰래 가져왔던 책들을 막심 간수장이 발견한 일 때문일 가능성이 높았다. '얼마나 알고 있는 거지?'

"옷부터 입겠습니다." 마침내 그라엘이 말했다.

남자가 경멸하는 표정으로 그라엘이 잘 때 입는 로브를 흘낏 내려다보았다. "좋아. 하지만 서둘러라."

고개를 끄덕인 그라엘은 관리원들의 면전에 대고 문을 쾅 닫았다. 그리고 잠시 그대로 서서 나올 수 있는 모든 결과의 가능성을 따져 봤다. 그런 다음 책상으로 가 칼을 내려놓고 등불을 켰다. 세면대에서 세수한 후 화려한 감시대 예복으로 갈아입었다. 방 밖에서 관리원들이 으르렁거리듯 협박하는 소리가 들려왔지만 서두르지 않고 천천히 움직였다. 철컥하는 소리와 함께 허리띠를 채우고 그 주위에 체인을 고리처럼 감았다. 그라엘이 관리하는 구역의 열쇠가 잔뜩 달린 체인은 그라엘이 준비를 마치는 동안 달그락거리는 소리를 냈다. 그라엘은 점점 숱이 적어지고 있는 머리카락을 빗어 넘기고 작은 은색 가위로 지저분하게 자란 수염 몇 가닥을 잘라 냈다.

그라엘은 잠시 가죽 제거용 칼을 바라보더니 이내 예복에 달린 수많은 주머니 중 하나에 집어넣었다.

방문을 열자 관리원들이 그라엘을 무섭게 노려봤다.

남자가 입을 열었다. "준비됐나? 아니면 발 각질 제거제라도 줘야 하나? 아, 수장들이 쓰는 목욕탕에 뛰어 올라가서 향유라도 가져다줄까? 네 머리를 깔끔히 정리할 수 있도록 말이야. 응? 어때?"

"그럴 필요는 없습니다." 그라엘이 남자의 무례한 태도를 무시하며 말했다.

"움직여라." 다른 관리원이 지시했다.

그들은 침묵을 지키며 미로처럼 이어진 터널, 나선 계단, 금고, 통로를 지나 지상으로 향했다. 관리원들은 그라엘이 죄수라도 되는 양 그라엘의 앞뒤에서 걸었다. 그라엘은 죄수가 맞을지도 몰랐다. 지금으로서는 알 수 없었다.

그라엘은 달아나는 것도 생각해 보았다. 빠져나가기만 하면 지하의 어둠 속에서 두 사람을 따돌릴 자신이 있었다. 아래에서 몇 달 동안 숨어 지낼 수도 있었지만 감시대 주방에 드나들지 못한다면 굶어 죽을 게 분명했다.

목적지에 도착했을 땐 해가 떠오르고 있었다. 관리원 중 하나가 절도 있게—하지만 공격적으로 방문을 두드려 그라엘을 깨웠을 때와는 다른 느낌으로—문을 두드리자 안에서 들어오라는 목소리가 들렸다.

그라엘이 먼저 들어가자 두 관리원이 뒤따랐다. 니자나 현자가 책상에 앉아 있었다. 끈을 묶어 한쪽 눈에 단안경을 두른 니자나는 광택이 나는 네모난 화분에서 자라는 작은 나무의 가지를 조심스레 잘라 냈다. 니자나의 뒤쪽으로 바다가 내다보이는 쇠틀 창문이 하나 있었다. 환한 아침 햇살에 그라엘이 눈을 찌푸렸다. 해가 뜨는 모습을 마지막으로 본 게 언제였는지 기억도 나지 않았다.

방에 남는 의자가 없었기에 에를로크 그라엘은 서서 기다렸다. 니자나는 그라엘이 온 것을 모르는 사람처럼 굴었다. 거미줄처럼 하얀 머리카락을 단단히 틀어 올린 엄격해 보이는 여자였다. 나이는 마흔 같기도 했고 일흔 같기도 했다. 니자나는 작은 가위로 삐져나온 싹이나 잎을 싹둑싹둑 잘라 내는 데 여념이 없었다.

그라엘은 바로 뒤에 서 있는 관리원들을 힐끗 돌아봤지만 그들은 니자나의 충실한 경비견처럼 굳건히 앞만 응시했다. 다시 고개를 돌린 그라엘은 계속 가지를 치는 니자나를 바라봤다.

"절 찾으셨다고요?"

니자나 현자는 고개를 들지 않았다. "이 나무는 작지만 삼백 살이 넘었지. 굉장하지 않나? 나무가 장수하는 비결이 뭔지 아나?"

그라엘은 미간을 찡그리고 니자나를 바라봤다. "모… 르겠습니다."

"약한 부분을 잘라 내는 거야. 나무가 쓸 수 있는 힘은 한정적이니까. 물론 햇빛과 물과 영양분도 도움이 되지만 나무를 돌보지 않고 내버려 둔다면 나무는 쓸데없는 잎과 가지를 생산하는 데 소중한 힘을 낭비해 완벽한 상태를 잃겠지. 아름다운 모습을 잃을 거야."

"그건 현자님의 판단이겠죠."

"뭐라고?" 니자나는 처음으로 고개를 들었다. 단안경 때문에 니자나의 오른쪽 눈이 거대해 보였다.

"나무가 아름다운 모습을 잃을 거라고 하셨지만 그건 현자님의 눈에만 그럴 뿐입니다. 현자님의 의견일 뿐이에요. 나무야 자기 모습이 어떻든 무슨 상관이겠습니까?"

니자나가 코웃음을 치더니 다시 나무로 눈을 돌려 하던 일을 계속했다. "난 나무의 뿌리에 필요한 물을 공급하네. 나무가 갈망하는 햇빛을 받을 수 있도록 관리하지. 나무가 죽고 사는 건 내 생각에 달렸어. 이 나무에게 난 신이나 마찬가지네. 그러니 모든 것은 내 의견에 달린 셈이야."

에를로크 그라엘은 허점으로 가득한 니자나의 논지에 인상을 찌푸렸지만 굳이 지적하지는 않기로 했다. 니자나에게 밉보여 좋을 일은 없었다.

"문턱 감시대는 이 나무와 같지." 니자나가 혼잣말하듯 중얼거렸다. "난 감시대를 돌보고, 키우고, 먹이네. 가끔 여기저기 난 잎과 가지도 잘라 줘야 하지. 감시대 전체의 안정을 위해서 말이야." 니자나가 단안경을 빼서 가죽이 둘린 상자에 조심스레 넣더니 상자를 딱 소리 나게 닫았다. 그런 다음 작은 나무를 옆으로 옮기고 그라엘에게 관심을 집중했다. 팔꿈치를 책상 위에 올리고 손가락 끝을 마주 모은 니자나가 그라엘을 향해 몸을 기울였다. "자네가 왜 여기 있는지 아나?"

그라엘은 입술을 핥았다. 그라엘의 손이 예복 안쪽의 주머니를 찾았다. 무의식적으로 손가락이 가죽 제거용 칼의 손잡이를 에워쌌다.

니자나가 눈썹을 치켜올렸다. "응?"

"모르겠습니다, 현자님." 그라엘이 눈 하나 깜빡하지 않고 말했다.

니자나는 아무런 반응도 하지 않았다. 니자나의 차가운 태도에서는 그 의도가 무엇인지 읽을 수 없었다. "허락 없이 금고의 물건을 가져가면 어떤 처벌을 받는지 아나?" 그라엘이 바짝 긴장했다. "예를 들어 책 같은 것 말이야." 니자나가 콕 집어 말했다.

"추방입니다." 그라엘이 눈을 피하지 않고 답했다.

"추방이지. 가위질 한 번이면 문제를 일으키는 잎은 사라지는 거야. 과거에는 나보다 관대한 현자들도 있었어. 추방은 그보다 더한 문제를 일으켰을 때 쓰기 위해 남겨 두는 편을 선호한 거지. 하지만 난 그게 아주 태만하고 모호한 태도라고 생각하네. 그런 일을 하지 않도록 단념시키긴커녕 오히려 부추기는 셈이니까."

그라엘은 미동 없이 니자나를 바라봤다. 칼을 움켜쥔 그라엘의 손에 힘이 들어갔다.

“막심 간수장을 마지막으로 본 게 언제지?”

“일주일 전입니다.” 그라엘이 차분하게 답했다.

니자나는 아무 말 없이 그라엘을 유심히 바라봤다. 잠시 후 자리에서 일어선 니자나가 바다를 내다보며 창문으로 다가갔다. “막심 간수장이 안 보이네. 뭐 아는 것 없나?”

“안 보인다고요?” 그라엘이 눈썹을 찌푸렸다. “무슨 말씀이신지 잘 모르겠습니다. 어디가 아픈가요?”

“아니, 아픈 게 아니야. 없어진 거지. 사라졌어.”

“어디로요?”

“봉쇄된 금고에서 훔친 금서 여러 권이 막심 간수장의 방 안에서 발견됐네. 그 일에 대해서도 아는 게 없겠지?”

“없습니다.” 그라엘이 고개를 저으며 답했다.

니자나가 몸을 돌려 그라엘을 마주 보자 그라엘의 긴장이 돌아왔다. 그 순간이 온 것일까? 마침내 그라엘을 가지고 노는 데 싫증이 난 니자나가 그라엘을 붙잡으라는 명령을 내리려는 것일까?

“자신의 잘못이 드러날 걸 알고 결과를 마주하는 대신 달아났는지도 모르겠군.” 니자나가 어깨를 으쓱했다. “잎이 잘리기 전에 절로 떨어질 때도 있는 법이지.”

그라엘이 칼을 움켜쥔 손에서 힘을 뺐다. 니자나가 로브 안쪽 주머니에서 커다란 쇠고리를 꺼내자 그라엘의 눈이 갈망으로 번뜩였다. 쇠고리에는 열쇠 수십 개가 달려 있었다.

“막심 간수장이 관리하던 열쇠네. 이제 자네 거야.”

“제 거요?” 그라엘이 열쇠에서 눈을 떼지 않고 속삭이듯 되물었다.

“막심 밑에 있는 자 중 자네 경력이 제일 길더군. 그러니 막심의 직책은 앞으로 자네가 맡아. 축하하네, 그라엘 간수장.”

체인에 새로운 열쇠를 매단 그라엘 간수장은 입술을 비틀어 만족스러운 미소를 띤 채 어둠 속을 나아갔다. 그는 콧노래를 부르며 천장이 둥근 지하실, 잊힌 터널, 거의 쓰이지 않는 통로를 따라 가장 오래된 금고가 있는 구역으로 더 깊숙이 내려갔다. 수년간 그라엘 외에 아무도 오지 않았을 것으로 추정되는 곳이었다.

그라엘은 길고 좁은 한 복도의 입구에서 무릎을 꿇으며 등불로 바닥을 비추었다. 며칠 전 뿌려 놨던 소금이 그대로 남아 있는 것을 본 그라엘이 안도했다. 이곳에 온 사람은 아무도 없었다. 만족한 그라엘은 바닥에 뿌려진 소금을 으드득 밟으며 통로를 따라 계속 내려갔다. 그라엘의 발걸음은 가볍고 경쾌했다. 드디어 일이 그라엘의 생각대로 돌아가기 시작했다.

복도 끝에 다다른 그라엘의 앞에 잠긴 문이 나타났다. 그라엘이 커다란 열쇠를 꺼내 잠금장치에 넣고 돌리자 딸깍하는 소리가 났다. 에를로크 그라엘은 계속해서 콧노래를 흥얼거리며 방 안으로 들어갔다. 눈이 따가울 정도로 역겨운 피 냄새와 악취가 훅 밀려왔다.

방의 한쪽 벽에는 튼튼한 나무 작업대가 놓여 있었다. 작업대 위에는 온갖 종류의 도살용 칼, 식칼, 대장간 집게가 크기순으로 가지런히 펼쳐져 있었다. 그라엘은 그중 하나를 집어 들었다. 그라엘이 제일 좋아하는 곡선형 낫은 면도날처럼 날카롭고 무시무시했다.

방 저쪽에 있는 그림자에서 끙끙거리는 소리가 들려왔다. 그라엘은 형편없이 망가진 채 벽에 사슬로 묶여 있는 인물 앞에서 곡선으로 휘어진 낫을 흔들며 소리 없이 웃었다.

"좋은 아침이야, 막심 간수장."

제 7 장

카마보르, 알로베드라

왕과 병사들이 알로베드라에 돌아왔을 때 분위기는 가라앉아 있었다. 칼리스타에게는 장례 행렬처럼 느껴졌다.

수도에도 왕비의 상태에 관한 소식이 퍼졌고 그에 따라 군중이 모여들었다. 그들이 귀환하는 모습을 보기 위해 그야말로 온 도시 사람이 나온 것 같았다.

우뚝 솟아 있는 사암 도시 관문을 통과한 주력군은 왕궁으로 이어지는 대로를 따라 국왕 부부가 타고 있는, 커튼이 내려진 가마를 호위했다. 행렬이 지나가는 모습을 보며 침울하게 침묵을 지키는 시민들이 대로와 거리를 따라 늘어서다 못해 광장과 건물 옥상까지 꽉꽉 채우고 있었다. 국왕 부부의 가마 앞에는 주황색 꽃이 흩뿌려졌다. 전통적으로 아프거나 다친 이들에게 선조의 가호가 있길 바라며 건네는 꽃이었다. 길을 따라 꽃잎이 얼마나 많이 쌓였는지 돌로 된 도로가 미끄러울 정도였다. 강렬한 색상이 길게 드리운 모습은 엄청난 장관이었다. 주황빛 길은 주요 관문에서 왕궁까지 끊임없이 쭉 이어졌다. 이졸데가 평민들에게 사랑받고 있다는 사실을 아는 칼리스타조차 깜짝 놀랄 만큼 막대한 사랑이었다. 비에고의 대관식이나 선왕의 장례식 때보다도 더 많은 사람이 몰린 것 같았다.

왕과 산토라스까지 동행했던 각 기사단은 도시에 도착하기 전 왕에게 닿지 않는 위로의 말을 전하며 주력군 행렬에서 빠져나와 자신들의 요새와 근거지로 돌아갔다. 마지막으로 떠난 것은 강철 기사단이었다. 거대한 바위 절벽 꼭대기를 깎아서 만든, 철옹성 같은 강철 성채는 알로베드라와 겨우 한나절 거리에 위치했다. 가까이 있는 강철 기사단의 근거지 덕분에 알로베드라는 세워진 후 수 세기 동안 제대로 포위당한 적이 단 한 번도 없었다. 그것은 강철 기사단과 아르젠트 왕가의 동맹이 아주 중요한 이유이기도 했다.

칼리스타는 말을 타고 멀어지는 헤카림을 지켜봤다. 두 사람은 올해 안에 결혼할 예정이었다. 헤카림은 이제 생판 모르는 남이 아니었지만 칼리스타는 여전히 그가 어떤 사람인지 확신이 들지 않았다. 헤카림은 명예로운 사람 같았고 외모와 실력도 빼어났다. 정치적인 요령도 뛰어났다. 그것은 두말할 것 없이 중요한 능력이었지만… 어쩐지 칼리스타를 경계하게 했다.

도시를 가로질러 가마를 호위한 주력군이 왕궁으로 들어오자 우뚝 솟아 있는 징 박힌 관문이 뒤에서 쾅 닫혔다.

"지시 사항은 없으십니까?" 레드로스가 다른 귀족들을 대하듯 복종하는 어조로 무감정하게 물었다. 두 사람 사이에는 며칠 전까지만 해도 존재하지 않았던 거리가 생겨나 있었다.

"왕궁 경비를 강화해라." 칼리스타는—귀족이 천민을 대하는 것처럼—냉담하게 들리는 자신의 목소리가 진저리나게 싫었다. 하지만 언제나 그랬듯 애써 그 감정을 무시했다. 지금은 자신의 일을 해야 할 때였다. 인정하고 싶지 않은 감정에 정신이 흐트러지면 곤란했다.

"명령대로 하겠습니다." 레드로스는 경례하고 휙 돌아서 자리를 떴다.

칼리스타는 국왕 부부의 침실 밖을 서성거렸다. 벌써 며칠째였다. 가끔은 앉아서 먼 곳을 응시하며 복잡한 마음으로 불안과 죄책감에 시달릴 때도 있었다. 문밖에 놓인 불편한 황금 의자에서 깜빡 잠이 들기도 했다. 하지만 서성거릴 때가 대부분이었다.

근위병이 경계를 게을리하지 않고 문 앞을 지켰다. 시간이 속절없이 흘러갔다. 근위병은 바뀌고 바뀌고 또 바뀌었지만 칼리스타는 그대로 자리를 지켰다. 고개를 숙인 하인들이 계속해서 드나들며 음식, 깨끗한 물이 담긴 그릇, 수건을 가지고 들어갔다가 땀으로 젖은 시트와 그대로 남은 음식 그릇을 가지고 나왔다.

치료사, 의사, 약초사, 마법사, 사제가 수도 없이 도착했다. 운이 좋은 자는 머리를 긁적이고 뭔가를 중얼거리며 제 발로 걸어 나갔다. 그렇지 않은 자는 왕이 퍼붓는 욕설을 들으며 방에서 던져졌다. 왕비의 몸에 서서히 퍼지는 독을 멈출 수 있는 자는 아무도 없었다. 시간이 흐를수록 치료 방법을 찾을 수 있다는 희망은 희박해졌다.

카마보르의 통치자들이 수 세기에 걸쳐 모은 수많은 마법 유물 중에서도 도움이 되는 것은 없었다. 비에고는 이졸데가 자는 동안 매일 몇 시간씩 왕실 금고를 뒤지며 이전 군주들이 손에 넣은 전리품 중 이졸데에게 도움이 될 만한 물건이 있나 필사적으로 찾았지만, 성과는 없었다.

알로베드라 전체가 이졸데를 위해 기도했다. 도시의 사원과 성소는 선조에게 이졸데가 회복하게 해 달라고 비는 이들로 넘쳐 났다. 왕궁 정문에는 매일 꽃과 화환이 놓였다. 카마보르의 모든 귀족 가문과 기사단에서도 이졸데가 건강히 회복하길 바란다는 위로의 편지를 보내왔지만, 그들의 편지에서는 평민들이 보이는 것과 같은 진정성이 느껴지지 않았다. 하층민들은 귀족과 비교할 수 없을 정도로 훨씬 더 이졸데를 사랑했다.

침실 안에서 이졸데의 비명이 들리자 칼리스타가 걸음을 멈추었다. 듣기만 해도 고통스러운 소리였다. 칼리스타는 차라리 그 저주받은 칼날이 이졸데를 정확히 맞혔다면 이처럼 지독한 상황은 오지 않았을지 모른다는 생각이 들었다. 적어도 그랬다면 고통의 순간은 짧았을 것이고 이졸데도 덜 괴로웠을 테니까.

동이 트기 몇 시간 전이라 밖은 아직 어두웠다. 칼리스타는 끝이 다가왔다면 이졸데가 고통 없이 평온히 가길 기도했다. 그것조차 안 된다면 너무 가혹한 일이었다.

금을 입힌 거대한 문이 딸깍거리며 열리더니 등이 굽은 고문 누뇨가 목을 쭉 빼고 밖을 살폈다. 이처럼 심각한 상황만 아니었다면 등딱지에서 밖을 내다보는 거북이 같은 모습에 칼리스타가 재미있어했을지도 몰랐다. 칼리스타를 발견한 누뇨는 주름진 손으로 그녀를 불렀다.

"상태가 더 나빠졌나?" 칼리스타가 목소리를 낮추고 물었다.

누뇨가 바람이 빠지듯 한숨을 쉬었다. 누뇨는 늘 찡그린 얼굴로 뭔가를 구시렁거리며 기분이 좋을 때라곤 없는 사람처럼 굴었지만, 칼리스타는 누뇨가 일부러 그런 척할 때가 많다는 것을 알고 있었다. 수십 년간 왕가를 받든 누뇨는 비에고를 자신의 손자처럼 여기며 대단히 아꼈다. 그래서인지 쓰러진 왕비와 슬픔에 잠긴 비에고를 옆에서 지켜보는 게 힘겨워 보였다. 그것은 모두가 마찬가지였다.

"그렇습니다, 칼리스타 님. 치유의 효과를 강화한 미카엘의 성배로도 왕비 전하를 치료할 수 없었습니다. 독이 퍼지는 속도를 상당히 늦추긴 했지만 멈추진 못했습니다. 그 외에 효과가 있었던 것은 없습니다. 끝이 불가피한 듯하군요."

"비에고가 용납하지 않을 거야. 가망 있는 방법이 모두 고갈되기 전까지는."

"고갈된 것은 전하이십니다. 며칠 동안 주무시지도 않고 거의 드시지도 않았습니다. 왕비 전하처럼 시름시름 죽어 가고 계십니다."

칼리스타가 어두운 얼굴로 고개를 끄덕였다. "내가 다시 한번 말해 보지."

"그게 좋을 것 같군요." 누뇨는 칼리스타가 들어올 수 있게 문을 밀며 말했다. "전하께서 저나 치료사의 조언은 듣지 않으셔도 칼리스타 님의 말이라면 들으실 테니까요."

칼리스타가 문간에서 멈춰 서더니 목소리를 낮추고 물었다. "시간이 얼마나 남은 것 같나?"

"한 시간? 일주일? 단언하기 어렵습니다."

안은 숨 막히게 더웠고 병자 특유의 냄새와 땀 냄새가 뒤섞여 어지러웠다. 적막한 방에서는 오르골이 튕기는 소리만이 흘렀다. 국왕 부부의 결혼 선물로 들어온 오르골은 이졸데가 특히 아끼던 것이었다. 어둠 속에서 흐르는 오르골 소리에 쓸쓸하고 으스스한 느낌이 들었다.

"왕비 전하를 잃게 될지도 모릅니다." 누뇨가 자신을 지나치는 칼리스타에게 말했다. "국왕 전하까지 잃을 수는 없습니다." 말을 마친 누뇨는 뒤에 있는 문을 닫으며 방을 떠났다.

큰 창문들이 덧문으로 닫혀 있는 침실은 어둑어둑했다. 방 곳곳에 세워진 기둥에는 한마디 말만 하면 환하게 빛나는 보석이 박혀 있었지만 지금은 어두운 상태였다. 눈이 어둠에 익숙해지기까지 시간이 걸렸다. 마침내 앞이 보이기 시작하자 칼리스타는 비에고 쪽으로 움직였다. 거대한 침대 옆에서 이졸데의 가느다란 손을 붙잡고 기운 없이 앉아 있는 비에고는 마치 그림자 같았다. 눈을 감은 이졸데는 창백하고 움직임이 없었다. 미약하게 오르내리는 가슴이 아니었다면 이미 선조의 곁으로 떠났다고 착각했을 만한 모습이었다.

"정말 유감이야, 비에고." 칼리스타가 비에고 옆에 한쪽 무릎을 꿇고 앉으며 속삭이듯 말했다.

초췌한 비에고의 눈은 퀭하니 움푹 꺼져 있었다. 비에고는 피로와 슬픔을 수의처럼 두르고 있었다. "이졸데를 잃을 순 없어, 칼리스타." 잔뜩 쉰 목소리로 말하는 비에고의 눈에 새로운 눈물이 차올랐다.

칼리스타는 아무 말도 할 수 없었다. 무력감을 느끼며 두 팔로 비에고를 감싸자 비에고가 칼리스타에게 몸을 기대며 조용히 눈물을 흘렸다. 칼리스타는 가만히 비에고를 안고 고통을 나누었다.

"별로 왕다운 행동은 아니지?" 비에고가 몸을 빼내며 눈물을 닦았다. "아버지가 우시는 모습은 본 적이 없었던 것 같아."

"할아버지는 피도 눈물도 없는 냉혈한이셨지. 자기 자식을 잃었을 때도 눈물 한 방울 흘리지 않는 왕보단 차라리 감정을 있는 그대로 드러내는 왕이 나아."

"아버지가 좋았던 적은 없지만 부럽긴 해. 아버지는 그 어떤 상황에도 무너지지 않으셨을 테니까. 사람이 어떻게 그리 강할 수 있지?"

"할아버지는 너와 이졸데가 나누는 것 같은 사랑을 해 본 적이 한 번도 없었어. 그걸 불쌍히 여겨. 냉혹한 성정을 부러워하지 말고."

"아버지는 카마보르를 사랑하셨어."

"그러셨지." 칼리스타가 고개를 끄덕였다. "자기 가족보다 카마보르를 훨씬 더 사랑하셨어."

비에고의 얼굴에 희미한 미소가 어렸다. "맞는 말이야. 항상 뭐라고 하셨더라? 왕국이 최우선이다. 왕이 되는 건 그런 의미라고 하셨지. 이졸데와 결혼하는 것도 절대 허락하지 않으셨을 거야. 사랑을 위한 결혼? 그런 걸 이해하셨을 리 없지."

"좋은 사람인 동시에 좋은 왕이 될 수도 있어, 비에고."

비에고의 공허한 미소가 점차 희미해졌다. "이졸데 없이 그럴 수 있을지 모르겠어." 비에고가 속삭였다. "난 이졸데 없이는 살 수 없어, 칼리스타. 살고 싶지도 않고."

칼리스타가 공포와 연민이 뒤섞인 눈으로 비에고를 바라보았다. 비에고에게 집착적인 면이 있긴 했지만 지금 비에고 안에는 전에 본 적 없던 어둠이 자리하고 있었다. '지금은 슬픔에 잠겨서 그래.' 칼리스타는 생각했다. '비에고는 괜찮아질 거야.'

하지만 그렇지 않다면?

"그렇게 말하면 이졸데가 좋아하지 않을 거야."

칼리스타가 나무라자 비에고가 고개를 끄덕였다. "그러겠지." 비에고는 떨리는 숨을 깊게 쉬며 마음을 가라앉히려고 애썼다. "이졸데를 위해서라도 강해져야 해. 이졸데는 돌아올 거야. 그래야만 해."

이졸데가 자신의 이름을 듣기라도 한 것처럼 잠결에 신음하더니 눈을 깜빡거렸다. "비에고?" 이졸데가 속삭였다. 아까보다 어둠에 더 익숙해진 칼리스타는 이졸데의 상태가 얼마나 나쁜지 확인할 수 있었다. 이졸데는 몸에서 색이 죄다 빠져나간 사람처럼 창백하고 축축했다. 살아있지만 유령이 된 사람 같았다.

"여기 있어, 내 사랑." 비에고가 이졸데의 손을 잡았다.

사적인 순간을 방해하고 싶지 않았던 칼리스타는 일어서서 몇 걸음 뒤로 갔다.

"물에 빠져 죽는 줄 알았어." 속삭이는 이졸데의 목소리는 멀리서 들려오는 것처럼 희미했다. "몸이 물 밑으로 가라앉았어. 숨을 쉴 수가 없었어. 주변에 로브를 입은 사람들이 서 있었는데 날 도와주지 않았어. 그저… 지켜볼 뿐이었지."

"그냥 꿈이야, 내 사랑. 그냥 악몽일 뿐이야." 비에고가 부드럽게 말했다. 초점 없던 이졸데의 시선이 뒤쪽 그림자에서 있는 칼리스타에게 닿자 이졸데의 얼굴이 밝아졌다. "칼!"

칼리스타가 미소를 지으며 다가와 이졸데를 내려다보았다. "전하."

"정말 반갑네요. 칼은 늘 내게 잘해 줬죠."

"앞으로도 늘 그럴 겁니다."

이졸데가 눈을 감더니 크게 심호흡했다. 다시 한번 깊은 잠에 빠져들려는 듯했지만 재차 눈을 뜨고는 비에고 쪽으로 몸을 기울였다. "부탁 하나 해도 될까?"

"말만 해."

"그웬을 데려와 줄래? 어린 시절 아플 때마다 그웬이 곁에 있었거든."

"물론이지. 시종을 시켜서—"

"직접 가져와 주면 안 될까?" 이졸데가 눈을 크게 뜨고 물었다. "나한테 정말 소중한 친구거든."

비에고는 이졸데의 곁을 떠나는 게 불안한 눈치였다.

"칼이 있잖아. 칼이 날 지켜 줄 테니 괜찮을 거야."

비에고가 힐끗 바라보자 칼리스타는 안심하라는 듯 미소를 지었다. 비에고는 고개를 끄덕이고 일어섰다. "그럼 금방 올게." 비에고가 아내의 이마에 입을 맞추며 말했다.

"그웬이요?" 비에고가 사라지자 칼리스타가 물었다. "전하의 친구인가요?"

"단둘이 얘기하고 싶어서 핑계를 댄 거예요." 이졸데가 힘겹게 몸을 일으키며 말했다. "하지만 비에고가 금방 돌아올 테니 짧게 말할게요."

칼리스타는 이졸데를 일으켜 앉히고 뒤에 베개를 받쳐 주었다. "뭔데요?"

이졸데는 숨을 깊게 들이쉬었다. "비에고는 인정하지 않지만 난 죽어 가고 있어요, 칼."

"그건 아직 모르는—"

이졸데가 칼리스타의 손을 잡았다. 이졸데의 피부는 열병에 걸린 것처럼 뜨거웠다. "난 괜찮아요." 이졸데는 한숨을 쉬더니 고개를 저었다. "하지만 비에고는…"

"비에고가 걱정되시는군요."

"비에고가 무슨 일을 벌일까 봐 걱정돼요." 이졸데가 속삭였다. "때가 오면 비에고가 나의 죽음을 받아들이도록 도와줘요. 앞으로 나아갈 수 있도록. 부탁할게요. 그러지 않으면 비에고가 무슨 일을 벌일지…"

이졸데는 괜한 걱정을 하는 게 아니었다. 칼리스타도 같은 마음이었다. 비에고는 좋은 심성을 지녔지만 종잡을 수 없었고 변덕이 심했으며 자의식이 강했다. '비에고를 올바른 길로 이끌 순 있지만 비에고의 균형을 잡아 주는 건 왕비 전하야.' 이졸데는 비에고의 오만과 충동이 극단으로 치닫지 않게 누그러뜨렸다. 칼리스타는 이졸데가 없으면 비에고와 카마보르가 어떻게 될지 두려웠다.

통제 불능의 상태로 위험하게 휘몰아치며 물에 빠진 사람처럼 팔다리를 마구 휘저어 손에 잡히는 것을 닥치는 대로 함께 끌고 내려가는 비에고의 모습이 눈앞에 아른거리는 듯했다.

"제가 할 수 있는 일은 뭐든 해 보겠습니다."

"더 함께하지 못해 아쉬워요. 우린 자매처럼 지낼 수 있었을 텐데 말이죠."

"저희는 이미 자매인걸요."

이졸데의 미소가 희미해졌다. "내가 사랑에 빠졌던 남자의 모습이 남아 있긴 하지만… 비에고는 변했어요." 이졸데가 낮은 목소리로 말했다. "비에고의 분노가 점점 심해지고 있어요."

칼리스타의 간담이 서늘해졌다. "슬픔을 대하는 방식은 각자 다른 법이죠."

"내가 다치고 나서부터 그런 게 아니에요." 이졸데가 경계하듯 문 쪽을 힐끔거리며 말했다. "벌써 몇 달 됐어요. 당신과 다른 이들 앞에선 그런 모습을 보이지 않지만 내 앞에서는 달라요. 통제적이고 집착적이죠. 내가 필요하다고, 나 없이는 못 산다고 말해요. 그럴 때마다 겁이 나요."

이졸데는 침대보 밑에서 가죽으로 장정한 얇은 책을 꺼내 칼리스타에게 내밀었다.

"받아요. 비에고가 돌아오기 전에 어서요!"

칼리스타는 미간을 찌푸리며 책을 받아 들었다. "이게 뭐죠?"

"내 생각과 희망, 걱정이에요. 혼자 있을 때 읽어요. 비에고를 이해하는 데 도움이 될 거예요."

칼리스타는 미간을 풀지 않은 채 고개를 끄덕였다.

"내가 죽으면 어떤 일이 일어날지 걱정돼요, 칼. 하지만 당신이 있다고 생각하니 희망이 생기네요. 비에고에겐 당신의 인도가 필요할 거예요. 그리고 사랑도요."

칼리스타는 묻고 싶은 게 산더미 같았지만 입을 열기도 전에 비에고가 돌아왔다. 가쁘게 숨 쉬며 땀 흘리는 모습을 보아하니 뛰어서 갔다 온 모양이었다.

비에고의 팔에는 밝은 머리카락의 봉제 인형이 들려 있었다.

"데려왔어!" 비에고가 의기양양하게 인형을 흔들자 칼리스타는 그 틈을 타 이졸데의 일기를 숨겼다. "왜 앉아 있어? 당신은 쉬어야 한다고!"

이졸데는 인형을 가슴에 안고 비에고의 도움을 받으며 순순히 침대에 누웠다. 고마워요. 이졸데가 비에고의 어깨 너머로 입을 뻥끗거리며 칼리스타에게 인사했다.

침실을 나가며 이졸데의 말을 곱씹은 칼리스타는 다시 한번 침실 앞을 지켰다. 비에고가 변했다던 이졸데의 말이 신경 쓰였다. 칼리스타는 진작 알아차리지 못한 자신이 원망스러웠다. 자신을 짓누르는 책임의 무게가 느껴졌다. 또다시 죽어 가는 왕족과 약속을 하고 말았다. 짐이 점점 무거워지고 있었다.

칼리스타는 자신이 그 짐을 감당할 수 있길 기도했다.

"칼리스타 님."

칼리스타는 바로 눈을 뜨며 벌떡 일어나 창으로 손을 뻗었다. 시녀가 새된 비명을 지르며 움찔했다.

"미안하다. 깜짝 놀라서 그랬어." 아직 잠이 덜 깬 칼리스타는 흐릿한 눈을 깜빡이며 주위를 둘러봤다. 칼리스타는 여전히 갑옷을 입은 채 자신의 방에 있었다. 이졸데와 이야기한 후 사흘이 지났다. 대부분의 시간을 국왕 부부의 침실 밖에서 보내던 칼리스타는 이졸데의 상태가 변하면 사람을 보낼 테니 침대에 가서 눈 좀 붙이라는 누뇨의 끝없는 성화에 마지못해 자신의 침실로 돌아왔다.

간담이 서늘해진 칼리스타가 시녀를 쳐다봤다. "무슨 일이지?" 칼리스타는 두려워하던 소식을 예상하며 물었다.

"전하께서 칼리스타 님을 부르셨습니다. 서두르라고 하셨어요."

칼리스타는 왕궁을 전력으로 질주했다. 시종들이 다니는 뒤쪽 복도의 지름길과 경로는 모두 알고 있었다. 칼리스타와 비에고가 어렸을 때 맨발로 미친 듯이 뛰어다녔던 바로 그 복도였기 때문이다. 둘 중 더 빠르고 날쌘 쪽은 항상 칼리스타였다. 칼리스타는 금방 심통을 내는 비에고 때문에 일부러 속도를 늦춰 잡혀 주거나 비에고가 도망치게 놔두곤 했다.

칼리스타가 매끄러운 대리석 바닥에서 미끄러지듯 모퉁이를 돌자 시종 하나가 깜짝 놀라며 벽에 바싹 붙었다. 전실과 응접실을 빠르게 가로지른 칼리스타는 당황한 근위병들을 지나쳐 국왕 부부의 침실로 향했다.

마침내 도착한 칼리스타의 심장이 마구 뛰었다. 근위병이 안으로 안내하자 칼리스타는 어두운 방으로 쏜살같이 들어갔다. 비에고는 책, 고서, 두루마리에 둘러싸인 채 이졸데의 침대 옆에 놓인 책상에 앉아 있었다. 칼리스타의 시선이 가슴에 두 손을 모으고 누워 있는 이졸데에게 향했다.

칼리스타의 숨이 가빠졌다. "왕비 전하께서, 설마…?"

"그대로야. 혹시… 아! 미안, 겁주려던 건 아니었는데."

"아직… 살아 계신 거지?"

"그래." 비에고의 눈이 흥분으로 타올랐다. "게다가 내가 찾은 것 같아!"

"뭘?"

"구원 말이야!"

제 8 장

"축복의 빛 군도." 칼리스타가 단조롭게 말했다.

"그래!" 비에고가 왔다 갔다 움직이자 비에고의 실내화 밑에서 자갈이 으드득거리는 소리가 났다. "군도는 진짜 있어! 확실하다니까!"

두 사람은 왕궁 안의 회랑으로 둘러싸인 수많은 정원 중 한 곳에 있었다. 비에고의 호들갑에 이졸데가 깨어날까 걱정이 된 칼리스타는 비에고를 침실 밖으로 이끌었다. 왕비의 정원으로 불리는 이곳은 남의 눈을 피할 수 있는 평화로운 곳으로 칼리스타가 좋아하는 숨겨진 오아시스였다. 벽과 기둥으로 둘러싸인 정원의 중앙에는 물이 졸졸 흘러나오는 분수가 있었다. 정성을 담아 가꾼 티가 나는 화단에는 이 세상에 알려진 온갖 꽃들이 가득했다. 밝은 빛깔의 잠자리들이 자그마한 날개를 윙윙거리며 긴 혀로 꽃의 꿀을 마셨고 파란 하늘에는 구름이 꾸물꾸물 떠다녔다.

비에고를 지켜보는 칼리스타의 불안이 점점 더 커졌다. 잘 때 입는 로브만 걸치고 잔뜩 헝클어진 머리로 격한 몸짓을 보이며 축복의 빛 군도에 관해 열변을 토하는 비에고는 미치광이처럼 보였다.

"그러니까 그게 꿈에서 알게 됐다는 말이지?" 칼리스타는 자신의 목소리가 회의적으로 들리지 않게 애썼다.

"꿈이 아니야! 환영이었어! 고귀한 선조들이 보내 주신 환영!"

"비에고." 칼리스타가 부드럽게 말했다.

"칼, 정말 환영이었다니까! 고위 사제들과 얘기해 봤는데 환영이 맞다고 했어!"

칼리스타의 이맛살이 구겨졌다. '사제단이 왜 비에고의 환상을 들쑤시고 부추기는 거지? 이러면 비에고가 미련을 못 버리잖아.' "하지만 축복의 빛 군도는 신화일 뿐이야."

"그래! 아니, 아니야!" 신이 난 비에고가 걸음을 멈추고 칼리스타를 가리켰다. "나도 그런 줄 알았지. 그런데 보관소에서 찾을 수 있는 기록을 모두 읽어 보니까 군도의 학자들이 외부인의 접근을 막으려고 일부러 신화를 퍼뜨렸다는 확신이 들더라고. 축복의 빛 군도는 진짜야. 거기서 이졸데를 치료할 방법을 찾을 수 있어."

칼리스타가 한숨을 쉬었다. "나도 그 이야기는 알아, 비에고. 축복의 빛 군도에는 그 어떤 치명상도 치료할 수 있는 생명수가 흐르는 샘이 있다고 전해지지. 하지만 그게 다야. 그냥 이야기라고. 애들한테 들려주는 동화에 불과하단 말이야."

"아, 하지만 내가 축복의 빛 군도가 진짜라는 증거를 찾았지!" 비에고가 칼리스타의 어깨를 움켜쥐며 말했다. 비에고는 열기를 띤 눈으로 광적인 확신에 사로잡혀 몸까지 떨었다. "이졸데를 구할 수 있어!"

칼리스타는 숨을 깊게 들이쉬었다. 무슨 말을 해도 들을 것 같지 않았다. "보여 줘."

비에고의 조사 자료는 침실 바로 옆 응접실의 책상과 협탁 위로 옮겨졌다. 문간에 선 비에고는 고개를 앞뒤로 돌리며 침실에서 자고 있는 아내와 앞에 펼쳐

놓은 여러 기록, 지도, 일기, 역사서를 살펴보고 있는 칼리스타, 누뇨를 번갈아 봤다.

"어때? 보니까 알겠지?"

칼리스타가 누뇨를 힐끗 바라보자 누뇨가 보일 듯 말 듯 하게 어깨를 으쓱했다.

"모르겠어. 모순되는 말이 많아서…"

"우연이라기엔 딱딱 들어맞는 부분이 너무 많잖아!" 협탁으로 성큼성큼 걸어간 비에고가 단호하게 손짓했다. "여기 이 사람이 남긴 기록을 봐. 줄런? 질리언? 아무튼. 이건 이케시아어로 쓰인 글을 번역한 거야. 이자는 헬리아라는 도시를 방문했고 그곳의 학자들, 도서관, 비밀에 관한 기록을 남겼지. 이 헬리아라는 이름은 계속해서 등장해. 여기, 여기, 그리고 여기도." 비에고가 펼쳐져 있는 다른 책과 두루마리를 가리키며 덧붙였다. "그리고 봐! 헬리아는 다른 곳에서 언급되고 백여 년이 지난 후 이 지도에 나타난다고! 조각 하나일 뿐이지만 우리가 갖고 있는 지도랑 비교해 보면 축복의 빛 군도는 바로 이 근처에 있다는 결론이 나와."

칼리스타와 누뇨는 눈을 가늘게 뜨고 비에고가 현재 쓰이는 지도에 표시해 둔 위치를 확인했다.

"영겁의 바다 한가운데?"

"그래! 군도는 여기 있어! 이졸데를 치료할 비법도 함께 말이야!"

칼리스타는 오랜만에 기운이 넘치는 비에고의 모습을 보며 비에고의 어린 시절을 떠올렸다. 비에고는 이런저런 것에 열중하다가도 금방 다른 것으로 관심을 돌리곤 했다. 비에고가 끝없는 열정으로 새로운 것에 집착할 때마다 칼리스타까지 그 열정에 전염되는 듯한 느낌이 들곤 했지만, 이번 가설에서는 절박함이 짙게 풍겼다. 캄캄한 절망 속에서 처음으로 돌파구를 찾은 비에고를 맥 빠지게 하고 싶진 않았던 칼리스타는 조심스레 말했다.

"우리 배들이 오랫동안 돌아다닌 곳이잖아, 비에고. 유감이지만 전설 속 축복의 빛 군도를 발견한 사람이 있었다면 우리 귀에도 들어왔을 거야."

비에고가 실망한 표정으로 성난 듯 으르렁거리더니 누뇨 쪽으로 몸을 돌렸다. "누뇨, 그대도 이 모든 게 우연일 뿐이라고 할 텐가!"

누뇨는 주름살이 잡힌 이마를 문질렀다. "가능성이 전혀 없는 것은 아닙니다." 누뇨가 고대 문헌을 한 장 한 장 넘겨 보며 말했다.

"봐! 누뇨도 내 말에 동의하잖아!"

"전하, 아직 전하의 가설에 동의한다고 말씀드리긴 어렵습니다. 하지만 이 이야기에서—바닷속 제국 이야기나 하늘에서 떨어진 반신반인과의 싸움 이야기처럼—상상에서나 나올 법한 내용을 배제하고 본다면 저 바다에 있는 군도, 이 헬리아라는 곳이 어디 있는지 파악할 수 있을 듯도 하군요."

"그렇다니까!" 비에고의 목소리가 신이 나서 높아졌다. 비에고는 뒤를 힐끔거리며 이졸데가 깨지 않았나 확인하더니 좀 더 조용히 말을 이었다. "알아보면 알아볼수록 군도가 거기 있다는 확신이 들더군!"

누뇨가 온화하게 말했다. "전하, 하지만 그게 사실이더라도 수 세기 동안 축복의 빛 군도를 보거나 기록으로 남긴 자는 없었던 것으로 보입니다. 마치… 군도가 순식간에 지도에서 사라진 것 같군요."

"파도 밑으로 가라앉았거나." 칼리스타가 중얼거렸다.

"그래서 선박 관리소에 지난 오십 년간 영겁의 바다를 건넌 모든 선박의 항해일지와 해도를 가져오라고 했지." 비에고는 나무 상자가 높이 쌓인 운반대를 가리키며 말했다. 각 상자에는 분류표가 꼼꼼히 붙어 있었다. "별의별 기록이 다 남아 있더라니까!"

누뇨는 감탄하듯 쓰읍 하는 소리를 냈다. "그 일로 사원 수련생들에게 도움을 요청하신 겁니까?"

"그래, 여기 있는 기록과 해도를 살펴봐야 했으니까. 그렇게 모은 정보로 왕실 지도 제작자에게 이걸 그리게 했지." 비에고는 과장된 동작을 하며 갓 만든 피지에 손으로 그려 넣은 새 지도를 펼쳤다. "왕실에 지도 제작자가 있는 줄 누가 알았겠어?"

"전 알았습니다." 누뇨가 건조하게 말했다.

"아무튼 오늘 아침 일찍 그자의 방문을 두드렸더니 깜짝 놀라 벌벌 떨더군. 그래도 일은 제대로 하더라고. 봐."

지도 동쪽에는 카마보르가 보였고 북쪽에는 아이오니아 군도의 모습이 대략적으로 그려져 있었으며 서쪽에는 발로란 동쪽 끄트머리가 나타나 있었다. 발로란 북쪽은 문명이라고 할 게 없는 차갑고 거친 땅이었지만 나머지 대륙은 온갖 부족과 야만인이 부딪치며 시끄럽게 싸우는 곳이었다. 그 남쪽에는 모래에 뒤덮인 슈리마가 있었다. 슈리마 동쪽 대부분에는 통과하기 어려운 무자비한 정글이 자리했다. 영겁의 바다는 카마보르와 그 머나먼 땅 사이에 펼쳐져 있었다. 막히는 것 하나 없이 드넓게 펼쳐진 바다를 횡단하려면 몇 주는 항해해야 했다. 항해 중 잠시 배를 대고 쉴 수 있는 섬은 바다뱀 군도로 알려진 작은 군도 외에 없다고 봐도 무방했다.

지도에는 카마보르의 선단이 이용하는 주요 무역 경로와 항로가 전부 표시되어 있었다. 수많은 선이 교차하며 거미줄 같은 모양을 이루었다. 그리고 거미가 웅크리고 있을 법한 거미줄 한가운데는… 텅 비어 있었다.

"여기 이 간격은 뭐지?" 칼리스타가 물었다.

"글쎄, 뭘까?"

"이 지역으로 가는 최단 항로를 가로막고 있어." 칼리스타가 선을 따라 손가락을 그으며 미간을 찌푸렸다. "배들이 피해 가야 하는 위험이라도 있는 건가? 소용돌이가 있다거나?"

"그 지역에 가 본 자들의 기록에 따르면 이상한 안개가 끼면서 항해 도구가 오작동을 일으키는 바람에 배를 돌릴 수밖에 없었다더군. 자, 여기 봐." 비에고는 상자가 쌓인 곳으로 가며 말했다. 비에고가 한 상자를 열어 안을 뒤적거리더니 가죽으로 장정한 작은 일지를 꺼냈다. 그리고 미리 표시해 둔 페이지를 펼친 후 목을 가다듬었다. "*우린 어느새 표류하고 있었다. 바람 한 점 불지 않는 난감*

한 상황에서 시야마저 형편없었다. 마침내 다시 별이 모습을 드러내자 우리는 우리가 있어야 할 곳에서 멀리 떨어진 북쪽으로 온 데다가 엉뚱한 방향으로 항해하고 있다는 사실을 깨달았다. 배를 옮길 만한 해류나 바람은 딱히 없었는데 말이다."

비에고는 기대하듯 눈썹을 치켜올리고 두 사람을 바라봤다.

"그래서 축복의 빛 군도가 여기 숨겨져 있는 것 같다고?" 칼리스타가 말했다.

"난 여기 있다고 확신해."

칼리스타는 곰곰이 생각하며 지도를 내려다보았다. "군도가 실제로 있다고 쳐. 왜 거기에 이졸데를 치료할 방법이 있다고 생각하는 거야?"

비에고는 답답한 듯 눈을 굴리며 다시 답답한 듯 신음했다.

"아무리 비현실적인 이야기에도 어느 정도의 진실은 있기 마련이지요. 전하께서 말씀하시는 곳에 이 신화 속 섬이 숨겨져 있을 가능성을 받아들인다면 그곳이 치유의 장소라는 이야기에도 일말의 진실이 담겨 있다고 생각하는 게 지나치게 큰 비약은 아닐 겁니다."

칼리스타는 납득이 가지 않았다. "헛된 희망 같아, 비에고. 이 신화 속 군도에 구원이 있다고 믿는 건 좋은 생각이 아니야."

비에고가 한숨을 내쉬었다. 비에고의 원동력이 됐던 뜨거운 열정이 사그라들기 시작했다. 비에고는 두툼한 진홍색 벨벳을 푹신하게 댄 화려한 책상 의자에 앉더니 책과 지도, 도표를 가리켰다. "이졸데를 살릴 유일한 방법일지도 몰라." 비에고가 가라앉은 목소리로 말했다. "다른 방법은 다 소용이 없잖아."

다시 죄책감이 칼처럼 칼리스타를 쑤셔 왔다. '이건 나 때문이야.' 칼리스타는 슬쩍 누뇨를 쳐다봤다.

"어차피 밑져야 본전 아니겠습니까." 누뇨가 어깨를 으쓱했다.

칼리스타는 화가 나서 누뇨를 쏘아봤다. 대체 무슨 생각이지? 이졸데의 일은 비극적이었지만 비에고는 실패로 이어질 가능성이 높은 극단적 방법에 희망을 거는 대신 일어난 일을 있는 그대로 받아들여야 했다.

"비에고, 이건 어리석은 짓이야! 나도 이졸데를 자매처럼 사랑해. 이졸데가 회복할 수 있다면 무슨 일이든 할 거야. 하지만 진실을 외면하면 안 돼. 이졸데가 회복할 가능성이 별로 없다는 진실 말이야. 힘들겠지만 의사들의 말대로 이졸데가 살날이 얼마 안 남았다면 넌 이졸데 곁에 있어야 해. 있는지 없는지도 모르는 비밀 치료법을 찾느라 기록 보관소를 뒤지는 게 아니라."

비에고는 상처를 받은 것 같았다. 칼리스타는 한숨을 쉬었다. 그를 속상하게 하고 싶지 않았지만 상황을 있는 그대로 받아들일 필요가 있었다. 비에고의 팔에 손을 올린 칼리스타는 부드럽게 말하려고 애쓰며 자신이 진심으로 생각해서 이런다는 것을 이해해 주길 바랐다.

"미안해, 비에고."

비에고가 칼리스타의 손을 뿌리쳤다. 그의 눈은 분노로 이글거렸다. "다른 사람은 몰라도 너는 이해할 줄 알았는데." 목소리에 날이 서 있었다.

"비에고—"

비에고의 손가락이 칼리스타의 얼굴을 향했다. "아니. 네 충고는 들을 만큼 들었고 받아들일 생각 없어."

"하지만—"

"그만! 난 결정했어. 거기에는 이졸데를 치료할 방법이 분명히 있을 거야. 다음 밀물 때 가장 빠른 배를 보내야 해. 누뇨, 준비해라."

누뇨는 고개를 숙였고 칼리스타의 얼굴은 달아올랐다. "명을 따르겠습니다, 전하."

비에고가 칼리스타를 돌아봤다. 그의 분노는 이미 사그라든 상태였다. "궁정에서 이 결정에 반대하는 자들이 있을 거야. 칼, 도와줄 거지?"

칼리스타가 한숨을 쉬었다. "물론이지. 그런데 정말 군도를 찾을 작정이라면 누구를 보내려고?"

"믿을 만한 사람이어야 해. 귀족 대부분은 내가 애초에 이졸데와 결혼하지 말았어야 한다고 생각하니 믿을 수 없어. 기사단의 충성심도 변덕스럽고."

"그럼 누구 말씀이십니까?" 누뇨가 물었다.

"헤카림 경. 칼리스타의 약혼으로 강철 기사단의 충성심은 왕가에 결속됐으니까."

"우린 아직 결혼도 안 했어." 칼리스타가 중얼거렸다.

"그건 그렇지만 헤카림 경이 재촉하는 대로 날짜를 앞당기면 되겠지." 비에고가 손을 흔들며 말했다.

"헤카림 경이 그랬다고?" 칼리스타가 눈썹을 치켜올렸다. "그런 얘기는 처음 듣는데!"

비에고가 칼리스타를 무시하며 말을 이었다. "필요하면 내일 당장이라도 결혼할 수 있어. 그렇지, 누뇨?"

"그렇습니다, 전하." 누뇨가 칼리스타를 곁눈질하며 답했다.

비에고와 누뇨는 임무를 수행하는 데 필요한 물자에 관해 의논하기 시작했지만 칼리스타의 귀에는 두 사람의 말이 거의 들리지 않았다. 칼리스타는 정복한 국가를 기사단이 어떻게 불태우고 약탈하고 짓밟았는지 떠올렸다. 과거 강철 기사단 역시 그 야만적인 행위에 일조했다. 산토라스에서 가만히 있었던 이유는 오로지 비에고의 명백한 지시가 있었고 이졸데가 그 자리에 있었기 때문이었다. 하지만… 축복의 빛 군도에 관해 적혀 있는 내용 중 반의반만 사실이라고 하더라도 그곳은 엄청난 부의 장소였다. 벌써부터 비명이 들리는 듯했다.

"강철 기사단은 보내지 마. 이곳에서 왕국을 지켜야 하니까."

"그 말씀은…?" 누뇨가 대답을 기다렸다.

"내가 가겠어."

축복의 빛 군도, 헬리아

에를로크 그라엘은 자신이 진심으로 웃었던 게 언제인지 기억나지 않았다. 하지만 도시 아래 깊숙이 위치한 금고에서 죽은 지 오래된 헬리아 수장의 시체를 발견하고 눈물이 날 정도로 웃어 젖혔다.

바싹 마른 껍데기 같은 시신은 서서히 먼지가 되어 가는 로브를 두르고 있었다. 수장의 두피에는 여전히 머리카락이 몇 가닥 붙어 있었다. 한쪽 발목은 기이한 각도로 꺾여 부러진 상태였다. 근처에는 기름이 다 떨어진 등이 놓여 있었다. 그라엘은 바보 같은 늙은이가 발을 헛디뎌 다리가 부러졌고 등불이 꺼질 때까지 나가지 못한 모양이라고 추측했다. 광기와 갈증에 사로잡힐 때까지 얼마나 버틸 수 있었을까? 그라엘 같은 둔탁 감시대원을 경멸하고 멸시하는 수장 중 하나가 이 어둠 속에서 기어 다니며 생을 마감했다고 생각하니 참으로 묘한 운명이 아닐 수 없었다.

시체가 이 아래에 얼마나 오랫동안 있었는지 가늠하긴 어려웠다. 이십 년? 아니면 오십 년? 이쪽은 특히 건조한 구역이라 부패가 천천히 진행될 가능성도 있으니 어쩌면 백 년에 가까울지도 몰랐다.

이자가 수장이라는 사실은 목에 걸린 복잡한 문양의 부식된 인장을 보면 한눈에 알 수 있었다. 인장은 그라엘의 손에서 부서졌다. 바스러지는 인장 안에는 허연 돌이 박혀 있었다. "쐐기석이군." 그라엘이 중얼거렸다. 룬이 새겨진 쐐기석은 길이가 한 뼘 정도였는데 만지면 묘하게 따뜻했다. 쐐기석은 광휘의 탑 수장들에게만 주어졌다. 그라엘은 쐐기석을 부드럽게 감싸 그 감촉을 즐긴 후 자신의 옷에 쏙 집어넣었다.

이 금고 구역은 수십 년간 아무도 들어오지 않은 게 분명했다. 그라엘은 손에 넣은 간수장 열쇠 덕분에 전보다 훨씬 넓은 구역을 돌아다니며 헬리아 밑에서도 가장 깊고 오래된 곳까지 드나들 수 있었다.

"이 아래에서 남들의 눈을 피해 혼자 뭘 하고 있었던 거지?" 그라엘이 해골에 물었다.

그제야 그라엘은 시체의 손이 뭔가 움켜쥐고 있음을 깨달았다. 손가락이 펴지지 않아 부러뜨려야 했다. 손가락이 마른 나뭇가지처럼 뚝 부러지더니 오래되어 변색한 열쇠가 드러났다. 푸른 녹이 슨 열쇠의 머리는 응시하는 눈 모양이었다. 그라엘은 열쇠를 곧장 체인에 걸었다.

그는 몇 시간이 걸려서야 열쇠에 맞는 잠금장치를 찾을 수 있었다. 그리고 그 문 너머에서 모든 것을 바꿀 책을 찾았다.

제 9 장

카마보르, 알로베드라

"카마보르를 떠나신다고요?" 레드로스가 검을 내렸다. "지금 말입니까? 그게 좋은 생각일까요?"

칼리스타가 창을 미친 듯이 내지르며 공격했다. 창끝이 뱀의 혀처럼 날름거렸지만 레드로스는 몸을 돌려 피했다. 뒤로 물러선 칼리스타는 레드로스 주위를 빙빙 돌며 또 다른 틈을 노렸다.

"모르겠어. 하지만 내가 해야만 하는 일이야."

이번에는 레드로스가 공격할 차례였다. 덩치에 비해 움직임이 좋은 레드로스는 생각보다 속도가 빠르고 균형 감각이 뛰어났다. 레드로스가 몸을 낮추는 척하더니 칼리스타의 목을 향해 검을 휘둘렀다. 칼리스타는 살짝 숙여 피하고 훤히 드러난 레드로스의 옆구리를 노렸다. 레드로스는 방패로 창을 쳐 낸 후 다시 한번 칼리스타를 향해 검을 휘둘렀다. 망설이는 기색은 없었다. 그랬다면 칼리스타가 무섭게 화를 냈을 것이다. 칼리스타는 무희 같은 몸놀림으로 피하며 바람을 가르는 검과 뒤이어 쏟아지는 공격을 하나도 놓치지 않고 맞받아쳤다.

다시 거리를 벌린 두 사람은 땀을 흘리며 계속 빙빙 돌았다.

"해야만 하는 일이라면 왕비 전하를 위한 일이라는 뜻입니까? 국왕 전하에 대한 의무입니까? 아니면 장군님 본인을 위한 일입니까?"

'정곡을 찔렸군.' 아닌 게 아니라 칼리스타가 직접 가기로 결심한 데는 죄책감이 상당한 부분을 차지했다. "왕비 전하를 살릴 기회가 있다면 가능성이 작다고 해도 시도해 봐야지. 게다가 일이 허사가 된다면 국왕 전하도 더는 방법이 없다는 걸 받아들이실지 몰라."

"장군님 잘못이 아니었습니다."

"내가 해야 해."

레드로스는 더 이상 밀어붙이지 않았다.

두 사람은 각자 생각에 빠져 아무 말 없이 훈련을 계속했다. 무딘 검에 맞아 적잖은 멍과 자국이 생기고 나서야 대련을 끝내고 입을 열었다.

"그래서 언제 떠나면 됩니까?" 레드로스가 물었다.

칼리스타는 숨을 깊게 들이쉬었다. 오지 않았으면 했던 순간이었다. "내일 새벽에 나 혼자 떠날 거야." 레드로스가 잠잠해졌다. 칼리스타는 시선을 피하며 애써 말을 이었다. "전하께서 넌 알로베드라에 남으라고 하셨지."

"전하께서 제 존재를 언제부터 아셨다고요?"

"네가 산토라스의 왕을 참수했을 때부터."

레드로스는 미심쩍어 보였다. 그럴 만도 했다. 칼리스타가 한숨을 쉬었다. 솔직한 심정으로는 독사 소굴이나 다름없는 궁정에서 레드로스를 가능한 한 멀리 떨어뜨려 놓고 싶었지만, 비에고가 워낙 완강했다.

"무슨 일입니까?"

칼리스타와 레드로스가 왕의 알현실 밖에 있는 전실에 도착했을 때 헤카림 경은 비에고와 이야기를 나누는 중이었다. 활짝 열린 문을 통해 헤카림의 목소리가 또렷이 들려왔다. 본인의 목소리가 밖에서 얼마나 잘 들리는지 모르는 듯했다.

“전하, 외람된 말씀이지만… 이게 정말 최선인지 의문이 드는군요.”

부스스한 모습으로 자리옷만 걸치고 거대한 아르젠트 왕좌에 앉아 있는 왕은 듣는 둥 마는 둥 은빛 팔걸이를 톡톡 두드리는 중이었다. 헤카림은 가장 높은 단상에서 한 계단 낮은 곳에 서 있었다. 누뇨는 근처에서 조용히 자리를 지켰다.

“카마보르 건국 이래 쭉 유지해 온 전통을 거스르는 일입니다.” 공손한 말투였지만 불만을 표하는 말에는 날이 서 있었다.

레드로스의 눈이 휘둥그레졌다. 어렸을 때부터 왕좌가 있는 곳을 드나든 칼리스타는 한창 자라던 시절에 비에고와 왕좌를 기어오르다 혼이 난 적만 수십 번이었다. 그래서 왕좌가 얼마나 무서운 자리인지 쉽게 잊곤 했다. 번쩍이는 왕좌가 우뚝 솟아 있는 웅장한 모습은 그 자리에 앉아 있는 자의 부와 권력이 어느 정도인지 짐작하게 했다. 정확히 의도한 대로였다.

“긴장 풀어. 저건 광나는 금속 덩어리일 뿐이고 전하도 그냥 사람일 뿐이니까.”

칼리스타가 조용히 말하자 레드로스가 중얼거렸다. “그냥 사람일 뿐이라니요. 허리를 덜 숙였거나 만찬 때 잘못된 포크를 썼다는 이유로 절 처형할 수 있는 사람이겠죠.”

칼리스타는 올라가는 입꼬리를 내리려고 애쓰며 레드로스를 차분히 바라보았다. “그럼 포크를 제대로 쓰면 되겠네.”

“포크는 하나면 되는데 왜 여러 개를 써야 하는지, 참.”

칼리스타가 레드로스를 똑바로 응시하며 그의 가슴에 손을 올렸다. “괜찮을 거야.”

“이해가 안 됩니다. 주력군 병사들과 전선에서 싸우는 게 제 역할입니다. 전하께서 저한테 원하시는 게 뭐죠?”

칼리스타가 한숨을 쉬었다. “전하께서 네가 알현할 때까지 말하지 말라고 하셨어.”

태연한 척했지만 칼리스타는 상당히 불안했다. 비에고는 상황이 좋을 때도 종잡을 수 없었는데, 지금은 상황이 좋은 것과 거리가 멀었다. 수면 부족과 절망에 열병과 같은 절박한 희망까지 겹친 비에고의 신경은 잔뜩 곤두선 상태였다. 칼리스타는 그 점이 마음에 걸렸다.

“다 잘될 거야.” 칼리스타는 레드로스만큼이나 자신을 안심시키기 위해 말했다.

레드로스가 고개를 끄덕였지만 안심하는 표정은 아니었다.

“옷은 뭘 입죠?” 처음 소식을 듣고 그렇게 묻던 레드로스의 눈에는 전투에서도 보이지 않던 걱정이 그득 담겨 있었다. “전, 그러니까, 괜찮은 옷이 하나도 없습니다. 전하를 알현할 때 입을 만한 옷은 물론이고요.”

칼리스타는 안절부절못하는 레드로스의 모습에 웃음을 터뜨렸다. 몸을 씻고 수염을 깎은 레드로스는 괜찮다는 칼리스타의 말을 몇 번이나 듣고 나서야 전장에서 입는 갑옷을 입었다. 갑옷이 얼룩 한 점 없이 깨끗한지 확인하고 기름까지 친 것은 말할 것도 없었다.

“그자는 천민입니다! 기사단이 좋아하지 않을 텐데요.” 헤카림이 말했다.

비에고가 칼리스타와 레드로스에게 들어오라고 손짓했다. “기사단이 좋아하든 말든 딱히 상관없다. 난 내가 믿을 수 있는 자를 원할 뿐이야. 정치와 음모에 연루되지 않은 자. 난 카마보르 궁정 내부에서 암살을 지시했다는 가능성을 배제하지 않고 있어. 어떤 귀족과도 연관되지 않은 자가 필요하다.”

칼리스타와 레드로스가 알현실을 반쯤 가로지르고 나서야 헤카림은 두 사람의 존재를 알아차렸다. 자신의 말이 들렸을 거라는 생각에 헤카림이 겸연쩍은 표정을 지어 보였다. 칼리스타와 레드로스는 왕좌로 올라가는 계단 밑에서 한쪽 무릎을 꿇은 후 양손을 바닥에 놓고 머리를 숙여 경의를 표했다.

“그래, 그래, 됐어.” 비에고는 두 사람을 더 가까이 오게 했다. “왕비 곁을 오래 비우고 싶지 않으니 빨리 끝내도록 하지. 저자를 가까이 오게 해라. 더 자세히 보고 싶으니까.”

칼리스타는 계단을 올라 맨 위에서 한 계단 낮은 곳에 멈추었다. "헤카림 경." 칼리스타가 헤카림 쪽으로 머리를 살짝 기울였다.

"레이디 칼리스타." 헤카림도 고개를 숙여 답했다.

레드로스는 칼리스타보다 한 계단 낮은 곳에서 멈추었다. 신분이 천한 그에게 허락된 높이는 거기까지였다.

비에고가 왕좌에서 몸을 일으켜 칼리스타와 헤카림 옆을 스치고 지나갔다. 여미지 않은 로브의 뒷부분이 그 뒤를 따랐다. 레드로스는 입상한 황소를 평가하듯 자신을 빙 돌아보는 왕의 모습에 묵묵히 눈을 내리깔고 미동 없이 서 있었다.

칼리스타는 누뇨와 슬쩍 시선을 교환했다. 누뇨가 어깨를 아주 살짝 으쓱했다.

"덩치는 확실히 크네. 위협적이면서도 동시에 공손해 보이고. 마음에 들어."

"레드로스 대장은 주력군 최고의 전사입니다." 칼리스타는 슬슬 짜증이 났지만 근처에 서 있는 약혼자 헤카림을 잊지 않고 의식하며 말했다. "수많은 작전에 충실히 임했고 제 수하 중 가장 뛰어난 장교죠."

"아그리포스를 죽였다고?" 비에고는 다시 레드로스 앞에 서 있었다. "굉장하군. 산토라스의 왕은 검을 아주 잘 쓰는데 말이야."

"그랬죠. 레드로스 대장이 전투에서 공을 세운 건 이번이 처음이 아닙니다."

"충성스럽나?"

"그렇습니다." 칼리스타의 눈초리가 매서워졌다. "전하께서 직접 여쭤보시죠. 바로 이 자리에 있으니까요."

눈썹을 치켜올리며 헤카림을 바라보는 비에고의 모습에 칼리스타는 더 짜증이 났지만 입을 꾹 다물었다. 지금 발끈해서 좋을 것은 없었다.

"고개를 들어라." 비에고가 레드로스에게 말했다.

레드로스가 주저하자 헤카림이 눈을 굴리며 목소리를 높였다. "고개를 들어라. 전하의 명령이 안 들리는가."

레드로스는 그 명령이 속임수처럼 들리는지 천천히 고개를 들었다. 비에고보다 두 계단 낮은 곳에 서 있었는데도 비에고와 시선이 나란히 맞았다.

"그대는 충성스러운가?" 비에고의 목소리는 부드러웠다.

"그렇습니다, 전하. 제 목숨은 전하의 것입니다." 레드로스의 낮은 목소리가 쩌렁쩌렁 울렸다.

비에고가 잠시 레드로스를 응시하더니 고개를 끄덕였다. "마음에 드는군." 비에고는 칼리스타에게 말한 후 다시 레드로스를 향해 몸을 돌렸다. "그대가 앞으로 날 지켜라."

레드로스는 눈을 껌뻑였다. "저… 전하?"

"새로운 호위 무사가 필요한 상황이라서 말이야." 비에고가 마치 아이에게 설명하듯 말했다. "그대가 그 자리를 맡아 줬으면 한다."

레드로스는 입을 떡 벌리더니 혼란스러운 듯 칼리스타를 바라보았다. 칼리스타는 고개를 끄덕였다.

"영광입니다, 전하!"

"전하, 레드로스 대장의 실력이 뛰어나긴 하지만 그는 천민입니다. 호위 무사는 대대로 기사단에 속한 기사가 맡아 왔습니다. 하지만 그 전통을 제쳐 두더라도 그 자리를 맡는 자는 반드시 귀족이어야 합니다. 그것이 법이니까요." 헤카림의 말에 비에고가 다시 왕좌에 앉으며 말했다.

"하지만 난 왕이다. 내가 법을 바꾸면 그만일 텐데? 누뇨, 그럴 수 있나?"

누뇨는 한숨을 내쉬었다. "그리 간단한 일이 아닙니다, 전하. 법을 바꿀 수는 있지만 시간이 걸립니다. 따라야 할… 규정이 있기 때문이지요."

"시간이 걸리면 곤란하다. 또 암살 시도가 있을지 누가 알겠는가? 저자는 당장 왕실을 지켜야 한다."

"다른 방법도 있긴 합니다."

"말해 봐라."

"레드로스 대장이 귀족이 된다면 지금 당장 호위 무사로 임명할 수 있습니다. 그러니… 대장에게 귀족 작위를 하사하시지요."

"그게 가능한가?"

"전하라면 가능합니다. 최근 몇 달 사이 직계 친족이 없는 귀족 몇 명이 죽어 주인 없는 영지가 생겼습니다. 그런 영지와 작위는 아르젠트 왕가에 넘어오게 되어 있지요. 새로운 영주를 임명하는 권한은 전하께 있습니다. 레드로스 대장에게 영지와 작위를 내리시면 대장은 귀족이 됩니다."

"흠, 그게 다란 말이지."

"그게 다입니다. 원하신다면 바로 필요한 문서를 준비하겠습니다."

"그렇게 해라."

"영지는 판타스가 어떨까 싶습니다. 남쪽 해안에 있는 소박한 영지인데 훌륭한 포도밭이 있어 질 좋은 와인을 생산하는 곳이지요. 작위는… 준남작이면 충분할 듯싶습니다. 전하를 호위하려면 그에 어울리는 군사 계급도 필요할 겁니다. 사령관이 어떨까 싶습니다만."

"레드로스 사령관이라. 좋아, 입에 착 감기는군. 판타스도 좋은 선택 같다." 비에고가 레드로스를 바라보았다. "이의는 없겠지?"

레드로스의 입은 여전히 멍하니 벌어져 있었다. 방금 레드로스의 세상이 순식간에 바뀐 것이다. "어… 없습니다." 레드로스가 간신히 말했다.

"누뇨, 준비해라." 비에고가 손을 휘저었다. "이제 왕비에게 돌아가 봐야겠다."

비에고가 자리에서 일어서자 모두 한쪽 무릎을 꿇고 머리를 숙였다. 비에고는 근위병들에게 둘러싸인 채 성큼성큼 알현실을 나갔다.

비에고가 사라지자 다른 이들이 몸을 일으켰다. 누뇨는 칼리스타가 내민 팔을 붙잡고 일어섰다. 그들은 말없이 알현실을 빠져나갔다. 레드로스는 얼떨떨한 표정이었고 헤카림은 뭔가 골똘히 생각하는 표정이었다. 누뇨가 문서 작업을 해야 한다고 중얼거리며 잰걸음으로 가 버리자 전실에는 칼리스타, 레드로스, 헤카림만이 남아 어색한 분위기가 감돌았다.

먼저 침묵을 깬 사람은 헤카림이었다. "그럼 축하를 건네야겠군, 사령관." 헤카림이 매력적인 미소를 지으며 다시 품위 있는 태도를 보였다. 레드로스가 반사적으로 시선을 떨구자 헤카림은 손가락을 흔들었다. "앞으론 그러지 않아도 되네. 자네는 이제 귀족이니까. 자네가 고개를 숙여야 할 대상은 전하뿐이야."

레드로스가 조심스레 시선을 들자 칼리스타가 미소 지었다. "사령관님." 칼리스타가 한쪽 다리를 뒤로 빼고 몸을 살짝 구부리자 레드로스가 말했다.

"아무래도… 익숙해지려면 시간이 꽤 걸리겠군요."

칼리스타는 잠을 이루지 못했다. 늦게까지 이졸데의 일기를 읽다가 겨우 잠이 들었지만 금방 깨기 일쑤였다. 칼리스타는 벌써 날이 밝아 배가 출발하지 않았을까 불안한 마음에 자다 깨기를 반복했다. 속이 울렁거렸다. 축복의 빛 군도를 찾는 일이 헛수고가 되지는 않을까, 아무 성과도 얻지 못하는 게 아닐까 자꾸 의심이 들었다.

레드로스의 갑작스러운 승진에 소리 높여 반발하던 헤카림의 모습 역시 계속해서 떠올랐다. 그리고 그 생각은 레드로스에 관한 생각으로 이어지며 칼리스타를 더욱 심란하게 했다.

칼리스타는 이불을 걷고 침대 옆에 걸터앉았다. 밤이 따뜻해 열어놓은 창문으로 희미한 달빛이 들어와 방을 비추었다. 어렸을 때부터 칼리스타가 쓰던 방이었지만, 이제는 임무를 수행하느라 막사의 간이침대에서 자는 일이 많았기 때문에 왕궁에서 잠을 자는 일은 드물었다. 방 한쪽에는 갑옷과 투구가 걸려 있었고 가까운 곳에 창과 검집에 꽂힌 단검이 놓여 있었다. 칼리스타가 수차례 싸고 다시 쌌던 배낭은 갑옷 받침대의 발치에 놓여 있었다.

칼리스타는 한숨을 쉬며 일어섰다. 칼리스타가 입은 긴 가운은 자주 누릴 수 없는 호사였다. 전장에 나가면 주로 갑옷을 입고 잤기 때문이다. 칼리스타는 몸을 쭉 펴고 나서 발코니로 걸음을 옮겼다. 발에 닿는 돌이 기분 좋게 서늘했다. 닫힌 문을 밀어서 연 칼리스타는 어둠 속으로 발을 내디뎠다.

칼리스타의 방은 왕궁 높은 곳에 있었다. 저 아래에서 파도가 절벽에 부딪혔다. 동이 트기까지는 몇 시간이 남아 있었다. 눈을 감은 칼리스타는 부서지는 파도 소리를 듣고 바닷바람을 깊이 들이쉬며 마음을 가라앉히려고 애썼다.

그때 조용히 문을 두드리는 소리가 칼리스타를 방해했다. 칼리스타는 인상을 찌푸렸다. 이 시간에 찾아올 만한 사람이 있던가? 칼리스타는 조용히 방으로 돌아가 검집에 꽂혀 있던 단검을 빼냈다. 다시 문을 두드리는 소리가 났다. 조용하지만 집요했다. 칼리스타는 단검을 준비하고 천천히 문을 열었다.

두건을 뒤집어쓴 커다란 인물이 서 있었다. 얼굴이 그림자에 가려져 있었지만 칼리스타는 단번에 알아봤다.

"레드로스?" 재빨리 시선을 돌리는 레드로스의 모습에 칼리스타는 눈을 굴렸다. "누가 보기 전에 빨리 들어와." 칼리스타가 낮게 속삭이며 레드로스의 팔을 움켜잡고 방으로 끌어당겼다. 그리고 양쪽을 번갈아 보며 지켜보는 사람이 없다는 것을 확인한 후에야 방문을 닫았다. 칼리스타는 레드로스를 중심에 두고 빙 돌았다. 어색하게 서 있던 레드로스가 티 나게 시선을 피했다. "여긴 웬일이야?"

"검 좀… 치워 주시면 안 됩니까?"

칼리스타는 단검을 내려다보았다. "글쎄, 사령관. 아직 필요할지도 모르잖아." 칼리스타의 목소리에는 웃음기가 어려 있었다.

"칼리스타." 레드로스가 진지한 표정으로 칼리스타를 바라보았다. "난 당신을 절대 해치지 않아요. 절대로요. 알잖습니까."

이번에는 칼리스타가 시선을 피할 차례였다. 칼리스타는 뺨에 열이 오르는 것을 느끼고 단검을 검집에 집어넣기 위해 몸을 돌렸다. "알아." 등을 돌린 상태에서도 레드로스의 시선이 느껴졌다. "농담 좀 해 봤어."

"떠나기 전에 만나고 싶었습니다."

칼리스타의 심장이 쿵쾅거리며 속이 다시 울렁거렸다. 칼리스타는 천천히 숨을 쉬며 다시 마음을 가라앉히려고 애썼다. 효과가 없었다. 칼리스타는 몸을 돌려 레드로스를 올려다보았다. 칼리스타의 조심스러운 눈빛에는 다른 감정도 담겨 있었다. 칼리스타가 오랫동안 묻으려고 애써 온 강렬한 감정이었다. 가까이 마주 선 레드로스에게서는 손질한 가죽과 기름 친 강철에 약간의 땀이 뒤섞인 냄새가 났다. 마음이 편해지는 익숙한 냄새였지만 자신의 방에서 이 냄새를 맡게 되니 혼란스러웠다.

하지만 칼리스타는 레드로스가 떠나지 않았으면 했다.

"주고 싶은 게 있어요." 레드로스는 목에 두르고 있던 우아한 체인을 끌렀다. 체인에 달린 은색 펜던트에는 뒤엉킨 장미 두 송이가 새겨져 있었다. 서로의 잎과 줄기를 감싸고 있는 모습이 마치 연인 같았다.

"예쁘네." 칼리스타가 속삭이듯 말했다. 펜던트를 향해 손을 뻗던 칼리스타는 주춤했다. 가격이 제법 나가 보이는 물건이었다. 이제 레드로스는 영지와 작위가 있는 부유한 사람이 됐지만, 불과 몇 시간 만에 이런 물건을 구했을 리 없었다. 아무리 대장이라도 천민 출신 군인의 보잘것없는 급료를 몇 년은 모아야 살 수 있는 물건이었다. "레드로스—"

"전 아무것도 바라지 않습니다. 그저 항구에 던져 버리느니 당신에게 주는 게 낫겠다고 생각했어요."

칼리스타는 마른침을 삼켰다. 감정의 소용돌이가 마구 휘몰아쳤다. 그러나 자신의 의무를 잊어서는 안 됐다. "받을 수 없어."

레드로스는 의연히 고개를 끄덕였다. 칼리스타는 누군가 자신의 심장을 잡고 쥐어짜는 듯한 기분을 느꼈다. 레드로스가 흉터로 얼룩진 거대한 주먹을 감싸자 우아한 펜던트가 시야에서 사라졌다. 레드로스가 중얼거렸다. "그냥 항구에 던져 버릴 걸 그랬네요. 죄송합니다. 제가 무슨 생각으로 그랬는지."

"아니, 사과해야 할 사람은 나야. 약혼이—"

"설명하지 않으셔도 됩니다. 특히 저한테는요." 레드로스가 낮은 목소리로 말했다.

칼리스타는 태연해 보였지만 속이 타들어 가는 기분이었다.

"당신은 왕족의 피가 흐르는 공주인데도 저만큼이나 의무에 속박되어 있죠. 어쩌면 저보다 더요. 괜찮습니다. 전 군인입니다. 의무를 지키는 게 얼마나 중요한지 잘 압니다." 레드로스는 미소를 지으려고 했지만 그건 미소라기보다 고통에 일그러진 표정에 가까웠다. “동이 트자마자 떠나실 테니 내일 훈련하면서 어색할 일은 없겠네요.”

레드로스는 뭔가 더 말하려다가 생각이 바뀐 듯 돌아서서 방문으로 향했다. 칼리스타는 레드로스를 소리 없이 뒤따르며 뭐라도 말하고 싶었지만 적절한 말이 떠오르지 않았다.

문턱을 나서던 레드로스가 뒤를 돌아봤다. “몸조심해요, 칼리스타. 제 마음은 항상 당신과 함께할 테니까.”

잠긴 목소리로 속삭인 레드로스가 몸을 돌려 사라졌다.

칼리스타는 혼자 남았다.

칼리스타의 침실에서 레드로스가 나오던 그때, 복도의 그림자 속에는 헤카림이 서 있었다. 흉터가 남은 빡빡 민 머리에 두건을 뒤집어쓴 레드로스가 어둠 속으로 성큼성큼 달려가는 모습을 지켜보는 헤카림의 눈이 가늘어졌다.

헤카림은 양손을 꽉 말아 쥐었다.

축복의 빛 군도, 헬리아

에를로크 그라엘은 이글거리는 눈으로 펼쳐진 책을 샅샅이 읽어 나갔다. 아주 오래된 책이라 곳곳이 갈라지고 바랬지만 대부분은 읽을 만했다. 죽은 수장의 열쇠로 연 금고에서 찾은 책이었다. 아니지, 그라엘은 생각을 정정했다. 열쇠는 이제 자신의 물건이었다.

입술을 핥으며 책장을 넘긴 그라엘은 눈앞에 펼쳐진 내용에 눈을 크게 떴다. 헬리아 지하 깊은 곳에 위치한 방을 꼼꼼하고 상세하게 그린 스케치였다. 거대한 물로 가득한 방에는 그 아래로 내려가는 계단도 있었다. 삽화 주변에는 면적, 치수, 계산들이 휘갈겨져 있었다. 그라엘은 이것이 아직 지어지지 않은 장소의 설계도라는 사실을 깨달았다.

계속해서 책장을 넘긴 그라엘은 자신이 본 것을 믿을 수가 없었다. 기하학적 기둥부터 천장으로 이어지며 수학적으로 완벽한 무늬를 형성하는 복잡한 구조의 아치까지, 방의 구석구석은 물론 인접한 방도 아주 꼼꼼히 그려져 있었다. 방을 환하게 밝히는 방법과 방 밑에 있는 천연 샘물이 어떻게 중앙의 공간을 채우는지에 대한 계산도 적혀 있었다.

“생명의 정수야.” 그라엘이 나직이 말했다. 소문은 사실이었다.

영생의 비밀이 수장들의 손에 있었다. 수장들은 그 비밀을 자신들만 알고 있었던 것이다.

씁쓸함과 함께 분노가 차오르며 그라엘의 목표가 공고해졌다. 그라엘은 이 정수에 접근할 수 있어야 마땅했다. 그는 정수를 손에 넣을 방법을 찾을 생각이었다.

2부

갈팡질팡하며 아무것도 안 하는 것보다 실수를 무릅쓰고 행동하는 게 낫다.

—고대 카마보르 속담

이졸데 왕비의 일기에서 발췌한 내용

난 경계에 있는 존재임을 깨달았다.

나는 천출에서 고귀한 신분이 되었다. 그것도 무려 왕비가 된 것이다. 두 세계 사이를 그림자처럼 떠다니는 나는 두 세계 모두에 속하되 그 어디에도 속하지 않는다.

비에고와 결혼한 지 얼마 되지 않았지만 궁정은 결코 날 환영하는 분위기가 아니다. 궁정의 신하들과 귀족들은 내가 외국에서 온 데다 신분이 낮다는 이유로 날 경멸하며 꼭 필요할 때가 아니면 날 무시한다. 기사단의 기사단장들은 내가 있을 때도 오로지 비에고와 이야기한다. 시종들조차 내가 근처에 있으면 겁을 먹고 의심하듯 시선을 내리깐다. 이제 그들의 눈에 난 잔혹하며 신뢰할 수 없는 귀족 중 하나일 뿐이다.

칼리스타는 비에고 외에 나의 존재감을 확인해 주는 유일한 사람이다. 칼리스타는 내 이야기를 들어 준다. 나와 눈을 마주쳐 준다. 칼리스타도 나처럼 더 자애로운 카마보르를 꿈꾼다는 걸 알았을 때 얼마나 기뻤던지! 하지만 다른 이들은 차라리 내가 사라지길 바라거나 애초에 비에고가 좀 더 왕비의 자리에 걸맞은 사람을 골랐어야 한다고 여긴다.

이 사실에 상처받고 방황하며 상실감을 느낄 때도 있었다. 하지만 내가 서 있는 이 불편하고 어색하고 어정쩡한 공간이 내가 있어야 할 곳이며 최고의 특권을 누릴 수 있는 자리임을 깨달았다. 이곳에서 난 아무것도 없는 자와 모든 것을 가진 자 사이의 거대한 격차를 잇는 가교 역할을 할 수 있다. 이곳에 있어야만 더 나은 세상을 위해 양쪽을 하나로 모을 수 있다.

날 사랑하며 내게 귀를 기울여 주는 비에고를 보고 있으면 그럴 수 있다는 희망이 생긴다. 비에고는—우리 모두가 그렇듯—완벽하진 않아도 더 나은 사람이 되고 싶어 한다. 무엇보다 카마보르가 더 나은 곳이 되길 바란다. 앞으로 우리가 만들어 나갈 더 나은 세상을 계획하며 밤늦게까지 이야기를 나눌 때 비에고가 얼마나 열정적인지 모른다! 내 곁에 비에고가 있고 칼리스타가 우리를 든든히 지켜 주는 한 궁정에서 의구심을 품고 간계를 꾸민다고 하더라도 결국 해낼 수 있을 것이다.

그러니 두 세계 사이에서 살아가며 두 세계 모두에 속하되 어느 쪽에서도 받아들여지지 않는 난 이 자리에 있음에 감사한다. 이 자리를 기꺼이 지키겠다. 내 눈앞에 펼쳐지는 미래는 빛과 희망으로 가득 차 있다.

제 10 장

영겁의 바다

칼리스타는 창을 쥐고 매끈한 카마보르 배의 갑판 위를 전력으로 질주했다. 배의 이름은 대거호크였다. 칼리스타는 배 너머로 몸을 날리기라도 할 듯이 좌현 난간으로 곧장 달려가더니 화려하게 조각된 가장자리를 밟고 몸을 비틀어 반대 방향으로 세게 박차 올랐다. 칼리스타가 도약하며 창을 던지자 선미루를 순식간에 가로지른 창이 배의 균형을 맞추려고 매달아 놓은 모래 자루에 꽂혔다.

가볍게 착지한 칼리스타는 몸을 펴고 어깨를 돌렸다. 빙글빙글 돌아가는 표적에서 창을 뽑으려고 걸음을 옮기자 근처에서 누군가 박수를 쳤다.

칼리스타가 자루에서 창을 뽑자 모래가 쏟아졌다. 칼리스타는 자신을 보고 있는 다부진 체격의 선장에게 눈길을 주었다. 가장 뒤쪽 돛대에 편하게 몸을 기대고 있는 선장은 베닉스라는 이름의 바스타야 여자였다. 이목구비가 큼직큼직한 베닉스의 눈은 짙고 강렬했다. 얼굴과 팔 밑의 털은 흰 펠트 같았지만 다른 곳은 더 뻣뻣하고 짙은 적갈색 털로 뒤덮여 있었다. 고리가 주렁주렁 달린 둥근 귀는 수달의 그것과 같았고 손끝의 뭉툭한 발톱은 선명한 분홍색으로 칠

해져 있었다.

“당신의 창이 배 밖으로 날아갈 때까지 얼마나 걸릴지 선원들끼리 내기했어요. 한 시간에 건 녀석도 있고 하루에 건 녀석도 있죠. 벌써 열흘이 넘었는데 창이 빗나갈 기미도 안 보이네요.”

“실망시켜서 미안하군.”

“저한테 사과할 필요는 없어요.” 베닉스가 씩 웃자 작고 뾰족한 이빨과 도드라진 송곳니가 드러났다. “전 당신이 창을 날리지 않는다는 데 돈을 건 유일한 사람이거든요. 앞으로도 부탁해요. 덕분에 재미 좀 봅시다.”

칼리스타가 허리를 굽히는 시늉을 했다. “최선을 다하지.”

햇볕이 무자비하게 내리쬐었다. 알로베드라를 떠난 지 2주째였다. 칼리스타는 2주 동안 육지를 코빼기도 보지 못했다. 영겁의 바다는 그 이름대로 어디를 봐도 끝이 보이지 않을 만큼 넓게 펼쳐져 있었다. 그래도 순풍이 불어 빠르게 항해할 수 있었다.

칼리스타는 해안가에서 자랐지만 바다에서 시간을 보낸 적이 거의 없었다. 생명과 활기가 가득한 곳으로 상상했던 바다는 오히려 황무지에 가까워 보였다. 초반 며칠 동안에는 수많은 새 떼와 바다에서 뛰어오르는 용고기 떼가 보였다. 심지어 뱃머리에서는 물 위로 떠오르는 큰 낫 고래의 거대한 형체가 언뜻 보이기도 했다. 그러나 지금은 며칠째 다른 생명체의 흔적이 보이지 않았다.

탁 트인 바다에 있다는 새로운 느낌은 처음에 칼리스타의 마음을 사로잡았다. 칼리스타는 난간에 앉아 발을 내놓고 대거호크의 선수파에서 즐겁게 뛰노는 돌고래 떼를 황홀하게 바라보았다. 그러지 않을 때는 벌러덩 드러누워 햇빛과 삐걱거리는 나무 소리, 아래에서 리듬 있게 오르내리는 배의 움직임을 만끽했다.

단조로움은 금세 찾아왔다. 칼리스타는 무료함을 달래기 위해 선미루 갑판에 자리를 잡고 그곳을 훈련장으로 바꾸었다. 매일 팔굽혀펴기, 삭구 오르기부터 창 찌르기, 발놀림, 회전, 막기를 끝없이 반복하며 몇 시간씩 가혹한 훈련으로 자기 자신을 몰아붙였다.

"슬슬 공주님 배가 고프실 것 같았죠." 베닉스 선장이 칼리스타에게 둥근 빵을 던졌다.

칼리스타는 잽싸게 잡았다. "그렇게 부르지 말아 줬으면 하는데."

"공주님께서 그러시다면야."

짜증 난다는 듯 코웃음을 치며 고개를 내저은 칼리스타는 난간에 빵을 두드려 보고 얼굴을 일그러뜨렸다. 돌처럼 딱딱했다.

"아래에 수프가 있어요. 같이 먹으면 그나마 먹을 만해요."

"고마워, 선장." 칼리스타는 그제야 자신이 얼마나 배고픈지 깨달았다. 해가 거의 중천에 떠 있었다. 칼리스타가 훈련을 시작한 것은 새벽이었다. 이번에는 시간이 가는 줄도 몰랐던 것이다.

"그 신화 속 섬이 있다는 곳에 가까워지고 있어요. 그 섬이 거기 있다면 하루 이틀 안에 지나가게 되겠죠."

"정말 섬이 존재하지 않는다고 생각하나?"

베닉스가 콧방귀를 뀌자 수염이 씰룩거렸다. "믿지 않는다고 한 적은 없어요. 말도 안 되는 것도 함부로 무시하면 안 된다는 걸 알 만큼 바다에서 이상한 걸 많이 봤거든요. 영생을 누리는 사람들이 사는 전설의 섬이요? 그것보다 훨씬 터무니없는 것도 봤는걸요. 섬을 찾을 수 있다는 뜻은 아니에요. 섬이 모습을 드러내지 않으려고 할 수도 있으니까요."

칼리스타는 멀리 있는 수평선을 바라보았다. 수백 년간 축복의 빛 군도가 어디 있는지 찾아낸 사람이 없는데 왜 자신은 찾을 수 있다고 생각했을까? '완전히 시간 낭비일지도 모르겠어.' "애초에 오지 말아야 했을지도 몰라." 칼리스타가 중얼거렸다.

"그럼 이 좋은 걸 다 놓쳤을 텐데요?" 선장이 키득거리며 주위를 가리켰다. 대거호크는 카마보르에서 가장 큰 배는 아니었어도 가장 빠른 편에 속했다. 바람이 잔잔해지면 노를 저어 이동할 수 있었고, 바람이 조금이라도 불면 여러 개의 돛으로 바람을 최대한 이용하여 물을 칼처럼 가를 수 있는 배였다.

그러나 어마어마한 크기를 자랑하는 영겁의 바다에서는 대거호크도 조류와 바람의 변덕에 흔들리는 작고 하찮은 나뭇잎처럼 느껴졌다. 만에 하나 대거호크가 가라앉더라도 바다는 신경 쓰지 않을 터였다. 다음 날에도 태양이 떠오르고 세상은 계속해서 돌아갈 것이다. 그 생각에 마음이 절로 겸손해졌다.

"생각해 봐요. 알로베드라에 남아 있었다면 뭘 했겠어요? 침울하게 왕궁을 돌아다니면서 왕비 전하가 마지막 숨을 쉬기만을 기다리지 않았겠어요? 냉정하게 얘기해서 죄송하지만 당신은 여기 있는 편이 나아요. 적어도 뭔가 하고 있잖아요. 결국 아무 성과가 없다고 해도 어쩔 수 없는 일이죠."

선장이 선미 갑판으로 돌아간 후 칼리스타는 선장의 말을 곱씹었다. 직설적인 얘기를 듣는 게 불편하지는 않았다. 사실 신선한 경험이라 선장에게 감사할 정도였다. 선장의 조언은 칼리스타의 할아버지에게도 잘 먹혔을 것이다. 카마보르의 사자는 의심이 드는 불확실한 상황에서도 결단력 있게 행동해야 한다고 생각하는 사람이었으니까.

칼리스타가 수프를 가지러 가려던 찰나 제일 큰 돛대 위쪽에서 망을 보는 선원이 뭐라고 외치는 소리가 들려왔다. 선원은 정면을 가리키고 있었다. 주갑판으로 내려가는 계단을 단번에 뛰어내린 칼리스타는 선원들을 가볍게 피하며 우현으로 쏜살같이 달려갔다.

"들고 있어." 칼리스타가 화들짝 놀란 심부름꾼 아이에게 창을 건네며 말했다. 칼리스타는 손을 번갈아 옮기며 삭구를 타고 올라갔다. 바람이 매섭게 부는 위쪽에서는 배의 움직임이 더 확연히 느껴져 너울이 오르내릴 때마다 속이 울렁거렸다. 마침내 칼리스타는 망대로 쓰이는 협소한 발판까지 올라갔다. 망을 보는 선원은 칼리스타를 보고 상당히 놀란 표정이었다.

"뭐가 보이지?"

"직접 보시죠." 선원이 가느다란 은빛 관을 건넸다.

발판은 두 사람이 모두 오르기엔 너무 비좁았기에 칼리스타는 삭구를 다리에 감아 몸을 고정하고 조심스레 망원경을 넘겨받았다. 망원경을 한쪽 눈에 가져다 댄 칼리스타는 관 끝을 돌려 초점을 조정했다. "어디를 보면 되지?"

"정면에 있는 수평선을 보세요."

칼리스타는 렌즈를 조정하고 또 조정하며 인상을 찌푸렸다. "수평선이 안 보이는데."

"바로 그겁니다."

하얀 안개는 거대한 요새 벽처럼 정면에 떡하니 버티고 있었다. 수백 미터 위까지 솟아올라 있었지만 안개가 끝나고 하늘이 시작되는 지점이 어디인지 정확히 보이지 않아 그보다 더 높을 가능성도 있었다.

칼리스타는 안개가 이렇게 불쑥 시작된다는 얘기를 들어 본 적이 없었다. 안개는 굉장히 부자연스러웠다. 대거호크를 나아가게 하는 바람에 영향을 받지 않는 듯 단단한 고체라도 되는 것처럼 흩어지지 않았다.

그리고 대거호크는 안개를 향해 곧장 나아가고 있었다.

"약 100미터 앞입니다, 선장님!" 일등 항해사가 외쳤다.

칼리스타는 베닉스를 바라보았다. 팔짱을 낀 채 정면을 주시하는 베닉스의 얼굴에는 희미한 미소가 떠올라 있었다.

'이 상황을 즐기고 있군.'

"전에도 이런 걸 본 적이 있나?"

베닉스의 송곳니가 번쩍였다. "전혀요. 재미있겠네요."

"50미터!"

선원들은 돛 몇 개를 내려 추진력을 완전히 잃지는 않는 선에서 속도를 늦추었다. 베닉스가 손에 들고 있는 화려한 황동 나침반을 계속해서 힐끔거렸다. "방향을 유지해라!"

"네, 선장님!"

"20미터!"

이제 눈앞에는 안개 벽만 보였다. 무의 세계로 항해하는 것처럼 비현실적인 느낌이었다. 칼리스타는 숨을 죽였다. 주먹 마디가 새하얘질 정도로 난간을 쥔 손에 힘이 들어갔다. 배가 광대한 하얀 벽에 부딪혀 박살 나지 않을까 하는 생각이 드는 찰나… 배는 벽을 통과해 들어갔다.

안은 시원했다. 축축한 습기가 주위를 감쌌다. 비구름 속을 항해하는 느낌이었다. 더 이상 해는 보이지 않았고 바람 한 점 불지 않아 대거호크의 돛이 축 늘어졌다. 칼리스타의 눈에 호수처럼 잔잔한 물이 들어왔다. 들리는 것은 목재와 밧줄이 삐걱거리는 소리, 초조한 선원들이 이리저리 움직이는 발소리 등 배에서 나는 소리뿐이었다.

베닉스 선장이 눈을 감으며 숨을 깊숙이 들이쉬었다. "안개에 고대 마법이 깃들어 있어요. 느낌이… 끝내주네요."

칼리스타는 안개에 신비로운 힘이 있다는 사실이 전혀 놀랍지 않았다. 그래야만 설명이 되는 상황이었으니까. 베닉스는 만족스러운 한숨을 길게 내쉬며 눈을 떴다. 베닉스의 눈에서는 묘한 빛이 났다. 부드러운 기운이 베닉스를 감쌌다.

"몸에서… 빛이 나는군."

베닉스가 씩 웃었다. "저희 종족은 아주 오래전 마법으로 태어났죠. 이건 마치… 그 기원이 되살아난 거라고나 할까요."

칼리스타는 베닉스의 어깨 너머로 화려한 나침반을 살펴봤다. 바늘은 별다른 움직임이 없었다. "침로대로 가고 있나?"

"침로대로 가고 있죠." 베닉스가 고개를 끄덕였다. "빠르다고 할 수는 없겠지만요." 베닉스는 힘이 없는 돛을 올려다보며 덧붙이더니 큰 소리로 명령을 내렸다. "좋아, 다들 노를 꺼낼 시간이다! 어서 움직여!"

선원들은 부지런히 몸을 놀리며 노 구멍을 열고, 길게 늘인 황금 노를 이상하리만치 잠잠한 물에 담갔다. 그리고 일등 항해사의 외침과 함께 노가 일제히 물을 밀어내자 대거호크가 앞으로 미끄러지기 시작했다.

그들은 으스스할 정도로 고요한 안개 속에서 나아갔다. 몇 시간은 지나간 것처럼 느껴졌지만 해가 보이지 않아 시간이 얼마나 지났는지 확인할 수 없었다. 베닉스의 나침반에 따르면 방향을 유지하고 있었지만 슬슬 이곳에서 아무것도 찾지 못할 것 같다는 느낌이 들었다. 안개 너머에는 그 무엇도 존재하지 않을 것 같았다. 아니면 배가 마법의 함정 같은 것에 빠져 아무리 노를 저어도 제자리에 있는 것일지도 몰랐다.

칼리스타는 위쪽에서 움직임을 포착하고 안도했다. "새다!" 칼리스타가 손으로 가리키며 소리쳤다.

"이것 봐라! 새가 있다면 여기에 육지도 있다는 뜻이네요." 베닉스가 마지못해 인정하듯 고개를 끄덕이며 칼리스타를 돌아봤다. "공주님이 찾던 신비한 섬이 그렇게까지 신비한 섬은 아닌 모양인데요."

"그래서 어디 있는 거지?"

"그러게 말입니다."

배는 한동안 계속 나아갔다. 그때 선수루에서 외치는 소리가 들려왔다. "앞쪽에 뭔가 보이는 것 같습니다, 선장님!"

잠시 후 칼리스타의 눈에도 뭔가 들어왔다. 안개가 어두워지는 것처럼 보였다. 칼리스타는 숨을 들이켰다. 전설에 나오는 축복의 빛 군도를 찾은 것일까?

순간 그들은 안개에서 벗어났다. 갑자기 돌아온 바람과 출렁거리는 너울에 대거호크가 흔들렸다. 하지만 앞에는 섬이 아닌 탁 트인 바다만 있을 뿐이었다.

베닉스가 욕지거리를 내뱉었다. "배가 돌았어요!" 베닉스는 으르렁거리며 처음보다 더 크고 다채롭게 욕을 퍼부었다.

"그럼 나침반은?"

베닉스가 나침반을 들어 보여 주었다. 바늘은 미친 듯이 돌아가고 있었다. 그러다 서서히 느려지더니… 다시 배가 지나온 방향을 가리켰다.

"처음 있던 곳으로 돌아온 건가?"

"그렇다고 볼 수 있죠. 그 섬은 불청객을 원하지 않는 모양이네요."

대거호크는 세 번 더 안개 속으로 들어갔다. 그리고 세 번 더 쫓겨났다. 들어갈 때마다 다른 방법을 써 봤지만 별 성과는 없었다.

한번은 안개의 크기를 가늠하기 위해 안개에 진입하자마자 배를 오른쪽으로 돌려 경계를 따라 노를 저었다. 하지만 정신을 차려 보니 어느새 방향이 돌아가 반대 방향으로 노를 젓고 있었다. 또 예고 없이 안개를 벗어난 배는 처음 출발했던 곳으로 돌아왔다. 다음 차례에는 안개에 들어선 후 섬을 발견할 확률이 조금이나마 올라가지 않을까 싶어 방향을 이리저리 바꿔 봤다. 하지만 안개는 또다시 배를 토해 냈다. 마지막에는 안개에 들어간 직후 방향을 반대로 돌려 원래 있었던 곳으로 노를 저었다. 생각과 달리 배는 안개에서 곧장 벗어나지 않았다. 오히려 전보다 더 오래 안개에서 머물렀다. 칼리스타는 이전에 배를 밀어냈던 마법의 의표를 찌른 듯한 기분마저 들었다.

어느 순간에는 유리처럼 잔잔한 물에서 무지갯빛 털이 은은히 빛나는 해달 몇 마리가 머리를 내밀더니 배가 미끄러져 가는 모습을 지켜봤다. 칼리스타는 베닉스와 놀라울 정도로 닮은 해달의 모습에 묘한 기분을 느꼈다.

"말하지 마요." 베닉스가 낮게 으르렁거렸다.

"뭘?"

"지금 하고 있는 생각이요. 하지 마요."

해달의 존재를 보고 가까운 곳에 섬이 있다는 생각이 확고해졌지만 섬은 스스로 모습을 드러낼 마음이 없다는 걸 다시 한번 증명했다. 대거호크 앞의 안개가 열어지자 안개에서 벗어나지 않으려고 배의 방향을 바꾼 카마보르인들은 그 노력이 무색하게 다시 탁 트인 바다로 나오고 말았다.

곧바로 어둠이 주위를 감싸며 비바람이 몰아쳤다. 스스로 희끄무레한 빛을 내는 안개에 들어가 있는 사이 밤이 찾아온 모양이었다. 베닉스는 날이 밝기 몇 시간 전 비구름이 흩어지고 나서야 별을 보고 배의 위치를 확인할 수 있었다.

그들은 예상했던 곳에서 서쪽으로 며칠은 떨어진 곳에 있었다.

“카마보르보다 바다뱀 삼각주에 가까워요. 집으로 가려면 며칠에 걸쳐서 저 짜증 나는 안개를 둘러 가거나 다시 가로질러야 해요. 그랬다가 어디에 도착할지는 선조만이 아시겠지만요.”

“아직은 못 돌아가. 비에고 말이 맞았어. 섬은 바로 저기 있어!” 칼리스타가 안개 벽을 가리키며 말했다.

“은빛 달에 있을 수도 있죠. 차라리 거기서 찾는 게 빠를걸요.”

칼리스타는 주먹을 꽉 쥐었다. 섬이 아주 가까이 있음을 아는데도 손에 닿지 않으니 아무것도 못 찾는 것보다 조바심이 났다. “빈손으로 돌아갈 순 없어.”

“왕비 전하가 지금까지 살아 계신다는 보장도 없잖아요?”

그것은 계속해서 칼리스타를 두렵게 하는 생각이었지만, 칼리스타는 애써 생각하지 않으려고 했다. “섬으로 갈 방법이 있을 거야.”

“저는 눈 좀 붙여야겠네요, 공주님. 어떻게 할지 결정하면 깨우세요.”

칼리스타는 비좁은 선실로 돌아갔다. 앞서 베닉스가 ‘공주님이시니’ 선장실을 내어 드리겠다 했지만 거절했다. 선원 대부분은 이미 선창에 설치한 해먹에서 코를 골고 있었으나 칼리스타는 도저히 잠들 마음이 들지 않았다. 등불을 켜서 선체의 휘어진 늑재에 걸어 둔 그녀는 기름먹인 가죽 가방을 들고 해먹으로 기어 올라갔다.

칼리스타는 대거호크의 선체에 부딪히는 파도 소리와 천천히 흔들리는 배의 움직임을 느끼며 누뇨에게 건네받은 기록과 종이 뭉치를 휘휙 넘겼다. 칼리스타가 떠나기 전 누뇨가 학자 몇 명과 함께 밤을 새우며 비에고의 조사 자료 중 쓸 만해 보이는 내용을 옮겨 적은 것이었다. 칼리스타는 뭐라도 좋으니 도움이 될 만한 정보를 찾고자 필사적으로 종이를 뒤적거렸지만 생뚱맞고 황당무계한 내용밖에 찾지 못했다.

한 페이지에 조그맣게 휘갈겨진 주석을 주의 깊게 살펴볼 때는 이미 동이 튼 후였다. 전에도 읽어 봤지만 크게 신경 쓰지 않았던 주석이었다. 칼리스타는 피곤한 눈을 깜빡이며 종이 뭉치를 들어 등불에 비추었다. 주석은 누뇨의 세밀하고 유려한 필체로 적혀 있었다.

마지막 구간의 시작과 끝에 기록된 별자리를 성도와 대조해 봤을 때 이 항해는 대략 열흘 정도 걸린 것으로 보인다.

칼리스타는 누뇨가 주석을 달아 놓은 부분을 다시 읽었다. 질리언이라는 이케시아인이 축복의 빛 군도를 방문하고 남긴 아주 장황한 번역문에서 발췌한 내용이었다. 아침으로 뭘 먹었는지, 시간의 흐름이 얼마나 흥미로운지, 어떤 별자리를 보았는지 같은 세세한 부분 하나하나까지 기록되어 있었다. 군도로 가는 데 도움이 될 만한 정보는 없었지만 그런 건 중요하지 않을지도 몰랐다. 누뇨가 괜히 이런 주석을 남겼을 리 없었다.

해먹에서 벌떡 일어난 칼리스타는 선원들의 중얼거리는 신음과 불평을 뒤로한 채 빠른 속도로 선실을 빠져나갔다. 그리고 곧장 선장실로 달려가 벌컥 문을 열어젖혔다.

자고 있던 베닉스는 이른 아침 햇살에 눈을 가늘게 뜨며 갑작스러운 침입자를 향해 눈을 깜빡였다. 대충 덮은 이불 사이로 옷도 제대로 갖춰 입지 않은 베닉스가 보였다.

"들어오시게요, 공주님?" 베닉스가 몸을 가리려는 기색도 없이 나른한 듯 짓궂은 미소를 지었다.

칼리스타를 불편하게 하려고 던진 농담이었다. 효과는 바로 나타났다. 칼리스타는 얼굴이 화끈거리는 것을 느끼며 고개를 돌렸다.

"사양하지. 여기서 열흘 거리에 있는 항구는 몇 개지? 수백 년 동안 있었던 항구여야 해."

"그것 때문에 제 단잠을 깨운 거예요?"

"중요한 일이야."

베닉스는 아무렇지 않게 그대로 침대에서 일어났다. 칼리스타는 벽으로 몸을 돌렸다. 베닉스의 자신감과 수치를 모르는 태도에 고개를 내저었지만 그런

점을 동경하기도 했다. 베닉스는 왕가의 공주인 칼리스타가 꿈도 꾸지 못할 만큼 자유로운 생활을 누렸으니까.

"열흘이요? 열흘이면 아마란타인 해안에 닿을 텐데 거기에는 딱히 항구랄 게 없어요. 하렐 항만까지는 못 가고, 백색 첨탑으로 가는 해안은 어림도 없죠. 뭐, 여기서 열흘 거리에 있는 곳이라면 부흐루 정도인데 거기도 가까운 거리는 아니에요."

"부흐루라면… 바다뱀 군도에 있는 곳인가?"

"맞아요. 거기 사람들은 재미있죠. 그곳에서 오랫동안 살아왔는데 다들 타고난 선원이자 항해사예요. 겁들도 없죠. 보통은 깊은 어둠 속에 도사리는 것들을 피하려고 애를 쓰는데 부흐루 사람들은 일부러 찾아가거든요. 그것도 밤마다 사냥하러요. 제정신이 아니라니까요. 이제 돌아봐도 좋아요, 공주님."

베닉스는 꽉 끼는 가죽 바지와 주름 장식이 요란하게 달린 셔츠, 거의 바닥까지 내려오는 벨벳 코트를 입고 허벅지까지 올라오는 장화를 신고 있었다. 통일성이라곤 찾아볼 수 없는 화려한 모습이었다. "어때요?" 베닉스가 과장스러운 자세를 취했다.

"그 정도면 바다뱀 군도로 가서 길잡이를 찾을 준비가 된 것 같군." 칼리스타가 빈정거렸다.

베닉스는 웃음을 터뜨렸다. "그럼 가시죠, 공주님." 베닉스가 문을 열어 칼리스타를 밖으로 안내했다. "선원들에게 아직 집으로 돌아가지 못하는 이유를 어떻게 말해야 하나 생각하는 동안 왜 그곳으로 가야 하는지 자세히 얘기해 줘요."

제 11 장

바다뱀 군도, 부호루

칼리스타는 호박색 구슬이 달린 커튼을 옆으로 젖히며 돌로 된 문간을 거칠게 빠져나왔다. 칼리스타의 얼굴에는 노기가 등등했다. 몸 일부에 깃털이 달린, 개만 한 크기의 가축이 뒤뚱거리며 옆을 지나가자 칼리스타는 그것을 차 버리고 싶은 충동을 간신히 억눌렀다.

바위를 깎아 만든 위쪽 발코니에서는 검붉은 갑각 껍데기를 두른 건장한 부호루 남자가 문신이 있는 거대한 팔로 팔짱을 낀 채 칼리스타가 떠나는 모습을 지켜봤다. 베닉스 선장은 칼리스타의 뒤를 부지런히 쫓아갔다. 두 사람은 비무장 상태였다. 부호루족은 모든 외부인에게 해안에 접근하기 전 배에 무기를 두고 올 것을 요구했고, 둘은 그 규칙을 철저히 따랐다.

"생각보다 일이 잘 안 풀렸네요."

"완전히 시간 낭비였어!" 칼리스타가 신경질적으로 말했다.

"부호루족이 배타적이긴 하지만 저렇게… 큰 소리를 내면서 도움 요청을 거절할 줄은 몰랐어요."

베닉스는 나흘 전 이곳에 도착한 이래 칼리스타의 통역사 역할을 맡고 있었다.

"단지 한두 번 와 본 정도인 줄 알았는데." 부흐루어를 유창하게 말하는 베닉스를 보고 감탄하며 칼리스타가 한 말이었다.

"바스타야는 언어를 쉽게 익히는 편이거든요." 베닉스는 어깨를 으쓱이며 답했다.

그러나 두 사람이 이상한 안개에서 항해하는 방법에 관한 정보를 구하거나 길잡이를 고용하려고 할 때마다 두루뭉술한 대답과 정중하되 날이 선 회피성 발언만 돌아왔다. 세게 밀어붙이자 다들 사제장의 의견을 따라야 한다며 대답을 미뤘지만 그와 약속을 잡는 데만 끝없는 협상을 거쳐야 했고 겨우 잡은 알현은 몇 분 만에 끝나 버렸다. 사제장은 두 사람의 간청을 들었지만 단호히 말을 자르며 도움 요청을 거절했다.

칼리스타는 부아가 치밀었다. "저 게 사제가 뭔가 알고 있는 게 틀림없어. 왜 우리를 안 도와주려고 하지?"

베닉스가 고개를 저었다. "글쎄요. 종교적 금기 때문이 아닐까요? 죄송해요. 제가 공주님을 실망시킨 것 같네요."

바위 첨탑을 깎아 만든 사제장의 사원과 거주지에서 불안정한 돌계단을 따라 아래로 내려간 두 사람은 핏빛처럼 붉고 우둘투둘한 게 갑옷을 두른 보초들을 지나 사제가 모시는 신을 묘사한 그림이 그려진 벽을 지나쳤다. 섬 크기만 한 게가 거대한 화산을 등에 지고 있는 밝은색의 그림이었다. 베닉스의 설명에 따르면 숭배자들은 천지가 개벽하던 시절 이 신이 바다뱀 군도를 만들었다고 믿었다. 그러나 신은 마냥 자비롭지 않았다. 맹렬한 모습이 묘사된 것으로 보아 이 신은 어마어마한 파괴의 힘과 창조의 힘을 동시에 지니고 있는 듯했다.

부흐루에서 숭배하는 신은 그뿐만이 아니었다. 이 신은 사원에서 모시는 수많은 신 중 하나에 불과했다. 날아다니는 상어 한 쌍의 등 위에 서서 불 같은 머리를 휘날리는—태양의 신으로 추정되는—젊은 여자도 중요한 신 같았다. 파도 밑과 하늘 위에서 나타난 거대한 촉수를 휘두르고 있는 좀 더 괴물 같은 모습의 신도 있었다. 칼리스타는 선조를 숭배하는 카마보르와 전혀 다른 세계에 강한 흥미를 느꼈다.

바위 첨탑의 밑부분에 거의 다다르자 화려한 색상의 앵무새들이 칼리스타와 베닉스 옆을 스쳐 지나쳤다. 팔다리가 여섯 개 달린 원숭이들이 아래쪽에 우거진 정글의 식물을 타고 이동하는 모습이 보였다. 보이지 않는 짐승들이 시끄럽게 외치고 울부짖는 소리가 습한 공기를 가득 메웠다. 메마른 카마보르의 땅과 전혀 다른 곳이었다. 다른 상황이었다면 신이 나서 이곳저곳 돌아다니며 섬에 관해 알아봤겠지만… 임무를 수행해야 한다는 압박감이 칼리스타의 가슴 한편을 계속해서 짓눌렀다. 그리고 부흐루족은 외부인이 잠시만 머물 수 있다는 점을 분명히 한 상태였다. 칼리스타는 이미 부흐루족의 한계를 시험하고 있었다.

저 멀리 보호를 받고 있는 항구 너머에 정박 중인 대거호크가 보였다. 너무 얕아 카마보르의 배가 접근하기 어려운 항구에는 부흐루 선박 수십 척이 바다로 돌출된 돌 부두에 묶여 있었다. 대거호크 근처에는 적지 않은 수의 외국 선박이 닻을 내리고 있었다. 살아 있는 나무로 돛대를 만든 듯한 우아한 아이오니아 외돛배도 그중 하나였다. 고물에 독수리 머리를 한 전사 형태의 거대한 황금상이 있는 갤리선은 모래로 뒤덮인 서쪽 땅에서 온 듯했다. 어디에서 왔는지 알 수 없는 형태의 배도 여러 척 있었다.

정글에 솟아 있는 십여 개의 바위 첨탑에는 모두 구불구불한 촉수가 새겨지고 문과 창문이 벌집처럼 뚫려 있었다. 그 아래에 펼쳐진 부흐루 정착지는 녹지에 반쯤 가려져 있었다.

"아쉽네요." 앞장서서 지면이 있는 층으로 돌아온 베닉스가 말했다. "부흐루 항해사처럼 바다를 잘 아는 이들도 없거든요. 바다가 말을 거는 게 아닐까 싶을 정도로요. 카마보르에서 최고로 손꼽히는 저희도 저들 앞에서는 초짜처럼 보이죠."

"겸손도 하셔라."

"사실을 말했을 뿐이에요. 그럼 이제 어쩌죠?"

칼리스타가 목을 물어뜯는 벌레를 철썩 때렸다. 창문과 문간에서 부흐루 주민들이 두 사람을 지켜봤다. 주민들은 적대적이진 않았지만 위협적이었다. 방직공, 예술가, 사제조차 전사처럼 보였다.

"모르겠어. 이게 다 무슨 소용인가 싶네. 어디로 가야 할지 모르겠어."

첨탑이 시작되는 부분에 다다르자 베닉스가 말했다. "좋은 소식도 있어요. 대거호크가 식량 보급을 마쳐서 선원들의 기분이 좋아졌죠. 맛있고 따뜻한 식사가 사기에 이렇게 중요하다니까요."

거리는 일과를 하며 돌아다니는 부호루 사람들로 부산스러웠다. 어부들은 생선을 팔러 다녔고 아이들은 키득거리며 달려갔다. 생각보다 훨씬 큰 정착지는 카마보르의 어촌 못지않게 북적거렸다.

"이 지역 술도 흥정해서 싸게 몇 통 샀어요." 술병을 꺼내 마개를 뽑은 베닉스가 한참 꿀꺽꿀꺽 마시더니 만족스러운 숨을 내쉬었다. "이걸 마시면 다들 기분이 아주 좋아지겠죠."

베닉스가 내민 술병의 냄새를 맡아 본 칼리스타의 눈에 눈물이 고였다. "대체 그게 뭐야?"

베닉스는 웃음을 터뜨렸다. "이 지역 특제 술이죠. 마시면 기운이 펄펄 날 거예요."

"내가 왜 그런—" 칼리스타는 베닉스의 얼굴에 떠오른 표정을 보고 말을 멈추었다. "됐어."

베닉스가 앓는 소리를 내곤 얼얼한 술을 마지막까지 털어 넣었다. "따라와요." 베닉스가 칼리스타의 어깨를 치며 말했다. "부둣가에 제가 먹어 본 것 중 제일 맛있는 게를 파는 곳이 있어요. 거기 가죠. 배를 채우면서 이제 어떻게 해야 할지 생각하면 되잖아요."

베닉스의 말이 맞았다. 게는 맛이 아주 훌륭했다. 하지만 칼리스타의 침울한 기분이 크게 나아지진 않았다.

해가 지자 그들은 바다가 내다보이는 곳에 앉았다. 부흐루의 어선들은 야간 조업을 떠날 준비를 마친 상태였다. 어부들은 마치 전쟁에 나가는 것처럼 어두운 표정으로 배에 작살과 미늘창을 싣고 돌 부두에서 사랑하는 이들과 입을 맞추며 작별 인사를 했다. 이상한 일은 아니었다. 칼리스타가 이해한 대로라면 어부들은 어둠을 틈타 심해에서 올라오는 각종 바다뱀과 괴물들을 사냥하러 떠나는 것이었으니까. 특이한 점은 다들 배에 오르며 바다로 뭔가를 던진다는 것이었다.

"뭐 하는 거지?" 칼리스타가 물었다. 칼리스타와 베닉스는 먹고 남은 음식이 널린 긴 탁자에 앉아 있었다. 대거호크 선원들도 함께였다. 탁자의 다른 자리에는 여러 지역 주민과 만에 정박 중인 다른 배의 선원들이 뒤섞여 앉아 있었다. 들리는 언어만 족히 대여섯은 되었다. 부흐루족에게도 외부인에게도 인기가 많은 듯 붐비는 곳이었다.

"여왕 바다뱀에게 공물을 바치는 거예요." 베닉스는 도수가 강한 이 지역 술을 한 잔 더 꺾으며 말했다. "일종의 경의를 표하는 거죠."

칼리스타는 반쯤 빈 자신의 잔을 바라보며 끝까지 마실지 말지 고민했다. 맛이 고약했지만 몸이 뜨끈해지는 감각은 나쁘지 않았다. 칼리스타가 마음을 정하기도 전에 베닉스가 손을 뻗어 잔을 쥐더니 단번에 꿀꺽 마셔 버렸다.

"왜요?" 베닉스는 깜짝 놀란 칼리스타를 보며 말했다. "한 시간 넘게 보고만 있었잖아요!"

칼리스타가 피식 웃으며 고개를 저었다.

"드디어 웃네요! 저녁 내내 인상을 잔뜩 찌푸리고 있더니!"

칼리스타의 표정이 다시 어두워졌다. 자신이 막지 못한 검에 맞아 중독된 이졸데가 시름시름 죽어 가는 중인데 이렇게 웃고 떠들 수는 없었다. "너희끼리 즐기게 난 대거호크로 돌아가는 편이 좋겠어. 내가 있어서 방해만 되는 것 같네."

"조금만 더 있다가 같이 돌아가요." 베닉스가 의자를 뒤로 젖히며 탁자를 빙 둘러봤다.

지역 주민들은 칼리스타 무리를 신경 쓰지 않았지만 적잖은 외국 선원들은 어두운 표정으로 그들을 바라보고 있었다. 칼리스타는 이곳에 도착했을 때 그 중 몇 명이 작게 수군거리는 소리를 들었다. 이렇게 먼 곳까지도 카마보르의 악명이 퍼진 모양이었다. 그들의 눈에는 대거호크가 새롭게 정복할 땅을 물색하는 정찰선으로 보일지도 몰랐다. 전사로서의 직감으로 보건대 자칫하면 귀찮아질 수 있는 상황이었다. 외부인은 무기를 가지고 상륙하지 못한다는 부흐루의 법이 갑자기 고맙게 느껴졌다.

"지금 다 같이 돌아가는 게 좋을 것 같은데." 칼리스타가 낮은 목소리로 경고했다.

"에이, 이제야 좀 재미있어지려고 하는데요." 베닉스가 웃으며 말했다.

순간 누가 신호라도 내린 것처럼 외국 선원이 베닉스의 선원 하나와 세게 부딪히는 바람에 술이 쏟아졌다. 두 선원은 곧바로 얼굴을 맞대고 대치했다. 다른 이들은 상황이 격화될 때를 대비해 자리에서 일어섰다. 덩치가 큰 부흐루 남자 둘이 다가왔지만 베닉스가 먼저 선수를 쳤다.

"이봐, 이봐, 평화적으로 해결하자고." 베닉스가 달래듯 양손을 들어 올렸다. 베닉스의 목소리는 쾌활했다. 하지만 위험하게 번뜩이는 베닉스의 눈을 보고 앞으로 일어날 일을 예감한 칼리스타는 천천히 자리에서 일어났다.

서쪽 사막 지대에서 온 선원 중 하나가 겨우 자신의 가슴께에 오는 베닉스를 내려다보더니 무시하는 듯한 말을 하고는 다시 눈길을 돌렸다. 칼리스타가 움찔했다. '그러지 않는 게 좋았을 텐데.'

베닉스는 기다렸다는 듯 골반을 틀며 선원의 목을 향해 힘이 실린 주먹을 정면으로 날렸다. 선원이 뒤로 고꾸라지자 식당 안은 폭발하듯 시끄러워졌다. 더 많은 선원이 자리에서 일어나 분노의 고함을 지르고 주먹을 날렸다. 의자에 맞은 한 선원은 옆머리에 날아온 접시를 맞고 곧장 쓰러졌다. 베닉스는 호탕하게 웃으며 몸을 숙여 날아오는 주먹을 피하더니 체중이 실린 주먹으로 턱을 올려쳐 상대를 자빠뜨렸다.

칼리스타는 팔짱을 끼고 아수라장이 된 가게를 지켜봤다. 지역 주민 대부분은 뒤로 물러서서 서로 두들겨 패는 외지인들을 구경하는 중이었다. 처음 개입하려고 했던 덩치 큰 부호루 남자 둘은 히죽거리고 있었다.

부러진 의자 다리를 든 선원 하나가 비틀거리며 칼리스타에게 몸을 돌렸다.

"하지 마." 선원은 칼리스타의 경고에도 불구하고 달려들었다. 공격을 막은 칼리스타는 신속하게 팔을 비틀어 선원의 무릎을 꿇렸다. 선원은 의자 다리를 떨어뜨리며 팔이 빠지는 고통에 소리를 질렀다. 칼리스타는 장군으로서 근무 외 시간에 쓸데없이 싸우는 것을 용납하지 않는 편이었지만, 울부짖는 상대를 발로 차자 지역 주민들이 고개를 살짝 숙여 경의를 표했고 만족스러운 기분이 들었다.

주방에서 몸집이 작은 노파가 나와 소리를 지르자 마침내 덩치 큰 남자 둘이 끼어들어 싸움을 갈무리하기 시작했다. 그중 하나가 서로 치고받는 선원 둘을 거대한 손으로 한 명씩 들어 올려 떼어 놓았다. 다른 하나는 싸우느라 정신없는 선원의 허리춤을 잡아 바다로 던져 버렸다.

"알았어요! 알았어!" 덩치 큰 부호루 남자 중 하나가 베닉스를 향해 몸을 돌리자 그녀는 웃음을 터뜨렸다. 싸우고 있는 대거호크 선원들을 하나도 빠짐없이 끌어낸 베닉스는 엉망이 된 현장을 뒤로하고 어둠 속으로 도망쳤다.

마지막으로 자리를 뜬 사람은 칼리스타였다.

"아르젠트 왕가에서 심심한 사과를 전하지." 칼리스타가 고개를 살짝 숙이며 말했지만 칼리스타의 말을 알아듣는 사람은 아무도 없는 듯했다. 모두의 눈이 칼리스타에게 집중되어 있었다. 대부분 아직 분이 덜 풀린 표정이었다.

모두에게 통하는 언어가 하나 있다는 사실을 잘 아는 칼리스타는 카마보르 주화를 한 줌 꺼냈다. 싸움으로 생긴 피해를 두 번 복구하고도 남을 금액이었다. 칼리스타는 모두가 볼 수 있게 주화를 들어 올린 후 아직 멀쩡히 놓여 있는 탁자 위에 차곡차곡 쌓아 놨다. 모두의 눈이 주화에 쏠린 것을 확인한 칼리스타는 재빨리 빠져나와 베닉스와 선원들이 있는 곳으로 발을 재촉했다.

적잖은 선원이 부상을 입었지만—그래 봤자 갈비가 몇 대 부러지고 눈에 멍이 든 정도였다—다들 부두로 돌아가며 즐겁게 떠들고 낄낄거렸다.

"도대체 무슨 짓이야?" 칼리스타가 베닉스와 합류하며 말했다.

"스트레스 좀 풀어야 할 것 같아서요. 재미있지 않았어요?"

고개를 절레절레 젓는 칼리스타의 얼굴에서 웃음이 비어져 나왔다.

선원들은 계속해서 서로의 상처와 공적을 비교하며 보트에 올라탔다. 칼리스타도 보트에 오르려는 찰나 한 남자가 다가오는 게 보였다. 칼리스타는 이맛살을 찌푸리며 남자를 돌아봤다. 어두웠지만 이곳 사람이 아닌 것은 확실했다. 칼리스타는 긴장했다. 아까 전 싸움의 복수를 하러 온 자일지도 몰랐다. 혼자 이 많은 카마보르인을 상대하러 왔다면 누가 봐도 어리석은 일이긴 했지만.

남자는 칼리스타가 이해할 수 없는 말을 했다. 목구멍을 울리는 듯한 낮고 거친 소리였다. 베닉스도 똑같이 거슬리는 언어로 소리치듯 답했다.

"저자와도 말이 통하나?"

"언어를 쉽게 익히는 편이라고 했잖아요."

"저자가 원하는 게 뭐지?"

베닉스와 남자는 대화를 이어 갔다. 서로 소리를 지르고 있어 꼭 싸우는 것 같았지만 베닉스는 화난 표정이 아니었다. 베닉스가 칼리스타를 돌아봤다. "부흐루 장로에게 원하는 답을 듣지 못했다는 걸 알고 있대요. 자기가 그 답을 줄 수 있는 자를 안다네요. 그곳으로 안내하겠대요. 물론 적절한 대가를 준다면요. 아, 당신이 공주라는 것도 안대요. 그래서 가격을 최소 두 배는 올린 것 같아요."

칼리스타는 남자를 위아래로 훑어봤다. 자신을 향해 씩 웃는 얼굴이 마음에 들지 않았다. 강철로 만들어진 남자의 이가 달빛을 받아 번쩍였다.

'하지만 선택의 여지가 없어.'

"정말 괜찮겠어요?"

대거호크는 바다뱀 군도에서 가장 큰 섬 근처에 위치한 넓은 만에 정박하고 있었다. 새로 찾은 길잡이를 만난 부호루 항구에서 한나절은 족히 떨어진 곳이었다. 대거호크의 맨 뒤쪽에 선 칼리스타는 밧줄과 도르래로 고정한, 뱃고물에 매달린 보트로 기어오를 준비를 하고 있었다.

"글쎄. 하지만 더 좋은 방법이 있는 것도 아니니까."

베닉스의 말에 의하면 어제 칼리스타에게 접근한 남자는 라주 페로스라는 자였다. 그는 자신을 '상인이자 탐험가이며 가끔 정보나 찾기 힘든 것을 구해 주기도 하는 조달자'로 소개했다. 페로스는 서쪽의 좁은 지협에 있는 항구도시 오쉬라 바자운 출신이었다. 칼리스타의 머릿속에서 어렴풋이 그 이름이 떠올랐다. 수년 전 통상을 요청하며 카마보르에 찾아왔던 대표단이 오쉬라 바자운에서 왔던 것으로 기억했다. 칼리스타가 기억하기로 그들의 요청은 받아들여지지 않았다.

"그자는 당신을 돈줄로밖에 안 봐요."

"알고 있어. 그렇다고 내가 찾는 답을 얻을 수 없는 건 아니니까."

근처에 정박한 페로스의 배는 칼리스타가 본 그 어떤 배와도 비슷하지 않았다. 배의 이름은 프로그레스였다. 프로그레스는 튼튼한 구조가 돋보이는 넓은 선박으로 뱃머리와 고물에 요새화한 저택 같은 게 올라가 있었다. 지붕이 드리워진 옥상, 유리 창문, 굴뚝이 달린 구조물이었다. 고물에 있는 구조물의 앞쪽에는 거대한 시계 장치가 있어 정각이 되면 시간을 알리는 소리와 함께 작은 문들이 열리며 자그마한 인형들이 걸어 나왔다.

"해를 보고 시간을 확인하면 어디가 덧난대요?" 처음 프로그레스를 본 베닉스가 한 말이었다.

"정말 마법을 쓴 게 아니라고?" 칼리스타가 페로스에게 물었다. 페로스는 강철 치아를 번쩍이며 열정적으로 말했다.

베닉스는 그 말을 통역했다. "마법이 아니래요. 톱니바퀴, 숨겨진 기계 장치, 오쉬라 바자운의 장인 정신이 만나 탄생한 거라네요. 세세한 것까지 다 통역하진 않을게요. 저 배를 만드는 데 돈이 얼마나 많이 들었는지 자랑하고 있어요. 우리가 깜짝 놀랐으면 하는 것 같아요. 제가 보기엔 돈 낭비도 저런 돈 낭비가 없지만요."

베닉스는 프로그레스가 실용성이 없다며 무시했지만 칼리스타는 독창적인 배의 모습에 깊은 감명을 받았다.

"아무리 생각해도 영 꺼림칙해요." 보트에 오르는 칼리스타를 보며 베닉스가 말했다. "그래도 같이 가 드리죠." 베닉스는 손가락을 튕겨 심부름꾼 아이의 주의를 끌었다. "제이다 좀 데려와 줄래?"

"제이다?" 심부름꾼이 서둘러 갑판 밑으로 가자 칼리스타가 말했다.

"제가 만난 애인 중 최고의 애인이죠. 물론 대거호크는 예외지만. 대거호크야 늘 제 마음속에 있거든요."

칼리스타는 제이다가 양손으로 쥐고 휘두르는 거대한 검이라는 사실을 깨달았다. 곡선으로 휘어진 검은 똬리를 튼 뱀이 날밑을 대신하는 화려한 모양이었다.

"거의 몸집만 한 검이군." 칼리스타는 검집에 꽂힌 검을 어깨에 메는 베닉스를 보며 말했다.

"제이다는 절 절대 실망시키지 않아요. 지금까지 이렇게 멋진 애인은 없었죠." 베닉스는 갑판에 있는 선원을 돌아봤다. "내려 줘!"

밧줄이 풀리며 느슨해지자 보트가 유리처럼 잔잔한 바다로 내려갔다. 보트에는 칼리스타와 베닉스 외에 대거호크 선원 넷이 더 타고 있었다. 선원들은 해안을 향해 노를 저었다. 자연의 모습을 그대로 간직한 외딴섬의 해안에는 사람이 사는 흔적이 전혀 없었다. 우뚝 솟아 있는 거대한 형상의 바위들은 터질 듯한 폭포와 녹음을 품고 있었다.

"그 예언자는 하고많은 곳을 놔두고 왜 하필 여기 있대요?" 베닉스가 울창한 정글을 바라보며 말했다. "사람들이 찾아오기 쉽지 않겠는데요."

"그래서 이런 곳에 있을지도 몰라."

"그게 아니라 그냥 조용한 곳으로 유인해서 돈을 빼앗으려는 게 아닐까요?"

"불가능한 일은 아니지. 그렇다면 또 스트레스를 풀 기회로 삼으면 되잖아?"

베닉스의 얼굴이 일그러졌다. "차라리 술집에서 취한 선원들과 싸우는 편이 나아요."

"그렇군."

해변이 가까워지자 칼리스타는 허리 깊이의 물속으로 들어가 보트를 모래사장까지 옮기는 일을 도왔다. 바닷물은 따뜻하고 아늑했지만 대거호크와 해안 사이에서 본 지느러미와 비늘 달린 생물의 수를 헤아린 칼리스타는 물에 조금이라도 더 남아 있고 싶은 마음이 전혀 없었다.

그들이 다가가는 동안 번쩍이는 이를 드러내고 활짝 웃으며 홀로 서 있던 라주 페로스는 칼리스타에게 허리를 숙이더니 베닉스에게 말을 걸었다. 베닉스는 코웃음을 쳤다.

"뭐라는 거지?"

"예상대로 돈 얘기를 꺼내네요."

"그 예언자라는 자는 어디 있는데?"

베닉스는 다시 페로스와 얘기했다. 페로스는 나무가 있는 쪽으로 고개를 까딱했다. "정글로 한참 들어가야 한다는데 정확한 얘기는 일부러 안 하고 있어요. 지금 이동하면 해가 질 무렵에는 도착한다고 하네요. 값을 치르기 전까지는 최대한 정보를 주지 않으려는 것 같아요."

다시 입을 연 페로스는 자기 자신을 가리킨 후 칼리스타 일행을 가리켰다.

"또 자기는 한 입으로 두말하는 사람이 아니래요. 그래서 신의의 표시로 호위도 없이 자기 혼자 길을 안내하는 거라고요. 하지만 대가는 확실히 받고 싶다네요."

"좋아." 칼리스타는 주머니를 꺼내 들어 올렸다. "당신에게 줄 돈의 삼분의 일이야. 나머지는 예언자를 보고 무사히 돌아오면 주겠어." 칼리스타가 주머니를 던지자 페로스가 잽싸게 잡았다. "날 배신하지 마, 페로스." 칼리스타가 페로스에게 손가락을 겨누며 덧붙였다. "그랬다간 후회하게 될 거야."

베닉스가 통역하자 페로스는 웃음을 터뜨리며 머리를 절레절레 흔들었다.

칼리스타는 페로스의 말에서 카마보르인이라는 단어를 알아들었다.

"뭐가 웃겨서 저러지?"

"우리가 웃긴가 봐요." 베닉스가 콧방귀를 뀌었다. "모든 사람이 카마보르인처럼 무자비하고 탐욕스러운 건 아니라네요. 진짜 마음에 안 드는 작자예요."

"이제 슬슬 움직이지."

페로스는 칼리스타에게 다시 한번 허리를 숙이고 정글을 향해 손짓했다.

일행이 움직이자 칼리스타는 베닉스에게 가까이 다가갔다. "뒤를 잘 지켜봐. 따라오는 자가 없나."

제 12 장

일행은 뙤약볕 아래서 정글로 들어갔지만 거대한 절벽과 첨탑 같은 바위 위에서 빠르게 먹구름이 생겨났다. 번개가 하늘을 쩍쩍 가르며 바다로 떨어지고 천둥이 굉음을 내며 밀려들었다. 뒤이어 내린 비는 수그러들 기미 없이 어찌나 강하게 쏟아지던지 폭우 소리 외에는 아무것도 들리지 않을 지경이었다.

쫄딱 젖은 일행은 진흙에서 넘어지고 미끄러지며 불안정한 길을 따라 한 줄로 이동했다. 칼리스타는 발을 헛디디지 않으려고 창을 지팡이 삼아 몸을 지탱했다. 일행 중 날씨의 영향을 받지 않는 사람은 베닉스가 유일해 보였다. 기름을 친 외투 같은 베닉스의 털은 떨어지는 비를 그저 미끄러뜨릴 뿐이었다. 베닉스는 중독성 있는 바스타야 선율을 흥얼거리며 라주 페로스의 등에 시선을 고정한 채 성큼성큼 걸어갔다.

"카마보르에 일 년 동안 내리는 비보다 지난 한 시간 동안 온 비가 더 많겠어!" 칼리스타가 앞쪽에 우뚝 솟아 있는 절벽을 올려다보며 말했다.

"뭐라고요?" 베닉스가 소리쳤다.

"아무것도 아니야."

"뭐라고요?"

"아무것도 아니라고!"

"제가 뚱뚱해 보인다고요?" 베닉스가 화난 듯 답했다.

"그게 아니라—" 입을 뗀 칼리스타는 베닉스의 눈이 짓궂게 빛나는 것을 확인했다. 칼리스타가 짜증 난다는 듯 고개를 내젓자 베닉스가 웃음을 터뜨렸다.

"처음에 알아들었어요! 참고로 저한테 뚱뚱해 보인다는 말은 칭찬이죠!"

바위 사이의 틈은 어두웠다. 어떤 곳에서는 몸을 비집고 통과해야 했고 어떤 곳에서는 쏟아지는 빗물 때문에 점점 깊어지는 웅덩이를 헤치고 나아가야 했다. 목적지에 가까워졌을 즈음에는 비가 그치고 구름이 걷혀 찬란한 진홍빛 노을이 깔린 하늘이 좁은 협곡 위와 가끔 보이는 만에서 언뜻언뜻 그 모습을 드러냈다.

거대한 폭포 앞에 다다르자 귀를 먹먹하게 하는 물소리가 도착을 알렸다. 폭포는 정글 바닥에 뚫려 있는 커다란 구멍으로 쏟아져 내렸다. 물보라에 마지막 햇살이 비치며 생긴 어마어마한 크기의 무지개가 보였다.

칼리스타는 깊은 구멍 속을 내려다보았다. "예언자는 이 아래에 있겠지?" 페로스가 고개를 끄덕이자 한숨을 쉰 칼리스타가 중얼거렸다. "역시나."

칼리스타는 밤이 되어서야 구멍 밑바닥에 도착했다. 다른 일행은 위에 남겨두고 혼자 내려왔다. 예언자가 칼리스타 혼자 와야 만나 준다고 했다는 말을 들었기 때문이다.

폭포 때문에 생긴 깊고 커다란 물웅덩이에 하늘에서 빛나는 별이 거울처럼 비쳤다. 땅은 잎이 넓은 식물과 덩굴, 선명한 색상의 꽃으로 뒤덮여 있었다. 쏟아지는 폭포수 소리가 울려 퍼지고 소용돌이치는 증기가 공기를 가득 메웠다. 동굴 같은 공간은 위에서 보이는 것보다 훨씬 컸다. 구멍의 돌출된 테두리 너머 깊숙한 곳까지 펼쳐진 웅덩이는 그 끝이 보이지 않을 정도로 넓었다.

깎아지르는 벽을 감싸는 좁고 기다란 땅이 폭포 뒤로 이어졌다. 예언자가 그곳에 있으리라 생각한 칼리스타는 물 때문에 미끄러운 바위와 빽빽한 나뭇잎 사이로 조심스레 발을 내디디며 길을 따라 걸었다.

한 바위 위에서 키가 크고 늘씬한 형체가 칼리스타를 기다렸다. 움직임이 없어 처음에는 조각상인가 싶었지만 가까이 다가가자 형체가 고개를 칼리스타 쪽으로 돌렸다. 자욱한 수증기 때문에 시야가 흐릿해 제대로 보이지 않았으나 칼리스타가 보았던 그 어떤 존재와도 모습이 다르다는 것을 알 수 있었다.

"아름답지 않나요?" 알 수 없는 존재가 말했다.

묘하게 이 세상의 것 같지 않은 목소리는 여성스러웠으며 이상할 정도로 억양이 없었다. 칼리스타는 그 존재가 무슨 언어로 말하는 것인지 확신할 수 없었지만 모든 말을 이해했다. 칼리스타는 말하는 자의 모습을 제대로 보려고 애쓰며 조심스레 접근했다.

상대는 느른한 움직임으로 손짓하며 말을 이었다. "이 만도 정글도 폭포도 모두 본모습 그대로예요. 훼손되지 않았죠. 순수해요. 하지만 영원히 이렇게 남아 있진 않을 거예요. 이곳에서 도시가 종양처럼 자라겠죠. 거짓과 살인의 도시가요. 그걸 생각하면… 슬퍼져요."

"앞으로 일어날 일을 이미 본 사람처럼 얘기하네요."

"봤으니까요, 카마보르의 칼리스타 볼 칼라흐 헤이가리. 당신을 기다리고 있었어요."

"당신은 누구죠?"

세찬 바람이 둘 사이의 안개를 흩뜨리자 칼리스타의 눈이 커졌다. 예언자의 피부는 땅거미 진 하늘처럼 옅은 보랏빛이었다. 관절이 반대로 된 긴 다리의 끝에는 발굽이 달려 있었다. 예언자의 이마 중앙에 자라나 있는 휘어진 뿔은 달빛을 받아 희미하게 빛났다.

"난 많은 존재에게 많은 이름으로 불렸죠. 하지만 난 별의 아이예요. 소라카라고 불러요."

소라카는 폭포 뒤쪽에 있는 얕은 자연 동굴로 칼리스타를 이끌었다. 아주 작은 빛들이 천장을 별처럼 수놓았고 옹기종기 모인 버섯들이 은은한 빛을 내며 어슴푸레한 푸른빛으로 동굴을 물들였다.

소라카는 섬세하고 느긋한 듯 우아한 모습으로 움직였다. 소라카의 존재에 칼리스타의 마음이 한없이 차분해졌다. 소라카는 정갈히 무릎을 꿇고 앉아 낮은 돌 선반에 몸을 굽히며 칼리스타에게도 앉으라고 손짓했다. 근처에는 끝에 초승달이 달린 기다란 지팡이가 기대어져 있었다. 평평한 바위 위에는 작은 찻주전자와 찻잔 한 쌍이 놓여 있었다. 그 외에는 별다른 게 없는 동굴이었지만 칼리스타는 이곳이 소라카의 집이라고 확신했다.

"차 마실래요?"

칼리스타는 고개를 끄덕여 감사를 표하고 잔을 하나 가져갔다. 놀랍게도 잔은 뜨거웠다. 잔에서 올라오는 김에서는 향기로운 허브 냄새가 났다. "내가 올 줄 어떻게 알았죠? 내 이름은 어떻게 알았고요?"

깊숙한 곳에 별과 머나먼 천체를 담고 있는 듯한 소라카의 눈은 시선을 뗄 수 없이 매혹적이었다. "그걸 물으려고 이 먼 곳까지 온 게 아니겠지만 답해 줄게요. 두 질문에 대한 답은 같아요. 별들이 알려 줬답니다."

"그렇군요." 칼리스타는 납득하지 못했다. '예언자들은 늘 이런 식이지.'

소라카가 온화하게 웃었다. "믿지 않는다고 해도 어쩔 수 없죠."

칼리스타는 계속해서 밀어붙였다. "그 말이 사실이라면 내가 온 이유도 알고 있겠네요."

소라카는 미소를 지었다. 마치 후회로 가득한 것처럼 슬픔이 담겨 있는 미소였다. "알고 있어요. 질문에 최선을 다해 답하겠지만 다른 질문을 해도 될 텐데요. 그냥… 떠난다면 어떻게 되는지 물어봐도 돼요. 짐을 던져 버리고 진심으로 사랑하는 사람과 함께 고향을 떠난다면 어떻게 되는지 말이에요."

칼리스타는 경계하며 몸을 굳혔다. 이 예언자는 칼리스타의 가장 내밀한 생각과 욕망까지 읽을 수 있는 것일까? "내가 그걸 물었다면 뭐라고 답했을 건데요?"

"당신은 행복할 거예요. 오래오래 기쁨으로 충만한 삶을 살겠죠. 아이를 낳고 그 아이가 또 아이를 낳아 사랑하는 이들의 곁에서 산들바람처럼 잔잔한 마지막 순간을 맞이할 거예요." 소라카의 미소가 희미해졌다. "그 길이 불러올 결과를 안다고 해도 당신이 그 길을 택하지는 않겠지만요."

"나한테 이런 걸 말하는 이유가 뭐죠?"

소라카는 한숨을 쉬었다. "그저 당신이 긴 슬픔의 길을 피했으면 하는 마음 때문일지도 모르겠네요. 당신의 삶에 자그마한 행복이라도 있었으면 하는 마음 때문일지도 모르겠어요. 필멸자의 삶은 아주 짧으니까요."

"그렇다면 우리의 운명은 정해져 있다는 말인가요? 우리의 선택은 환영일 뿐 이미 확정된 운명을 어찌할 순 없나요?"

소라카가 고개를 저었다. "아니요. 미래는 당신이 정하는 거예요. 어떤 길을 갈지는 당신의 선택에 달려 있죠. 내가 보는 것은 가능성이에요. 당신 앞에는 무수히 많은 미래가 펼쳐져 있지만 미래를 선택하는 건 언제나 당신의 몫이랍니다."

칼리스타가 차를 한 모금 마셨다. "내 미래에서는 무엇이 보이던가요?"

"어둠이요." 속삭이는 소라카를 향해 그림자가 드리웠다. 빛 때문에 생긴 착시일지도 몰랐지만 은은히 빛나는 버섯과 아른거리는 별들이 어두워진 듯한 느낌이 들었다.

"거참 힘이 나는 말이네요." 칼리스타가 중얼거렸다.

소라카가 부드럽게 웃자 그림자가 걷혔다. "불꽃이 꺼져 모든 게 사라진 것 같은 순간에도 잿더미 속에 작은 불씨 하나가 숨어 있을 수 있죠. 그 불씨가 계속해서 타오르는 한 세상의 모든 어둠을 몰아낼 수 있어요. 불씨가 빛나는 한 희망은 있답니다."

"무슨 말인지 모르겠어요."

소라카는 슬픈 듯 말했다. "알아요. 이 말을 이해할 필요가 없을 수도 있죠. 말했듯이 미래는 정해진 게 아니니까요."

"참… 흥미로운 이야기군요. 하지만 난 어떤 질문에 대한 답을 얻으려고 왔어요. 안타깝게도 시간이 많지 않죠."

"당신은 현실적인 사람이에요, 카마보르의 칼리스타 볼 칼라흐 헤이가리. 미래를 안다고 주장하는 자를 크게 신뢰하지 않을 만큼 현명하죠. 자기 자신을 그렇게 소개하는 자는 대부분 가짜예요."

"하지만 당신의 예언은 진짜라고 말할 셈인가요? 다른 이들은 모두 거짓말쟁이지만 당신은 아니라고요?"

"날 믿든 말든 상관없어요. 태양은 끝이 올 때까지 매일 떴다 지길 반복하죠. 진실은 믿음이 있어야 진짜가 되는 게 아니에요. 그저… 거기 있는 거죠."

"확실하고 증명 가능한 말을 한다면 믿을게요."

소라카가 미소를 지었다. "당신에게 날 증명할 필요는 없지만 이건 말해 둘게요. 당신은 안개 속에 숨겨진 군도를 찾고 있죠. 그곳은 찾지 않는 편이 좋아요. 그래도 꼭 가야겠다면—당신이 가지 않을 리 없겠지만—바다의 황금 여인이 당신을 그곳으로 인도할 거예요."

"바다의 황금 여인." 칼리스타가 고저 없는 어조로 반복했다. "그게 누구죠?"

소라카가 차를 홀짝였다. 자신은 예언을 했으니 더는 할 말이 없다는 점을 분명히 하는 의사 표시였다. 칼리스타는 눈을 굴렸다. 그리고 자리에서 일어나 왔다 갔다 움직였다.

"왜 엉뚱한 수수께끼처럼 얘기하죠? 직접적으로 말해 주면 안 되나요?"

"난 보이는 대로 말할 뿐이에요. 더 도움을 주지 못해 미안해요."

"그럼 그게 끝인가요? 날 군도로 인도할 황금 여인을 찾아라, 그게 내 예언이라고요?"

소라카의 얼굴은 후회와 연민으로 가득 차 있었다. "더는 말할 수 없어요."

칼리스타는 수수께끼 같은 예언에 답답한 마음으로 소라카를 바라보았다. 애초에 이곳에 오기로 한 자신에게 화가 났다. 소라카가 하지 않은 말이 많은 것 같았지만 명확한 대답을 듣기는 힘들어 보였다. "차 잘 마셨어요." 돌 선반에 찻잔을 내려놓은 칼리스타가 고개를 숙인 후 떠나려고 몸을 돌렸다.

"물은 깊어요. 그리고 만으로 이어지죠."

칼리스타는 인상을 찌푸리고 소라카를 힐끗 돌아봤다. 소라카는 생각에 잠긴 듯 폭포 사이로 비치는 달빛을 응시할 뿐 칼리스타와 시선을 맞추지 않았다.

'정신이 나갔나?'

칼리스타는 고개를 젓고 자리를 떴다.

칼리스타는 다시 구멍 위로 기어 올라가며 소라카의 말을 곱씹었다. 예언이 무슨 뜻인지 짐작도 가지 않았다.

절벽에 튀어나온 좁은 바위 위에 도착한 칼리스타의 표정은 어두웠다. 힘겨운 등반에 심장이 터질 것 같이 뛰었다. 그때 자신을 향해 겨누어진 석궁이 보였다.

억양이 강한 목소리가 들려왔다. "자자, 그 창은 밑으로 던지시지. 벌집이 된다든가 선장의 숨통이 끊어지는 걸 보고 싶은 게 아니라면 말이야."

칼리스타는 낮게 욕설을 내뱉었다. '페로스 자식. 카마보르어를 할 줄 알았군.' 앞쪽에 있는 페로스는 무릎을 꿇은 베닉스의 목에 칼을 들이댔다. 외국 선원 몇 명이 석궁을 겨누고 있었다. '어디서 온 거지?' 칼리스타 일행보다 먼저 들어와서 매복하고 있었던 게 분명했다. 그 사실을 깨달은 칼리스타는 다시 욕을 내뱉었다. 충분히 예상할 수 있는 상황이었다. 예언자를 찾는 일에 눈이 멀어 무모해지고 말았다.

새로 도착한 페로스의 호위병 중 다섯은 쓰러진 것 같았지만 베닉스의 선원 넷도 죽은 상태였다. 베닉스도 피를 흘리고 있었다. 한쪽 눈은 부어올라 감겨 있었다.

칼리스타는 페로스를 노려봤다. 한발 먼저 페로스를 죽일 수는 있었지만 부하들의 석궁까지 막을 수는 없었다.

"그냥 죽여 버려요!" 베닉스가 으르렁거렸다.

"어리석은 짓 하지 마." 페로스가 칼을 쥔 손에 힘을 주며 말했다.

베닉스가 피를 흘리며 날카롭게 신음했다.

칼리스타는 다시 석궁을 힐끔거리며 이 거리에서 화살을 피할 수 있을지 가늠했다. 화살을 피하긴 힘들어 보였다. "좋아."

"천천히." 페로스가 재촉했다.

칼리스타는 증오스러운 표정으로 페로스를 바라보며 옆으로 팔을 뻗어 소중한 창을 밑으로 떨어뜨렸다. 창은 피어오르는 안개 속으로 곧장 모습을 감추었다. "얼마를 받는지 몰라도 그걸로는 부족할 거야."

페로스는 베닉스를 바닥으로 밀쳤다. "손을 묶어." 페로스의 명령에 선원 하나가 베닉스의 팔을 뒤로 당겨 신속히 손목을 묶었다. "저 여자도."

다른 선원 둘이 조심스레 칼리스타에게 다가왔다. 칼리스타는 무섭게 노려봤지만 선원들이 뒤쪽으로 거칠게 팔을 당겨 밧줄로 묶는 동안 저항하지 않았다.

"이제 어쩔 셈이지, 배신자?" 베닉스 옆으로 끌려가 무릎이 꿇려진 칼리스타가 물었다.

"배신자라고? 말이 심하시군. 확실히 말해 두자면 난 돈을 받고 이러는 게 아니야. 하지만 카마보르는 왕족이 무사히 돌아오길 아주 간절히 바라겠지."

"몸값을 뜯어낼 셈인가? 그래 봤자 오쉬라 바자운의 남자고 여자고 아이고 할 것 없이 모두 학살만 당할 뿐이야. 정말 너 하나 때문에 그런 일이 일어나길 바라나?"

"누가 피에 굶주린 민족 아니랄까 봐. 몸값은 어느 언어로 말하든 추한 단어지. 당신은 내 손님이 될 거야. 마땅히 공주로서 받아야 할 대접을 받고 훌륭한 우리 도시에서 호사를 누리며 지낼 거라고. 난 당신네 왕이 페로스 가문의 통상 요청을 받아들이길 바랄 뿐이거든. 그렇게 된다면 집에 보내 주지. 그게 소원이라면 말이야."

"어리석군, 페로스. 이래 봤자 좋게 끝나지 않을 텐데."

페로스가 씩 웃었다. "그거야 두고 보면 알겠지. 당신은 이미 날 한 번 과소평가했잖아. 두 번 그러지 못하라는 법 없지."

칼리스타는 베닉스와 슬쩍 시선을 교환했다.

"죄송해요, 공주님. 몇 놈 해치우긴 했는데, 저 은니 자식을 처리하지 못한 게 후회되네요. 그랬으면 이런 개소리를 듣지 않아도 됐을 텐데요."

칼리스타는 상황을 살폈다. 칼리스타와 베닉스는 손이 묶인 채 무릎을 꿇고 있었다. 페로스의 선원들은 세 방향에서 두 사람을 에워싸 혹시 있을 도주 시도를 원천 봉쇄했다. 뚫려 있는 곳은 구멍으로 떨어지는 절벽 방향뿐이었다.

"물은 깊다. 그리고 만으로 이어진다." 칼리스타가 낮게 중얼거렸다.

"뭐라고요?" 베닉스가 낮은 목소리로 물었다.

"예언자가 한 말이야." 칼리스타가 속삭였다.

칼리스타는 페로스를 힐끗 올려다보았다. 페로스는 한 호위병에게 지시를 내리느라 잠시 정신이 팔린 상태였었다. 칼리스타는 베닉스를 돌아보고 절벽 쪽으로 고갯짓했다. "고소 공포증은 없지?"

"설마 진심으로—"

칼리스타는 이미 벌떡 일어나 구멍으로 내달리고 있었다. 손이 뒤로 묶여 있어 달리기 불편했지만 페로스 일당이 깜짝 놀랄 정도로 빠른 속도였다. 뒤쪽에서 고함이 들리더니 바람을 가르는 소리와 함께 석궁 화살이 날아와 한 뼘 차이로 목을 스쳐 지나갔다.

구멍 가장자리에 도착한 칼리스타는 지체 없이 몸을 던졌다.

공중에서 몸을 틀자 몇 걸음 뒤떨어진 베닉스가 보였다. 화살이 날아와 어깨에 명중하자 비틀거리던 베닉스는 계속 달려 가장자리 너머로 쓰러지듯 몸을 던졌다.

칼리스타가 떨어지자 절벽 면이 흐릿한 형체가 되어 빠르게 스쳐 지나갔다. 갑자기 폭포의 시원한 물보라에 휩싸인 칼리스타는 아무것도 볼 수 없었다. 이상한 느낌이었다. 하늘을 나는 게 이런 기분이 아닐까 하는 생각이 들었다.

그때 몸이 물과 부딪치며 깊숙이 가라앉았다. 폐에서 공기가 빠져나갔다. 거품과 밀려드는 물이 칼리스타를 감싸며 시야를 가리자 어느 쪽이 위고 아래인지 분간할 수 없었다. 칼리스타는 버둥거리며 발을 찼다. 짧은 순간 물에 빠져 죽을 것이라는 확신이 들었다.

그때 칼리스타는 움직임을 멈추고 마음을 가라앉혔다. 폭발하듯 일어나던 거품이 가라앉자 주위를 찬찬히 살펴볼 수 있었다. 아래에서 언뜻 검고 어두운 돌이 보였다. 위쪽에서는 달빛이 반짝였다. 칼리스타는 달빛을 향해 발을 찼다. 폐가 타는 것 같았다. 마침내 수면으로 올라온 칼리스타는 떨리는 숨을 깊이 들이쉬었다.

근처에서 베닉스가 올라와 캑캑거리며 웃음을 터뜨렸다. "미친 짓이었어요."

"아직 안심하긴 일러." 칼리스타가 베닉스의 어깨에 꽂힌 화살을 힐끗했다. "괜찮나?"

어깨를 으쓱하던 베닉스가 몸을 움찔했다. "괜찮아요."

"허리춤에 칼이 있어. 서둘러."

두 여자는 선헤엄을 치며 베닉스가 묶인 손으로 칼을 잡을 수 있게 자리를 잡았다.

"잡은 것 같아요."

"떨어뜨리지 마."

"안 떨어뜨려요."

"아…"

"왜 그래? 설마…"

"에이, 농담이에요. 조금만 더… 됐다!" 손이 자유로워진 베닉스는 재빨리 칼리스타의 결박을 끊었다. "자, 이제 어쩌죠?"

"예언자는 이 물이 만으로 이어진다고 했지. 만까지 갈 수 있겠어?"

"발목을 잡진 않을게요. 그런데 그 전에…"

베닉스가 깊숙이 잠수했다. 두 다리를 동시에 차며 물결처럼 굽이치는 베닉스는 한 팔만으로도 크게 힘들이지 않고 움직였다. 칼리스타는 선헤엄을 치며 자리를 지켰다. 일 분이 흐르고 또 일 분이 흘러 슬슬 걱정되기 시작하려는 찰나 베닉스가 다시 수면 위로 올라왔다.

"여기요." 베닉스가 칼리스타에게 창을 건넸다.

"이걸 어떻게…?"

"제 눈은 당신 눈보다 예리하거든요. 이제 가죠. 나가는 길을 찾았어요. 제이다도 발견한 것 같고요."

칼리스타는 숨을 헐떡이고 기침을 내뱉으며 물속에서 빠져나왔다. 손가락이 베이는 것도 개의치 않고 울퉁불퉁 날카로운 표면을 붙잡으며 바위 위로 기어올랐다. 파도가 굉음과 함께 덮쳐 왔지만 바위를 붙든 손을 놓치지 않았다. 손에서 힘이 빠지려던 찰나 베닉스가 칼리스타의 갑옷에 달린 끈을 잡더니 엄청난 힘으로 칼리스타를 끌어당겼다.

마침내 안전해진 칼리스타는 숨을 헐떡이며 드러누워 검은 물을 바라보았다. 날카로운 지느러미 수십 개가 두 사람이 나온 곳을 미친 듯이 맴돌고 있었다.

"아슬아슬했군."

"이제 배로 돌아가죠."

바위 위로 기어오른 두 사람은 노를 저어 도착한 좁은 만으로 향했다. 게와 촉수가 달린 생물들이 종종걸음을 치며 달아났다. 모래사장에 도착한 후에는 보트를 끌어다 놓은 절벽의 무풍지대를 향해 빠르게 달렸다. 아직 페로스의 보트가 있는 것으로 보아 그보다는 앞선 모양이었다.

두 사람은 최대한 빨리 움직이며 보트를 물 쪽으로 끌었다. "녀석들 소리가 들려요." 베닉스가 한쪽 팔로 배를 옮기려고 안간힘을 쓰며 으르렁거렸다.

정글에서 두 사람을 향해 다가오는 횃불이 보였다. 페로스 일당이 두 사람을 발견하고 소리를 질렀다. 칼리스타가 끙끙거리며 온 힘을 다해 보트를 끌자 마침내 보트가 물속으로 미끄러졌다.

"잠깐." 칼리스타는 다른 보트로 달려가 노를 빼고 바다에 하나씩 가능한 한 멀리 던져 버렸다. 파도에서 이빨이 달린 거대한 아가리가 솟아오르더니 노 하나를 으드득 씹어 불쏘시개처럼 부러뜨렸다.

눈이 휘둥그레진 칼리스타는 다시 베닉스 쪽으로 달려가 보트에 올랐다.

"가자!" 칼리스타의 외침과 함께 두 사람은 노를 저었다.

"그 예언자한테 필요한 정보를 꼭 얻었길 바라죠." 베닉스가 중얼거렸다.

"정말 그 개자식의 배를 가라앉히지 않아도 괜찮겠어요?"

칼리스타는 대거호크의 갑판에서 만을 바라보았다. 마음이 동했지만 고개를 저었다. "그런 일에 위험을 감수할 필요는 없지. 그리고 선장의 탐욕 때문에 선원들까지 죽는 건 너무하잖아."

베닉스는 어깨에 박혀 있던 화살이 뽑히자 고통에 거칠게 신음했다. "그럼 아무런 소득도 없었다고요?" 베닉스가 이를 악물고 말했다.

"그런 것 같군." 칼리스타의 말에서는 씁쓸함이 묻어났다. "예언자가 명확한 답을 주지 않았으니까."

"그럼 이제 어쩌죠?"

칼리스타가 한숨을 쉬었다. "카마보르로 돌아간다."

칼리스타는 실패했다.

제 13 장

영겁의 바다

"배다!"

칼리스타는 애써 서글픔을 떨쳐 내며 몸을 일으켰다. 억수처럼 퍼붓는 비에 온몸이 흠뻑 젖어 한기가 들었지만 험한 날씨에도 선창에 들어가길 거부한 칼리스타는 배의 가장자리에 걸터앉아 다리를 내놓은 채 몇 시간 동안 힘없이 바다를 응시하고 있던 참이었다. 손으로 눈을 가려 바다에서 튀어 오르는 따가운 물보라를 막은 칼리스타는 눈을 가늘게 뜨고 먼 곳을 내다봤지만, 아무것도 볼 수 없었다. 비의 장막이 거대하게 물결치는 커튼처럼 바다를 가렸다.

"별다른 점은 없나?" 베닉스가 위에서 망을 보는 선원을 향해 소리쳤다.

"없습니다, 선장님! 제가 보기엔… 아니, 배가 공격받고 있습니다!"

칼리스타는 갑판을 가로질러 베닉스와 합류했다. 뭔가 보였다. 폭풍 틈에서 희미한 검은 그림자가 비쳤다. 생각보다 훨씬 가까웠다. 고작해야 몇백 미터 거리일지도 몰랐다. "뭐가 공격하는 거지?"

베닉스는 낮게 욕설을 내뱉었다. "진홍빛 습격단!"

비가 흩어지자 물속에서 배를 둘러싸고 있는 것들과 선체를 기어오르는 습격자들이 보였다. 배는 아슬아슬하게 한쪽으로 기울어 있었다. 그 원인이 무엇일지 생각하는 것만으로도 불안해졌다.

"진홍빛 습격단이라고?" 칼리스타가 물었지만 이미 몸을 돌린 베닉스는 멀어지며 지시를 외치고 있었다.

"좌현으로 틀어라! 최대한 틀어! 전속력으로! 이곳에서 벗어난다!"

"잠깐! 저들에겐 도움이 필요해!"

베닉스가 돌아봤다. "이 배의 선장은 저예요."

"그리고 넌 왕에게 충성을 맹세했지!" 칼리스타가 쏘아붙였다.

"저들은 죽은 목숨이나 다름없어요! 진홍빛 칼날비늘은 심해에서 올라온 바스타야 사냥꾼이에요! 지금 여기서 벗어나지 않으면 우리까지 당한다고요!"

뱀처럼 길고 구불구불한 꼬리가 달린 바다색 형체가 부리 같은 입에 무기를 물고 공격받는 배의 선체를 기어오르고 있었다. 지느러미와 돌기가 선명한 붉은색이었다. 바다에서 몸을 내밀고 들쭉날쭉한 흑요석 작살을 날려 갑판에 있는 선원들을 공격하는 칼날비늘도 있었다. "속수무책으로 당하고 있잖아! 우리가 도와야 해!"

"너무 위험해요! 뭘 모르시나 본데, 저들은 학살자라고요!"

칼리스타가 눈을 번득였다. "명예도 없나? 아무것도 안 하는 건 수치야!"

베닉스가 으르렁거리며 주먹을 불끈 쥐었다. 선원들은 선장과 왕가의 공주 사이의 대치가 어떠한 결론으로 이어질지 숨을 죽이고 지켜봤다. "좋아요. 하지만 전 분명히 말했어요."

베닉스는 무시무시한 표정으로 새로운 지시를 내렸다. 대거호크는 공세를 받고 있는 배 쪽으로 순식간에 방향을 틀었다. 선원들은 무기를 모았다. 일부는 등에 활과 화살통을 멘 채 삭구를 타고 올랐고 다른 이들은 말뚝처럼 생긴 밧줄걸이와 검을 준비했다.

베닉스가 칼리스타에게 당부했다. "우두머리를 찾아요. 우두머리를 처리하면 가능성이 있을지도 몰라요."

스무 명 정도의 카마보르 선원들과 함께 밧줄을 타고 두 선박 사이를 가로지른 칼리스타는 들썩거리는 갑판 위에 낮은 자세로 착지했다.

키가 크고 홀쭉한 진홍빛 칼날비늘 하나가 얼룩덜룩한 꼬리를 탁탁 휘두르며 칼리스타를 향해 몸을 돌렸다. 소금물과 썩은 고기의 지독한 악취가 코를 찔렀다. 칼날비늘의 등에 난 돌기와 지느러미에는 부식된 갈고리와 금속 고리가 수십 개 달려 있었다. 손목과 발목, 목에는 중간중간 뼈를 엮어 길게 딴 붉은색 해초가 감겨 있었다. 흐릿한 눈은 야성으로 타올랐다. 칼날비늘은 들쭉날쭉한 흑요석 작살을 칼리스타에게 휘둘렀다.

검집에서 칼을 꺼내며 작살 밑으로 몸을 굴린 칼리스타는 한쪽 무릎을 세우며 칼날비늘의 다리 뒤쪽을 파고들었다. 칼날비늘은 분노에 차 포효하며 칼리스타를 찌르려고 했다. 다시 몸을 굴려 피한 칼리스타가 이번에는 배의 중심에 있는 돛대 옆에서 몸을 일으켰다. 돛대에는 칼리스타가 대거호크 갑판에서 던진 창을 맞은 칼날비늘이 죽어 있었다. 칼리스타는 창을 뽑고 몸을 돌려 분노에 찬 칼날비늘이 내지르는 작살을 피했다. 칼날비늘의 아래쪽 다리에서 피가 흐르고 있었다. 칼리스타는 창을 육척봉처럼 쓰며 칼날비늘의 머리를 친 다음 밑에서 다리를 노리고 휘둘렀다. 쓰러지며 성난 듯 쉭쉭거리던 칼날비늘은 칼리스타의 창을 맞고 잠잠해졌다.

갑판에 있는 칼날비늘만 최소 십여 마리는 됐다. 더 많은 칼날비늘이 두꺼운 손톱으로 나무를 찍으며 배 위로 올라오고 있었다. 쓰러진 형체가 꽤 보였지만 대부분은 인간이었다. 대거호크에서 비를 가르며 날아온 화살이 칼날비늘 몇 마리에게 명중했지만 죽은 것은 하나에 불과했다. 다른 칼날비늘들은 으르렁거리고 침을 뱉으며 계속해서 싸웠다.

가시 돋친 채찍에 목이 감긴 카마보르 선원 하나가 밧줄걸이를 떨어뜨렸다. 선원은 칼리스타가 채 돕기도 전에 밀려드는 바닷속으로 끌려갔다. 채찍을 휘두르던 칼날비늘은 미끄러지듯 갑판으로 올라왔으나 칼리스타의 창에 맞고 말았다.

"덤벼라, 이 비린내 나는 놈들아!" 베닉스가 소리치며 거대한 제이다를 휘둘렀다. 베닉스는 맹렬한 기세로 제이다를 휘둘러 칼날비늘 하나를 쓰러뜨리더니 몸부림치는 놈을 배 밖으로 차 버렸다. 배 위의 소란 너머로 칼리스타와 시선이 마주치자 크게 씩 웃은 베닉스는 곧바로 다음 적을 향해 몸을 던졌다.

"뒤를 조심해!" 누군가 외치는 소리가 들렸다.

칼리스타가 몸을 돌리자 사각지대에서 칼날비늘 하나가 창을 번뜩이며 달려들었다. 그때 힘으로 타닥거리는 보랏빛 구가 날아와 칼날비늘을 갑판 저편으로 날려 버렸다.

'방금 그건 뭐였지?'

몸을 돌리자 한 청년의 손과 팔뚝 피부 안쪽이 보랏빛 룬으로 타오르는 게 보였다. 청년은 고통스러운 듯 소리를 지르더니 털썩 무릎을 꿇었다. 룬이 밝게 빛나며 스멀스멀 팔을 타고 올라갔다. 청년의 손 밑에 있는 갑판은 검게 변하며 그을리더니 보랏빛 불꽃으로 타올랐다.

청년의 뒤에는 더 나이 든 남자가 서 있었다. 로브만 입고 무장하지 않은 남자는 칼리스타가 알아들을 수 없는 말로 청년을 꾸짖는 중이었다. 남자의 목에 둘린 인장이 밝게 빛났다. 남자가 한쪽 손을 펼쳐 청년을 향해 뻗자 손바닥에서 하얀빛이 뿜어져 나왔다. 룬은 곧바로 희미해지고 타오르던 불꽃도 물을 끼얹은 것처럼 꺼졌다.

남자 뒤에서 흉포한 칼날비늘이 가시 돋친 작살을 내지르며 덮쳐 오는 모습에 칼리스타는 소리쳐 경고했지만 그럴 필요가 없었다. 눈 부신 빛의 고리가 남자를 감싸더니 작살과 작살을 들고 있던 칼날비늘이 잿더미로 변했기 때문이다.

배가 우현으로 급격히 휘청거렸다. 아군이고 적이고 할 것 없이 모두 갑판에서 미끄러졌다. 칼리스타는 옆에서 다른 이들이 굴러떨어지는 와중에도 자세를 낮추고 난간을 잡아 버텼다. 배가 더 심하게 기울자 목재에 힘이 가해지며 삐걱거리는 소리가 났다. 우현을 끌어 내리고 있는 것의 정체를 확인한 칼리스타의 눈이 커졌다.

크기가 배의 절반은 되는 것 같은 거대한 생물이 바다에서 모습을 드러내고 있었다. 가죽 같은 청록색 살에서 물이 줄줄 흘러내렸다. 팔다리는 적게 잡아 여섯 개였다. 가장 뒤에 있는 것은 거대한 지느러미발이었지만 앞에 있는 한 쌍은 충격적일 정도로 인간의 것과 닮아 있었다. 괴물의 부푼 얼굴에는 이빨로 빽빽이 찬 거대한 입이 자리했다. 톱니 같은 송곳니는 하나하나가 단검보다 길었다. 턱 밑에서는 꾸물거리는 촉수가 사냥감을 찾아 공중을 더듬었다. 바늘로 콕 찍은 듯한 동공이 있는 작고 흐릿한 눈 두 개가 괴물에게서 멀어지려고 발버둥 치는 선원들을 내려다보았다. 괴물이 날카로운 소리를 지르자 침이 튀며 역겨운 해초의 악취가 갑판을 휩쓸고 괴물의 목구멍 속에 숨겨져 있던 촉수가 드러났다. 귀가 찢어질 듯 울부짖는 소리에 칼리스타의 귀가 아프게 울렸다. 공포에 심장이 조여드는 느낌이었다.

사슬과 비늘 달린 가죽으로 만든 줄이 괴물의 목과 몸통을 꽉 조이고 있었다. 괴물의 어깨에 웅크리고 앉아 있는 칼날비늘 기수가 보였다. 기수는 토템과 주물이 달린 들쭉날쭉한 삼지창을 머리 위로 들어 올리고 포효했다. 붉은 해초와 뼈를 엮어 만든 특이한 머리 장식을 두른 기수의 가슴에는 소용돌이치는 문양이 빛나는 잉크로 새겨져 있었다.

'우두머리.'

잠시 공포에 질려 얼어붙어 있던 칼리스타는 으르렁거리며 자리를 박차고 거대한 야수를 향해 내달렸다. 괴물은 어마어마한 주먹으로 한 선원을 낚아채더니 갑판에 세게 내던졌다. 칼날비늘 우두머리는 앞으로 몸을 숙여 괴물의 머리에 손을 올리고 고함을 지르듯 명령을 내렸다. 우두머리의 손바닥에서 힘의 파동이 방출되자 괴물의 눈이 공허하게 비었다. 우두머리가 삼지창으로 로브를 입은 남자를 가리키며 또 명령을 내리자 비늘로 뒤덮인 괴수는 남자를 향해 몸을 돌렸다. 배는 다시 위험하게 휘청거렸다.

칼리스타는 자신을 노리는 작살을 다시 한번 피하고 우두머리에게 시선을 고정한 채 계속해서 달렸다. 칼리스타를 지원하려고 달려온 베닉스가 제이다를 휘둘러 또 다른 칼날비늘을 쓰러뜨렸다.

"놈을 죽여요!" 베닉스가 소리쳤다.

칼리스타는 로브를 입은 남자에게 정신이 팔린 괴물과 기수의 눈을 피해 갑판을 가로질렀다. 윽박지르는 듯한 남자의 지시를 무시하며 앞으로 나선 청년의 손에 다시 타닥거리는 소리와 함께 강한 힘이 모였다. 하지만 힘을 발산하기도 전 괴물이 옆으로 쓸어 버리는 바람에 난간을 뚫고 하부 갑판으로 거세게 나가떨어졌다.

칼리스타는 좁은 난간에 올라가 가볍게 그 위를 달린 후 괴물의 등으로 뛰어올랐다. 괴물의 가죽은 두껍고 따개비로 뒤덮여 있어 타고 오르기 쉬웠다. 양손으로 창을 쥐고 머리 위로 들어 올린 칼리스타가 칼날비늘 우두머리를 향해 몸을 날렸다.

우두머리는 칼리스타를 너무 늦게 발견했다. 재빨리 힘의 파동을 일으켜 괴물이 방향을 바꾸게 했지만 칼리스타의 창을 피할 수 없었던 우두머리는 정면으로 창을 맞았다.

주인이 죽자 괴물은 미친 듯이 날뛰었다. 날카로운 비명을 지르며 몸부림을 쳐 칼리스타를 떨어뜨린 괴물은 칼날비늘을 물어뜯고 꼬리를 휘둘러 운 나쁜 카마보르 선원을 중앙 돛대로 날려 버렸다. 선원은 갑판에 털썩 쓰러지더니 움직이지 않았다.

칼리스타는 고통에 신음하며 한쪽 무릎을 세워 몸을 일으켰다. 괴물의 눈은 달라진 것 같았다. 이상하게 텅 비어 있었던 전과 달리 가늘게 뜬 눈은 분노에 차 있었다. 괴물은 인간의 것을 닮은 거대한 손으로 또 다른 칼날비늘을 죽여 버렸다. 사냥용 나팔 소리가 울리자 칼날비늘 무리가 배에서 뛰어내리며 깊은 바닷속으로 도망쳤다. 특유의 비명으로 흉포하게 울부짖은 거대한 바다 괴물은 갑판에 털썩 쓰러지며 다시 한번 배를 무서운 각도로 기울이더니 자신을 노예로 부렸던 이들을 쫓아 물속으로 미끄러지듯 사라졌다.

전투가 끝난 것이다.

"마무리가 제법이던데요." 베닉스가 칼리스타를 일으켜 주며 말했다.

칼리스타는 갑판에 널린 사망자와 부상자를 둘러봤다. "몇 명이나 잃었지?"

"더 적었으면 좋았겠지만 걱정했던 것보단 적어요. 못해도 이쪽 배보단 사정이 낫죠."

칼리스타가 고개를 끄덕였다. 공격받은 배는 선원을 절반 이상 잃은 듯했다. 칼리스타는 숨을 깊이 들이쉬었다. 베닉스가 배를 지원하라고 강요한 자신을 원망할지도 몰랐다. "선장."

"옳은 결정이었어요. 이 배를 지원하러 온 거요. 옳은 일이었어요. 처음부터 그렇게 하지 않은 게 부끄럽네요."

"선원들을 살리고 싶은 마음이 드는 건 당연한 일이야." 칼리스타는 구조된 배의 선원들이 있는 쪽으로 고개를 까딱했다. "저들은 누구지?"

베닉스가 낮은 목소리로 말했다. "모르겠어요. 배 형태는 슈리마의 삼단노선과 비슷한데, 그건 이런 먼바다에서 탈 만한 게 아니거든요. 보아하니 사막 사람들도 아니고요. 아무튼 곧 알게 될 것 같네요."

베닉스는 두 사람에게 다가오는 남자 둘을 향해 고갯짓을 했다. 칼리스타가 전투 중 봤던 사람들이었다.

"안녕하십니까!" 나이 든 남자가 쩌렁쩌렁하게 말했다. 남자는 억양이 살짝 다를 뿐 거의 완벽에 가까운 카마보르어를 구사했다. "시기적절하게 개입해 주셔서 정말 고맙습니다!" 남자는—회색 로브, 날카로운 눈, 분석하는 듯한 표정, 가닥가닥 허옇게 센 단정한 수염으로 보아—학자 같은 인상을 풍겼지만, 대부분의 시간을 밖에서 보낸 군인처럼 몸이 건장하고 얼굴이 가무잡잡했다. 나이는 중년 정도 된 것 같았다. 남자의 목에 걸린—포개진 삼각형 가운데 둥근 돌이 있는 것처럼 생긴—인장은 더 이상 빛나지 않았다. "당신들이 도와주러 오지 않았다면 이기지 못했을 겁니다. 빚을 졌네요."

"더 빨리 오지 못해 미안할 따름입니다. 피해가 심해 많은 선원이 선조의 곁으로 가게 됐군요."

"이만한 게 어디입니까! 이런, 무례를 용서해 주시죠. 아직 제 소개도 하지 않았군요. 선임 탐구자 타이러스라고 합니다. 이쪽은 제 제자 라이즈고요."

칼리스타는 스물이 채 안 되어 보이는 청년에게 눈길을 주었다. 머리 양쪽은 빡빡 밀고 중앙을 따라 길게 기른 머리를 땋은 라이즈는 스승처럼 회색 로브를 입고 있었지만 앞쪽을 풀어 두어 군살 없이 탄탄하고 보기 좋게 그을린 가슴을 드러내고 있었다. 고통을 애써 숨기는 라이즈의 수염 없이 매끈한 얼굴에는 자신감 넘치는 미소가 떠올라 있었다. 한량 같은 느낌으로 잘생긴 그에게서는 자신만만한 사람 특유의 분위기가 뿜어져 나왔다.

"칼리스타입니다." 칼리스타가 다시 타이러스에게 관심을 돌리며 말했다. "이쪽은 대거호크의 선장 베닉스고요."

"만나서 영광입니다." 타이러스가 고개를 숙였다.

"우리말이 아주 유창하군요."

"아직 많이 부족합니다."

"그런데 어느 지역 억양인지 모르겠네요. 어디 출신인가요?"

"전 북서쪽의 아이언워터라는 작은 마을 출신입니다."

"그 마을에서 유명한 게… 그… 그걸 뭐라고 하죠? 염소던가요? 예, 염소가 맞네요." 라이즈가 말했다. 라이즈도 카마보르어로 말했지만 스승만큼 유창하지는 않았다. 라이즈가 칼리스타에게 씩 웃어 보이자 타이러스가 건조한 미소를 지었다.

"아, 젊은이의 오만함이란. 제 제자는 자신의 목소리를 조금 지나치게 좋아하는 면이 있답니다. 아직 숙달되지 않은 언어로 말할 때조차 말이죠. 자신보다 나은 사람도 공경할 줄 모르고요."

"저보다 나은 사람이요?" 라이즈가 눈을 굴렸다. "제 생각엔—"

"그만. 가서 선의에게 상황이나 보고해라. 도울 수 있는 일이 있나 확인해 봐. 나도 곧 따라가마."

얼굴을 구긴 라이즈는 칼리스타가 알아들을 수 없는 거친 언어로 중얼거리며 성큼성큼 멀어졌다.

타이러스가 지친 듯 한숨을 내쉬더니 다시 칼리스타에게 말을 걸었다. "죄송합니다. 정말 속 터지는 녀석이죠. 웬만한 사람의 온몸에 깃든 힘보다 더 큰 힘이 손가락 하나에 깃들었을 정도로 엄청난 재능을 타고났지만 충동적이고 무책임하고 제멋대로예요."

칼리스타가 피식 웃으며 말했다. "그런 이들이 있죠. 어쨌든 저 친구가 아니었으면 죽을 뻔했어요."

타이러스가 고개를 내저었다. "애초에 녀석이 쓰면 안 되는 마법이었어요. 제자는 원초적 마법의 힘을 끌어낼 수 있지만 너무 많이, 너무 빨리 끌어낸다는 게 문제죠. 그 힘을 안전하게 분산하거나 내보내는 룬 형태에 관한 지식이 부족해요. 워낙 책임감 없고 제멋대로인 녀석인지라 아직 그런 형태를 가르칠 수도 없지만요."

조금 떨어진 곳에서 고통에 찬 비명과 언성이 높아지는 소리가 들려왔다. 라이즈가 쓰러진 선원 쪽으로 달려가는 모습이 보였다.

"실례하겠습니다. 제가 필요한 것 같군요."

"어서 가 보세요. 저희도 남아 도와드리죠. 약초 같은 물자가 좀 있거든요."

"그래 주신다면 감사하겠습니다. 다시 한번 빚을 지는군요." 타이러스는 고개를 숙인 후 자리를 떴다.

돌아선 칼리스타는 난간에 기댄 채 미간을 찌푸리고 있는 베닉스를 발견했다. "왜 그러지, 선장?"

"바다뱀 군도에서 그 예언자가 했다는 말이 뭐였죠? 황금 뭘 따라가라고 했다고요?"

"황금 여인이 길을 안내할 거라고 했지. 왜?"

베닉스가 입술을 비틀어 씩 웃으며 뱃머리를 가리켰다. 칼리스타는 그곳을 바라봤다.

"대체 뭐가—" 칼리스타의 눈이 휘둥그레졌다. "아. 아!" 배의 선수상은 마치 나는 것처럼 팔을 뒤로 펼친 채 바다 쪽으로 몸을 기울이고 있는 무시무시한 표정의 황금 여인이었다.

"공주님이 바라던 황금 여인을 찾은 것 같은데요."

"북서쪽에 있는 마을에서 오셨다고요. 아이언워터였나요?"

칼리스타는 타이러스와 함께 갑판 밑에 앉아 푸짐한 수프와 빵을 먹고 있었다. 베닉스는 대거호크로 돌아가고 타이러스의 젊은 제자는 스승이 시킨 자잘한 일을 하러 가 자리에는 두 사람뿐이었다.

타이러스가 피식 웃었다. "마을이라고 할 곳도 못 됩니다. 라이즈 녀석이 절 당황스럽게 하려고 그런 말을 하긴 했지만 틀린 말도 아니에요. 아이언워터는 다소 미개한 곳이 맞으니까요."

"당신은 미개해 보이지 않는데요. 조금도요. 당신들은 학자인가요? 사제인가요?"

"사제요? 아니, 그런 건 아닙니다." 타이러스가 껄껄거리더니 백랍 병에 든 내용물을 한 모금 마시고 말을 이었다. "저는 과학적인 것만 믿거든요. 학자라는 말은 적절해 보이는군요."

"그럼 학자들이 영겁의 바다처럼 위험한 곳에서 무엇을 하고 있는 건가요?"

"전 지식이 세상에서 가장 귀한—황금보다 훨씬 가치 있는—자원이라고 믿습니다. 그래서 지식을 모으고 보존하는 데 이 한 몸 바치고 있지요." 타이러스는 어깨를 으쓱했다. "그 때문에 학자 대부분이 피하려 하는 곳에 가서 더 연구해 볼 가치가 있는 유물과 책을 가지고 돌아와야 할 때도 있답니다."

"세상을 돌아다니며 자신의 소유가 아닌 것을 가져온다는 말처럼 들리네요. 카마보르인이 되어도 잘 어울리겠어요."

타이러스가 미소를 지었다. "카마보르에 동료 학자들이 연구해 보고 싶어 마지않아 할 유물과 책이 아주 많은 것은 사실입니다. 하지만 제가 그런 걸 손에 넣는 방식은 그보다 덜… 과격하다고 생각하고 싶군요."

칼리스타가 웃음을 터뜨렸다. "그렇게 얻은 지식은 어디로 가져가나요, 타이러스? 그 '동료 학자들'은 어디 있죠?"

"이 커다란 세상에 아무런 영향도 주지 못할 만큼 보잘것없는 곳에 있답니다. 변변찮고 별 볼 일 없는 곳이지요."

"하지만 당신이 불편함을 거의 느끼지 않고 세상을 돌아다닐 수 있게 지원할 만큼 부유한 곳이겠죠." 두 사람이 사용하는 접시는 섬세하게 만들어진 자기였고 스푼과 나이프는 화려한 은제였다. 오리엇 서번트는 어디를 봐도 호화로운 배였다.

"카마보르 왕가의 피가 흐르는 공주님께서 왜 저희처럼 별 볼 일 없는 학자들에게 관심을 가지십니까? 혹시 저희와 함께하고 싶으신가요? 저희의 삶은 알로베드라에서 보내는 것만큼 즐겁지 않을 텐데요. 사실 이렇게 따분한 삶도 없답니다."

"내가 누구인지 아나요?"

"모른다면 학자로서 실격이겠지요."

"그럼 솔직히 말할게요. 난 당신네 무리가 변변찮다는 말을 믿지 않아요. 난 축복의 빛 군도를 찾아다니는 중이죠."

타이러스는 속을 알 수 없는 눈으로 칼리스타를 응시했다. "축복의 빛 군도는 신화에 불과합니다."

"그렇지 않다는 건 우리 둘 다 알잖아요. 군도는 이 바다의 한가운데 있는 안개 속에 숨어 있죠. 안개를 통과하려고 시도해 봤는데 마법 때문에 계속해서 안개 밖으로 돌아 나오게 되더군요."

"카마보르의 원정은 피와 폭력으로 끝나는 경우가 많다고 들었습니다. 축복의 빛 군도를 찾는 것도 정복하기 위해서인가요?"

"아니에요. 조국의 원정 문화는 타락한 지 오래죠. 난 그 문화를 들먹이며 침략을 정당화하는 게 혐오스러워요. 내가 군도를 찾는 건 대의를 위해서예요. 카마보르의 왕비가 죽어 가고 있어요. 독이 묻은 칼에 당했는데 제일 실력이 좋다는 치료사도 독이 퍼지는 걸 막지 못했죠. 난 치료제를 찾아야 해요. 그게 내가 축복의 빛 군도를 찾는 이유예요."

타이러스는 비단 냅킨으로 입을 가볍게 눌렀다. "저도 도와드리고 싶지만—"

"제발요. 이렇게 부탁할게요. 우리 어린 숙부, 왕은 왕비를 사모해요. 왕비는 그의 삶이죠. 난 왕비가 죽는다면 왕이 무슨 일을 할지 두려워요."

"가까운 이를 잃었을 때 우리 모두가 해야 하는 일을 하겠지요. 애도 말입니다."

"왕은 그보다 더한 일을 벌일 거예요. 비난할 대상을 찾고 그 대상에게 카마보르의 무력을 쏟아붓겠죠. 죽음과 파괴가 뒤따르고 왕의 분노와 고통은 쉽게 가라앉지 않을 겁니다."

"마치 위협 같군요. 환상 속 축복의 빛 군도에 관해 아는 게 있으면 뭐든 불라고 압박하는 말로 들립니다만."

칼리스타가 한숨을 쉬었다. "날 도와주지 않는다고 해도 이 이야기는 그 누구에게도 말하지 않겠다 약속하죠. 비에고는 바다 한가운데 있는 학자들의 섬을 공격하지 않을 거예요. 비에고의 분노는 카마보르의 이웃에게 향하겠죠. 그러다 남은 이웃이 없어지면 자신의 백성들을 향할 테고요. 그럼 다 내 탓이 될 거예요."

"당신 탓이요?"

"내가 막을 수 있었거든요. 반드시 막았어야만 했죠. 그 생각에서 벗어날 수가 없어요. 당신과 만난 건 우연이 아니에요! 뿔 달린 예언자가 그랬죠. 바다의 황금 여인이 날 군도로 인도할 거라는 내용이 하늘에 쓰여 있었다고요. 당신의 배를 말하는 게 틀림없어요. 살면서 예언을 믿은 적이 없었는데 그 예언자가 한 말은 모두 실제로 일어났어요. 내가 당신을 찾은 건 운명이에요."

타이러스가 미간을 찌푸렸다. "뿔 달린 예언자요? 별의 아이 말입니까?"

"자신이 소라카라고 했어요. 들어 본 적 있나요?"

타이러스가 턱을 문지르며 상체를 뒤로 젖혔다. "당신이 말하는 존재는 세계 곳곳에 있는 여러 문화의 전설에서 등장합니다. 정말 그 존재를 만났다는 말인가요?"

"네. 그리고 소라카가 날 당신에게 이끌었죠." 칼리스타가 타이러스의 두 손을 잡았다. "선조에게 맹세컨대 군도의 진실은 절대 발설하지 않을게요. 필요하다면 날 영원히 가둬도 좋으니 당신네가 도울 수 있는 방법이 있다면 부디 부정하지 말아 줘요. 부와 유물과 고대 서적을 줄 수도 있어요. 알로베드라의 도서관에만 존재하는 지식을 줄게요. 대가가 뭐든 좋아요. 나한테 빚을 졌다면서요. 할 수 있다면 날 도와줘요. 부탁이에요."

타이러스는 오랫동안 아무 말도 하지 않았다. 칼리스타는 타이러스의 눈을 똑바로 응시하며 조용히 애원했다. 마침내 고개를 끄덕인 타이러스가 나직이 말했다. "장담은 못 드리지만 당신의 마음은 진실한 것 같군요. 데려가 드리겠습니다."

제 14 장

선임 탐구자 타이러스는 오리엇 서번트의 황금 선수상 바로 뒤쪽 뱃머리에 서 있었다. 타이러스가 희미하게 빛나는 둥근 돌을 하늘 높이 들어 올렸다. 교차된 선들이 새겨진 허연 돌이었다. 살짝 떨어진 곳에서 지켜보던 칼리스타는 타이러스가 목에 걸고 있던 인장에서 돌을 제거하자 그 앞에 있는 안개가 갈라지며 통로가 열리는 것을 보았다.

대거호크는 안개 밖에 남았다. 타이러스가 칼리스타를 축복의 빛 군도로 데려가겠다 했지만 카마보르 배까지 들여보낼 순 없다고 했기 때문이다. 베닉스는 칼리스타 혼자 가는 게 불안한 눈치였지만 칼리스타에게는 달리 선택의 여지가 없었다.

“이정석이 없으면 백 년 동안 시도했다고 한들 군도 근처에도 못 갔을 거야.” 목소리가 들려왔다.

시선을 돌린 칼리스타는 난간에 편할 대로 몸을 기대고 있는 타이러스의 어린 제자 라이즈를 발견했다.

“그렇다면 당신들을 찾아서 다행이군.” 칼리스타가 다시 타이러스에게 관심을 돌리며 말했다.

배는 유리처럼 잔잔한 물을 가르며 미끄러졌다. 들려오는 소리라곤 서른여 개의 노가 규칙적으로 물과 부딪치는 소리뿐이었다. 칼날비늘의 공격으로 절반에 가까운 선원이 죽거나 심각한 부상을 당했지만 배는 꽤 빠른 속도로 나아갔다.

라이즈가 입을 열었다. "오래되고 강력한 보호 마법이야. 빛의 결사가 침입자와 침략을 두려워하지 않고 맡은 일을 계속해서 수행하려면 그런 마법이 필요했지. 군도는 표적이 되기 딱 좋은 곳이니까."

칼리스타는 정보를 술술 부는 라이즈의 행동에 깜짝 놀랐지만, 라이즈가 그저 으스대는 것임을 깨달았다. 이 허세 넘치는 청년이 자신의 스승이 말하지 않는 비밀을 알려 줄 생각이라면 굳이 막을 이유는 없었다.

"훌륭한 방어 수단이야." 칼리스타가 주위로 흩어지는 안개를 보며 말했다. 마치 뱃머리 십여 미터 앞에서 시작해 뒤쪽에서 끝나는 터널을 통해 이동하는 느낌이었다. 통로는 선박을 에워쌀 만큼 폭이 넓었지만 노 끝부분이 안개에 삼켜졌다. 살짝살짝 움직이는 갑판만이 배가 움직이고 있다는 유일한 증거였다. "성벽과 군대보다 훨씬 유용하군. 저 돌이 없으면 그 누구도 통과할 수 없다고?"

"그 누구도."

"축복의 빛 군도 사람이라면 누구나 저 돌을 갖고 있나? 너도?"

라이즈가 칼리스타를 쳐다봤다. 경계심 어린 눈길이었다. "아니. 그런 걸 왜 묻지?"

"그냥 궁금해서." 칼리스타는 태연한 척 어깨를 으쓱했다.

잠시 침묵이 흐른 후 라이즈가 말했다. "언젠가 카마보르에 가 보고 싶어. 거기선 내 실력을 제대로 인정받을 수 있겠지. 스승님의 지도라는 명목하에 제약을 받는 게 아니라." 라이즈가 턱으로 타이러스를 가리켰다. "당신이 구경시켜 줄 수도 있겠네."

"어쩌면."

"잘 싸우던데. 당신이 움직이는 걸 보니까 우리 검 처녀들이 생각나더군. 세상에서 검 처녀보다 더 무시무시한 전사는 없지."

"축복의 빛 군도에 그런 이들이 있다고?"

칼리스타의 말에 라이즈가 웃음을 터뜨렸다. "아니. 거기에는 전사의 혼을 가진 사람이 없어. 당신이나 나처럼 말이지. 그럼, 난 북쪽 불모지에 있는 크홈이라는 마을 출신이야."

"그런데 어쩌다 축복의 빛 군도에 있는 학자들과 함께하게 됐지?"

라이즈가 어깨를 으쓱했다. "난 크홈이 감당할 수 없는 인재였어. 나한테 크홈은 너무 작았지. 그래서 혼자 떠났어." 칼리스타는 그보다 훨씬 복잡한 이야기가 있으리라 생각했지만 잠자코 있었다. "한두 해는 혼자 움직였어. 싸우는 법을 배우고, 사냥하는 법을 배우고. 스스로 건사하는 법을 배웠지. 모래 지대로 내려왔을 땐 잠깐 용병 노릇도 했어. 한때 호박매단에 있었거든. 당신도 이름은 들어 봤을 거야."

"처음 듣는데."

"그래?. 아무튼 보수가 영 별로였는데, 그러다 내가 들어가서는 안 되는 곳에 들어가는 재능을 타고났다는 걸 알게 됐지. 그쪽이 훨씬 수익이 좋더라고."

"도둑이 됐다는 말이군."

"어떻게든 먹고는 살아야 하니까. 아무튼 어느 날 벨준 부두에 새로운 배가 들어왔더군. 그 지역 배는 아니었는데 돈 냄새가 풀풀 나는 거야."

"그 배가 오리엇 서번트였겠지."

라이즈가 씩 웃었다. "스승님이 자기 선실에 숨어든 날 찾았어. 궁지에 몰렸는데 달아날 곳이 없더라고. 그때 처음으로 내 힘이 발현됐지." 라이즈가 한쪽 주먹을 들어 올렸다. 살갗 밑에서 보랏빛 룬이 타오르기 시작했다. 이내 타이러스를 슬쩍 힐끔거린 라이즈가 손에서 힘을 풀자 룬은 서서히 사라졌다. "깜짝 놀란 스승님은 날 거뒀어. 스승님이 그곳을 떠날 때 나도 같이 떠났지."

라이즈의 표정이 안 좋아졌다.

"잠깐은 좋았어. 다들 내가 재능을 타고났다고 하더군. 말썽꾼 취급을 받긴 했지만 말이야."

"도대체 왜 그랬을까." 칼리스타가 중얼거리자 라이즈가 다시 미소를 지었다.

"스승님의 제자가 되었을 땐 신이 났어. 스승님은 탐구단 소속이잖아? 결사 사람들 대부분은 헬리아에서 따분한 삶을 살지만 탐구단은 힘이 담긴 물건을 찾아 세상을 돌아다니거든. 난 새로운 곳을 보게 될 예정이었고 스승님은 내 힘을 키울 수 있게 도와준다고 약속하셨지."

"그렇게 되지 않은 모양이지?"

"스승님은 고압적인 독재자야. 아무것도 가르쳐 주지 않았어. 마법 이론에 집중하라면서 내가 준비될 때까진 실용적인 걸 가르치지 않겠다고 하더군. 벌써 몇 년째 준비만 하는지! 내가 너무 손쉽게 해내니까 질투해서 저러는 거야. 마법을 쓸 수 있지만 힘을 끌어내려면 인장이 필요한 스승님과 달리 난 아무것도 필요하지 않으니까. 스승님은 내가 나아가지 못하게 막고 있어. 내가 자기를 능가하는 게 싫은 거지."

칼리스타는 공감하는 것처럼 고개를 끄덕였지만 속으로 눈을 굴렸다. 자신이 자격과 실력을 갖추었다고 믿는 젊은이라면 이제 지긋지긋했다.

라이즈가 씁쓸히 말을 이었다. "스승님은 내 잠재력을 보지 못하고 있어. 다들 그렇지만."

"축복의 빛 군도 지리를 잘 알고 있겠어?"

"나보다 잘 아는 사람도 없지. 거기 처음 갔을 때 다른 학생들이 자는 틈을 타서 여기저기 돌아다녔거든. 중추 기관의 고위 인사만 들어갈 수 있는 곳에도 아무도 모르게 드나들 수 있어."

"그럼 생명을 준다는 군도의 마법 이야기가 진짜인지 아닌지도 알고 있겠네?"

라이즈가 미심쩍은 눈으로 칼리스타를 바라보았다. "생명의 정수? 당신이 찾는 게 그거야?"

"맞아."

라이즈가 웃음을 터뜨리며 말했다. "그럼 괜히 시간 낭비하지 말고 카마보르로 돌아가지 그래. 그 정수는 동화일 뿐이야! 어떻게 생긴 이야기인지 누가 알겠어. 초기 결사에 소속된 늙은 의사가 물에 빠져 죽어 가던 길 잃은 선원이라도 구해 줬을지 모르지. 그때 강장제를 줬는데 그 아무것도 모르는 멍청이가 생명력이 깃든 물이라고 착각한 거야. 집으로 돌아간 선원은 지역 선술집에서 거나하게 취해 그 일을 과장했을 테고, 그렇게 이야기가 탄생했겠지. 난 생명의 정수가 영원한 생명을 준다는 이야기까지 들어 봤다니까. 하! 옛 수장들이 수백 년간 살아왔다면 다들 눈치채고도 남았겠지."

"정수가 진짜 있는데 아직 너는 그걸 알 권리가 없을 뿐일지도 모르지. 수습생에 불과하니까."

라이즈는 코웃음을 쳤다. "정수가 진짜였다면 내가 진작 찾고도 남았을 거야. 당신을 이 임무에 보낸 자는 멍청이라고."

칼리스타의 표정이 굳었다. "입 조심해, 수습생."

"멍청이 맞는데 뭘!" 라이즈는 칼리스타의 달라진 태도를 알아채지 못한 듯 소리쳤다. "멍청이가 아니라면 유머 감각이 비뚤어진 사람이겠지. 정말 장난삼아 찾아오라고 한 거 아니야?"

칼리스타가 눈도 깜빡이지 않고 라이즈를 바라보았다. "한 번만 더 불경한 말을 하면 갑판에 자빠지게 해 주지."

라이즈가 자기 딴에는 짓궂고 유쾌한 미소를 지어 보였지만 칼리스타는 그 모습이 좋게 보이지 않았다. 라이즈가 능글맞게 웃으며 말했다. "누가 더 멍청할까? 명령을 내리는 사람? 아니면 그 명령에 따르는 사람?"

순간 칼리스타가 라이즈의 손목을 잡아 홱 비틀었다. 이도 저도 못 하고 강제로 무릎을 꿇은 라이즈가 소리를 질렀다. 칼리스타의 손아귀에서 벗어나려고 갑판 쪽으로 더 몸을 낮췄지만 칼리스타는 봐주지 않았다.

"내가 분명히 경고했을 텐데. 멍청한 건 그쪽 같군."

칼리스타가 밀치듯 놔주자 라이즈는 손목을 감싸며 칼리스타를 노려봤다. 뭔가 할 말이 있어 보이던 라이즈는 생각이 바뀌었는지 인상을 찌푸리며 몸을 돌려 가 버렸다.

홀로 선 칼리스타는 멀어지는 라이즈를 지켜봤다. "또 이렇게 친구를 사귀었군." 칼리스타가 중얼거렸다.

축복의 빛 군도, 헬리아

그라엘 간수장은 헬리아 지하 깊숙한 곳에 있는 작고 천장이 낮은 자신의 방에서 홀로 책상에 앉아 있었다.

폐쇄된 공간과 항상 어둠에 잠겨 있는 금고 때문에 힘들어하는 감시대원도 있었다. 이들은 미칠 듯이 답답해하며 폐소 공포증을 호소했다. 그라엘은 아니었다. 금고는 그라엘이 편안함을 느끼는 유일한 곳이었다. 이 밑에서 통제권은 그라엘에게 있었다.

그라엘의 방은 그림과 지도, 그라엘의 작고 가지런한 글씨가 적힌 주석으로 빼곡했다. 수많은 종이와 펼쳐진 책들이 바닥, 책상, 침대 위에 나뒹굴었다. 다른 사람의 눈에는 무질서하게 보였을 법한 모습이었지만 그라엘에게는 나름대로 체계가 있었다.

책상 중앙에는 그라엘에게 축복의 빛 군도의 중심에 있는 비밀, 즉 전설 속 생명의 정수가 있는 영겁의 샘의 존재를 알려 준 고서가 놓여 있었다. 수장들이 이런 엄청난 사실을 본인들만 알고 있었다는 걸 생각하면 참을 수 없는 분노가 끓어올랐다.

지난 몇 주 동안 그라엘은 영겁의 샘으로 들어가는 길을 찾는 데 집착했다. 샘이 광휘의 탑 아래에 있다는 것은 알았지만 정식 통로는 이용할 수 없었다. 최고위직 수장들만이 동행 없이 드나들 수 있었기 때문이다. 그라엘이 접근하려고 한다면 제재를 받고 지위와 권리를 박탈당할 게 뻔했다.

하지만 그라엘은 한때 도시 아래 금고에서 신성한 샘으로 드나드는 길이 있었으리라 추측했다. 지하의 터널은 구석구석 안 퍼져 있는 곳이 없었다. 아주 오래된 터널 중에는 쓰이지 않거나 잊힌 게 많았고 몇 세기 전 무너져 돌무더기에 파묻힌 것도 있었다. 무너진 터널 대부분은 사고로 무너진 것이었지만, 더는 필요하지 않거나 그대로 놔두기 너무 위험하다고 판단되어 일부러 무너뜨린 터널도 있었다.

그라엘은 그런 오래된 터널 중 영겁의 샘으로 이어지는 터널이 있지 않았을까 생각했다. 그라엘이 추측하기로 결사 초기에는 정수의 존재가 그렇게 철저히 비밀에 부쳐지지 않은 듯했다. 나중이 되어서야 자기들끼리 정수를 독점하기로 한 수장들이 샘으로 이어지는 터널을 막은 게 틀림없었다. 그라엘은 그 오래된 터널이 있는 곳을 알아낼 수 있길 바라며 엄청난 규모의 금고 지도를 만들어 영겁의 샘 설계도와 대조해 왔다. 그라엘의 노력은 지금까지 아무런 성과도 없었지만… 이제는 아니었다.

그라엘은 아주 얇은 종이를 들고 등불에 비추며 자세히 들여다봤다. 대체로 투명한 종이 위에는 그라엘이 그려 놓은, 정체를 알 수 없는 작은 점선들이 서로 여기저기 얽혀 있었다. 그라엘은 이런 그림을 수십 장 만들었다. 각각 다른 층의 금고를 그린 지도로, 다른 지도 십여 장에서 얻은 정보와 일일이 대조하며 한 장 한 장 공들여 그린 것이었다. 점선은 돌을 깎아 만든 배수로나 굴뚝을 의미했다. 수직으로 뚫린 통로는 위에서 아래로 물과 식량, 전갈을 내려보내거나 연기가 금고 밖으로 안전히 빠져나가도록 만든 것이었다. 다른 통로는 빗물과 지하수를 바다로 흘려보내는 용도였다. 금고를 그냥 방치하면 지하의 습기가 금고로 스며들기 마련이었다. 그렇게 여러 해가 지나면 귀중한 유물과 책에 막대한 피해가 생길 터였다. 그리하여 놀라울 정도로 많은 배수로와 수문, 물길이 생겨났다. 대부분은 쥐 한 마리가 겨우 지나다닐 정도로 작았지만 다 그런 것은 아니었다.

조심조심 바닥 중앙으로 이동한 그라엘은 영겁의 샘과 가까이 있는 금고의 층이 그려진 지도 위에 투명한 종이를 올려놓았다. 엎드린 상태로 여러 점선을 더듬으며 추적하던 그라엘이 마침내 원하는 것을 발견했다.

"거기 있었구나." 그라엘이 속삭이더니 이를 드러내며 섬뜩하게 웃었다.

선 대부분은 금고나 복도와 나란히 그어져 있거나 수직으로 연결되어 있어 이상할 게 없었다. 그런데 하나는 달랐다. 오래된 터널과 연결되어 있지만 어디로도 이어지지 않았다. 지도상에서 어떤 터널도 존재하지 않는 커다란 공백을 곧장 관통했다. 그 텅 빈 공간이 바로 영겁의 샘이 있는 곳이었다. 방금 그라엘이 샘으로 들어가는 길을 찾은 것이다.

벌떡 일어선 그라엘은 승리의 웃음을 터뜨리고 흥분에 몸을 떨며 앞뒤로 왔다 갔다 움직이기 시작했다. 자신을 내쫓고 무시한 모두에게, 자신을 억압하려고 한 모두에게 복수할 생각에 마음이 들떴다.

그라엘이 걸음을 멈추었다. "한 번에 하나씩 해야지." 영겁의 샘으로 들어가는 길은 찾았지만 다른 방어 수단과 장치를 해결해야 했다.

그라엘의 시선이 침대맡에 있는 작은 선반으로 향했다. 오래전 죽은 수장의 인장에서 가져온 삼면석이 놓여 있었다. 그 어떤 보석보다 더 희귀하고 철저히 관리되는 쐐기석이었다. 그라엘은 쐐기석을 가지고 책상으로 돌아가 앉았다. 고서를 뒤적거리던 그라엘은 영겁의 샘을 지키는 거대한 금문의 설계도가 나와 있는 페이지를 펼쳤다. 자신의 손에 들어온 것과 똑같이 생긴 쐐기석의 그림을 처음 발견했을 땐 전율이 일었다. 금문은 두 개의 룬 잠금장치로 봉쇄되어 있었다. 두 개의 룬 잠금장치를 풀려면 수장의 쐐기석이 각각 하나씩 필요했다.

그라엘은 쐐기석을 하나 가지고 있었다. 이제 두 번째 쐐기석을 손에 넣을 방법만 궁리하면 됐다. 하지만 낙심하지 않았다. 그라엘은 자신이 영겁의 샘으로 들어가게 되리라고 확신했다. 그렇게 되면 수장들이 기만적인 위선자임을 만천하에 폭로할 생각이었다. 그라엘은 그들을 파멸시킬 것이다.

책상에 놓인 등불이 깜빡거리다 꺼졌지만 그라엘은 다시 불을 붙이려고 하지 않았다. 그라엘은 어둠 속에 앉아 수장들이 몰락하는 모습을 상상했다.

아주 즐거운 순간이 될 것이다.

제 15 장

축복의 빛 군도, 헬리아

안개를 통과하는 데 한 시간도 걸리지 않았지만 칼리스타는 배가 얼마나 멀리 이동했는지 감이 오지 않았다. 2킬로미터일지도, 수백 킬로미터에 이를지도 몰랐다.

얇고 거대한 커튼이 옆으로 걷히듯 길이 열리자 전설로만 전해지던 축복의 빛 군도가 쏟아지는 햇빛을 받으며 그 위용을 드러냈다. 어두운 절벽으로 둘러싸인 각 섬의 위쪽에는 생생한 푸른색이 깔려 있었다. 비교적 큰 섬에는 사람 사는 흔적이 보였지만 인구가 조밀해 보이진 않았다. 섬 곳곳에 흩어져 있는 하얀 건물 사이사이 기하학적인 방목장과 담으로 둘러싸인 들판이 칼리스타의 눈에 들어왔다. 나무 윗부분을 세심히 잘라 관리한 삼림 지대도 보였다. 양과 다른 가축이 풀을 뜯었고 사람들은 비뚤어진 데 하나 없이 가지런히 늘어선 작물 옆에서 무릎을 꿇고 있거나 고삐 채운 짐승을 몰며 땅을 갈았다.

곶을 돌자 환하게 빛나는 도시가 모습을 드러냈다. 타이러스는 라이즈가 쐐기석이라고 부른 허옇고 둥근 돌을 주머니에 넣으며 외쳤다. "헬리아입니다! 지식과 배움의 도시지요!"

하얀 돌과 황금 장식 일색인 도시는 저 멀리 보이지 않는 곳까지 뻗어 나가 있었다. 곳곳에 있는 탑과 원형 극장, 돔으로 덮인 구조물은 하나하나가 인상적인 왕궁에 견줄 만한 크기였다. 층지고 질서 정연한 정원은 거대한 건물 중간중간 배치되어 탁 트이고 정돈된 느낌을 주었다. 헬리아에 비하면 카마보르의 수도는 마구잡이로 세워진 것처럼 느껴질 정도였다. 완벽한 대칭을 이루는 도로와 아치형 다리는 깔끔한 사분면과 진로를 형성하며 도시를 가로질렀다. 도시의 기하학적 구조에는 어떠한 의미가 담겨 있는 듯했으나 칼리스타가 이해할 수 있는 것은 아니었다. 칼리스타는 정밀한 도시 설계에 감탄이 나왔지만 자신이 온 목적을 생각하니 마음이 편치 않았다.

층진 테라스 위쪽에 다른 탑보다 훨씬 높은 탑 하나가 솟아 있었다. 타이러스는 그 탑을 쳐다보는 칼리스타를 보고 말했다. "광휘의 탑입니다. 의회가 있는 곳이자 도시의 심장부지요. 당신이 발언할 곳이기도 합니다."

칼리스타는 부두로 시선을 돌렸다. 부두 정중앙에서 곡선으로 된 선창 여럿이 동심원을 이루며 사이사이가 끊어진 고리 모양을 형성했다. 부두 끝자락에는 점점이 등대가 서 있었고 고리 주변에는 수많은 선박이 닻을 내리고 있었다. 비교적 큰 배들은—대부분 대형 삼단노선이었다—고리 바깥에 자리했다. 고리 안쪽은 작은 고깃배와 바지선으로 북적거렸다. 완벽한 대칭을 이루는 다리들이 선창을 길게 가로질렀고 그보다 큰 다리 한 쌍은 도시로 연결됐다. 그야말로 공학의 경이였다. 칼리스타는 마법을 쓰지 않고서야 도저히 지을 수 없는 도시라고 생각했다.

하지만 가장 놀라운 점은 따로 있었다. '완전히 무방비한 곳이야.' 도시에는 우뚝 솟은 성벽도, 방어 시설도, 성문을 막는 쇠창살도, 외부의 공격을 막을 만한 완충지도, 항구를 지키는 투석기나 노포도 없었다. 군대나 전함 같은 것도 보이지 않았다. 장군으로서 평가하자면 헬리아는 아주 소수의 병력으로 장악할 수 있는 도시였다. 배 몇 척과 실력 좋은 병사 몇백만 있어도 침략할 수 있을 정도였다.

"경이롭지 않습니까? 이 암담하고 위험한 세상에서 은은하게 빛나는 안식처랍니다."

"이런 곳은 처음 봐요."

"아무렴요. 전쟁과 만행의 공포 없이 온전히 학문을 추구할 수 있는 곳이 또 어디 있겠습니까?"

칼리스타는 그에 대한 대답이 떠오르지 않았다. '왕비 전하를 살릴 치료제를 구할 수 있는 곳이 있다면 바로 여기일 거야.'

오리엇 서번트는 파도가 일렁이는 바다를 미끄러지듯 나아가며 기묘한 원형 선창으로 향했다. 선창과 가까워지자 다른 선박에 있는 선원들이 환호하며 오리엇 서번트를 맞이했다. 여기저기서 웃음소리와 정감 어린 농담이 들려왔다. 항구 관리자가 고리 바깥에 있는 정박지로 배를 안내했다. 오리엇 서번트는 속도를 줄이며 정박지로 다가갔다. 노가 거둬지고 계류용 밧줄이 던져지자 부두에서 기다리고 있던 일꾼들이 잽싸게 밧줄을 받아 빛나는 계선주에 걸었다. 군대를 이끄는 칼리스타가 봐도 감탄이 나올 만큼 빠르고 정확한 동작이었다.

칼리스타가 단단한 돌 선창에 발을 디디자 호기심 많은 구경꾼들이 목을 길게 빼고 지켜봤다. 짐꾼이고 어부고 삼삼오오 모여 칼리스타를 가리키고 빤히 쳐다봤다.

"외지인이 들어오는 경우가 별로 없나 보군요."

"흔한 일은 아닙니다. 아, 이곳에도 세계 곳곳에서 온 사람들이 있지요. 다양한 경험과 목소리가 있어야 다양한 생각을 할 수 있지 않겠습니까. 그렇다 해도 새로운 사람이 오는 일은 드뭅니다. 저 같은 자가 데려온 사람만이 신성한 안개를 통과할 수 있으니까요."

"덕분에 이곳으로 와 도움을 구할 수 있게 되어서 영광입니다."

배에서 짐을 내리는 과정은 신속하고 정연했다. 마지막으로 몇 가지 지시를 내린 타이러스는 선원들에게 마무리 작업을 맡기고 서로 연결된 둥근 선창과 다리를 따라 칼리스타를 도시로 안내했다. 라이즈는 뚱한 표정으로 슬그머니

두 사람 뒤를 따랐다. 시비가 붙은 이후 라이즈는 칼리스타를 피하고 있었다. 칼리스타는 차라리 잘됐다고 생각했다. 타이러스는 정원이 늘어선 거리를 따라 걷고 웅장한 대리석 계단을 올라가며 중요한 건물이나 구조물을 짚어 주었다. 세 사람은 넓은 대로를 따라 걸으며 길게 늘어선 기둥과 조각상, 광장을 지나쳤다.

"여기는 학자의 길입니다. 부두에서 광휘의 탑까지 올라가는 길이지요."

알로베드라의 왕궁에서 자란 칼리스타는 부와 사치에 익숙했지만, 이곳은 도시 전체가 알로베드라 왕궁과 같은 수준의 풍족함을 자랑하는 것 같았다. 모든 건물이 섬세한 건축 요소로 눈부시게 빛났다. 모든 광장에는 받침대가 있는 조각상이나 정교한 대리석 분수, 삼각기둥 안에 황금 눈이 있는 조각품, 정육면체 대리석에서 자라는 화려하고 잘 관리된 나무가 있었다.

헬리아 사람들도 그에 못지않게 인상적이었다. 타이러스의 로브는 수수한 회색이었지만 시민 대부분은 예술적인 재단이 돋보이는 강렬한 색상의 옷을 입고 있었다. 도시를 장식한 것과 비슷한 기하학적 모양과 무늬가 그려진 수십 장의 천을 겹쳐 완성한 옷이었다. 펼쳐지는 꽃처럼 생긴 머리 두르개를 쓴 사람도 많았다. 가슴에는 금이나 은, 돌, 청동으로 만든 정교한 펜던트가 보란 듯이 달려 있었다. 디자인이 복잡하고 대칭적이었다.

"착용자가 어떤 학파 소속인지, 어떤 계급에 이르렀는지 알려 주는 표식입니다." 타이러스가 설명했다.

칼리스타는 자신의 창이 도시에서 몇 안 되는 무기 중 하나라는 사실을 알아챘다. 흰 갑옷을 입고 묘할 정도로 아무런 장식도 없이 얼굴 전체를 뒤덮는 투구를 쓴 보초들이 보이긴 했다. 보초들은 화려한 도끼창을 들고 있었는데 실용성 없는 의례용 무기에 가까워 보였다. 더 많은 시선과 속삭임이 따라붙었지만 주목을 받는 데 이골이 난 칼리스타는 딱히 신경을 쓰지 않았다.

"거지들이 보이지 않는군요. 핍박받는 이들이 없어요. 도시에 그런 사람들을 수용하는 구역이 따로 있나요?"

"그런 이들이 보이지 않는 건 없기 때문입니다. 누구도 궁핍한 생활을 할 필요가 없을 만큼 부가 넉넉한데 왜 도움이 필요한 이들을 돕지 않겠습니까?"

"그러게요."

그들은 각각 도시의 높은 구역으로 이어지는 넓은 계단을 차례차례 올라갔다. 마침내 아까보다 더 많은 수의 하얀 보초들이 지키고 있는 웅장한 아치형 입구—계몽의 아치—로 다가갔다. 석조 아치에는 말도 안 되게 복잡한 기하학 형상이 새겨져 있었다. 해석 가능한 자만이 알 수 있는 정보가 가득 담겨 있는 듯했다. 그 뒤로 펼쳐진 넓은 광장의 반대편에는 광휘의 탑이 솟아 있었다.

가까이서 본 탑은 멀리서 봤을 때보다 훨씬 인상적이었다. 장엄한 도시 안에서도 눈에 띄게 웅장했다. 알로베드라 왕궁보다 족히 두 배는 높아 보였다. 여러 개의 겹친 삼각형 안에 놓인 거대한 황금 눈이 건물 첨탑 한가운데 자리했고 바로 밑에서 나오는 거센 폭포수는 층진 구조를 타고 흘러내려 각진 물웅덩이로 이어졌다.

"그럼 전 당신이 의회에서 발언하게 해 달라고 요청하러 가 보겠습니다. 당신의 방을 준비해 두라고 미리 전갈을 보냈습니다. 제 제자가 길을 안내할 겁니다. 궁전과는 비교가 안 되겠지만 부족함 없이 지내시길 바랍니다."

"내가 바라는 건 많지 않아요. 내 사정을 바로 얘기할 수 있었으면 했는데요. 난 꾸물거릴 시간이 없어요. 왕비 전하께 남은 시간이 얼마인지 알 수 없다고요." '어쩌면 이미 늦었을지도 모르지.' 칼리스타는 그 두려운 생각을 구태여 입 밖으로 꺼내지 않았다.

"물론 사정이 급하다는 것도 강조하겠습니다. 씻고 먹고 쉬고 계세요. 가능한 한 빨리 말을 전할 테니까요." 타이러스가 고개를 숙이더니 아치를 지키는 보초들을 빠른 걸음으로 지나쳤다.

"이쪽으로." 라이즈가 칼리스타를 쳐다보지 않고 말했다. 몸을 돌린 라이즈는 칼리스타가 따라오는지 확인도 하지 않고 성큼성큼 걸어가기 시작했다.

두 사람은 말없이 걸었다. 덕분에 칼리스타는 아무 방해도 받지 않고 도시를 둘러볼 수 있었다. 야외 원형 극장에 앉은 젊은이들이 더 나이가 많은 빛의 결사 단원의 말에 귀를 기울이고 있었다. 공원에서 대리석 판을 진지하게 바라보며 대국에 몰두한 사람들도 보였다. 학자들이 여러 건물을 바쁘게 오가는 부산한 곳이었지만 넓은 광장과 공들여 손질한 풀밭, 가지런히 다듬어져 일정한 간격으로 심어진 나무들이 광대한 구역을 차지하고 있어 텅 비어 보이기도 했다.

아름답고 잘 정돈된 도시였다. 그러나 뭔가 빠진 듯한 느낌이 들었다. 뭔가 부족했다. 뭐라고 정의하기 힘든 특성 때문에 헬리아는 수많은 사람이 살아가는 곳임에도 사람 냄새 나는 도시처럼 느껴지지 않았다. 햇살이 눈부시게 내리쬐는 곳임에도 차갑게 느껴졌다. 완벽하지만 삭막했다. 딱히 이렇다 할 문제가 보이는 건 아니었지만 바로 그 점이 문제가 아닐까 하는 생각이 들었다.

칼리스타는 사람들이 완벽하지 않다는 사실을 잘 알았다. 도시는 그곳에 사는 사람들을 반영하기 마련이었다. 한 치의 오차도 없이 설계된 도시를 보고 있자니 도시에 뭔가 숨기고 싶은 게 있는 것 같다는 느낌이 들었다. 그다지 보기 좋지 않은 면을 안 보이는 곳에 숨겼을지도 모르는 일이다.

어렸을 때부터 독사 구덩이 같은 카마보르의 궁정에 익숙해진 칼리스타가 너무 냉소적으로 생각하는 것일지도 몰랐다.

배정된 숙소로 칼리스타를 안내한 라이즈는 말없이 자리를 떠났다. 숙소는 으리으리하다는 말로도 부족했다. 칼리스타는 티 하나 없이 완벽한 숙소의 모습에 여전히 왠지 모를 찜찜함을 느끼며 여러 방을 지나갔다. 자신도 모르게—벽에 간 금이나 바닥의 고르지 않은 부분 같은—흠이 없나 찾아봤지만 아무것도 찾지 못했다.

작은 건물 하나는 모두 목욕 공간이었다. 욕실 세 곳에 수온이 다른 욕조가 각각 하나씩 있었다. 다른 방향에는 가죽으로 장정한 책이 수천 권은 되는 개인 서고가 있었다. 햇빛이 쏟아지는 발코니 너머로 도시와 바다가 보였다. 침실—둥근 침대가 바닥에 들어가 있는 동굴 같은 방이었다—너머에는 기하학적인 분수와 아름답게 관리한 높은 대리석 화단으로 가득한 정원 테라스가 있었다. 외

벽에서는 꽃과 담쟁이덩굴이 풍성하게 흘러내렸다.

"헬리아의 집은 모두 이런가?" 칼리스타는 과일 우린 물을 잔에 따르고 있는 창백한 직원에게 물었다. "아니면 방문객에게만 특별히 이런 공간을 내주는 건가?"

남자는 칼리스타의 말을 이해하지 못한 듯 웃더니 바로 고개를 숙이고 자리를 떠났다.

칼리스타는 물을 한 모금 마셨지만 자신의 입에는 너무 달아 옆으로 치워 두었다. 기름과 소금을 풀어 향이 나는 물에 몸을 담그고 느긋이 피로를 푼 칼리스타는 따뜻하게 데운 수건으로 몸을 말렸다. 방으로 돌아오자 침대 위에 옷 세 벌이 놓여 있었다. 각기 다른 복식이었다. 고급 비단과 아주 부드러운 면 소재에 대칭을 이루는 무늬를 수놓은 아름다운 옷이었다. 하지만 칼리스타는 옷을 그대로 두고 자신의 낡아 빠진 갑옷과 가죽을 걸쳤다. 갑옷과 가죽은 칼리스타가 목욕하는 사이 깨끗이 닦이고 기름까지 발려 있었다. 알로베드라 왕궁에 있는 시종들도 똑같이 했겠지만 어쩐지 마음에 들지 않았다. 심지어 투구에 달린 길고 검은 술도 엉킨 부분과 바다의 소금기를 없앤 듯 단정히 빗겨 있었다. 가죽 장화에서는 광이 났다. 하지만 무기는 손댄 흔적 없이 그대로인 모습을 보고 안도했다.

식사를 하는 방에서는 설탕 절임, 먹기 좋게 자른 소고기와 양고기, 해산물, 수프, 구운 채소, 치즈, 얇게 썬 과일, 갓 구운 빵이 종류별로 가득한 바구니까지 진수성찬이 기다리고 있었다. 칼리스타는 갑자기 밀려드는 허기에 접시를 가득 채워 발코니로 가져갔다.

수북이 채운 접시를 세 번째로 비워 갈 무렵 봉인이 찍힌 쪽지가 전달됐다. 타오르는 책 위에 눈 하나가 있는 봉인이었다. 봉인을 떼고 쪽지를 펼치자 정갈하고 우아한 글씨가 드러났다. 재빨리 내용을 훑은 칼리스타는 좀 더 천천히 다시 한번 읽었다.

'내일이야.' 칼리스타는 내일 타이러스와 함께 의원들을 만날 예정이었다. 칼리스타가 숨을 내쉬었다. 결국 여기까지 왔다.

칼리스타는 부디 왕비가 살아 있길 기도했다.

그라엘 간수장은 등불을 끄고 고개를 한쪽으로 기울였다. 칠흑 같은 어둠에 꼼짝도 하지 않고 서서 가만히 소리에 집중했다.

'뭐지.' 소리는 또다시 들려왔다. 희미하게 울렸지만 틀림없는 발소리였다. 제법 소리를 잘 죽이긴 했으나 이곳은 그라엘의 영역이었다. 다른 사람이라면 못 듣거나 쥐가 내는 소리 혹은 위쪽 복도에서 울리는 소리로 넘겨짚었을 법했지만, 그라엘은 이 지하 미궁을 누구보다 잘 알았다. 이건 침입자가 내는 소리였다. 소리를 내지 않으려고 애쓰는 것으로 보아 자신이 있으면 안 되는 곳이라는 것을 아는 자였다. 이렇게 의도적으로 몰래 돌아다니는 자는 위험했다. 잡히면 어떤 결과가 기다릴지 알고 있기에 침입 사실을 숨기려고 무슨 짓이든 할 수 있었기 때문이었다.

이대로 몸을 돌려 왔던 방향으로 돌아가는 방법도 있었다. 이곳에서 소리가 어떻게 이동하는지 아는 그라엘은 침입자가 정확히 어디 있는지 알았으므로 피해 가는 일은 어렵지 않았다. 그러나 그라엘은 돌아가는 것을 고려조차 하지 않았다. 이 터널을 지키겠다고 맹세했기 때문은 아니었다. 맹세 따위는 어찌 되든 상관없었다. 아무런 의미도 갖지 못했다. 계속해서 배신만 당한 그라엘이 맹세를 지켜야 할 이유는 없었다.

그라엘은 침입자의 소리를 향해 나아갔다. 이곳 지하의 최상위 포식자는 바로 그였다. 사람들을 피해 숨어 다닐 필요는 없었다. 오히려 사람들이 그를 피하는 편이 현명했다. 하지만 그의 은신처에 발을 들인 이상 이제 상대는 그라엘의 것이었다. 몸을 타고 흐르는 포악한 전율에 그라엘이 이를 드러내며 잔혹하게 웃었다. 그라엘은 접힌 로브 밑에서 곡선으로 휘어진 낫을 꺼냈다. 침입자가 누구든 이곳에 온 것을 후회하게 될 것이다.

그라엘은 자신이 노려지는 것조차 모르는 사냥감을 향해 어둠 속에서 소리 없이 움직였다.

라이즈는 걸음을 멈추었다. 멀리서 무슨 소리가 들린 것 같았다.

'그냥 쥐겠지.' 라이즈는 대도서관 지하 깊숙이 있는 미로 같은 금고에서 계속 나아갔다. 이곳에 자신밖에 없다는 것을 확신했을 뿐 아니라 만에 하나 불쌍한 둔탁 감시대원을 마주치는 불상사가 일어나더라도 크게 걱정되지 않을 만큼 실력에 자신도 있었지만, 등불의 덧창을 살짝 닫아 빛이 덜 새어 나가게 했다.

'이게 다 스승님 때문이야.' 타이러스는 라이즈가 통제력이 부족하다고, 라이즈의 몸을 타고 흐르는 룬 마법이 위험하다고 했다. 라이즈는 한때 결사의 가르침으로 자신이 타고난 마법의 힘을 키울 수 있으리라 생각했다. 라이즈의 예상은 철저히 빗나갔다. 연습할 기회조차 주어지지 않는데 어떻게 통제력을 키우라는 말인가. 과거의 위대한 룬 마법사들이 남긴 고서를 읽고 배우지 못하게 하는데 더 이상 뭘 할 수 있겠는가. 라이즈는 금고에 그런 고서가 보관되어 있다는 사실을 알았다. 타이러스가 하는 말의 행간을 읽어 필요한 만큼 정보를 알아냈지만, 타이러스는 책을 볼 수 있게 요청해 달라는 라이즈의 부탁을 단칼에 거절했다. 라이즈가 이렇게 좀도둑처럼 돌아다닐 수밖에 없게 된 이유였다.

라이즈가 씩 웃었다. 잘 생각해 보면 라이즈는 좀도둑이 *맞았다*. 적어도 타이러스가 라이즈를 거둬 안개 너머 헬리아로 데려가기 전까지는 그랬다.

들어가서는 안 되는 곳에 침입하고 있으니 옛날 생각이 났다. 라이즈는 다음에 나타난 잠긴 문 옆에 무릎을 꿇고 등불을 내려놓은 후 돌돌 말린 가죽 꾸러미를 꺼냈다. 재빨리 매듭을 풀고 가죽을 펼치자 잠금장치를 딸 때 쓰는 믿음직한 도구들이 나타났다. 자신에게 필요한 모양으로 다듬고 구부리며 하나하나 직접 만든 도구들이었다. 문에 달린 무거운 자물쇠를 살펴본 라이즈가 열쇠 구멍에 바늘 같은 도구를 집어넣었다. 자물쇠 핀을 느끼고 자리에 맞춰 누르기까지 얼마 걸리지 않았다. 라이즈는 첫 번째 도구를 그대로 유지한 채 구멍 내부를 더듬으며 두 번째 도구를 집어넣었다.

라이즈가 찾는 책을 발견하기는 쉽지 않을 것이다. 일 년 전 처음 이곳으로 내려온 라이즈는 금고의 규모에 기함했다. 그리고 평생 헤매도 원하는 것을 찾지 못할 수 있다는 사실을 깨달았다. 하지만 어느 순간 이 일은 심심풀이로 시간을 때우는 일종의 놀이가 되어 있었다. 소소한 반항의 표현이기도 했다. 라이즈는 타이러스와 헬리아에 올 때마다 한밤중 금고에 들어와 깊숙한 지하를 탐험했다. 위험은 그만큼 재미를 더해 줄 뿐이었다.

'옳지.' 거의 감지할 수 없을 정도로 미세한 딸깍 소리가 났다. 조심스레 도구를 돌리자 자물쇠가 열렸다. 라이즈는 도구를 다시 가죽 위에 돌려놓고 둘둘 말았다. 그런 다음 등불을 들고 다시 한번 복도를 쳐다본 후 금고 안으로 들어갔다.

다른 삶을 살았다면 밀실에 있는 황금 유물로 주머니를 빵빵하게 채웠겠지만, 라이즈는 그런 장신구를 보는 둥 마는 둥 했다. 진짜 좋은 물건은 더 안전한 곳에 잠겨 있기 마련이었다. 라이즈는 뒤쪽 벽 근처에 있는 커다란 상자를 발견하고 발걸음을 옮겼다.

"여기 있었구나." 라이즈가 상자 표면을 손으로 쓸며 말했다. 상자에 걸린 신비한 방어 장치 때문에 손끝 아래가 따끔거렸다. 라이즈는 기대감에 입술을 핥았다. 좋은 신호였다. 육안으로 보이지는 않았지만 자물쇠를 딸 때 도구 밑에 눌리는 핀이 느껴지듯 마법 방어 장치가 느껴졌다. 오래된 방어 장치라 시간이 조금 걸릴 것 같았다. 라이즈는 두 손을 비비며 무릎을 꿇고 앉았다.

라이즈는 눈을 감고 손가락으로 장치의 무늬를 더듬으며 작업에 착수했다. 머릿속으로 무늬를 그리고 이리저리 돌려 보며 해체할 방법을 생각했다. 룬 방어 장치를 하나씩 풀어 나가던 라이즈의 귀에 상자의 잠금장치가 딸깍하며 열리는 소리가 들렸다. 라이즈는 씩 웃었다.

순간 라이즈의 심장이 요동치며 등골이 서늘해졌다. 바로 뒤에서 절그럭거리는 체인 소리가 났다. 아까 들은 소리는 쥐 소리가 아니었던 것이다.

예상치 못한 상황에 눈을 크게 뜬 라이즈가 등불을 움켜잡고 문을 향해 휘둘렀다. 한 형체가 방 안에서 미동 없이 서 있었다. 라이즈를 응시하는 창백한 얼굴에 끔찍한 웃음이 번졌다. 라이즈는 기합과 함께 힘을 모았지만 힘을 방출하기도 전 망령 같은 형체가 달려들었다.

라이즈는 무언가에 옆머리를 맞고 바닥에 그대로 고꾸라졌다.

제 16 장

"그리해서 검 신성에 영혼이 구속된 카마보르의 왕, 비에고 산티아를 몰라크 볼 칼라흐 헤이가리의 이름으로 도움을 청하러 왔습니다." 칼리스타가 말을 끝냈다.

정식 요청을 마친 칼리스타는 한쪽 팔 밑에 술이 달린 투구를 끼우고 고개를 높이 든 채 차렷 자세로 답을 기다렸다.

칼리스타 앞에 헬리아 의원단이 어렴풋이 보였다. 광휘의 탑에 있는 거대한 황금 돔 아래에서 수장 열일곱 명이 칼리스타보다 높은 곳에 반원형으로 앉아 있었다. 연설대의 화려한 난간에 기대어 몸을 앞으로 내밀고 있는 수장이 있는 반면 지루해 죽겠다는 듯 안건에 관심이 없어 보이는 수장도 있었다.

칼리스타는 타이러스도 의원 중 하나인 줄 알았지만, 타이러스는 미소를 지으며 자신은 수장보다 지위가 한참 낮은 선임 탐구자에 불과하다고 알려 주었다. 하지만 칼리스타와 동행한 타이러스는 칼리스타가 신의를 아는 사람이고 자신은 그 의도가 순수하다고 믿는다며 의회 앞에서 칼리스타를 대변했다. 말을 마친 타이러스는 칼리스타 뒤쪽의 그림자 속으로 몸을 물렸다.

칼리스타는 각을 이루는 거울들에 반사되어 위쪽에서 내리쬐는 조명을 받으며 홀로 서 있었다. 의원단이 있는 곳은 그림자가 드리워 의원들의 표정과 특징을 정확히 관찰하기 힘들었다. '의장'으로 지명된 수장이—바르텍이라고 불리는 나이 든 남자였는데 애처로울 만큼 두꺼비와 닮아 있었다—요청 사항을 확실히 얘기해 달라고 부탁하자 칼리스타는 쓸데없는 수식을 피하며 자신의 말을 명료하게 전달했다.

칼리스타는 한참 동안 답을 기다렸다. 서로에게 소곤거리는 수장도 있었고 마치 판결을 내리듯 칼리스타를 내려다보는 수장도 있었다. 기다림의 순간은 몇 분이 지나도 끝나지 않았다.

칼리스타가 침묵을 깼다. "카마보르의 왕비가 최고의 치료사와 사제조차 알지 못하는 독에 당해 죽어 가고 있습니다." 칼리스타는 목소리에서 불만이 느껴지지 않게 애썼다. "생명의 정수에 관한 이야기에 진실이 담겨 있고 왕비 전하를 치료할 방법이 있다면 부디 도와주시길 간곡히 부탁드립니다."

여전히 답은 없었다. 칼리스타는 혼란스러운 마음으로 수장들을 바라보았다. '왜 답하지 않지?' 타이러스를 찾아 뒤쪽 그림자를 힐끔거렸지만 타이러스의 모습은 보이지 않았다.

칼리스타가 다시 수장들을 돌아보며 말했다. "아무도 말할 생각이 없나요? 도움을 준다면 아르젠트 왕가는 그 빚을 영원히 잊지 않을 겁니다. 카마보르는 당신들의 동맹이 될 거예요."

정적이 흘렀다.

"대가를 원하나요?" 칼리스타의 인내심이 바닥나고 있었다. "내게는 당신들이 적절하다고 생각할 만큼 보상을 제시할 권한이 있어요. 듣자 하니 빛의 결사가 오랫동안 탐낸 유물이 카마보르에 많다고 하던데요."

"의회는 뇌물이나 협박 따위에 응하지 않소, 카마보르인." 그림자 속에서 한 수장이 딱 잘라 말했다. 칼리스타는 그 수장이 누구인지 찾으려고 애를 썼다.

칼리스타가 손차양으로 환한 빛을 가리며 으르렁거렸다. "내 제안은 협박도 뇌물도 아닙니다. 난 그저 도움을 구하러 왔을 뿐이에요. 결코 다른 마음은 없습니다."

아까보다 더한 침묵이 내려앉았다. 주먹을 말아 쥔 칼리스타가 다시 입을 열려는 찰나 의장이 손을 들어 올렸다. "사정은 잘 들었소, 카마보르의 칼리스타 공주. 휴정하고 문제를 논의해 보겠소. 결론이 나면 다시 부를 것이오."

칼리스타의 눈초리가 매서워졌다. "논의할 게 뭐가 있나요? 당신들이 도와주지 않으면 죄 없는 여인이 죽어요! 왕비 전하를 살릴 방법이 있다면 제발 그냥 알려 줘요!"

"결론이 나면 다시 부를 것이오."

밝은 빛이 그를 비추었다. 머리가 지끈거렸고 왼쪽 눈은 부어올라 뜨이지 않았다. 어디에서 떨어졌던가? 기억이 나지 않았다.

"아, 드디어 깼군."

얼굴에 찬물을 확 들이붓는 듯한 목소리에 라이즈의 정신이 번쩍 들었다. 라이즈는 쫙 벌려진 양팔이 팽팽한 길이의 사슬로 벽에 고정되어 있다는 사실을 깨닫고 경악했다.

"여긴 어디지?"

"네가 목이 터져라 소리를 질러도 아무도 못 들을 만큼 깊은 방이야."

라이즈는 눈 부신 빛을 피해 보려고 몸을 꿈틀거렸다. "넌 누구지?"

"뒤져서는 안 되는 곳을 뒤지고 있는 널 찾은 사람. 네 목숨을 쥐고 있는 사람이지."

라이즈는 눈 부신 빛 너머에 있는 자를 보려고 눈을 가늘게 떴지만 희미한 그림자만 겨우 보일 뿐이었다. 그러나 기절하기 전 순간적으로 본 남자의 모습이 떠올랐다. 웃음기를 띤 남자의 얼굴은 창백했다. 남자의 로브와 큰 쇠고리에 걸린 열쇠들도 똑똑히 봤다. 이자는 감시대원이었다.

"망할 둔탁 감시대원 주제에." 라이즈가 내뱉듯 말했다.

어슴푸레한 형체의 윤곽이 잠잠해졌다. 고요 속에서 난폭한 기운이 느껴졌다. 끓어오르는 분노가 당장이라도 흘러넘칠 듯했다. 겁먹은 티를 내서 상대를 기쁘게 하고 싶지 않았던 라이즈는 감시대원을 노려봤다.

"이따위 연극은 그만하고 그냥 관리원에게 넘겨. 시간 끌지 말자고! 결사에서 날 쫓아낸다면 마음대로 하라지. 그렇게 되면 적어도 더 이상 공허한 약속과 헛소리 때문에 골치 아플 일은 없을 테니까."

감시대원이 빛 뒤에서 킬킬거렸다. "내가 왜 널 관리원에게 넘길 거라고 생각하지?"

라이즈는 아무 말도 하지 않았다.

"내가 널 여기 두고 싶어 할지도 모르잖아. 널 망가뜨리려고 할지도 모르지. 널 고통스럽게 하려고. 네가 자비를 구할 때까지 네 고통을 천천히 음미할 수도 있어."

라이즈는 마른침을 삼켰다. 공포를 드러내지 않으려고 했지만 효과가 있는지 확신이 서지 않았다.

"네가 여기 있다는 걸 아는 사람은 있나?" 감시대원이 도발했다.

잔인한 웃음기가 서린 목소리였다. 라이즈는 흔들렸다. 라이즈의 반항적인 표정이 무너져 내렸다.

감시대원이 웃음을 터뜨렸다. 씁쓸함과 잔혹함이 묻어나는 냉담하고 혐오스러운 소리였다. "슬슬 네가 어떤 상황에 처했는지 이해가 되는 모양이야. 저 위에서는 자만과 위선에 취해 유유자적 돌아다녔겠지. 우리를 둔탁 감시대라고 모욕하지만 여긴 내 영역이야. 내 구역이라고. 여기서는 네 부도 영향력도 타락도 아무 소용 없어. 여기서 내 법을 어기는 자가 어떻게 되는지는 내가 결정한다. 여기서 힘을 가진 자는 나야. 여기서는 내가 왕이지. 그런데 감히 내 것을 훔치러 오다니."

독기가 이글거리는 말이 큰 소리로 숨 가쁘게 쏟아져 나왔다. 뒤따르는 정적에 감시대원의 거친 숨소리가 들려왔다.

라이즈가 낮은 목소리로 말했다. "난 그들과 달라. 나도 당신만큼 그 인간들을 싫어한다고."

그 말에 웃음소리가 터져 나왔다. "과연 그럴까? 네 가슴에 수습생의 인장이 달려 있는데. 넌 그들과 같아. 그렇지 않았다면 그 인장을 달고 다닐 수 있었을 리 없지. 이곳으로 내던져졌을 거야. 나처럼."

"틀렸어." 라이즈는 가슴에 맺힌 응어리가 부글부글 끓는 것을 느끼며 날카롭게 대꾸했다. "난 특권층 출신이 아니야. 오히려 그 반대라면 모를까. 내게는 아무것도 없어. 스승님은 내가 아무것도 아닌 상태로 남아 있게 할 작정이지. 중요한 건 가르칠 생각이 전혀 없어. 내가 자기를 능가하는 게 싫은 거야."

정적이 흘렀다. 그때 등불의 덧창이 돌아가며 라이즈의 눈으로 곧장 쏟아지던 빛이 가려졌다. 라이즈는 눈을 깜빡였다. 빛의 잔상 때문에 여전히 앞이 흐릿했지만 이제 자신을 사로잡은 자의 모습이 보였다.

멀쑥한 감시대원의 얼굴은 창백했다. 믿기 어려울 만큼 차갑고 생기 없이 무정한 눈은 마치 상어의 눈 같았다. 한 손에는 섬뜩하게 휘어진 낫을 들고 있었는데 보기만 해도 불안할 정도로 날카로워 보였다.

"네 말이 진실일 수도, 거짓일 수도 있지. 그렇다고 변하는 건 아무것도 없어." 감시대원이 으르렁거렸다.

'이자는 정상이 아니야.' 공포가 매듭처럼 조여 왔다. 숨을 들이쉰 라이즈가 힘을 끌어내자 손이 격렬한 보라색 기운으로 빛나기 시작했다. 몸속에서 마법이 타오르며 퍼져 나갔지만… 팔이 묶여 있어 마법을 제어하는 데 필요한 룬 형상을 형성할 수 없었다. 집중되지 않은 기운은 탁탁거리며 희미해지더니 이내 사라졌다.

감시대원이 만족스러운 듯 그르렁거렸다. “룬 마법사인가? 이건 좀 흥미롭군.”

라이즈가 그를 올려다보았다. 아직 완전히 사라지지 않은 마법의 힘이 시야를 온통 보랏빛으로 물들이고 있었다. “무슨 의미지?”

“이봐, 그 상자는 어떻게 열었지? 내가 널 찾았을 때 열었던 상자 말이야. 방어 장치가 있는 상자였는데.”

“그렇게 강력한 룬 방어 장치는 아니었어. 그 정도 장치를 해제하는 건 어렵지 않지.”

“흥미롭군.” 다시 말한 감시대원이 라이즈에게서 몸을 돌려 왔다 갔다 움직였다. 뭔가 고민되는 모양이었다. 감시대원은 라이즈를 홱 돌아봤다. “이봐, 네 스승이 누구지?”

“타이러스 선임 탐구자.”

“헬레스모어의 타이러스?”

“맞아.”

감시대원이 웃기 시작했다. 그리고 고개를 저으며 말했다. “이런 우연이 다 있나. 타이러스, 타이러스라니.”

“스승님을 알아?”

“내 자리를 빼앗은 놈이야. 최고는 나였는데 뽑힌 건 그놈이었지. 놈은 모든 걸 가졌고 난 어둠 속에서 썩도록 이곳으로 내던져졌어.”

라이즈가 감시대원의 눈을 똑바로 응시했다. “스승님은 날 가르쳐 주겠다고 약속하면서 날 빛의 결사로 끌어들였어. 난 보기 드문 재능을 타고났지만 힘을 제대로 발휘하려면 룬 형태를 더 많이 배워야 하지. 스승님은 날 도와주겠다고 했지만 아무것도 가르치지 않았어. 내게 필요한 지식을 볼모 삼아 내가 선을 넘지 못하게 할 뿐이야. 난 아직 준비가 안 됐다면서. 아무것도 가르쳐 주지 않는데 뭘 배우란 말이야?”

“그래서 그 지식을 찾기 위해 타이러스의 뜻을 거스르고 여기로 내려왔다?”

라이즈가 그를 똑바로 쳐다봤다. "그래."

감시대원이 턱을 쓸며 다시 몸을 돌렸다. 라이즈는 조용히 있었다. 잠시 후 감시대원이 돌아봤다. "수백 년 동안 쥐새끼처럼 금고를 돌아다닌다고 한들 원하는 걸 찾긴 힘들 거야. 하지만 난 그게 어디 있는지 알지. 내가 구해 줄 수 있어."

"당신이 왜?"

감시대원은 생기 없는 눈으로 라이즈를 빤히 바라보았다. "여긴 어떻게 내려왔지? 네가 쓰던 자그마한 도구로는 관리원은 물론이고 감시 차원문의 방이나 메아리 전당을 통과하지 못했을 텐데. 거길 어떻게 넘어왔지?"

"내가 들어가면 안 되는 곳에 드나드는 재주가 있어서 말이야."

감시대원이 씩 웃었다. 그러나 눈가에는 웃음기가 없었다. "서로 도움을 주고받을 방법이 있을 것 같군."

칼리스타는 우리에 갇힌 동물처럼 방 안에서 왔다 갔다 서성였다.

타이러스가 차분히 말했다. "답답한 심정은 이해하지만 이게 의회의 방식입니다. 만장일치의 결과가 나올 때까지 논의하고 숙고할 거예요."

칼리스타는 타이러스를 노려봤다. "숙고가 필요한 사항이 아닐 텐데요. 당신은 헬리아를 깨어 있는 사회인 것처럼 얘기했지만 죽어 가는 여인을 도울지 말지 결정하는 데 몇 시간씩 논의가 필요한 곳이라면 달리 생각해야 하지 않을까 싶네요."

타이러스가 눈을 문지르며 지친 듯 말했다. "저희는 보통 바깥세상의 정세에 개입하지 않습니다. 탓하는 건 아니지만 카마보르는 역사적으로 공격적이고 호전적인 국가였던 터라 카마보르 왕족이 왔다는 소식에 우려의 목소리도 있었죠."

"난 정복할 땅을 찾으러 돌아다니는 게 아니에요. 내 의도가 선하다는 것을 증명할 수만 있다면 뭐든 하겠어요."

"압니다. 전 당신을 믿습니다. 이곳으로 데려온 것도 그래서고요. 하지만 제 생각이 틀렸다고 생각하는 이들도 있답니다."

칼리스타가 걸음을 멈추었다. "당신에게도 파장이 있을까요?"

타이러스가 어깨를 으쓱했다. "어쩌면요. 제재를 받는다면 어쩔 수 없지요. 전 제가 옳은 일을 했다고 믿으니까요."

"결사에서 도울 수 없을 거라고 생각했다면 애초에 날 이곳으로 데려오지도 않았겠죠. 생명의 정수는 진짜 있는 거죠? 그냥 한 병 주면 안 되나요? 그럼 조용히 떠날게요. 왕비 전하가 언제 어떻게 될지 몰라요!"

"의회에서 옳은 결정을 내리리라 믿습니다. 답답하겠지만 인내심을 갖고 기다려야 해요."

칼리스타가 한숨을 쉬었다. "노력해 볼게요. 가만히 앉아서 기다리는 건 내 성향과 맞지 않지만요."

"이해합니다. 당신은 군인이자 장군으로 아주 활동적인 사람이지요. 치료제를 찾아 쉬지 않고 곳곳을 돌아다녔고요. 이 시간은 금방 지나갈 테니 마음껏 쉬시기 바랍니다. 책도 읽고, 산책도 하고. 이것저것 하면서 시간을 보내세요. 의회에서 시간을 너무 오래 끌지 않았으면 좋겠군요."

"할아버지는 죽고 나면 쉴 시간이 차고 넘친다는 말을 입에 달고 사셨죠."

타이러스가 앓는 소리를 냈다. "카마보르의 사자더러 게으르다 비난할 수 있는 이는 없겠지요. 생전에 독립국을 열세 개나 정복하지 않았나요?"

"엄밀히 따지면 열여덟 개예요. 반란을 일으키고 결국 짓밟힌 경우까지 세면요."

"후계자 입장에서는 꽤 부담스럽겠네요. 이야기가 새었군요. 이만 가 보겠습니다. 의원들의 마음이 이쪽으로 기울게 설득해 봐야지요."

"고마워요, 타이러스. 당신은 좋은 사람이에요. 날 믿고 신뢰해 줘서 고마워요."

"감사 인사는 카마보르 왕비가 살아나면 그때 하시죠."

에를로크 그라엘은 방문 바로 안쪽에서 팔짱을 낀 채 라이즈가 작업하는 모습을 지켜봤다.

라이즈를 방에서 풀어 주진 않았지만 팔을 묶은 사슬은 풀어 준 상태였다. 그라엘은 자신이 잡은 죄수가 멍청한 짓을 시도하지 않을까 경계했지만, 혹시 모를 일에 대비한 조치는 미리 취해 두었다.

"편지를 써서 내 책상 위에 잘 보이게 올려놨어." 그라엘이 라이즈를 풀어 주기 전에 말했다. "편지에는 네 이름을 비롯한 신원과 금지된 유물을 훔치려던 널 발견해서 아래층 금고에 체포해 뒀다는 내용을 적어 놨지."

"뭐라고? 그런 얘기는 없었잖아!"

그라엘은 손을 들어 올려 라이즈가 입을 다물게 했다. "넌 내 방이 어디인지 모르지만 관리원들은 알고 있어. 이 사슬을 풀었을 때 허튼수작을 부린다면 관리원이 그 편지를 찾게 될 거야. 그러면 넌 끝장이지. 네 입으로 결사에서 쫓겨나도 상관없다고 했지만 아무리 봐도 그런 것 같진 않거든. 나와 한 이야기를 발설하거나 날 배신하려고 한다면 널 끝장내 주마."

"정말 이럴 필요 없다니까."

"작은 일 하나만 해 주면 네가 찾는 지식을 가져다주지. 편지도 불태우고 말

이야.”

약속한 대로 풀려난 후 적대적인 행동을 보이지 않은 라이즈는 바닥에 책상다리를 하고 앉아 눈을 감고 있었다. 라이즈의 앞에는 봉인된 상자가 놓여 있었다. 상자는 단단히 잠겨 있었지만 으레 있어야 할 열쇠 구멍이 없었다. 대신 수장의 쐐기석 모양으로 살짝 들어간 자국만 있을 뿐이었다. 쐐기석은 헬리아에서 가장 귀중한 비밀을 지키는 룬 잠금장치를 열 수 있는 결쇠였다. 쐐기석으로 정확히 어떤 잠금장치를 열 수 있는지는 수장의 지위에 따라 달라졌다. 이 상자에 자신이 가진 쐐기석을 써 본 그라엘은 상자가 열리는 것을 보고 만족감을 느꼈다.

라이즈에게는 그런 결쇠가 없었다. 라이즈의 입술이 조용히 움직이자 손에서 복잡한 문양과 모양이 연달아 나타나기 시작했다. 잠시 후 상자는 딸깍 소리를 내며 열렸다. “쉽네.” 라이즈가 손가락 관절을 으드득 꺾으며 거들먹거렸다.

“제법이군.” 그라엘이 말했다. 건방지고 허세 가득한 꼬마였지만… 룬 방어장치를 해제하는 실력이 상당한 수준이었다. 그라엘은 자신의 앞에 펼쳐진 가능성에 현기증이 날 지경이었지만 겉으로는 티를 내지 않았다.

“그래서 이건 왜 시켰는데? 안 열리는 룬 잠금장치를 열어 달라고? 바로 열어 줄 테니까 여기로 가져와.”

이 꼬마의 도움을 받아야 한다는 생각에 에를로크 그라엘의 마음 한구석이 분노로 들끓었다. 차라리 이 어둠 속에 녀석을 가두고 싶었다. 저 건방지고 반항적인 태도가 꺾이고 불안과 공포가 그 자리를 대신하는 모습을 보며 즐기고 싶었다. 녀석이 고통과 절망에 울부짖는 소리를 만끽하고—

“이봐?”

그라엘은 매혹적인 몽상에서 벗어났다. “뭐라고 했나?”

“당신이 약속한 보상 말이야. 그만한 가치가 있는 물건인지 어떻게 알지?”

그라엘이 라이즈를 노려보더니 허리띠에서 가죽 두루마리 통을 끌러 라이즈에게 던졌다.

"이게 뭐지?"

"열어 봐."

고리를 푼 라이즈는 책에서 찢어낸 둥글게 만 양피지를 꺼냈다. 그리고 인상을 찌푸리며 각진 글씨를 자세히 들여다봤다. "이케시아 설형 문자야." 라이즈가 중얼거렸다. 몇 줄 읽어 나가던 라이즈는 퍼뜩 정신을 차리고 놀란 듯 그라엘을 쳐다봤다. "이건 설마…?"

"그래. 맞아."

그라엘은 조용히 라이즈를 지켜봤다. 다시 양피지로 눈을 돌린 라이즈는 손가락으로 재빨리 글을 훑으며 고대 문자의 방식에 맞게 오른쪽에서 왼쪽으로 읽어 나갔다. 글을 절반 정도 훑어본 라이즈가 다시 고개를 들었다.

"내가 찾던 거야." 라이즈가 나직이 말했다.

"어떤 잠금장치 하나만 열어 주면 책을 통째로 넘기지."

라이즈가 씩 웃었다. "거래가 성사된 것 같군. 그래서, 그 잠금장치는 어디 있는데?"

그라엘의 얼굴에 포식자의 웃음이 떠올랐다. 이 꼬마는 낚싯줄에 걸린 물고기나 다름없었다. "이봐, 라이즈. 영겁의 샘에 관해 얼마나 알고 있지?"

제 17 장

칼리스타는 헬리아에서 보내는 시간이 길어질수록 헬리아가 싫어졌다. 부인할 수 없이 아름다운 곳이었고 이곳을 낙원으로 여기는 사람도 있을 게 분명했지만, 헬리아의 삭막한 느낌은 갈수록 심해졌다. 헬리아는 이상할 정도로 깨끗하고 무미건조하며 차가웠다. 마치 진실을 뒤에 숨기는 가면 쓴 도시 같았다.

칼리스타는 자신에게 제공된 거대한 방에서 가만히 있기 힘들었다. 의회가 결정을 내리기까지 고작해야 몇 시간, 길어야 하루 정도 걸릴 것으로 예상했지만 하루가 지나고 또 하루가 흘러도 아무런 소식이 없었다. 사흘째 되는 날에는 타이러스의 쪽지를 받았다. 아직 결론이 나지 않았다는 내용이었다.

나흘째가 되자 칼리스타는 창을 들고 밖으로 나섰다.

일종의 박물관 같은 거대한 건물로 이어지는 화려한 계단을 올라간 칼리스타는 헬리아 사람들의 환대가 어디까지인지 확인할 수 있었다. 다른 곳에서 봤던 흰 갑옷을 입은 보초들이 칼리스타의 앞을 막았다. 보초들이 위로하는 듯하지만 단호한 말투로 뭐라고 말했으나 뜻을 이해할 수 없었다.

두 보초는 충분히 제압할 수 있는 상대였지만 칼리스타는 사과의 말을 중얼거리고 발걸음을 돌렸다. 칼리스타가 도시 곳곳의 다양한 구조물에 접근하려고 할 때마다 이런 상황이 반복됐다.

심지어 칼리스타가 출입할 수 없는 정원도 있었다. 칼리스타가 갈 수 있는 곳은 극히 제한적이었다. 칼리스타의 미심쩍은 느낌은 점점 강해졌다.

칼리스타는 극심한 외로움을 느꼈다. 주력군의 전우애가 그리웠다. 심지어 비에고도 그리웠다. 약혼자인 헤카림 기사단장은 그립지 않아 살짝 죄책감이 들었다. 하지만 레드로스는 그리웠다. 그 강렬한 감정에 깜짝 놀랄 정도였다. 레드로스를 생각하면 카마보르를 떠나기 몇 시간 전 있었던 어색한 기억이 떠올라 괴로웠다. 속까지 쓰려 오는 느낌에 재빨리 생각을 다른 곳으로 돌렸다.

몇 시간 동안 정처 없이 떠돈 칼리스타는 도시공원 한구석에 바다를 마주하고 있는 긴 대리석 의자를 발견하고 앉았다. 칼리스타는 안개를 바라보았다. 맑은 날이면 수평선이 보여야 했지만, 그 절반 거리밖에 보이지 않았다. 섬이 거대한 벽에 둘러싸여 있는 느낌이었다. 안심이 되긴커녕 함정에 갇힌 듯 불안했다.

'수장들은 날 보내 줄 생각이 없을지도 몰라.' 그들은 군도의 존재가 신화와 전설로만 남아 있길 원하는 게 분명했기 때문에 칼리스타가 고국으로 돌아가지 않길 바라는 게 당연하게 느껴졌다. 칼리스타는 안개 너머 대거호크에 있을 베닉스를 생각했다. 베닉스는 그곳에서 2주 동안 기다릴 수 있지만 그 뒤에는 보급품을 채우러 항구로 가야 한다고 했다. 수장들이 칼리스타를 놓아주지 않는다면 베닉스는 언제쯤 칼리스타가 돌아오지 않는다는 걸 깨달을까?

칼리스타는 암울한 생각에 너무 몰두한 나머지 어느새 다가온 검은 피부의 자그마한 여자가 말을 건 후에야 사람이 있다는 것을 깨달았다.

"경이로운 안개죠?" 의외로 낮은 여자의 목소리는 벨벳처럼 부드러웠다. "안개 안에 깃든 고대 마법을 진심으로 이해하는 사람은 여기 아무도 없어요. 수장들은 절대 인정하지 않겠지만요." 색이 어둡고 가장자리가 은색으로 장식된 로브를 느슨히 두른 여자는 딱 붙는 검은 바지를 입고 있었다. 끝이 뾰족한 두건은 각진 얼굴과 부스스하게 헝클어진 하얀 머리를 감쌌다. 살가운 표정과 따뜻한 미소, 여유로운 태도가 아니었다면 다가가기 어려웠을 것 같은 사람이었다.
"방해해도 괜찮을지 모르겠네요. 저기서 벗어나 생각하고 싶어서 여기 자주 오거든요." 여자가 덧붙이며 뒤쪽에 있는 도시를 향해 반지를 잔뜩 낀 손가락을 흔들었다.

"방해는요. 나도 저기서 벗어나려고 왔어요." 칼리스타가 여자의 손짓을 따라 하며 말했다.

여자가 웃음을 터뜨렸다. "헬리아에 있으면 그런 기분이 들곤 하죠."

"앉을래요?" 칼리스타가 물었다. 헬리아 사람들은 모두 정중했지만 이 여자는 진심으로 친근한 태도를 보이는 몇 안 되는 사람 중 하나였다. "난 칼리스타라고 해요."

새로운 동행이 칼리스타 옆에 앉으며 말했다. "아, 누구인지 알아요. 학자들 사이에서는 소문이 빨리 퍼지죠. 당신이 그 카마보르 공주군요. 오늘 아침 대도서관에 들어가려고 했던 바로 그 사람이요!"

"내가 그랬나요?"

"거긴 헬리아 학자들도 아무나 못 들어가요. 수장들에게 허가장을 요청할 순 있지만 허가장이 나오는 경우는 아주 드물죠. 아, 둔탁 감시대도 출입할 수 있긴 한데 그 사람들은 있으나 마나니까요. 아무튼 당신이 거기를 다짜고짜 들어가려고 했다는 소식에 다들 얼마나 즐거워했는지 몰라요!"

칼리스타의 얼굴에서 웃음이 비어져 나왔다. 여자의 말에도 조롱당하는 기분은 들지 않았다. 적어도 알로베드라의 조신들처럼 빈정거리는 태도는 아니었다. "내… 행동 때문에 즐거웠다니 기쁘네요."

"난 기능장 젠다카야예요. 만나서 반가워요."

"나도 반가워요."

"헬리아 의회에서 발언했다면서요. 어떻게 됐어요?"

"의회에 도움을 청했는데 사흘이 지난 지금까지 답을 기다리는 중이죠."

"놀랍진 않네요. 의원들은 거만하기 짝이 없는 멍청이들이거든요. 참기 힘들 만큼 자기중심적인 소인배죠."

칼리스타는 그 솔직한 말에 코웃음을 쳤다.

"진짜라니까요! 자기 이익을 지키는 일이 최우선이에요. 물론 꽤 괜찮은 의원들도 있긴 하지만요. 그 의원들이 다른 의원들을 설득해서 당신의 요구를 받아들였으면 좋겠네요."

"그러게요." 두 사람은 조용히 앉아 상승 기류를 타고 날아오르는 새들을 바라보았다. "당신은 여기서 뭘 하나요? 칼리스타가 물었다. 다른 사람들과… 좀 다른 것 같은데요."

"칭찬으로 들을게요. 다들 날 보고 좋은 말로 하면 괴짜, 나쁜 말로 하면 위험한 반동분자라고 하죠. 난 감시단 선임 기능장이에요."

"감시단이요?"

"이름만 거창한 곳이죠. 전에는 달랐지만요."

"카마보르에도 날 위험한 반동분자로 여기는 사람들이 있어요. 사실 한두 명이 아니죠. 귀족 가문과 기사단 대부분이 날 수상쩍게 생각하니까요."

"공주라면서요? 다들 당신이 걷는 곳에 장미 꽃잎을 뿌리고 당신이 말할 때마다 장단을 맞춰야 하지 않나요?"

젠다카야의 눈이 짓궂게 빛났다. 칼리스타는 웃음을 터뜨렸다. "그렇진 않아요. 그 사람들은 어떤 문제를 바라보는 내 견해 때문에… 초조해하거든요."

"왜요?"

"내가 변화를 꾀하려고 해서요."

"아! 안 봐도 뻔하네요!" 젠다카야가 돌로 된 의자의 팔걸이를 철썩 치며 말했다. "듣고 보니 카마보르 정계나 헬리아 정계나 별반 다르지 않은 것 같아요. 아마 세상의 다른 곳도 다 마찬가지겠죠. 기득권을 가진 이들은 변화를 자신의 지위에 대한 위협으로 보니까요."

칼리스타가 고개를 끄덕였다. "정치 얘기는 여기까지 하죠. 무슨 연구를 하고 있는지 물어봐도 될까요?"

젠다카야는 음모를 꾸미듯 몸을 앞으로 숙이고 속삭였다. "난 무기를 만들어요."

칼리스타의 흥미를 끄는 말이었다. 그러나 더 알아보기도 전, 근처 탑에서 종소리가 울리자 신난 아이처럼 벌떡 일어난 젠다카야가 소리쳤다.

"가야겠어요! 이미 늦었네요!"

젠다카야는 도시의 중심지를 향해 달리기 시작했다. 서른 걸음쯤 달려간 젠다카야가 갑자기 멈추더니 칼리스타를 돌아보며 외쳤다. "내 작업물 볼래요?"

"네! 보고 싶어요!"

"내일 해 질 무렵 여기서 만나요. 그때쯤이면 제일 최근 만든 작품에 생긴 문제를 해결할 수 있을 테니까요!"

"그 전에 답을 받고 길을 떠날 수 있었으면 좋겠네요! 그때까지도 답을 못 받으면 여기로 올게요!"

로브를 입은 선임 학자 둘이 속닥거리며 못마땅한 듯 두 사람을 힐끔거렸다. 젠다카야가 버럭 화를 냈다. "거참 재수 없게 되게들 속닥거리네!" 사나운 젠다카야의 말에 학자들은 그야말로 도망치듯 자리를 떴다. 젠다카야는 여전히 카마보르어로 말하고 있었다. 칼리스타를 위해서 한 말 같았다. 짐작한 바가 맞았는지 젠다카야가 마지막으로 칼리스타를 보며 장난스럽게 씩 웃더니 넘어지지 않게 검은 로브의 밑단을 들고 달려갔다.

칼리스타는 멀어지는 젠다카야를 멍하니 지켜봤다.

그라엘은 어두워진 광장의 그림자 속에서 속을 끓이며 기다렸다. 자정을 넘긴 시각의 광장은 바람 한 점 없이 서늘했다. 그라엘은 지상에 있는 게 싫었다. 비좁은 지하 공간에서 오랜 세월을 보낸 탓인지 머리 위에 낮은 천장이 없으면 어색했다.

"어디 있는 거야?" 그라엘이 낮게 씩씩거렸다. 녀석이 배신한 건가? 풀어 주지 말았어야 했나?

"여기 있어." 바로 왼쪽에서 난 목소리에 그라엘은 깜짝 놀랐다.

으르렁거리며 몸을 돌린 그라엘이 순식간에 상대를 벽으로 밀어붙였다. 잠시 그대로 있던 그라엘은 상대가 라이즈임을 확인하고 밀치듯 놓아주었다. "늦었잖아." 그라엘이 딱딱하게 말했다.

"스승님이 자러 갈 때까지 기다려야 했어." 라이즈가 로브를 털며 그라엘을 쏘아봤다. "요즘 날 의심하는 눈치야."

그라엘의 눈이 그림자 사이를 빠르게 오가며 따라붙은 자가 없나 광장을 훑어봤다. 아무것도 없었다. "가지." 그라엘이 낮게 말했다.

그라엘은 한 마리의 거대한 짐승처럼 우뚝 서 있는 대도서관의 뒤쪽으로 라이즈를 이끌었다. 그야말로 왕궁 하나만큼 넓은 어마어마한 크기의 구조물이었지만 그것은 지상에서 보이는 모습에 불과했다. 대도서관의 진정한 규모는 문턱 감시대가 지키는 터널과 금고, 숨겨진 방, 동굴이 미로처럼 얽힌 지하에 가려져 있었다. 대도서관 건물 사이에 난 골목으로 내려간 두 사람은 굽은 계단의 좁은 층계를 내려가 감시대의 상징이 그려진 잠긴 문 앞에 도착했다. 잠금장치를 풀고 문을 연 그라엘이 라이즈를 들여보내고 지나온 문을 다시 잠갔다.

라이즈가 속삭였다. "그게 다 사실이라니 믿기지가 않아. 그 샘, 생명의 정수. 전부 다 말이야."

"수장들이 오랫동안 숨기고 진위를 호도해 온 진실이지. 이야기를 날조해서 근거 없는 소문과 신화, 그 이상도 이하도 아니게 만들었어."

"개자식들!"

"맞는 말이군. 이제 조용히 해. 곧 입구가 나오니까."

그라엘은 연달아 이어지는 좁디좁은 골목과 계단을 따라 아래로 내려갔다. 감시대가 더 우월한 이들의 발아래에서 눈에 띄지 않고 돌아다닐 수 있도록 위쪽의 다리와 둑길에서는 보이지 않게 설계된 곳이었다. 마침내 두 사람은 육중한 빗장으로 잠긴 문 앞에 도착했다.

"얼굴 가려." 그라엘이 지시했다.

라이즈가 모자를 아래로 끌어 내리자 그라엘이 참나무 문을 주먹으로 두드렸다. 좁은 창이 옆으로 밀리며 열리더니 게슴츠레한 눈이 밖을 내다보았다.

"열어." 그라엘이 간수장 휘장을 들어 보이며 명령했다. 눈이 라이즈에게 옮겨 갔다. 그라엘은 말을 이었다. "신참이야. 빨리 열어. 현자님과 얘기해서 널 다른 곳으로 보내는 게 좋겠다고 권하기 전에."

안에서 투덜거리는 소리가 들리더니 빗장이 풀리고 삐걱거리며 문이 열렸다. 그라엘은 눈길 한 번 주지 않고 관리원들을 빠르게 지나쳤다. 라이즈는 고개를 숙인 채 부라부랴 그 뒤를 따랐다.

지하 미궁으로 이어지는 십여 개의 문 위에는 각기 다른 기하학 기호가 적힌 가로대가 있었다. 이곳은 감시대가 금고로 들어가기 전 거쳐야 하는 기착지 일곱 군데 중 하나였다. 이 기착지는 가장 작고 덜 쓰이는 곳이었다. 그라엘이 이곳을 선택한 것도 그 때문이었다.

테두리에 강철이 둘린 문 여러 개를 성큼성큼 지나친 그라엘은 자신이 원했던 문 앞에 걸음을 멈췄다. 그라엘은 관리원들의 시선을 느끼며 입술을 핥고는 두꺼운 쇠고리에서 열쇠를 뒤적거렸다. 손에서 땀이 났다. 한 열쇠에서 멈칫했지만 확신이 없어 계속 뒤적였다. 막심 간수장의 방에 감추어져 있었던, 막심이 가지고 있어서는 안 되었던 열쇠였다. 그라엘은 막심이 부패했다는 사실에 놀라지 않았다. 깊숙한 곳에 사슬로 묶여 있는 막심은 그라엘이 조금만 관심을 주자 자신의 더러운 비밀을 술술 불었다. 막심은 여전히 지하에 있었다. 그라엘은 만신창이가 된 막심을 알아볼 사람이 과연 몇이나 될까 생각했다. 막심은 앞으로도 그곳에 남아 계속해서 그라엘을 즐겁게 할 것이다.

라이즈가 속삭였다. "우리를 보고 있어. 설마 열쇠가 없는 건 아니겠지?"

"조용히 해."

"하나가 이쪽으로 오는 중이야."

그라엘은 고개를 들고 싶은 충동을 억눌렀다. 대신 처음에 멈칫했던 열쇠를 다시 찾아 잠금장치에 찔러 넣었다. 다행히 열쇠가 돌아갔다. 그라엘은 문을 열었다. 어둠 너머로 이어지는 좁은 계단이 보였다. 그라엘은 가까이 다가오는 관리원을 노려보며 근처 화로에서 유유히 불을 가져와 등불을 켜고는 어둠 속으로 앞장섰다. 지나온 문을 쾅 닫자 굉음이 울려 퍼졌다.

그라엘의 담당 구역에 있는 터널을 통해서도 목적지까지 갈 수 있었지만 구불구불한 길을 며칠은 가로질러야 했다. 가는 길에 십여 명의 감시대원과 간수장이 관할하는 구역의 복도도 통과해야 했다. 간수장의 권한이 크다고는 해도 다른 감시대원의 금고 구역을 돌아다니면 원치 않는 이목이 끌릴 수 있었다.

물론 영겁의 샘으로 가는 최단 경로는 광휘의 탑을 통하는 길이었지만 경비가 철저한 곳이라 후보에서 제외해야 했다. 그곳을 급습하려면 군대가 필요했다.

두 사람은 더 깊은 어둠 속으로 내려가고 또 내려갔다. 그라엘이 신중히 계획한 경로였다. 아직 감시대원 셋의 관할 구역을 지나야 했지만 누군가와 마주칠 가능성은 높지 않았다. 그라엘이 간수장의 특권을 이용해 이 구역의 순찰 시간을 확인하고 동선을 짰기 때문이다. 물론 예상치 못한 변수—감시대원들이 공식 순찰 경로를 벗어나는 경우는 심심찮게 일어났다—가 생길 가능성은 있었지만 이것이 그라엘이 할 수 있는 최선이었다. 만에 하나 감시대원과 마주친다면? 그라엘의 칼날은 언제든 나설 준비가 되어 있었다.

그라엘이 낮게 목을 울렸다. "잘 따라와라, 꼬마야. 앞으로 갈 길이 머니까."

라이즈는 헬리아 밑 어둠 속에서 시간의 흐름을 가늠할 수 없었지만 며칠은 걸은 듯한 기분이었다.

방향 감각을 완전히 잃은 라이즈는 저 정신 나간 자가 자신을 버리기라도 한다면 밖으로 나가는 길을 찾지 못할 것이라는 사실을 너무나도 잘 알았다. 이 아래에 갇힌 채 어둠을 헤매며 갈증과 허기에 시달리다 죽거나 미로 같은 터널에 뚫린, 말도 안 되게 깊은 수직 통로의 끝에서 발을 헛디뎌 죽을 게 분명했다. 구멍 아래 아득한 곳에서 파도 부딪치는 소리가 들려오는 것 같았다.

라이즈는 불안했다. 원래 고분고분한 편은 아니었지만 이건 지금까지 벌인 일과 차원이 달랐다. 이 그라엘 간수장이라는 작자가 무슨 일을 꾸미고 있는지 타이러스에게 알려야 했을까? 그라엘과 거래한 이후 수십 번은 했던 생각이었지만 그렇게 한다면 자신이 추방되는 것은 당연한 수순이었다. 그라엘을 배신한 후 결사에서 쫓겨나지 않는다고 해도 타이러스는 규칙에 아주 엄격한 사람이었다.

게다가 라이즈는 그라엘과 같은 분노를 느꼈다. 수장들은 왜 이런 엄청난 걸 결사의 다른 이들에게 숨기는 것일까? 왜 수장들만 그 혜택을 누려야 하는 것일까? 라이즈는 이렇게 결사를 거스르는 행동이 대의를 위한 것이라 생각하려고 애썼지만 사실 자신이 그라엘과 함께 움직이는 이유는 그저 그라엘이 약속한 책을 손에 넣기 위해서임을 잘 알고 있었다.

'이건 스승님 때문이야.' 타이러스가 약속대로 라이즈가 힘에 숙달하게 도와줬다면 그 지식을 다른 곳에서 찾을 생각은 절대 하지 않았을 것이다.

난데없이 그라엘의 등불이 꺼졌다. 완전한 어둠에 바로 눈앞에서 흔드는 손가락도 보이지 않을 지경이었다. 불쑥 밀려온 공포가 라이즈를 덮쳤다. 라이즈는 주변을 마구 더듬거리다가 앞에서 걸음을 멈춘 그라엘과 부딪혔다.

"가만히 있어!" 그라엘이 속삭이듯 말했다.

라이즈는 최대한 숨을 죽이며 어둠 속에 웅크렸다. 두 사람은 한참을 그렇게 가만히 있었다. 라이즈가 뭔가 말하려는 순간 멀리서 어떤 소리가 들려왔다. 나무로 돌을 치듯 규칙적으로 울리는 소리였다. 계속되며 서서히 커지던 소리에 이내 다른 소리가 섞여 들었다. 같은 리듬이었다. '발소리야.'

그라엘의 차가운 손이 라이즈를 통로 한쪽으로 밀었다. 손으로 여기저기 더듬은 라이즈는 살짝 우묵하게 들어간 공간을 발견하고 그 안으로 몸을 숨겼다. 발밑에서 자갈이 밟히는 소리에 라이즈의 몸이 움찔했다. 그라엘은 아무런 소리도 내지 않고 유령처럼 조용히 움직였다. 소름 끼치는 움직임이었다.

몇 분이 지나자 라이즈는 앞에서 우묵한 공간의 벽에 몸을 바싹 붙이고 있는 그라엘의 윤곽이 보인다는 사실을 서서히 깨달았다. 그게 무슨 뜻인지 깨달은 라이즈의 심장이 더 빠르게 뛰기 시작했다. 근처에 빛이 있는 것이었다. 뭔가를 치는 소리와 발소리는 점점 더 커졌다. 고작 몇 미터 떨어진 곳에 세 길이 엇갈린 교차로가 있었다. 지금 다가오는 자는 그곳으로 오고 있었다.

빛이 더 밝아지고 딱딱 치는 소리와 발소리가 극도로 커졌다. 누군가 교차로에 도착해 걸음을 멈추었다. 그자의 등불이 각 복도를 비추었다. 라이즈는 감히 숨을 쉴 생각도 하지 못하고 벽에 최대한 바싹 달라붙었다. 심장이 어찌나 쿵쾅거리는지 새로운 인물에게도 그 소리가 들리지 않을까 싶을 정도였다. 저 감시대원이 복도를 조금만 더 내려온다면 두 사람은 즉시 발각될 것이다.

같은 결론에 도달한 듯한 그라엘이 낫을 꺼내 보이자 라이즈의 눈이 휘둥그레졌다. 라이즈는 손을 휘젓고 고개를 가로저으며 '안 돼!'라는 입 모양을 했다. 사람을 죽이고도 남을 듯한 차갑고 생기 없는 눈이 라이즈를 휙 보더니 다시 교차로로 향했다.

결사 사람을 죽이는 것은 라이즈가 동의한 일이 아니었다. 라이즈는 차라리 뛰쳐나가 소리 질러 경고하고 순순히 처벌을 받기로 결심했다. 그때 다시 나무로 돌을 치는 소리가 났다. 우묵한 공간에서 아주 살짝 몸을 내민 라이즈의 눈에 두건을 뒤집어쓰고 멀어져 가는 감시대원이 보였다. 다른 통로를 선택한 모양이었다. 탁탁 치는 소리는 위에 등불이 달린 기다란 지팡이에서 나는 소리였다. 남자는 지팡이에 몸을 기대고 있었다.

두 사람은 어둠이 그라엘의 윤곽을 완전히 삼킬 때까지 움직이지 않고 조용히 자리를 지켰다. 그러고 나서도 미동 없이 서 있었다. 감시대원이 등불 지팡이를 짚는 소리가 저 멀리 사라졌다. 그제야 숫돌로 불꽃을 일으켜 다시 등불을 켠 그라엘이 낫을 로브 속으로 감추었다.

"당신, 저 남자를 죽이려고 했어." 라이즈가 낮게 씩씩거렸다.

그라엘이 정정했다. "아니, 우리가 죽이려고 한 거지. 너랑 나는 같은 배를 탔으니까."

그라엘의 대답에 라이즈는 등골이 오싹해졌다. 그라엘이 위험하고 극도로 불안정하다는 것은 알았지만 이때까지 자신이 그라엘의 공범이며 이 아래에서 일어나는 일에 책임이 있다는 것을 진지하게 생각해 본 적은 없었다. 전부 무르고 싶은, 이 헛고생을 포기하고 싶은 충동이 일었다. 하지만 라이즈는 살기로 번뜩이는 그라엘의 눈을 똑똑히 봤다. 그라엘은 그 감시대원이 두 사람 쪽으로 오길 원했다. 그라엘이 원하는 것을 주지 않고 이 상황에서 벗어날 방법은 없었다.

물론 책 문제도 있었다. 그 책은 라이즈의 힘을 해방하는 열쇠였다. 반드시 손에 넣어야 했다.

그렇게 라이즈는 불안을 억누르고 그라엘 간수장을 따라 더 깊숙한 미궁으로 들어갔다.

제 18 장

“여기야.” 그라엘이 걸음을 멈추며 말했다.

두 사람은 중앙에 얕은 수로가 나 있다는 점을 빼면 다른 복도와 다를 게 없는 복도의 중간에 서 있었다. 수로에는 약간의 물이 쫄쫄 흐르고 있었다. 아래층에는 이런 배수로가 드물지 않게 있었다. 그라엘은 이보다 더 깊이 내려가 본 적이 없었다.

“저게… 저게 그 신성한 정수야?”

라이즈의 바보 같은 질문에 그라엘은 웃음을 터뜨렸다. “궁금하면 마셔 보든가.” 그라엘이 비웃었다.

라이즈는 그라엘의 조롱을 무시하고 주변을 둘러봤다. 미심쩍은 눈치였다. “정말 여기 맞아?”

그라엘의 눈초리가 매서워졌다. “그래, 확실해.”

“알았어, 알았다고.” 라이즈가 작게 중얼거렸다.

“들고 있어.” 그라엘은 라이즈에게 등불을 건넸다. 그리고 정확히 자른 돌 수천 개가 맞물린 벽을 돌아보더니 표면을 만지며 살펴봤다. 손바닥과 손끝이 먼지와 더께로 금방 까맣게 됐지만 개의치 않았다. 한참이 지난 후 뒤로 물러선 그라엘이 미간을 찌푸렸다. "여기 있어." 그라엘은 등불을 낚아채고 혼잣말을 중얼거리며 마지막 교차로로 돌아갔다.

교차로에 멈춰 선 그라엘이 몸을 돌리더니 발을 옮기며 걸음을 세기 시작했다. 이번에는 보통 걸음보다 짧은 보폭으로 걸으려고 신경 썼다. 숫자가 144에 다다르자—결사가 전통적으로 마법의 힘이 깃들었다고 여기는 숫자였다—걸음을 멈춘 그라엘이 다시 벽을 돌아봤다. 그라엘은 스무 걸음 정도 떨어진 곳에 있는 라이즈를 조급히 불렀다.

이번에는 찾던 것을 발견했다. "보폭이 짧군."

"뭐?"

"설계자는 키가 작았어." 그라엘이 씩 웃으며 설명했다.

벽에 뺨을 댄 그라엘이 한쪽 눈을 감고 벽을 수평으로 바라보았다. 돌 하나가 다른 돌보다 아주 미세하게 튀어나와 있었다. 그라엘이 찾고 있는 것을 정확히 알지 못했다면 알아차리기 불가능했을 만큼 극미한 차이였다. 조심스레 돌을 누르자 돌이 살짝 들어갔다. 기계가 딸깍하는 소리가 나더니 규칙적으로 째깍거리는 소리가 들려왔다. 째깍 소리는 빠르게 속도를 높여 갔다.

"소리가 왜 이래." 라이즈가 말했다.

그라엘이 차분히 말했다. "두 번째 스위치가 있어. 정해진 시간 안에 작동하지 않으면 광휘의 탑에 있는 경보가 울리고 곧 이 터널에 관리원들이 밀려들 거야."

눈이 휘둥그레진 라이즈가 주변을 미친 듯이 둘러보기 시작했다. "여기서 걸리면 안 돼! 다른 스위치는 어디 있는데?"

"진정해." 째깍거리는 소리는 어느새 맹렬한 스타카토가 되어 있었다. 그라엘은 서두르지 않고 복도를 따라 일곱 걸음 뒤로 가더니 반대쪽 벽을 돌아봤다. 돌을 세던 그라엘이 마침내 찾던 것을 발견했다. '정말 기발하군.' 그라엘은 별다른 특징이 없는 돌을 살펴보며 생각했다. 위치를 알고 있었기에 망정이지 그렇지 않았다면 절대 못 찾았을 것이다. 이제 째깍거리는 소리는 거의 끊기지 않고 윙윙거렸다.

"당신, 장치가 어디 있는지 모르지? 여기서 나가야 해!" 라이즈가 날카롭게 속삭였다.

그라엘이 라이즈에게 눈길을 주더니 돌을 눌렀다. 돌이 안으로 들어가며 째깍거리는 소리가 멎었다. 둔탁하게 갈리는 소리와 함께 지면에 붙은 벽에서 작은 판이 열렸다. "넌 감정을 통제하는 법을 배워야 해." 그라엘이 말했다.

라이즈가 중얼거렸다. "말하는 게 꼭 스승님 같네. 스위치가 어디 있는지 어떻게 알았어?"

"조사의 힘을 얕보지 마라, 꼬마야."

"이번에는 진짜 스승님 같은데."

라이즈를 무시하며 무릎을 꿇고 앉은 그라엘이 끙 소리를 내며 판을 밀었다. 판은 안쪽으로 밀리더니 반쯤 열린 채 멈추었다. 더러운 바닥에 몸을 붙인 그라엘은 손을 넣어 판을 위로 밀어젖혔다. 라이즈는 금속이 긁히는 소리가 날 때마다 움찔거렸다. 마침내 판이 완전히 열리자 어두운 직사각형 구멍이 드러났다. 사람 하나가 간신히 비집고 들어갈 만한 크기였다.

라이즈가 구멍을 미심쩍게 쳐다봤다. "우리가 여기로 들어간다고?"

"네가 들어가는 거지." 그라엘이 잔혹한 미소를 지으며 정정했다.

"당신은 안 가?"

"내 몸이 여기 들어갈 것 같아?"

라이즈는 얼굴을 찌푸렸다. "내 몸도 안 들어갈 것 같은데."

"들어갈 거야."

"관리원들은 이 입구를 모르는 게 확실해?"

"이건 침수가 발생했을 때 물을 빼내려고 만든 수문인데 백 년 넘게 쓰이지 않았어."

"반대쪽에서 지키고 있을 수도 있잖아."

"그렇지. 그러니까 더더욱 내가 아니라 네가 들어가야 하는 거야."

"글쎄. 안에 장애물이나 막힌 곳이 있으면 어떡해?"

"알아볼 방법은 하나뿐이지. 저기 들어가는 게 네 소중한 책을 얻을 유일한 방법이야."

라이즈는 벽에 난 구멍을 바라보았다. 구멍은 손발로 기어갈 만큼 크지 않았다. 라이즈는 배를 깔고 꿈틀거리며 앞으로 나아가야 했다.

라이즈가 욕설을 내뱉더니 어깨를 움츠려 가슴에 비스듬히 메고 있던 두꺼운 가죽 벨트를 벗었다. 두건이 달린 겉옷까지 벗자 상반신이 훤히 드러났다. 라이즈는 빈 가죽 부대와 함께 허리께에 묶어 둔 가죽 가방의 내용물을 확인하고 장화 옆쪽에 작은 칼날을 밀어 넣었다. 그리고 볼록한 렌즈가 달린 작은 각등을 집어 든 후 비좁고 어두운 통로 앞에 무릎을 꿇었다.

"하나만 더." 그라엘이 로브 안에서 부드러운 가죽 두루마리를 꺼내 내밀었다. "이게 필요할 거야."

라이즈가 가죽을 펼치자 쐐기석이 드러났다. "도대체 이걸 어떻게 구한 거야?"

"중요한 건 그걸 어떻게 구했는지가 아니야. 그걸로 뭘 할 수 있는지가 중요하지."

어깨를 으쓱한 라이즈는 쐐기석을 돌려놓고 가죽을 원래대로 만 뒤 가방에 집어넣었다.

그라엘이 말을 이었다. "상층부는 경비가 가장 삼엄한 곳이지. 이리로 가면 관리원과 감시대원을 대부분 피해서 연결의 방 바로 밑으로 나오게 될 거야. 영겁의 샘으로 들어가는 입구는 보면 알아. 잠금장치가 두 개 있을 텐데 하나는 그 쐐기석으로 열 수 있어. 다른 하나는 네가 직접 열어야 해."

라이즈가 고개를 끄덕였다. "여기서 기다려. 사라지지 말고."

"기다리지. 하지만 만에 하나 잡힌다면 그땐 알아서 해야 할 거야."

"언제는 같은 배를 탔다더니." 라이즈가 중얼거리며 구멍으로 몸을 낮췄다. 라이즈는 다시 욕을 하며 머리를 훽 수그렸다. 배를 바닥에 깔고 팔꿈치를 움직여 어둠 속으로 슬금슬금 나아가자 양쪽 어깨가 옆면을 긁었다. 라이즈는 부스럭거리고 다리를 차면서 투덜투덜 더 깊숙이 들어갔다. 마치 어둠이 라이즈를 통째로 삼키는 것 같았다.

"빠르게, 조용히 움직여." 터널에 대고 속삭인 그라엘이 안으로 손을 뻗어 수문 개구부를 잡았다.

"안 돼, 닫지 마!" 개구부가 힘겨운 소리를 내며 닫히기 시작하자 라이즈가 날카롭게 속삭였지만 그라엘은 신경 쓰지 않았다. 마지막으로 딸깍거리는 소리가 나며 돌아가는 길이 막혔다. 라이즈는 앞으로 나아가는 수밖에 없었다.

뒤에서 수문 개구부가 막히는 소리가 들리자 완전한 어둠에 남겨진 라이즈는 극심한 공포를 느꼈다. 숨이 가빠졌다. 몸은 꽉 끼어 앞으로도 뒤로도 움직일 수 없었다. 그렇다고 뒤로 돌아갈 수 있는 것도 아니었다.

몸을 꿈틀거리며 앞으로 나아가 보려고 했지만 헛수고였다. 몸이 꿈쩍도 하지 않았다. 라이즈는 옴짝달싹 못 하고 폐소 공포증을 유발하는 이 터널에 갇혀 죽을 운명이었다. 아무것도 보이지 않았고 출구가 10미터 앞에 있을지 1,000미터 앞에 있을지도 알 수 없었다. 소리를 질러 그라엘에게 문을 열고 꺼내 달라 빌고 싶은 마음이 굴뚝 같았지만 그래 봤자 소용없을 것이 뻔했다. 저 망할 둔탁 감시대원은 도와주지 않을 것이다. 소리를 지른다면 아주 날카로운 날이 라이즈를 기다릴 가능성이 높았다.

그때 타이러스의 목소리가 떠올랐다. 마법의 힘이 폭주해 하마터면 죽을 뻔한 라이즈를 타이러스가 말로써 진정시키던 때의 기억이었다.

"손 밑에서 모래가 느껴진다." 라이즈는 다시 밀려드는 공포를 느끼며 낮게 속삭였다. "손 밑에서 모래가 느껴진다."

라이즈가 자신의 마법 능력을 써 보려고 시도했던—그리고 죽음의 문턱까지 갔던—초기의 일이었다. 타이러스가 자는 동안 라이즈는 약간의 마법 힘을—실험할 만큼은 되지만 정말 위험하진 않을 정도로—자신에게 끌어오려고 시도했다. 하지만 힘의 원천은 빠른 속도로 라이즈의 통제를 벗어났다. 원초적 마법의 힘이 폭주하며 라이즈의 온몸으로 퍼져 나갔다. 속에서부터 타오르며 힘이 폭주한 라이즈의 몸은 공중에 붕 떠올랐다. 라이즈의 피부 안에서는 뜨거운 보랏빛 룬이 활활 타올랐다. 라이즈는 그만한 힘을 분산하거나 밖으로 내보내는 룬 형태를 알지 못했다. 타이러스가 깨어나 도우러 오지 않았다면 그 힘에 완전히 휩싸여 다 타 버린 껍데기만 남았을 것이다. 고통을 뚫고 들려온 스승의 목소리는 마치 아픔을 가라앉히는 연고 같았다.

"넌 책상다리를 하고 모래 위에 앉아 있다. 아래는 따뜻하다. 편안하다. 부드럽다. 손 밑에서 모래 알갱이가 느껴진다. 해가 떨어지며 땅거미에 자리를 내주고 있지만 아직 피부를 어루만지는 해의 손길이 느껴진다. 바람을 타고 온 새소리가 들리며 사막 꽃의 은은한 향이 난다. 또 무엇이 느껴지느냐? 또 어떤 냄새와 소리가 나고 무엇이 보이느냐?"

"손 밑에서 모래 알갱이가 느껴진다. 모닥불 위 냄비에서 끓이는 쇠비름 차의 향이 난다." 라이즈가 속삭이듯 말했다. "탁탁 타오르는 잔가지 소리가 들린다. 물과 섞인 기름이 선회하듯 주홍빛에서 보랏빛, 남빛으로 변하는 하늘로 날아오르는 불씨가 보인다. 최초의 별이 보인다. 손 밑에서 모래 알갱이가 느껴진다."

그 간단한 생각은 한때 파멸의 문턱까지 간 라이즈를 끌어냈듯 이번에도 효과가 있었다. 라이즈의 호흡이 느려지고 심장 박동이 안정을 되찾았다. 라이즈는 진정했다.

라이즈는 꿈틀거리며 앞으로 나아가기 시작했다.

긴 수문 터널은 넓어질 기미가 보이지 않았지만 다행히 잔해나 장애물로 막혀 있지 않았다. 라이즈는 앞쪽에서 빛을 확인하고 속도를 늦춰 가능한 한 조용히 움직였다. 꿈지럭거리며 나아가던 라이즈는 출구가 창살로 막힌 것을 보고 경악했다.

"안 돼, 안 돼, 안 돼." 라이즈가 낮게 말했다. 라이즈는 누가 듣든 말든 신경 쓰지 않고 빠르게 앞으로 기어갔다. 터널 끝에 다다른 라이즈는 출구를 막고 있는 돌로 된 창살을 손으로 감쌌다.

밖을 내다보자 널찍한 원형 방이 보였다. 바닥에는 신비로운 기하학무늬가 이리저리 엇갈려 있었다. 벽을 이루는 대리석 판에는 기호 같은 것이 잔뜩 새겨져 있었다. 방 한가운데로 내려오는 커다란 나선 계단도 보였다. 위층에서 차갑고 인위적인 빛이 쏟아져 내려왔다. 방에서 나가는 곳은 한 군데 더 있었다. 더 많은 기호와 상징으로 도배가 된 금문으로 막혀 있는 거대한 아치형 입구였다.

라이즈가 돌로 된 창살을 박살내 빼려는 순간 소리가 나며 금문 한쪽이 열렸다. 목소리를 낮추고 말하는 소리가 들리더니 로브를 입은 수장 둘이 양쪽에 흰 갑옷을 입은 관리원을 대동하고 나타났다. 넷 모두 두건을 써서 얼굴이 보이지 않았다. 라이즈는 안간힘을 썼으나 그들이 하는 말을 들을 수 없었다. 그들의 뒤에서 문이 딸깍 소리를 내며 닫혔다. 톱니바퀴와 레버가 작동하는 기계 소리가 나며 문 가로대 주변의 룬 방어 장치가 푸른빛으로 약동했다.

계속해서 낮은 목소리로 이야기하며 관리원과 함께 나선 계단을 올라간 수장들은 곧 라이즈의 시야에서 사라졌다. 잠시 후 돌계단이 접히고 틀어지며 위로 들어가기 시작했다. 천장의 기하학적 구조에 딱 맞는 계단은 마치 부채꼴로 쫙 펼쳐진 카드가 다시 하나로 모이듯 깔끔하게 제자리로 들어갔다.

완전한 어둠과 고요가 찾아왔다. 라이즈는 몇 분 더 그대로 있다가 창살을 만져서 살폈다. 돌로 된 창살은 단단했다. 라이즈는 손가락으로 창살을 더듬거리며 얇게 벗겨지는 회반죽을 확인했다. 왼쪽 장화에서 간신히 칼날을 꺼낸 라이즈는 창살 가장자리를 깎기 시작했다. 느리고 불편한 작업이었다. 라이즈의 눈과 입에 상당한 양의 회반죽이 들어갔다.

준비가 끝나자 한 손으로 창살을 잡은 라이즈는 손바닥의 두툼한 부분으로 모서리를 치기 위해 자세를 잡았다. 공간이 좁아 힘을 제대로 싣기 어려웠지만 최대한 세게 치자 창살이 들썩거리는 게 느껴졌다. 자신감을 얻은 라이즈가 계속해서 힘을 가하자 마침내 창살이 빠졌다. 창살을 조심스레 바닥에 내려놓은 라이즈는 허리를 펴고 목을 돌리며 밖으로 빠져나왔다. 그런 다음 부싯돌을 한 번 쳐서 등불을 켰다. 등불은 가느다란 빛줄기만 나오게 살짝 가려 두었다.

라이즈는 창살을 다시 원래 자리에 끼우고 거대한 아치형 입구를 향해 조용히 방을 가로질렀다. 문에는 눈에 띄는 손잡이나 열쇠 구멍이 없었다. 열심히 살펴봤지만 문 사이의 틈조차 찾을 수 없을 정도로 뛰어나고 정교한 구조로 된 문이었다. 문에는 기하학무늬가 빼곡했다. 교차된 선과 모양을 따라 안쪽으로 이끌린 시선에 무엇인가 들어왔다. 불길에 둘러싸인 채 응시하는 눈 모양의 기호였다. 그 기호를 보자 뒤통수가 찌르르했다. 수중에 있는 쐐기석을 처음 봤을 때 든 느낌과 비슷한 감각이었다. 라이즈는 그 기호에 이끌렸다. 마치 기호가 라이즈를 거침없이 끌어당기는 것 같았다.

라이즈는 타오르는 눈 위에 손바닥을 얹었다. 갑작스러운 파동이 몸을 뒤흔들며 숨이 턱 막히는 느낌에 재빨리 손을 거두었다. 딸깍거리는 기계 소리가 연달아 들리더니 곧 금문 양쪽에 각각 하나씩 삼각형 구멍 두 개가 나타났다. 구멍은 그라엘이 준 쐐기석과 같은 크기였다. 안쪽 표면에는 선들이 새겨져 있었다. 끌어당기는 듯한 느낌은 점점 강해져 라이즈를 삼각 구멍으로 이끌고 있었다.

라이즈는 잽싸게 가방에 있는 쐐기석을 꺼내 열쇠 구멍 앞에 들어 올렸다. 쐐기석은 자철석이 철에 끌리듯 왼쪽 구멍으로 이끌렸다. "그래, 그래." 나직이 말한 라이즈가 쐐기석을 구멍에 밀어 넣었다. 딱 맞았다. 쐐기석이 끼워지자 푸른 기운이 박동하며 쐐기석을 환하게 밝혔다.

문은 당연히 열리지 않았다. 그라엘은 열쇠가 두 개 필요하다고 했다.

라이즈는 다시 한번 무엇인가 끌어당기는 것 같은 이상한 감각을 느꼈다. 오른손이 멋대로 두 번째 열쇠 구멍으로 향했다. 거리가 가까워지자 라이즈의 피부 안에서 보랏빛 룬이 확 타오르며 손과 팔뚝을 따라 파문처럼 번졌다. 깜짝 놀란 라이즈가 손을 빼자 룬은 희미해졌다.

조심스레 손을 다시 구멍에 가져다 대자 피부 안에서 다시 룬이 살아났다. 이번에 라이즈는 손을 빼지 않았다. 눈을 감고 룬 잠금장치의 무늬를 느끼며 열쇠 구멍 위에서 손을 움직이기 시작했다. 이전에 봤던 그 어떤 것과도 비교되지 않을 만큼 압도적으로 복잡한 룬이라는 것을 금세 깨달았다. 십여 개의 잠금장치가 각각 하나로 겹친 것 같았다.

라이즈는 골치 아픈 듯 목을 울리며—그 소리에는 적지 않은 경탄이 섞여 있었다—다시 한번 잠금장치에서 손을 물렸다. 이 장치를 해제할 방법은 없었다. 적어도 예전과 같은 방법을 써서는 안 됐다. 라이즈는 입술을 깨물며 선택지를 따져 보았다. 다시 열쇠 구멍이 라이즈를 끌어당기는 게 느껴졌다. "별일 있겠어?" 중얼거린 라이즈는 열쇠 구멍에 손을 완전히 집어넣었다.

처음에는 아무 일도 일어나지 않았다. 라이즈는 고개를 저었다. '대체 뭘 기대한 거야?' 순간 뭔가 라이즈의 손목을 꽉 붙들더니 어떤 힘이 팔을 구멍 깊숙이 끌어당겼다. 라이즈는 엄청난 고통이 치밀어 오르는 것을 느끼며 문에 쾅 부딪혔다. 폐에서 공기가 빠져나가지 않았다면 소리를 질렀을 것이다.

극심한 고통이었다. 시뻘건 석탄으로 가득한 화로에 팔 전체를 쑤셔 넣은 느낌이었다. 라이즈는 한쪽 무릎을 꿇으며 쓰러졌지만 문에 팔이 붙들려 도망칠 수 없었다. 어깨 위로 보랏빛 룬이 밝게 빛났고 몸속의 힘이 자유를 갈구하는 성난 짐승처럼 날뛰었다. 보이는 모든 것이 보랏빛으로 물들었다. 라이즈의 눈과 코, 입에서 마법의 증기가 새어 나왔다. 라이즈가 딱 한 번 경험했던 감각이었다.

"손 밑에서 모래 알갱이가 느껴진다. 손 밑에서 모래 알갱이가 느껴진다." 라이즈는 눈을 꽉 감고 천둥처럼 솟구치는 마법이 자신을 파괴하지 않게 진정시키려고 애썼다. 팔은 여전히 고통스러웠다. 몸에서 땀이 뚝뚝 떨어졌다. "손 밑에서 모래 알갱이가 느껴진다!"

간신히 숨을 헐떡일 만큼 고통이 줄어들었다. 안에서 폭주하던 마법도 아주 약간 잠잠해졌다. 열쇠 구멍 안에서 누군가 자신을 해제해 주기만 기다리는 무늬가 느껴졌다. 다른 룬 잠금장치를 해제할 때 느꼈던 것과 비슷한 감각이었지만 이번에는 훨씬 더 강렬했다. 여전히 눈을 꽉 감은 라이즈는 서로 이리저리 얽힌 룬의 무늬를 머릿속에 그렸다. 라이즈가 집중하자 무늬는 이동하고 회전하며 라이즈를 피해 슬그머니 달아났지만, 라이즈는 끈질기게 뒤쫓았다. 룬 배열은 황급히 아주 선명하게 모습을 드러내더니 푸른빛으로 박동했다.

자물쇠를 따는 것과 크게 다르지 않았다. 눌러야 할 핀을 찾아서 눌러 놓은 후 다음 핀을 처리하면 됐다.

라이즈는 자유로운 손으로 공중에 첫 번째 룬을 띄운 후 해제하고 다음 룬으로 이동했다. 한 번에 하나씩 차례로 룬을 풀어 나가자 마침내 모든 룬이 해제됐다. 영묘한 빛이 마지막으로 박동하며 라이즈의 팔이 풀렸다.

라이즈는 팔을 빼냈다. 뼛속까지 새까맣게 탔으리라 생각했던 팔은 멀쩡했다. 피부밑에서 룬이 빛나고 있었다. 라이즈가 마음속으로 그렸던 것과 같은 기호였다. 룬은 곧장 희미해지기 시작했다. 라이즈는 상처 하나 없는 손이 여전히 신기한 듯 이리저리 움직였다. 고통 역시 살짝 뻣뻣해진 손가락 감각만을 흔적으로 남기고 사라졌다.

기계가 돌아가며 딸깍거리는 소리가 나더니 문이 활짝 열렸다. 안은 하얀 안개로 뿌옜다. 라이즈는 쐐기석을 회수하며 조심스레 방 안으로 들어갔다.

"영겁의 샘이야." 라이즈가 속삭였다.

샘보다는 거대하고 호화로운 목욕탕에 가까워 보였다. 방은 라이즈의 등불이 닿지 않는 곳까지 넓게 펼쳐져 있었고 대부분 짙은 안개로 시야가 흐릿했지만 보이는 곳마다 하얀 대리석과 금, 신비로운 기호가 있었다. 정교하게 깎은 기둥이 안개 속으로 솟아올랐고 방 가장자리를 둘러싼 계단은 물이 고여 있는 아래로 완만하게 이어졌다. 물은 더할 나위 없이 깨끗하고 잠잠했다. 유리 같은 수면에 비친 등불만이 물의 존재를 알려 주는 유일한 것이었다.

라이즈는 감히 숨을 쉴 생각도 못 하고 샘의 가장자리로 갔다. 물과 가장 가까운 계단에 무릎을 꿇자 하얀 안개가 영묘한 덩굴처럼 라이즈를 휘감는 게 느껴졌다. 언제 누가 들이닥칠지 몰랐다. 라이즈는 허리께에 매단 가죽 부대를 끌러 마개를 뽑았다. 그리고 잠시 멈칫했다.

이 신성한 샘에서 물을 가져가려니 절대 해서는 안 되는 일을 범하는 것처럼 느껴졌다. 하지만 달리 어떻게 하겠는가? 잔인하고 위험한 감시대원에게 빈손으로 돌아갈까? 관리원에게 자수할까? 마음을 단단히 먹은 라이즈가 수면 아래로 가죽 부대를 집어넣자 잔잔하던 샘에 잔물결이 일었다. 물은 시원했고 다른 물과 다를 게 없어 보였다. 생명을 준다는 마법에 관한 이야기가 과장된 게 아닌가 하는 의문이 들었다. 하지만 그렇다면 왜 샘을 세상에서 숨겼겠는가?

라이즈가 가득 찬 가죽 부대를 샘에서 들어 올렸다. 가죽 부대가 잘 보이게 든 라이즈는 가죽을 타고 흘러내리는 물을 바라보았다.

"안 될 것 있나?" 라이즈는 미소를 지으며 말하고는 가죽 부대를 입술로 가져갔다. 물을 양껏 마신 라이즈가 손등으로 입을 닦았다. 지금까지 마셔 본 물 중 가장 깨끗한 맛이 나는 물이었다. 그러나 그 이상의 효능이 있다면 바로 드러나지는 않는 모양이었다. 라이즈는 다시 물을 채우고 마개를 닫은 후 허리께에 가죽 부대를 묶었다.

떠나려고 일어선 라이즈는 그제야 샘 중앙에서 나오는 은은한 빛을 발견했다. 라이즈가 미간을 찌푸렸다. '왜 저걸 이제야 봤을까?' 라이즈는 이상한 빛을 더 자세히 보려고 가장자리를 돌아다녔지만, 거리가 살짝 먼 데다가 빛이 어느 정도 물에 잠겨 있어 제대로 보기 힘들었다. 하지만 광원의 존재는 느껴졌다. 빛은 물과 안개에 스며들었다. 라이즈가 숨 쉬는 공기에 스며들었다.

라이즈는 다시 물을 내려다보았다. 라이즈가 일으켰던 잔물결이 막 잔잔해지고 있었다. 샘이 다시 고요해지자 라이즈의 눈이 그 밑에 있는 무언가에 고정됐다. 그것은 눈이 부실 만큼 밝았다. 라이즈의 심장이 요동쳤다.

라이즈는 직감적으로 느꼈다. 마음속 깊은 곳이 들썩였다. 그것이 라이즈의 영혼에 속삭였다. 그것은 강력하고 오래된 것이었다. 인류가 등장하기 훨씬 전부터 존재해 왔던 것이다. 룬이었다. 문득 떠오른 생각이었지만 라이즈는 그게 사실임을 절대적으로 확신했다. 혼돈에서 질서를 일으킨 태고의 힘을 지닌 룬이 물질적 형상으로 화한 것이었다.

경탄에 빠져 있던 그때, 라이즈는 누군가의 따끔거리는 시선을 느꼈다. 라이즈가 고개를 돌렸다.

고작 몇 미터 떨어진 샘 가장자리에 그림자 같은 형상이 가만히 서 있었다. 처음에는 얼굴을 검은 천으로 가려 이목구비를 숨긴 줄 알았다. 그러다 그것에 이목구비가 없다는 사실을 깨달았다. 그것의 얼굴은 다른 부분과 마찬가지로 그림자처럼 텅 비어 있었지만, 라이즈는 그것이 자신을 봤다고 확신했다. 피부를 오싹하게 하는 그것의 시선이 느껴졌다. 공포에 질려 가던 라이즈는 그것의 몸이 투명하다는 것을 깨달았다. 그것은 육체를 가진 존재가 아니었다.

그것은 유령이었다. 망령이었다. 과거의 메아리였다.

그것이 라이즈를 가리켰다. 그 움직임에 안개가 흩어졌다. 그것의 팔 주변에서 으스스한 녹청색 빛이 깜빡거렸다. 그것이 한 발짝 다가오자 그 끔찍하고 불길한 빛에 그것의 형상이 더 명확해졌다.

라이즈는 공포에 찬 비명을 질렀다. 그리고 몸을 돌려 달아났다. 라이즈는 방에 서 있는 어두운 형체가 더 있었다는 것을 깨달았다. 하나같이 그림자를 뒤집어쓴 듯한 형체들은 안개가 없는 곳에서 그 형상이 더 뚜렷하게 보였는데, 모두 라이즈를 향해 돌아서서 텅 빈 얼굴로 바라보고 있었다.

쿵쾅거리는 심장을 느끼며 방에서 뛰쳐나간 라이즈는 구태여 커다란 금문을 닫지 않고 곧장 수문 터널로 내달렸다. 뒤를 돌아보자 그림자 망령이 문에서 나오는 게 보였다. 속에서 타오르는 불길한 청록색 빛으로 깜빡거리는 텅 빈 얼굴이 라이즈를 홱 돌아봤다.

욕을 내뱉으며 등불을 떨어뜨린 라이즈는 소리를 지르며 돌로 된 창살을 옆으로 던진 후 터널 속으로 몸을 던졌다. 서두르다가 살갗이 긁히고 멍이 들었지만 신경 쓰지 않았다. 라이즈는 거친 숨과 함께 미친 듯이 꿈틀거리며 팔꿈치를 움직여 앞으로 나아갔다.

라이즈는 슬쩍 어깨 너머를 돌아봤다. 라이즈가 버린 등불에 밝아진 텅 빈 방만 보일 뿐이었다.

그때 얼굴 없는 그림자가 몸을 숙여 터널을 들여다봤다.

라이즈는 시선을 앞으로 홱 돌리며 최대한 빨리 기었다. 그 시간은 아주 길게 느껴졌다. 금방이라도 망령의 얼음장 같은 손이 발목을 감쌀 것 같은 느낌이 드는 순간 드디어 라이즈의 머리가 수문 개구부에 부딪혔다. 라이즈는 개구부를 주먹으로 쾅쾅 쳤다. "열어! 당장 열어!"

개구부가 힘겨운 소리를 내며 열리자 라이즈는 서둘러 빠져나왔다. 그라엘이 사냥감을 잡은 고양이처럼 히죽거리고 있었다. "찾았나? 가져왔어?"

라이즈는 그라엘의 질문을 무시하고 버럭 소리를 질렀다. "닫아, 빨리!" 그라엘이 눈만 깜빡거리자 라이즈는 욕을 내뱉고 피투성이가 된 무릎을 꿇어 수문 개구부를 닫았다.

"대답해라, 꼬마야!" 그라엘이 라이즈를 잡고 확 일으켜 세웠다. "영겁의 샘은 찾았나?"

라이즈는 대답 대신 가죽 부대를 풀고 떨리는 손으로 그라엘 앞에 내밀었다. "가져가. 이걸로 끝이야."

제 19 장

일찍 눈을 뜬 칼리스타는 밀려오는 현실을 자각하고 한숨을 내쉬었다. 헬리아에서 보내는 또 다른 하루였다. 의회의 결정을 기다려야 하는 또 다른 하루였다. 이졸데 왕비의 생사가 갈릴 수 있는 또 다른 하루였다.

칼리스타는 자신의 임무가 촌각을 다투는 일이라는 걸 알면서도 수장들의 결정을 재촉할 수 없다는 게 싫었다. 피에 굶주린 국가라는 카마보르의 평판 때문에 수장들이 자신의 의도를 의심하는 것도 싫었다.

칼리스타는 해가 질 무렵 별난 기능장 젠다카야를 만나기로 했지만 그때까지 꼬박 하루가 남아 있었다. 저녁때까지 숙소에 앉아 있으면 마음만 졸이고 있을 게 뻔했기에 칼리스타는 갑옷을 걸치고 창을 챙겨 동트기 전의 어둠 속으로 나갔다.

왕족이었지만 군인이기도 한 칼리스타는 수년째 해가 뜨기 전에 일어났다. 아직 무방비하게 잠들어 있을 헬리아 학자들을 생각하니 우월감이 드는 것은 어쩔 수 없었다. 전반적으로 이곳 사람들은 너무 무른 느낌이었다. 이들에게 하얀 안개가 있었기에 망정이지 그러지 않았다면 오래전—아마도 칼리스타의 선조들에게—진작 습격을 받아 도륙당했을 것이다.

동이 트기 시작할 무렵 텅 빈 거리를 거닐던 칼리스타는 해가 완전히 뜨자 어느새 헬리아 외곽에 도착해 있었다. 무의식적인 결정이었지만 도시 안에서 더 시간을 보내고 싶은 생각은 없었다. 도시 안은 너무 답답하고 통제되어 있었다. 지금 칼리스타에게는 도시 너머의 신선한 공기와 나무, 산울타리, 초목이 무성한 탁 트인 들판이 필요했다.

칼리스타가 가장 처음 본 사람은 이상하게 생긴 양 떼를 모는 양치기였다. 길고 덥수룩한 하얀 털에 검은 얼굴과 다리를 가진 양들은 아래턱에서 뿔이 튀어나와 있었다. 꽤 위협적으로 느껴지는 뿔이었지만 목에 달린 작은 종을 부드럽게 울리며 풀을 뜯는 양들은 유순해 보였다. 양치기가 손을 들어 인사하더니 날카로운 휘파람 소리를 내며 양 떼를 아래쪽 개울가로 몰았다. 양치기의 개들도 짖으며 양몰이를 도왔다.

하얀 돌로 깔끔하게 포장된 길에서 벗어난 칼리스타는 나무 디딤대를 밟고 자연석으로 만든 낮은 담을 넘어간 후, 주변을 제대로 둘러보기 위해 비탈에 난 진창길을 따라 올라갔다. 작은 언덕 꼭대기에 덩그러니 자리한 나무의 가지에 아이가 타는 그네가 매달려 있었다. 언덕 위는 경치가 좋았다. 남쪽에 아침노을을 받아 빛나는 헬리아가 웅장하게 서 있었다. 서쪽의 바다는 흔들리는 보석처럼 반짝반짝 빛났다. 북쪽과 동쪽에는 완만히 경사진 푸른 언덕과 초원, 곳곳에 자리한 작은 삼림 지대가 펼쳐져 있었다. 마을도 몇 군데 보였다. 굴뚝에서 가느다란 연기가 피어올랐다. 저 멀리 길게 늘어선 수송아지가 끄는 우마차가 구불구불한 길을 따라 천천히 나아가는 모습이 보였다. 푸른 비탈에 점점이 흩어진 작고 하얀 솜뭉치는 다른 양 떼가 풀을 뜯고 있는 곳을 보여 주었다.

가장 가까운 마을은 그늘진 작은 골짜기에 있었는데 그리 멀지 않았다. 건물이 스무 채 정도 있는 작은 마을이었다. 칼리스타는 마을 건물이 다 쓰러져 가는 오두막집이 아닌 것을 보고 놀랐다. 옅은 돌과 어두운 목재로 지은 건물들은 헬리아의 웅장한 구조물에서 보이는 기하학무늬와 특징을 많이 공유하고 있었다. 심지어 마을로 이어지는 작은 지붕 다리도 삼각형과 다이아몬드 모양이 거미줄처럼 복잡하게 얽힌 형태로 신경 써서 설계한 것 같았다. 나무로 된 부분에는 기호와 교차된 선들이 새겨져 있었다. 바쁘게 할 일을 하는 농부들과 마을 사람들은 짙은 흙과 푸른 들판에 대비되는 밝은 색상의 옷을 입고 있었다.

카마보르를 비롯한 다른 국가의 빈민들이 절망적인 환경에 놓여 살아가는 것과 달리 미천한 농민들조차 편히 삶을 영위하는 듯한 모습에 이곳이 얼마나 좋은 사회인지 알 수 있었다. 칼리스타는 도시 안에서 호사를 누리는 학자들이 와인과 설탕 절임을 음미하는 동안 헬리아 바깥에 있는 사람들은 소작농처럼 살아가는 게 아닐까 생각했지만 적어도 칼리스타가 본 바에 의하면 이곳에 숨겨진 어둠 따위는 없는 것 같았다.

물론 이곳도 완벽하지 않았다. 정치와 관료주의가 이곳을 좌지우지한다는 것은 고통스러울 정도로 느려 터진 의회의 결의 과정만 봐도 알 수 있었다. 하지만 진정으로 완벽한 사회가 존재하긴 힘들 것이다. 사람들은 사람들이었으니까.

어느새 언덕에서 바람이 불어가는 방향에 있는 삼림 지대로 내려온 칼리스타는 폭신하게 깔린 은빛 양치식물과 희고 푸른 자그마한 꽃을 피해 발을 내딛고 있었다. 더 깊숙이 들어간 칼리스타는 여기가 작은 숲이 아니라 커다란 숲의 일부라는 사실을 깨달았다. 거대한 나무들의 울퉁불퉁한 줄기는 이끼로 뒤덮여 있었다. 크고 뒤틀린 뿌리들은 마치 칼리스타를 넘어뜨리려고 하는 것처럼 아주 오래된 돌을 휘감으며 칼리스타 앞에 이리저리 얽혀 있었다. 높이 우거진 나무가 햇빛을 가린 이 작은 고독의 공간에는 해가 질 무렵의 어스름이 깔려 있었다. 가지 밑의 그림자 속에서 희미하게 빛나는 자그마한 뭔가가 너울너울 날아다녔다. 가까이 가려고 하면 다 같이 잽싸게 도망치거나 모습을 감춰 무엇인지 알 수 없었지만, 그 경쾌한 움직임을 보고 있으니 단순한 곤충 같지는 않다는 생각이 들었다. 바람에 아이들의 웃음소리가 실려 온 것 같았지만 그냥 잎이 바스락거리는 소리거나 바람이 부린 농간일지도 몰랐다.

커다란 나무들이 서로 말하는 것처럼 삐걱거리며 낮게 신음하는 듯한 소리를 냈다. 마치 나무들이 칼리스타를 지켜보는 것 같았다. 위협적인 느낌은 아니었지만 그렇다고 딱히 환영받는 느낌도 아니었다. 그저 지켜보는 느낌이었다. 칼리스타는 본능적으로 이 오래된 숲이 군도에 사람이 살기 훨씬 전부터 존재했음을 깨달았다. 이곳 사람들도 숲의 세월과 마법을 느끼고 손대는 일 없이 그대로 둔 것일지도 몰랐다. 숲이 얼마나 오래됐을지 생각하니 좋은 의미로 자신이 아무것도 아닌 것처럼 느껴졌다. 모든 걱정이 덧없으며 결국에는 무의미한 것이고 모든 시기와 음모, 심지어 필멸자들의 전쟁마저도 세계라는 거대한 태피스트리에서 벌어지는 하찮은 일처럼 느껴졌다. 이 숲은 인간이 도착하기 전에도 이곳에 있었으며 인간이 사라진 후에도 오래도록 남아 있을 것이라고 생각하니 마음이 꽤 편안해졌다.

마음의 평온을 찾은 칼리스타는 헬리아로 돌아가기 위해 떨어지지 않는 발걸음을 떼었다.

뒤를 돌아보자 한 나무가 움직인 듯한 착각이 들었다. 숲에서도 유독 뒤틀린 모양의 거대한 고목이었다. 푸른 잎으로 뒤덮인 채 묘목에 둘러싸여 있는 고목은 생명력으로 가득했다. 칼리스타는 자신이 등을 돌렸을 때 고목이 움직였다고 거의 확신했다. 나무줄기의 옹이와 굴곡으로 이루어진 울퉁불퉁한 노인의 얼굴이 머릿속에 그려졌다.

칼리스타는 아주 오랜만에 머릿속이 차분히 정리된 것을 느끼며 도시로 돌아갔다.

칼리스타는 늦은 오후가 되어서야 거처로 돌아왔다. 아이의 웃음소리를 듣고 문 앞에서 멈춘 칼리스타는 곧장 빈방으로 가는 대신 즐거운 소리를 따라 복도를 이리저리 통과하며 소리가 나는 곳으로 향했다.

마침내 칼리스타는 아치와 가지런히 심은 관목이 늘어선 작은 뜰에 도착했다. 어린아이 셋이—쌍둥이로 보이는 곱슬머리 여자아이 둘과 더 어린 남자아이 하나였다—키득거리고 소리를 지르며 로브를 입은 어른을 피해 쏜살같이 달려 다녔다. 남자는 머리를 낮게 숙이고 느릿느릿 움직이고 있었다. 사슴뿔처럼 이마 옆에 양손을 올린 남자가 짐승처럼 거친 소리를 내며 발을 구르듯 돌아다니자 아이들이 자지러지며 재빨리 달아났다. 놀랍게도 남자는 타이러스 선임 탐구자였다. 칼리스타는 팔짱을 끼고 아치에 몸을 기댄 채 그 모습을 지켜봤다.

타이러스는 한참이 지나서야 구경꾼의 존재를 알아차렸다. 곧바로 몸을 일으킨 타이러스는 평소의 엄숙한 모습으로 돌아가려고 애썼다. 칼리스타가 한쪽 눈썹을 치켜올리자 타이러스는 멋쩍은 듯 기침했다.

"그, 오늘 엘누크 사냥은 이 정도면 된 것 같구나, 얘들아. 다시 수업하러 돌아가야지." 타이러스의 말에 실망 섞인 외침과 툴툴거리는 소리가 터져 나왔다.

교사 둘이 다가오더니 아이들을 한곳으로 모으기 시작했다. 쌍둥이 자매는 새로운 놀이를 시작한 것처럼 꺅꺅거리며 흩어졌다. 어린 남자아이는 타이러스의 다리를 꼭 붙들고 놓아주지 않았다.

"조만간 다시 놀자꾸나, 톨루." 타이러스가 아이를 힘겹게 떼어 내며 말했다. 자유로워진 타이러스는 칼리스타에게 다가왔다. "지금까지 근엄한 척 무게를 잡은 게 다 허사가 됐군요."

"두말하면 잔소리죠. 그나저나 수컷 엘누크 흉내를 아주 잘 내던데요?"

타이러스가 살짝 고개를 숙였다. "뭐든 최선을 다해야지요."

"당신 아이들인가요?"

"이런, 아닙니다. 아이들에게 책임감을 느끼고 있긴 하지만요. 안타깝게도 저 아이들은 짧은 생에 벌써 비극을 겪었답니다. 부모의 사랑을 대신할 순 없겠지만 적어도 여기 있으면 보살핌과 제대로 된 교육을 받을 수 있겠지요. 의회에서는 아직 소식이 없나요?"

칼리스타의 얼굴이 일그러졌다. "네. 슬슬 인내심이 바닥나고 있어요."

타이러스가 이해한다는 듯 고개를 끄덕였다. "시간이 오래 걸려서 정말 유감입니다. 당신을 이곳으로 데려왔을 때 일이 이렇게 될 줄은 몰랐어요. 오늘 저녁 저와 제 제자와 함께 식사라도 하시겠습니까?"

"고맙지만 안 되겠네요. 선약이 있어서요. 감시단 선임 기능장이 작업물을 보여 주기로 했거든요."

"아, 젠다카야를 만나셨군요? 젠다카야의 옆에 있으면 좀처럼 심심할 새가 없죠."

"뭐… 활기찬 사람 같긴 하더군요."

타이러스는 어떻게든 의회의 결의를 재촉해 보겠다고 약속하며 작별 인사를 하고 떠났다. 뜰에 남은 칼리스타는 참을성 있는 교사들이 아이들을 모아 저녁을 먹이려고 데려가는 모습을 지켜봤다. 쌍둥이 중 하나가 지나가며 칼리스타에게 혀를 쏙 내밀었다. 칼리스타가 똑같이 혀를 내밀자 아이가 킥킥거렸다.

칼리스타는 슬슬 어두워지는 하늘을 올려다보았다. 몸을 씻고 가볍게 식사한 후 기능장을 만나러 가면 시간이 딱 맞을 것 같았다. 엘누크 흉내를 내는 타이러스를 떠올리고 다시 웃음을 터뜨린 칼리스타는 마침내 숙소로 발걸음을 돌렸다.

어둠에서 무엇인가 자신을 따라온 것 같았다.

라이즈는 타이러스의 거처에 있는 자신의 방으로 돌아가는 도중 계속해서 뒤를 돌아보며 그 얼굴 없는 그림자 같은 형체가 자신을 따라오지 않는지 확인했다. 아무것도 보이지 않았지만 누군가 보고 있는 듯한 기분을 떨쳐 버릴 수가 없었다. 라이즈의 시야를 벗어난 곳에서 사악한 뭔가가 맴도는 것 같았다.

낮이 되면 그 소름 끼치는 감각이 사라지지 않을까 기대했지만, 다음 날 해가 중천에 떴을 때도 자신의 주변에서 도사리는 그림자가 보였다. 여전히 그 끔찍한 존재가 느껴졌다. 비난하듯 자신을 손가락으로 가리키던 그것의 모습이 머릿속에서 떠나지 않았다. 몸을 숙이고 터널 입구에서 자신을 바라보던 끔찍한 텅 빈 얼굴도 마찬가지였다.

"죽은 후에도 영혼이 남아 있을 수 있나요?" 라이즈가 스승에게 물었다. 라이즈는 타이러스가 준 두꺼운 책들을 읽어야 했지만—얼어붙은 북쪽 땅의 구전 역사를 탐구하는 따분한 내용이었다—머릿속에 자꾸 그때의 광경이 떠올랐다.

타이러스가 미간을 찌푸렸다. "갑자기 그건 왜? 초창기 비전 역사가 중 죽은 자의 영혼이 어떻게 되는지 추측한 사람은 없는 것으로 아는데."

"그냥… 그냥 궁금해서요."

"책에 집중해라, 라이즈. 대충대충 읽으면 안 돼."

라이즈는 그러려고 애썼지만 쉽지 않았다. 한 문단을 다 읽어도 내용이 머릿속에 들어오지 않아 처음으로 돌아가서 다시 읽는 일이 반복됐다. 태양이 수평선을 향해 미끄러지는 모습에 공포가 밀려들었다. 그림자가 길어질수록 누군가 지켜보는 오싹한 감각도 길게 이어졌다.

입맛이 떨어진 라이즈는 저녁 식사 중 접시에 놓인 음식을 힘없이 쿡쿡 찔렀다. 타이러스는 라이즈의 상태를 눈치채지 못한 것 같았다. 오래되어 해진 책 한 권에 몰두한 타이러스는 코끝에 걸친 자그마한 안경을 통해 책을 읽으며 저녁을 먹었다.

그때 문을 요란하게 두드리는 소리가 났다. 라이즈는 동요하며 깜짝 놀랐다. 타이러스가 안경 위로 눈만 들어 올려 라이즈를 쳐다보더니 다시 책으로 시선을 돌렸다. "가서 확인해 봐라."

마른침을 삼킨 라이즈는 떨면서 문으로 다가갔지만 이건 바보 같은 생각이라고 되뇌었다. 문을 두드린 사람은 라이즈를 쫓아온 사악한 악령이 아니라 육신을 가진 존재였다. 그러나 문을 열자 보인 것은 씩 웃고 있는 그라엘 간수장의 모습이었다. 라이즈의 공포가 급격히 치솟았다.

"안녕하신가, 수습생."

라이즈는 스승을 힐끔거린 후 복도로 나와 뒤에 있는 문을 닫았다. "여기서 뭐 하는 거야?" 라이즈가 날카롭게 속삭였다.

"보여 줄 게 있어서 말이야. 아주 재미있는 거지. 약속한 대로 보상도 줘야 하고."

"그렇다고 여길 오면 어떡해!"

안에서 발소리가 가까워지자 그라엘의 눈이 가늘어졌다. 그라엘은 라이즈가 불편할 정도로 가까이 다가왔다. 그라엘의 몸에서는 먼지와 곰팡이 냄새가 났다. "핑계 대고 나와. 밖에서 만나지."

라이즈 뒤에 있는 문이 벌컥 열렸다. 그곳에는 미간을 찌푸린 타이러스가 서 있었다. "감시대원? 무슨 문제라도 있나?"

라이즈는 그라엘의 웃음이 딱딱하게 굳는 것을 봤다. "타이러스."

타이러스가 미간을 더 찌푸리더니 안경을 벗었다. "날 아나?"

"오래전 알았지." 그라엘의 웃음은 이제 일그러진 표정에 더 가까웠다.

두 사람이 함께 있으니 그라엘의 꼴은 더욱 형편없어 보였다. 건장한 체격에 흠잡을 데 없는 옷을 입은 타이러스는 윤곽이 뚜렷한 이목구비가 보기 좋게 그을려 있었지만 수척한 몸에 다 떨어진 로브를 걸친 그라엘은 피부마저 창백해 병든 것처럼 보였다. 라이즈는 조마조마했다. 그라엘이 말한 대로라면 타이러스는 그의 삶을 망친 장본인이었다. 타이러스가 정말 그라엘을 알아보지도 못했단 말인가?

타이러스는 눈을 가늘게 뜨며 말했다. "그라엘? 에를로크 그라엘인가?"

"그럼 또 누구겠어?"

"세상에, 마지막으로 본 게—"

"선정식이었지. 네가 처음 선택을 받고 나는 문턱 감시대로 내던져진 날 말이야."

"그…" 타이러스가 더듬거렸다. "그래. 선정식. 시간이 많이 흘렀군."

"평생이 흐른 것 같기도 하지. 어제 일처럼 느껴질 때도 있고. 그동안 승승장구한 모양이야." 그라엘의 눈이 타이러스의 어깨 너머로 보이는 호화로운 방을 휙 쳐다봤다.

타이러스는 어색하게 답했다. "너도 무려 간수장이 됐네." 타이러스가 그라엘의 목에 걸린 상징을 고갯짓으로 가리키며 말했다.

"그 이상도 이하도 아니지."

"여긴 어쩐 일이야, 그라엘? 무슨 문제라도 있나?"

"아무 문제도 없어, 선임 탐구자. 내가 문을 헷갈렸을 뿐이야. 이만 가 보지. 둘 다 좋은 밤 되길." 그라엘의 시선이 잠시 라이즈에게 머물렀다. 이내 몸을 돌린 그라엘은 성큼성큼 멀어졌다.

"예나 지금이나 이상한 녀석이군." 타이러스가 어깨를 으쓱하더니 다시 안으로 들어갔다.

칼리스타는 약속했던 대로 만이 내려다보이는 작은 공원에서 젠다카야를 만났다. 젠다카야는 끊임없이 수다를 떨면서 헬리아의 거대한 건물 중 하나로 칼리스타를 안내했다.

흰 갑옷을 입은 관리원이 칼리스타의 출입을 막으려고 하자 젠다카야가 관리원에게 삿대질하며 고함쳤다. 뜻을 이해할 순 없었으나 어쩐지 무례하게 들리는 말이었다. 관리원은 곧바로 뉘우치는 것 같았지만 칼리스타의 창을 가리키며 완전히 물러서지는 않았다. 젠다카야가 한숨을 쉬고 칼리스타를 돌아봤다.

"내가 당신의 신원을 보증한다니 들여보내 준다지만 무기는 못 갖고 들어간

대요."

마지못해 창을 벽에 세워 둔 칼리스타는 젠다카야와 함께 안으로 들어갔다. 두 사람은 대리석과 금으로 도배한 엄청난 크기의 전실로 입장했다. 책과 두루마리를 든 학자 수십 명이 동굴 같은 전실에서 이어지는 여러 복도와 계단을 바쁘게 오갔다.

칼리스타가 두리번거리며 말했다. "전에 여기 와 보려고 했었던 것 같아요. 들어가려다가 제지당한 곳이 워낙 많아서 여기가 맞는지 확실하진 않지만요."

"수장들은 이방인이 동행 없이 돌아다니는 걸 안 좋아하거든요. 지금은 내가 있으니까 괜찮아요." 젠다카야가 한쪽 눈을 찡긋하며 말했다.

젠다카야는 자신의 작업 공간으로 가는 길에 있는 헬리아의 연구 기관 몇 곳을 빠르게 구경시켜 줬다. 칼리스타는 알로베드라 왕립 도서관이 어마어마하게 크다고 생각했지만 그곳에 있는 책을 모두 합쳐도 이 건물에 있는 수많은 도서관 중 하나의 작은 부분을 겨우 채울 것 같았다. 이곳에 있는 지식의 양은 그야말로 기가 막힐 정도였다.

"도서관. 여기도 도서관. 여기는… 또 다른 도서관이에요." 젠다카야가 차례차례 대충 손을 흔들며 지루한 기색이 역력한 목소리로 말했다. "대강 어떤 곳인지 감이 오죠? 아, 여긴 좀 다른 곳이네요. 기록실이에요. 헬리아 곳곳에 있는 수많은 기록실 중 하나죠. 딱히 재미있는 곳은 아니에요."

칼리스타가 눈을 크게 뜨고 멈춰 섰다. 카마보르 왕궁에 있는 서기관은 다 합쳐 봐야 십여 명 정도였지만 이곳에 있는 서기관은 족히 백 명은 되어 보였다. 게다가 이런 기록실이 더 많다고 하지 않았던가. 개인 책상에 앉은 서기관들은 모두 바빠 보였다. 깃펜이 잉크병에서 달그락거리고 펜촉이 양피지를 쉴 새 없이 긁었다. 쥐 떼가 발톱으로 벽을 할퀴는 듯한 소리였다.

"뭘 기록하는 거죠?"

젠다카야가 어깨를 으쓱했다. "모든 걸 기록해요."

"모든 걸 기록한다는 게 무슨 말이에요?"

"세상에 알려진 모든 가치 있는 기록물의 사본을 만들어서 도서관마다 최소 한 부씩 소장하게 하는 게 보관원의 목표 중 하나거든요."

"그게… 가능하긴 한가요? 기록물은 끊임없이 새로 생겨나잖아요!"

"수많은 사람의 노력이 필요한 일이지만 서기관과 번역가의 수가 충분하고 새로운 기록물과 옛 기록물을 모두 가져오는 당신 친구 타이러스 같은 탐구자의 수가 충분하다면 이론적으로는 가능하죠. 물론 수 세기가 걸리겠지만요."

"정말… 어마어마한 목표네요."

"멍청한 목표죠." 젠다카야가 몸을 돌려 성큼성큼 걸어갔다. 작은 체구였지만 거침없이 걸어가는 젠다카야를 쫓아가려면 발을 부지런히 놀려야 했다. "결사는 그렇게 모은 지식과 지혜를 실용적으로 사용해야 해요. 세상에 좋은 영향을 준다든가 과거의 지식을 잊은 문화에 잃어버린 지식을 전해 준다든가 하는 식으로요. 하지만 우리는 그저 끝없이 지식을 모으고 기록한 후 도서관과 금고에 숨겨 둘 뿐이죠. 결사원이 아니면 그 누구도 볼 수 없는 곳에요. 정말 화가 나요. 우리는 지식을 모으는 데 집착할 뿐 모은 지식으로 아무것도 하지 않는 단체가 됐어요."

"결사가 책을 좋아하는 것 같긴 하네요."

"책만 좋아하는 게 아니에요. 신비한 비전이 담긴 유물도 아주 좋아하죠. 이상하고 강력한 유물일수록 그래요. 유물도 전부 지하 금고에 넣고 잠가 뒀어요. 물론 그런 물건을 쓰는 건 절대 용납되지 않죠."

"카마보르의 귀족들과 기사들이 그곳을 마음껏 돌아다닐 수 있다면 어떤 대가든 치르려고 하겠네요." 칼리스타가 중얼거렸다.

"아, 힘이 깃든 유물을 향한 카마보르의 욕망은 아주 잘 알려져 있죠. 의회가 답을 주기까지 이렇게 오래 걸리는 이유도 그것 때문일 가능성이 높아요. 솔직히 타이러스가 당신을 이곳으로 데려와서 놀랐어요. 당신이 정말 마음에 들었나 봐요. 가만히 있는 벌집을 건드린 셈이잖아요. 사실 꽤 감탄했어요. 타이러스에게 그런 면이 있을 줄 몰랐거든요."

"좋은 사람 같더군요."

"수상할 정도죠. 원래 그 정도로 좋은 사람은 뒤가 구리기 마련이잖아요?" 짓궂게 빛나는 젠다카야의 눈을 본 칼리스타는 그 말이 농담이라고 생각했다. "이러니저러니 해도 타이러스는 탐구자예요. 탐구자는 군도 바깥의 사람들을 아이로 보는 경향이 있어요. 따지고 보면 그건 근본적으로 결사 전체가 취하고 있는 태도이기도 하니 탐구단만 그렇다고 할 수는 없겠네요. 결사는 우리를 일종의 보호자로 여겨요. 다른 이들은 마구 뛰어다니면서 자신이 잘 알지도 못하는 위험한 장난감을 가지고 노는 아이로 보죠. 자신이나 다른 아이, 우리 모두를 파괴할 수도 있는 장난감을 가지고 노는 아이요."

"뭐라고요?" 칼리스타가 웃음을 터뜨렸다. "그건… 조금 거만한 것 아닌가요?"

"조금이 아니죠. 타이러스 같은 탐구자가 하는 일이 바로 그거예요. 세상에 방치하기에는 너무 강력하다고 판단되는 마법 유물을 모두 모으는 거요. 여기로 가져와서 아무런 해도 끼치지 못하게 꽁꽁 잠가 놓죠. 나는 새로운 걸 만들고 발견하는 게 좋아요. 하지만 결사의 노선은 달라요. 결사는 지식을 모으고 정리하는 데 집착하죠. 그 이상 나아가지 않아요."

"그럼 이 건물은 당신이 속한 조직에서 새로운 걸 만들어 내는 곳인가요?"

"그랬으면 소원이 없겠네요! 아니요, 이 건물은 대지-기적학교가 쓰는 곳이에요. 감시단은 규모가 아주 작아서 지금은 존재감이 희미하죠. 우리 공간은 아래층의 작고 구석진 부속 건물에 따로 있어요. 다들 우리가 있다는 사실을 아예 잊어서 그런 게 아닌가 하는 생각도 가끔 들더라고요."

젠다카야는 계속해서 이어지는 거대한 대리석 계단을 따라 내려가며 칼리스타를 아래층으로 안내했다. 아래층은 사람이 눈에 띄게 적었고 공간이 창고보다 살짝 나은 수준이었다.

"결사가 처음 설립됐을 때 감시단은 가장 중요한 기관 중 하나였어요. 긍지 높고 권위 있었죠. 지금은 있으나 마나 한 곳으로 취급받아요. 현재 구성원은 나와 조수 넷이 전부일 정도로요." 젠다카야가 웃음을 터뜨렸다. "헬리아의 수장 대부분은 감시단을 아예 없애고 감시단 자금을 다른 곳으로 돌리고 싶어 할 거예요. 하지만 헬리아의 수장 대부분은 멍청이죠."

두 사람은 젠다카야가 속한 감시단의 것으로 보이는 상징이 붙어 있는 문 앞에 도착했다. 상징은 펼쳐진 책 위에 응시하는 눈 모양이 떠 있는 모습이었다. 전반적으로 호화로워 어디를 가도 웅장한 문만 보였던 헬리아의 분위기와 어울리지 않게 모두에게 잊힌 듯 초라해 보이는 문이었다.

"여기예요." 젠다카야가 과장된 동작으로 문을 열어젖히며 말했다. "우리 공방에 잘 왔어요!"

칼리스타는 입을 벌리고 멍하니 안을 응시했다. 대장장이의 대장간과 연금술사의 실험실, 무기고가 합쳐진 것 같은 이상한 공간이었다. 모든 게 극도로 깔끔하고 조직적이며 질서 정연한 도시의 다른 곳과 달리 이 방은 정신이 하나도 없었다. 한쪽 구석에는 모루, 통, 대장장이가 많이 쓰는 온갖 도구와 함께 현재 사용하고 있지 않은 용광로가 떡하니 자리하고 있었다. 한편 다른 선반에는 용도를 알 수 없는 신비하고 이국적인 장치들이 잔뜩 쌓여 있었다. 빛나는 액체, 수정이 담긴 특이한 통과 유리병도 보였다. 책장과 탁자, 온갖 종류의 무기가 간간이 놓인 받침대 위에 책과 두루마리가 쌓여 있었다. 여기저기 펼쳐진 책에는 그림과 메모가 휘갈겨져 있었다.

칼리스타와 젠다카야가 들어서자 로브를 입은 조수 둘이 올려다보았다. 두꺼운 가죽 앞치마를 두르고 팔뚝에는 화상 흉터가 있는 어깨 넓은 남자가 퉁명스럽게 고개를 끄덕이더니 작업대에서 조립하고 있던 장치로 다시 시선을 돌렸다. 또 다른 조수는 학자 분위기가 나는 젊고 호리호리한 여자였다. 머리를 짧게 깎은 여자는 두 사람을 보고 웃었다.

"오셨어요, 단장님!" 여자가 완벽한 카마보르어로 말했다. 칼리스타는 이곳에 자신의 모국어를 할 수 있는 사람이 이렇게 많다는 사실에 충격을 받았다.

"우리 사랑스러운 조수, 피오트르와 에일라가 평소처럼 늦게까지 일하고 있네요. 집에 가! 자유를 누리라고! 연구가 인생의 전부는 아니잖아!"

"자기는 여기서 자다가 들킨 적이 한두 번이 아니면서 저런 말을 한다니까요." 에일라가 음모를 꾸미는 듯한 어조로 칼리스타에게 말했다.

피오트르가 고개도 들지 않고 낮은 목소리로 말했다. "제가 태어난 부족에 '냄비나, 주전자나'라는 말이 있죠. 카마보르어로 하면 뜻이 잘 전달될지 모르겠네요."

"대충 무슨 뜻인지 알겠어요." 칼리스타가 씩 웃으며 말했다.

"쉿, 괜히 부추기지 말아요!" 젠다카야가 외쳤다.

"새 무기 써 보시게요?" 에일라가 물었다.

"그러려고."

칼리스타의 시선은 어느새 온갖 무기가 놓여 있는 곳으로 이동했다. 검과 도끼, 장병 무기, 석궁, 단검, 망치, 봉, 투석기가 보였다. 이름조차 알 수 없는 무기도 상당히 많았다. 이곳은 무기고였다.

"헬리아의 다른 곳에 있는 무기를 모두 합쳐도 이곳에 있는 무기가 훨씬 많겠네요." 칼리스타가 중얼거렸다.

젠다카야가 말했다. "아마 그럴 거예요! 안타깝지만 다른 사람들은 무기에 큰 관심이 없죠. 자, 보여 줄 게 있어요."

젠다카야는 칼리스타에게 기다란 흰색 돌을 건넸다. 마름모꼴로 깎인 돌은 끝이 날카롭게 각져 있었다. 길이는 칼리스타의 팔뚝과 비슷했고 옆면에는 기하학적 선들이 새겨져 있었다. 가장자리는 둥글고 매끈했다. 순간 칼리스타는 이것이 오래된 돌이라는 인상을 받았다. 그것도 *아주* 오래된 것 같았다.

"최초의 감시단이 헬리아를 지킬 때 썼던 거예요."

"돌로 군도를 지켰다고요?"

젠다카야가 코웃음을 쳤다. "그렇게 말하니까 좀 웃기긴 하네요. 이건 유물석이에요. 필멸자가 이 세계에 발을 딛기도 훨씬 전에 만들어진 고대 조각이죠." 젠다카야의 목소리는 엄숙하다 못해 경건하게 들렸다. "영혼 마법의 힘이 깃들어 있지만 놀라울 만큼 안정적이고 강력해요. 아, 이루 말할 수 없이 희귀하기도 하고요."

"이걸 어떻게 무기로 쓰죠?" 칼리스타는 이해가 가지 않는 듯 이상한 돌을 계속해서 뒤집어 보며 물었다.

"요즘에는 무기로 쓰이지 않아요. 카마보르인이니 잘 알겠지만 마법 유물은 대부분 한 가지 역할을 하죠. 보통 그 효과가 아주 뛰어나고요. 마법 유물은 누구를 치료한다든가, 번개를 쏜다든가, 몸을 보호한다든가 하는 특정한 목적으로 제작되는 도구예요. 유물석은 효용이 사실상 무한하다는 점에서 일반적인 마법 유물과 달라요. 일종의 전달체거든요. 특히 영혼 세계의 마법 에너지를 흡수해 안정적인 형태로 저장하죠. 그렇게 저장한 에너지는 다양한 용도로 쓸 수 있어요. 신성한 안개를 통과할 때 쓰이는 것도 유물석이에요. 유물석은 헬리아에서 가장 중요한 금고를 여는 열쇠로 쓰이기도 하고 일상에서 온갖 용도로 쓰이기도 하죠. 헬리아의 등대에 동력을 공급하기도 하고요!"

칼리스타가 얼굴을 찌푸렸다. "잠깐만요, 무슨 소리인지 모르겠어요. 영혼 세계의 마법 에너지라고요? 선조의 전당을 말하는 건가요? 우리가 이 세상을 떠나면 가는 곳이요."

"수많은 이름으로 불리지만 결국에는 다 같은 곳이죠. 맞아요. 우리가 있는 곳은 물질 세계이고 당신이 선조의 전당이라고 부르는 영혼 세계는 영혼이 있는 무형의 공간이죠. 무형의 장벽, 일종의 장막으로 우리 세계와 분리되어 있지만 그 세계는 우리 주위 어디에나 있어요. 두 세계는 겹쳐 있거든요. 영혼 세계에는 아무나 끌어낼 수 없는 힘이 있어요. 그게 바로 이 세계에 있는 마법의 근원이죠. 거친 힘이라 다루기 어려운 경우가 많지만 유물석을 이용하면 괜찮아요."

칼리스타가 고개를 끄덕였다. "그렇군요."

말하면서 알록달록하게 채색된 두꺼운 책을 휙휙 넘기던 젠다카야가 한 페이지에서 멈추더니 칼리스타가 볼 수 있게 책을 돌렸다. 칼리스타의 눈길을 끈

것은 로브를 입은 인물이 바위가 많은 물가에 서서 유물석을 힘차게 내밀고 있는 그림이었다. 유물석에서 나온 빛줄기가 도끼와 방패를 든 침입자로 가득한 배를 불태우고 있었다.

"최초의 감시단은 유물석에서 파괴적인 힘을 방출할 수 있는 위대한 마법 전사들이었대요. 하지만 축복의 빛 군도에서도 마법사는 아주 드물어요. 난 필요한 경우 누구든 유물석을 써서 헬리아를 지킬 수 있게 할 방법을 찾고 싶었죠. 몇 년의 실험 끝에 드디어 그 방법을 찾았고요."

젠다카야가 책을 다시 가져가더니 무기가 걸려 있는 곳으로 향했다. 잠시 후 손에 있는 유물석에서 시선을 뗀 칼리스타는 지금까지 본 그 어떤 무기와도 다른 무기를 내밀고 있는 젠다카야를 발견했다. 무기의 중심부에는 직사각형 유물석이 기하학적 모양을 이루는 금빛 띠로 묶여 있었다. 한쪽 끝에 위치한 손잡이는 석궁의 손잡이와 비슷했다.

칼리스타는 들고 있던 마름모꼴 돌을 젠다카야에게 넘기고 무기를 받아 들었다. 정교한 만듦새에 감탄이 절로 나왔다. 금속 부분은 새것처럼 보였지만 돌은 아까 봤던 유물석만큼 오래된 듯 닳아 있었다.

칼리스타는 미간을 찌푸리고 무기를 이리저리 돌려 보며 자세히 살폈다. 주된 용도는 원거리 무기 같았지만 석궁처럼 양쪽으로 뻗은 구조가 보이지 않았다. 화살을 장착하는 부분도 없었다. 그렇다고 발사 장치가 있는 것도 아니었다.

"어떻게 쓰는 거죠?" 결국 칼리스타가 물었다.

"보여 줄게요." 젠다카야가 웃으며 말했다.

젠다카야는 칼리스타를 다른 방으로 안내했다. 길고 넓은 방은 대체로 텅 비어 있었다. 에일라가 두 사람의 뒤를 따랐다.

"기대해도 좋아요." 젠다카야가 말했다.

방에 있는 벽은 곳곳이 파이고 검게 그을려 있었다. 특히 멀리 보이는 벽은 그 정도가 더 심했다. 바닥에는 깨진 돌 조각이 널려 있었다. 다양한 간격으로 세워진 수많은 표적도 보였다.

"이쪽으로 와서 서 봐요." 젠다카야가 말했다.

젠다카야는 나무 기둥에 걸린 너덜너덜한 강철 흉갑에서 20미터가량 떨어진 곳으로 재빠르게 움직였다. 에일라는 팔짱을 끼며 벽에 몸을 기대고 지켜봤다. 여전히 이상한 무기를 든 칼리스타는 젠다카야의 말을 따랐다.

"손으로 움켜쥐어요. 네, 그렇게요. 그리고 다른 손으로 여기를 받치는 거예요." 젠다카야가 칼리스타의 자세를 고쳐 주었다. "이제 이 팔을 쭉 펴고 길쭉한 부분을 표적에 수평으로 겨눠요."

젠다카야는 칼리스타가 어깨에서 힘을 빼고 다리를 살짝 구부리도록 칼리스타의 자세를 바꾸며 사소한 부분을 몇 군데 더 고쳐 주었다. 칼리스타는 지시대로 했지만 여전히 혼란스러웠다. "하지만 발사 장치가 없잖아요."

"그런 건 필요 없어요."

"그럼 어떻게 작동하는데요?"

"마음속으로 간절히 원해야 해요." 젠다카야가 짓궂게 씩 웃었다. 칼리스타가 얼굴을 찌푸렸다. "무슨 말인지 모르겠어요."

"표적에 집중해요. 그런 다음 무기에 공격해 달라고 부탁하는 거예요."

칼리스타는 강철 흉갑에 무기를 겨눈 채 고개만 돌려 젠다카야를 바라보았다. "놀리지 말고요."

"놀리는 거 아니에요! 진짜로요! 일단 한번 해 보라니까요!"

칼리스타는 젠다카야가 장난을 치는 것인지 아닌지 확인하려고 젠다카야의 조수를 돌아봤다. 에일라는 괜찮다는 듯 고개를 끄덕이며 말했다. "쓰려면 시간이 걸리긴 하지만 그렇게 쓰는 게 맞아요."

칼리스타는 바보가 된 기분으로 표적에 무기를 조준했다. "쏴!" 칼리스타가 소리쳤다. 아무 일도 일어나지 않았다.

젠다카야가 웃음을 터뜨렸다. 조롱하는 웃음이 아닌 호쾌한 웃음이었다. "소리 내서 말할 필요는 없어요. 다시 해 봐요!"

칼리스타가 눈을 가늘게 떴다. 무기가 작동하길 간절히 바랐지만 여전히 아무 일도 일어나지 않았다.

"내가 보여 줄게요." 젠다카야가 무기를 가져가더니 표적을 향해 겨누었다. 돌연 벼락이 치는 것처럼 빛이 번쩍하며 돌의 끝부분에서 하얗고 뜨거운 빛줄기가 발사됐다. 빛줄기가 지나간 자리에는 기하학적 모양이 남았다. 빛줄기에 직격으로 맞은 흉갑은 기둥과 함께 공중으로 날아갔다. 그리고 격분한 군마에 발로 차이기라도 한 것처럼 요란한 소리를 내며 십여 미터를 나뒹굴었다. 깜짝 놀란 칼리스타의 눈이 휘둥그레지자 젠다카야가 한쪽 눈을 깜빡였다.

칼리스타는 연기가 나는 표적 옆으로 가서 무릎을 꿇고 앉았다. 강철 흉갑에 칼리스타의 엄지만 한 구멍이 나 있었다. 흉갑의 금속은 여전히 따뜻했다.

"수백 년 전 신성한 안개의 보호만으로도 안전하다고 생각한 결사는 감시단이 굳이 필요하지 않다고 판단했어요. 결국 유물석도 다른 용도로 쓰이게 됐죠." 젠다카야가 칼리스타 옆으로 다가오며 말했다. "정말 근시안적이고 오만한 판단이었다고 생각해요."

"세상에서 제일 높은 벽이 있는 도시라고 해도 검을—그리고 검을 휘두를 수 있는 이들을—준비해 둬서 나쁠 건 없죠. 유사시를 대비해서요."

"유사시를 대비해야죠." 젠다카야가 동의했다.

칼리스타는 젠다카야의 손에 들린 강력한 무기를 바라보았다. 중심부에 있는 유물석이 빛나고 있었다. 특히 빛줄기가 나간 쪽이 눈에 띄게 빛났다. 빛은 잠시 후 희미해졌다.

"꽤 재미있죠?"

"다시 한번 해 볼게요."

라이즈는 그라엘을 따라 말없이 거리를 걸으며 대도서관으로 향했다. 그라엘의 속에서 끓어오르는 분노를 조심하며 그를 힐끔거렸다. 두 사람은 조용히 금고로 내려갔다.

라이즈는 이동하는 내내 어둠 속에서 자신을 쫓아오는 존재를 느꼈다. 그라엘과 깜빡거리는 등불 옆에 바짝 붙은 라이즈는 그림자가 드리운 복도를 하나하나 유심히 들여다보며 계속해서 뒤를 확인했다.

마침내 라이즈는 그라엘의 방으로 추측되는 곳에 도착했다. 그야말로 지독한 공간이었다. 벽과 벽 사이가 좁았고 천장은 낮았으며 뼛속을 파고드는 추위까지 느껴졌다. 존재 자체를 잊고 싶은 사람이 있다면 이런 곳에 가두지 않을까 싶을 만큼 끔찍한 지하 감옥이었다. 타이러스의 호화로운 방과 극단적으로 대비되는 곳이었다. '사람이 왜 이리 증오에 차 있는지 알겠군.'

어쨌거나 라이즈는 여기서 오래 머물 생각이 눈곱만큼도 없었다. 받아야 할 물건만 받고 나갈 생각이었다. 이후 다시는 에를로크 그라엘을 보지 않는다면 더는 바랄 게 없었다.

라이즈는 주위를 둘러보며 방 안의 모습을 천천히 눈에 담았다. 딱딱한 침대와 올이 다 드러난 이불, 벽에 걸려 있는 체인과 고리와 열쇠 다발, 곧 무너질 듯한 선반 위에 깔끔하게 쌓여 있는 두꺼운 책, 문가에 일렬로 늘어선 등까지. 한쪽 구석에는 소박한 나무 책상이 자리를 차지하고 있었다. 뒤쪽 선반에 단정히 정리되어 있는 책과 종이 더미, 잉크병, 깃펜, 작은 병을 늘어놓은 받침대가 보였다. 라이즈는 바닥의 적갈색 얼룩과 벽을 타고 오르는 검은 곰팡이를 불안한 눈길로 바라보았다. 무엇 하나 위협적이지 않은 것이 없는 방이었다.

라이즈는 그라엘이 방문을 쾅 닫고 차례로 빗장을 거는 소리에 화들짝 놀랐다.

"나한테 보여 주고 싶다는 게 뭔데?"

그라엘이 길고 앙상한 손가락을 흔들었다. "아주 재미있는 거지. 손 줘 봐."

"뭐?"

"손 줘 봐!"

라이즈는 조심스레 손을 내밀었다. 그라엘이 라이즈의 손목을 잡아 가까이 끌어당겼다. 동시에 칼을 꺼낸 그라엘은 라이즈가 채 피하기도 전에 라이즈의 손바닥을 그어 버렸다.

라이즈는 통증에 깜짝 놀라 소리치며 그라엘의 손을 뿌리쳤다. 깊은 상처에서 난 피가 벌써 바닥으로 뚝뚝 떨어지고 있었다. 라이즈의 피부밑에서 보라색 룬이 뜨겁고 위험한 빛으로 타올랐지만 그라엘은 그저 씩 웃을 뿐이었다.

"정신 나갔군." 라이즈가 작게 씩씩거렸다.

"진정해." 그라엘이 칼을 내려놓으며 말했다. "이제 가까이 와서 다친 손을 줘 봐. 재미있는 부분은 지금부터 시작이니까."

몸을 돌린 그라엘이 책상 위에서 작은 병으로 가득한 받침대를 만지작거렸다. '지금이라면 저자를 쓰러뜨릴 수 있어. 나한테 속수무책으로 당할 거야.' 라이즈는 갈등했지만 결국 그렇게 하지 않았다. 라이즈는 피가 떨어지는 손을 붙들고 조금씩 다가갔다.

그라엘이 라이즈를 힐끔 돌아봤다. "날 죽일까 고민했나?" 라이즈가 답하지 않자 그라엘이 히죽거렸다. 그라엘의 손에는 투명한 액체가 든 작은 유리 스포이트가 조심스레 들려 있었다.

"그 물이야?" 라이즈가 으르렁거리듯 말했다. 손이 고통스러울 정도로 욱신거렸다.

"그래. 손 내밀어 봐."

라이즈가 망설이자 한숨을 쉰 그라엘이 다시 돌아서기 시작했다. "싫으면 말고. 나야 상관없으니까."

"잠깐." 라이즈의 말에 그라엘이 그럴 줄 알았다는 듯한 표정으로 몸을 돌렸다. "해."

라이즈가 조심조심 손을 펼쳤다. 그라엘은 그 위에 스포이트를 올리고 안에 든 액체를 떨어뜨렸다. 라이즈가 반사적으로 움찔하며 손가락을 오므렸다.

"얼마나 걸리지?"

"직접 확인해 봐." 그라엘이 천을 건네며 말했다.

라이즈는 천을 홱 낚아채 손에 묻은 피를 닦아 냈다. 그리고 놀란 눈으로 손바닥을 응시했다. 베인 자국이 흔적도 없이 사라졌다. "왜 이런 걸 숨기는 거지?" 라이즈가 주먹을 쥐었다 폈다 하며 나직이 말했다.

그라엘이 씁쓸한 듯 말했다. "힘. 그리고 지배를 위해서지. 수장들은 자신의 안위만 생각할 뿐이야."

"그게 다일 리가 없어. 이 세상의 고통과 질병을 종식하고 지독한 부상을 치료할 수 있다고." 라이즈는 얼굴을 찌푸리며 목소리를 낮췄다. "공주가 찾던 게 이거였어."

"공주? 누구 말이지?"

"스승님의 손님으로 와 있는 카마보르 공주. 죽어 가는 왕비를 살릴 치료제를 찾고 있어."

그라엘은 눈을 깜빡이며 이 정보를 곱씹었다. 라이즈는 아차 싶었다. 칼리스타 얘기는 꺼내지 말았어야 했다.

"병을 고치는 건 물이 지닌 효능 중 흥미로운 축에도 못 끼지." 잠시 후 그라엘이 말했다.

"무슨 뜻이야?"

"네가 봤다는 그 검은 그림자 얘기를 듣고 생각해 봤어."

라이즈가 마른침을 삼켰다. 이야기가 흘러가는 방향이 마음에 들지 않았다. "그건 함부로 건드리지 않는 게 좋을 것 같은데."

그라엘이 무시하는 듯한 소리를 내고는 다른 서랍을 열었다. 그라엘은 죽은 쥐의 꼬리를 잡고 들어 올리더니 철퍽 소리가 나게 책상 위에 던졌다. "처음에는 널 잘못 판단했지만, 너는 나와 비슷한 녀석이야. 우리는 둘 다 기만당했지. 둘 다 진가를 인정받지 못했어."

라이즈는 죽은 쥐의 모습에서 눈을 뗄 수가 없었다. 발이 위쪽으로 말려 있는 쥐는 입 밖으로 작은 분홍색 혀를 늘어뜨리고 있었다.

"내가 널 도와주마. 난 네 그 거만하기 짝이 없는 스승이 허락하지 않는 걸 줄 수 있어. 서로 도울 수 있다 이 말이야. 자, 이제 잘 봐라."

그라엘은 죽은 쥐 위에 스포이트로 물을 떨어뜨렸다. 라이즈는 홀린 듯 가까이 다가갔다. 처음에는 아무 일도 일어나지 않았다. 그때 미묘한 움직임이 포착됐다. 그러나 쥐가 움직인 게 아니었다. 아니, 정확히 말하면 쥐의 몸이 움직인 게 아니었다. 쥐의 사체를 둘러싼 그림자가 부르르 떨리더니 이내 깜빡거리는 녹청색 빛이 뒤따랐다. 라이즈의 눈이 공포로 휘둥그레졌다.

그라엘이 음흉하게 웃었다. "신기하지 않나?"

'신기하다'라는 표현은 적절하지 않았다. 연기처럼 실체 없고 불길한 빛이 아른거리는 쥐의 그림자 형태가 사체에서 떨어져 나왔다. 고개를 든 영혼은 고통스러운 듯 소리 없는 비명을 지르며 경련을 일으켰다.

라이즈는 뒤쪽으로 비틀거렸다. 유령 쥐는 마지막으로 침묵의 비명을 지르며 발작하듯 고개를 움직이더니 이내 다시 사체로 돌아가 사라졌다.

"빨리 사라지는 것 같더군. 몇 방울만 떨어뜨려서 그럴지도 몰라."

라이즈는 머리를 저으며 문까지 뒷걸음질했다. "난 이런 일에 끼고 싶지 않아." 라이즈가 갈라진 목소리로 말했다.

그라엘의 입이 찢어지듯 휘어졌다. 포식자의 웃음이었다. "그러기엔 너무 늦었어, 수습생."

"당신이 원하는 대로 해 줬잖아."

"금고는 아주 방대하고 난 모든 금고에 접근할 수 있지. 계속 날 돕는다면 네가 원하는 건 무엇이든 손에 넣을 수 있어."

"난 약속한 물건만 받으면 돼."

"멍청하긴. 생명의 정수를 숨기면 안 된다고 말한 게 누구였더라? 이 세상에서 질병을 뿌리 뽑을 수 있어! 죽음 그 자체를 극복할 수 있다고! 우리가 손을 잡으면 수장들의 기만을 폭로하고 그들에게 책임을 물을 수 있단 말이다!"

라이즈는 그라엘을 바라보았다. 이 순간조차 그라엘의 눈은 생기 없이 차가웠다. '거짓말을 하고 있군.' 그라엘은 세상을 좋게 바꾸고 싶은 마음이 없었다. 그저 본인이 부당하게 빼앗겼다고 여기는 자신의 몫을 되찾고 자신의 비위를 거스른 모든 사람을 고통받게 하려는 것이었다. 평생의 응어리와 곪을 대로 곪아 버린 증오가 만들어 낸 결과물이었다.

"거래했잖아. 약속한 물건이나 줘. 당신이 뭘 하든 상관없지만 난 여기서 빠질 거야."

그라엘이 라이즈를 노려보더니 성큼성큼 방을 가로질렀다. 책장을 옆으로 끄는 그라엘의 거친 동작에 수십 권의 책이 바닥에 나뒹굴었다. 곧이어 그라엘이 벽의 일부를 빼내자 숨겨져 있던 공간이 드러났다. 그라엘은 가죽으로 장정한 책을 꺼내 라이즈에게 던졌다. "나는 다른 자들과 달라. 나는 한 입으로 두말하지 않거든."

책을 꽉 끌어안은 라이즈가 그라엘에게서 눈을 떼지 않은 채 문에 걸린 빗장을 하나씩 열기 시작했다.

그라엘은 입술을 핥았다. "지금 실수하는 거야."

"당신 일에 협조하기로 한 게 내가 저지른 유일한 실수야." 라이즈가 마지막 빗장을 풀고 문을 활짝 열어젖혔다.

"난 널 부숴버릴 수 있어." 그라엘이 쏘아붙였다.

"나도 당신을 부숴버릴 수 있지." 라이즈가 문틀 옆에 있는 등 하나를 낚아채며 되받아쳤다. "그러니까 서로 입 다물고 있자고."

라이즈는 어두운 복도로 나갔다. 지상으로 돌아가는 길은 확실히 기억해 두고 있었다. 슬쩍 돌아보자 증오로 가득한 그라엘의 눈길이 보였다.

"그리고 분명히 말해 두는데, 당신과 나는 전혀 달라." 라이즈가 마지막으로 쏘아붙였다. "수장들이 당신을 여기로 보내 썩히는 이유가 있었어. 당신이 속한 곳은 바로 여기야."

제 20 장

라이즈는 숨을 헐떡이며 달빛이 비치는 뜰을 후다닥 가로질렀다. 넌더리 나는 금고의 어둠에서 벗어나 다행이었지만 한 존재가 자신을 따라오고 있다고 확신했기 때문이다. 뒤에서 무언가가 점점 가까워지는 섬뜩한 느낌이 들었지만 돌아볼 때마다 뒤에는 아무것도 없었다. 그런데도 그것이 점점 다가오는 게 느껴지자 라이즈는 극심한 공포에 사로잡혔다.

대지-기적학교가 쓰는 웅장한 건물의 모퉁이에서 멈춘 라이즈는 자신이 지나온 길을 돌아봤다. 완벽하게 손질한 잔디가 깔린 뜰에는 다섯 개의 자갈길이 교차하고 있었다. 여러 학부 건물로 이어지는 아치형 길은 아래에 어둠을 드리운 채 탁 트인 뜰을 에워싸고 있었다. 라이즈의 눈은 그림자 사이를 바쁘게 오가며 탐색했다. 별다른 것을 찾지 못한 라이즈는 숨을 고르려고 애썼다. 자신의 상상이 지나친 게 틀림없었다. 영겁의 샘에 있던 영혼의 정체가 뭐였든 간에 그것은 그 자리에 남아 있었다.

떠나려고 돌아선 라이즈의 움직임이 우뚝 멎었다.

끊임없이 움직이는 그림자가 길을 가로막고 서 있었다. 전처럼 로브를 두른 반투명한 형상에 이목구비가 텅 빈 모습이었다. 섬뜩한 청록색 빛이 아른거리는 손을 들어 올린 그것이 비난하듯 라이즈를 가리켰다. 그리고 다가오기 시작했다.

라이즈는 비틀비틀 뒷걸음질하더니 달리기 시작했다.

칼리스타와 젠다카야는 어두워진 복도를 나란히 걸었다. 시간이 이렇게 늦어진 줄 몰랐던 칼리스타는 혼자 돌아갈 수 있다고 했지만 젠다카야가 고집을 부렸다.

"어차피 늦게까지 일하는걸요. 공방으로 돌아가기 전에 상쾌하게 걷고 가면 좋잖아요."

두 사람은 적막이 흐르는 복도를 지나 밖으로 나왔다. 칼리스타는 입구를 지키는 보초에게 고개를 끄덕이고 창을 돌려받았다. 도시는 조용했다. 알로베드라의 밤처럼 옥상에서 때를 가리지 않고 울려 퍼지는 시끌벅적한 외침과 웃음소리는 전혀 들리지 않았다.

"의회에서 계속 소식이 없다면 내일은 내가 만들고 있는 다른 유물 무기도 보여 줄게요." 젠다카야가 그늘진 거리를 걸으며 제안했다.

"그거 좋죠. 그런 무기를 만드는 사람이 당신뿐이라는 게 아직도 믿기지 않네요. 수장들도 큰 흥미를 보이지 않을까 싶은데요."

"당신은 카마보르인이자 군인이라서 그래요. 수장들은 내 연구가 아무런 의미도 없다고 생각해요. 신성한 안개가 있는데 그런 게 왜 필요하냐고 하죠."

"무엇보다 효과적인 보호막이긴 하죠. 하지만 누군가 안개를 통과하면 어쩌려고요?"

"내 말이 그 말이에요. 하지만 그런 일은 안개 벽이 세워진 후 수 세기가 지나도록 일어나지 않았어요. 수장들은 그럴 가능성 자체를 고려하지 않죠."

"어리석네요."

"동의해요. 하지만 이 군도를 지키는 데 필요한 군대를 보유하려면 비용이 어마어마하게 들어가겠죠. 아, 결사가 자금이 부족한 건 아닌데 그런 식으로 쓰려고 하는 사람은 아무도 없거든요. 배, 장벽, 요새는 물론이고 병사들도 많이 필요하잖아요. 현실성이 없죠. 하지만 내 유물 무기가 답이 될 수 있어요. 대규모 군대에 자금을 대지 않고도 군도를 지킬 수 있는 방법이니까요. 감시단이 군도를 지킨 적이 있어요. 또 그러지 않으리라는 법은 없죠. 사실 좀 더 큰 규모의 무기를 제작하는 설계도도 그렸어요. 도시가 내려다보이는 탑에 설치할 수 있는 무기죠. 배에 실을 수도 있고, 아니면…" 젠다카야가 한숨을 쉬었다. "하지만 그런 무기를 만들려면 내 권한으로 구할 수 있는 것보다 훨씬 더 많은 자원이 필요해요. 수장들은 절대 허락하지 않겠죠. 쓸데없는 일이라고 생각하는 데다가…" 누군가 급히 모퉁이를 꺾어 달려오는 모습에 젠다카야의 목소리가 점차 잦아들었다.

창을 겨눈 칼리스타는 곧 그가 누구인지 알아봤다. "라이즈?" 칼리스타가 무기를 내리며 말했다. 허세를 부리며 으스대는 태도는 온데간데없었다. 라이즈는 공포에 질린 것처럼 보였다.

"도망쳐!" 라이즈가 전속력으로 달려오며 소리쳤다. "오고 있어!"

"뭐가 오는데?" 칼리스타가 물었다.

라이즈가 달리며 뒤를 돌아봤다. "저거!"

라이즈 뒤쪽 모퉁이에서 그림자가 나타나자 칼리스타는 다시 한번 창을 들었다. "선조시여." 그림자의 속이 훤히 보인다는 사실을 깨달은 칼리스타가 속삭이듯 중얼거렸다. 로브를 입은 남자의 형상이었지만 얼굴 부분이 텅 빈 그것은 거침없이 성큼성큼 다가왔다. 그것이 움직일 때마다 속에서 스산한 불빛이 깜빡이며 기이한 존재를 환하게 밝혔다.

칼리스타는 망설임 없이 유령을 향해 창을 던졌다. 창은 목이 있어야 할 부분에 명중했지만 영묘한 빛이 타닥거리는 소리와 함께 그대로 통과하더니 벽에 부딪히며 요란한 소리를 냈다. 충격에 휩싸인 칼리스타는 성큼성큼 다가오는 실체 없는 존재를 멍하니 바라보았다.

"가자!" 라이즈가 칼리스타를 홱 잡아당겼다. "움직여!"

이글거리며 날아간 빛이 망령의 가슴에 명중하며 그림자 같은 형태를 뚫고 들어갔다. 망령은 팔과 다리를 허우적거리며 뒤로 휘청거렸다. 몸통 절반이 연기처럼 흩어지며 형태를 잃었다. 이글거리는 하얀빛에 맞은 순간 망령의 텅 빈 얼굴에 고통과 놀라움으로 일그러진 노인의 얼굴이 떠올랐다. 노인의 얼굴은 순식간에 사라졌다.

그러나 망령은 파괴되지 않았다. 가슴 부분에 너덜거리는 큰 구멍이 생겼지만 확실한 목적이 생긴 듯 오히려 움직임이 더 빨라졌다. 젠다카야 기능장이 유물 무기로 다시 한번 빛줄기를 쐈다. 이번에는 머리를 노렸다.

찰나의 순간 칼리스타는 다시 그 노인의 얼굴을 봤다. 노인은 안도하는 듯한 표정을 짓고 있었다. 그때 그림자 망령이 폭발했다. 형상 전체가 증기로 분해되며 무의 세계로 소멸했다.

칼리스타는 젠다카야를 바라보았다. 젠다카야는 누구 못지않게 놀란 듯 자신의 손에서 빛나고 있는 유물 무기를 내려다보고 있었다.

"허." 젠다카야가 얼빠진 소리를 냈다.

새벽의 첫 햇살이 어둠을 몰아낼 무렵, 칼리스타는 라이즈, 젠다카야와 함께 자신의 숙소에 있는 탁자에 둘러앉아 그들이 본 게 무엇인지 이해하려고 애썼다.

"그러니까 그게 어디서 나타났는지 정말 모른다고? 왜 널 따라왔는지도 모르고?" 칼리스타가 물었다.

라이즈가 한숨을 쉬며 눈을 비볐다. "그렇다니까요." 전과 달리 훨씬 공손한 태도였다. 라이즈가 두꺼운 가죽 책을 움켜잡으며 자리에서 일어났다. "아무튼 두 분 덕분에 살았어요. 효과 하나는 확실한 무기네요."

세 사람은 모두 탁자 위에 놓인 유물 무기를 바라보았다. 돌에서 나오던 빛은 사라진 지 오래였다.

"스승님이 아침 수업을 들으라고 깨우시기 전에 좀 자 둬야겠어요." 고개를 끄덕여 인사한 라이즈는 조용히 숙소 문을 닫고 떠났다.

칼리스타는 피곤한 눈을 문질렀다. 자신도 잠을 좀 자야 할 것 같았다. "라이즈가 뭔가 숨기고 있어요."

"그러니까요. 그 책은 또 뭐래요? 숨기려고 애를 쓰던데, 무슨 담요로 싼 아기처럼 꼭 끌어안고 있더라고요."

"전에 이런 일이 있었다는 얘기는 못 들어 봤나요?"

"헬리아 거리에 망자의 영혼이 돌아다닌다는 얘기요? 어젯밤 일이 아니었으면 듣자마자 빵 터졌을 거예요. 네, 내가 알기로 이런 일은 없었어요. 하지만 또 이런 일이 생길지 누가 알겠어요?"

두 사람이 곰곰이 생각해 보기도 전에 누군가 문을 두드리는 소리가 났다. 밖에는 관리원 둘이 서 있었다. 그들은 칼리스타에게 말없이 쪽지 하나를 건넸다. 칼리스타는 잽싸게 읽었다.

"드디어!"

"좋은 소식이에요?"

"글쎄요, 아무튼 의회에서 결정을 내렸나 봐요."

"올 것이 왔네요. 행운을 빌어요."

칼리스타는 의회의 결정을 듣고 눈을 깜빡였다.

"죽어 가는 여인을 구하지 않겠다고요?" 칼리스타의 낮은 목소리에는 분노가 서려 있었다.

열일곱 명의 수장은 광휘의 탑 안에 있는 동굴 같은 알현실의 그림자 속에서 아무 감흥 없이 무심한 얼굴로 칼리스타를 내려다보았다. 마침내 한 수장이 입을 열었다. “생명의 정수라는 것은 존재하지 않소. 안타깝지만 뭔가 오해가 있었던 모양이오.”

“그 말을 하는 데 이렇게 오랜 시간이 걸렸다고요?”

얼굴을 알 수 없는 또 다른 수장이 답했다. “카마보르의 왕비를 도울 방법이 있을지 논의하는 과정에서 시간이 걸렸소. 우리의 결론은 도울 수 없다는 것이오. 당신이 왕비를 이곳으로 데려왔다면 달리 조치를 취할 수 있었을지도 모르지만, 이것 또한 의미 없는 가정이겠지.”

칼리스타의 표정이 굳었다. 칼리스타가 이를 악물고 말했다. “왕비 전하를 이곳으로 모셔 오는 게 가능하긴 했나요? 당신들은 작은 공간에서 누리는 특권에 만족하며 세상과 연을 끊었어요.”

“하지만 당신은 이곳으로 오는 방법을 찾지 않았소.” 또 다른 수장이 지적했다.

발언자에게 눈을 돌린 칼리스타는 황급히 시선을 피하는 수장의 모습을 보며 약간의 희열을 느꼈다. 칼리스타는 모여 있는 수장들을 노려봤다. “다들 부끄러운 줄 아세요.” 칼리스타의 말에 못마땅한 듯 수군거리는 소리와 함께 고성이 터져 나왔다.

소란은 바르텍 원로가 손을 들어 올리자 조용해졌다. 바르텍 원로는 최종 통보를 하듯 말했다. “관리원들이 숙소까지 동행할 것이오. 떠날 때 필요한 게 있다면 뭐든 지원해 주겠소. 떠날 준비가 끝나면 신성한 안개 밖까지 타고 갈 배가 있는 부두로 안내할 것이오. 안개 너머에 있는 당신 배에 미리 연락해 뒀소. 안개에서 나가면 배가 마중 나와 있을 것이오. 헬리아에서의 시간은 끝났소. 다시 돌아올 일은 없을 것이오. 카마보르의 왕비가 조속히 회복하길 기원하겠소.”

의원단에 마지막으로 멸시의 눈길을 던진 칼리스타는 몸을 돌려 알현실을 성큼성큼 빠져나갔다.

칼리스타는 고개를 빳빳이 들고 자신을 기다리는 배를 향해 저벅저벅 걸어갔다. 칼리스타의 뒤로 투구의 술이 길게 휘날렸다. 무장한 관리원 넷이 앞뒤로 둘씩 칼리스타와 동행했다.

짐을 챙기는 데는 오랜 시간이 걸리지 않았다. 언제든 떠날 수 있도록 창이나 단검과 함께 장비를 싸 두었기 때문이었다.

기묘한 호를 그리는 부두에 가까워지자 뒤에서 외치는 소리가 들려왔다. "칼리스타!"

돌아보자 팔을 흔들며 거리를 뛰어 내려오는 젠다카야의 모습이 보였다.

칼리스타가 멈추자 관리원들도 따라서 멈췄다. 젠다카야가 관리원들 사이로 쏜살같이 달려와 끌어안자 칼리스타가 미소를 지었다. 이런 표현에 익숙하지 않았던 칼리스타는 뻣뻣이 서서 젠다카야의 등을 어색하게 두드렸다.

젠다카야가 마침내 칼리스타를 놔주며 말했다. "말했잖아요. 거만하기 짝이 없는 멍청이들이라고요. 일이 이렇게 돼서 유감이에요."

관리원 하나가 나서서 칼리스타가 이해할 수 없는 말을 하자 젠다카야가 그를 돌아봤다.

"물러서요! 재촉하지 말라고요!"

칼리스타가 미소를 지었다. "만난 지 얼마 안 됐지만 친구가 될 수 있어 영광이었어요. 함께한 시간이 너무 짧아 아쉬울 따름이네요."

"의회의 결정이 어떻든 간에 다시 만날 수 있다는 느낌이 들어요."

"여기가 지겨워지면 알로베드라로 와요. 카마보르에서는 당신의 실력을 인정받을 수 있을 거예요."

"정말 그럴까 봐요." 젠다카야가 장난스럽게 씩 웃으며 말했다.

"잘 지내요, 친구."

칼리스타는 헬리아로 올 때 타고 왔던 오리엇 서번트로 인도됐다. 예상대로 타이러스가 갑판에 서서 기다리고 있었다.

타이러스는 지치고 실망스러워 보였다. "정말 죄송합니다, 레이디 칼리스타." 타이러스가 한쪽 무릎을 꿇으며 고개를 숙이자 칼리스타는 깜짝 놀랐다. "당신을 이곳으로 데려오는 게 옳은 일이라고, 당신이 필요한 도움을 받을 수 있을 것이라고 진심으로 믿었습니다. 그러지 않았다면 이런 제안도 하지 않았을 겁니다."

칼리스타가 타이러스를 일으켜 세웠다. "사과할 것 없어요. 의회의 결정은 당신 탓이 아닌걸요. 당신은 좋은 마음으로 날 데려와 줬죠. 진심으로 감사하고 있어요."

"자애로우시군요."

"헬리아의 수장들은 비밀스럽고 수상쩍더군요. 언제까지고 다른 세상과 단절해 살아갈 순 없을 텐데요."

"수장들의 결정이 아쉽긴 하지만 그들이 외부인을 경계하는 데는 나름의 이유가 있답니다. 어찌 됐든 일이 모두 허사가 돼서 유감이군요."

"당신은 좋은 사람이에요, 타이러스. 언젠가 또 만나게 될지도 모르겠네요."

타이러스가 미소를 지었다. "그렇게 된다면 참 좋겠군요."

"제자는 함께 가지 않나요?" 칼리스타가 갑판을 살피며 물었다.

"평소처럼 늦는 모양입니다. 오긴 할 거예요." 타이러스가 목을 가다듬었다. "그런데 출항하기 전에 당신과 따로 만나고 싶어 하는 사람이 있습니다. 갑판 밑에서 기다리고 있어요."

칼리스타가 얼굴을 찌푸렸다. "누구인데요?"

타이러스의 얼굴이 일그러졌다. "오래전 저와 함께 공부한 사람입니다. 문턱 감시대원이죠. 이상한 친구인데, 보고 있으면 딱하더군요. 당신을 꼭 만나게 해 달라고 사정했어요. 사실 그 친구의 부탁을 거절하기가 어렵더군요. 너무 오래 걸리진 않게 하겠습니다."

"왜 나를 만나고 싶어 하는 거죠?"

"카마보르에 학문적 관심이 있는 모양입니다." 타이러스는 겸연쩍어 보였다. "그 친구가 원하는 대로 해 주신다면 정말 감사하겠습니다. 제 마음이 좀 편해질 거예요."

"갑판 밑이라고요?"

"예. 기다리고 있습니다."

칼리스타는 여전히 얼떨떨한 마음을 안고 아래로 내려갔다. 눈이 어둠에 익숙해지기까지 시간이 걸렸다. 시간이 지나자 회색 로브를 입은 키가 크고 수척한 인물이 기다리고 있는 게 보였다. 남자는 허리와 가슴에 체인을 두르고 있었다. 온갖 열쇠가 빽빽이 달린 커다란 쇠고리도 여럿 보였다. 남자가 미소를 지었지만 따뜻한 느낌은 아니었다.

"누구지?" 칼리스타가 조심스레 다가가며 말했다.

"문턱 감시대의 간수장 에를로크 그라엘이라고 합니다."

"둔탁 감시대. 그렇게 불리던데?"

"그렇게 부르는 이들도 있습니다." 웃고 있는 그라엘의 입가에 힘이 들어갔다. "수장들에게 형편없는 대우를 받으셨다고 들었습니다. 수장들은 멍청하죠. 당신에게 거짓말을 했고요."

그라엘은 로브 안에서 이를 데 없이 투명한 액체가 담긴 작은 유리병을 꺼내 보였다.

그라엘이 유리병을 칼리스타에게 건네며 말했다. "생명의 정수는 진짜 있습니다. 카마보르의 의사와 마법사가 사실 여부를 확인해 드릴 수 있겠죠."

칼리스타는 생명의 정수를 경이로운 듯 바라보며 건네받았다.

"이것밖에 가져올 수 없었습니다. 이 정도로는 카마보르의 왕비 전하를 살리기 힘들겠죠. 하지만 국왕 전하께 이곳 헬리아에 친구이자 아군이 있다는 사실을 꼭 알려 드리고 싶군요. 그분이 필요한 만큼 정수를 구할 수 있게 도와줄 친구이자 아군 말입니다."

칼리스타가 그라엘을 응시했다. 그라엘의 표정을 보니 불안한 마음이 들었다. "그게 어떻게 가능하지?"

그라엘이 로브에서 또 다른 것을 꺼냈다. 교차된 선이 새겨진 작고 둥근 돌이었다. 이정석이었다. 타이러스가 안개를 가를 때 썼던 것과 똑같았다.

"표정을 보아하니 이게 뭔지 알고 계신 모양이군요."

칼리스타는 수상쩍다는 듯 말했다. "그래. 헬리아에서 감시대원이 가지고 있을 만한 물건은 아닌 것으로 알고 있는데."

"우리 감시대원은 군도의 진정한 관리원이죠. 군도의 모든 비밀에 접근할 수 있는 열쇠를 쥐고 있으니까요."

"이걸 왜 나한테 주는 거지?"

"돕고 싶어서요."

칼리스타는 그 말을 믿지 않았다. "당신에게 무슨 득이 된다고?"

그라엘의 웃음이 커졌다. "전 의회를 좋아하지 않습니다. 하지만 카마보르 국왕 전하께서 지원해 주신다면 기꺼이 충성을 다할 생각이죠."

"뭘 어떻게 하면 되지?"

"왕비 전하를 여기로 데려오세요. 이정석으로 안개를 통과해 들어오는 겁니다. 카마보르 왕이 문 앞까지 찾아온다면 의회도 거절하지 못하겠죠. 왕비 전하께서 나오시면 저도 함께 떠나고 싶습니다. 카마보르 궁정에서 한자리 차지하는 것. 그게 제가 원하는 보상입니다."

칼리스타가 손을 뻗자 그라엘이 이정석을 뒤로 물렸다. 칼리스타의 눈초리가 매서워졌다. 그라엘이 피식 웃으며 자신은 아쉬울 게 없다는 듯 칼리스타에게 이정석을 툭 던졌다.

"타이러스나 제자 녀석에게 이 얘기는 하지 마세요." 그라엘이 떠나기 위해 칼리스타 옆을 지나치며 말했다. "이건 우리 둘만의 작은 비밀입니다. 조만간 다시 뵙기를 고대하죠." 그라엘은 체인이 절그럭거리는 소리를 내며 계단을 올라가 갑판으로 사라졌다.

잠시 후 선원들이 소리치며 밧줄을 풀어 던지는 소리가 들리더니 배가 출항했다.

칼리스타는 자신의 손에 있는 유리병과 이정석을 내려다보았다. 지금껏 찾아 헤매던 것이었지만 마음속에서 심한 갈등이 일었다. 이 길을 선택하면 자신에게 한없이 잘해 준 타이러스를 배신해야 했다. 타이러스의 뒤통수를 치는 것은 비열하기 그지없는 일이었다. 그 생각만으로 마음이 불편해질 정도였다. 그러나 이졸데의 목숨이 달린 문제였다. '이졸데를 살릴 유일한 기회일지도 모르는데 그런 기회를 날릴 순 없어.'

그때 타이러스가 칼리스타를 살펴보러 내려왔다. 칼리스타는 유리병과 이정석을 재빨리 주머니에 넣어 타이러스의 시야에서 숨겼다.

"무슨 문제라도 있으신가요?"

"아무 문제 없어요." 칼리스타가 타이러스를 안심시켰다.

칼리스타는 대거호크의 갑판에 서서 다시 안개 속으로 돌아가는 타이러스와 오리엇 서번트를 지켜봤다. 마치 장막이 드리우는 것 같았다. 그 자리에 있던 배는 순식간에 모습을 감췄다.

"공주님이 원하는 건 찾으셨어요?" 베닉스 선장이 말했다.

칼리스타는 곧바로 대답하지 않았다. 배가 사라진 후에도 한참 동안 철옹성 같은 안개를 계속해서 응시했다. 칼리스타는 꺼림칙한 감시대원과 그자가 준 것을 떠올리고는 마침내 입을 열었다.

"아마도."

"그럼 이제 어디로 갈까요?"

"집으로. 카마보르에 돌아갈 시간이야."

3부

힘을 가진 바보는 위험하다. 그리고 우리는 바보와 힘이 넘쳐 나는 세계에서 살아간다.

—'헬리아 빛의 입문서'에서 발췌

이졸데 왕비의 일기에서 발췌한 내용

시간이 많지 않다. 비에고가 자리를 비운 틈에 써야 한다.

죽음의 킨드레드가 가까이 있다. 날 노리며 주변을 맴도는 그것의 존재가 느껴진다. 아무것도 없어야 할 곳에서 움직임이 느껴진다. 열로 인한 망상에 불과할지도 모르지만 잠들거나 깨어날 때 침대를 맴도는 늑대의 조급한 발소리를 똑똑히 들었다. 한번은 하얗게 빛나는 형체가 창턱에 웅크리고 있는 모습을 분명히 봤다. 늑대 가면으로 얼굴을 가린 양이었다.

난 살고 싶지만—아, 얼마나 살고 싶은지!—죽음이 두렵지는 않다. 저세상에는 고통도 공포도 없다고 하는데 두려울 이유가 어디 있겠는가? 그곳에 가면 이야기를 수없이 전해 들었지만 직접 만나 볼 기회가 없었던 우리 집안의 여장부들과 재회할 수 있을 것이다. 수단과 방법을 가리지 않고 가족을 지키는 것으로 악명 높았던 가모장제를 이어받아 집안을 다스렸던 이모들과 할머니들을 만날 수 있다. 때가 되면 빛 속에서 그들과 함께할 수 있다고 생각하니 위안이 된다.

그러니 날 기다리고 있는 것은 두렵지 않지만… 내가 두고 가는 이들이 어떻게 될지 두렵다.

필멸자의 꿈과 희망이란 어찌 이리 깨지기 쉬운지! 겨우 균형을 유지하는 미래의 길은 우연과 불운에 의해 너무나도 쉽게 무너지고 만다. 그런데도 우리가 원하는 미래를 만들어 나갈 수 있다고 믿었다니 참으로 오만했다. 참으로 같잖았다!

나 같은—그것도 재봉사에 지나지 않은—시골 아가씨가 왕국을 바꿀 수 있으리라 생각했다니! 비에고와의 결혼으로 카마보르의 기반인 탐욕스러운 학살

과 정복에 마침표를 찍고 카마보르에 새로운 시대를 열리라 진심으로 믿었던 날 보고 운명이 얼마나 웃었을까. 우리는 그 목표를 이루기 직전이었다! 하지만 내가 죽은 후에도 비에고가 그 숭고한 길을 계속 걸으려고 할까? 아닐 것이다. 비에고는 자신을 둘러싼 이들의 권모술수에 너무 쉽게 흔들린다. 내 조언이 없으면 사소한 변덕과 충동에 너무 쉽게 좌우된다. 아, 또 이렇게 오만한 생각을 하고야 말았다! 사실 카마보르의 방향을 바꾸는 것은 항상 나의 꿈이었을 뿐 비에고의 꿈은 아니었다.

비에고의 마음에 상냥함이 있는 것은 사실이지만—그것은 내가 비에고와 사랑에 빠진 이유 중 하나이기도 했다—시간이 갈수록 비에고의 그런 모습이 점점 사라지는 것 같다. 잔혹함과 무관심, 특권 의식이 뒤섞인 유독한 환경에서 자란 비에고는 너무 많이 망가져 버렸다. 가끔은 비에고의 안에서 전쟁이 일어나는 듯하다. 한쪽에는 이 세상에 자신이 소유하고 통제할 수 없는 게 존재한다는 사실에 분노하는 오만한 특권층 소년이 있고, 한쪽에는 스스로에 대한 확신 없이 겁에 질린 채 자신이 원하는 것을 결코 주지 않을 이들의 사랑과 존경, 인정을 갈구하는 청년이 있다. 난 우리의 사랑으로 비에고를 그 어둠에서 끌어낼 수 있으리라 생각했다. 하지만 운명에게는 다른 계획이 있었던 모양이다.

날 죽음으로 이끈 그 검이 스치기 전부터 날 보는 비에고의 시선은 달라져 있었다. 어느 순간부터 내가 비에고의 동반자가 아닌 전리품이 된 느낌이었다. 어떨 때는 비에고가 날 신성하게 여기는 듯한 기분마저 들었다. 현실에선 찾아볼 수 없는 이상적인 존재처럼 말이다. 비에고는 날 맹목적으로 사랑했다. 내게 선물과 진부한 말을 쏟아붓고—죽음이 가까워진 지금의 나에게도 그러듯—나 없이는 살 수 없다고 맹세하며 내가 완벽하다고 말했지만 내가 자신이 원하는 모습에서 조금이라도 벗어나는 말을 하면 은근슬쩍 눈을 피하며 억지웃음을 지었다.

비에고는 내가 죽어 간다는 사실을 부정한다. 난 비에고가 원하는 것을 얻지 못했을 때 얼마나 좋지 못하게 반응하는지 봐 왔다. 내가 죽으면 어떤 일이 벌어질지 너무나도 두렵다. 비에고의 분노와 슬픔이 카마보르를 지금까지 걸어

온 길보다 더 어둡고 피비린내 나는 길로 이끌까 봐 걱정된다.

절망에 굴복하지 않기가 힘들다. 내가 뭘 할 수 있을까? 어떻게 해야 이 길을 피할 수 있을까? 이제 난 칼리스타에게 모든 희망을 걸고 있다. 칼리스타는 강한 만큼 현명하고 맹렬한 만큼 선한 마음을 지녔다. 비에고는 절대 인정하지 않겠지만—칼리스타 앞에서는 특히 그럴 것이다—칼리스타에게 자신의 가치를 증명해 보이고 싶어 한다. 종종 비에고가 들려주는 어린 시절 이야기를 들어 보면 비에고가 다치거나 악몽을 꿨을 때 비에고를 달래 준 사람은 늘 칼리스타였다. 그 외에 누가 있었겠는가? 비에고의 어머니는 비에고를 낳다가 죽었고 비에고의 아버지는 마지막 순간까지 비에고를 외면했다. 비에고를 신경 쓴 사람은 칼리스타뿐이었다. 비에고가 필요로 할 때 이끌고 조언하며 비에고가 잘못하면 재빨리 힐책한 것도 칼리스타였다. 칼리스타가 군무를 수행하느라 어린 비에고와 많은 시간을 함께하지 못한 게 아쉬울 따름이다. 비에고가 칼리스타와 더 많은 시간을 보냈다면 더 나은 사람이 됐을지 궁금하지만 지금 그런 생각이 다 무슨 의미가 있을까. 한 가지 확실한 것은 내가 세상을 떠나면 진심으로 비에고를 이끌어 줄 유일한 사람은 칼리스타라는 사실이다.

너무 피곤해서 이 깃펜도 들고 있기가 힘들다. 눈이 마음만큼 무겁다. 목에서 늑대의 뜨거운 숨결이 느껴진다. 늑대가 가까이 다가온다. 한편으로는 포기하고 싶다. 늑대에게 목숨을 내주고 고통과 공포가 없는 곳으로 떠나고 싶다. 하지만 그럴 수 없다. 가능한 한 오래 버텨야 한다. 내가 죽은 후 내 우려대로 광기에 굴복한 비에고의 분노에 시달릴 모든 이를 위해서라도.

자야겠다.

제 21 장

카마보르, 알로베드라

"검은 조기가 보이거나 종소리가 들리진 않네요. 좋은 징조예요." 베닉스 선장이 중얼거렸다.

칼리스타가 주머니에 이졸데의 일기를 넣고 고개를 끄덕였다. 베닉스의 말대로 좋은 징조였다. 대거호크가 알로베드라의 부두를 향해 미끄러지자 칼리스타의 희망도 타올랐지만 불안감까지 떨쳐 버릴 순 없었다. 칼리스타가 떠날 때 이졸데는 선조의 곁으로 떠나기 직전이었다. 기적이 일어나지 않는 한 이졸데가 아직 살아 있을 확률은 높지 않아 보였지만, 이졸데가 세상을 떠났다면 그로부터 일 년 하고도 하루 동안 왕궁 위에 검은 깃발이 펄럭여야 했다.

칼리스타가 처음 여정을 떠날 때는 한여름이었다. 이제 낮이 상당히 짧아졌지만 바다에서 보이는 알로베드라는 칼리스타가 떠났을 때와 크게 달라 보이지 않았다.

하지만 그 감상은 해안에 발을 내딛는 순간 급격히 바뀌었다.

거리에 항상 거지와 주정뱅이, 극빈층이 있긴 했지만 지금 칼리스타의 눈에 보이는 것처럼 많았던 적은 단 한 번도 없었다. 부둣가에 대규모 야영지가 자리하고 있었다. 여기저기 매달고 건물에 기대 놓은 지저분한 이불과 썩은 돛, 나뭇조각은 비바람도 막지 못할 만큼 허술했다. 꼬질꼬질한 아이들이 뛰어다니며 행인에게 동전이나 음식을 구걸했고 초라한 판잣집 밑에 있는 사람들은 공허한 눈으로 바깥을 응시했다. 칼리스타가 지나친 상점 대부분은 문과 창문을 판자로 막고 영업을 중단한 상태였다. 구린내 나는 술집과 사창가만이 이 구역에서 계속 영업을 이어 가고 있는 듯했다. 칼리스타는 전날 밤 술을 퍼마시고 인사불성이 된 채 길 곳곳에 널브러져 있는 주정뱅이들을 넘어 다니며 왕궁으로 향했다.

도시에는 군대가 쫙 깔려 있었다. 부두에서 이어지는 거리는 방어벽으로 막혀 있었다. 수레와 통을 쌓아 만든 임시 검문소가 보였다. 검문소는 칼리스타가 이끄는 주력군 병사들이 지키고 있었지만, 병사들은 이곳을 담당하는 경비대의 지시를 받고 있는 것 같았다. 그들은 검문소를 지나려는 이들에게 말을 걸고 있었다. 기다리느라 불만에 찬 사람들과 함께 물건이 실린 짐마차가 길게 늘어서 있었다.

갑자기 고함이 터져 나왔다. 자포자기한 시민들이 무거운 짐마차를 급습해 아래에서 기다리고 있는 이들에게 마개로 막힌 단지와 곡물 자루를 던지기 시작한 것이다. 길에 부딪혀 박살 난 상자에서 말린 무화과와 콩, 그 외 별미가 담긴 작은 상자들이 흩어지자 메뚜기 떼처럼 몰려든 사람들이 떨어진 것을 낚아채고 쫓아오는 경비대를 피해 골목과 옆길로 쏜살같이 달아났다. 이성을 잃은 사람들은 마치 돌을 피해 흐르는 물처럼 칼리스타 옆으로 지나갔다. 칼리스타의 갑옷과 창을 보고 가까이 가기를 꺼린 것이다.

한 경비가—천만다행으로 주력군 병사는 아니었다—비쩍 마른 남자를 무자비하게 때리는 것이 보였다. "그만!" 칼리스타가 고성을 터뜨리며 경비의 목덜미를 움켜잡고 홱 잡아당기자 맞고 있던 남자가 허둥지둥 자리를 피했다.

분노에 찬 경비가 칼리스타를 돌아봤다. "감히 누가—" 하지만 칼리스타를 본 경비는 얼굴이 하얗게 질리더니 재빨리 시선을 내리깔고 허리를 숙이며 뒤로 물러났다. "죄송합니다, 칼리스타 님."

순식간에 방어벽까지 가는 길이 뚫렸다. 칼리스타가 가까이 다가가자 주력군 병사들이 절도 있게 경례했다. 칼리스타는 한 하사관을 알아봤다.

"비바스 하사관, 여긴 왜 봉쇄했지?"

"국왕 전하의 명령입니다, 장군님. 계엄령이 떨어졌습니다."

칼리스타가 눈살을 깊게 찌푸렸다. "왕비 전하께서는, 살아 계시나?"

"아마 그럴 겁니다. 왕궁까지 호위해 드려도 되겠습니까? 거리에서 소요가 일어나고 있습니다. 보호 없이 이동하면 위험할 겁니다."

하사관의 제안을 받아들인 칼리스타는 곧 주력군 병사 열두 명의 호위를 받으며 왕궁을 향해 나아갔다. 가는 길에 본 광경은 가히 충격적이었다.

사실상 모든 집과 상점이 판자로 막혀 있었다. 불에 타 소실된 곳도 적지 않았다. 거리 여기저기 박살 난 상자와 통이 나뒹굴었고 몽둥이, 낫, 칼로 무장한 시민들이 무리 지어 쓰레기 사이를 배회하다가 다가오는 병사들을 보고 슬그머니 멀어졌다.

"도시가 공격이라도 받았나?"

"아닙니다. 폭동은 도시 안에서 시작된 겁니다. 곡물 창고가 문을 닫은 이후에요."

그들은 음울한 침묵을 지키며 계속 나아갔다. 칼리스타는 왕궁 정문 바깥에 세워진 처형대를 보고 경악했다. 고귀한 선조이신 비탄의 여인 케스카가 눈물을 흘리고 있는 조각상이 그곳을 내려다보고 있었다.

'이게 무슨 미친 짓이지?'

비에고가 왕의 검 '신성'을 높이 들고 심판의 성소에서 의기양양하게 걸어 나왔을 때 환호하는 시민들로 가득 차 있었던 바로 그 광장이었다. 이제 검은 처형대만이 자리한 광장은 텅 빈 폐허 같았다. 처형을 거행하는 자리 주변의 얼룩을 보니 처형대가 한두 번 쓰인 게 아닌 모양이었다. 칼리스타는 왕궁 정문 꼭대기에 줄줄이 걸려 있는 끔찍한 머리들을 보고 자신의 생각이 틀리지 않았음을 확인했다.

궁전을 둘러싼 벽 안으로 무사히 들어온 칼리스타는 주력군 병사들을 돌려 보내고 결의에 찬 발걸음으로 왕궁 내부를 가로질렀다. 칼리스타를 본 이들이 허리를 숙이며 무릎을 구부리고 뒤에서 소곤거렸지만 무시했다. 칼리스타는 넓은 보폭으로 뛰듯이 건물 내부로 들어갔다. 알현실 문을 지키는 근위병이 보이지 않아 칼리스타는 바로 문을 열었다.

알현실은 텅 비어 있었다. 높은 단상에 번쩍이는 왕좌가 무기처럼 서 있었다. 칼리스타의 표정이 더 일그러졌다. 그때 왼쪽 그림자에서 어떤 형체가 움직였다. 칼리스타는 몸을 돌려 창을 겨누었다.

"여기 안 계십니다." 왕의 고문 누뇨였다. 누뇨는 칼리스타의 창이 아무렇지 않은 듯했다. 누뇨가 발을 끌며 다가오자 칼리스타가 창을 내렸다. "칼리스타 님이 떠나신 이후 침소가 있는 건물에서 나오지 않으셨죠."

누뇨는 늘 나이가 많아 보였지만 칼리스타가 자리를 비운 사이 십 년은 더 늙은 것 같았다. 피곤하고 힘이 없어 보였을 뿐 아니라 등도 평소보다 굽어 있었다.

"누뇨, 어떻게 된 거지? 도시가 전쟁터 같더군."

"전하께서… 정신이 없으셨습니다."

"왕비 전하께서는 아직 살아 계시겠지?"

누뇨가 한숨을 내쉬더니 한 손으로 얼굴을 문질렀다. "직접 보시는 편이 좋겠군요."

칼리스타는 국왕 부부의 침실에 도착하기 한참 전 걸음을 멈춰야 했다. 국왕 부부가 기거하는 건물 전체가 봉쇄된 상태였는데 놀랍게도 칼리스타를 막은 것은 근위병이 아닌 강철 기사단의 기사들이었다.

강철 기사단을 상징하는 강철 주먹이 그려진 회색 단복을 입고 두꺼운 판금 갑옷으로 무장한 거구의 기사들은 철갑을 두른 손을 태연히 칼자루에 올리고 서 있었다.

"비켜라." 칼리스타가 가장 계급이 높은 기사를 올려다보며 으르렁거리듯 말했다.

기사는 칼리스타를 내려다보았다. "아무도 들이지 말라는 명령을 받았습니다."

"나는 아르젠트 왕가의 후계자이자 카마보르 사자의 손녀이며 주력군의 장군이다. 이 왕궁은 나의 집이다. 비켜라."

"전 헤카림 단장님의 명령만 따릅니다."

창을 쥔 칼리스타의 손에 힘이 들어갔지만 누뇨가 앞으로 나섰다.

누뇨가 기사의 완갑에 손을 올리며 말했다. "자네 때문에 자기 약혼자가 화났다는 걸 알면 헤카림 경이 좋아할 것 같나? 지나가게 해 주게. 전하께서도 그리고 헤카림 경도 그러길 바랄걸세."

기사는 못마땅한 게 역력한 태도로 비켜섰다. 칼리스타는 기사를 돌아보지도 않고 성큼성큼 지나쳤다.

"언제부터 기사단이 왕궁을 제멋대로 통제했지? 그런 일은 법으로 금지되어 있지 않나?"

"그렇습니다. 전하께서 법을 무시하시는 바람에 엉망이 됐습니다. 국경 지대에서는 반란이 일어나 피바람이 불고 있습니다. 알로베드라의 상태는 직접 봐서 아시겠지요. 난리도 아니니까요."

"반란이라고?"

"타스카로스 지역이 더는 카마보르에 속하지 않겠다며 독립을 선언했습니다. 폴레미아는 불타고 있습니다. 백색 기사단은 맹세를 저버리고 드레이큰 성채를 포위해 유혈 분쟁에 다시 불을 지폈죠. 다 말하자면 끝도 없습니다."

"주력군은?"

"혹시 모를 공격에 대비해 수도 성벽을 지키고 있습니다. 칼리스타 님이 돌아오셔서 다행입니다. 칼리스타 님의 존재가 상황을 가라앉히는 데 도움이 될 수도 있겠지요. 더 빨리 오셨다면 좋았겠지만요. 아예 떠나지 않으셨거나요."

"최대한 빨리 돌아온 거야. 왕비 전하를 살릴 방법을 찾은 것 같아."

누뇨는 아무런 반응 없이 침묵을 지키며 국왕 부부의 침실을 향해 걸음을 옮겼다. 가는 길에 있는 방들은 평소와 다르게 엉망진창이었다. 러그는 진흙이 묻은 발로 짓밟힌 듯 아무렇게나 말려 있었고 의자는 쓰러져 있었으며 양초에서 흐른 촛농이 탁자 위로 흘러넘치다 못해 바닥까지 떨어져 있었다. 한 방에서는 먹고 치우지 않아 썩어 가는 음식 주위로 파리 떼가 꼬여 있었다. 칼리스타는 비우지 않은 요강에서 나는 지독한 악취에 욕지기를 느끼며 코를 틀어막았다.

"전하께서 또 암살자가 있을까 봐 시종들이 다가오지 못하게 하십니다."

"왕궁에 있는 시종을 모두 내보냈나?"

"내보낸 시종은 운이 좋은 편이지요."

칼리스타는 왕궁 바깥에 줄줄이 걸린 머리를 떠올렸다. "선조시여. 비에고가 완전히 미쳐 버린 건가?"

누뇨가 목소리를 낮추었다. "제가 드릴 수 있는 말씀은 아니군요. 하지만 조심하시는 편이 좋습니다. 최근 전하의 행동은… 종잡을 수가 없거든요."

"칼리스타! 돌아왔구나!"

국왕 부부의 침실로 이어지는 문이 쾅 하는 소리와 함께 활짝 열리더니 비에고가 튀어나왔다. 맨발에 딱 붙는 검은 바지만 입고 검은 벨벳 로브를 풀어 헤친 비에고가 걸을 때마다 로브 자락이 바닥에 질질 끌렸다. 긴 머리는 부스스했고 햇빛을 보지 못한 피부는 창백했으며 격한 감정으로 타오르는 눈은 거뭇하게 퀭하니 들어가 있었다. 원래 살집이 없는 편이긴 했지만 지금은 확실히 수척해진 모습이었다. 그럼에도 환하고 매력적인 웃음을 지으며 달려온 비에고는 칼리스타를 끌어안았다.

비에고의 몸은 열병에 걸린 것처럼 뜨거웠다. 비에고는 칼리스타를 꽉 끌어안고 나직이 말했다. "네가 돌아와서 얼마나 다행인지 몰라. 믿을 수 있는 사람이 있어야 말이지."

비에고의 어깨 너머로 침실 밖을 지키고 있는 레드로스의 거구가 보였다. 레드로스의 감정이 풍부한 검은 눈을 들여다본 칼리스타의 심장이 두근거렸다. 칼리스타는 초조하게 미소를 지었다. 레드로스도 살짝 웃더니 고개를 끄덕여 답했다.

칼리스타는 비에고의 품에서 빠져나와 걱정 어린 눈으로 비에고를 쳐다봤다. "이졸데 전하는?"

"쉬는 중이야. 잘 버티고 있지. 이졸데가 생각보다 강하더라고. 희망을 놓은 적이 없어. 우리 둘 다 그랬지." 비에고가 눈썹을 올리고 기대감에 찬 얼굴로 칼리스타를 바라보았다. "그래서? 축복의 빛 군도는 찾았어?"

칼리스타는 고개를 끄덕였다. "그래." 칼리스타가 조용히 말했다.

"그럴 줄 알았어!" 비에고가 소리치며 두 손을 번쩍 들어 올렸다. "네가 이졸데를 살릴 줄 알았어! 들어와, 내 사랑에게도 이 멋진 소식을 알려 줘야지!"

몸을 돌린 비에고는 신난 강아지처럼 팔짝팔짝 뛰며 다시 안으로 들어갔다. 그러나 레드로스도 누뇨도 칼리스타와 시선을 마주하지 않았다.

'뭔가 단단히 잘못됐어.'

가장 먼저 밀려온 것은 악취였다. 방에 짙게 피운 향으로도 역겨운 악취를 숨길 수는 없었다. 그것은 죽음의 냄새였다.

"들어와, 같이 전해 주자!" 칼리스타는 손짓하는 비에고를 따라 침대로 다가갔다. 두려움에 짓눌릴 것 같은 기분이 들었다.

비단 커튼이 이졸데를 가리고 있었지만 잠자듯 누워 있는 이졸데의 윤곽이 보였다.

"내 사랑." 비에고가 속삭이며 커튼을 걷었다. 칼리스타가 있는 곳에서는 여전히 안쪽이 보이지 않았다. "내 사랑, 일어나! 좋은 소식이 있어!"

비에고가 몸을 기울여 이졸데의 이마에 입을 맞췄다. 비에고는 칼리스타를 보며 놀랍다는 듯 고개를 흔들었다.

"아주 푹 잠들었어!" 비에고는 다시 돌아보며 아내의 뺨을 다정히 쓸었다. "지금은 쉬게 둘까 봐. 네 성과는 나중에 얘기하지 뭐."

속이 비칠 만큼 얇은 커튼 사이를 본 칼리스타는 이졸데가 카마보르 전통 의복을 입고 있다는 사실을 깨달았다. 이상했다. 자신의 정체성을 자랑스러워했던 이졸데는 늘 자신의 고향에서 입는 하늘하늘한 복식의 옷을 입고 다녔다.

칼리스타는 천천히 다가가며 커튼을 옆으로 걷었다. 그리고 마침내 이졸데를 내려다보았다.

이졸데는 죽어 있었다.

제 22 장

시신을 내려다본 칼리스타는 절망에 찬 신음을 내뱉었다.

이졸데의 살은 잿빛으로 변해 푹 꺼진 상태였다. 퍼런 입술은 검게 변하고 있었다. 칼리스타의 추측으로는 죽은 지 얼마 되지 않은 것 같았다. 일주일 전쯤일 가능성이 높았다. 비통과 죄책감이 밀려들었다. 무언가에 꿰뚫린 느낌이었다. 며칠만 더 일찍 도착했더라면 이졸데는 살 수 있었을지도 모른다. 하지만 이졸데가 죽었다는 사실은 의심할 여지가 없었다. 숨을 쉬지 않는 이졸데의 가슴은 오르내리지 않았다. 아무리 깊이 잠든 사람이라도 이렇게 쥐 죽은 듯 있을 순 없었다.

그래도 확실히 확인해야 했다. 칼리스타는 손을 뻗어 이졸데의 목에 살며시 손가락을 갖다 댔다.

"깨우지 마." 비에고가 중얼거렸다.

차가운 이졸데의 살은 칼리스타의 손길에도 아무런 반응이 없었다. 맥박이 뛰지 않았다.

"오, 비에고." 칼리스타가 속삭이듯 말했다. "이졸데는 떠났어. 평온을 찾은 거야. 이제 선조의 곁에 있지. 이마에 피의 삼지창을 그려야 해. 이졸데가 더 편안하게 저세상으로 넘어갈 수 있도록."

비에고의 얼굴에 무수히 많은 감정이 스쳐 지나갔다. 상처받은 듯한 비에고의 얼굴에 혼란스러운 표정이 떠오르더니 이내 분노가 그 자리를 메웠다. 비에고는 험악한 얼굴로 이졸데의 몸에서 칼리스타의 손을 쳐 냈다. "이졸데한테서 떨어져. 왜 그런 못된 말을 해?"

칼리스타는 달래듯 두 손을 올리며 뒤로 물러섰다. "힘든 거 알아. 하지만 보내 줘야 해."

"너도 다른 자들과 똑같아. 우리 사이를 갈라놓고 이졸데를 빼앗아 갈 속셈이지. 그렇게 두진 않겠어."

"비에고." 칼리스타는 고통과 슬픔에 일그러진 비에고의 모습을 보고 있기 힘들었다. 칼리스타는 비에고에게 손을 뻗으며 가까이 다가갔다.

숨이 막힐 듯한 침실 안의 공기가 돌연 격앙되더니 비에고의 손에서 거대한 왕의 검 '신성'이 형체를 갖추었다. 칼리스타는 얼어붙었다.

"이졸데는 못 데려가."

어느새 칼리스타의 곁으로 온 누뇨가 칼리스타를 문이 있는 뒤쪽으로 잡아당겼다. 칼리스타는 누뇨가 침실로 들어온 것도 알아채지 못했다. "좀 쉬시지요, 전하. 피곤한 하루였지 않습니까."

비에고는 눈을 깜빡이더니 몽상에서 빠져나오듯 고개를 흔들었다. 그리고 혼란스러운 표정으로 자신의 검을 바라보았다. "그래." 마침내 비에고가 검을 쥔 손에서 힘을 풀었다. 검은 바닥에 부딪히기도 전에 사라졌다. "그래, 누뇨. 그게 좋겠다. 피곤하구나. 쉬어야겠다. 레드로스, 내가 자는 동안 지켜봐 주겠느냐?"

"전하께서 원하신다면 그리하겠습니다." 칼리스타 뒤쪽에 있는 그림자에서 레드로스가 답했다.

"부탁한다. 그러면 마음이 편할 것 같구나."

레드로스의 완갑에 손을 얹은 칼리스타는 그의 온화하고 슬픔 어린 눈을 올려다보았다. "시간 날 때 얘기 좀 해." 레드로스는 고개를 끄덕이며 철갑을 두른 커다란 손을 칼리스타의 손 위에 포갰다.

칼리스타는 비에고를 돌아봤다. 이졸데 옆에 무릎을 꿇은 비에고가 침대에 머리를 기댔다. 칼리스타는 한숨을 쉬며 누뇨의 인도를 따라 밖으로 나갔다. 문이 닫혔다.

두 사람은 난장판이 된 건물을 빠져나왔다. "언제 돌아가셨지?" 칼리스타가 낮은 목소리로 물었다.

"단언하기 힘듭니다. 전하께서 침실 안으로 아무도 들이지 않으셨거든요. 치료사조차요. 하지만 칼리스타 님이 떠나신 후 몇 주 지나지 않은 때였을 겁니다. 연락을 드릴 방법이 없더군요."

칼리스타는 충격을 받은 표정으로 누뇨를 바라보았다. "그렇게 오래됐다고? 하지만 꼭…"

"미카엘의 성배 때문입니다. 성배가 부패 속도를 늦췄습니다."

"세상에, 이건 악몽이야."

"맞습니다." 누뇨가 한숨을 쉬었다. "갈수록 나빠지는 악몽이죠."

칼리스타는 속이 울렁거리는 것을 느끼며 걸음을 멈췄다. "또 무슨 일이 있었지?"

근위병을 물린 누뇨는 왕궁 보물고로 이어지는 무거운 철문을 열고 칼리스타가 들어갈 수 있게 비켜섰다.

칼리스타는 횃불을 높이 들고 안으로 들어갔다. 어마어마한 크기의 동굴 같은 공간이었지만 천장이 낮고 아치형으로 되어 있어 왕궁의 지하 무덤 같은 느낌이 강했다. 칼리스타가 이곳에 내려온 것은 수년 만이었다. 칼리스타는 전보다 공간이 더 넓게 느껴지는 이유가 대부분 텅 비어 있기 때문이라는 사실을 잠시 후 알아차렸다. 칼리스타가 마지막으로 이곳에 왔을 때는 방마다 바닥부터 천장까지 상자와 금고가 잔뜩 쌓여 있었다. 수백 년의 정복과 조공, 조세로 쌓인 카마보르의 재물은 끝이 없을 것만 같았다.

"비에고가 썼다고?" 칼리스타가 경악하며 주변을 둘러봤다. "전부 다?"

"이게 다가 아닙니다. 우리에게 없는 돈까지 쓰셨어요. 카마보르는 막대한 빚을 졌습니다. 갚으려면 수십 년은 걸릴 거예요."

"그게 가능한 일인가?" 칼리스타가 텅 빈 공간을 서성이며 말했다.

"기적의 치료제가 절박했던 전하께서 치료사나 마법사, 사제, 연금술사를 찾을 때마다 금화를 뿌리셨습니다. 그리고 소문이 나자 한몫 챙기려는 이들이 매일같이 왕궁 앞에 도착해 줄을 길게 늘어섰죠."

"겨우 그걸로 이 많은 재물이 다 사라지진 않았을 텐데." 칼리스타가 주변을 가리키며 말했다.

"왕비 전하를 살릴 수단이 있다면 뭐든 달라고 애원하며 수십 개국에 공물을 보내셨습니다. 재물을 잔뜩 쌓은 새로운 배와 마차 행렬이 매일 이곳을 떠나는 느낌이 들 정도였습니다. 물론 대부분은 목적지까지 도착하지 못했습니다. 습격을 받거나 호송을 맡은 이들이 훔치거나 그냥 흔적도 없이 사라져 버렸죠. 그럼 전하는 더 많은 재물을 보내시고요. 대대로 왕가의 소유였던 값을 따질 수 없는 가보와 유물을 사기꾼과 돌팔이의 거짓된 약속과 맞바꾸셨습니다. 왕가의 유산이 몇 달 만에 사라졌습니다."

"비에고를 막을 순 없었나?"

누뇨가 고개를 숙였다. "최선을 다해 조언해 드렸습니다만, 그 이상 밀어붙였다면 제 목숨이 무사하지 못했을 겁니다."

칼리스타가 눈을 문질렀다. "곡물 저장고는 왜 닫았지? 거리에 있는 사람들이 굶주리고 있던데."

"수도가 포위될 때를 대비해 주력군과 경비대, 기사단 몫으로 남겨 뒀습니다. 아, 기근도 들었습니다. 비가 안 와서 땅이 메말랐습니다."

"총체적 난국이군."

"그렇습니다. 카마보르의 미래가 벼랑 끝에 서 있습니다."

"헤카림 경은 어디 있지? 강철 기사단이 왕궁을 장악했지만 단장은 안 보이던데. 도시의 질서를 유지하는 데 힘을 보태고 있나?"

"헤카림 경은 왕궁에 일부 인원만 남긴 후 나머지 기사들을 이끌고 동쪽으로 갔습니다. 흑각 기사단과 몇몇 하위 기사단도 함께요."

"동쪽?"

"타칸 항을 약탈했거든요. 독립 도시 국가 알샬라야를 향해 내륙으로 이동하고 있다는 게 마지막 소식이었습니다."

"뭐?" 칼리스타가 믿기지 않는다는 듯 말했다. "헤카림 경은 여기 있어야 해! 무의미한 전쟁을 벌이러 자리를 비우다니! 대체 무슨 생각이지?"

"아, 저도 그 말씀에 동의합니다만 헤카림 경은 전하의 명령으로 떠났습니다. 전하께서는 누군가를 탓하고 싶어 하시죠. 당연하게도 그 대상은 타칸 항이 됐고요. 하지만 타칸 항으로 끝나지 않을 겁니다."

실의에 빠진 칼리스타는 빈 금고에 털썩 주저앉았다.

칼리스타는 위대한 문명의 끝자락에서 살던 이들이 몰락 전에 갈라진 균열을 봤을지 늘 궁금했다. 그들은 두려움에 차서 주변이 무너지는 모습을 무력하게 지켜봤을까? 아니면 일상의 자잘한 일과 스트레스에 눈이 멀어 균열이 생기고 있다는 것도 알아차리지 못했을까? 누군가는 애써 상황이 나아지리라 믿으며 현실을 부정했을까? 피할 수 없는 일을 미연에 방지해 보려고 했을까? 비록 그 노력이 이미 가라앉기 시작한 배에서 물을 퍼내는 것과 같다고 하더라도?

카마보르가 바로 그런 상황일까? 지금 카마보르는 최후의 몸부림을 치고 있는 게 아닐까?

"이만 가 봐야겠군요. 탄원서와 청구서를 든 이들이 매일같이 왕궁으로 밀려들고 있습니다. 전하께서 그들의 말에 귀를 기울일 상태가 아니라고 무시한다면 불에 기름을 붓는 격이겠죠. 제가 할 수 있는 일이 적다고 하더라도 해가 지기 전까진 원성과 고충을 들어 주려고 합니다. 말씀은 그 후에 나누도록 하시죠."

누뇨가 사라진 후 칼리스타는 손에 머리를 파묻고 눈물을 흘렸다.

칼리스타는 도착한 지 이틀이 지나고 나서야 레드로스와 얘기할 수 있었다.

칼리스타는 숨을 돌릴 여유도 없이 급보와 보고서를 읽고 누뇨에게 질문하며 이 끔찍한 상황을 타개할 실마리라도 찾기 위해 안간힘을 썼다. 가장 시급한 문제는 도시의 빈민가에서 굶주리는 이들을 먹이고 거리의 폭동을 종식하는 일이었지만… 둘 다 쉽게 해결될 문제는 아니었다.

늦은 시각, 왕궁 성벽 위에 홀로 선 칼리스타는 바깥을 응시했다. 어둠에 뒤덮인 도시 저 멀리서 고함과 무기 부딪치는 소리가 울려 퍼졌다. 불길에 휩싸인 구역도 여럿 보였다. 알로베드라가 무너지고 있었다. 칼리스타는 마음이 찢어지는 것 같았다.

"장군님." 뒤에서 들려오는 목소리에 칼리스타가 미소를 지었다. 굵고 낮으면서도 부드러운 레드로스의 목소리가 그리웠다. 레드로스는 덩치에 맞지 않게 아주 조용히 움직였다.

칼리스타는 몸을 돌려 레드로스를 올려다보았다. 레드로스는 이제 귀족 신분임에도 시선을 내리깔고 있었다. 레드로스가 눈을 마주치지 않는다는 사실에 가슴이 아렸다. 칼리스타는 카마보르를 떠나 있는 동안 매일 레드로스를 떠올리며 만나면 어떤 말을 할지 생각했지만, 막상 앞에 레드로스가 있으니 할 말이 떠오르지 않았다.

"레드로스. 그… 오랜만이야."

"무사히 돌아오셔서 다행입니다." 레드로스는 눈치를 보듯 어색하고 뻣뻣한 자세를 하고 있었다.

"날 봐. 부탁이야."

레드로스는 천천히 눈을 들어 칼리스타와 눈을 맞추더니 다시 한번 아래로 내리깔았다. 그 짧은 눈 맞춤에서도 레드로스의 내면에 있는 혼란과 고통, 긴장이 엿보였다.

"잘 지냈어?"

"예." 레드로스가 기계적으로 답했지만 확신이 없는 목소리였다. "장군님은요?"

"나도야." 칼리스타가 다시 도시를 내다보며 말했다. 두 사람은 오랫동안 아무 말 없이 서 있었다. 마침내 한숨을 쉰 칼리스타가 레드로스를 향해 돌아섰다. "바보 같아."

레드로스가 미간을 찌푸렸다. "예?"

"이거! 우리! 지금 이 상황 말이야! 웃기지도 않아."

레드로스가 미간을 더 찌푸리더니 불편한 듯 발을 가만두지 못했다. 칼리스타는 장갑을 낀 레드로스의 거대한 손을 잡았다. 레드로스의 움직임이 뚝 멎었다. 칼리스타는 붙잡은 레드로스의 손을 다른 손으로 포개고 꽉 쥐었다.

"넌 내 소중한 벗이자 동료야. 내가 왕족이 아니었고 다른 사람과 약혼하지 않았다면 상황이 달랐을지도 모르겠지만 이게 우리가 사는 세계지. 아무리 부정하고 싶어도 이게 바로 현실이야."

레드로스의 돌처럼 굳은 각진 얼굴에서는 표정을 읽기 힘들었다.

칼리스타는 다시 한숨을 쉬고 레드로스의 손을 놓았다. 아래쪽 정원과 안뜰에서 우스갯소리를 주고받는 강철 기사단 기사들을 본 칼리스타의 표정이 안 좋아졌다. "언제부터 강철 기사단이 왕궁을 통제했지?"

"장군님이 떠나고 이틀 후부터요."

"비에고의 명령으로?"

레드로스가 멈칫하더니 고개를 끄덕였다.

"나한테 말하지 않는 게 있군. 뭔데 그래. 넌 뭘 숨기려고 하면 다 티가 난다고."

레드로스의 어깨가 축 늘어졌다. "전하의 명령이었지만 헤카림 경이 전하께서 정신없으신 틈을 타 칙서에 서명하시도록 유도한 것 같습니다."

칼리스타는 지평선을 응시했다. "그리고 이제는 우리 우방 도시들을 약탈하는 중이군." 칼리스타의 말에서 씁쓸함이 묻어났다. "그 명령도 헤카림 경이 비에고를 구슬린 결과인가?"

레드로스는 답하지 않았지만 그 침묵이 의미하는 바는 명확했다.

"기가 막히군." 칼리스타가 중얼거렸다.

레드로스가 주저하며 입을 열었다. "또 있습니다. 이건 꼭 알고 계셔야 할 것 같아요."

"뭐지?"

"소문을 들었습니다. 헤카림 경이 어떻게 강철 기사단의 기사단장이 됐는지요."

칼리스타가 얼굴을 찌푸렸다. "어떤 소문인데?"

"헤카림 경이 강철 기사단의 전임 기사단장을 구할 수도 있었다는 소문입니다. 그자가 개입하면 구할 수 있었는데 그러지 않았다고 하더군요."

칼리스타는 눈을 깜빡였다. "헤카림 경이 전임 단장을 죽게 놔뒀다고?"

"그랬다고 들었습니다." 레드로스가 바다로 눈을 돌렸다.

"어디서 들은 얘기지? 증거는 있나?"

레드로스는 입을 꾹 다물고 계속해서 흉벽 너머를 내다보았다. "충분히 그럴 수 있다고 봅니다. 갈망하는 힘을 얻을 수 있다면 무엇이든 할 자예요. 무자비하고 부도덕하죠." 레드로스가 칼리스타를 돌아봤다. 대화를 시작한 후 처음으로 칼리스타의 시선을 피하지 않은 순간이었다. "그자와 결혼하면 안 돼요, 칼."

"이제 나한테 뭘 하라 말라 충고까지 하는 거야?"

"그런 뜻은 아니었습니다."

"헤카림 경이 야심 있고 완고한 사람이긴 하지만 살인자라고?" 칼리스타가 미심쩍은 듯 말했다.

"사람을 너무 믿어서 문제입니다!" 레드로스가 소리치자 칼리스타는 충격을 받았다. 레드로스가 칼리스타에게 이런 식으로 말하는 것은 처음이었다. "사람이 가진 최고의 면을 보지만 최악의 면을 보지 못할 때도 있죠! 그냥 나쁘기만 한 인간들도 있습니다. 그자가 바로 그런 인간이고요."

레드로스의 가슴이 들썩였다. 커다란 손을 꽉 움켜쥔 레드로스의 얼굴은 시뻘겋게 달아올라 있었다. 레드로스는 자신의 행동이 얼마나 부적절했는지 깨달은 듯 시선을 내리깔았다.

"결혼하지 말라는 게 날 위해서야 널 위해서야?" 칼리스타의 어조는 얼음처럼 차가웠다.

레드로스는 칼리스타를 쳐다봤다. 레드로스의 눈은 분노와 상처로 얼룩져 있었다. "그자를 믿으면 안 됩니다."

"질투하면 보기 안 좋아, 사령관."

그 말을 끝으로 칼리스타는 돌아서서 가 버렸다.

칼리스타는 문득 잠에서 깨어났다. 전사의 본능 때문이었다. 방에 누군가 있었다.

칼리스타는 단검을 들고 곧장 침대에서 나왔다. 위협을 찾는 칼리스타의 심장이 미친 듯이 뛰었다. 마침내 칼리스타의 시선이 구석의 의자에 앉아 있는 어두운 형체에 가닿았다. "레드로스?"

칼리스타는 자신의 행동을 후회하며 침대로 돌아갔다. 레드로스가 찾아왔다면 자신의 잘못을 바로잡을 수 있을 테니 잘된 일이었다. 하지만 자리에서 일어선 어두운 형체는 레드로스의 거구라기엔 너무 작았다.

형체가 앞으로 나오자 차가운 달빛이 비에고의 가늘고 창백한 얼굴을 비췄다. "이졸데가 보고 싶어, 칼. 이졸데의 웃음소리를 들은 지 너무 오래됐어. 이졸데의 미소를 본 지도."

칼리스타는 검을 내리고 검집에 넣은 후 탁자에 던졌다. 그리고 숨을 길게 내쉬었다. 가슴 속 심장이 전쟁에서 울리는 북처럼 계속 두방망이질을 쳤다. "여기 있어 주지 못해서 미안해. 제때 돌아오지 못해서 미안해."

"현실이 아닌 것 같아." 비에고가 침대에 앉으며 말했다. 진이 다 빠진 듯 지쳐 보이는 비에고는 공허한 눈으로 바닥을 응시했다. "이졸데가 곁에서 날 도와줬으면 좋겠어."

칼리스타가 비에고 옆에 조심스레 앉았다. "나도야. 하지만 내가 있잖아. 이 상황을 헤쳐 나가게 도와줄게. 약속해."

"전부 엉망진창이야, 칼." 비에고가 칼리스타를 돌아보며 말했다. 비에고의 눈에서 눈물이 반짝거렸다. "그냥 원래대로 돌아갔으면 좋겠어. 예전으로."

"알아, 비에고." 칼리스타가 비에고에게 손을 뻗었다. 비에고가 칼리스타의 어깨에 머리를 기댔다. "정말 미안해."

두 사람은 그렇게 서로에게 의지하며 한참 동안 조용히 슬픔에 잠겨 있었다. 침묵을 깬 것은 비에고였다.

"그래도 이제 괜찮아지겠지?" 비에고가 몸을 빼고 눈가를 닦으며 말했다. "축복의 빛 군도를 찾았잖아! 이졸데를 치료하면 다 원래대로 돌아갈 거야! 네가 이졸데를 구했어!"

"비에고." 칼리스타가 고개를 저었다. '잠시지만 정신을 차리는 것 같았는데.' "소용없어. 이졸데는 죽었으니까. 이졸데를 되살릴 방법은 없어."

비에고는 자신만의 세계로 도피하는 것 같았다. 비에고의 표정이 딱딱하게 굳었다. "나의 아름다운 이졸데를 위하는 척하지만 사실 그런 게 아니구나? 너도 다른 이들과 똑같아. 이졸데가 사라지길 원하는 거야."

칼리스타가 자리에서 일어나며 말했다. "말도 안 되는 소리 하지 마. 나잖아! 우린 서로에게 남은 유일한 가족이야. 난 이졸데를 사랑했어. 내 누이처럼 생각했다고. 그리고 널 사랑해. 난 그저 네가 이 어둠을 헤쳐 나갈 수 있게 돕고 싶을 뿐이야."

비에고가 천천히 일어섰다. 비에고의 얼굴에 그림자가 드리웠다. "뭘 찾았는지 말해. 안개를 통과하는 방법을 말해."

칼리스타는 감시대원이 준 이정석과 물이 담긴 유리병을 떠올렸다. 둘 다 서랍장 안에 있었지만 그 방향을 쳐다보고 싶은 충동을 억누르며 비에고의 눈에서 시선을 떼지 않았다.

"안 돼. 그래 봤자 좋을 게 없어."

"그럼 쓸모가 없군." 비에고가 등을 돌리며 말했다. "근위병!"

강철 기사단의 거대한 기사 넷이 방으로 들어왔다. 기사들은 칼자루 끝에 손을 올린 채 칼리스타를 에워쌌다. 투구의 가리개를 내리고 있어 얼굴은 보이지 않았다. 칼리스타는 자신들의 행동이 부끄러워 그러는 것이길 바랐다.

"비에고, 제발. 이러지 마."

비에고는 등을 돌린 채 말했다. "데려가라. 감옥에 가둬."

철갑을 두른 손에 잡힌 칼리스타는 본능적으로 긴장하며 저항했다. 그러나 상대는 넷이었다. 방에서 끌려 나가지 않을 도리가 없었다. 복도에는 강철 기사단 기사들이 더 많이 서 있었다.

"방을 뒤져라!" 비에고가 칼리스타를 따라 나오며 외쳤다.

기사들에게 붙들린 칼리스타는 꿈틀거리고 저항하며 필사적으로 레드로스를 찾았지만 그는 어디에도 보이지 않았다. 레드로스가 그 자리에 있었다고 해도 할 수 있는 일은 없었다. 칼리스타에게 그런 말을 들은 직후이니 칼리스타를 위해 나설 이유도 없었다.

전의를 상실한 칼리스타는 순순히 끌려갔다.

제 23 장

검은 머리카락이 칼리스타 얼굴에 달라붙어 있었다. 냄새나는 감옥 바닥에서 힘겹게 팔 굽혀 펴기를 하는 칼리스타의 몸은 땀투성이였다.

복도 끝의 문이 열릴 때 나는 날카로운 경첩 소리와 갑옷을 입은 듯 철커덕거리며 다가오는 발소리가 들렸지만 칼리스타는 올려다보지 않았다. 자신의 감방 바로 앞에서 발소리가 멈췄지만 하던 일을 계속했다. 간수 중 하나겠거니 싶었다.

천천히 바닥으로 몸을 낮춘 칼리스타는 찬찬히 숨을 들이쉰 다음 훅 내쉬며 힘차게 팔을 폈다. 울퉁불퉁한 돌이 손마디를 파고들었지만 계속했다. 칼리스타는 이백까지 세고 나서야 움직임을 멈췄다. 마침내 무릎을 꿇은 칼리스타는 감방문을 등진 채 일어나 바깥에 있는 자를 기다리게 했다.

거친 삼베 가운을 걸친 칼리스타는 더러웠다. 손발은 흙과 더께로 새까맣게 변했고 배는 성난 곰처럼 으르렁거렸다. 운동으로 거칠어진 숨을 몰아쉬며 얼굴에 붙은 헝클어진 머리를 쓸어 넘긴 칼리스타는 이가 빠진 도자기 잔에 든 더러운 물을 한 모금 마셨다. 역겨운 냄새에 구역질이 날 것 같았다. 칼리스타는 잔을 도로 내려놓고 나서야 방문객을 돌아보았다.

창살 너머에 헤카림이 서 있었다. 괴롭고 안타까운 표정이었다. 헤카림의 갑옷은 움푹 들어가 있었고 짙은 회색 옷자락은 먼지에 뒤덮인 채 찢겨 있었다. 헤카림은 지쳐 보였다. 헤카림의 얼굴에는 새로운 흉터가 나 있었다. 이마 중앙에서 눈썹을 가로질러 볼까지 난 흉터였다. 더 길어진 검은 곱슬머리는 씻지 않은 상태였고 수염도 제멋대로 자라나 있었다. 그런데도 이 더러운 감옥과 지독히도 어울리지 않는 남자였다.

헤카림이 나직이 말했다. "여기서 몇 주씩이나 계셨다고요? 이건 말도 안 됩니다. 레이디 칼리스타, 괜찮… 괜찮으십니까?"

칼리스타는 자세를 바로 하며 품위를 지키려고 애썼다. "경의 눈에 보이는 대로죠."

"계속 당신을 여기 가둬 둘 순 없습니다. 이건 미친 짓이에요."

"왕국 전체가 미쳐 돌아가고 있죠." 칼리스타가 고개를 한쪽으로 기울이고 헤카림을 똑바로 쳐다봤다. "우리 우방은 잘 짓밟고 왔나요? 하마터면 눈을 잃을 뻔한 모양이군요."

헤카림은 한숨을 쉬더니 시선을 떨궜다. "제가 병력을 이끌고 동쪽을 공격한 게 불명예스러운 일이라고 생각하시는군요. 이해합니다."

"아닌가요?"

헤카림은 대답하지 않았다. 대신 창살 앞에 의자를 끌고 와 지친 듯 끙 앓는 소리를 내며 털썩 주저앉았다. 칼리스타는 허리를 꼿꼿이 세우고 계속해서 서 있었다.

"여기 남아 있었다면 얼마나 좋았을까요. 제가 떠나기 전에는 상황이 이렇게 심각하지 않았습니다. 거리에서 무력 충돌이 일어나는 경우는 없었어요."

"그런데 왜 떠났죠?"

"전하의 태도가 강경했습니다. 전하의 주장에 일리가 있기도 했고요. 암살 시도에 대한 소문이 빠르게 퍼진 상황에서 누군가에게 대응하지 않는다면 적 그리고 아군에게 얕보일 수밖에 없습니다. 최근 남쪽 국경이 자주 습격받고 있죠. 반란을 일으킨 속방도 여럿이고요. 카마보르가 건재하다는 걸 보여 줘야 했습니다."

"하지만 타칸 항의 대군주들은 우리 아군이에요. 비에고를 암살해서 얻을 게 아무것도 없었다고요!" 칼리스타가 감방에서 왔다 갔다 움직이며 쏘아붙였다. 헤카림이 제지하듯 한쪽 손을 들어 올렸다.

"그들이 배후인지 아닌지는 중요하지 않습니다. 전하께서 그들이 배후라고 믿으셨으니 그에 따라 움직여야 했습니다. 대군주들이 수상하다는 시오도나의 말에 전하께선 다른 말을 들으려고 하지도 않으셨죠. 저도 어찌할 방법이 없었습니다."

칼리스타는 걸음을 멈추고 혐오스러운 표정으로 헤카림을 내려다보았다. "경은 늘 타칸 항을 차지하고 싶어 했죠."

"그렇습니다. 하지만 이런 식으로는 아니었어요. 타칸 항은 수십 년 동안 카마보르와 우리의 적 사이에서 간을 보며 부를 늘려 왔습니다. 전 오래전부터 타칸 항을 카마보르로 끌어들이면 카마보르가 더욱 강력해질 것이라고 믿었습니다."

"강철 기사단의 돈주머니도 채우고요. 경은 타칸만 토벌한 게 아니에요. 타칸을 불태운 다음 계속 동쪽으로 행군했다고 하더군요. 그간 경이 또 어떤 동맹국과 전쟁을 벌였는지는 선조들만이 아시겠죠."

"우리에게 이미 등을 돌린 곳만 노렸습니다. 타칸 항과 긴밀한 관계가 있는 곳이요. 세력을 모아 우리 국경으로 행군하길 기다리느니 지금 짓밟는 편이 낫다고 판단했습니다."

가혹하고 냉정했지만 일리 있는 논리였다. 타칸 항 동쪽에 있는 요새 도시와 국가는 모두 대군주들이 다스리는 지역에 속했다. 타칸 항이 폐허가 됐으니 카마보르와 관계를 단절하려고 할 가능성이 높았다.

헤카림이 목소리를 낮추며 말했다. "카마보르의 재정 상태도 알고 계시겠죠. 전하께서 왕국의 금고를 축내셨습니다. 전하의 어리석은 행동에 적들의 배만 불린 꼴이 됐습니다. 병사에게 지급할 돈은 물론이고 굶주린 백성이 먹을 곡물을 살 돈조차 없습니다. 타칸과 동쪽 지역을 공격한 덕분에 그나마 약간의 시간을 벌 수 있었죠."

"그렇게 손에 넣은 재물은 어디 있죠? 강철 성채에 고이 모셔 뒀나요?"

"전하께서 또 허비하시는 것보다 그곳에 두는 게 낫죠." 헤카림이 싸늘한 눈초리로 의자에서 일어났다. "이런 상황을 이용해서 한몫 챙길 마음은 없습니다. 이미 곡물을 가져올 이들을 보낸 상태입니다. 주력군 전사들의 급료가 밀리는 일이 없도록 확실히 지시도 해 뒀고요. 주력군이 가장 필요한 시점에 이탈자가 나오면 곤란하니까요."

칼리스타가 으르렁거렸다. "주력군은 충성심이 강합니다. 탈영병이 나올 일은 없어요."

헤카림이 어깨를 으쓱했다. "절박한 병사들은 절박한 행동을 하는 법이죠. 하지만 전 당신과 싸우러 온 게 아닙니다."

"그럼 왜 왔죠?"

"당신은 제 약혼자니까요." 헤카림이 둘 사이를 갈라놓는 창살로 가까이 다가오며 말했다. 헤카림의 표정은 진지했다. "당신이 잘 지내고 있는지 확인하고 싶었습니다. 당신이 돌아왔다는 얘기를 듣자마자 달려왔습니다. 전하께서 당신을 가뒀다는 얘기를 들었을 땐 당신의 방에 가뒀을 거라고 생각했습니다. 전하께서 아무리 제정신이 아니시라지만 자신을 위해 헌신한 당신을 지하 감옥으로 내치실 줄은 몰랐습니다. 이건 말도 안 됩니다."

"내가 헌신했다고요?" 칼리스타가 침대로 쓰는 낮은 돌 선반에 앉으며 말했다. 감옥에 갇힌 몇 주 동안 절망에 빠지지 않으려고 애썼지만 이제 슬슬 한계였다. 너무 피곤했다. "난 위기에 처한 왕국을 두고 떠났어요. 결국 아무런 성과도 얻지 못했고요. 그냥 여기 남았어야 했어요."

"하지만 찾지 않았습니까?" 헤카림이 더 가까이 몸을 기울였다. "축복의 빛 군도 말입니다. 정말 실재하는 곳입니까?"

"그래요. 하지만 상관없어요. 너무 늦었으니까. 왕비 전하는 내가 헬리아에 발을 들이기 한참 전 지하실에 안치돼야 했어요."

"전해지는 이야기가 전부 사실이던가요?"

칼리스타가 눈을 가늘게 뜨며 홱 고개를 들었다. 헤카림의 목소리에 서린 무언가에 칼리스타의 신경이 날카로워졌다. 지금까지 눈치채지 못했던 갈망이었다. 칼리스타가 차갑게 말했다. "그건 상관없어요. 왕비 전하를 구하러 갔지만 결국 실패했으니까."

헤카림이 상체를 뒤로 젖혔다. 후회와 슬픔으로 가득한 표정이었다. 칼리스타는 헤카림에게서 느낀 열망이 자신의 착각이 아니었을까 생각했다. 배고픔에 몸이 약해지고 잠도 계속 설친 탓에 머리가 제대로 돌아가지 않았다.

"당신은 최선을 다했습니다. 전하께선 당신에게 감사해야 합니다. 당신이 아니었다면 죽었을 테니까요."

"비에고를 너무 원망하진 말아요. 인생에서 가장 소중한 존재였던 왕비 전하를 잃는 바람에 잠시 무너진 거니까요. 다시 회복할 거예요. 좋은 사람이거든요. 어둠에서 나오는 길만 찾으면 돼요."

헤카림이 미소를 지었다. "당신을 이곳에서 썩게 한 사람을 여전히 두둔하는군요."

"가족이니까요. 내겐 비에고밖에 없어요."

"맹렬한 만큼 자비로운 분이시군요. 주력군이 왜 그렇게 당신을 따르는지 알겠습니다." 헤카림이 떠나려고 돌아섰다. "제가 전하께 말씀드려 보겠습니다. 제 명예를 걸고 당신을 석방해 달라고 전하를 설득하죠."

생각에 잠긴 칼리스타는 헤카림이 떠난 후에도 미간을 찌푸린 채 한참 동안 자리를 지켰다.

축복의 빛 군도, 헬리아 외곽

풀이 깔린 숲속 공터에 책상다리를 하고 앉은 라이즈는 가죽으로 장정한 책을 든 채 정신없이 들여다보고 있었다. 산들바람이 불어와 위쪽에 있는 나무가 부드럽게 흔들리자 누런 종이에 햇빛이 아른거렸다.

스승의 눈을 피해 헬리아 밖으로 나온 라이즈는 혼자가 아니었다. 감시단 기능장 젠다카야가 조금 떨어진 곳에 눈을 감고 드러누워 있었다. 라이즈는 젠다카야가 함께 있는 게 기꺼웠다. 카마보르의 공주 칼리스타가 떠난 지금 라이즈를 따라온 유령에 관해 얘기할 수 있는 상대는 젠다카야뿐이었다. 젠다카야도 라이즈만큼 유령의 정체에 관해 아는 게 없었지만 같은 경험을 하고 얘기를 나눌 상대가 있다는 것 자체가 안심이 됐다. 젠다카야의 유물 무기가 가까이 있는 것도 상당한 위안이 됐다. 영겁의 샘에 있던 영혼은 하나가 아니었으니까.

라이즈가 읽고 있던 페이지에 나비가 한 마리 앉았다. 나비는 더듬이를 흔들며 무지갯빛 날개를 천천히 펼쳤다 접었다. 라이즈가 밑에 손가락을 가져다 대자 나비가 달라붙었다. 나비를 들어 올린 라이즈는 부드럽게 입바람을 불었다. 나비가 느릿느릿 날개를 나풀거리며 날아가자 라이즈는 검지로 고대 설형 문자를 훑으며 책을 계속 읽어 나갔다. 라이즈 옆에는 까다로운 문구를 해석할 때 참고하려고 가져온 책 두 권이 더 펼쳐져 있었다. 라이즈가 갑자기 이케시아 고어에 관심을 보이자 타이러스가 지원을 아끼지 않으며 라이즈의 학습을 도우려고 건넨 희귀한 책들이었다.

지난 몇 주 동안 라이즈는 조용히 공부에 전념했다. 수업을 듣고 타이러스가 낸 과제를 수행하는 한편 이 가죽으로 장정한 책에서 신비한 룬 마법에 관해 배울 수 있는 것은 뭐든 배웠다. 유령이 쫓아오던 끔찍한 기억이 여전히 뇌리를 떠나지 않았고 일에 몰두하는 것은 머리를 비우는 최고의 방법이었다.

타이러스는 갑작스러운 제자의 변화가 의아했지만 딱히 그에 관해 묻지는 않았다. 라이즈가 젠다카야와 시간을 보내는 이유도 묻지 않았다.

"형식이 다른 학문을 접하는 것도 좋지. 젠다카야는 좋은 스승이 되어 줄 거다."라고 말한 게 다였다.

라이즈는 풀밭에 누워 잠든 젠다카야를 보고 씩 웃었다. 타이러스가 과연 젠다카야의 방식을 용납할까 싶었다.

아무튼 타이러스는 라이즈가 드디어 배움에 진지한 태도로 임하자 만족스러운 듯했다. 사실 라이즈는 요즘 공부가 즐거웠다. 전에는 느껴 보지 못한 감정이었다.

게다가 그라엘에게 받은 책 덕분에 드디어 조금씩 힘을 통제하기 시작했다. 그 귀중한 책은 한 저자의 작품이 아니라 수 세기 전 살았던 룬 마법사 십여 명의 경험을 합친 결과물이었다. 룬 형태에 통달하면 할 수 있는 일은 라이즈가 생각했던 것보다 훨씬 많았다. 지금의 라이즈는 수박의 겉만 겨우 핥은 수준이었다. 예전에는 힘을 끌어들일 순 있었지만 그 힘을 효과적으로 사용하는 룬 마법을 충분히 알지 못했다. 다른 이들의 생각이 어떻든 라이즈는 자신이 이 기술에 통달하는 데 가까워졌다고 생각할 만큼 오만하지 않았다. 대신 자신이 아는 것과 아마도 더 중요하게는 모르는 것이 무엇인지 좀 더 명확히 파악할 수 있었다.

라이즈는 한 구절을 다시 읽었다. 머릿속에 새기며 입술을 움직여 고어를 내뱉었다. 그런 다음 책을 한쪽으로 치워 두고 일어나 자리를 잡으며 눈을 감고 숨을 깊이 들이마셨다. 라이즈는 타이러스에게 배운 정신 집중 방법을 썼다. 그리고 다시 한번 숨을 들이마셨다. 이번에는 공기만이 아니라 원초적 마법의 힘도 함께였다. 양을 조절하는 게 쉽지는 않았지만 너무 많이 끌어들이지 않으려고 애썼다. 마법의 힘은 약간만 흡수했는데도 녹아내린 불처럼 혈관을 타고 흐르며 맹렬히 타올랐다.

눈을 뜨자 몸속에서 마법 에너지가 빛나는 게 보였다. 피부에서 일련의 룬이 모습을 드러냈다. 라이즈는 짜릿한 기분에 미소를 지었다. 힘에 압도되지 않았다. 자신이 원하는 대로 힘을 휘두를 수 있었다.

라이즈는 마법의 증기가 새어 나오는 눈을 바위로 돌렸다. 몸속에 있는 에너지가 요동쳤다. 밖으로 나가고 싶은 것이었다. 라이즈는 굴복하지 않았다. 침착하게 호흡하며 탄탄한 근육을 긴장시킨 라이즈가 공중에 룬 형태를 그렸다. 무늬를 완성하기 위해 앞으로 나가며 불끈 쥔 양손의 주먹을 내질렀다.

주먹 마디 주변의 공기가 흔들리더니 창백한 푸른빛 기운이 폭발하듯 앞으로 나가며 지나간 자리에 깜빡거리는 복잡한 무늬의 룬을 남겼다. 기운이 바위를 강타하며 쩍 갈라지는 소리가 울려 퍼졌다. 바위 표면에 신묘한 빛이 물결처럼 퍼지며 번개처럼 춤췄다.

라이즈가 팔에서 힘을 빼자 피부 아래에서 이글거리던 문자들이 희미해졌다. 바위를 살펴보러 다가간 라이즈는 바위 중앙이 깔끔하게 갈라진 모습을 보고 이 사이로 휘파람을 불었다. 두 조각으로 갈라진 바위에서 매캐한 연기가 피어올랐다. 하지만 바위의 표면은 서늘했다. 매끈하고 하얀 돌의 표면을 쓸자 룬에 깃든 힘이 남긴 마지막 흔적에 손가락이 따끔거렸다.

"잠 좀 자자."

라이즈는 여전히 눈을 감고 누워 있는 젠다카야를 돌아봤다. "최근 만든 무기에 문제가 있어서 해결해야 한다고 하지 않았나요."

"까다로운 문제를 해결하는 데 잠만큼 효과가 좋은 것도 없거든." 한숨을 쉰 젠다카야는 마지못해 눈을 뜨고 일어나 앉았다. 젠다카야가 눈을 가늘게 뜨고 반으로 갈라진 바위를 쳐다봤다. "네가 한 거야?"

라이즈가 가슴을 쫙 폈다. "네. 그 대단한 유물 무기도 필요 없었죠."

젠다카야가 코웃음을 쳤다. "제법이네. 자, 또 뭘 할 수 있는지 보여 줘 봐."

카마보르, 알로베드라

이틀 후 다시 찾아온 헤카림이 감방 밖에 나타났을 때 칼리스타는 몸을 씻고 깔끔한 옷으로 갈아입은 상태였다.

그날 일찍 입을 굳게 다문 간수들이 온수가 담긴 커다란 대야와 함께 비누, 향유, 빗을 가져다주었다. 깨끗한 수건과 새로운 옷, 단순한 샌들을 가져왔을 뿐 아니라 너덜너덜한 담요를 두툼한 양털 담요 두 개로 바꿔 주기도 했다.

여러 접시에 담긴 진수성찬도 도착했다. 배가 고픈 만큼 급하게 먹다 보면 괜히 탈만 날 게 뻔했기에 조금씩 먹으며 기름진 음식은 먹고 싶은 생각이 굴뚝같아도 피했다.

"전보다 좀 낫지 않으십니까?"

"그렇네요. 경에게 감사해야 하나요?"

"아직 감사 인사를 받을 순 없습니다. 당신을 석방하지 못했으니까요. 대신 조금이나마 편히 지내실 수 있도록 조치했습니다."

"신경 써 줘서 고마워요."

헤카림이 강렬한 눈빛으로 창살 가까이 몸을 기울였다. "한 시간 안에 석방되는 방법이 있습니다. 전하께서 원하시는 것을 드리세요."

칼리스타는 몸을 돌렸다. "그래서 좋을 게 없어요. 왕비 전하는 돌아오지 않아요."

"전하께서 당신 방에 있던 유리병을 찾았습니다. 안에 든 물을 조사한 결과 치유 효과가 있다는 게 증명됐어요. 하지만 전하께선 그 물이 훨씬 많이 필요하다고 생각하십니다. 왕비 전하를 구하려면요."

"그분은 죽었어요! 그 물에 온몸을 담근다고 해도 소용없다고요."

"전하께선 여전히 그분이 죽었다는 걸 부정하십니다. 하지만 정신을 차리실 수 있을지도 몰라요."

"어떻게요?"

"전하를 축복의 빛 군도로 모셔 가는 겁니다." 칼리스타가 반박하려고 했지만 헤카림이 손을 들었다. "끝까지 들어요. 전하를 그곳으로 모셔 가서 수장들의 말을 듣는 겁니다. 사제나 어의와 얘기해 봤습니다. 누뇨와도 얘기했고요. 다들 전하가 직접 그곳에 가서 더 이상 방법이 없다는 걸 확인하면 미련을 버리실 거라고 하더군요. 전하를 사로잡은 광기가 사라질 수 있다고요."

칼리스타는 미간을 찌푸리고 입술을 잘근거리며 아무 말도 하지 않았다.

"우리가 아무것도 하지 않는다면 전하께서 왕국을 몰락으로 끌고 가겠죠. 그러면 모두가 죽는 겁니다. 벌써 카마보르의 뼈를 노리는 자들이 주위를 맴돌고 있습니다. 이게 우리의 유일한 기회일지도 모릅니다. 전하의 유일한 기회일지도요."

칼리스타는 눈을 감고 콧등을 꾹 누르며 돌아섰다. 할아버지의 유언이 방금 들은 것처럼 생생하게 떠올랐다.

그 애를 이끌어 주겠다고 약속해 주렴. 그 애에게 조언해 줘. 필요하다면 그 애를 통제해도 좋다. 카마보르를 지켜다오.

헤카림의 동기가 의심스러웠지만 헤카림의 말에도 일리가 있었다. 아무것도 하지 않는다면 비에고가 카마보르를 멸망으로 이끌 것이다. 아니, 이미 멸망으로 치닫는 중이었다. 이졸데와 한 약속도 떠올랐다. 비에고가 이졸데의 죽음을 받아들일 수 있게 도와주겠다는 약속이었다.

헤카림의 말이 맞을까? 그것이 아내가 아직 살아 있다는 망상에서 비에고를 끌어낼 유일한 방법일까?

죄책감과 망설임이 칼리스타를 옥죄었다.

헤카림이 떠나려고 돌아서며 말했다. "잘 생각해 보세요. 그게 제가 바라는 전부입니다. 당신이 어떤 결정을 내리든 지지하겠습니다."

칼리스타는 왕에게 용서를 구하러 온 참회자처럼 아르젠트 왕좌 앞에 무릎을 꿇었다.

결정을 내리기까지 이틀이 걸렸다. 칼리스타는 단순하고 깔끔한 옷을 입고 있었다. 갑옷과 무기는 여전히 허용되지 않았다. 칼리스타 위에는 번쩍이는 왕좌에 몸을 기댄 비에고가 앉아 있었다. 창백하고 핼쑥한 비에고의 표정은 고압적이었다. 비에고의 무릎 위에는 '신성'이 놓여 있었다. 반지로 뒤덮인 길고 가느다란 손이 위협하듯 칼날 위에 자리했다.

비에고 옆에서 부동자세로 서 있는 레드로스는 석상처럼 미동도 없었지만 강제로 무릎이 꿇린 칼리스타의 모습을 보는 게 괴로운 눈치였다.

왕좌에서 한 계단 낮은 곳에는 비에고의 신뢰를 받는 마지막 참모, 누뇨와 헤카림이 서 있었다. 둘 다 긴장한 듯 보였다. 알현실 주위는 강철 기사단 기사들이 둘러싸고 있었다.

"할 말이 있다고?" 비에고가 엄지로 '신성'의 날을 확인하며 말했다.

칼리스타는 욕설을 내뱉은 후 알현실 밖으로 뛰쳐나가고 싶은 충동을 억눌렀다. 칼리스타가 쳐다보자 헤카림이 아주 미세하게 고개를 끄덕였다.

칼리스타가 마침내 말했다. "데려가 줄게. 축복의 빛 군도로."

'신성'이 사라지더니 비에고가 환하게 웃으며 벌떡 일어났다. "그럴 줄 알았어! 넌 늘 내가 가장 믿고 사랑하는 친구이자 아군이었지. 이름만 아닐 뿐 누이나 매한가지인 존재야. 정말 사랑해. 널 그런 식으로 대할 수밖에 없어서 얼마나 괴로웠는지 몰라. 그래도 너라면 나나 내가 사랑하는 이졸데를 배신하지 않을 줄 알았어. 자, 자, 일어나."

칼리스타가 일어서자 비에고가 누뇨에게 손가락을 튕겼다.

"해야 할 게 아주 많군! 배와 왕비를 옮길 가마를 준비해라. 더 이상 지체할 시간이 없어. 석조 때 떠난다."

"한 가지 부탁할 게 있어."

"뭐든 말해 봐!"

"카마보르 함대가 상륙하면 헬리아 사람들이 경계할 거야. 사람들이 겁에 질리면 수장들이 이졸데를 도와주는 일에 주저할지도 몰라."

비에고가 곰곰이 생각하며 고개를 끄덕였다. 헤카림의 눈썹이 놀란 듯 치켜 올라갔다. 비에고의 어깨 너머로 입을 뻥끗거리며 뭐라고 하는 헤카림의 모습이 보였지만 칼리스타는 계속해서 말했다.

"한 척으로 가자. 의장대는 주력군 최고의 병사들로 구성하고. 내가 직접 선발할게."

"전하께서는 강철 기사단을 제일 신뢰하십니다." 헤카림이 끼어들었다. 저희는 카마보르 최고의 기사단이죠. 누구도 저희보다 전하를 잘 지킬 순 없습니다."

"그게 내 조건이야, 비에고. 강철 기사단이 함께 가선 안 돼."

"이건 말도 안 됩니다. 전하, 왕비 전하를 생각하십시오! 왕비 전하를 누구의 손에 맡기시겠습니까? 왕국 최고의 기사들? 아니면 천것들?"

비에고가 헤카림의 호소를 무시하며 말했다. "네 제안대로 하겠어, 칼. 배 한 척, 그리고 주력군을 의장대로 삼지."

"전하…" 으르렁거리는 헤카림의 얼굴은 벌겋게 달아올라 있었다.

"더 이상 왈가왈부하지 마라." 비에고가 딱 잘라 말했다.

칼리스타를 사납게 노려보던 헤카림은 돌아서서 성큼성큼 알현실을 빠져나갔다.

"자, 그럼 준비할까!" 비에고가 손뼉을 쳤다. "축복의 빛 군도로 간다!"

제 24 장

칼리스타는 비에고가 도착하길 기다리며 차렷 자세로 부두에 서 있었다.

베닉스 선장이 중얼거렸다. "왕궁 밑에 있는 개인실에서 느긋이 쉬다 오셨다면서요. 고맙다는 인사를 그런 식으로도 하나 봐요."

"아내를 잃었잖아. 제정신이 아니라서 그래."

"왕비 전하만 잃으신 게 아닌 것 같은데요."

칼리스타가 베닉스를 흘겨봤다.

"저기 우리 자애로운 통치자님이 오시네요." 베닉스가 저 멀리서 부두를 따라 다가오는 비에고를 향해 고개를 까딱했다. 말을 탄 비에고 옆에서는 계약된 고용인들이 왕비를 태운 황금 가마를 이고 오고 있었다. "다들 왕비 전하께서 저 안에 살아 있는 것처럼 굴어야 한다 이 말이죠. 나라 꼴 참 잘 돌아가네요."

"쉿." 칼리스타가 혹시 베닉스의 말을 들은 사람이 있을까 봐 주변을 돌아봤다. "처형당하고 싶어?"

칼리스타는 배를 향해 다가오는 행렬을 보며 얼굴에 감정을 드러내지 않으려고 애썼다. 마갑을 입힌 거대한 군마 위에 다리를 쩍 벌린 헤카림이 휘황찬란한 짙은 갑옷과 취색 단복을 걸친 기사 오십 명을 이끌고 앞장섰다. 기사들은 비에고와 황금 가마를 에워싸고 있었다. 다행히 커튼이 내려져 있어 군중에게 왕비의 시신이 보이지는 않았다.

비에고는 크고 하얀 말을 타고 있었다. 보라색과 파란색이 위엄 있게 어우러진 화려한 옷을 입은 비에고의 이마에는 끝이 세 갈래로 갈라진 황금 왕관이 자리했다. 배고프고 절박하며 성난 군중은 그 모습을 아무 말 없이 지켜봤다. 비에고는 전혀 분위기를 파악하지 못한 사람처럼 활짝 웃으며 군중을 향해 손을 흔들었다. 지켜보기 괴로운 광경이었다. 칼리스타는 속으로 움찔했다. 부디 이 광기가 끝나면 돌아올 도시가 남아 있길 기도했다.

레드로스는 비에고 옆에서 뻣뻣한 자세로 짐마차를 끌 때 쓰는 거대하고 온순한 말을 탔다. 레드로스의 무게를 감당할 수 있는 유일한 짐승이었을 것이다. 칼리스타가 알기로 레드로스는 평생 안장에 앉아 본 일이 없었다. 겁을 집어먹은 듯 핼쑥한 얼굴을 한 레드로스는 안장 앞의 돌출된 부분을 꽉 잡고 있었다. 발을 끌며 행렬을 뒤따르는 누뇨도 보였다.

헤카림의 말이 칼리스타 앞에서 힝힝거리며 발을 굴렀다. 헤카림은 고삐를 당기며 칼리스타를 차갑게 바라보았다. 칼리스타는 거대한 말의 위협이 아무렇지 않은 듯 허리를 곧게 펴고 고개를 빳빳이 들었다.

"헤카림 경."

"레이디 칼리스타." 헤카림이 고개를 아주 살짝 끄덕여 답했다.

행렬이 멈추자 레드로스가 안장에서 미끄러지듯 떨어졌다. 작게 웃음을 터뜨린 칼리스타는 헤카림의 눈이 가늘어지는 것을 보고 곧바로 평정을 되찾았다.

헤카림은 등자에서 발을 빼며 타고난 것처럼 우아한 동작으로 석조 부두에 미끄러지듯 내려왔다. 그리고 어린 종자를 앞으로 안내했다. "내 상자가 무사히 실리는지 확인해라." 헤카림이 칼리스타에게서 시선을 거의 떼지 않고 명령했다.

칼리스타가 몸을 굳혔다. "강철 기사단은 함께 가지 않기로 했을 텐데요."

"전 강철 기사단의 기사가 아니라 전하의 벗이자 동행으로서 가는 겁니다.

물론 제 아내가 될 소중한 사람의 곁을 지켜야 하기도 하고요.”

칼리스타는 아무 반응도 하지 않았지만 창을 쥔 주먹의 마디가 새하얘졌다. 어쩌려는 속셈일까? 무슨 꿍꿍이가 있는 것 같았지만 아무리 생각해도 헤카림의 심산을 알 수 없어 불안한 마음이 들었다.

“혹시 약혼자가 동행하면 안 되는 이유라도 있으십니까?”

칼리스타는 천천히 숨을 쉬며 내면의 분노를 가라앉혔다. “그럴 리가요.” 칼리스타의 어조는 냉랭했다.

두 사람을 번갈아 보던 베닉스 선장이 대거호크로 올라가는 경사로를 건너려고 몸을 돌렸다. “나라 꼴 참 잘 돌아가는군.” 베닉스가 중얼거렸다.

영겁의 바다

배는 석양이 그림자를 드리우고 나서야 출항했다. 홀로 선 칼리스타는 수평선을 향해 미끄러지는 고향을 지켜봤다. 서글픔이 수의처럼 몸을 감쌌다. 지난번 헬리아를 찾아 떠났을 땐 두려움과 의구심으로 가득했지만 절박한 희망 역시 있었다. 지금은 일말의 희망도 느껴지지 않았다. 깊고 초조한 불안과 공포만이 느껴질 뿐이었다.

카마보르가 시야에서 사라지자 칼리스타는 몸을 돌렸다.

덮개로 가려진 왕비의 가마가 뒤쪽 갑판을 차지하고 있었다. 공간을 분리하고 비와 바람, 소금기를 막기 위해 주변에 임시로 예비 돛까지 두른 상태였다.

“왕비는 너무 아파 침대에서 일어나지 못한다.”라는 게 비에고의 말이었다.

꽁꽁 싸맨 가마 안에서 칼리스타가 서 있는 대거호크의 고물까지 비에고의 목소리가 들려왔지만 무슨 말인지 제대로 들리지 않았다.

칼리스타는 가마 주변에 부동자세로 서 있는 주력군 병사들에게 고개를 끄덕이며 가마를 빙 돌아갔다. 왼팔에 거대한 장방패를 낀 레드로스가 입구를 지키고 있었다. 레드로스의 오른손은 칼자루 끝에 올라가 있었다. 칼리스타는 방향을 바꿔 레드로스에게 다가갔다.

"비에고가 누구랑 얘기하는 거지?" 칼리스타가 조용히 물었다.

"들어간 사람은 없습니다, 장군님." 에두른 답변이었지만 칼리스타의 의심이 확신으로 바뀌었다.

"왕비 전하가 살아 계신 것처럼 말을 거는군. 자주 이러나?"

"종종 그러십니다."

칼리스타는 답변의 내용과 격식을 차려 답하는 레드로스의 태도에 한숨을 쉬었다. 둘 사이에서 벽이 느껴졌다. 모두 자신의 탓이었다.

칼리스타가 낮은 목소리로 말했다. "그런 식으로 굴어서 미안해. 그래서는 안 되는 거였어."

레드로스는 불편해 보였다. "사과하실 것 없습니다. 제가 경솔했습니다. 주제넘게 행동했어요. 다시는 그런 일 없게 하겠습니다."

둘 사이에 어색한 침묵이 흘렀다. 상황이 오히려 나빠진 것 같았다. 뻣뻣하게 경직된 자세와 굳게 다물린 턱을 보니 레드로스도 그렇게 느끼는 듯했다. 레드로스가 칼리스타를 쫓아내듯 경례했다. 화끈거리는 얼굴로 경례한 칼리스타는 발걸음을 돌렸다.

안개는 기어오를 수 없는 절벽처럼 대거호크 앞을 우뚝 가로막고 있었다.

"굉장하군." 비에고가 경외의 눈으로 바라보며 나직이 말했다.

선원들과 병사들이 소리치고 떠드는 소리에 이끌려 왕비의 가마에서 나온 비에고는 칼리스타와 함께 뱃머리에 서 있었다. 몇 주간 계속된 항해 중 비에고가 갑판에 모습을 드러낸 적은 그리 많지 않았다.

칼리스타는 팽팽한 긴장감 속에서 하루하루를 보냈다. 딱딱하게 격식을 차리는 레드로스를 대하긴 여전히 껄끄러워 그 이후 말을 나누지 않았다. 헤카림과 칼리스타 사이에도 냉기가 흘렀다. 칼리스타는 대부분의 시간을 혼자 보냈다. 베닉스마저 마음이 편치 않은 눈치였다.

안개에 가까워지자 비에고의 얼굴에 아이 같은 경탄의 표정이 떠올랐다. 칼리스타가 돌아온 이래로 보였던 열기와 무언가에 홀린 듯한 표정은 온데간데없었다. 거의 예전의 모습으로 돌아온 것 같았다.

"그러니까 그 돌이 없으면 안개가 우리 방향을 바꿔서 도로 내보낸다고?"

칼리스타가 고개를 끄덕였다. "며칠 동안 시도해 봤어. 선장이 항로를 고정하려고 밧줄로 타륜을 묶기까지 했지. 그랬는데도 방향이 완전히 틀어졌어."

비에고가 고개를 저었다. "엄청난 방어막이군. 물론 열쇠가 있다면 얘기가 달라지겠지만. 봐도 돼?"

칼리스타가 허옇고 둥근 이정석을 꺼냈다. 잠시 고민한 칼리스타는 이정석을 넘겨주었다.

"이렇게 평범해 보이는데." 비에고가 긴 손가락으로 이정석을 뒤집어 보며 중얼거렸다. "이걸 어떻게 구했다고?"

"네 환심을 사려는 자가 준 거야."

"성공하면 원하는 건 뭐든 하사해야겠군."

"어쩐지 꺼림칙한 자야. 보고 있으니 소름이 끼쳤어."

"특권을 좇는 기분 나쁜 자라. 카마보르 궁정에 누구보다 잘 적응하겠어." 비에고가 웃음을 터뜨렸다.

칼리스타가 미소를 지었다. "웃는 걸 보니 좋네. 오늘은 기분이 괜찮나 봐."

"당연한 거 아니야? 고지가 코앞이잖아! 자, 이 돌을 어떻게 쓰는 건지 보여줘. 누뇨, 와서 보도록!"

칼리스타는 이정석을 도로 가져왔다. 불안감이 칼리스타를 휩쌌다. 일이 생각대로 될지 확신할 수 없었다.

수직으로 뻗은 하얀 안개는 이제 화살을 쏘면 닿을 거리까지 가까워져 있었다. 베닉스 선장이 큰 소리로 명령을 내리자 대거호크의 마지막 돛이 접혔지만 배는 계속해서 미끄러졌다. 또 다른 외침과 함께 노가 펼쳐졌다. 선원들이 선장의 말을 기다리자 배에 침묵이 내려앉았다. 다른 이들은 앞으로 벌어질 일을 기다리며 숨소리를 죽였다.

"공주님? 준비됐어요?" 베닉스가 물었다.

칼리스타는 답하듯 손을 들어 올리며 베닉스를 돌아봤다. 고개를 끄덕이자 베닉스가 선원들에게 호령했다. "노 준비!"

노가 일제히 물속으로 들어갔다.

"저어!"

대거호크가 규칙적인 노의 움직임에 맞춰 안개를 향해 거침없이 미끄러졌다. 칼리스타는 다가오는 벽을 바라보며 숨을 깊게 들이쉬어 마음을 가라앉혔다.

칼리스타가 속삭였다. "카모르시여, 절 인도하소서. 제발 되길." 칼리스타는 타이러스가 했던 것처럼 이정석을 높이 들어 올렸다. 하지만 대거호크의 뱃머리가 안개 벽에 닿는 순간에도 안개는 갈라지지 않았다. 계속해서 미끄러진 배는 안개에 완전히 삼켜졌다. 곧바로 주변이 고요해지며 바다가 호수처럼 잔잔해졌다.

"성공한 건가?" 비에고가 물었다.

"그… 아닌 것 같습니다." 누뇨가 중얼거렸다.

칼리스타는 두 사람을 무시하며 이정석을 더 높이 들어 올렸다. "좀!"

"김빠지는군. 이졸데가 안개 때문에 긴장하지 않았는지 확인하러 가야겠어. 우리를 실망시키지 않을 거라고 믿어, 칼." 비에고가 돌아서서 가 버리자 칼리스타 옆에는 누뇨만이 남았다.

대거호크는 계속해서 나아갔지만 아무 일도 일어나지 않았다. 칼리스타 뒤쪽 갑판에서 빠른 속도로 가까워지는 발소리가 들렸다.

베닉스가 몸을 가까이 기울이며 말했다. "공주님? 무슨 문제라도 생겼어요?"

"그런 것 같아."

"이게 안 되면 전하께서 어떻게 나오실까요?"

"좋은 꼴은 못 보겠지."

베닉스가 수염을 잘게 떨며 고개를 끄덕였다. "잘됐네요. 아주 잘됐어요. 그냥 카마보르에 돌아가지 않았으면 얼마나 좋았을지 생각해 본 적 없어요? 지금쯤 부흐루에 있는 작은 조개 요릿집에서 석양을 바라보며 술을 마시고 있었을지도 모른다고요. 안 그래요? 그런 생각 안 들어요?"

"안 들어." 칼리스타가 화난 듯 유물석을 힘차게 내밀었지만 아무 일도 일어나지 않았다.

"그럼 잘해 봐요. 앞으로 무슨 일이 일어날지 모르겠지만… 선원들을 대비시키러 가야겠네요."

칼리스타 옆에는 다시 누뇨만이 남았다. 칼리스타는 갑판을 돌아봤다. 선원들과 병사들이 기대하듯 칼리스타를 지켜보고 있었다. 칼리스타는 다시 앞쪽의 하얀 공간을 향해 고개를 돌렸다.

기능장 젠다카야가 유물 무기를 쏘는 방법을 가르쳐 줬을 때가 떠올랐다.

표적에 집중해요. 그런 다음 무기에 공격해 달라고 부탁하는 거예요.

그 무기의 원동력은 유물석이었다. 이정석도 비슷한 원리로 작동하는 게 당연한 이치 같았다.

칼리스타가 속삭였다. "좋아, 넌 할 수 있어. 안개에 집중한 다음 돌에 안개를 갈라 달라고 부탁하는 거야."

물론 칼리스타는 결국 유물 무기를 쏘지 못했다. 칼리스타는 고개를 저어 그 생각을 떨쳐 냈다.

근처에 있던 누뇨가 입을 열었다. "도와드릴까요? 전 그런 유물에 제법 친숙한 편이랍니다."

칼리스타는 누뇨를 바라보았다. 이정석을 보는 누뇨의 눈은 흥미와 호기심으로 빛나고 있었다. "한 번만 더 해 보고."

"물론입니다!" 누뇨가 고개를 숙이며 뒤로 물러났다.

"안개에 집중하자." 칼리스타가 다시 안개를 돌아보며 중얼거렸다.

칼리스타는 다시 한번 이정석을 높이 들어 올리며 앞에 보이는 안개에 집중했다. 손에 쥔 이정석은 더할 나위 없이 부드럽게 느껴졌다. 이정석에 닿은 피부가 살짝 따끔거리는 것 같기도 했다. 칼리스타의 착각이었을까?

"안개를 갈라, 이 망할 돌 같으니!" 칼리스타가 으르렁거렸다.

이정석의 박동이 칼리스타의 팔을 타고 흐르더니 대거호크 앞에서 터널이 열리듯 안개가 갈라졌다. 선원들의 환호성이 들리고 배가 미끄러지기 시작했다. 칼리스타는 이정석을 내리며 놀란 듯 바라보았다.

다시 옆으로 온 베닉스가 등을 세게 치자 그 강한 힘에 칼리스타의 몸이 앞으로 비틀거렸다. 안 그래도 힘이 세 보이는 베닉스는 겉보기보다 훨씬 더 힘이 셌다.

"어떻게 한 거예요?"

"욕 좀 해 줬어."

베닉스는 어깨를 으쓱했다. "어쨌든 성공했네요."

제 25 장

축복의 빛 군도

대거호크는 날이 밝기 몇 시간 전 안개에서 나왔다. 커튼이 옆으로 걷히듯 배를 감싸던 장막에서 갑작스레 벗어나자 그 너머에 있던 섬이 모습을 드러냈다. 칼리스타와 얘기하고 방향을 확인한 베닉스 선장은 이상하리만치 잠잠한 안개 속을 통과했으니 이제 노를 걷고 돛을 펼치라는 명령을 내렸다.

밤이 더 어두웠으면 눈에 띄지 않고 이동할 수 있었겠지만 구름 한 점 없는 하늘에 낮게 걸린 은빛 달은 반짝이는 물을 환하게 비추고 있었다. 대거호크가 여러 개의 작은 섬 사이를 가로지르자 바위투성이 반도의 꼭대기에서 빛이 하나 둘 켜지더니 일렬로 길게 이어졌다. 그 빛은 경고일지도 몰랐지만 대거호크를 헬리아로 인도하는 이정표이기도 했다.

마지막 곶을 돌자 바다에 울려 퍼지는 경종이 들려오며 빛이 아른거리는 도시가 보였다. 항구의 거대한 등대에서 나온 빛줄기가 바다를 훑으며 하얀빛으로 휩싸는가 싶더니 검은 물 위를 미끄러지는 대거호크에 따라붙어 계속해서 비추었다.

섬이 가까워지자 고성이 들리며 달빛이 비치는 거리를 따라 달리는 로브 입은 사람들이 보였다.

"아름답군." 왕비의 가마 끝에 선 비에고가 헬리아를 바라보며 말했다.

"방어도 전혀 되어 있지 않군요." 헤카림이 덧붙였다. 칼리스타는 자신을 등진 채 헬리아 사람들의 어리석음에 고개를 젓는 헤카림을 노려봤다. 그리고 강철 기사단이 함께 오지 않았다는 사실에 다시 한번 안도했다.

"저들이 이졸데를 도와주겠지?" 비에고가 간절한 표정으로 물었다. "이졸데를 잃을 순 없어, 칼."

그들의 말소리가 들리는 거리에 있는 모두가 침묵을 지켰다. 비에고나 칼리스타를 쳐다보는 사람은 없었지만 다들 귀를 기울이고 있었다.

"저들의 힘으로 도울 수 있는 일이라면 그럴 거야. 하지만 어떤 결과가 나오든 이졸데를 잃을 일은 없어. 세상을 떠나면 고귀한 선조들과 함께하게 되니까. 우리가 살면서 사랑하는 이들을 잊지 않는 한 그들은 진정으로 사라지지 않아."

"이졸데가 떠나면 나도 따라갈 거야." 비에고의 목소리는 공허했다.

놀란 칼리스타가 비에고를 보며 날카롭게 속삭였다. "그런 말 하지 마! 이졸데는 그런 걸 원하지 않을 거야!"

비에고의 얼굴은 암울했다. "이졸데가 없으면 난 아무것도 아니야. 혼자 살아갈 생각을 하면 견딜 수가 없어."

칼리스타가 손을 뻗어 비에고의 손을 쥐며 가까이 몸을 기울였다. "넌 혼자가 아닐 거야."

비에고가 미소를 짓자 침울한 기운이 약간 가셨다. "충성스러운 칼. 피를 나눈 조카이자 조언자, 언제나 날 감싸는 누이." 비에고의 미소가 희미해졌다. 비에고의 눈이 토사에 혼탁해진 물처럼 흐릿해졌다. "이졸데도 널 좋아했지."

"나도 이졸데가 좋았어." 칼리스타가 속삭이듯 말했다. 마음이 아팠지만 희망이 생겨났다. 마침내 비에고가 이졸데의 죽음을 받아들일지도 모른다는 희망이었다.

시선을 떨구고 어깨를 축 늘어뜨린 비에고가 속삭였다. "내가 실망스럽지?

모두의 기대를 저버리고 있잖아. 너, 아버지, 카마보르. 이졸데마저."

칼리스타가 힘주어 말했다. "네게는 왕의 피가 흘러, 비에고. 넌 왕의 검과 영혼으로 묶인 존재야! '신성'이 널 선택했다고. '신성'은 네가 보지 못한 네 안의 힘을 알아본 거야. 고통스럽고 힘들겠지만 너라면 충분히 극복할 수 있어. 카마보르는 다시 일어설 거야."

비에고가 칼리스타의 눈을 바라보며 천천히 고개를 끄덕였다. 칼리스타가 말했다. "강해져야 해. 이졸데를 위해서."

"노력해 볼게."

대거호크는 어둠을 가르는 칼처럼 미끄러지며 헬리아의 선형 부두로 향했다. 도시는 환하게 불이 켜져 있었고 바다로 울려 퍼지는 경고의 종소리와 외침이 그들을 맞이했다. 로브를 입은 선임들과 학생들이 거리로 쏟아져 나왔다. 양팔에 책과 귀중한 두루마리를 한 아름 안고 공포에 질린 채 달리는 이들도 있는 반면 그저 다가오는 배를 멍하니 바라보는 이들도 있었다.

항구에 들어서자 돛을 접고 노를 펼친 대거호크는 속도를 줄이며 비교적 큰 바깥쪽 부두로 향했다. 철갑을 두른 손에 길고 뾰족한 도끼창을 쥔 관리원들이 중갑옷을 철커덕거리며 부두로 달려왔다. 부두 철탑 위에서 나오는 불꽃 없이 차가운 등불에 관리원들의 하얀 단복이 비치며 빛났다.

칼리스타는 저들이 진짜 군대와 마주해 본 적이 있을지 궁금했다. 그럴 가능성은 작았다. 지금까지 기껏해야 술에 취한 학생이나 서로 앙숙인 학파들을 상대하는 게 다였을 것이다. 그럼에도 불구하고 그들은 점점 가까워지는 대거호크에 맞서 촘촘한 벽을 형성하며 장병 무기를 창처럼 낮게 겨누고 있었다.

자신이 직접 선택해 데려온 전사들이 긴장하는 것을 느낀 칼리스타가 으르렁거렸다. "진정해라. 상황이 오면 전하를 지켜야겠지만 우린 싸우러 온 게 아닙니다. 긴장하지 마라. 위협적으로 보여선 안 된다."

"노를 거둬라!" 베닉스가 소리쳤다. 선원들이 즉시 노를 거두자 대거호크가 남은 거리를 미끄러지듯 이동했다.

"병사들이 없다고 하지 않았습니까." 헤카림이 말했다.

칼리스타는 헤카림이 있는 쪽을 돌아보지도 않고 답했다. "저들은 병사가 아니에요. 그리고 내가 없다고 한 건 군대였어요."

헤카림은 음울한 침묵에 빠졌다. 칼리스타는 비에고에게 초조한 눈길을 던졌다. 왕비의 가마 계단 위에 오만한 태도로 서 있는 비에고는 배 앞에 모여 있는 관리원들을 가소롭다는 듯 내려다보았다. 비에고보다 한 계단 밑에 있는 레드로스는 칼자루에 손을 올리고 있었다. 칼리스타는 비에고의 종잡을 수 없는 행동 때문에 안 그래도 긴장된 분위기가 더 나빠지지 않길 기도했다.

베닉스의 선원 대여섯 명이 관리원들의 끝이 뾰족한 도끼창을 불안한 눈길로 바라보며 밧줄을 들고 대기했다. 관리원들이 부드러운 움직임으로 동시에 세 발짝 뒤로 물러나며 공간을 내주었지만, 선원들은 여전히 망설였다.

베닉스가 쏘아붙였다. "뭣들 해? 저쪽에서 반갑다고 입이라도 맞춰 줄 줄 알았어? 빨리 건너가서 밧줄 걸어!"

선장의 분노에 겁먹은 선원들이 배와 부두 사이의 틈을 뛰어넘었다. 밧줄이 던져지고 쇠로 된 묵직한 계선주에 신속히 감겼다. 대거호크의 추진력이 줄어들어 배가 돌 부두 옆에 나란히 섰다.

얼굴이 붉게 달아오른 바르텍 원로가 일렬로 늘어선 관리원 뒤쪽의 화물 상자 위로 올라가 대거호크에 탄 이들을 확인했다. 바르텍 원로는 가장자리를 금색으로 두른 로브를 입고 있었는데도 불구하고 한결같이 두꺼비 같았다. 바르텍 원로가 간신히 경멸을 억누른 표정으로 노려봤다. 칼리스타는 모여 있는 군중 사이에서 수장들을 몇 명 알아봤다.

"이곳에 온 목적을 말하시오, 카마보르인들이여!" 바르텍 원로가 외쳤다. "그리고 어떻게 신성한 안개를 지나왔는지 밝히시오!"

"우리에게 이래라저래라하지 마라, 학자!" 헤카림이 소리쳤다. 헤카림의 입에서 나온 그 호칭은 모욕처럼 들렸을 뿐 아니라 칼자루를 움켜쥔 손 때문에 위협처럼 느껴졌다. 칼리스타는 눈을 굴리며 낮게 욕설을 내뱉었다.

누뇨는 달래듯 헤카림의 팔에 손을 올리며 헤카림을 부드럽게 옆으로 밀어냈다. 누뇨가 소리쳤다. "안녕하시오, 헬리아의 수장들이여! 이분은 카마보르의 왕 비에고 산티아롤 몰라크 볼 칼라흐 헤이가리! 왕의 검 '신성'의 주인! 사자의 후계자이자 동쪽의 군주, 휩쓸린 평원의 승리자이시오!"

거창한 소개에 정적이 흘렀다. 칼리스타는 헬리아인들을 훑어봤다. 관리원들의 표정은 딱딱하게 굳은 반면 바르텍은 심드렁해 보였다. 그러나 다른 이들의 얼굴에는 걱정이나 명백한 공포가 떠올라 있었다.

비에고가 일어서자 모두의 시선이 쏠렸다. 칼리스타는 긴장했다. 비에고의 정신 상태에 따라 상황이 순식간에 나빠질 수도 있었기 때문이다.

"수장들이여!" 비에고가 두 팔을 벌리고 소리치며 부두에 모인 이들에게 매력적인 웃음을 날렸다. "세상에서 가장 명성 높은 그대들의 조언을 구하고자 이리 찾아오게 되었소!"

칼리스타의 마음이 살짝 놓였다. 아까 봤던 비에고의 의심과 어둠이 사라진 것 같았다. 비에고는 이성적이고 겸손한 왕처럼 보였다. 칼리스타는 이 상태가 쭉 지속되길 기도했다.

"부탁하오! 나의 왕비가 독에 당해 쓰러졌소! 제발 왕비를 도와주시오! 그렇게 해 준다면 고귀한 선조들께 맹세코 이곳을 떠나 다시는 돌아오지 않겠소. 카마보르는 영원히 그 빚을 잊지 않을 것이오. 부디 나의 죄 없는, 사랑하는 왕비에게 자비를 베풀어 주시오."

수장들이 웅성거렸다. 칼리스타를 본 바르텍 원로의 눈초리가 매서워졌다. 바르텍 원로는 칼리스타를 비난하듯 손가락으로 가리켰다. "우린 당신을 환대하고 호의를 베풀었소, 카마보르의 칼리스타 공주. 그런데 무장한 병사들을 이끌고 우리 해안에 나타나다니, 이게 당신이 은혜를 갚는 방식이오? 당신의 요청을 숙고하고 답을 주었건만 헬리아 의회의 명령을 어기고 돌아오다니! 참으로 염치없군! 우리는 신뢰를 저버린 상대와 상종하지 않소."

칼리스타가 움찔했다. 바르텍 원로의 말은 모두 사실이었다. 쥐구멍에라도 숨고 싶은 심정이었다. 칼리스타는 숨을 깊게 들이쉬었다. "의회에서 왕비 전하를 이곳으로 모셔 왔다면 도울 수 있었을지도 모른다고 했죠. 그래서 왕비 전하와 함께 왔습니다. 정말 우리를 거부할 생각인가요? 당신들에겐 인정도 없습니까?"

"의회는 이미 결정을 내렸소! 그리고 다시 한번 묻지. 안개는 어떻게 통과해 들어온 거요? 카마보르의 마법이나 속임수를 쓴 것이오?"

"마법이 아닙니다. 속임수도 아니죠. 이걸 썼습니다." 칼리스타가 이정석을 높이 들어 올리자 중얼거리고 속삭이는 소리가 들려왔다. "이곳 사람이 건네준 것입니다."

분개한 바르텍의 턱살이 출렁거렸다. 바르텍이 으르렁거렸다. "타이러스. 그자는 이 사달을 일으킨 죄로 추방될 것이오!"

"이건 타이러스 선임 탐구자에게 받은 게 아닙니다. 그 사람은 결백해요. 이번 일과 전혀 관련이 없습니다."

"헬리아 의회의 이름으로 말하건대 당장 그 이정석을 넘기시오."

"이 이정석은 제 역할을 다했으니 기꺼이 돌려드리죠."

"안 돼." 비에고가 말했다.

칼리스타가 돌아봤다. 비에고가 이정석을 바라보고 있었다. 칼리스타는 낮은 목소리로 말했다. "비에고. 더 이상은 필요 없어."

"아니, 일단 계속 갖고 있는 게 좋겠어. 누뇨한테 줘, 칼."

"우리의 인내심을 시험하지 마시오." 바르텍 원로가 으르렁거렸다.

누뇨가 칼리스타의 옆으로 다가왔다.

"비에고가 왜 저러는 거지?" 칼리스타가 낮게 속삭였다.

누뇨가 미안한 듯 어깨를 으쓱했다. "원래… 저런 분이시지 않습니까."

"누뇨한테 주라니까, 칼." 비에고가 명령했다.

모두의 시선이 칼리스타에게 쏠렸지만 칼리스타는 곧바로 이정석을 넘기지 않았다.

"내 약속하리다." 비에고가 바르텍을 향해, 하지만 모두가 들을 수 있게 큰 목소리로 말했다. "몸져누운 나의 왕비를 살펴봐 준다면 돌을 지체 없이 돌려주겠소. 부탁이오. 고귀한 선조들의 영혼을 걸고 맹세하오." 비에고가 칼리스타를 돌아봤다. "칼, 누뇨한테 넘겨줘."

꺼림칙했지만 모두가 보는 앞에서 비에고를 거스르고 싶지 않았던 칼리스타는 마지못해 이정석을 건넸다. 이정석을 받은 누뇨는 비에고에게 가서 넘겨주었다.

"잘 보관해 두지." 비에고가 이정석을 주머니에 넣으며 말했다.

"지금 빛의 결사를 협박하려는 것이오?" 바르텍 원로가 코웃음을 쳤다.

"아니오! 난 자비를 구하러 왔소! 제발 왕비를 보고 그대들이 도울 수 있는 일이 있는지 확인해 주시오." 비에고가 무릎을 꿇고 애원하듯 양손을 들어 올렸다.

칼리스타의 눈이 휘둥그레지고 헤카림의 신경이 곤두섰다. 웬만하면 감정을 드러내지 않는 주력군도 충격에 서로를 바라봤다.

"길고 자랑스러운 카마보르의 역사를 통틀어 무릎을 꿇은 왕은 없었소. 하지만 내 이렇게 무릎을 꿇겠소. 왕이 아니라 한 남자로서 애원하오. 제발 내 아내를 도와주시오. 나의 아름다운 이졸데를 도와주시오."

관리원들이 동요했다. 수장, 선임, 학생 사이에서 속삭이는 소리가 퍼져 나갔다. 그들이 말하는 동안 더 많은 이들이 부두로 와서 어느새 군중은 수백 명으로 늘어나 있었다.

한 여자가 외쳤다. "도와줘요! 안됐잖아요!"

칼리스타는 그 익숙한 목소리의 주인공을 찾아 군중을 훑어봤다. 칼리스타의 시선이 기능장 젠다카야에게 가닿았다. 부스스하게 헝클어진 하얀 머리를 보니 확실했다. 젠다카야는 칼리스타와 눈이 마주치자 한쪽 눈을 찡긋 감았다.

젠다카야의 외침은 다른 이들에게 이어졌고 곧 사방에서 수장들에게 도와주라고 요구하는 소리가 들려왔다. 바르텍은 인상을 찌푸리며 상자에서 내려왔다. 그게 아니라 끌어내려진 것 같기도 했다. 다른 수장이 바르텍의 자리를 대신했다. 눈두덩이를 무지갯빛으로 칠하고 기하학 기호가 달린, 지나칠 정도로 긴 모자를 쓴 수장이었다. 인생의 황혼기에 접어든 여자의 긴 머리카락은 하얗게 센 지 오래였고 얼굴에는 주름이 깊게 파여 있었다. 눈가의 깊은 주름을 보니 웃으면서 산 날이 많은 듯했다. 수장은 반지로 뒤덮인 섬세한 손을 들어 소란을 잠재웠다.

"안녕하십니까, 왕이시여. 전 고관 말구르자입니다. 당신의 겸손과 진심은 잘 알겠습니다. 일어나세요. 헬리아에서는 왕은 물론 그 누구도 몸을 낮출 필요가 없답니다."

비에고가 고개를 빳빳이 들고 일어났다.

"저희는 한 사람이 지배하는 국가가 아닙니다. 의회를 소집하기 위해 잠시 자리를 비워야겠군요. 하지만 태양이 중천에 이르기 전까지는 돌아오겠습니다. 괜찮으신가요?"

"좋소." 비에고가 오만하게 고개를 끄덕이며 말했다.

"신뢰의 표시로 그때까지 배에 머물러 주셨으면 합니다. 하지만 최대한 편히 계실 수 있도록 먹을거리를 보내도록 하죠."

"고맙소. 요청대로 하겠소."

수장들이 떠나자 흰 갑옷을 입은 관리원들이 카마보르인들을 겨누던 무기를 바로 세우며 차렷 자세로 섰다. 그중 족히 절반은 돌아서서 도시를 향해 행군했고 남은 관리원은 어느 정도 거리를 두고 물러났다. 여전히 경계를 늦추지는 않았지만 긴장이 완화됐다.

작게 무리 지어 얘기하며 계속 남아 있는 구경꾼도 있었지만 대부분은 침대로 돌아가거나 이웃과 수다를 떨기 위해 뿔뿔이 흩어졌다. 젠다카야는 칼리스타에게 열렬히 손을 흔들고 동트기 전의 어둠 속으로 사라졌다.

"방금 그 당당한 여성의 화신 같은 사람은 누구예요?" 베닉스가 칼리스타 옆으로 슬쩍 다가오며 말했다.

"친구."

"지금 따돌리시는 거예요, 공주님? 저런 친구가 있으면 저한테도 소개해 주셔야죠."

칼리스타가 미소를 지었다. "기회가 되면 꼭 소개해 줄게."

새벽이 막 하늘을 밝히고 있었다. 칼리스타는 불안한 마음을 가라앉힐 수 있을지 확신이 들지 않았지만 밤새도록 깨어 있다시피 해서 좀 쉬어 둘 필요가 있었다.

"몇 시간 자야겠어. 무슨 일 있으면 깨워."

선실로 향하던 칼리스타는 그제야 자신이 얼마나 피곤했는지 깨달았다. 원래는 곧장 선실로 가려고 했지만 결국 딴 길로 새고 말았다. 병사들을 살피며 긴장을 풀어 주고 불편한 것은 없는지, 잘 먹고 있는지 확인하고 오는 길이었다. 당장이라도 해먹에 쓰러지고 싶었지만 선실을 열자 헤카림과 등이 굽은 누뇨가 정신없이 이야기를 나누는 모습이 눈에 들어왔다. 칼리스타가 들어와 문을 닫자 두 사람은 입을 다물었다.

"뭐지?" 칼리스타가 경계하며 물었다.

"꼭 해야 할 일입니다." 헤카림이 답했다. 누뇨는 갈등하는 듯 보였다.

"설명해 봐." 칼리스타가 팔짱을 끼며 말했다.

"마음이 아프지만 슬슬 만일의 사태에 대비해야 할 것 같습니다." 누뇨가 말했다.

"만일의 사태?"

"전하께서 앞으로 어떻게 나오실지 모릅니다. 전하께서 통치하실 수 없게 되는 상황에 대비해야 해요. 이번 일이 계획대로 되지 않고, 전하께서 왕비 전하의 죽음을 받아들이지 않으실 때를 대비해야 한다는 말입니다."

"받아들일 거야."

"그러지 않을 때를 대비해 계획을 세워야 합니다." 헤카림이 으르렁거렸다.

"경의 생각이었군요. 벌써부터 전하를 포기할 생각인가요?"

누뇨가 말했다. "전하께서 어떻게 나오실지 예상하는 것은 불가능한 일이라고 봅니다. 카마보르가 어떤 상황인지 보시지 않았습니까. 카마보르에는 지도자가 절실히 필요합니다. 이대로 가면 카마보르는 일 년도 버티지 못합니다. 멸망해서 역사의 뒤안길로 사라질 겁니다. 선대들이 이룩한 모든 게 재가 되겠지요."

칼리스타는 화를 억누르려고 애썼다. 누뇨의 말은 사실이었다. 최악의 상황에 대비하는 것은 마땅히 해야 할 일이었다. "무슨 방법이라도 있나?" 전의를 잃은 칼리스타가 물었다.

누뇨가 말했다. "제일 좋은 것은 전하께서 망상에서 벗어나시는 겁니다. 그럼 고국으로 돌아가 원래대로 계속 통치하실 수 있겠죠. 물론 다시 국정을 살피실 여력이 될 때까지 칼리스타 님께서 대신 맡아야 할 일이 많겠지만 말입니다. 하지만 만약 전하께서 진실을 받아들이지 않으신다면, 전하를… 진정시켜야 할 수도 있겠지요."

헤카림이 입을 열었다. "귀국하는 동안 선실에 가둬 두는 것도 한 가지 방법이 될 겁니다. 자기 자신이나 다른 이들에게 파괴적인 행동을 하지 못하도록요."

"알로베드라에 돌아가도 통치할 만한 상태가 아니라면요?"

"그땐 당신이 통치해야겠죠."

누뇨가 말했다. "칼리스타 님은 왕위 계승자이시지 않습니까. 주력군의 충성과 평민들의 사랑을 받고 계시고요."

"강철 기사단도 당신의 편이죠." 헤카림이 덧붙였다.

"칼리스타 님은 현명하신 데다가 타고난 지도자이십니다. 해야 할 일을 회피하실 분이 아니라는 것 압니다."

칼리스타가 차갑게 말했다. "그런 걸 뜻하는 단어가 있지. 반역 말이야."

헤카림이 물었다. "정말 전하께서 모든 걸 파괴하는 모습을 옆에서 지켜만 볼 셈입니까? 수 세기의 유산이 불안정한 군주 하나 때문에 산산조각 나는 모습을요."

누뇨가 덧붙였다. "저도 이런 생각을 하는 것조차 괴롭습니다. 하지만 생각해야 합니다. 제가 섬기는 것은 한 개인이 아닌 *왕국*입니다. 왕국의 백성들입니다. 칼리스타 님의 선조, 선왕의 기억입니다."

"하지만 왕은 섬기지 않겠다?"

"왕이 모든 걸 파괴하려고 한다면 그래야겠죠."

"왕이 곧 카마보르야." 칼리스타가 단언했다. 선왕이 통치하던 시절 귀에 딱지가 앉도록 들었던 말이었지만 지금은 공허하게 들릴 뿐이었다.

"그렇다면 카마보르는 이미 늦었다고 봐야겠군요." 누뇨가 고개를 숙이며 말했다.

헤카림이 침울한 표정으로 불편한 듯 몸을 움직였다. "다른 방법이 있었으면 좋겠습니다. 하지만 제 눈에는 보이지 않는군요."

칼리스타가 말했다. "두 사람의 말대로 한다면 아르젠트 왕가 역사상 왕을 강제로 끌어낸 흔치 않은 경우 중 하나가 되겠죠. 난 찬탈자가 될 거고요. 난 나라를 통치하고 싶은 마음도 없어요."

누뇨가 부드럽게 말했다. "그러니 더더욱 칼리스타 님께서 통치하시는 게 *최선*일지도 모릅니다. 칼리스타 님이 카마보르를 구하실 수 있어요."

칼리스타는 손바닥으로 눈을 꾹 누르며 몸을 돌렸다.

"선조들께서 자비를 베푸신다면 우리가 걱정하는 일은 일어나지 않겠지요. 전하를 가장 잘 아시는 분은 칼리스타 님입니다. 우리가 쓸데없는 걱정을 하는 것일지도 몰라요. 정말 전하께서 정신을 차리실지도 모르지요."

"그럴 거야." 칼리스타가 두 사람에게 등을 돌린 채 말했다. "그래야만 해."

"그 말이 맞길 기원하겠습니다."

"전하께서 정신을 차리지 못하신다면 제가 당신 곁에 있겠습니다." 헤카림이 칼리스타의 손을 잡으려고 하며 말했다. "남편으로서 최선을 다해 당신을 지원하겠습니다. 당신의 통치를 돕겠습니다."

칼리스타가 헤카림의 손을 피해 뒤로 물러났다. 헤카림의 목소리에서 뭔가 꺼림칙한 느낌이 들었다. 무엇인가 거짓처럼 느껴졌다. 아마도 그의 진심이었을 것이다. 마치 꾸며 낸 감정 같았다. 칼리스타는 헤카림을 처음 보는 사람처럼 뚫어져라 바라보았다.

그래, 그의 눈빛에는 뭔가 있었다. 애써 숨기려고 했지만 그것은 틀림없는 열망이었다. 전에 얼핏 봤으나 단순한 야심으로 치부하고 넘어갔던, 힘을 향한 욕망이었다. 칼리스타는 헤카림의 야심이 자신이 생각했던 것보다 훨씬 크다는 것을 깨달았다.

칼리스타가 나직이 말했다. "당신은 왕이 되고 싶은 거야. 왜 그걸 이제야 알았지?"

"전 카마보르를 위한 최선의 길을 생각할 뿐입니다." 헤카림이 고개를 저으며 말했다.

"내가 어리석었어." 칼리스타의 목소리는 차분했다.

"칼리스타 님…" 누뇨가 주의를 줬다.

"비에고는 원래대로 돌아올 거야. 시간이 지나면 재혼도 하겠지. 계승자도 많이 낳을 테고. 헤카림 경, 당신은 아르젠트 왕가 근처에도 가지 못할 거야."

헤카림의 표정이 굳었다. "말씀이 지나치시군요."

누뇨가 양손을 들어 올렸다. "제발 진정들 하세요. 이러다 스스로 후회할 만한 말이라도 내뱉겠습니다." 누뇨의 말에도 칼리스타는 입을 다물 생각이 없었다.

"지나친 건 카마보르를 죽은 지 한참 된 시체처럼 헤집고 다닌 당신이겠지." 칼리스타의 목소리에는 날이 서 있었다.

돌이킬 수 없는 선을 넘었다는 것을 알기라도 하는 것처럼 누뇨의 몸이 축 처졌다. 놀란 듯 칼리스타를 바라보며 입을 열지 못하던 헤카림의 표정이 무시무시하게 변했다.

"강철 기사단이 없었으면 카마보르는 진작 시체가 됐을 겁니다." 헤카림이 으르렁거렸다.

"카마보르가 가장 취약했던 순간 당신이 한 행동은 두고두고 기억될 거야."

"우리가 결혼하면—"

칼리스타가 웃음을 터뜨렸다. 그리고 매섭게 말했다. "우린 결혼하지 않을 거야! 난 당신 같은 남자와 결혼할 생각은 눈곱만큼도 없어. 애초에 이 약혼을 받아들인 내가 바보였지."

"왕의 호위 무사인 그 천것 때문인가? 당신 연인 말이야." 헤카림이 으르렁거렸다. "그래, 당신이 그놈과 어떤 관계인지 다 알고 있어."

칼리스타가 눈썹을 치켜올렸다. "내 연인?" 칼리스타는 코웃음을 쳤다. "경, 아무래도 첩자의 실력이 영 형편없는 것 같군. 레드로스는 내 연인이었던 적이 없어. 물론 당신과 비교할 수 없을 만큼 훌륭한 남자이긴 하지만."

"당신이 지하 감옥에서 썩도록 놔뒀어야 했는데."

"아, 하지만 나와 팔짱을 끼지 않으면 왕좌에 대한 권리를 주장할 수 없겠지. 당신이 왜 결혼을 앞당기고 싶어 했는지 알겠어. 당신의 권리를 공식화하고 싶었던 거야. 이제 그럴 일은 영원히 없겠지만." 칼리스타는 분노한 헤카림에게 등을 돌리지 않고 뒤쪽의 문을 열었다.

"당신도 왕만큼 미쳤어!" 헤카림이 주먹을 꽉 쥐며 쏘아붙였다.

"드디어 진짜 모습을 드러내시는군. 주력군! 내게 와라!"

불과 몇 초 후 칼리스타는 부하들에게 둘러싸였다. 병사들은 모두 헤카림을 향해 창을 겨누고 있었다. 헤카림은 노골적인 증오를 드러내며 그들을 바라보았다.

"이 버러지 같은 것들이 감히 내게 무기를 세워?" 칼자루에 손을 올린 헤카림이 으르렁거렸다. "다 목을 매달아 버리겠다!"

"그럴 일은 없어." 칼리스타가 병사들에게 지시했다. "데려가라."

병사들이 조금씩 앞으로 나갔다. 헤카림은 입술을 핥았다. 노련한 검사였으니 싸워서 빠져나갈 승산을 재는 중일 가능성이 높았다.

"어리석은 짓 하지 마십시오, 헤카림 경." 헤카림의 뒤에 있던 누뇨가 말했다.

헤카림의 얼굴이 뭔가 역겨운 것을 맛본 사람처럼 일그러졌다. 헤카림이 칼자루를 쥔 손을 풀고 공격할 의사가 없음을 보이기 위해 양손을 옆으로 들어 올렸다. 병사 넷이 앞으로 가서 헤카림을 붙잡았다. 키가 크고 힘이 센 데다가 중무장까지 한 헤카림이 저항했지만 병사들은 꿈쩍도 하지 않았다.

칼리스타가 말했다. "난 당신의 좋은 면을 보고 싶었어. 야심 많고 거만한 사람이라는 건 알았지만 속은 명예로운 사람이라고 믿고 싶었지. 이제 그렇지 않다는 걸 알겠군. 당신은 왕을 배신하고, 날 배신하고, 카마보르를 배신했어."

모여 있는 병사들을 빙 둘러 문 쪽으로 이동한 누뇨는 면목이 없다는 듯한 얼굴로 칼리스타에게 다가갔다. 헤카림이 복도로 끌려 나가자 칼리스타가 누뇨를 복도 한쪽으로 이끌었다.

"용서해 주십시오, 칼리스타 님. 만일의 사태를 대비하는 게 옳은 일이라 느꼈지만 헤카림 경의 야심이 어느 정도인지 깨닫지 못했습니다. 저도 헤카림 경에게 휘둘린 게 아닌지, 지금까지 그 사실을 알지 못해 아르젠트 왕가의 신뢰를 저버린 게 아닌지 두렵군요."

"저자에게 속은 건 나도 마찬가지야."

"헤카림 경을 어쩌실 셈입니까?"

칼리스타가 답하기도 전에 갑판에서 고함이 들리더니 주력군 병사 하나가 계단 밑으로 머리를 숙였다. "수장들이 돌아왔습니다, 장군님!"

칼리스타가 헤카림을 붙잡고 있는 병사들을 바라보았다. 그리고 고갯짓으로 자신의 선실을 가리키며 지시했다. "저기 가둬라. 문에 감시병을 세워 둬. 헤카림 경은 나중에 처리한다."

제 26 장

칼리스타와 누뇨가 갑판 밑에서 올라왔을 때 빛의 결사 대표단은 흰 갑옷을 입은 관리원들의 호위를 받으며 부두를 따라 다가오고 있었다. 그중 둘은 수장이었다. 화려한 옷과 우스꽝스러운 모자, 가슴에 달린 복잡한 금빛 상징을 보면 알 수 있었다. 거리가 가까워지자 칼리스타는 두 수장이 말구르자 고관과 바르텍 원로라는 사실을 깨달았다. 나머지 인원에는 치료사, 선임, 고위 관리, 사제가 섞여 있는 것 같았는데 그중 두건이 달린 검고 긴 로브를 입고 키가 큰 지팡이를 든 눈에 띄게 불길해 보이는 사람도 있었다.

무리에는 건장한 체격의 타이러스도 있었다. 타이러스의 표정은 좋지 않았다. 죄책감이 칼리스타를 쿡쿡 찔렀다.

칼리스타가 비에고를 향해 발걸음을 옮기자 베닉스가 슬금슬금 옆으로 다가왔다. "부군 되실 분이랑 무슨 문제라도 있어요?" 베닉스가 입꼬리만 살짝 움직여 물었다.

칼리스타가 중얼거렸다. "그자가 반역자라는 걸 깨달았지. 그래서 약혼을 취소하고 선실에 가뒀어."

"잘하셨어요." 베닉스가 흡족한 듯 고개를 끄덕였다.

칼리스타는 비에고 옆으로 갔다. 비에고는 헬리아인들을 맞이하기 위해 커튼이 내려진 왕비의 가마 가장자리에 서 있었다. 레드로스는 비에고 앞에 있었다. 배의 가장자리를 따라 일렬로 선 주력군 병사들은 대표단이 있는 쪽을 바라보며 차렷 자세를 유지하고 있었다.

칼리스타가 앞으로 몸을 기울여 레드로스의 견갑에 손을 올렸다. 그리고 레드로스의 귀에 속삭였다. "이번 일이 끝나면 둘이서 얘기 좀 해. 내가 어리석었어."

칼리스타의 입김에 몸을 굳힌 레드로스가 계속해서 정면을 바라보며 짧게 고개를 끄덕였다. 칼리스타는 레드로스의 긴 망토를 매만지며 주름을 펴 주었다. 칼리스타의 손은 이상하리만치 오래 머물러 있었다. 누뇨가 헛기침하자 레드로스의 얼굴이 빨개졌다. 이렇게 거대한 남자가 첫 입맞춤을 한 소년처럼 얼굴을 붉히는 모습에 칼리스타의 얼굴에는 미소가 떠올랐다.

"뭘 그렇게 속닥거렸어?" 비에고가 다가오는 수장들을 향해 시선을 고정한 채 물었다.

"내가 진작 인정해야 했던 것." 앓는 소리를 낸 비에고는 더 자세히 캐묻지 않았다.

행렬이 부두에서 멈추자 말구르자 고관이 앞으로 나와 카마보르인들을 향해 입을 열었다. "안녕하십니까, 왕이시여." 말구르자는 일렬로 늘어선 주력군 너머로 허리를 숙이며 말했다. "의회의 결정을 알려 드리려고 왔습니다."

바르텍은 팔짱을 끼고 언짢은 침묵만 지키는 것을 보니 다행히 헬리아 측의 대표로 지명된 사람은 말구르자인 듯했다.

말구르자가 계속해서 말했다. "이번 사안에 관해 논의한 결과 결사의 힘으로 가능한 일이라면 돕고 싶다는 결론을 내렸습니다."

"정말 잘됐군!" 비에고가 손뼉을 치며 왕비의 가마에서 내려왔다. 재빨리 배의 가장자리로 간 비에고는 주력군 병사들을 비집고 나갔다. "경사로를 내려라! 어서!"

선원들의 시선을 받은 베닉스가 칼리스타를 바라보았다. 칼리스타는 짧게 고개를 끄덕였다. 곧바로 병사들이 길을 열었다. 선원들은 승선용 경사로를 앞으로 미끄러뜨려 배와 부두 사이를 이었다.

비에고가 경사로에 올라가 말구르자에게 손을 내밀었다. "건너는 걸 도와주겠소! 자, 자!"

왕의 손을 잡은 말구르자는 왕의 도움을 받아 대거호크의 갑판에 사뿐히 발을 디뎠다. "최고의 의사들과 수술, 비전 의학을 연구하는 선임들을 데려왔습니다. 그 외 도움이 될 만한 학자들도 데려왔죠. 극약 분야의 전문가를 포함해서요."

"무슨 분야?" 비에고가 말했다.

"독 말이야." 칼리스타가 답했다.

"맞습니다." 말구르자가 칼리스타에게 고개를 끄덕이며 말했다.

"그럼 저 음침한 자는 누구요?" 비에고가 수장들과 함께 온 검은 로브를 입은 자를 가리키며 물었다. "꼭 무덤을 파는 자처럼 보이는데."

원래 생각이 나는 대로 거침없이 말하는 비에고였지만 이번만큼은 칼리스타도 그 말에 동의하지 않을 수 없었다. 가까이서 보니 그자가 든 지팡이는 삽 같은 모양이었다. 작지만 체격이 다부진 남자의 목에는 투명한 액체가 담긴 유리병이 걸려 있었다. 남자는 칼리스타의 시선을 느낀 듯 유리병을 로브 안으로 집어넣었다.

"황혼의 수도단 사람입니다. 이들보다 현세와 내세 사이의 경계를 더 잘 이해하는 이들은 없지요. 섬뜩한 겉모습에 겁먹지 마세요. 사실 마음이 따뜻한 이들이랍니다. 술에 향신료를 넣어 증류하는 실력도 세계 최고고요."

비에고는 웃으며 말구르자 고관과 대표단을 앞으로 안내했다. 비에고가 발걸음을 재촉하며 황금 가마가 있는 곳으로 향했다. "왕비는 지금 쉬는 중이오. 방해가 되지 않게 조심해 줬으면 하오. 몸 상태가 아주 좋지 않거든."

칼리스타와 누뇨가 시선을 교환했다. 결정적 순간이었다.

"다들 꼼꼼하되 공손하게 조심해서 살펴볼 겁니다. 약속드리지요."

"한 번에 한 명씩만 들어가면 어떻겠소? 왕비가 답답할 수 있으니 말이오."

"물론입니다." 말구르자가 고개를 숙였다.

"누가 먼저 들어가겠나? 자네?" 비에고가 다리 없는 수정 안경 두 개를 코에 걸치고 로브를 입은 의사에게 물었다. "자, 어서 오게!"

고개를 끄덕인 남자는 비에고를 따라 가마로 올라갔다. 칼리스타 역시 자신이 필요할 때를 대비해 한 계단 위로 올라갔다. 앞으로 일어날 일에 비에고가 어떻게 반응할지 알 수 없었다. 누뇨도 초조하게 손을 주무르며 가까이 다가섰다.

비에고가 커튼을 젖혔다. 의사는 비에고의 팔 밑으로 몸을 굽혀 안으로 들어갔다. 다시 커튼이 내려졌다. 안에는 두 사람과 왕비만이 남게 되었다. '왕비의 시신이라고 해야겠지.' 칼리스타는 생각을 정정했다.

잠시 침묵이 흘렀다. 이내 낮게 얘기하는 소리가 들리더니 목소리가 급격히 높아졌다. 커튼이 확 열리고 의사가 발을 쿵쿵 구르며 나왔다.

"지금 카마보르식 농담이라도 하는 겁니까?" 의사가 엄지와 검지로 두 안경을 모두 벗으며 어깨 너머로 소리쳤다. "이미 돌아가셨습니다! 그것도 한참 전에!"

"죽었다고?" 바르텍 원로가 불안한 표정으로 외쳤다. "그게 무슨 말인가?"

"확실한가?" 나직이 묻는 말구르자 고관의 얼굴이 창백해졌다.

칼리스타는 그들이 화내는 이유를 이해할 수 있었지만, 말구르자의 표정은 두려움에 가까워 보였다. 그들이 돕지 못하면 비에고가 보일 반응이 두려운 것일까? 아니면 다른 이유가 있을까?

"확실하고말고요. 직접 보시죠." 의사는 모두가 안을 볼 수 있게 커튼을 확 젖혔다.

침대 옆에 무릎을 꿇은 비에고는 시신이 된 왕비의 손을 잡고 있었다. 거리가 있었지만 누가 봐도 시신이 확실했다. 미카엘의 성배로 얻은 힘에도 불구하고 왕비의 피부는 보기 싫은 회색으로 변해 있었다. 푹 꺼지기 시작한 살은 뼈대를 고스란히 드러냈다. 칼리스타는 왕비의 머리 옆 베개에 기대어져 있는 텅 빈 눈의 인형—이졸데가 저걸 뭐라고 불렀더라? 그웬?—을 발견했다. 비에고는 인형이 이졸데라도 되는 것처럼 인형의 손을 쓰다듬으며 속삭였다.

"선조시여." 칼리스타가 속삭이듯 말했다.

대표단 쪽에서 숨을 들이켜는 소리가 났다. 다들 경악한 표정이었다. 칼리스타가 어깨로 의사를 밀어내며 커튼을 내렸지만 이미 터진 일을 되돌릴 순 없었다. 비에고의 광기가 모두에게 드러났다. 그나마 비에고가 비교적 차분한 상태였다는 게 불행 중 다행이었다.

근처에 있던 타이러스가 당혹스러운 표정으로 칼리스타를 올려다보았다. "왜 돌아오셨습니까? 무엇을 얻고자 하셨습니까?"

"전하께서 진실을 받아들이시는 데 도움이 됐으면 했어요."

"아무래도 저희가 할 수 있는 일은 없을 것 같군요." 말구르자 고관이 말했다. 여전히 두려워 보였지만 숨기려는 기색이 역력했다. "죄송합니다. 왕비를 묻고 애도하는 것밖에 방법이 없어요. 왕께서도 결국 현실을 받아들이시길 바라겠습니다."

칼리스타 말했다. "그렇게 됐으면 좋겠군요. 고맙습니다."

말구르자가 앞으로 몸을 기울이더니 목소리를 낮췄다. "진심으로 군도 사람들에게 악의가 없다면 왕을 모시고 빨리 떠나세요. 이곳에 남아서 좋을 게 없습니다. 이곳으로 올 때 쓴 이정석도 지금 바로 돌려받고 싶군요."

칼리스타는 비에고가 이졸데의 시신을 붙들고 있는, 커튼이 내려진 가마를 힐끗했다.

"꼭 돌려드리겠습니다. 그런데 지금은 때가 적절하지 않은 것 같군요. 전하께선 애도하실 시간이 필요해요. 시간이 지나면 고집을 부리지 않으시겠죠. 하지만 반드시 돌려드리겠습니다."

말구르자는 불안한 듯 망설였지만 마지못해 한숨을 내쉬었다. "알겠습니다. 하지만 이정석을 가지고 떠나는 것은 허용할 수 없어요. 출발하기 전에 꼭 넘기셔야 합니다."

그 말을 끝으로 고개를 숙인 말구르자는 대표단과 함께 떠나기 위해 몸을 돌렸다.

타이러스는 실망한 표정으로 다시 한번 칼리스타를 바라보았다. 칼리스타는 시선을 떨궜다. 타이러스의 눈을 쳐다볼 수가 없었다. 타이러스는 어깨를 축 늘어뜨리고 다른 이들과 자리를 떠났다.

그러나 한 사람은 남아 있었다. 두건에 가려 얼굴이 보이지 않는 그 암울한 수도승이었다. "전 카마보르 말이… 유창하지 않습니다만?" 수도승은 강한 억양으로 말했다. "죽음은 두려움의 대상이 아니에요. 제가 속한… 속한…"

칼리스타가 도와주었다. "교단? 수도단?"

"수도단." 수도승이 단어의 형태를 확인하듯 말했다. "네, 그 단어가 맞겠네요. 우리 수도단에서 죽음은 탄생과 같은 삶의 일부죠. 두려워할 대상이 아닙니다. 하지만 사랑하는 이들을 보내는 게 힘겨울 때도 있어요. 제가 왕을 도와드릴 수 있지 않을까요?"

칼리스타가 어깨를 으쓱하고 커튼 밑으로 몸을 숙였다. 비에고는 이졸데의 생기 없는 어깨에 머리를 기댄 채 눈을 크게 뜨고 멍하니 있었다.

"비에고? 왕비 전하를 알현하고 싶어 하는 사람이 하나 더 있어. 그냥 떠나라고 할까?"

"들여보내." 비에고가 감정 없는 목소리로 말했다.

칼리스타는 검은 로브를 입은 수도승을 안으로 안내했다. 수도승은 차분하고 신중하되 자신감 있는 발걸음으로 비에고와 이졸데에게 다가갔다. 주변에 남은 칼리스타는 왕비의 이마와 뺨을 차례로 짚는 수도승을 지켜봤다. 수도승은 왕비의 몸 위에서 손을 움직이더니 두건을 벗었다. 섬뜩해 보이는 겉모습과 어울리지 않는 소년 같은 얼굴과 사람 좋은 미소가 드러났다.

"왕비님은… 평온을 찾으셨습니다." 수도승이 비에고를 향해 카마보르어로 더듬더듬 부드럽게 말했다. "고통도 괴로움도 없는 곳에 계세요. 빛 속에 계시는군요. 빛 그 자체가 되셨어요." 수도승은 자신만 들을 수 있는 소리에 귀를 기울이듯 고개를 옆으로 기울이더니 웃음을 터뜨렸다. "누가… 보고 싶다고 하시네요. 그웬? 친한 친구나 자매 같은데요?"

칼리스타의 눈이 휘둥그레졌다. 목덜미에 소름이 쫙 끼쳤다. 이졸데를 바라보던 비에고의 시선이 수도승에게 옮겨 갔다. 비에고의 얼굴에는 놀라움과 경악이 뒤섞인 애처로운 표정이 떠올라 있었다.

"그럼 정말로 죽은 건가?" 그 순간 비에고의 목소리는 칼리스타가 기억하는 어린 시절의 작고 슬픈 소년 같았다.

수도승이 안쓰러운 듯한 미소를 지으며 천천히 고개를 끄덕였다. "평온을 찾으셨어요."

비에고는 손에 얼굴을 파묻고 흐느끼기 시작했다. 비에고의 어깨에 위로의 손을 올린 수도승은 떠나기 위해 몸을 돌렸다. 그는 칼리스타 옆을 지나치며 고개를 끄덕이면서 다시 한번 두건을 뒤집어썼다.

"고마워요." 칼리스타가 말했다.

수도승이 떠난 후 칼리스타는 비에고를 팔로 감싸며 옆에 앉았다. 두 사람은 말하지 않았다. 말할 필요가 없었다.

마침내 비에고는 세상을 떠난 아내를 애도했다.

칼리스타는 오후 그림자가 길게 늘어질 때가 되어서야 황금 가마에서 모습을 드러냈다.

부두에는 구경꾼이 보이지 않았다. 관리원 일부만이 남아 카마보르인들이 뭍으로 올라오려고 하지 않는지 감시하는 중이었다.

베닉스는 큰 소리로 지시를 내리고 있었다. 선원들은 바쁘게 배를 돌아다니며 다시 한번 출항할 준비를 했다.

"전하께선 어떠십니까?" 칼리스타 옆에 나타난 누뇨가 물었다.

"애도하고 있어. 드디어 아내가 떠났다는 걸 받아들인 것 같아."

"선조시여, 감사합니다."

에를로크 그라엘은 헬리아 밑 어둠 속에서 종이 울리는 소리를 들었다. 금고까지 닿은 그 소리는 미로 같은 구조의 텅 빈 복도를 따라 메아리치며 보물과 비밀이 숨겨져 있는, 폐소 공포증을 유발하는 방들을 통해 울려 퍼졌다.

그라엘은 자신의 방에 펼쳐져 있는 책과 천문도에서 눈을 떼고 위를 올려다보았다. 라이즈와 라이즈의 룬 마법을 이용할 수 없게 된 그라엘은 지난 몇 주 동안 라이즈의 도움 없이 영겁의 샘으로 들어갈 계획을 세우고 있었다. 하지만 종소리가 연구에 몰두하고 있던 그라엘의 주의를 끌었다. 종소리에 이끌려 지상으로 올라온 그라엘은 눈을 깜빡이며 동트기 전의 달빛 속으로 기어들어갔다.

선임들과 학생들이 삼삼오오 모여 이야기를 나누고 있었다. 그라엘은 북새통을 비집고 지나갔다. 층진 구조로 되어 있는 숭고한 대수학의 정원으로 발걸음을 옮긴 그라엘은 자갈을 밟으며 낮은 돌벽이 있는 곳으로 향했다. 그곳에서는 아래쪽 항구가 내려다보였다. 돛이 여러 개 달린 배가 헬리아의 가장 큰 등대에서 비추는 강력한 빛을 받으며 접근하는 모습이 보였다. 그라엘은 그 배를 알아보고 활짝 웃었다. 저런 형태의 배를 타고 다니는 나라는 하나뿐이었다.

바다를 훑어본 그라엘의 얼굴에서 웃음기가 옅어졌다. 배가 한 척뿐이었다. 다른 배는 어디 있을까? 그 대단하다는 카마보르의 전함은? 군대는? 하긴 피에 굶주린 카마보르의 학살자를 태운 배 한 척이면 충분했다. 수장들은 저들의 요구를 거절할 게 분명하니 유혈 사태가 뒤따르는 건 당연한 수순이었다. 헬리아는 전혀 준비되어 있지 않았다. 취약했다.

그라엘은 서둘러 거리를 통과했다. 기대감에 심장이 쿵쾅거렸다. 그들이 왔다! 그라엘의 계획대로 안개를 뚫고 온 것이다. 모든 게 생각대로 착착 진행되어 갔다.

두건을 뒤집어써 얼굴을 가린 그라엘은 부두 근처에서 어슬렁거리며 때가 오길 기다렸다. 관리원들이 외부인의 진입을 막고 돼지 같은 바르텍이—오래전 그라엘을 문턱 감시대로 떨어뜨린 바로 그 증오스러운 수장이었다—시끄럽게 답을 요구하는 모습을 지켜봤다. 배에 카마보르의 왕이 타고 있다는 사실을 알게 된 그라엘의 호흡이 빨라졌다.

"어서 해." 그라엘은 바르텍이 그들을 자극하는 모습을 보며 재촉했다. 카마보르인이 호전적이며 화를 참지 않고 여차하면 공격한다는 것은 누구나 아는 사실이었다. 그라엘은 어서 수장들이 피를 흘리는 모습을 보고 싶어 견딜 수 없었다.

놀랍고 실망스럽게도 카마보르인들은 미끼를 물지 않았다. 바르텍이 끌어내려지고 비전 기하학의 고관이 바르텍 대신 올라갔다. 교활한 늙은이, 말구르자였다.

그라엘은 그들이 말하는 것을 지켜봤다. 수장들이 떠나는 것을 지켜봤다. 그래도 그라엘은 계속 지켜보며 기다렸다. 해가 떠오르며 괴로울 정도로 밝은 빛이 쏟아졌지만 도시 아래 편안한 어둠 속으로 돌아가고 싶은 충동을 참았다. 배에 접근하기에는 관리원의 수가 너무 많았기 때문에 그라엘은 계속해서 기다렸다.

기회는 몇 시간이 지나 찾아왔다. 배로 돌아온 수장들이 다시 떠난 후였다. 카마보르인들은 떠날 준비를 하는 것 같았다.

배의 선원들이 개미처럼 바쁘게 움직였다. 그라엘의 기대감이 산산조각 났다. 그라엘이 기대한 것은 이런 게 아니었다. 일이 이렇게 되면 곤란했다.

배 근처에는 여전히 수십 명의 관리원이 있었지만 더는 기다릴 수 없었다.

부두로 다가간 그라엘은 검문에 걸렸다. 투구를 쓴 관리원 둘이 길을 막아섰다.

그라엘이 으르렁거렸다. "비키시오. 카마보르인들에게 볼일이 있소."

"무슨 볼일? 누구 권한으로?"

그라엘이 인장을 들어 올렸다. "난 간수장이오. 문턱 감시대 현자님의 명령으로 왔소."

"그런 얘기는 처음 듣는데. 지나가고 싶으면 가서 허가장을 받아 오시오."

"멍청하긴, 시간이 없소. 내가 돌아가는 길에 배가 출항하겠지. 현자님께서 노하실 거요. 그래도 안 된다면 현자님께 당신들 이름을 고하겠소. 누구 때문에 명령을 수행하지 못했는지 알려 드려야 하니까."

두 번째 관리원이 낮은 목소리로 말했다. "그냥 지나가게 둬. 그 현자는 성격이 장난 아니라고. 못해도 한 달 치 봉급이 삭감되고 금고에서 일하게 될 거야. 둔탁 감시대원을 상대로 그렇게까지 할 가치는 없어."

그라엘은 숨을 쉬듯 자연스러운 모욕에 발끈했지만 응수하지 않았다. 저자는 모두와 함께 대가를 치를 것이다. 모든 게 그라엘의 계획대로 된다면 그날은 오늘이 될 터였다.

첫 번째 관리원이 비켜서며 말했다. "그럼 지나가시오. 하지만 문제를 일으키면 곤란하오. 카마보르인들이 출항하기 전에 떠나도록 하시오."

두 관리원을 지나친 그라엘은 카마보르 배가 정박하고 있는 곳으로 성큼성큼 걸어갔다. 다른 관리원들은 그라엘을 막지 않았다. 몇몇은 그라엘을 힐끔거리기까지 했다.

마침내 카마보르 배 앞에 도착한 그라엘이 부두 가장자리에서 걸음을 멈췄다.

"왕에게 전할 말이 있소." 그라엘의 목소리가 쩌렁쩌렁 울렸다.

제 27 장

칼리스타는 부두에 서 있는 창백하고 비쩍 마른 감시대원을 경계의 눈초리로 바라보았다.

낮게 욕설을 내뱉은 칼리스타는 선박과 부두 사이를 가볍게 뛰어넘었다. 칼리스타가 서둘러 그라엘에게 다가가며 낮게 말했다. "우리는 떠난다. 여기서도 왕비 전하를 위해 할 수 있는 일이 없더군. 당신의 도움에는 감사를 표하지. 당신네 수장들은 당신이 우리에게 이정석을 준 게 달갑지 않은 모양이지만."

"그들은 제 수장들이 아닙니다. 카마보르의 왕과 얘기하고 싶습니다."

"들었다. 그건 불가능한 일이야."

"당신들을 도왔는데 헬리아에 머물 순 없습니다! 카마보르 궁정에서 한자리 얻고 싶다고 말했을 텐데요."

"그랬지. 하지만 동의한 기억은 없군. 이걸로 끝이야. 우린 여기 온 목적을 이뤘어."

그라엘이 이를 드러내며 칼리스타의 팔을 잡고 끌어당겼다. "당신이 원하는 걸 줬는데 그 대가로 아무것도 얻지 못했어. 왕과 얘기해야겠어!"

"그 손 놓지 않으면 후회하게 될 거야." 칼리스타 뒤에서 굵고 낮은 목소리가 울렸다. 그제야 두 사람은 레드로스가 다가온 것을 눈치챘다.

"어쩔 셈이지?" 그라엘이 레드로스를 비웃으며 올려다보았다. "평화를 깨고 날 죽이기라도 할 건가?"

레드로스가 으르렁거렸다. "그럴 필요도 없겠지. 당신은 내가 검을 뽑기도 전에 죽어 있을 테니까."

얼굴이 누렇게 뜬 그라엘은 그제야 칼리스타의 단검이 자신의 옆구리를 누르고 있다는 것을 알아챘다. 조롱하듯 단검을 내려다본 그라엘이 칼리스타를 놔주자 두 사람은 거리를 벌렸다. 그라엘의 시선이 칼리스타와 레드로스를 잽싸게 번갈아 보더니 이내 대거호크로 향했다.

"왕과 얘기하고 싶소!"

"멍청한 놈, 조용히 하지 못해!" 칼리스타가 날카롭게 속삭였다.

"왕과 얘기하고 싶소! 아주 중대한 일이오!"

칼리스타는 가마의 커튼이 걷히며 비에고가 나오는 것을 보고 욕설을 내뱉었다.

"무슨 일이지?"

"전하!" 그라엘이 허리를 살짝 숙이며 소리쳤다. "아주 중요한 정보를 가져왔습니다. 전하께서 듣고 싶으셔할 만한 정보입니다!"

분노로 차 있던 그라엘의 목소리가 순식간에 간사하게 바뀌자 혐오감에 칼리스타의 입술이 일그러졌다. 마치 헤카림을 보고 있는 것 같았다.

"이자는 누구지?"

"뱀 같은 자야." 칼리스타는 그라엘에게서 눈을 떼지 않고 레드로스 쪽으로 살짝 고개를 돌렸다. "끌어내."

레드로스가 다가가자 그라엘이 뒤로 물러서며 비에고에게 필사적으로 호소했다.

"전하! 전하께서 안개를 통과하실 수 있었던 건 저 때문입니다! 제 이야기를 들으셔야 합니다!"

"잠깐." 비에고의 말에 레드로스가 멈칫했다. "이리로 데려와라. 말을 들어 봐야겠다."

그라엘이 칼리스타를 보며 씩 웃었다. 인상을 찌푸린 칼리스타는 서둘러 경사로를 건너 대거호크로 올라가는 그라엘의 뒤를 따라갔다. 그라엘이 굽실거리는 태도로 비에고에게 다가가 한쪽 발을 뒤로 빼고 허리를 숙이자 칼리스타의 얼굴이 더 구겨졌다.

비에고는 팔짱을 낀 채 왕비의 황금 가마 위에 서 있었다. "말해 봐라."

"전하께 이정석을 전달한 자가 바로 저였습니다! 영겁의 샘에서 가져온 치유 효과가 있는 물을 유리병에 담아 드린 것도 저였고요!"

비에고가 칼리스타를 바라보았다. "이 말이 사실이야?"

칼리스타는 마지못해 대답했다. "그래, 저자가 그 물과 이정석을 준 건 맞아. 하지만—"

칼리스타가 말을 끝내기도 전, 그라엘이 큰 소리로 끼어들었다. "수장들은 전하께 거짓말하고 있습니다!" 그라엘은 다급히 말했다. "지금도 자신들만이 아는 비밀을 깊숙이 감추고 숨기기 급급하지요. 하지만 전 진실을 알고 있습니다."

"무슨 진실 말이지?"

"왕비 전하를 되찾을 방법이 있습니다. 죽음의 장막 너머에서도 말입니다."

"듣지 마! 거짓말이야! 그만 떠나자, 비에고! 고향으로 돌아가서 이졸데를 마땅한 방법으로 애도해야 해!"

"일단 들어 봅시다." 누뇨가 나섰다. 칼리스타가 충격을 받은 표정으로 누뇨를 바라보았지만 누뇨는 칼리스타의 시선을 피했다.

비에고가 속삭였다. "정말이냐? 이졸데가 내 곁에 돌아올 수 있다고?"

"공주님께서 뭐라고 하시든 제가 거짓말할 이유는 없습니다. 진실은 훨씬 더 엄청나지요. 제가 드린 이정석 덕분에 이곳으로 오시지 않았습니까? 전 위대하신 전하의 편입니다. 그저 전하께서 사랑하는 분과 다시 만나실 수 있도록 전하를 돕고 싶을 뿐입니다."

비에고가 눈도 깜빡이지 않고 그라엘을 응시했다. 망상과 다르지 않은 어두운 희망이 다시 비에고의 안에서 피어났다. 칼리스타는 절망했다.

"방법은?" 비에고가 물었다.

탐욕스럽게 웃은 그라엘이 헬리아에서 가장 크고 웅장한 건물을 가리켰다. 칼리스타가 의원단을 만난 곳이었다. "저 탑 밑에 영겁의 샘이 있습니다. 왕비 전하를 영겁의 샘으로 모셔 가면 다시 왕비 전하를 되찾을 수 있죠. 약속드리겠습니다. 제가 그곳까지 안내해 드릴 수 있습니다."

"이건 미친 짓이야, 비에고!" 칼리스타가 호소했다.

두 사람은 커튼이 내려진 가마 안에 있었다. 비에고는 이졸데의 시신을 안아 들어 올리는 중이었다.

"제대로 묻어 줘야 해! 제발 이졸데의 명예를 이런 식으로 더럽히지 마!"

"가능성이 있다면 시도해 볼 거야."

"가능성 따윈 없어! 그 감시대원은 자기가 원하는 걸 얻으려고 널 구슬리는 거야. 거짓말을 하는 거라고!"

비에고가 멈췄다. "시도조차 해 보지 않고 살아갈 자신이 없어."

칼리스타가 비에고의 팔을 잡으며 말했다. "비에고, 제발 이러지 마."

만류하는 칼리스타의 손을 내려다본 비에고는 칼리스타와 눈을 맞췄다. "이래야만 해."

칼리스타의 손길을 뿌리친 비에고는 아내의 시신을 안고 오후의 빛이 내리쬐는 바깥으로 걸어 나갔다. 비에고가 조심스레 황금 가마에서 내려갔다. 그라엘이 음흉하게 웃었다.

비에고는 갑판에 있는 병사들과 선원들이 경악에 찬 시선으로 바라보는 것을 무시하며 주변을 둘러봤다. "헤카림 기사단장은 어디 있지?"

"헤카림 경은, 그, 몸이 좋지 않습니다." 누뇨가 말했다.

비에고가 미간을 찌푸리더니 어깨를 으쓱하곤 씩 웃고 있는 그라엘을 돌아봤다. "길을 안내해라."

고개를 숙여 인사한 그라엘이 대거호크 밖으로 향하자 비에고가 뒤따랐다.

"어쩌죠?" 레드로스가 물었다.

누뇨가 답했다. "자네는 전하의 호위일세. 전하께서 가시는 곳이라면 어디든 따라가야지."

부두가 시끄러워지더니 관리원들이 바쁘게 움직였다. 레드로스는 칼리스타를 쳐다보며 계속 망설였다. 주력군 병사들도 마찬가지였다. 칼리스타의 심장이 미친 듯이 뛰었다. 감정이 휘몰아쳤다. 마침내 이곳을 떠나 이 모든 일에 마침표를 찍기 일보 직전이었다.

비에고를 지켜라. 카마보르를 지켜다오.

칼리스타가 한숨을 쉬었다. 그리고 마지못해 입을 열었다. "혼자 가게 둘 순 없어. 어쨌든 우리 왕이니까."

칼리스타가 큰 소리로 지시를 내리자 더 많은 경사로가 부두로 내려졌다. 주력군 병사 오십 명이 경사로 너머로 행군했다.

"구보를 맞춰라. 전하를 중심으로 진형을 갖춘다!" 주력군이 비에고와 그라엘을 둘러싸고 칼리스타가 그 앞으로 갔다. 레드로스는 비에고 앞에 자리를 잡았다. 누뇨는 반걸음 뒤에서 따라왔다.

부두에 있는 관리원들은 수적으로 한참 열세였다. 각자 검은 방패와 창을 들고 청동 투구로 얼굴을 가린 채 발을 맞춰 행군하는 카마보르 병사들이 위협적으로 보이는 것은 당연한 일이었다. 누가 봐도 전장으로 행군하는 중이라고 생각할 만한 모습이었다.

"우리는 피를 보려는 것이 아니다!" 칼리스타가 주력군 병사뿐 아니라 관리원이나 다른 구경꾼에게도 잘 들리도록 소리쳤다. "우리는 평화로운 임무를 수행하기 위해 온 것이다!"

관리원 몇 명이 도끼창을 겨누며 길을 가로막았다.

"저들이 비키든 말든 그대로 지나간다." 비에고가 단언했다. 칼리스타는 욕설을 내뱉었고 그라엘은 조용히 웃음을 터뜨렸다.

"이건 말도 안 되는 짓이야." 칼리스타가 나직이 말했다. 비에고의 상태가 최악일 때도 결국에는 제정신이 돌아오리라 믿었다. 칼리스타의 생각이 틀렸던 것일까?

칼리스타가 할 수 있는 일은 상황이 더 악화하지 않게 막고 비에고가 정신을 차리도록 기도하는 것뿐이었다.

칼리스타가 큰 목소리로 경고했다. "물러서라, 헬리아인. 우린 도시로 가는 중이지만 공격할 의사가 없다. 우리를 호위하되 막지는 마라."

"말 들어야지, 경비견." 그라엘이 도발했다.

칼리스타가 돌아서서 대열을 벗어나더니 비웃고 있는 그라엘의 얼굴에 주먹을 날렸다. 그라엘은 엉망이 된 코를 붙잡고 뒤로 비틀거렸다.

"칼." 비에고가 나무라듯 말했다.

"당신, 후회하게 될 거야." 그라엘이 으르렁거렸다.

"그럴지도 모르지, 그라엘 감시대원. 하지만 지금은 속이 다 시원하군."

칼리스타는 재빨리 전열에 다시 합류했다. 다행히 관리원들은 옆으로 비켜선 상태였다. 카마보르인들은 돌 부두에서 섬 중심부를 향해 행군했다. 그라엘의 주장에 따르면 영겁의 샘이 있다는 거대한 건물, 광휘의 탑을 향해 도시 안쪽으로 곧장 들어가자 헬리아인들이 서둘러 길을 비켰다. 무리를 호위하는 관리원들은 주변에 넓게 퍼져 길을 확보하고 있었다.

많은 사람이 모여들어 카마보르인들의 뒤를 따랐다. 경계하듯 어느 정도의 거리는 유지하는 모습이었다. 칼리스타는 불안한 마음으로 인파를 바라보며 폭력을 촉발할 만한 그 어떤 일도 일어나지 않기를 기도했다. 사람들이 적대적이지는 않은 것 같아 그나마 다행이었다.

그들은 그라엘의 안내를 받아 거침없이 행군했다. 칼리스타는 지금 걷는 넓은 산책로가 헬리아의 심장부를 가로지르는 학자의 길이라는 사실을 떠올렸다. 학자의 길은 멀리 보이는 광휘의 탑까지 완만히 높아졌다. 광휘의 탑은 도시에서 가장 높은 지대의 꼭대기에 자리했다.

목적지까지 절반 정도 이동하자 더 높은 구역으로 이어지는 넓고 하얀 대리석 계단이 나타났다. 가장 낮은 단에 관리원이 일렬로 늘어서 있었다. 바로 위에는 로브를 입은 수장들이 모여 있었다. 그 한가운데 말구르자 고관이 보였다. 아까와 같은 우호적인 태도는 온데간데없었다.

칼리스타는 그중 타이러스 선임 탐구자가 있는 것을 보고 다시 한번 죄책감과 수치심에 휩싸였다. 타이러스는 무표정을 유지했지만 타이러스가 느끼는 화와 배신감이 고스란히 전해졌다. 비에고 옆에서 걷고 있는 그라엘을 본 타이러스의 눈이 놀란 듯 휘둥그레졌다.

무리를 호위하던 관리원들은 서둘러 그 앞에 일렬로 정렬하며 동료들과 합류했다. 관리원들은 이제 주력군 병사들과 수가 엇비슷했다. 그래도 칼리스타는 그들이 주력군 병사들의 상대가 될 것이라고 생각하지 않았다. 그러나 자신의 직감이 맞는지 확인하게 될 일은 없길 바랐다.

말구르자가 입을 열었다. "더는 갈 수 없습니다. 왕비를 위해 할 수 있는 일은 없다고 말씀드렸을 텐데요. 여긴 아무것도 없습니다! 배로 돌아가서 이곳을 떠나 다시는 돌아오지 마세요!"

그라엘이 속삭였다. "거짓말입니다. 축복받은 물의 힘을 독차지하려는 것이죠. 물의 비밀을 자신만 알고 있으려는 속셈입니다!"

비에고가 말했다. "지나가게 해 주시오. 아내를 영겁의 샘으로 데려가겠소."

"영겁에 샘에 관해 얼마나 알고 있죠?" 말구르자가 칼리스타를 돌아봤다. 말구르자의 눈이 가늘어졌다. "결국 당신은 미리 길을 정찰하려고 보낸 첩자가 맞았군요. 애초에 당신이 이 땅을 밟지 못하게 해야 했는데!"

칼리스타의 얼굴이 수치심으로 달아올랐다. "그런 건 아니었습니다." 칼리스타는 자신이 듣기에도 자신 없는 목소리로 말했다. 비에고가 이곳에 온 것은 자신의 탓이 맞았다.

"당신이 머무는 동안 영겁의 샘에 침입자가 들어왔습니다. 당신이 그 일과 관련됐을 것이라며 의심하는 의원들도 있었죠. 그게 당신의 도움 요청을 거절한 이유 중 하나가 됐고요. 난 당신이 결백하다고 믿어 그 주장에 반박했지만 아무래도 내가 속은 것 같군요."

칼리스타는 고개를 저었다. "무슨 말씀이신지 모르겠습니다. 전 그 일과 관련이 없어요." 그러나 말구르자는 칼리스타의 말을 듣지 않았다.

"당신과 같이 있는 자는 누구죠?" 말구르자가 칼리스타 뒤에 있는 그라엘을 향해 눈을 가늘게 뜨며 말했다. "둔탁 감시대원? 우리 사람에게까지 손을 뻗은 모양이군요. 이제야 알겠어요. 감시대원과 손을 잡고 샘의 방어를 뚫다니 제법이네요. 누가 카마보르인 아니랄까 봐!"

그라엘이 몸을 바로 세웠다. "이기적인 늙은이, 날 둔탁 감시대원이라며 모욕하지만 오래전 날 밑바닥으로 처박은 건 바로 당신이야."

타이러스가 말했다. "넌 망상에 빠진 멍청한 놈이야, 에를로크 그라엘. 널 안됐다고 생각했다니 내가 어리석었어."

"날 이렇게 만든 건 너희야. 지금 일어나는 일은 다 너희 책임이지."

말구르자가 말했다. "진작 널 추방해야 했다. 널 학생 때 내쫓지 않은 건 오로지 불쌍해서였지. 이제 보니 그게 실수였군."

"지나가게. 해. 주시오." 비에고가 이를 악물고 으르렁거렸다. 비에고의 어조에 칼리스타가 긴장했다. 비에고를 잘 아는 칼리스타는 비에고가 거의 한계에 다다랐다는 걸 알았다.

"비에고, 안 돼." 칼리스타가 속삭이듯 말했다.

말구르자가 입을 열었다. "지금 이 행동이 어떤 결과를 불러올지 모르시는군요. 영겁의 샘에 깃든 힘은 함부로 건드릴 만한 게 못 됩니다. 지나가게 해 드릴 순 없어요."

"거짓말입니다." 그라엘이 덧붙였다.

"전 사실을 말했습니다. 도시에 있는 모두를 위험에 빠뜨리느니 차라리 제 목숨을 내놓겠어요."

"어쩔 수 없군." 비에고가 칼리스타를 돌아봤다. "죽여."

엄청난 무게를 지닌 명령에 아무도 움직이지 못했다.

칼리스타는 공포에 찬 눈으로 비에고를 바라보았다. "비에고, 그만해! 넌 지금 제정신이 아니야! 어리석은 짓은 여기까지 하고 돌아가자."

비에고의 얼굴이 어두워졌다. "저들이 자초한 일이야. 아버지라면 재고할 여지 없이 바로 저들을 죽였겠지. 아버지의 병사들이라면 명령에 복종했을 테고."

"카마보르의 사자라면 이런 일에 관여하지 않았을 거야. 그분은 잔혹할지언정 어리석진 않았으니까."

비에고는 칼리스타를 노려봤다. "카마보르의 병사들이여." 비에고가 칼리스타에게서 시선을 떼지 않고 말했다. "저들을 죽여라."

"움직이지 마라." 칼리스타가 저지했다.

칼리스타는 넘지 말아야 할 선을 긋고 있었다. 오래전 진작 그어야 했던 선이었다. 이제야 비에고가 어떤 존재인지, 어떻게 변했는지 보였다.

관리원들이 초조하게 움직였다. 칼리스타는 부하들이 갈등하는 것을 느꼈다.

"난 너희의 왕이다." 비에고가 투구를 쓴 전사들을 돌아보며 으르렁거렸다. "명령하지 않았느냐! 앞으로 나가서 저들을 죽여라!"

"저들이 따르는 건 나지 비에고 네가 아니야."

비에고가 속을 부글부글 끓였다. "레드로스…"

"전 전하의 호위입니다. 전하의 목숨을 위협하는 자가 있다면 누구든 죽일 의무가 있죠. 하지만 지금은 그런 자가 보이지 않습니다."

"내가 반역자들에게 둘러싸였군! 좋다! 내가 직접 하지."

비에고가 주력군 병사 둘을 돌아봤다. "너희 둘! 왕비를 모셔라. 왕비가 조금이라도 다친다면 목숨을 내놔야 할 거야."

두 병사는 공손히 이졸데의 시신을 넘겨받았다. 비에고가 수장들과 관리원들을 향해 다가갔다. 비에고의 손에서 '신성'이 형태를 갖추었다. 주력군의 나머지 병사들은 경의를 표하며 눈을 내리깔고 서둘러 비켜섰다. 관리원들은 도끼창을 겨누며 대열을 좁혔다.

"안 돼." 칼리스타가 앞을 가로막았다.

"비켜, 칼."

"안 돼. 네가 이런 짓을 하게 둘 순 없어."

"널 다치게 하고 싶지 않아. 하지만 필요하다면 널 베고 가겠어."

"제발 이러지 마, 비에고! 아직 늦지 않았으니 이런 미친 짓은 그만해! 부탁이야!"

비에고의 내면에서 격렬한 전쟁이 벌어지는 것 같았다. 비에고의 표정이 분노, 고통, 공포, 후회를 오갔다. 비에고는 걸음을 멈췄지만 여전히 '신성'을 쥐고 있었다.

비에고가 조용한 목소리로 말했다. "칼, 날 도와줘. 해야만 하는 일이야. 내가 널 죽이게 하지 마."

"널 어떻게 하려는 게 아니야. 하지만 네가 죄 없는 사람들을 죽이는 걸 지켜보고만 있을 순 없어."

"일이 이렇게 되진 않았으면 했는데." 비에고가 한숨을 쉬었다. "네가 자초한 거야."

칼리스타가 긴장하며 창을 들어 올렸지만 비에고는 다가오지 않았다. 대신 주머니에서 뭔가 꺼내 근처에서 맴돌고 있던 누뇨에게 건넸다.

"시작하라." 비에고가 누뇨에게 고개를 끄덕이며 말했다.

"슬슬 때가 됐군요, 전하."

비에고가 누뇨에게 건넨 것의 정체를 확인한 칼리스타의 눈이 커졌다. 이정석이었다. 칼리스타는 두려움에 휩싸였다.

"누뇨? 뭐 하는 거야?"

누뇨가 칼리스타를 바라보았다. "카마보르를 위한 최선의 방법입니다." 누뇨가 멀리 보이는 항구와 안개 벽을 향해 몸을 돌렸다.

그제야 칼리스타는 누뇨의 의도를 깨달았다. 배신감이 비수처럼 날아와 꽂혔다.

"안 돼!" 하지만 칼리스타가 누뇨를 막으려고 하기도 전, 비에고가 칼리스타에게 '신성'을 겨누었다.

칼리스타는 무력하게 지켜봤다. 누뇨가 뭔가를 읊조리듯 속삭이자 누뇨의 눈이 빛나기 시작했다. 누뇨는 바다 쪽으로 걸음을 옮기더니 대거호크에서 칼리스타가 했던 것처럼 이정석을 높이 들어 올렸다.

그러자 저 멀리서 거대한 안개 벽이 갈라졌다.

배 한 척이 통과할 만큼 작은 공간이 아니라 바다에서 하늘까지 이어지는 거대한 틈이 찢기듯 열렸다. 그리고 그 틈에서 스무 척가량의 전함이 모습을 드러냈다. 이 순간을 위해 안개 너머에서 대기하고 있었던 게 분명했다.

카마보르의 전함이었다.

"무슨 짓을 한 거야?" 칼리스타가 속삭이듯 말했다.

"나도 이러고 싶지 않았어, 칼. 네가 복종하지 않는다면 강철 기사단이 나서야겠지."

제 28 장

천 명에 가까운 강철 기사단이 죽이고 약탈하기 위해 총출동한 것이었다. 한번 고삐가 풀리면 그들에게 자비 따윈 없었다.

경보 소리가 울려 퍼졌다. 도시에 경종이 울리자 놀란 사람들이 이리저리 흩어졌다.

"주력군!" 칼리스타가 소리쳤다. "방어 대형으로!"

주력군은 지체 없이 반응하며 칼리스타 주변에 촘촘한 대형으로 섰다.

"천것들에게 충성심 따위가 있을 리 없지." 비에고가 으르렁거렸다.

비에고는 자신의 곁에 남은 유일한 주력군 병사 둘을 바라보았다. 두 병사는 여전히 이졸데를 들고 있었다. 동료들과 합류하고 싶은 기색이 역력했지만 왕비를 바닥에 내려놓는 게 마음에 걸리는 듯했다.

"왕비에게서 그 더러운 손 떼라." 비에고가 '신성'을 사라지게 하며 쏘아붙였다.

비에고가 이졸데의 시신을 넘겨받자 두 병사는 전우들과 합류하기 위해 서둘러 달려갔다. 비에고는 레드로스를 돌아봤다.

"그대는 어떻게 할 텐가, 레드로스 사령관? 난 아무것도 아닌 그대에게 작위와 영지를 내리고 미래를 줬지. 그대도 신성한 맹세를 저버리고 날 떠날 텐가?"

레드로스는 알 수 없는 표정으로 비에고를 내려다보더니 아무런 말도 경례도 인사도 없이 돌아서서 칼리스타와 합류하기 위해 발걸음을 옮겼다. 이제 비에고의 곁에는 누뇨와 사악하게 웃고 있는 그라엘만이 남아 주력군의 창을 마주하고 있었다.

"너희는 모두 반역자다!" 비에고가 소리쳤다. "너희 중 내일까지 살아남는 자는 없을 것이다."

"넌 오늘 일로 돌이킬 수 없는 강을 건넜어, 비에고. 네 맹세를 저버리고, 아르젠트 왕가를 저버리고, 카마보르의 백성들을 저버렸지. 네 아버지와 너 자신을 저버렸어. 넌 고귀한 선조의 전당에서 환영받지 못할 거야. 살아서도 죽어서도 평온 따위 찾지 못하겠지. 무엇보다 넌 이졸데의 기억을 저버렸어."

"내가 이러는 건 다 이졸데를 사랑해서야."

칼리스타는 역겹다는 듯 고개를 저었다. "이졸데가 지금 네 모습을 본다면 널 경멸할 거야."

"아니야." 비에고가 속삭였다. 비에고는 이졸데의 생기 없는 몸을 내려다보더니 다시 칼리스타를 바라보았다. 비에고의 눈을 본 칼리스타는 비에고가 자신의 말이 사실임을 알고 있다는 걸 깨달았다. 하지만 멈추기엔 너무 멀리 온 상태였다. "틀렸어." 비에고는 벽처럼 버티고 있는 무장한 병사들을 피해 뒤로 물러섰다. 비에고의 눈이 광기로 번들거렸다. "틀렸다고!"

마지막으로 미친 사람처럼 주변을 휙 돌아본 비에고는 몸을 돌리고 다시 학자의 길을 따라 부두로 내려갔다. 누뇨가 그 뒤를 쫓아갔고 그라엘도 조롱하듯 고개를 숙인 후 뒤따랐다.

"쫓아갈까요?" 레드로스가 물었다.

"아니, 가게 둬."

칼리스타는 다가오는 전함을 보며 공포에 얼어붙은 말구르자를 돌아봤다. 칼리스타가 소란을 뚫고 말구르자에게 소리쳤다. "사람들을 대피시키세요! 헬리아는 저들의 상대가 못 됩니다. 저들은 사람들을 닥치는 대로 죽일 거예요!"

말구르자는 고개를 저었다. "우린 물러설 수 없어요. 너무 많은 게 걸려 있습니다."

"그러다 죽어요!" 칼리스타가 거세게 받아쳤다.

"우리의 목숨을 바쳐 영겁의 샘을 지킬 수 있다면 그래야겠죠." 그렇게 말하는 말구르자의 눈에서는 공포가 엿보였다.

칼리스타는 말구르자의 고집에 욕설을 내뱉었다. "죽으면 아무것도 못 지켜요! 그냥 그대로 끝이라고요! 지금은 도망칠 때예요."

"왕이 뜻하는 바를 이룬다면 도망쳐도 소용없을지 몰라요! 영겁의 샘 중심부에 있는 힘은 불안정해요. 위험하죠. 왕을 막아야 해요. 왕과 맞서는 것 외에는 방법이 없습니다."

칼리스타가 얼굴을 찌푸리며 말구르자에게 다가갔다. "위험하다는 게 무슨 뜻이죠?" 칼리스타가 낮은 목소리로 물었다.

"탑의 지하 깊숙한 곳에 마법의 유물이 있어요. 금고에 있는 모든 게 아이들 장난감처럼 보일 만큼 엄청난 힘을 지닌 유물이죠. 생명의 정수에 마법의 힘이 깃든 건 그 유물 때문입니다."

"생명의 정수는 존재하지 않는 줄 알았는데요."

말구르자가 칼리스타를 바라보았다. "그렇게 속여야만 했어요. 수백 년 전 그 고대 유물에 흠이 있다는 게 발견됐거든요. 유물은 불안정해요. 생명의 정수를 숨기려고 한 것도, 그저 신화에 불과한 것으로 퍼뜨리려고 한 것도 그 때문이죠. 생각대로 되지는 않은 것 같지만요. 위험한 것이니 반드시 지켜야 합니다."

"비에고가 그곳에 들어가면 어떻게 되죠?"

"아무 일이 없을 수도 있어요. 엄청난 파국이 닥칠지도 모르고요."

칼리스타는 불현듯 오싹한 느낌이 들었다. "얼마나 심각할까요?" 칼리스타의 목소리는 속삭임에 가까웠다.

"수년간 비가 내리지 않은 마른 숲이 있다고 생각해 봐요. 그곳에 벼락 하나가 떨어졌을 때 초래될 수 있는 재앙과 같죠. 어쩌면 아무 일도 일어나지 않을 수 있어요. 하지만 숲 전체가 잿더미로 변할 가능성이 크겠죠. 헬리아가 바로 그 숲이에요."

칼리스타는 나직이 욕설을 내뱉으며 돌아섰다. 카마보르 전함들이 빠르게 다가오고 있었다. 칼리스타는 다시 욕을 내뱉었다.

심장이 미친 듯이 뛰었지만 도시의 구조와 강철 기사단이 상륙한 후 이동할 가능성이 높은 경로를 생각했다. 전함 대부분은 헬리아의 주요 항구로 향하고 있었지만 근처 섬으로 방향을 트는 전함도 있었다. 적지 않은 수의 전함이 헬리아 바깥에 위치한 만 쪽으로 공격하려는 듯했다. 여러 방향에서 공격하며 외곽을 유린하고 도시에서 달아나는 이들을 끝까지 추적하려는 의도였다.

마침내 칼리스타가 입을 열었다. "도망칠 생각이 없다면 탑으로 들어가세요. 도시에서 방어가 가장 쉬운 곳이니까요. 안에서 방어벽을 쌓아요."

"당신은 뭘 하려고요? 저들과 함께 약탈이라도 할 셈입니까?"

칼리스타의 표정은 굳어 있었다. "저들과 맞서 싸우겠습니다. 최대한 시간을 끌어 보죠."

칼리스타는 죽음을 선택한 것이나 다름없었다. 하지만 어차피 죽을 운명이라면 적어도 의미 있는 희생을 하고 싶었다.

목을 길게 뺀 칼리스타는 겁에 질린 사람들 사이로 타이러스 선임 탐구자를 발견했다. "타이러스!" 칼리스타는 정신없는 틈바구니에서 자신의 목소리가 전달되게 애썼다. "타이러스!"

칼리스타를 돌아본 타이러스의 표정이 어두워졌다. 이 상황을 칼리스타 탓으로 여기는 게 분명했다. '당연히 그렇겠지.' 하지만 강철 기사단의 분노와 비에고의 광기가 초래할지도 모르는 일을 몇 명이라도 피하게 해야 했다.

"헬리아는 못 버틸 거예요! 아이들을 살려요! 도시 밖으로 데리고 나가요!"

타이러스는 칼리스타를 노려보더니 고개를 끄덕이고 자신의 집으로 달려갔다.

칼리스타는 쿵쾅거리는 심장을 느끼며 주력군에게 돌아서서 광휘의 탑까지 마지막 행군을 하라고 지시했다.

오후의 빛이 이울 무렵 강철 기사단은 헬리아의 거리를 짓밟으며 불태우고 학살하고 약탈하기 시작했다. 보통 군대가 상륙해 이 정도 규모의 공격을 감행하려면 몇 시간이 걸렸지만 사실상 상대할 적이 없었던 강철 기사단은 배에서 내리자마자 작은 무리로 나뉘어 순식간에 공격해 왔다. 칼리스타가 광휘의 탑에 도착해 안에 수장들이 숨은 것을 확인했을 땐 도시 아래쪽에서 비명과 연기가 올라오고 있었다.

탑 앞에 펼쳐진 넓은 광장은 헬리아 의회의 힘과 위용을 강조하려는 의도로 만들어진 웅장한 공간이었다. 대리석이 넓게 펼쳐진 광장은 사면이 기둥과 옅은 색의 석조 건물로 둘러싸여 있었다. 똑같은 모습의 나무들이 일렬로 쭉 늘어선 주요 진입로의 양쪽에는—보이지 않는 신비한 장치로 작동하는 작은 폭포에서 나온—물이 길게 흐르며 저 끝에 있는 광휘의 탑으로 시선을 이끌었다.

도시에서 가장 높은 구역의 꼭대기에 자리한 광장은 입구가 하나였다. 대로인 학자의 길에서 탑으로 접근하려면 넓은 아치형 길로 들어와야 하는 구조라 도시에서 방어가 가장 쉬운 곳이었다. 적이 한 방향에서만 올 수 있었고 좁아지는 구조의 아치형 길 덕분에 쉽게 포위될 일도 없었다. 그리하여 칼리스타는 레드로스, 주력군 병사 오십 명과 함께 그곳에 진을 치기로 했다.

"이 광장으로 들어오는 다른 길은 없나?" 칼리스타가 가장 계급이 높은 관리원에게 물었다. 다행히 관리원은 카마보르어를 할 줄 알았다.

"무장한 군대가 드나들 만한 길은 없습니다."

칼리스타가 눈을 가늘게 떴다. "있긴 있다는 말이군."

"딱 하나 있습니다." 관리원은 광장의 북쪽 끝을 가리켰다. "금고로 가는 입구인데, 거의 사용되지 않습니다. 잠겨 있는 데다가 한 줄로 이동해야 할 만큼 좁죠."

"보여 줘."

레드로스에게 주력군을 맡긴 칼리스타는 관리원과 함께 서둘러 광장을 가로질렀다. 관리원이 말한 그대로였다. 화려한 연철로 장식된 문이 잠긴 채 좁다란 계단으로 이어지는 길을 막고 있었다. 광장 아래로 4미터 정도 내려가는 계단 밑에는 단단한 돌벽 같은 것이 보였다.

"저건 문인가?"

"그렇습니다. 수장의 쐐기석으로만 열 수 있습니다."

칼리스타가 얼굴을 찌푸렸다. 떼로 돌진해 적을 쓸어버리는 것을 선호하는 강철 기사단은 치밀한 전략을 쓰는 편이 아니었지만, 공격 경로가 될 가능성이 있는 곳을 무방비 상태로 둘 순 없었다. 특히 비에고의 곁에는 그라엘이라는 감시대원이 있었다. 적이 저곳으로 올라오면 탑을 공격하거나 주력군을 뒤에서 칠 수 있었다.

"나와 병사들은 아치가 있는 곳을 지킬 생각이다. 하지만 이 문까지 지킬 여유 병력은 없어. 자네에게 명령할 권한은 없지만, 적이 우리를 돌파하면 탑은 무너지는 수밖에 없다."

관리원이 주저하지 않고 말했다. "이곳은 저희가 맡겠습니다. 목숨을 걸고 누구도 지나가지 못하게 하겠습니다."

칼리스타는 고개를 끄덕였다. "자네는 훌륭한 병사군."

관리원은 칭찬에 자세를 바로 하더니 주먹으로 가슴을 치며 경례했다. 경례에 답한 칼리스타는 다시 광장을 가로질러 주력군이 있는 곳으로 돌아갔다.

"저들이 버틸 수 있을까요?" 레드로스가 관리원들을 힐끔거리며 조용히 물었다.

"강철 기사단의 공세는 이곳에 집중될 거야. 저쪽에서 공격해 올 것 같지는 않지만 만에 하나 그렇게 된다면 관리원들이 처리할 수 있을 거야."

"그러지 못한다면요?"

"우리는 포위되겠지."

도시의 낮은 구역에서 죽는 자와 죽이는 자의 비명과 포효가 그 어느 때보다 크게 울려 퍼졌다. 칼리스타는 신속히 명령해 병사들을 준비시켰다. 그들은 일렬에 열 명씩 다섯 줄로 촘촘한 대형을 유지하고 좁은 아치형 길을 가득 채웠다.

오래 기다릴 필요는 없었다.

헬리아 시민들이 아치형 길을 향해 파도처럼 밀려들었다. 카마보르 병사들이 탑으로 가는 길을 막고 있는 모습을 본 이들은 공포에 질렸다. 칼리스타가 큰 소리로 명령을 내리자 주력군이 양쪽으로 갈라지며 통로를 열었다.

"서둘러요!" 칼리스타가 사람들을 안쪽으로 이끌었다. 그러나 여전히 무장한 병사들을 경계하며 가까이 가길 꺼리는 이들이 많았다. 그때 누군가 사람들을 재촉했다.

젠다카야 기능장이 소리치며 달려오고 있었다. 겁에 질린 시민들은 젠다카야의 격려에 열린 틈으로 물밀듯이 이동하기 시작했다. 젠다카야도 칼리스타가 있는 곳에 도착했다.

"왔군요." 레드로스가 차분히 말했다.

강철 기사단의 첫 번째 무리가 나타났다. 수는 얼마 되지 않았다. 피와 전리품을 갈구하며 무리에서 이탈해 앞서 달려온 기사들이었다. 힝힝거리며 입에 거품을 일으키는 중무장 군마를 타고 앞으로 돌진한 기사들은 검과 철퇴로 뒤처진 이들을 쓰러뜨렸다.

"빨리!" 칼리스타가 더 많은 사람이 지나가게 재촉했다.

"길을 막아야 합니다." 레드로스가 말했다.

"조금만 더. 젠다카야, 당신도 가요. 안전한 곳으로 가야 해요."

"나도 같이 싸울게요." 젠다카야가 로브 안에서 유물 무기를 꺼내며 말했다. 놀랍게도 무기는 하나가 아니었다. 첫 번째 무기와 쌍을 이루는 두 번째 무기는 묘하게 달랐다. 첫 번째 무기가 좀 더 거친 느낌이라면 두 번째 무기는 가늘고 우아했다.

"그동안 바쁘게 지냈나 봐요."

"내가 또 뭘 만들었는지 보여 주고 싶네요. 공방에서 말이죠."

"장군님." 레드로스가 경고했다.

강철 기사단은 그 어느 때보다 가까이서 날뛰고 있었다. 기사단과 아치형 길 사이에는 여전히 백 명은 족히 되는 사람들이 있었다. 칼리스타는 차마 길을 막아 그들이 죽게 내버려 둘 수가 없었다.

칼리스타는 눈을 가늘게 뜨며 선두에 있는 기사까지의 거리를 가늠했다. 그리고 앞으로 몇 걸음 나가 온 힘을 실어 창을 던졌다.

창은 높이 호를 그리며 완벽하게 날아갔다. 공기를 가르며 빠른 속도로 떨어진 창은 기사의 흉갑과 투구 사이에 명중했다. 기사의 말이 앞발을 들며 발굽을 흔들자 창에 맞아 죽은 기사가 땅으로 떨어졌다.

"창." 칼리스타가 손을 내밀며 지시했다. 한 병사가 다른 창을 건네자 칼리스타는 앞으로 달려 나가 던졌다. 똑바로 날아간 창은 두 번째 기사의 흉갑에 명중해 기사를 안장에서 떨어뜨렸다.

세 명의 기사가 더 달려왔다. 그중 하나가 칼리스타에게 검을 겨누고 소리를 지르자 세 기사 모두 말에 박차를 가하며 돌진했다.

"창!" 칼리스타가 명령했다.

다음 기사는 때맞춰 방패를 들었다. 그러나 방패를 관통한 창은 기사의 팔에 명중했다. 기사는 고통에 찬 소리를 지르며 말의 속도를 줄였다.

다른 기사 둘은 칼리스타를 향해 계속해서 돌진했다.

첫 번째 기사는 젠다카야의 무기에서 이글거리며 날아간 두 개의 빛을 정면으로 맞았다. 빛줄기가 기사의 가슴에 명중하자 공포에 질린 말이 앞발을 들고 날뛰었다.

두 번째 기사는 칼리스타 앞으로 나선 레드로스의 거구에 가로막혔다. 레드로스는 거대한 방패를 휘둘러 군마를 옆으로 쾅 밀쳤다. 군마는 세게 쓰러지며 대리석 판석에 부딪혔다. 안장과 미친 듯이 날뛰는 말에서 벗어나려는 기사 위로 레드로스가 우뚝 다가섰다. 육중한 일격을 날리자 기사는 잠잠해졌다. 발 디딜 곳을 찾은 군마는 죽은 기수를 매단 채 그대로 달아났다.

"다들 지나가요!" 칼리스타의 외침에 남은 시민들이 아치형 길을 통해 내달렸다. 시민들이 모두 지나가고 칼리스타가 다시 대형을 갖추라는 명령을 내리자 창과 방패로 이루어진 벽이 생겨났다.

부상을 입은 기사는 팔에서 창을 뽑아 옆으로 던졌다.

"창 드릴까요?" 레드로스가 물었다. 칼리스타는 고개를 저었다.

칼리스타가 마지막으로 남은 기사에게 소리쳤다. "명예도 모르는 너희 단장에게 전해라. 우리는 여기 있다고! 겁쟁이처럼 무기도 없는 민간인을 학살하고 싶은 게 아니라 진짜 군인을 상대하고 싶다면 기다리고 있겠다고!"

기사는 칼리스타를 노려보더니 말의 머리를 돌려 왔던 방향으로 달려갔다.

칼리스타는 기사가 멀어지는 모습을 지켜봤다. "이 운이 다한 도시의 사람들이 도망칠 시간을 조금이라도 벌어 줄 수 있길."

레드로스가 말했다. "어디 한번 와 보라죠. 우리가 다 죽여 버리면 되니까요."

주변에 남은 젠다카야는 유물 무기를 들고 아치형 길로 이어지는 진입로를 주의 깊게 내려다보고 있었다.

"이제 당신도 가요." 칼리스타가 젠다카야에게 말했다.

"나도 같이 막을게요."

칼리스타는 목소리를 낮췄다. "저들을 언제까지고 막을 순 없어요. 우린 저들에 비해 수가 너무 적어요. 도시는 결국 무너질 거예요."

"그럼 함께 끝까지 맞서 싸우겠어요."

칼리스타는 간신히 몸을 피한 후 뒤쪽 안뜰에 모여 있는 헬리아인들을 힐끗했다. 저들이 갈 곳은 아무 데도 없었다. 칼리스타는 고개를 저었다.

"아니요, 젠다카야. 당신 무기가 카마보르인의 손에 들어가선 안 돼요. 그건 너무 강력해요."

젠다카야는 갈등하는 듯 보였다. "난 감시단이고, 여긴 내 집이에요. 맞서 싸우는 게 내 의무라고요."

칼리스타가 조용한 목소리로 말했다. "여기서 우리랑 같이 죽으면 집을 지킬 수 없어요. 훌륭한 장군은 싸움에서 이길 수 없을 때와 물러서야 할 때가 언제인지 알죠. 힘들겠지만 당신은 살아 있을 거예요. 살아 있으면 힘을 모으고 당신의 무기를 맡길 만한 이들을 찾을 수 있어요. 그런 다음 때가 되면 돌아와서 이 도시를 되찾아요. 불씨 하나가 타오르는 한 어둠은 언제든 몰아낼 수 있죠. 살아남아서 그 희망의 불씨가 꺼지지 않게 지켜요."

젠다카야는 어찌해야 할 바를 모르는 것 같았다. "갈 곳도 없는걸요."

"부두로 가요. 내가 타고 온 배, 대거호크로요. 베닉스라는 선장은 좋은 사람이에요. 믿을 수 있죠. 당신을 도와줄 거예요."

"당신을 여기 두고 갈 순 없어요!"

"그래야 해요. 저들이 탑에 들어가지 못하도록 최대한 시간을 끌게요. 도망칠 시간은 충분할 거예요. 어서 가요!"

젠다카야는 뭐라고 반박하려는 것 같았다.

"가요!" 칼리스타가 소리쳤다. "어차피 죽을 운명이라면 의미 있게 죽겠어요!"

젠다카야는 칼리스타를 바라보았다. 항상 그 자리에 있을 것만 같던 웃음은 사라진 채였다. 결국 젠다카야는 고개를 끄덕였다. "잘 있어요, 칼리스타. 당신의 선조들이 당신을 영웅으로 맞아 주길 바랄게요. 그리고 고마워요."

젠다카야가 다른 헬리아인들을 재빨리 불러 모으자 칼리스타는 대형 전열에 있는 레드로스와 합류했다. 순식간에 시민들을 인솔하기 시작한 젠다카야는 마지막으로 칼리스타에게 손을 흔들고 시야 밖으로 사라졌다.

"얼마나 걸릴까요?" 레드로스가 물었다.

"오래 걸리지 않을 거야."

제 29 장

"저기 오네요." 레드로스의 목소리가 낮게 울렸다.

열을 맞춘 기사들이 나타났다. 모두 강철 기사단의 쥐색 단복을 입고 있었다. 넓은 학자의 길을 가득 메운 강철 기사단은 칼리스타와 병사들이 기다리고 있는 높다란 계몽의 아치로 향하는 중이었다.

기사단장 헤카림이 검은 군마를 타고 앞장섰다. 그가 오십 걸음 정도 떨어진 곳에서 정지하자 기사단 전체가 함께 멈춰 섰다. 거리가 꽤 됐지만 상대를 향한 경멸이 명백히 느껴졌다.

두꺼운 판금 갑옷을 두른 강철 기사단은 강철과 사슬로 무장한 채 콧김을 뿜고 있는 거대한 말까지 타고 있어 가볍게 무장한 주력군 전사들에 비해 거인처럼 보였다. 칼리스타 주변의 병사들은 단단하게 굳힌 가죽 흉갑과 청동 투구, 청동 정강이받이로 무장했을 뿐 팔과 허벅지는 무방비 상태였다. 모두 큰 타원형 방패와 긴 창을 들고 허리에는 단도까지 차고 있었지만, 장비를 한껏 갖춘 강철 기사단 옆에서는 가볍고 단순한 무장처럼 보였다. 칼리스타의 지도 아래 잘 훈련받은 주력군은 뛰어난 실력을 갖춘 병력이 됐지만, 귀족들로 구성된 강철 기사단은 돈으로 살 수 있는 최고의 검과 갑옷으로 무장했을 뿐 아니라 제일 가는 실력을 자랑하는 기사단이었다.

주력군은 훈련에서조차 기사단을 상대해 본 일이 없었다. 귀족 출신인 기사들이 하층민을 상대하면 체면이 떨어진다며 싫어했기 때문이었다. 전장에서도 귀족과 하층민 사이에는 보이지 않는 선이 그어졌다.

그것도 오늘까지였다.

그러나 주력군에도 레드로스라는 거인이 있었다. 왕의 호위가 되면서 두꺼운 판금과 사슬로 무장한 레드로스는 강철 기사단에서 가장 큰 기사보다 머리가 반 개 더 위로 올라왔으며 존재만으로 전우들에게 힘을 주었다.

그럼에도 병사들 사이에서는 불안감이 감돌았다. 앞으로 나간 칼리스타는 병사들에게 말을 전하고자 강철 기사단을 등지고 돌아섰다. 기사단은 아직 돌격할 준비가 되지 않은 상태였다. 약간의 시간이 있었다.

칼리스타는 전열을 따라 걸으며 외쳤다. “저들은 그저 피와 살로 된 사람에 불과하다! 우리가 상대하고 물리친 모든 적처럼 저들도 우리를 마주한 후 우리의 창에 죽어 갈 것이다! 아직은 우리를 두려워하지 않지만 결국 두려워하게 될 것이다. 우리는 저들의 오만을 이용할 것이다!”

모두의 눈이 칼리스타에게 집중됐다. 여기 있는 오십 명은 주력군 중 가장 충성스럽고 전투에 이골이 난 최고의 정예병이었다. 모두 칼리스타 곁에서 수년간 싸워 온 노련한 전사였다. 칼리스타를 실망시키지 않을 이들이었다.

“저들은 화려한 무구와 부로 무장했을 뿐 너희보다 실력이 뛰어난 것은 아니다. 자신의 자리를 쟁취하기 위해 싸워 본 적이 없는 저들은 약하다. 저들에게는 모든 것이 은 접시에 담겨 주어졌다. 모든 특권, 모든 명예가 주어졌다. 하지만 너희는 매일 목숨을 걸고 모든 것을 위해 싸워야 했다. 그렇기에 저들은 아무리 발버둥 쳐도 영영 너희를 따라올 수 없으리라.”

칼리스타의 시선이 눈에서 눈으로 옮겨 갔다.

“나도 저들과 같은 특권층 출신이다. 아닌 척한다면 그런 위선도 없겠지. 내가 가진 모든 것은 그냥 주어졌다. 그 대가로 일해야 했던 적도, 다음 끼니를 걱정해야 했던 적도 없었다. 저들과 나의 차이는 내가 너희를 본다는 것이다. 너희를 안다는 것이다. 난 너희와 함께 싸우고 피를 흘렸다. 난 병사로서, 사람으로서 너희가 가진 가치를 안다. 잘 들어라!" 칼리스타의 목소리는 점점 고조됐다. "선조들의 이름을 걸고 너희가 저들보다 낫다고 한 말은 진실이다! 저들은 탐욕을 위해 싸운다. 우리는 명예를 위해 싸운다! 오늘 저들은 너희를 두려워하게 될 것이다! 오늘 우리는 이곳을 지나려고 하는 귀족 놈들을 모두 죽이고 저들이 가는 곳마다 피의 대가를 치르게 할 것이다!"

주력군이 창을 들어 올려 경례하며 동조의 함성을 질렀다. 가운데에서 육중한 검을 높이 든 레드로스의 목소리가 가장 크게 울렸다.

칼리스타는 몸을 돌려 다시 대열에 합류했다.

대로에 있는 강철 기사단은 비로소 공격할 준비를 마친 듯했다. 헤카림은 거만한 손짓으로 백 명의 기사를 앞으로 보냈다.

"직접 나서지도 않는군요." 레드로스가 으르렁거렸다.

"나서게 될 거야. 저자가 보내는 기사를 모두 처리하면 수치와 분노를 참지 못하고 직접 나서겠지. 그때 죽인다. 고귀한 선조들이 내세에서 저자와 맹세를 어긴 저 기만자 무리를 추적할 거야. 저자는 절대 평온을 얻지 못하겠지."

뿔피리 소리가 울리더니 강철 기사단이 군마를 타고 전속력으로 돌진했다.

"장군님을 위하여!" 레드로스의 외침을 따라 오십 개의 목소리가 울려 퍼졌다.

말과 금속으로 된 벽이 굉음을 내며 산사태처럼 무서운 기세로 달려왔지만 주력군은 흔들리지 않고 맞섰다. 그렇다고 그들이 두려움을 느끼지 않는 것은 아니었다. 칼리스타도 두려움을 느꼈다. 숨이 가빠지고 심장이 마구 뛰었다. 손바닥이 땀으로 축축해지고 입은 바싹 말랐다. 용기가 있다고 해서 두려움이 없어지는 것은 아니었다. 겁이 남에도 불구하고 해야 할 일을 하는 게 바로 용기였다.

아치 밑의 좁은 정면 때문에 기사들은 대형을 좁힐 수밖에 없었다. 자연스레 주력군을 둘러싸거나 옆에서 공격하는 것도 불가능했다. 기사들이 스무 걸음

남짓한 곳까지 가까워지자 칼리스타는 명령을 내렸다.

"지금이다!" 칼리스타가 낮게 몸을 웅크리며 창을 세웠다. 뒷발로는 아래쪽을 받쳐 창이 흔들리지 않게 고정했다. 전열과 그다음 열, 세 번째 열에 있는 모든 병사가 똑같이 움직이자 창이 튀어나온 삼단 장벽이 생겨났다.

네 번째 열은 세 열의 위쪽으로 창을 던졌다. 창은 돌진하는 기사들을 향해 곧장 날아갔다. 말들이 비명을 지르며 앞발을 들자 기사들이 안장에서 떨어졌다. 다른 기사들은 떨어진 이들을 짓밟았다. 그들이 탄 말은 발을 헛디디며 쓰러졌다.

주력군이 있는 곳까지 도착한 대열은 엉망으로 흐트러져 있었다. 많은 군마가 멈칫거리며 앞에 있는 창의 장벽을 피하려고 방향을 틀거나 날뛰었다. 다른 말들은 공포에 질리거나 뒤에서 밀려드는 힘에 떠밀려 앞으로 나아갔다.

칼리스타는 한 기사의 밑에서 창을 찔렀다. 레드로스는 무자비한 힘으로 검을 휘둘러 다른 기사를 안장에서 떨어뜨렸다.

칼리스타의 병사들은 공포에 질린 군마가 떨어뜨린 기사들을 효율적으로 해치웠다. 적잖은 주력군이 허우적거리는 말발굽에 짓밟히거나 쓰러지는 말에 깔려 쓰러졌다. 검에 당한 병사도 있었다. 하지만 좁은 공간에서 혼자 서너 명의 하층민 보병을 상대해야 했던 기사들은 결국 하나씩 쓰러져 갔다.

기사들의 강점은 빠른 속도와 돌격하는 힘이었지만 계몽의 아치 밑의 비좁은 공간에서는 두 강점이 모두 빛을 잃었다. 주력군은 기사들의 공격에 대항했고 전투는 그들에게 유리한 방향으로 흘러가고 있었다.

칼리스타는 아무리 많은 전투에 참여해도 귀가 터질 듯한 소리와 몸이 짓눌릴 것 같은 압박, 고약한 냄새, 사람을 죽이는 끔찍한 느낌에 익숙해지긴커녕 압도되는 기분이었다. 그런 것은 대비한다고 어떻게 할 수 있는 게 아니었다. 솔직히 그러한 감각에 무뎌진다면 그것은 그것대로 심란한 일이었다.

기세가 꺾인 강철 기사단이 동요하자 칼리스타가 큰 소리로 명령하며 적을 더 강하게 압박했다. 몸을 일으킨 주력군은 창을 찌르며 앞으로 전진했다. 기사들은 뒤로 물러났다. 기사들이 탄 군마는 뒤쪽에서 밀어내는 힘에 몸이 앞으로 밀리자 당황하기 시작했다.

레드로스는 근처에 있는 것은 뭐든 베어 넘겼다. 그의 강력한 공격 앞에서는 갑옷조차 소용없었다. 레드로스를 향해 필사적인 공격이 날아왔지만 그의 거대한 방패가 옆으로 쳐 내기 일쑤였다. 칼리스타의 창 자루는 피로 미끈거렸지만 계속해서 적을 죽이는 칼리스타의 손은 흔들림이 없었다.

쓰러진 기사의 몸에서 창을 회수한 칼리스타가 앞에 공간이 뚫린 것을 포착했다. 앓는 소리와 함께 지체 없이 무기를 던져 또 다른 적을 쓰러뜨린 칼리스타는 쓰러진 전우의 생기 없는 손가락에서 곧바로 또 다른 창을 낚아챘다. 레드로스가 또 하나를 베자 기사들의 전의가 흔들리기 시작했다.

전투는 절박한 쟁탈전으로 바뀌더니 곧 학살과 다름없이 바뀌었다. 살아남은 기사들은 말의 방향을 돌리려고 했다. 가차 없고 체계적인 주력군 병사들과 자신들의 아군 사이에 갇힌 기사들은 자비 없이 죽임을 당했다.

잠시 후 기사들의 대형은 궤멸했다. 강한 집념으로 뒤를 쫓는 병사들에게 수십 명의 기사가 죽음을 맞이했다. 칼리스타가 명령을 외치자 주력군은 계몽의 아치 밑의 공간에서 벗어나기 전에 멈춰 섰다. 이 너머 탁 트인 공간으로 나간다면 기사단에 둘러싸여 몰살되는 것은 시간문제였다. 처음부터 헤카림이 노린 게 그것이었을지도 몰랐다. 많은 귀족은 하층민 병사들이 제멋대로 움직이며 통제가 불가능한 족속이라고 믿었다. 칼리스타는 그게 아님을 증명해 만족스러웠다.

레드로스가 이마에 맺힌 땀을 닦으며 활짝 웃었다. "역사에 남을 승리였네요! 여기서 죽더라도 이번 일이 알려진다면 다시는 주력군을 무시하는 사람이 없겠어요."

주력군 병사들은 환한 얼굴로 웃음을 터뜨리며 승리를 만끽했다. 칼리스타도 병사들이 자랑스러웠다. 비록 마냥 기뻐할 수는 없었지만—칼리스타는 이 승리가 잠깐에 불과하다는 것을 알았다—지친 마음을 잠시 제쳐 두고 억지로

웃음을 지어 보였다. '이 순간을 즐기게 두자고.'

칼리스타는 레드로스만 들리게 작은 목소리로 말했다. "저들은 오만했어. 우리를 얕봤지. 다음부턴 다를 거야."

"알아요." 레드로스가 씩 웃었다. "어쨌든 만끽할 만한 순간이잖아요."

칼리스타는 전투가 벌어진 곳 너머에 있는 헤카림을 향해 지친 눈을 돌렸다. 헤카림은 안장에 미동 없이 앉아 있었다. 얼굴이 투구에 가려 보이지 않았지만 딱딱하게 굳은 몸짓은 많은 것을 시사했다. 그는 치욕에 떨며 분노를 불태우고 있었다. '좋아.' 분노한 사령관은 위험을 무릅쓰고 어리석은 결정을 내리기 마련이었다. 그리고 칼리스타와 주력군이 저항할 때마다 헬리아인들이 달아날 시간은 많아졌다.

계몽의 아치 밑의 그늘진 공간에 죽은 기사와 하층민 병사, 말이 여기저기 널브러져 있었다. 발밑의 매끈한 돌은 피로 미끌미끌했다. '이러면 곤란한데.' 하지만 딱히 방법이 있는 것은 아니었다. 그리고 병사들에게 위험한 만큼 적에게도 위험한 환경이었다.

칼리스타는 강철 기사단을 주시하며 길에서 시신을 치우라고 명령했다. 주력군 병사들의 시신은 빠르게 수습되어 안쪽 광장에 가지런히 눕혀졌다. 그들의 미간에는 피의 삼지창이 그려졌다. 어서 저세상으로 넘어가 고귀한 선조들의 눈에 띄고 환영을 받을 수 있도록 하기 위해서였다. 아주 심각한 상처를 입은 이들을 제외한 부상자들은 끝까지 싸우기 위해 자리를 지켰다.

죽은 기사와 말의 사체는 앞으로 밀어 강철 기사단의 공격을 막는 임시 장벽으로 만들었다.

"왕이 왔습니다." 레드로스가 낮은 목소리로 말했다.

칼리스타는 두 병력 사이의 탁 트인 공간을 바라보았다. 여전히 이졸데를 품에 안은 비에고가 보였다. 그 옆에서 몸을 낮춘 그라엘이 비에고의 귀에 유독한 말을 속삭였다. 비에고는 격분하며 헤카림에게 버럭 소리를 질렀다. 정확한 말은 들리지 않았지만 비에고의 의도는 명백했다.

비에고는 자신의 길을 가로막는 자를 모두 죽이고 싶어 했다. 지금 당장.

"잠깐!" 라이즈는 날카롭게 속삭이며 건물 모퉁이 주위를 둘러봤다.

라이즈의 뒤에는 타이러스가 자신이 돌보는 세 고아와 함께 골목의 그림자 속에서 몸을 웅크리고 있었다. 라이즈는 기사 둘이 요란하게 지나가자 들키지 않게 몸을 움츠렸다. 기사들이 다음 모퉁이를 돌아 사라질 때까지 기다린 라이즈가 타이러스를 돌아봤다. 타이러스는 톨루라는 남자아이를 끌어안고 있었다. 쌍둥이 자매 애비와 카를리는 타이러스 바로 뒤에 붙어 있었다. 아무 말 없이 눈을 크게 뜬 세 아이는 모두 하얗게 질린 모습이었다.

"지금 가야 해요." 라이즈가 말했다.

타이러스는 고개를 끄덕였다. "준비됐니, 얘들아? 가자! 어서!"

라이즈는 혹시나 있을 위험을 확인하며 앞에서 달렸다. 도시는 난장판이었다. 쓰러진 조각상은 머리와 몸이 분리되어 있었고 짐마차와 수레는 뒤집혀 있었다. 불길에 휩싸인 제본소는 안에서부터 맹렬히 타오르며 공중으로 재와 연기를 뿜어냈다. 거리를 따라 비명과 고함이 울려 퍼졌다. 남자들이 웃음을 터뜨리는 끔찍한 소리도 함께였다.

죽은 자리에 그대로 널브러진 시신들도 보였다. 라이즈는 시신을 자세히 보지 않으려고 애썼다. 뒤를 보자 아이들이 시신을 보지 못하게 하려고 최선을 다하는 타이러스가 보였지만 그건 불가능에 가까운 일이었다.

쌍둥이 중 하나가 여자의 시신을 바라보며 얼어붙었다. 라이즈의 심장이 요동쳤다. 연기 너머에서 말발굽 소리가 가까워지자 라이즈가 타이러스를 재촉했다. "더 와요! 빨리요!"

타이러스는 아이 옆에 무릎을 꿇고 죽은 여자의 눈을 조심스레 감겨 주었다. 타이러스가 아이에게 뭐라고 속삭이자 아이는 눈물을 닦으며 고개를 끄덕이더니 타이러스의 손을 잡았다.

"이 아래예요!" 라이즈는 거리와 거리 사이를 가로지르는 또 다른 골목으로 손짓했다.

라이즈는 골목 입구에 서서 뒤처지는 사람이 없는지 확인했다. 멀리서 기수 둘이 나타났다. 거리를 따라 말을 모는 그들은 농담하며 웃음을 터뜨렸다. 황금 유물로 가득 찬 안장주머니는 불룩했고 옷자락에는 피가 튀어 있었다. 라이즈는 양손을 꽉 말아 쥐었다.

"지금은 때가 아니다, 라이즈." 타이러스가 라이즈의 어깨 너머로 말했다.

분노를 삼키고 고개를 끄덕인 라이즈는 맨 뒤에서 일행을 뒤따라 골목으로 몸을 숨겼다. "도시 밑에 있는 금고로 들어갈까요? 거기 있으면 몇 달 동안 들키지 않고 숨어 있을 수 있어요."

타이러스가 고개를 저었다. 타이러스는 라이즈만 들리게 말했다. "들키지 않는다고 해도 음식이나 물이 없어 못 버틸 거다. 도시 밖으로 나가야 해. 북쪽에 있는 서기관 지구로 간다. 거기 거리는 훨씬 좁아. 몰래 이동하기 더 쉬울 거야. 거기서 고대 숲이 있는 북쪽으로 올라간다."

"숲까지 가는 길에 몸을 숨겨야 하는 공터가 많아요."

타이러스는 고개를 끄덕였다. "해가 질 때까지 기다려야지."

라이즈는 하늘을 올려다보았다. 해가 지려면 두 시간은 지나야 했다. "몸을 숨기고 있을 만한 곳을 찾아야겠어요."

"여긴 안전하지 않다. 대로에서 너무 가까워."

그 말을 뒷받침하듯 방금 그들이 지나온 거리에서 외치는 소리가 들려왔다.

"건물을 수색해!" 거친 목소리가 카마보르어로 소리쳤다. "보이는 대로 죽여!"

"움직이자." 타이러스가 말했다.

라이즈는 다시 한번 선두에 서서 파괴된 헬리아 사이로 일행을 이끌었다.

죄책감이 섬뜩한 망령처럼 따라붙었다. 그 미친 감시대원이 자신의 도움을 받지 못해 영겁의 샘에 들어가지 못했다면 카마보르인들이 돌아왔을까? 라이즈는 아니었을 것이라는 확신이 들었다.

위험천만한 삼십 분이 지나자 서기관 지구에 도착해 있었다. 적의 주요 병력이 이미 한 차례 휩쓸고 지나간 것처럼 보였다. 거리에는 폭력의 흔적이 가득했다. 문은 부서지고 불이 활활 타올랐지만 카마보르인의 흔적은 보이지 않았다. 라이즈가 버려진 가게 안을 슬쩍 들여다보자 라이즈의 장화 밑에서 깨진 유리가 밟혀 으스러졌다. 가게는 누군가 샅샅이 뒤진 듯 상자와 탁자가 뒤엎이고 박살 나 있었다.

"다른 곳과 비슷한 것 같구나."

"이미 뒤진 곳이니까 안전할 거예요. 조용히 숨어만 있는다면요."

타이러스는 고개를 끄덕이고 아이들을 안으로 안내했다. "해가 질 때까지 여기서 몸을 피하자. 어두워진 후 움직이는 게 더 안전할 거야."

물건을 쌓아 문을 막은 라이즈는 덧문으로 닫힌 창문 밖이 내다보이는 곳에 자리를 잡고 망을 봤다. 뒤쪽 주방에서 음식을 찾은 타이러스는 아이들이 배를 채우고 진정하자 라이즈 곁으로 와서 앉았다. 타이러스가 제자에게 빵 덩어리를 건넸다. 두 사람은 작은 칼로 치즈 조각을 썰어 나눠 먹었다.

"정말 칼리스타가 우리를 배신했다고 생각하세요?" 라이즈가 질긴 빵을 씹으며 말했다.

타이러스가 한숨을 쉬었다. 그리고 마침내 입을 열었다. "아니, 그 사람은 이용당한 것 같다. 하지만 자신이 옳은 일을 한다고 생각해서 그랬을 거야."

"저들이 안개는 어떻게 통과했을까요?"

"한 카마보르인이 나도 몰랐던 방식으로 이정석을 쓰더구나. 안개를 커튼처럼 열어서 함대 전체가 통과하게 했지."

"이정석이요? 저들이 어떻게 이정석을 손에 넣었죠?"

타이러스가 크게 한숨을 쉬고는 시선을 떨궜다. 타이러스의 어깨가 축 처졌다. "난 레이디 칼리스타가 떠나기 직전에 그라엘이라는 감시대원과 얘기할 수 있게 자리를 마련해 줬다. 기억하느냐? 문을 잘못 두드렸던 이상한 녀석 말이야. 지금 생각해 보면 그것도 실수가 아니었던 것 같구나."

그라엘이 언급되자 라이즈는 긴장했지만 침묵을 지켰다.

"그라엘이 금고에서 어쩌다 이정석을 찾은 게 아닌가 싶다. 그걸 레이디 칼리스타에게 준 거지. 녀석이 그 사람과 말하게 둬선 안 됐는데! 늘 이상한 녀석이라고 생각했지만 우리가 헬리아에서 이룩한 모든 걸 파괴할 꿍꿍이를 품고 있을 줄은 꿈에도 몰랐다. 이건 다 내 탓일지도 몰라."

타이러스는 절망하며 고개를 떨궜다. 라이즈는 처음 보는 스승의 모습에 어떻게 반응해야 할지 알 수가 없었다. 수치심과 죄책감이 무겁게 내려앉았다. 순간 자신이 저지른 실수를 털어놓을 뻔했지만 도저히 입이 떨어지지 않았다. 두 사람은 잠시 그 자리에 조용히 앉아 각자의 과오를 곱씹었다.

라이즈가 침묵을 깼다. "스승님의 추측이 사실이라고 해도 잘못한 건 그자이지 스승님이 아니에요." 스스로 듣기에도 공허한 말처럼 들렸다. 그저 자신의 죄책감을 달래기 위한 말이었을까?

"그럴지도 모르지. 하지만 안개가 뚫릴 가능성을 고려하지 않은 건 우리의 오만이었다. 감시단은 오래전부터 이런 일이 일어날 수 있으니 대비해야 한다고 경고했지. 우리는 그 말을 듣지 않았어."

"혹시—" 라이즈는 바깥에서 다가오는 발소리를 듣고 소리를 죽였다. 육중한 군화 밑에서 유리가 으스러졌다.

"잘못 들은 거라니까." 걸걸한 목소리가 들려왔다. 카마보르어였다. 라이즈는 창가를 피해 몸을 움츠렸다.

두 번째 목소리가 말했다. "진짜 목소리가 들렸다고. 여기 사람은 다들 왕보다 부자야. 생존자가 있으면 금을 가지고 있겠지."

"시간 낭비야. 가자, 강철의 전령이 뿔피리를 불었잖아! 단장이 부른다고!"

발소리가 창문을 지나치자 라이즈와 타이러스는 감히 숨을 쉴 생각조차 못 하고 꼼짝도 하지 않았다.

침묵이 흘렀다.

그때 문을 박차는 소리가 났다.

또 한 무리의 기사가 계몽의 아치 밑에 꿋꿋이 모여 있는 카마보르 보병을 향해 돌진하자 그라엘의 입가에 웃음이 번졌다. 날아온 창에 십여 명의 기사가 쓰러지자 그 웃음은 더 커졌다.

그라엘은 칼리스타와 병사들이 수장들을 지키려고 안간힘을 쓰든 말든 상관없었다. 심지어 다시 한번 기사들을 이기는 것 같아도 신경 쓰지 않았다. 그라엘은 혼돈과 아수라장, 공포와 혼란을 만끽했다. 죽어 가는 이들의 비명은 세상에서 제일 달콤한 음악과도 같았다. 겁에 질린 채 탑에 숨어 있는 수장들이 자신의 최후를 기다리며 그 소리를 들을 것이라고 생각하니 웃음이 터져 나왔다.

결국 무너질 방어는 생각보다 견고했다. 저들은 이번 공격도 이전 공격만큼 효과적으로 막아 내는 중이었다. 사실 이번 공격은 강철 기사단에 훨씬 불리했다. 보병들이 쌓아 올린 죽음의 장벽이 길을 가로막는 한편 보병들을 방어해 주고 있었기 때문이다.

부두에서 칼리스타를 지키러 왔던 거대한 남자가 도마를 내리치는 도살자처럼 기사들을 향해 좌우로 칼을 휘두르는 모습이 보였다. 칼리스타의 유연한 몸이 춤을 추듯 전장을 누비며 창을 찌를 때마다 적이 쓰러지는 모습도 보였다.

돌진한 대열은 다시 한번 무너졌다. 말들이 미끄러지고 허둥거렸다. 더 많은 기사가 안장에서 끌어 내려져 죽음을 맞이했고 말들은 달아났다. 카마보르 왕은 분노에 차 소리쳤다. 입에서 침이 마구 튀었다.

"기사단이 몰살되든 말든 상관없으니까 길을 트라고!" 왕이 기사들을 이끄는 헤카림을 향해 외쳤다. "한꺼번에 다 보내!"

그라엘은 이국 왕의 광기에 감탄하며 킥킥거렸다. 왕은 미친 듯이 들끓고 있었지만 그라엘은 그것이 마음에 들었다.

기사단장은 그에 못지않게 화가 나 보였다. 투구 밑에 있는 그의 얼굴은 붉게 달아올라 있었다. 계몽의 아치 입구에는 시신이 너무 많이 널려 있어 말을 타고 돌진해 봤자 의미가 없었다. 안장에서 내려온 단장은 성난 듯 종자에게 고삐를 던지며 큰 소리로 지시를 내렸다. 단장을 따라 말에서 내린 기사들이 말을 다른 곳으로 보냈다. 무시무시한 날이 선 언월도를 양손으로 쥔 헤카림은 진군을 명령했다. 이번 공격으로 끝장을 낼 생각이었다.

왕도 싸우려는 듯 근처에 있던 기사 둘에게 왕비를 들라고 명령했다. 그라엘의 웃음이 흔들렸다. 아무것도 없던 비에고의 손에서 빛을 내는 거대한 검이 형태를 갖추자 그라엘의 웃음이 일그러졌다. 이건 그라엘의 계획과 달랐다. 왕이 직접 싸우다가 쓰러지면 곤란했다. 아니, 왕은 살아 있어야 했다. 적어도 왕의 기사들이 영겁의 샘으로 가는 길을 확보할 때까지는…

"광장으로 들어가는 다른 길이 있습니다, 전하. 이쪽보다 수비가 허술한 길입니다."

비에고가 그라엘을 홱 돌아봤다. "뭐라고? 왜 진작 말하지 않았지?"

그라엘이 어깨를 으쓱했다. "기사들이 저런 오합지졸에 애를 먹을 줄 몰랐거든요."

"자세히 얘기해라." 그라엘의 얼굴에 소름 끼치는 웃음이 돌아왔다.

제 30 장

"다시 오는군요. 이번이 마지막일 겁니다."

레드로스의 갑옷은 여기저기 움푹 파이고 찢긴 상태였다. 속에 입은 쇠사슬은 끊겨 있었다. 레드로스의 몸에는 피가 튀어 있었고—대부분은 적의 피였지만 다는 아니었다—가슴은 거칠게 들썩거렸다.

칼리스타는 자신의 모습도 크게 다르지 않음을 알았다. 수많은 부상을 입었지만 몰아치는 전투와 임박한 죽음의 위협 때문에 고통을 온전히 느낄 새가 없었다.

말에서 내린 기사들은 주력군을 향해 걸어오고 있었다. 드디어 기다리다 지친 헤카림이 전력을 다해 공격하려는 듯했다. 주력군 대열을 무너뜨릴 압도적인 한 방을 날리려는 것이다. 지금까지 잘 싸워 온 주력군이 버티는 것도 이제 시간문제였다.

수백 년 동안 카마보르의 기사단은 진정한 귀족이라면 전장에서 말을 타고 싸워야 한다며 주력군을 얕잡아 봤다. 칼리스타는 어쩔 수 없이 말에서 내린 강철 기사단이 주력군과 대등한 조건에서 싸우게 되어 만족스러웠다.

그러나 레드로스의 말이 맞았다. 끝이 다가온 것이다.

칼리스타는 젠다카야와 타이러스, 그리고 타이러스가 돌보는 아이들이 도망칠 시간이 충분했길 기도했다.

"봐! 무슨 소리가 났다고 했잖아!"

무기를 든 기사 둘이 뜯겨 나간 문틀을 통해 들어왔다. 라이즈보다 머리가 족히 하나는 더 올라오고 무게도 두 배는 나갈 것 같은 거대한 몸집의 기사들은 중무장 상태였다. 투구는 쓰고 있지 않았다. 기사들은 덥수룩한 수염 사이로 씩 웃으며 다가왔다.

"내 뒤로 와라, 라이즈. 아이들을 지켜."

라이즈는 스승의 지시대로 하지 않았다. 한 기사가 검을 찔러 오며 앞으로 달려들자 라이즈는 외마디 소리와 함께 한쪽 손을 내밀어 빠르게 룬 형상을 만들었다.

"안 돼!"

라이즈의 살갗 밑에서 보랏빛 룬이 박동하자 기사 주위로 힘의 기둥이 나타나 안에 있는 기사를 에워쌌다. 기사의 검이 장벽에서 튕기며 푸른 기운이 섞인 밝은 보라색 빛이 터졌다. 충격이 일어난 곳에서 작은 룬이 깜빡거리더니 이내 사라졌다.

라이즈가 처음으로 룬 감옥을 시전한 순간이었다. 라이즈도 놀란 듯 자신을 돌아보는 타이러스만큼이나 깜짝 놀란 상태였다. 라이즈는 씩 웃으며 어깨를 으쓱했다.

"마법이다!" 기사가 으르렁거렸다. 기사는 어깨로 룬 장벽을 뚫으려고 했지만 다시 한번 힘이 폭발하는 바람에 뒤로 밀려났다. 기사의 갑옷이 그을리며 연기가 피어올랐다.

두 번째 기사가 포효하며 라이즈에게 육중한 검을 휘둘렀다. 회피한 라이즈는 자신의 목을 노리며 돌아오는 검을 보고 옆으로 몸을 피했다.

"눈 감아라, 얘들아!" 타이러스가 외쳤다.

라이즈도 다가올 것을 예상하고 눈을 감았다. 타이러스의 말을 이해하지 못한 카마보르인들은 그러지 않았다. 눈을 멀게 하는 흰 섬광이 번쩍거리자 라이즈를 공격하던 기사가 앞이 보이지 않는 듯 뒤로 비틀거렸다.

"움직여라!" 타이러스가 외치며 후문으로 모두를 재촉했다. 어린 톨루를 번쩍 안아 든 타이러스는 앞장서서 거리로 나갔다.

마지막으로 자리를 뜬 사람은 라이즈였다. 룬 감옥이 얼마나 오래 유지되나 궁금하던 찰나 룬이 깜빡거리며 사라졌다. 기사가 으르렁거리며 앞으로 덤벼들었지만 라이즈는 작은 탁자를 집어 던져 도망칠 시간을 벌었다.

바깥에서는 해가 지고 있었다. 하늘이 눈부신 색으로 빛나며 거리를 선명한 붉은색으로 물들였다. 아름답게 보여야 할 광경이었지만 오늘 밤에는 그저 불길한 예감과 위험의 전조로 느껴질 뿐이었다.

"달려요!" 라이즈가 외쳤다.

등불을 높이 든 그라엘은 카마보르 왕과 말에서 내린 기사 이십여 명을 이끌고 학자의 광장 밑 어둠 속을 걸어 나갔다. 길은 좁고 구불구불했다. 그라엘은 지금까지 막는 사람이 아무도 나타나지 않자 실망스러울 지경이었다.

기사 둘이 죽은 왕비를 안고 있었다. 그라엘은 저 멍청한 왕이 원하는 방식으로 왕비를 되살릴 방법은 없다는 걸 알았지만 왕이 멋대로 믿도록 내버려 두었다. 이 기사들을 대동하면 자신이 영겁의 샘으로 들어가지 못하게 막을 자는 아무도 없었다. 물론 수장들은 막으려고 하겠지만 그 뒤에 따를 피바람을 생각하니 그라엘의 기분이 좋아졌다.

"얼마나 더 가야 하지?" 바로 뒤에서 따라오던 카마보르 왕이 물었다.

"얼마 안 남았습니다." 그라엘은 돌아보지 않고 답했다.

"이 밑에서 해충처럼 돌아다니니 기분이 썩 좋지 않군."

대꾸하려던 그라엘은 꾹 참았다. 저 거만한 왕에게 밉보여 좋을 일은 없었다. 적어도 지금은 왕이 필요했다.

"감수해야 하는 불편이죠."

모퉁이를 돈 그들은 막다른 길처럼 보이는 곳에 도착했다. 앞을 막은 돌벽에는 기하학 기호가 새겨져 있었다. 견고해 보이는 돌벽이었다.

비에고가 으르렁거렸다. "이게 뭐지? 전에 이 길로 와 본 게 맞나?"

"아닙니다. 이 길은 수장들만 쓸 수 있게 되어 있습니다."

"멍청한 것, 그럼 왜 이 길로 안내했지?"

그제야 그라엘은 왕을 돌아봤다. 차갑고 텅 빈 눈빛이었지만 속은 미친 듯이 들끓고 있었다. '아, 이자를 깊숙한 지하에 묶어 두고 고통을 주고 싶군. 비명이 제법 들을 만할 텐데.'

그라엘은 억지웃음을 지었다. "전 헬리아 밑에 숨겨진 길을 모두 알고 있습니다. 직접 가 보지 않았다고 하더라도요. 제가 수장은 아니지만 이 길을 드나들 순 있습니다. 걱정하지 마십시오. 우리가 찾는 문은 이 문이 맞으니까요."

돌아선 그라엘은 손가락으로 벽에 새겨진 선 하나를 더듬으며 무늬를 확인했다. 선은 다른 선과 교차하더니 곧 몇 개의 선과 더 엇갈렸다. 마침내 그라엘은 자신이 찾던 것을 발견했다. 네 개의 선이 교차하는 곳에서 돌을 누르자 작은 구멍이 미끄러지듯 열렸다.

그라엘이 어깨 너머로 말했다. "준비하십시오. 이 길도 지키고 있을 가능성이 크니까요."

그라엘이 구멍에 수장의 쐐기석을 끼우자 조용히 벽이 열렸다. 신선한 공기와 함께 멀리서 들리는 전투 소리가 밀려왔다. 지상까지 이어지는 좁은 돌계단이 드러났다. 숨겨진 장치가 삐걱거리는 소리와 함께 계단 위쪽의 육중한 철문이 열리며 경고의 외침이 들려왔다. 그라엘은 씩 웃었다.

계단 꼭대기에서 흰 갑옷을 입은 관리원들이 도끼창을 세우고 나타났다. 그라엘의 입꼬리가 찢어졌다. 관리원 앞에서 무력하고 나약하게 있어야 했던 세월이 얼마나 길었던가. 이제 저들은 도륙당할 것이다.

그라엘이 비에고에게 쉭쉭거렸다. "저들은 전하를 거부하려고 합니다. 정수의 비밀을 자신들만 알고 있으려는 속셈이지요. 왕비 전하를 살릴 수 있는데도 악의와 질투 때문에 살리지 않기로 한 겁니다. 전하의 불행을 비웃으면서요."

"그 대가를 치르게 해주마." 비에고가 검을 소환하며 다짐했다.

그라엘이 뒤로 물러서며 팔을 앞으로 휙 내밀었다. "먼저 가시지요."

비에고가 고통과 분노로 붉게 충혈된 눈을 들어 계단 위를 올려다보더니 뒤쪽 터널에 모여 있는 기사들을 돌아봤다. "길을 확보해라."

조심스레 왕을 지나친 기사들은 일렬로 올라가기 시작했다. 그리고 적의 긴 장병 무기에 주의하며 방패를 높이 들어 올렸다. 관리원들은 거리를 좁히는 기사들을 향해 도끼창을 내질렀지만 공격 대부분이 방패를 맞고 튕겨 나왔다. 공격에 성공한 도끼창도 있었다. 도끼날 뒤쪽의 갈고리가 방패를 끌어 내려 기사의 균형을 깨뜨리며 위력을 발휘했다. 처음 올라간 기사 몇 명은 순식간에 쓰러졌지만 강철 기사단이 계속 밀고 올라가자 관리원들이 죽기 시작했다.

기사들은 쓰러진 이들을 넘어 계단 위쪽으로 올라갔다. 비에고와 그라엘도 이졸데를 든 기사들과 함께 그 뒤를 따랐다. 쓰러진 관리원 하나가 지나가는 그라엘의 다리를 붙잡았다.

"도와줘, 형제." 관리원은 힘겨운 목소리로 말했다.

죽어 가는 관리원 앞에서 휘어진 낫을 꺼내든 그라엘은 관리원이 느끼는 혼란과 공포를 음미했다. 그라엘이 속삭였다. “뿌린 대로 거두는 거야. 너희 모두 말이지.”

관리원은 그라엘을 피하려고 했지만 그라엘이 천천히 목숨을 거둬 가는 동안 아무것도 할 수 없었다.

관리원을 끝장낸 그라엘이 고개를 들었다. 기사들이 관리원들을 밀어붙여 위쪽에 발을 디딜 공간을 확보한 상태였다. 길이 뚫리자 비에고는 빠르게 위로 올라가 광장으로 나갔다. 그라엘은 서둘러 그 뒤를 따랐다.

비에고는 걸리적거리는 기사들을 밀치며 싸움 한복판으로 성큼성큼 걸어갔다. 살아남은 관리원 몇 명이 비에고를 노리며 도끼창을 들고 달려들었다. 비에고가 꼬챙이가 되리라 생각한 그라엘이 외마디 신음을 내질렀지만, 비에고는 이상한 말로 짧게 고함을 지르며 뭔가 자르듯 한 손을 휘둘렀을 뿐이었다. 보이지 않는 힘이 관리원들을 강타하며 비에고를 향하고 있던 무기의 방향을 틀었다. 그라엘은 충격에 움찔했다. 미친 왕에게 저런 힘이 있는 줄은 몰랐다. 앞으로 행동을 조심하는 게 좋을 것 같았다.

공간이 제한된 계단에서 빠져나온 비에고는 거대한 검을 마음껏 휘두를 수 있게 됐다. 비에고가 한쪽 무릎을 꿇으며 공격해 오는 관리원을 베더니 깔끔한 동작으로 발을 움직이며 검을 빼낸 후 두 번째 관리원에게 맹렬한 일격을 날렸다.

그라엘은 두 관리원이 속에서부터 쇠약해지는 모습을 흥미롭게 바라보았다. 마치 생명력이 모두 빨려 나가는 것 같았다. 두 사람은 순식간에 바싹 마른 껍데기가 되었다.

마지막 남은 관리원들은 주춤주춤 뒤로 물러났다. 공포에 질린 눈이었다. 강철 기사단이 달려들어 검을 휘둘렀다. 관리원들은 금세 포위되어 죽음을 맞았다. 비에고는 아수라장을 지나 광장을 성큼성큼 가로질렀다. 주력군이 계속해서 계몽의 아치를 지키며 강철 기사단과 맞서 싸우고 있었지만 무시했다. 비에고의 시선은 광휘의 탑을 막고 있는 거대한 금문에 고정됐다.

그라엘이 비에고의 옆에 따라붙으며 말했다. "안에서 막고 있을 겁니다. 들어가려면—"

비에고는 고함을 지르며 문을 향해 힘차게 손을 뻗었다. 문이 공성퇴에 맞은 것처럼 안으로 구겨지며 거대한 석조 구조물 덩어리가 뜯겨 나갔다. 문을 걸어 잠그고 있던 무거운 빗장이 나뭇가지처럼 부러졌다. 엄청난 충돌 소리와 함께 탑 안쪽으로 문이 박살 나자 깜짝 놀라 눈을 깜빡이는 수장과 관리원 몇 명의 모습이 드러났다.

비에고는 뜯겨 나간 입구로 들어갔다. 비에고의 끔찍한 검이 공중을 가르며 애도하듯 노래했다. 관리원 셋과 수장 하나가 쓰러졌다. 그들은 쓰러지기도 전에 살이 바싹 말라붙었다. 다른 이들은 도망쳤다.

비에고는 기사들을 돌아봤다. 눈이 불길한 빛으로 빛났다. "너희 둘, 왕비를 데려와라. 나머지는 가서 반역자를 죽여."

기사들은 더없이 기쁜 표정으로 떠났다. 절도 있게 경례한 그들은 싸움이 벌어지는 아치 밑으로 달려가며 주력군의 대형 뒤쪽으로 접근했다. 왕비를 든 둘은 불편한 시선을 교환했지만 비에고의 명령대로 그를 따라 탑으로 들어갔다.

"길을 안내해라, 감시대원." 비에고가 말했다.

끝이 가까웠지만 칼리스타는 숨이 끊어질 때까지 강철 기사단에 저항할 작정이었다.

곁에서는 레드로스가 상처를 입은 곰처럼 포효하며 팔이 닿는 거리에 있는 기사를 모조리 죽이고 있었다. 레드로스의 검이 사슬 갑옷을 파고들었다. 레드로스가 칼자루 끝으로 내리치며 거대한 방패를 뒤로 휘두르자 판금 갑옷이 으스러졌다. 레드로스의 판금 갑옷과 그 밑에 받쳐 입은 사슬은 크게 찢어진 상태였다. 검에 찔리고 도끼에 맞은 탓에 피까지 흘렸지만 레드로스는 흔들리지 않았다. 막을 수 없는 전장의 괴수처럼 자신의 생명력이 빠져나가는 순간에도 죽이고 죽이고 또 죽였다.

갑옷의 갈라진 틈으로 검이 들어와 꽂혔다. 우렁찬 고함과 함께 몸을 돌린 레드로스는 상대의 얼굴에 팔꿈치를 날린 후 검을 꽂았다. 발로 상대의 흉갑을 차 검을 빼낸 그는 이어서 뒤에 있는 기사 둘을 쓰러뜨렸다.

칼리스타는 춤을 추듯 앞으로 나와 빠르게 창을 찔러 두 기사의 숨을 끊었다. 또 다른 기사가 검을 휘둘렀다. 창 자루로 공격을 막은 칼리스타는 한쪽 무릎을 꿇고 기사의 다리를 노렸다. 기사는 욕지거리를 내뱉으며 쓰러지더니 레드로스의 일격을 맞고 잠잠해졌다.

레드로스가 힘으로 싸웠다면 칼리스타는 빠른 속도와 정확한 동작, 완벽한 기술로 싸웠다. 청동 방패를 든 주력군의 다른 병사들과 달리 칼리스타는 방패가 없어도 방어하는 데 문제가 없었다. 예리한 창술로 자신을 향해 날아오는 공격을 모두 쳐 냈기 때문이었다.

칼리스타는 머리 위에서 날아오는 검을 창으로 막은 후 창의 끝부분으로 상대의 투구 옆을 세게 쳤다. 상대가 비틀거리자 가볍게 앞으로 몸을 날려 일격에 숨통을 끊었다. 징이 박힌 철퇴가 날아오자 칼리스타는 재빨리 창을 휘둘러 쳐냈다. 철퇴를 휘두른 기사가 균형을 잃었다. 휘청거리는 기사의 무릎 뒤쪽을 창날로 그은 칼리스타는 얼굴 전체를 뒤덮는 투구에 시야 확보용으로 난 가느다란 틈을 정확히 공격하며 상대를 끝장냈다.

주력군 병사들은 단단히 무장한 상류층 적들과 용감히 정면으로 맞서 싸우며 칼리스타의 자존심을 지켰다. 병사들의 창은 상대의 무기보다 훨씬 멀리 뻗어나갔고, 칼리스타가 실시한 훈련의 성과는 훌륭했다.

무자비하고 잘 훈련받은 주력군의 창 공세에 더 많은 기사가 쓰러져 갔지만 강철 기사단은 여전히 수적으로 우세했다. 주력군 병사는 스무 명도 채 남지 않은 상태였고 쓰러진 병사의 자리가 비면서 대형에 빈틈까지 생겼지만 피에 굶주린 검을 든 기사들은 계속해서 밀려들었다.

조금씩 뒤로 밀려나던 주력군은 결국 계몽의 아치 뒤쪽에 있는 넓은 광장까지 후퇴했다. 수적 우세를 더 효과적으로 이용할 수 있게 된 기사들이 주력군을 포위하기 시작했다.

뒤쪽에서 고함이 들려왔다. 주력군 뒤쪽의 안뜰을 가로질러 달려오는 기사들을 본 칼리스타는 욕을 내뱉었다.

"후열! 뒤로 돌아!" 칼리스타가 또 다른 기사를 처치하며 호령했다. 칼리스타는 손에 쥔 창을 놓칠 뻔했다. 처치한 기사 뒤쪽에서 마침내 주력군의 저항을 끝장내려고 마음먹은 기사들이 다시 기세를 몰아 달려들었기 때문이다.

위험을 감수하고 뒤를 돌아본 칼리스타의 눈에 광휘의 탑으로 성큼성큼 걸어가는 비에고의 모습이 보였다. '선조시여!'

"비에고를 막아야 해!" 칼리스타가 날카롭게 외쳤다.

"가세요." 레드로스가 파괴적인 일격으로 또 한 명의 기사를 처리하며 으르렁거리듯 말했다. "여긴 저희가 막겠습니다."

레드로스의 제안을 고려하기도 전에 한 인물이 칼리스타 앞에 모습을 드러냈다.

헤카림이었다.

제 31 장

라이즈와 타이러스, 겁먹은 아이들은 낮은 담 뒤에서 몸을 웅크렸다. 헬리아 외곽에 있는 그들은 고대 숲으로 이어지는 들판을 주시하는 중이었다. 숲은 감질날 정도로 가까운 거리에 있었지만 그들과 안전한 숲 사이의 언덕 위에는 십여 명의 기사들이 자리하고 있었다. 석양을 등진 음산한 윤곽이 들판을 지켜봤다.

"지나갈 수 있을까요?" 라이즈가 물었다.

타이러스가 미처 대답하기도 전, 조금 떨어진 동쪽에 숨어 있던 헬리아인 몇 명이 숲을 향해 필사적으로 달리기 시작했다. 사냥감의 냄새를 맡은 사냥개처럼 말의 머리를 돌린 세 기사가 그들을 가로막으려고 전속력으로 달려갔다. 안장에 바싹 몸을 붙인 기사들은 엄청난 속도로 순식간에 거리를 좁혔다. 말발굽에서 흙덩어리가 마구 튀어 올랐다. 속도를 줄이지 않고 들판을 나누는 담을 뛰어넘은 기사들이 창을 낮췄다.

"숲 가까이 가지도 못하겠어요." 겁에 질린 라이즈가 속삭이듯 말했다.

"보지 마라, 얘들아." 타이러스가 아이들을 꼭 끌어안았다.

기사들이 멀리 있는 헬리아인들을 헤집고 지나가자 공터에 비명이 울려 퍼졌다. 첫 번째 돌격에서 살아남은 이들이 흩어졌지만, 간단히 말의 머리를 돌린 기사들은 달아나는 사람들을 하나씩 뒤쫓았다. 철저하고 무자비했다. 일을 끝마친 그들은 웃음을 터뜨리며 다른 기사들이 있는 곳으로 돌아가 다시 한번 경계를 섰다.

"이걸로 네 질문에 대한 답이 나온 것 같구나."

라이즈가 고개를 끄덕였다. "밤까지 기다리면 어떨까요?"

타이러스가 고개를 저었다. "여긴 너무 탁 트인 공간이야. 도시를 나가는 다른 길을 찾아야 할 것 같다. 헬리아는 끝났어."

"남쪽 관문은요?"

"너무 멀다. 아이들은 지친 상태야."

라이즈는 방법을 생각하며 미간을 찡그렸다.

"미안하다, 라이즈." 타이러스가 불쑥 말했다.

라이즈는 뜻밖의 사과에 혼란스러운 듯 타이러스를 돌아봤다. "뭐가요?"

"그동안 내가 너무 심했다. 뭐든 하지 못하게 막았지. 네가 타고난 힘을 다룰 수 있게 도와주지 않아 실망했다는 것 안다."

"괜찮아요." 라이즈는 죄책감을 느끼며 말했다. 허리띠에 묶어 둔, 가죽으로 장정한 책의 존재가 묵직하게 느껴졌다. 지금까지 타이러스는 그게 뭐냐고 묻지 않았다. "절 걱정해서 그러신 거잖아요. 이제는 알아요."

"괜찮지 않아. 널 보호하려고 그랬지만 그동안 내가 단단히 잘못 생각하고 있었다. 그 점은 미안하구나. 넌 내가 생각한 것보다 훨씬 유능한 녀석이야. 이제는 알겠다. 여기서 살아 나간다면 앞으로는 다를 거라고 약속하마."

라이즈가 시선을 돌리며 말했다. "뭐, 저도 고분고분한 제자는 아니었으니까요. 여기서 살아 나간다면 서로 더 나아질 수 있겠죠. 새롭게 시작하는 거예요."

타이러스는 고개를 끄덕였다. "일단 이 도시에서 나가야 해."

"부두로 가면 어떨까요?" 라이즈가 고개를 갸웃하며 말했다.

"설명해 봐라."

"적 대부분이 도시 안쪽으로 들어가거나 이런 외곽에서 놓친 사람들을 찾는 것 같아요. 주요 병력은 이미 지나갔어요. 뒤에 남은 병력은 많지 않을 거예요. 저들을 위협할 만한 게 뭐가 있겠어요? 마침 항구가 가까워요. 몰래 내려가서 배를 찾은 다음 그대로 달아나죠."

타이러스가 짧은 턱수염을 쓰다듬었다. "나쁘지 않은 생각이구나."

"정말요?"

타이러스는 고개를 끄덕였다. "그렇게 하자."

그라엘은 비에고의 옆에서 광휘의 탑을 활보했다. 죽은 왕비를 든 기사 둘이 서둘러 두 사람을 뒤따랐다. 그라엘은 혼비백산하여 달아나는 수장들을 보고 웃음을 터뜨렸다. 왕이 된 기분이었다. 그라엘의 앞을 막을 자는 없었다. 수장들의 모든 특권과 자격, 부와 연줄은 부질없는 것이었다. 수장들의 배타적인 작은 단체에 그라엘 같은 이가 접근하는 것을 막는 한심한 규칙은 이제 무의미했다. 힘을 지닌 쪽은 그라엘이었다. 이제는 수장들이 그라엘에게 굽실거려야 했다.

그들은 거대한 문 앞에 도착했다. 화려하게 무장한 관리원 둘이 의장용 검을 낮추고 있었다.

"고대 법령에 따라 결사의 수장이 아니면 들어갈 수 없소." 둘 중 하나가 읊듯이 말했다.

"이제 우리가 너희 수장이다." 그라엘이 쏘아붙였다.

"우리의 맹세는 목숨과도 같소." 다른 관리원이 말했다.

"뭐라고 말하는 거지?" 그들의 말을 이해하지 못한 비에고가 끼어들었다.

"비켜서느니 죽겠다고 하는군요."

"그렇다면 죽어야지."

그 순간 두 관리원은 비에고가 휘두른 마법의 힘에 의해 문에 처박히며 죽음을 맞았다. 관리원들의 갑옷이 종이처럼 구겨졌다.

문을 활짝 밀어젖힌 그라엘은 탑에서 제일 신성한 지성소로 뻔뻔스레 걸어 들어갔다.

모든 게 금과 대리석이었다. 머리 위의 둥근 천장은 그림자 속으로 사라질 정도로 높이 치솟아 있었다. 방 가장자리를 둘러싼 아치마다 반짝이는 황금 인장이 들어가 있었다. 벽과 기둥에 설치된 등에서는 신비한 청록색 빛이 깜빡거리며 그 안에서 웅성웅성 몸을 웅크리고 있는 수장들을 비추었다. 긴장한 양 떼처럼 한곳에 모여 덜덜 떨고 있는 수장들은 한심해 보였다. 수장들 앞에 관리원 둘이 더 서 있었지만 이 가련한 양치기들이 늑대들과 맞서 싸울 방법은 없었다.

"이런 모욕과 무례가 어디 있습니까!" 한 수장이 엄포를 놓았다. 덜덜 떨면서도 고분고분 따를 기색이 아니었다. "당장 나가십시오! 이러시면 안 됩니다! 전하의 옆에 있는 저 비열한 자가 어떤 뒤틀린 약속을 했든 그건 거짓말입니다!"

그라엘은 목소리의 주인공이 누구인지 깨닫고 입꼬리를 말아 올렸다.

"말구르자 고관." 그라엘이 앞으로 다가올 고통을 예고하듯 씩 웃었다. "당신이 여기 있었으면 했지."

"에를로크 그라엘, 이 역겨운 벌레 같은 놈. 넌 15년 전 이 신성한 성소에 발을 들일 자격이 없었지. 그건 지금도 마찬가지야. 넌 수치다. 자신의 결점을 결코 인정하지 않는 혐오스러운 종자야."

"하지만 해가 지면 난 이 자리에 승자로 남을 테고, 당신은 바닥에 쓰러져 죽어 있겠지. 누구도 당신을 기억하지 않을 거야."

"말이 길군." 비에고가 '신성'을 들고 앞으로 나섰다. 말구르자와 다른 이들을 베려는 것이었다.

“잠깐.” 알랑거리는 태도를 집어치운 그라엘이 윽박지르듯 말했다.

비에고가 긴 머리카락을 휙 휘날리며 그라엘을 돌아봤다. 비에고의 눈이 광기와 분노로 번득였다. “감히—”

“제가 있어야 할 겁니다.” 그라엘이 씹어뱉듯 받아쳤다. “제가 없으면 영겁의 샘에 들어갈 수 없습니다.” 비에고는 그러거나 말거나 그라엘을 찌를 기세였다. 그라엘은 어조를 누그러뜨렸다. “조금만 참으십시오. 왕비 전하께서는 돌아오실 겁니다. 하지만 모든 일에는 순서가 있는 법 아니겠습니까.”

두 기사가 안고 있는 생기 없는 아내의 모습을 돌아본 비에고는 딱딱하게 고개를 끄덕였다. 그리고 오만하게 말했다. “그렇다면 빨리 끝내라. 이자들에게 필요한 게 뭐든 빨리 얻고 가자는 말이다.”

허리를 굽히는 시늉을 한 그라엘은 말구르자를 돌아봤다. “목에 쐐기석을 걸고 있군. 그건 내가 가져가겠어.”

무의식적으로 손을 올린 말구르자는 자신의 소속을 나타내는 인장에 고정되어 있는 삼각형 돌을 만졌다.

“그래, 나도 그게 뭔지, 뭘 여는지 알고 있어.” 그라엘이 웃음을 터뜨렸다. “결국 내게 영겁의 샘을 여는 마지막 열쇠를 주는 게 당신이 되다니 기분이 참 그렇겠어.”

“네 생각대로 되진 않을 거다.”

“두 개가 필요하니까? 그래, 그것도 알고 있지.”

말구르자는 놀란 표정을 숨기지 못했지만 금세 평정을 되찾았다. “이 돌을 가져간다고 해도 두 번째 쐐기석은 절대 찾지 못할 거야.”

“이미 하나 가지고 있지.”

말구르자가 눈을 가늘게 떴다. “거짓말.”

“백 년도 더 전에 수장 하나가 없어졌지. 당신이 착용한 것과 똑같은 인장을 가지고 있던 수장 말이야. 멍청한 당신들은 군도를 떠난 수장이 난파당했다든가 하는 모종의 이유로 역사 속으로 사라졌다고 믿었지. 하지만 그 수장은 군도를 떠난 적이 없어."

"홀던 수장." 말구르자가 속삭였다.

"홀던 수장." 그라엘이 고개를 끄덕였다. 회심의 한 방을 날릴 기회를 그냥 넘길 수 없었던 그라엘은 말구르자에게 쐐기석을 꺼내 보였다. "이걸로 열 수 있는 게 참 많더란 말이야. 쐐기석으로 탐구단 금고도 열 수 있다는 것 알았나?"

"카마보르인들에게 넘긴 이정석을 거기서 손에 넣었군."

"바로 그거야. 당신네 수장들에게 너무 많은 힘이 주어진 것 같지 않나? 자… 이제 쐐기석을 넘기시지."

"그럴 순 없다."

그라엘의 입꼬리가 올라갔다. "당신이 그렇게 말했으면 했지."

그라엘이 낫을 던졌다. 잔혹한 날은 무시무시한 둔탁음과 함께 말구르자 고관에게 박혔다. 상황을 이해하지 못한 듯 입을 벌리고 몸을 내려다보던 말구르자는 이내 바닥으로 쓰러졌다.

그라엘은 생기 없이 차가운 눈으로 남은 수장들을 돌아봤다. "이제 죽이셔도 좋습니다, 전하."

헤카림은 분노의 고함을 내지르며 날이 곡선으로 휘어진 언월도를 휘둘렀다.

칼리스타가 몸을 숙여 피하자 칼리스타를 향하던 날은 근처에 있던 기사의 목에 명중했다. 칼리스타는 창으로 위를 찔렀지만 자루 부분으로 창을 쳐 낸 헤카림이 곧바로 언월도를 찌르며 반격하자 간신히 피했다.

“내 말 잘 들어!” 칼리스타는 헤카림이 다시 일격을 날리기 전에 으르렁거렸다. “비에고를 막아야 해!”

헤카림이 코웃음을 치고 공격했다. 칼리스타는 공격을 막았지만 일격의 힘이 너무 강해 손까지 저릴 지경이었다. 개의치 않고 두 번 반격한 칼리스타는 헤카림의 가슴과 목가리개를 쳤다. 부상을 입히지는 못했지만 헤카림을 한 걸음 뒤로 밀어내며 잠깐 숨을 돌릴 틈이 생겼다.

“헤카림, 들어! 비에고가 영겁의 샘으로 가면 재앙이 일어날 수 있다고! 비에고의 계획대로 되지 못하게 막아야 해!”

“왕이 무슨 짓을 하든 상관없어. 재앙이라고 했나?” 헤카림이 웃음을 터뜨렸다. “주변을 봐! 재앙은 이미 시작됐어. 이 도시는 무너졌다고!”

헤카림이 다시 언월도를 찌르며 달려들었지만, 옆으로 피한 칼리스타는 그의 얼굴을 노리며 반격했다. 헤카림은 마지막 순간 몸을 돌렸다. 창이 투구를 치자 헤카림의 목이 뒤로 꺾였다.

“멍청하긴! 사달이 나면 당신 목숨도 무사하지 못해!”

“이 군도의 수장들이 그렇게 말하던가?” 헤카림은 웃음을 터뜨리며 고개를 저었다. “그 말을 믿는다고?”

헤카림이 칼리스타를 바닥으로 쓰러뜨리기 위해 고함을 지르며 돌진했다.

순간 칼리스타 옆에 레드로스가 나타났다. 레드로스는 거대한 방패로 헤카림을 들이받아 헤카림의 균형을 무너뜨렸다. 레드로스의 검이 공중을 가르자 헤카림은 다급히 몸을 움직여 가까스로 피했다.

“맞서 싸워라, 비겁한 자식!” 레드로스가 소리치며 헤카림의 머리를 향해 검을 내리쳤다.

재빨리 언월도를 휘둘러 레드로스의 공격을 옆으로 밀어낸 헤카림이 레드로스의 얼굴을 향해 반격했다. 레드로스는 머리를 돌렸지만 무자비한 날이 레드로스의 목을 스쳤다.

헤카림이 으르렁거렸다. “천것 따위가! 감히 날 상대하겠다고?”

레드로스가 고함을 지르며 방패로 헤카림을 강타해 칼리스타와 멀리 떨어진 곳으로 밀어냈다. 하지만 전열을 이탈하는 바람에 몸이 노출되고 말았다. 칼리스타는 레드로스의 옆을 공격하는 기사들을 막으려고 필사적으로 싸웠다. 레드로스의 사각지대를 노리는 무기를 쳐 낸 칼리스타는 쓰러진 전사의 등을 밟고 높이 뛰어올라 기사에게 창을 꽂았다.

헤카림은 공간을 확보하려고 애쓰며 언월도를 미친 듯이 휘둘렀다. 레드로스가 방패로 날을 막자 방패가 찌그러졌다. 레드로스는 분노로 차오른 강력한 반격을 날렸고 헤카림은 기를 쓰고 쳐 냈다.

한 기사가 레드로스 옆에서 달려들었지만 그 순간을 놓치지 않고 먼저 공격한 칼리스타가 치명타를 날렸다. 무기를 뽑자 기사가 쓰러졌지만, 헤카림이 언월도로 레드로스를 찌른 모습을 본 칼리스타는 비명을 지를 수밖에 없었다.

레드로스는 너덜너덜해진 방패를 던져 버리고 언월도의 자루를 잡았다. 헤카림이 안간힘을 썼지만 무기는 마치 돌에 박힌 것처럼 꿈쩍도 하지 않았다. 레드로스는 파괴적인 힘으로 헤카림의 어깨에 검을 내리쳤다. 헤카림은 몸을 비틀어 공격을 정통으로 맞는 일은 피했지만 검이 갑옷을 파고들어 살이 있는 곳까지 닿았다.

그는 고통에 찬 소리를 지르며 무릎을 꿇었다. 레드로스는 인상을 쓰며 몸에서 언월도를 뽑아 옆으로 던졌다.

"천것 따위한테 져서 죽게 됐군." 레드로스가 자신의 검을 높이 들어 올렸다.

"숙여요! 숙여요!" 라이즈가 뒤집힌 짐마차 뒤로 몸을 수그리며 날카롭게 속삭였다. 타이러스와 아이들도 라이즈를 따라 몸을 낮게 웅크렸다.

타이러스가 속삭였다. “뭐냐? 적이냐?”

라이즈는 조용히 하라며 입술에 손가락을 갖다 댔다. 잠시 후 여러 명이 다가오는 발소리가 들렸다. 장화 소리였다. 라이즈가 숨을 들이마시며 힘을 모았다. 주먹을 불끈 쥔 라이즈의 팔뚝에 빛나는 룬이 나타났다.

라이즈는 스승이 말릴 거라고 반쯤 예상했지만 타이러스는 고개를 끄덕이며 조심해라라고 입을 뻥끗거릴 뿐이었다.

발소리가 더 가까워지자 공격할 준비를 마친 라이즈가 짐마차 뒤에서 뛰쳐나갔지만 곧 움직임을 멈췄다. 작고 사나운 흰머리 여자가 라이즈를 향해 유물 무기를 겨누고 있었기 때문이다.

“오늘도 떠도는 영혼에게 쫓기고 있는 건 아니겠지?” 젠다카야 기능장이 씩 웃으며 무기를 내렸다.

“떠도는 영혼?” 타이러스가 짐마차 뒤에서 나오며 말했다.

“아무것도 아니에요.” 라이즈가 젠다카야에게 살짝 고개를 저으며 말했다.

타이러스에게 고개를 끄덕여 인사한 젠다카야는 함께 있는 아이들을 보고 얼굴에 떠올라 있던 냉소를 거뒀다. 몸을 낮춰 아이들과 시선을 맞춘 젠다카야가 진심 어린 목소리로 말했다. “너희 셋이 타이러스와 라이즈를 안전하게 지켜줘서 고맙다고 해야 할 것 같구나.” 어린 남자아이, 톨루가 진지하게 고개를 끄덕였다. “잘했어. 조금만 더 힘내렴.”

젠다카야는 두 조수와 함께였다. 가죽 앞치마를 두른 덩치 큰 남자는 젠다카야가 피오트르라고 소개한 조수였고 머리를 짧게 깎은 호리호리한 여자는 에일라였다. 에일라는 천으로 두른 활 같은 것을 어깨에 메고 있었고 피오트르는 끝이 돌로 된 커다란 망치처럼 보이는 것을 매고 있었다. 세 사람은 가장자리를 은으로 두른 짙은 나무 소재의 무거운 상자를 질질 끌고 가는 중이었다. 젠다카야는 긴 여정을 떠날 준비가 된 사람 같았다. 어깨에 멘 가방은 터질 듯 빵빵했고 등에는 긴 가죽 통을 두르고 있었다.

라이즈가 말했다. “뭉치는 게 좋겠어요. 우리는 부두로 가는 중이에요.”

“마찬가지야. 칼리스타가 자기 배 선장은 믿어도 된다고 했어. 카마보르 배라면 침몰하지 않고 빠져나갈 수 있을 것 같더라고.”

라이즈가 고개를 끄덕였다. “카마보르 배를 탈 생각은 못 했네요. 좋은 생각이에요.”

“그렇다면 레이디 칼리스타도 함께 있습니까?” 타이러스가 젠다카야와 두 조수 뒤를 살피며 물었다.

젠다카야가 한숨을 쉬었다. “아니요.” 조용히 답하는 젠다카야의 목소리는 후회로 가득했다. “칼리스타는 계몽의 아치에서 다른 카마보르인들과 맞서 싸우고 있어요. 일부러 유인하려고요. 우리가 여기까지 온 것도 순전히 칼리스타 덕분이죠.”

라이즈는 그 말을 바로 이해하지 못하고 젠다카야를 바라보았다.

“우리를 구하려고 자신을 희생하는 거야.” 타이러스가 무겁게 말했다. 라이즈는 낮게 욕을 내뱉었다. 주먹을 불끈 쥐고 돌아선 라이즈는 무력감을 느꼈다. 칼리스타는 생각보다 훨씬 더 괜찮은 사람이었다. 칼리스타에게 그렇게 나쁜 인상을 남기지 않았더라면 얼마나 좋았을까 하는 생각이 들었다. 너무 늦었다는 생각에 후회가 밀려왔다.

젠다카야가 입을 열었다. “칼리스타는 순진하지만 내가 만난 그 어떤 사람보다 훌륭하고 고귀한 사람이에요. 일단 가죠. 길은 안전해요. 서둘러야 해요.”

영겁의 샘은 광휘의 탑 아래 깊숙한 곳에 자리했다. 가장 지위가 높고 믿음직한 관리원들이 가는 길을 막고 있었지만 비에고의 상대가 되진 않았다. 비에고가 비웃으며 힘들이지 않고 관리원을 처리했다. 비에고의 무시무시한 칼날은 관리원을 베며 생기를 흡수했다.

"전하의 검에 관해 읽은 적이 있지만 과장된 이야기인 줄 알았습니다." 그라엘이 탑의 하층부로 내려가며 감탄했다. 그들은 방금 검에 당해 비쩍 마른 관리원의 시체 위로 넘어갔다. "영혼분쇄기, 그렇게 불린다고 들었는데요."

비에고는 묘하게 감정 없는 목소리로 답했다. "그 이름은 아르젠트 왕가의 적들이 부르는 멸칭이다. 이건 왕의 검 '신성'이야. 우리 왕국에서 가장 귀한 성물이지. 초대부터 카마보르를 다스린 모든 군주가 이 검과 영혼으로 묶였다."

"검과 영혼으로 묶였다는 게 무슨 뜻입니까?"

"'신성'은 인간이 만든 것도, 필멸의 세계에서 만들어진 것도 아니야. 영혼으로 묶인 자가 소환할 때가 아니면 카마보르인의 내세, 선조의 전당에만 존재한다."

"죽으면 전하의 영혼이 갇히게 되는 건가요?"

"아니. 검의 주인이 죽으면 구속은 풀린다." 비에고가 눈을 가늘게 뜨며 그라엘을 돌아봤다. "왜 이렇게 관심이 많지?"

"단순한 호기심입니다."

"정수까지는 얼마나 남았느냐?"

"얼마 안 남았습니다. 하지만 영겁의 샘은 뼈와 살로 이루어진 관리원보다 더 복잡한 것으로 보호되고 있죠. 정수에 접근하려면 세 가지 잠금장치를 열어야 합니다."

"필요한 열쇠는 가지고 있겠지?"

"물론입니다. 여기." 그라엘이 로브의 주머니를 짚은 후 머리 옆을 짚었다. "그리고 여기 있죠."

그들은 긴 기둥이 고리처럼 둘러싸고 있는 넓고 텅 빈 곳으로 내려왔다. 모든 면이 금과 대리석으로 뒤덮이고 믿을 수 없을 만큼 복잡한 기하학 기호가 빼곡히 새겨진 곳이었다.

"이곳이 바로 연결의 방입니다."

헬리아가 부와 풍족함이 넘치는 도시임을 감안해도 특별한 방이었다. 모든 각도, 기둥, 금선 하나하나가 위로 높이 치솟은 돔형 천장으로 시선을 이끌었다. 검게 펼쳐진 천장 안쪽에서 수만 개의 작은 점이 빛을 내며 반짝였다. 이 순간 축복의 빛 군도 위에 펼쳐진 모든 별과 별자리, 천체를 그대로 보여 주는 완벽한 밤하늘의 지도였다. 맨눈으로 보는 것은 거의 불가능에 가까웠지만 반짝이는 빛이 아주 천천히 움직이며 모든 별의 움직임을 정확히 추적하고 있었다. 위를 올려다보자 별똥별 하나가 돔의 한 부분을 그었다.

그라엘이 조용히 말했다. "이 세상 어디에도 이런 곳은 없습니다. 지금까지 외부인이 이 광경을 눈에 담을 영광을 얻은 적은 없었지요. 전하가 처음이십니다."

그라엘은 자신도 이곳을 처음 본다는 말을 구태여 덧붙이지 않았다. 대도서관 밑의 봉쇄된 금고에서 찾은 글과 기록, 설계도를 보고 파악한 정보가 그라엘이 이곳에 관해 아는 전부였다.

여기서부터는 더 이상 내려가는 계단이 없었다. 적어도 겉으로 보기엔 그래 보였다. 방에는 기하학무늬가 새겨진 주변의 돌 위로 커다란 원형 단이 떡하니 올라와 있었다. 밑에 뭐가 있는지 모르는 사람에게는 이곳이 하층부에서 가장 깊은 곳이었다.

"그래서 정수는 어디 있지?"

"더 밑으로 가야 합니다."

"더 밑이라고?" 비에고는 혼란스러운 듯 주위를 둘러봤다. "어떻게 가야 하지?"

"합이 우리를 이끌어 줄 겁니다." 그라엘이 위를 가리키며 자신만이 아는 정보가 주는 짜릿한 기분을 만끽했다.

비에고는 그라엘의 시선을 따라 별이 펼쳐진 장관을 올려다보았다. "합 같은 건 안 보이는데."

"그렇습니다. 합이 보인다고 해도 도움은 되지 않았겠지요! 이 방이 완성되기 전날 밤 축복의 빛 군도 바로 위에서 일어났던 그 합이 아니면 안 되니까요. 다시 그런 합이 발생하려면 만 년은 더 있어야 합니다. 이 방은 아주 정밀한 순간에 맞춰 지어졌어요."

불안하게 흔들리던 비에고의 눈에 낭패감이 서렸다. 비에고가 으르렁거렸다. "만 년이나 기다릴 시간은 없다. 길을 열 수 있다면 열어라. 당장."

비에고의 예리한 칼날을 힐끗한 그라엘은 머리를 낮게 숙이며 고개를 끄덕였다. "물론입니다, 전하."

그라엘은 우묵하게 파인 공간이 있는 기둥으로 갔다. 그 안에는 진주알이 스무 개씩 끼워진 황동 막대 여럿이 가로로 나란히 놓여 있었다. 진주알은 왼쪽이나 오른쪽으로 밀어서 막대에 새겨진 수백 개의 자그마한 금에 맞춰 특정한 간격으로 놓을 수 있었다.

그라엘은 진주알을 정확한 패턴으로 배열하기 시작했다. "위에 보이는 것은 현재 하늘을 그대로 표시한 지도입니다." 그라엘이 손을 움직이며 말했다. 만족한 그라엘은 뒤로 물러섰다.

잠시 후 중앙에 있는 원형 단의 가장자리에서 은백색 빛이 나타났다. 여러 선이 교차하며 기둥 가까이 수렴하는 곳이었다. 그라엘은 고개를 끄덕이며 비슷한 막대와 진주알이 배치된 두 번째 기둥으로 가 처음처럼 다시 배열했다.

"하지만 연맹의 광휘를 해제하려면 수백 년 전 바로 그 순간으로 시간을 되돌려야 하지요."

원의 가장자리에서 두 번째 빛이 빛나기 시작했다. 마찬가지로 선이 교차하며 수렴하는 곳이었다.

그라엘이 다섯 개의 기둥으로 더 이동하자 바닥에서 더 많은 빛이 났다. 마지막 여덟 번째 기둥에서 진주알을 옮긴 그라엘이 움직임을 멈췄다.

"그리하면 연결의 빛에서 길이 열릴 겁니다." 그라엘이 나직이 말했다. 그라엘은 마지막 진주알을 제자리로 밀었다.

돔에 있는 하늘이 움직이기 시작했다. 느릿하던 움직임은 점점 더 빨라졌다. 시간이 되돌아가며 달과 별이 서쪽에서 동쪽으로 떠오르고 지길 반복했다. 곧 엄청난 속도로 움직이며 흐릿한 빛이 된 달과 별은 머리 위에서 실선이 되어 빛났다. 시간이 지나자 모든 게 느려지기 시작하더니 이내 감지할 수 있는 움직임이 사라졌다. 하늘에는 수백 년간 볼 수 없었던 별자리가 떠올라 있었다. 머리 바로 위쪽에는 정확히 같은 거리로 떨어져 있는 여덟 개의 별이 은빛 달을 둘러싸고 있었다.

여덟 개의 별은 밝게 빛났고 보름달의 빛은 마찬가지로 여덟 개의 빛에 둘러싸인 아래쪽의 원형 단을 비췄다. 방 한가운데에서 마지막 아홉 번째 빛이 빛나기 시작하자 바닥에서 무수히 많은 룬과 신비로운 기호가 빛을 내며 그 모습을 드러냈다.

"발밑을 조심하십시오, 전하." 그라엘이 아첨하듯 허리를 숙이며 말했다.

그라엘의 말이 끝나자마자 바닥이 움직였다.

"떨어뜨리면 목숨을 부지할 수 없을 줄 알아라." 비에고가 이졸데를 든 기사들에게 으르렁거렸다. 동시에 돌이 갈리는 소리와 함께 기둥들을 망라하는 온 바닥이 가라앉기 시작했다.

소환된 빛은 가느다란 오각형 기둥에서 나오고 있었다. 기둥은 주변의 바닥이 내려가자 줄기가 자라는 것처럼 올라왔다. 가운데 있는 기둥이 가장 컸다. 팔면체 기둥이 회전하며 꽃이 펼쳐지는 것처럼 솟아올랐다. 이제 각 기둥 사이에서 빛나기 시작한 빛줄기는 바닥과 함께 아래로 내려가는 그라엘 일행 위에서 이리저리 얽히며 복잡한 거미줄 같은 형태를 이루었다.

사람 키의 두 배만큼 바닥이 가라앉자 가장 바깥쪽 부분이 움직임을 멈추며 계단 같은 층을 형성하고 나머지 바닥은 계속해서 내려갔다. 신비로운 건축술로 이룩한 놀라운 위업이었다. 가라앉기 전의 바닥은 돌이 어찌나 매끄럽게 이어져 있었는지 손가락으로 쓸어도 이렇게 많은 조각으로 이루어져 있다는 사실을 알아차릴 수 없을 정도였다.

순간 문이 벌컥 열리더니 관리원 몇 명이 달려 들어왔다. 뒤에는 한 관리원에게 힘겹게 몸을 기댄 말구르자 고관이 있었다. 말구르자는 창백했다. 급히 감은 듯한 가슴의 붕대는 붉게 젖어 있었다.

그라엘이 재미있다는 듯 코웃음을 쳤다. “목숨 한번 끈질기군.”

“이러지 마십시오!” 말구르자가 계속해서 내려가는 일행을 내려다보며 거친 목소리로 말했다. “죽은 자를 되살릴 순 없습니다! 이곳을 세운 이들이 시도해 봤지만 가엾은 영혼이 이 차원에 갇히게 될 뿐이었어요! 부인이 그런 끔찍한 일을 겪게 하시면 안 됩니다!”

비에고가 불신과 괴로움이 묻어나는 표정으로 말구르자를 올려다보았다. “그대들만 샘에 관해 알고 있으려는 속셈이군! 그대의 거짓말은 듣지 않겠다!”

말구르자가 움찔했다. 몸을 기대고 있지 않았다면 쓰러졌을 게 분명했다. 말구르자가 갈라진 목소리로 말했다. “그건 당신이 이해할 수 있는 범위를 넘어서는 것입니다. 부탁입니다. 그 룬은 위험할 정도로 불안정해요! 이대로 가면 파국이 닥칠 수 있습니다!”

“룬? 룬이라니?” 비에고가 낮게 말했다.

그라엘이 작게 씩씩거렸다. “속임수와 거짓으로 우리를 반목하게 하려는 속셈입니다. 수장들은 무슨 수를 써서라도 비밀을 지킬 거예요!”

말구르자가 비에고에게 말했다. “룬이 근원입니다. 정수에 힘이 깃드는 이유예요.”

“위험 따윈 신경 쓰지 않는다.” 비에고가 말했다. 그러나 기사들은 갑자기 불안해진 눈치였다. “이졸데만 돌아온다면 다른 건 상관없다.”

“어리석긴!” 말구르자가 숨을 헐떡였다. 말구르자는 손짓하며 관리원들을 앞으로 보냈다. “막아라!”

방에 넓게 퍼진 관리원들은 갑옷을 철커덕거리며 첫 번째 단을 내려왔다. 가장 밑에 있는 단이 계속해서 깊숙이 가라앉았다. 비에고는 관리원의 움직임에 따라 거대한 검을 겨누며 몸을 돌렸다.

마침내 하강이 멈췄다. 그라엘은 일행이 나서지 않게 손짓했다. 가장 안쪽에 있는 원이 움직이기 시작했기 때문이다. 돌판이 미끄러지며 아래로 부드럽게 돌아가자 나선 계단이 만들어졌다.

"서둘러야 합니다." 그라엘이 재촉했다.

관리원들은 불과 몇 단 위까지 내려온 상태였다. 하지만 비에고의 검을 경계하고 있었다. 비에고의 검에 당한 동료들이 어떻게 됐는지 봤기 때문이었다.

"빨리요." 그라엘이 마지막 계단을 내려가며 말했다.

"아내를 건네라." 비에고의 검이 깜빡거리며 사라졌다.

비에고는 기사들로부터 조심스레 아내를 건네받았다. "저들을 막아라." 기사들에게 지시한 비에고는 그라엘을 따라 아래로 내려갔다.

두 기사가 도끼와 검을 뽑았다. '신성'이 사라지자 과감해진 관리원들은 다시 한번 앞으로 다가왔다.

위에서 무기가 부딪치자 그라엘과 비에고는 나선 계단을 따라 서둘러 마지막 방으로 내려갔다. 표면을 따라 부조로 상징이 새겨진 거대한 원형 방이었다. 라이즈라는 녀석이 묘사한 그대로였다. 라이즈가 들어왔던 작은 돌 창살에 시선을 준 그라엘은 이내 거대한 금문으로 관심을 돌렸다. 그라엘과 영겁의 샘을 가로막고 있는 마지막 장벽이었다.

위쪽에서 고함과 고통스러운 신음이 들리더니 기사 하나가 요란한 소리를 내며 계단에서 굴러떨어졌다. 기사는 미동 없이 쓰러져 있었다. 그라엘은 기사가 죽은 것이 추락 때문인지, 관리원의 도끼창 때문인지 알지도 못했고 알고 싶지도 않았다.

잠시 후 관리원 여럿이 방으로 내려왔다. 하얀 단복에 피가 튀어 있었다.

"문을 열려면 약간 시간이 걸립니다." 그라엘이 말했다.

비에고가 아내의 시신을 바닥에 내려놨다. 비에고의 손에서 다시 한번 거대한 검이 나타났다. 손짓으로 관리원 하나를 가까이 끌어당긴 비에고가 검을 휘둘렀다.

낮게 탄성을 터뜨린 그라엘은 살금살금 거대한 금문으로 향했다. 문 중앙에는 불길에 둘러싸인 채 응시하는 눈 모양이 새겨져 있었다. 그 위에 손을 올리자 따끔거리는 감각이 느껴졌다. 태엽이 돌아가는 소리가 들리더니 삼각형 구멍 한 쌍이 딸깍하며 열렸다.

그라엘은 입술을 핥으며 쐐기석을 구멍에 밀어 넣었다. 심장이 빠르게 두근거렸다. 문이 열리고 하얀 안개가 밀려 나오며 그라엘을 맞았다.

생명의 정수는 그라엘의 것이었다.

제 32 장

헤카림 위에 선 레드로스가 사형 집행인처럼 검을 들고 있었다.

"잠깐." 칼리스타가 지시했다.

레드로스가 얼어붙었다. "예?"

칼리스타는 레드로스가 인내심을 최대한 발휘해 자신의 명령을 따르고 있음을 알았다. 헤카림은 살 수 있는 뜻밖의 기회를 감지한 듯 바닥에서 칼리스타와 레드로스를 번갈아 봤다. 양쪽의 병사들은 잠시 싸움을 멈추고 상황을 지켜봤다.

"헤카림이 살아 있으면 완전한 재앙은 피할 수 있을지도 몰라." 칼리스타가 앞으로 나오며 레드로스의 어깨에 손을 올렸다. 레드로스의 몸이 분노로 떨리는 게 느껴졌다. "무엇보다 비에고를 막는 게 우선이야."

"이런 명예도 모르는 개자식은 죽어야 마땅해요." 레드로스가 이를 악물고 말했다.

"그래. 하지만 더 중요한 문제가 있잖아."

"장군님 말씀을 들어야지, 병사." 헤카림이 웃음기 어린 목소리로 말했다.

그 순간 칼리스타는 하마터면 직접 헤카림을 죽일 뻔했다. 레드로스의 신경이 날카로워지는 게 느껴졌다.

"참아." 칼리스타가 레드로스는 물론 자기 자신을 향해 낮게 말했다.

"강철 기사단!" 밑에서 헤카림이 소리쳤다. "물러서라! 싸움을 멈춰라!"

다른 기사들이 헤카림의 외침을 듣고 물러서자 전투는 서서히 중단됐다. 아직 서 있는 주력군 병사는 아홉 명에 불과했다. 강철 기사단이 완전히 포위하고 있었지만 바닥에 쓰러진 주력군 병사보다 기사가 훨씬 많다는 것을 확인한 칼리스타는 자랑스러웠다.

마침내 레드로스가 마지못해 검을 내렸다. 고통스럽게 신음하며 한쪽 무릎을 꿇은 헤카림이 몸을 일으키려고 했지만 칼리스타가 헤카림의 목을 창끝으로 누르며 저지했다. "어딜."

창을 주시하며 마른침을 삼킨 헤카림이 다시 바닥으로 주저앉았다. "뭘 제안할 셈이지? 내 목숨을 쥐고 있다고 해도 당신은 포위된 상태야. 날 죽이면 결국 병사들과 함께 죽겠지. 딱히 협상에서 우위에 있는 처지가 아닐 텐데."

"내 손으로 네 목숨을 거둘 수 있다면 기꺼이 죽겠다." 레드로스가 으르렁거리며 다시 한번 검을 들어 올리자 헤카림이 움찔했다.

앞으로 끼어든 칼리스타가 레드로스를 뒤로 보냈다. 창끝은 여전히 헤카림의 목에 겨눈 채였다. 칼리스타는 입꼬리를 말아 올리며 헤카림을 내려다보았다. "난 당신이 신경 쓰는 유일한 걸 쥐고 있지. 그 보잘것없는 목숨 말이야. 이 정도면 협상에서 우위를 점하고도 남을 것 같은데."

헤카림은 칼리스타를 차갑게 쳐다봤다. "원하는 게 뭐지?"

"난 비에고를 쫓아가야 해. 당신을 살려 주면 그 대가로 우리를 보내 줘."

헤카림이 웃음을 터뜨렸다. "그게 다인가?"

"그래. 비에고를 막아야 하니까."

"이 지경이 되기 전에 진작 막을 수도 있었어. 하지만 당신의 명예가 그걸 용납하지 않았지. 기억나나?"

"비에고는 선을 넘었어." 칼리스타는 나직이 말했지만 헤카림의 말에 가슴이 아려 왔다. 자신은 이런 상황이 오지 않게 막을 수 있었다.

"선이야 한참 전에 넘었지. 당신은 애써 외면했지만 말이야." 헤카림이 일축하듯 손을 내저었다. "아무튼 좋아, 좋다고! 가서 원하는 대로 해! 강철 기사단은 막지 않을 테니까."

레드로스가 으르렁거렸다. "한 입으로 두말하는 자입니다. 믿으면 안 됩니다."

헤카림이 눈을 굴렸다. "강철 기사단, 잘 들어라! 칼리스타 볼 칼라흐 헤이가리와 카마보르의 이 용감한 병사들은 내 보호를 받는다! 이들을 해치는 자는 강철의 심판을 받고 맹세를 어긴 대가로 처형될 것이다! 이들이 지나가게 둬라."

칼리스타는 헤카림을 바라보았다.

헤카림이 설명했다. "난 당신 병사들이 죽든 살든 신경 안 써. 하지만 내 목숨을 부지하는 건 중요하거든. 아직 결실을 보지 못한 야망이 있어서 말이야."

"끝까지 비겁하군." 레드로스가 으르렁거렸다. 레드로스는 칼리스타를 돌아봤다. "죽이게 해 주십시오. 저희는 장군님을 위해 기꺼이 죽을 겁니다." 레드로스의 말에 살아 있는 주력군 병사들이 중얼거리며 동의를 표했다.

헤카림이 정정했다. "비겁한 게 아니야. 멍청하지 않은 거지."

칼리스타가 눈을 가늘게 떴다. "당신 목을 겨눈 검이 사라지자마자 명령을 철회하지 않으리라는 보장이 어디 있지?"

"선조에게 맹세하건대, 난 야만인이 아니야, 칼리스타. 당신이 죽는 걸 보고 싶은 게 아니라고." 헤카림이 씩 웃었다. "당신과 결혼하고 싶지."

칼리스타는 코웃음을 쳤다. "진심인가? 이 난리를 치고도 나와 결혼하겠다고?"

"말했다시피 내게는 야망이 있거든. 당신은 약속을 반드시 지키지. 이번 일이 끝나면 약혼하겠다고 맹세해 줬으면 해."

웃음을 터뜨린 칼리스타의 눈초리가 매서워졌다. "내가 왜 그래야 하지?"

"안전을 보장받아야 하니까." 헤카림의 입꼬리가 올라갔다. "날 왕으로 만들어 줄 사람을 죽일 리는 없지 않겠어?"

레드로스가 말했다. "칼, 듣지 말아요."

"내 병사들은?" 칼리스타가 물었다.

"그게 신경 쓰인다면 병사들도 무사히 걸어 나가게 해 주지. 이 녀석도 말이야." 헤카림이 레드로스를 힐끗하며 말했다. "다들 실력이 제법이더군. 상상 이상이었어. 덕분에 생각한 것보다 훨씬 애를 먹었지. 왕을 상대하고 오면 모두 무사히 놔주겠어. 하지만 당신은 나와 가야 해. 함께 카마보르를 다스려야지."

"안 됩니다." 레드로스가 애원했다.

칼리스타는 돌아서서 레드로스의 눈을 올려다보았다. 칼리스타는 헤카림이 싫었다. 치가 떨릴 정도였다. 하지만 헤카림의 말을 알아들었다. 헤카림은 권력을 원했다. 칼리스타와 결혼하면 그 권력을 손에 넣을 수 있었다. 권력을 얻기 위해서라면 무엇이든 할 자였다. 그리고 칼리스타는 헤카림이 원하는 것을 가지고 있었다.

칼리스타가 레드로스의 팔에 다정히 손을 올렸다. "널 구할 기회까지 생긴다면 받아들일 수밖에 없어. 이해해 줘."

레드로스와 함께할 수 없다는 사실에 가슴이 미어졌지만 레드로스를 지킬 수 있다면 그것으로 충분했다.

"차라리 죽는 게 낫습니다!"

"넌 최고의 남자야, 레드로스. 누가 뭐라든 그 사실을 잊지 마."

헤카림이 입을 열었다. "눈물 나는군. 시간이 별로 없을 텐데. 왕이 저 탑으로 들어간 지 꽤 됐다고. 지금쯤 어디까지 갔을지 누가 알겠어?"

칼리스타는 위험을 무릅쓰고 문이 부서진 탑을 힐끗 바라보았다. 그리고 헤카림에게 겨눈 창을 천천히 거두었다. 뒤로 몸을 뺀 헤카림은 고통에 신음하며 자리에서 일어났다. 헤카림이 자신의 언월도를 휙 낚아채자 종자가 서둘러 말을 끌고 다가왔다.

칼리스타가 헤카림에게 다가갔다. 간신히 몸을 끌어 안장에 앉은 헤카림은 힘겨운 듯 움찔거렸다. "조건을 받아들이지." 칼리스타가 말했다.

"칼, 그건 안…" 칼리스타 뒤에서 들려오는 레드로스의 목소리는 고뇌로 가득했다. 순간 레드로스가 앓는 소리를 내더니 잠시 후 땅이 흔들렸다.

뒤를 돌아본 칼리스타의 눈에 무릎을 꿇은 레드로스의 모습이 보였다. "안 돼." 칼리스타가 속삭이듯 말했다.

그제야 칼리스타는 레드로스의 부상이 얼마나 심각한지 깨달았다. 창을 떨어뜨리고 가까이 다가간 칼리스타는 레드로스를 눕히며 가슴 바로 밑에 난 상처를 손으로 눌렀다. 헤카림의 언월도가 깊숙이 파고든 자리였다. 손가락 사이로 뜨거운 피가 흐르자 칼리스타의 눈에 공포가 차올랐다.

"죽으면 안 돼. 안 된다고!"

"칼리스타…" 창백하게 질린 레드로스가 숨을 내뱉듯 말했다.

칼리스타는 손으로 레드로스의 얼굴을 감쌌다. 구름이 밝은 태양을 가리듯 눈에서 생명력이 꺼져 가고 있었다. 칼리스타는 레드로스의 입술에 자신의 입술을 눌렀다. 칼리스타의 뺨을 타고 눈물이 흘러내렸다. 두 사람의 처음이자 마지막 입맞춤이었다.

"이번 생에는 함께할 운명이 아니었나 봅니다." 레드로스가 속삭였다.

칼리스타가 흐느꼈다. "다음 생에는 함께할 거야. 선조의 전당에서 기다려 줘."

레드로스의 눈이 칼리스타의 어깨 너머에 초점을 맞추려고 애썼다. "칼!" 레드로스가 일어나려고 안간힘을 쓰며 소리쳤다.

순간 칼리스타는 누군가의 존재감을 느꼈다. 뒤에서 돌바닥을 딛는 말발굽 소리가 들렸다. 칼리스타는 일어나 뒤를 돌아보려고 했다.

헤카림의 언월도가 칼리스타의 등을 꿰뚫었다.

"당신은 사람을 너무 믿어서 문제야, 칼리스타." 헤카림의 목소리는 물속에서 듣는 것처럼 이상하리만치 작게 묻혀 들려왔다. "우리가 영겁의 바다를 건너는 동안 혼인을 올렸다는 건 내 수하들이 증명해 줄 거야. 당신은 헬리아의 사악한 수장들에게 비극적인 죽음을 맞이하고 말았지. 물론 내가 복수했고 말이야."

칼리스타는 자신의 몸을 꿰뚫은 날을 내려다보며 눈을 깜빡였다. 뒤늦게야 상황을 파악할 수 있었다.

헤카림이 칼리스타를 배신한 것이었다. 배신하지 않는 게 오히려 이상했다. 그 결과 칼리스타는 죽어 가고 있었다.

칼리스타는 말하려고 했지만 순간 격렬한 고통이 느껴지자 헉하며 무릎을 꿇었다.

시야가 흔들렸다. 환한 빛에 휩싸인 형체들이 칼리스타를 둘러싸고 있었다. '고귀한 선조들이여. 절 데리러 오셨군요.' 칼리스타는 자신이 준비되지 않았다고 말하려 애썼다. 아직 해야 할 일이 있었다. 비에고를 막고 레드로스를 지켜야 했다. 하지만 도저히 힘을 끌어모을 수가 없었다.

신령스러운 형체 중 하나가 칼리스타의 몸에 손을 올리자 모든 고통이 사라졌다. 모든 것이 흐릿해지며 난데없이 피로가 밀려왔다. 너무 피곤했다. 칼리스타의 눈이 감기기 시작했다. 이제 쉴 수 있었다.

순간 칼리스타는 모든 것을 떠올렸다. 칼리스타의 눈이 다시 한번 번쩍 뜨였다.

"배신자." 칼리스타가 숨을 내뱉듯 말했다. 저주와 비난이 담긴 말이었다.

칼리스타는 이렇게 끝내지 않으리라 다짐했다. '평화롭게 저세상으로 넘어가진 않겠어. 놈이 대가를 치르게 할 방법을 찾을 거야.'

마침내 힘이 다한 칼리스타의 몸이 땅으로 쓰러졌다. 레드로스는 의식을 잃지 않으려고 안간힘을 쓰며 깜빡이는 눈으로 칼리스타를 바라보았다. 이내 레드로스가 분노와 부정, 비탄에 차 울부짖었다. 레드로스의 눈이 다시금 불타올랐다. 레드로스는 검을 놓지 않고 몸을 일으켜 세웠다.

무기를 빼려고 분투하던 헤카림은 포기한 듯 무기를 놓고 격노한 레드로스를 피해 말의 머리를 돌렸다. 레드로스가 검을 휘둘렀지만 헤카림은 검이 닿지 않는 곳으로 멀어졌다.

"놈을 죽여라! 모두 죽여 버려라!" 헤카림이 소리치자 강철 기사단이 포위망을 좁혀 왔다.

일어날 수 없었던 칼리스타는 땅에 쓰러진 채 마지막 숨을 쉬며 그 모습을 지켜봤다. 레드로스가 미친 듯이 적을 죽이고 공격을 피하며 헤카림에게 다가가려고 필사적으로 움직였지만 헤카림은 사라진 후였다.

마침내 수십 개의 검에 찔린 레드로스가 쓰러졌다. 칼리스타의 눈앞에서 모든 게 끝난 것이다.

마지막 관리원이 '신성'에 쓰러지자 다시 돌아온 비에고가 죽은 아내를 소중히 안아 들었지만 그라엘은 비에고가 뭘 하든 신경 쓰지 않았다. 천천히 문을 통과해 영겁의 샘이 있는 마지막 방으로 들어간 그라엘의 눈이 크게 뜨였다.

수많은 시간 동안 영겁의 샘이 그려진 고대 설계도를 들여다본 그라엘은 자신이 이곳을 잘 안다고 생각했다. 하지만 직접 보니 전혀 다른 느낌이었다.

그라엘의 시선은 곧장 정수로 향했다. 정수는 영겁의 샘 바닥에 있는 광원에서 나오는 희끄무레한 빛으로 빛나고 있었다. 너무 밝은 데다가 깊은 곳에 있어 무엇인지 제대로 보이지 않았지만 그건 중요하지 않았다. 그라엘은 승리했다.

승리감에 킬킬거리며 앞으로 달려 나간 그라엘은 무릎을 꿇고 빛나는 물을 손으로 퍼 올린 후 벌컥벌컥 마셨다. 수장들이 쉬쉬하며 숨긴 생명의 정수였다. 하지만 이제 수장들은 죽었고 이 모든 것은 그라엘의 것이었다.

그라엘이 샘 주변에 서 있는 십여 개의 그림자를 발견한 것은 바로 그때였다. 그림자는 움직이지 않고 가만히 그라엘을 지켜봤다. 비에고는 그림자의 존재는 물론 물에서 나오는 빛의 근원에 깃든 힘과 가능성도 알아챈 기색이 아니었다. 미친 왕은 자신만의 망상에 푹 빠져 있는 것 같았다.

비에고는 사랑스럽다는 듯 미소 지으며 죽은 아내를 내려다보고 있었다. 그러나 왕비의 얼굴에는 잿빛이 완연했고 살은 썩어 들어가기 시작한 상태였다. 왕이 보는 게 무엇인지 알 수 없었지만 현실과 거리가 먼 것임은 틀림없었다.

비에고가 속삭였다. "내 사랑, 햇볕이 느껴져? 굉장한 온기지? 내게 돌아와 줘. 함께 햇빛을 쬐면서 영원히 사는 거야."

고개를 저은 그라엘은 왕의 망상에 터지려는 웃음을 참았다. 이곳에 있는 빛은 물에서 나오는 영묘한 빛이 전부였다.

두 팔로 왕비를 안은 비에고가 샘으로 걸어 들어갔다. 비에고는 그라엘에게 등을 보이고 있었다. 비에고의 검은 아직도 마지막 관리원의 말라붙은 시신에 꽂혀 있었다. 지금이 공격할 기회였다.

그라엘은 낫의 손잡이를 쥐었다. 아주 쉬운 일이었다. 앞으로 나가 왕을 낫으로 찌르기만 하면 됐다. 그라엘을 막을 사람은 아무도 없었고 왕은 더 이상 쓸모가 없었다. 게다가 왕비가 자신의 생각대로 돌아오는 게 아니라는 사실을 깨달은 왕이 좋게 나올 리도 없었다.

그러나 병적인 호기심이 그라엘의 실행을 억눌렀다. 그라엘은 생명의 정수 몇 방울에 쥐의 사체가 어떻게 되었는지 봤다. 정수에 인간의 시신을 푹 담근다면 어떻게 될까? 그라엘은 왕이 바라는 대로 되지는 않을 것임을 확신했지만 어떤 일이 벌어지는지 보고 싶었다.

비에고가 샘 안쪽으로 들어가 이졸데를 내려놓자 잔물결이 퍼져 나갔다. 조심스레 이졸데를 놓는 비에고의 얼굴은 숭배로 가득했다. 뒤로 누인 이졸데의 몸이 둥둥 떴다. 오묘한 빛으로 빛나는 물 위에서 밝은 머리카락이 부채처럼 펼쳐졌다.

그라엘은 관심 있게 지켜보며 조금씩 다가갔다.

샘 깊숙한 곳에서 밝은 빛이 깜빡거렸다. 마치 폭풍 속에서 번쩍이는 구름 같았다. 왕비의 몸이 엄청난 무게에 눌리는 것처럼 빠르게 가라앉기 시작했다. 시신은 점점 더 깊숙이 내려갔다. 하지만 그라엘의 숨이 턱 막힌 이유는 따로 있었다. 육신은 가라앉았지만 물 위에 그림자 같은 형태가 남아 떠 있었다.

왕비의 모습을 그대로 본뜬 영묘한 형상이었다. 그림자는 미동조차 없었다.

왕비의 눈이 떠졌다.

왕비의 그림자는 눈도 깜빡이지 않고 위쪽의 어둠을 응시했다. 왕비의 눈에서 희끄무레한 빛이 새어 나왔다. 이내 왕비가 물에서 일어났다. 왕비의 움직임에도 주변에 잔물결이 일거나 왕비의 몸에서 물이 떨어지지 않았다.

"내 사랑." 비에고가 나직이 말했다.

주위를 둘러본 이졸데가 그림자 같은 팔을 내려다보더니 샘 밑바닥에 누워 있는 자신의 썩어 가는 시신으로 시선을 옮겼다. 아래에서 비치는 빛은 다시 한번 흐릿해져 서서히 어둡게 변하고 있었다. 비에고를 돌아본 이졸데의 얼굴에는 공포와 혐오, 경악이 뒤섞여 있었다.

"무슨 짓을 한 거야?" 이졸데의 목소리는 멀리서 들려오는 것처럼 음산하게 울렸다.

비에고가 이졸데에게 다가가며 말했다. "내가 당신을 살렸어. 내 곁으로 돌아오게 한 거야!"

이졸데가 고개를 저으며 애원했다. "돌려보내 줘. 돌려보내 줘!"

"당신은 살아났어! 이제 다 괜찮을 거야!"

"돌려보내 줘!" 이졸데가 손으로 얼굴을 가리며 외쳤다. "빛과 하나가 됐었는데! 난 평온을 찾았었다고!"

"이제 영원히 늘 함께할 수 있어!" 두 팔을 활짝 벌린 비에고가 물을 헤치며 이졸데를 향해 나아갔다.

이졸데는 손가락 사이로 응시했다. 얼굴에 애정 어린 미소를 띠고 다가오는 비에고를 본 이졸데는 이내 그라엘에게 시선을 돌렸다. 이졸데의 눈은 분노로 가득했다. 그 뒤에서 느껴지는 의지에 그라엘이 뒤로 비틀거렸다. 다시 비에고를 돌아본 이졸데가 비에고 위로 떠올랐다.

높이 떠오른 이졸데는 자신을 신성한 존재라도 되는 양 황홀한 표정으로 올려다보고 있는 남편을 무시무시한 눈길로 내려다보았다. 이졸데를 중심으로 분노가 물결처럼 퍼져 나갔다. 아직 물속에 잠겨 있는 것처럼 이졸데의 주변에서 옷과 머리카락이 느른히 흔들렸다. 그라엘은 조금씩 거리를 벌렸지만, 여전히 망상에 빠진 비에고는 이졸데가 안아 주길 바라듯 두 팔을 벌리고 있었다.

흐릿한 형체가 되어 빠른 속도로 비에고를 지나친 이졸데가 공중을 가로지르며 그라엘에게 다가왔다. 이졸데의 눈이 스산한 청록색 불빛의 궤적을 남겼다. 이졸데가 몸을 통과하는 느낌에 그라엘은 경악하며 소리를 질렀다. 얼음장 같은 냉기가 심장을 움켜쥐는 감각에 숨이 턱 막혔다. 얼음이 꽁꽁 언 차가운 호수에 뛰어든 느낌이었다. 숨을 쉴 수가 없었다. 아무런 감각도 느껴지지 않았다.

흐릿한 형체가 된 이졸데의 영혼은 빠른 속도로 방을 휘저으며 아직 '신성'이 꽂혀 있는 관리원의 시신을 지나치더니 신성한 정수가 가득한 샘 위로 돌아왔다. 처음 있던 자리로 돌아온 이졸데의 형체가 비에고 위에 드리웠다. 그라엘은 마침내 숨을 들이쉴 수 있었다. 이졸데가 통과하며 얼어붙은 몸은 여전히 차가웠다. 그제야 그라엘은 이졸데의 유령 같은 손에 거대한 왕의 검이 들려 있다는 사실을 깨달았다.

"내게 와, 내 사랑!" 비에고는 위험해 보이는 이졸데의 모습이 눈에 들어오지 않는 듯 외쳤다.

이졸데는 비에고의 바람을 들어주었다.

이졸데의 얼굴은 분노로 일그러져 있었다. 앞으로 돌진한 이졸데가 비에고의 검으로 그를 찔렀다. 검은 비에고의 등을 관통했다. 이졸데는 검을 끝까지 밀어 넣었다.

비에고의 표정이 그제야 흔들리며 환한 웃음이 충격으로 바뀌었다.

비에고의 피가 정수로 흘러들자 샘 깊숙한 곳에서 눈 부신 섬광이 미친 듯이 번쩍였다. 수면에서 힘이 불꽃을 일으키며 춤을 추듯 움직이자 그라엘은 깜짝 놀라 뒤로 몸을 뺐다. 말구르자의 엄중한 경고가 떠올랐다. 말구르자가 진실을 말했을지도 모른다는 생각이 그라엘의 머리를 스쳤다.

눈앞에서 비에고의 살이 바싹 말랐다. 거대한 검이 비에고의 생기와 영혼을 흡수했다. 동시에 정수가 더 밝게 빛났다. 비에고를 치유하기 위해 정수의 마법이 작용하기 시작한 것이다. 검과 정수가 몸을 파괴하고 치유하는 고통스러운 순환이 끝없이 반복되자 비에고의 얼굴이 고통에 일그러졌다.

덜덜 떨리는 비에고의 몸 주위에서 정수가 검게 변하며 요동치기 시작했다. 비에고의 치명상에서 검은 안개가 몸부림치는 덩굴처럼 스며 나왔다. 이제 정수는 격렬한 바다와 같이 사납게 날뛰었다. 샘 깊숙한 곳에서 빛나는 섬광은 불규칙하게 번쩍이고 깜빡거리며 점점 더 밝아졌다.

이졸데가 비에고를 공중으로 들어 올리자 그라엘은 그대로 얼어붙었다. 신성한 정수의 표면에 피가 기름처럼 고였다. 하얀 안개가 살아 있는 생명체처럼 요동치고 뒤틀리며 죽음의 포옹으로 꼭 붙어 있는 두 사람을 피해 움츠러들었다.

“당신은 날 사랑한 적이 없어.” 유령 같은 형체의 이졸데가 비에고의 얼굴에 바싹대고 날카롭게 속삭였다. “당신이 날 조금이라도 생각했다면 날 그냥 놔줬겠지!”

비에고의 표정이 깨진 꽃병처럼 산산조각 났다. 자신을 죽인 검보다 이졸데의 말이 더 고통스럽게 느껴진 것이다.

이졸데는 순수한 분노에 찬 날카로운 비명을 지르며 검을 아래로 겨누고 왕과 함께 곤두박질쳤다. 그들은 물과 세차게 부딪혔다. 이졸데는 이제 바닥에서 미친 듯이 번쩍거리고 있는 빛의 근원을 향해 계속해서 아래로 내려갔다.

비에고의 치명상에서 흘러나오는 어둠이 궤적을 남기며 정수를 더 검게 바꾸었다.

헬리아 전체를 흔들고도 남을 힘이 가해지며 영겁의 샘을 품고 있는 석실이 갈라지고 삐걱거렸다.

그라엘은 두려움이 밀려드는 것을 느꼈다. 엄청난 파국이 닥치려 하고 있었다. 그라엘은 몸을 돌려 달아났다.

대몰락의 시작이었다.

제 33 장

눈부신 빛이 영겁의 샘을 집어삼켰다.

엄청난 위력의 폭발파가 나선 계단을 반쯤 올라간 에를로크 그라엘을 덮쳤다. 그라엘은 소멸하며 비명을 질렀지만 대몰락의 포효 속에서는 아무것도 들리지 않았다.

폭발은 사방으로 퍼져 나가며 돌과 바위를 산산조각 냈다. 광휘의 탑 하층부를 모두 박살 내며 내부에 웅크리고 있는 이들의 목숨을 즉시 앗아 갔다. 폭발의 소용돌이가 그들의 몸을 집어삼켰다.

탑의 거대한 덩어리가 도시 높이 날아가 떨어지며 처참한 결과를 일으켰다. 바위만 한 돌덩이와 석조 구조물이 도서관과 집을 부수고 거리로 튕겨 나가며 아수라장을 만들었다. 흠 하나 없이 완벽한 황금 돔이 뚫리고 수백 년 된 스테인드글라스 창이 산산조각 났다. 돌덩이에 맞은 기둥이 잘게 부서지고 건물이 무너지며 안에 있는 사람이 모두 죽었다. 부두와 만으로 떨어진 돌은 배를 가라앉히고 닥치는 대로 생명을 앗아가며 거대한 물기둥을 일으켰다.

탑 앞에 있는 광장은 벽돌을 던진 연못처럼 물결쳤다. 공포에 질려 그 모습을 바라보던 강철 기사단의 기사들과 살아 있는 소수의 주력군 병사는 충격파에 휩쓸리며 순식간에 소멸했다.

레드로스는 수많은 검에 꿰뚫린 채 누워 있었다. 레드로스의 부러진 검이 근처에 나뒹굴었다. 마지막 생명력이 빠져나가고 있었다. 레드로스는 비명을 지르며 달려오는 파괴의 물결도 인지하지 못했다. 그저 자신의 옆에 미동 없이 누워 있는 칼리스타만 바라볼 뿐이었다. 칼리스타의 눈은 공허하게 뜨여 있었다. 레드로스는 철갑을 두른 손을 뻗어 생기 없이 창백한 칼리스타의 손을 감쌌다.

"선조의 전당에서 봐, 내 사랑." 레드로스가 나직이 말했다.

레드로스는 폭발에 휩싸이며 흔적도 없이 사라졌다.

오랫동안 왕가를 받든 고문 누뇨는 부두로 가던 중 그 광경을 목격했다.

"파멸이로구나." 누뇨가 허탈한 한숨을 내쉬었다. 파괴의 물결이 덮쳐 오는 순간 누뇨는 눈을 질끈 감았다.

"거의 다 왔어요!" 라이즈가 어깨 너머로 외쳤다.

이제 한 층만 더 내려가면 부두였다. 좁다란 계단—현재 위치에서 학자의 길을 지나는 것보다 훨씬 더 직행으로 갈 수 있는 길이었다—을 내려가 거리 몇 개만 지나면 도착이었다.

라이즈는 다른 사람들이 쫓아오는 동안 대거호크를 찾아보며 부두를 훑었지만 정박한 카마보르 함대 중 어떤 것이 대거호크인지 분간할 수 없었다. 그때 항구를 떠나는 카마보르 배 한 척이 눈에 띄었다. 배는 군도를 지키는 신성한 안개 벽으로 향하고 있었다. 거리가 너무 멀어 라이즈가 찾는 배인지 확인하긴 어려웠다.

라이즈가 발견한 것을 채 알리기도 전에 타는 듯한 섬광이 번쩍이며 하늘을 가득 채웠다. 순간적으로 눈이 멀자 라이즈는 욕설을 내뱉었다. 잠시 후 맹렬한 폭발음이 뒤따랐다. 엄청난 굉음에 건물과 땅이 격하게 흔들렸다.

"맙소사, 대체 무슨 짓을 한 거지?" 타이러스가 숨을 내뱉듯 말했다. 라이즈는 진정한 공포에 휩싸인 스승의 눈을 처음으로 목격했다.

순간 단구가 물결치며 판석이 갈라지고 산산조각 났다. 주변 건물에서 끼익 하는 소리가 나고 석조 구조물 여기저기 커다란 금이 갔다. 라이즈는 휘청거리며 넘어지지 않기 위해 가까이 있는 난간을 잡았다. 발밑의 돌은 폭풍에 휘말린 배의 갑판보다 훨씬 불안정했다. 타이러스는 어린 톨루를 끌어안은 채 한쪽 무릎을 꿇었다. 쌍둥이 자매 애비와 카를리는 넘어지며 비명을 질렀다. 젠다카야와 두 조수, 피오트르와 에일라는 무거운 상자를 내려놓고 바닥에 납작 붙어 깜짝 놀란 듯 주변을 돌아봤다.

라이즈는 쌍둥이가 다치지 않았는지 확인하며 일어서게 도와주었다. 일행이 지나온 길을 돌아본 라이즈의 눈이 커졌다.

저 멀리 솟아 있어야 할—도시의 거의 모든 곳에서 볼 수 있었던—광휘의 탑이 보이지 않았다. 그 자리에서는 청록색의 에너지 폭풍이 엄청난 속도로 확산하고 있었다. 부두에 도착하기 전 폭풍에 휘말릴 게 분명했다.

다른 이들도 같은 결론에 도달했는지 누구도 도망치려는 시도조차 하지 않았다. 모든 것을 집어삼키는 파괴의 파도가 비명을 지르며 달려오는 끔찍한 광경을 그저 가만히 서서 보고 있을 뿐이었다.

"뭐 때문에 이렇게 된 거지?" 라이즈는 속삭였지만 말하면서도 영겁의 샘에 숨겨져 있는 고대 룬의 물질적 형상과 관련이 있음을 확신했다. 수치심이 교수대의 올가미처럼 죄어들었다.

기사 몇 명이 나타났다. 그들은 빠른 속도로 가까워지는 폭발에서 달아나려고 헛되이 애쓰며 학자의 길을 따라 전속력으로 말을 몰았다. 말은 입에 거품을 물고 있었다. 라이즈는 맨 앞에서 달리는 자가 기사단 단장이라는 사실을 깨달았다. 그는 거대한 말을 타고 바람처럼 내달렸다. 하지만 폭풍에서 달아날 만큼 빠른 속도는 아니었다.

청록색 에너지를 타닥거리며 괴로울 정도로 밝은 빛을 발하는 폭풍의 벽이 도시 전역으로 밀려들었다. 폭풍을 마주한 건물은 커다란 망치에 산산이 조각

난 얼음처럼 파편이 되어 쪼개졌다. 이내 폭풍은 카마보르 기사들을 앞질렀다. 기사들은 폭풍 속으로 사라졌다. 단장은 폭풍보다 빨리 달리려고 애쓰며 저항하듯 포효했지만 마찬가지로 폭풍에 휘말리고 말았다.

폭풍은 날카로운 비명과 함께 모든 것을 말살하며 불가능한 속도로 일행을 향해 곧장 다가왔다.

타이러스가 소리쳤다. "나한테 가까이 와요! 전부! 어서! 라이즈, 너도!"

일행은 타이러스를 중심으로 바싹 붙었다. 타이러스는 톨루를 꽉 붙들고 아이가 파멸이 돌진하는 광경을 보지 못하게 가렸다. 쌍둥이는 타이러스의 로브를 꼭 붙들었다. 쭈그리고 앉아 양팔로 쌍둥이를 감싼 젠다카야는 눈을 질끈 감고 고개를 돌렸다. 피오트르는 화상 흉터가 남은 팔로 에일라를 감쌌다.

라이즈는 고개를 돌리지 않았다. 지금이 죽음의 순간이라면 순순히 맞이하고 싶지 않았다.

폭발이 일행을 휩쓸자 라이즈는 포효하듯 소리쳤다. 폭발이 닥치는 순간 눈부신 하얀빛이 일행을 감싸더니 아무것도 보이지 않게 됐다. 귀청이 찢어질 듯한 소리가 났다. 수만 개의 영혼이 고통과 공포에 차 비명을 지르는 것 같았다. 그때 소리와 함께 눈 부신 빛이 희미해졌다.

라이즈는 타이러스를 돌아봤다. 타이러스 쪽에서 마지막 빛이 사그라들었다. 타이러스의 목에 걸린 인장이 빛나고 있었다.

일행은 살아 있었다! 으스스한 빛을 내는 벽은 이미 지나간 뒤였다.

하지만 주변의 도시는 황폐해진 상태였다. 시야가 닿는 곳에 남아 있는 건물은 하나도 없었다. 모두 무너져 돌무더기로 변해 있었다. 라이즈는 자신의 일행이 도시에서 살아 있는 유일한 존재라고 확신했다.

항구를 내려다보니 정박한 배들도 헬리아와 같은 운명을 맞이한 듯했다. 잔가지처럼 부서진 배들의 돛대와 선체가 산산조각 나 있었다. 폭발파는 계속해서 항구 전체로 뻗어 나갔지만 기세가 확실히 수그러든 모습이었다. 라이즈는 멀리 보이던 카마보르 전함이 폭풍에 휩쓸리는 것을 보았다. 전함은 뒤집힐 뻔했지만 폭풍의 힘이 약해진 덕분에 무사히 떠 있을 수 있었다.

"끝났나?" 젠다카야가 나직이 말했다.

마법 폭발의 마지막 흔적이 신성한 안개의 가장자리, 수평선까지 도달했다. 짙은 뭉게구름 속에서 이 세상의 것 같지 않은 으스스한 번개가 치듯 청록색 빛이 번쩍이자 안개 벽은 폭풍이 일기 전 몰려드는 구름처럼 보기 싫게 얼룩진 잿빛으로 바뀌었다.

"아닌 것 같아요." 라이즈가 말했다.

신성한 안개는 점점 더 어두워지며 위협적인 모습이 되었다. 안개 속에서 에너지가 갈라지고 쪼개지며 계속해서 번쩍였다. 곧 안개는 잉크처럼 새까매졌다. 그때 안개 벽 전체가 무너져 내렸다.

멀리 있던 배가 여전히 영묘한 빛을 번쩍이는 검은 안개에 휩싸이며 시야에서 사라졌다.

"이쪽으로 오는 건가?" 젠다카야가 물었다.

그랬다.

달이 뜨지 않은 밤보다 어두운 검은 안개가 이제 그들을 향해 돌진하고 있었다. 물결치듯 움직이는 검은 안개는 보기만 해도 기가 질렸다. 덩굴 같은 손을 뻗는 듯한 모습이 마치 눈 없고 굶주린 짐승 같았다.

라이즈는 스승을 바라보았다. "다시 할 수 있으세요?"

타이러스가 고개를 저었다. 얼굴이 핼쑥하게 질린 타이러스는 거친 숨을 몰아쉬고 있었다. "보호막 때문에 인장의 힘이 소진됐다." 타이러스가 숨을 헐떡였다. "힘이 다시 차려면 시간이 걸릴 거야."

검은 안개의 힘은 돌과 육체를 산산조각 낸 폭발파만큼 강하진 않아 보였지만 그만큼 무시무시했다.

멀리 있는 배와 부두를 집어삼키며 몸부림치듯 항구로 돌아오는 검은 안개는 폭발로 생긴 피해를 되돌리는 것 같았다. 돛대와 파열된 선체가 다시 형체를 갖추었고 거대한 돌덩어리가 공중으로 들어 올려져 제자리로 돌아갔다. 하지만 불완전한 형태였다. 방금까지 산산이 부서져 있었던 부둣가 건물들이 다시 형태를 갖추었다. 석조 구조물은 파괴됐던 바로 그 순간의 모습 그대로 멈추었다. 청록색 빛에 둘러싸인 채 공중에 떠 있는 석조 구조물 덩어리는 첫 번째 충격파에 휩쓸린 직후의 순간에 그대로 정지되어 있었다. 한때 단구를 따라 늘어서 있던 나무들은 유령 같은 영적 형체가 되어 돌아왔다. 더는 존재하지 않는 바람에 투명한 나뭇잎이 흔들렸다.

"숙여!" 검은 안개가 돌진해 오자 젠다카야가 쌍둥이를 끌어안고 무거운 상자 뒤에 몸을 웅크리며 외쳤다.

라이즈는 울부짖는 모래 폭풍을 마주한 것처럼 눈을 가리고 젠다카야 옆에 몸을 숙이며 다가올 충격에 대비했다.

검은 안개가 밀려들었다. 얼음장 같은 물속으로 뛰어든 느낌이었다. 몸의 온기가 전부 빨려 나가는 감각에 라이즈의 숨이 턱 막혔다. 차디찬 발톱이 심장을, 영혼을 움켜잡는 것 같았다. 라이즈는 충격에 무릎을 털썩 꿇었다. 정신이 나갈 듯한 속삭임과 멀리서 울리는 듯한 비명이 사방에서 들려왔다. 절망과 비관이 라이즈를 압박하며 바닥으로 내리눌렀다. 라이즈는 눈을 질끈 감고 끙끙거렸다. 그저 어둠 속으로 가라앉고 싶었다. 이 모든 게 끝나길 바랐다.

손 하나가 라이즈를 일으켜 세우며 고통 밖으로 끌어냈다. 눈을 뜨자 젠다카야의 걱정 어린 얼굴이 보였다.

라이즈는 눈을 깜빡이며 주변을 둘러봤다. 도시는 검은 안개의 어둠에 뒤덮여 가시거리가 몇백 미터밖에 되지 않았다. 타이러스와 다른 사람들이 충격과 공포에 빠져 주위를 돌아봤다. 모두 라이즈와 같은 경험을 한 것 같았다. 아이들은 눈을 크게 뜬 채 하얗게 질려 있었다.

어떤 의미에서 도시는 복구된 상태였다. 하지만 뭔가 잘못됐다는 느낌이 강하게 들었다. 돌아온 헬리아는 마치 고통에 빠진 듯 모든 게 뒤틀리고 일그러져 있었다.

라이즈는 검은 안개의 틈으로 도시 위에 불길하게 솟아 있는 불완전한 형태의 거대한 광휘의 탑을 언뜻 보았다. 하층부 일부가 밖으로 폭발하던 순간에 그대로 멈춰 있어 탑 대부분의 무게를 지탱하는 곳이 없는 상태였지만 탑은 쓰러지지 않았다. 도시 위에 미동 없이 떠 있는 탑 주위를 검은 안개가 휘감고 있었다.

"우리만 있는 게 아니야." 젠다카야가 경고했다.

라이즈는 시선을 내렸다. 건물 여기저기서 사람들이 나오고 있었다. 카마보르 기사단의 습격에서 모든 시민이 죽은 것은 아니었다. 몸을 숨겼던 많은 이들이 이제야 숨어 있던 곳에서 나오고 있었다. 하지만 섬뜩한 모습으로 복구된 것은 건물뿐이 아닌 듯했다.

그들은 살아 있는 존재가 아닌 유령 같은 그림자였다. 실체 없는 형체는 흐릿하고 희미했다. 라이즈는 영겁의 샘에서 그와 비슷한 형체를 본 적이 있었다. 라이즈의 등골이 서늘해졌다.

망령 중 일부는 자신이 끔찍한 존재로 변했다는 것을 깨닫고 비명을 지르며 운명에 격분했다. 다른 이들은 혼란스러워하거나 자신에게 닥친 변화를 의식하지 못하는 것 같았다.

"뭔가 단단히 잘못됐어." 타이러스가 중얼거렸다.

"그래요?" 라이즈가 대꾸했다.

타이러스가 빈정거리는 제자를 무시하며 말을 이었다. "세계와 세계 사이의 장막이 갈가리 찢어진 게 틀림없어. 아니면 죽은 자의 영혼이 영혼의 세계에서 장막을 찢고 넘어온 거야. 큰일이군."

젠다카야가 나직이 말했다. "여긴 파멸이에요. 도시에 있는 모든 영혼이 이렇게 됐을 거예요. 온 군도에 있는 영혼이 이렇게 됐을지도 몰라요."

영혼들은 대부분 그들을 무시하거나 아직 그들의 존재를 알아차리지 못한 상황이었지만 라이즈는 폭발에 휩쓸려 사라졌던 카마보르 기사들 역시 돌아왔다는 사실을 깨달았다. 멀리 떨어져 있는 기사들은 검은 안개에 휘감겨 보이지 않는 부분도 있었다. 그러나 인간과 짐승이 뒤섞인 끔찍한 존재로 변한 기사단장의 모습은 똑똑히 보였다. 기사단장은 자신이 타던 군마와 하나가 되어 있었다. 그는 발굽으로 땅을 헤집으며 투구를 쓴 머리를 좌우로 돌려 산 것도 죽은 것도 아닌 존재가 된 자신의 모습을 살폈다.

기사단장이 시선을 감지한 듯 라이즈를 똑바로 바라봤다. 투구 안에서 초록색 빛이 흘러나왔다. 괴물 같은 기사단장이 라이즈를 향해 다가오기 시작했다. 두 눈은 창백한 불꽃으로 타올랐다. 육신에는 실체가 없었지만 검고 육중한 판금 갑옷으로 무장하고 진짜처럼 보이는 무기를 든 그의 존재감은 어마어마했다.

"가야 해요!" 라이즈가 소리쳤다.

"살아남은 배가 있을까?" 젠다카야가 물었다.

라이즈는 그럴 것 같지 않았지만 다른 계획을 생각할 시간이 없었다. "빨리, 계단으로 내려가요!"

인간과 군마가 합쳐진 괴물은 사냥의 유혹을 뿌리치지 못한 사냥개처럼 천천히 속도를 내더니 이내 전속력으로 달려오기 시작했다. 라이즈는 일행이 계단을 내려가게 안내하고 있었다.

"더 빨리요!" 라이즈가 재촉했다. 반쯤 내려간 라이즈는 위험을 무릅쓰고 뒤를 돌아봤다. 아무것도 없었다. '이렇게 좁고 가파른 계단을 따라 내려올 수 있을 리가 없어. 안 그래?'

계단을 끝까지 내려온 일행은 중앙에 장식용 분수가 있는 작은 광장으로 내달렸다. 분수에 서 있는 조각상들은 일부분이 부서져 있었다. 조각상들의 입에서 검게 변한 물이 쏟아져 나왔다. 조각상들이 일제히 일행 쪽으로 고개를 돌렸다. 눈이 섬뜩한 빛으로 빛나고 있었다.

"계속 가요!" 라이즈가 다시 한번 선두에서 일행을 이끌며 부두로 이어지는 좁다란 옆 골목으로 방향을 꺾었다.

일행이 골목에 들어서자마자 뒤에서 엄청난 굉음이 들려왔다.

"오, 맙소사." 조수 에일라가 울먹였다. 뒤를 돌아본 라이즈의 눈에 광장으로 뛰어내린 괴물 같은 기사의 모습이 보였다. 이글거리는 발굽 주변으로 착지하면서 생긴 균열이 거미줄처럼 뻗어나갔다. 일행을 본 그는 거대한 언월도를 겨누며 앞으로 돌진했다.

젠다카야는 유물 무기 하나를 꺼내더니 괴물을 향해 순수한 빛을 발사했다. 빛이 적중하며 갑옷으로 무장한 몸통에 구멍을 냈지만 그는 영겁의 샘에서 라이즈를 따라왔던 영혼처럼 사라지긴커녕 돌진하는 속도조차 줄이지 않았다. 그는 다시 한번 분노한 듯 고함을 지르며 달려왔다.

일행은 도망쳤다.

골목은 구불구불 꺾여 있었다. 비좁은 공간이 괴물 같은 기사를 방해했다. 모퉁이를 너무 빨리 돌던 기사가 벽에 세게 부딪히자 벽돌이 쏟아졌고 기사의 발굽이 매끄러운 판석에 미끄러졌지만 일행을 들이받긴 충분해 보였다. 젠다카야가 발사한 빛이 다시 한번 어둠을 밝혔지만 서둘러 쏜 탓에 간발의 차이로 기사의 머리를 스쳐 지나갔다.

"이쪽이에요!" 라이즈가 어깨로 한 가게의 뒷문을 열며 외쳤다.

문이 좁아 기사가 들어오긴 힘들어 보였다. 문은 지도 제작자의 사무실로 이어졌다. 수년간 라이즈가 타이러스의 심부름으로 여러 차례 지도를 구하러 왔던 곳이었다. 앞문으로 나가면 부두와 아주 가까운 곳이 나왔다.

각진 책상에 나이 든 지도 제작자의 그림자가 앉아 있었다. 세상에서 사라졌다가 산 것도 죽은 것도 아닌 존재가 되어 돌아온 그는 라이즈가 못 알아볼 정도로 변해 있었다. 지도 제작자의 몸은 사라진 상태였다. 이리저리 말려 있는 휘어진 양피지와 지도가 검은 안개와 빛나는 에너지로 하나가 되어 남자 비슷한 형상을 이루고 있을 뿐이었다. 지도 제작자는 생전에 늘 쓰던 정교한 깃펜을 쥐고 펼쳐 놓은 피지에 미친 듯이 뭔가를 휘갈기는 중이었다.

마지막으로 들어온 사람은 젠다카야였다. 젠다카야는 유물 무기로 뒤쪽에 빛을 발사한 후 문을 쾅 닫았다. 다른 사람들이 서둘러 책장을 엎어 문을 막으려고 했지만, 밖에서 발굽이 문을 박살 내자 모두 뒤로 물러섰다.

“못 버틸 거다.” 타이러스가 말했다.

“앞으로 나가요! 빨리요!” 라이즈가 소리쳤다.

일행이 요란하게 사무실을 지나가며 깨진 유리를 으스러뜨리고 여기저기 흩어진 지도를 밟자 유령 지도 제작자가 고개를 들었다. 서두르는 과정에서 물건이 이리저리 쓰러졌다. 엉망이 된 사무실을 보고 분노한 지도 제작자는 공허한 노성과 함께 자리에서 벌떡 일어났다. 양피지로 된 팔다리가 쫙 펴지며 공격하는 뱀처럼 휙휙 움직였다.

그중 하나가 에일라의 목을 휘감았고 다른 하나가 타이러스의 팔 한쪽을 꽉 붙들었다. 튀어나올 듯한 눈으로 꺽꺽거리며 무릎을 꿇은 에일라는 육중한 대형 망치가 유령 지도 제작자를 강타하자 겨우 풀려났다. 지도 제작자는 환한 빛의 폭발에 휩싸여 사라졌다. 피오트르의 손에 쥐어진 빛나는 무기를 본 라이즈는 피오트르에게 고개를 끄덕여 감사를 표했다. 젠다카야는 에일라를 일으켜 세웠다.

뒤쪽에 있는 문이 박살 나며 안쪽으로 나무 파편이 튀었다. 거대한 기사가 안으로 들어오려고 애썼지만 입구가 너무 작았다. 화가 난 듯 으르렁거린 기사는 방향을 돌린 후 우회로를 찾아 골목으로 달려갔다.

“거의 다 왔어요!” 라이즈가 외쳤다. 라이즈는 허둥지둥하는 일행을 안내하며 앞문을 벌컥 열었다. 일행은 물가에 와 있었다. 바로 앞이 부두였다. 그들은 계속해서 달렸다. 하지만 부두가 가까워질수록 라이즈의 속도가 점점 느려졌다.

“왜 그러냐?” 타이러스가 헉헉거렸다. 그때 라이즈가 보고 있던 것을 본 타이러스도 걸음을 멈췄다.

모두 잘게 부서진 후 군도를 휩쓴 사악한 마법에 의해 부분적으로 다시 형태를 갖춘 부둣가의 배들은 이제 영혼이 출몰하는 뒤틀린 난파선이 되어 있었다. 선수상이 이를 딱딱거리고 으르렁거리며 일행을 응시했다. 갑판에는 그림자 같은 선원들의 영혼이 서 있었다. 그들은 도시에서 마지막으로 살아 있는 영혼들을 무시무시한 눈길로 바라보았다.

“시도해 볼 가치는 있었다.” 타이러스가 라이즈의 어깨에 손을 올리며 말했다.

에를로크 그라엘은 다시 만들어진 자신의 유령 같은 손을 신기한 듯 내려다보며 감탄했다. 반투명하게 빛나는 손의 끝에는 칼 같은 무시무시한 발톱이 달려 있었다.

그라엘은 주변을 둘러봤다. 끔찍한 얼굴에서 입이 길게 찢어지며 포식자의 미소가 떠올랐다. 더 이상 예전 모습은 남아 있지 않았다. 얼굴이 해골처럼 변한 그라엘의 눈은 불길한 빛으로 타올랐다. 이는 상어의 이빨처럼 빽빽하고 날카로웠다. 그라엘의 영혼에 깃든 어둠이 겉모습으로 발현한 결과였다.

영겁의 샘은 그라엘의 주위에 다시 형체를 갖추었다. 그러나 이 비밀스러운 공간은 이제 검은 안개에 휩싸여 몸부림치고 있었다. 호기심에 이끌린 그라엘은 미끄러지듯 문으로 돌아가 카마보르 왕이 죽은 곳으로 향했다. 깨끗한 치유의 물은 검은 진창으로 변질되어 있었다. 수면이 기름을 쏟은 것처럼 번드르르하게 반사됐다. 왕과 왕비의 영혼은 보이지 않았다. 샘의 바닥에 있던 정체를 알 수 없는 빛도 사라진 상태였다.

경이롭게 변한 광경을 하나하나 즐기며 광휘의 탑 위층으로 올라간 그라엘은 장로의 옷을 입고 있는 아귀 같은 영혼을 발견했다.

“바르텍.” 그라엘이 입꼬리를 찢으며 말했다.

“그라엘?” 영혼이 덜덜 떨며 손을 주물렀다. “그… 그라엘인가?”

“그래.” 그라엘이 낫을 휘두르며 앞으로 이동했다. “맞다.”

바르텍의 영혼은 공포에 차 울부짖었다. 바르텍의 턱이 믿을 수 없을 정도로 크게 벌어졌다. 바르텍은 필사적으로 달아나려고 했지만 그라엘이 즉시 달려들어 낫을 휘둘렀다. 그라엘은 바르텍을 공중으로 들어 올려 그에게서 파도처럼 밀려오는 공포와 고통을 음미했다. 고통의 순간이 지난 후 바르텍의 형체가 사라지더니 빛나는 구로 합쳐졌다.

"재미있군." 그라엘이 낮게 말했다. 떨리는 빛의 구는 여전히 고통스러운 듯했다. 입꼬리를 말아 올린 그라엘은 고통에 박동하고 팽창하는 구의 모습을 즐기며 구에 꽂힌 낫을 천천히 빼냈다.

낫을 집어넣고 몸을 움직이자 손에서 뒤틀린 형태의 검은 등이 나타났다. 생전에 들고 다녔던 등과 비슷했지만 뼈대가 뼈로 이루어져 있었다. 그라엘이 빛의 구를 등으로 밀어 넣자 구가 밝게 빛나기 시작했다.

등을 자세히 들여다본 그라엘은 안에 갇힌 바르텍의 영혼이 공황에 빠져 몸부림치는 것을 보았다.

"아주 재미있어."

고개를 든 그라엘의 눈에 겁에 질린 다른 영혼들, 그를 피해 달아나는 다른 수장들이 보였다. 그라엘의 포식자 같은 웃음이 더 커졌다. 이제 힘을 가진 쪽은 자신이었다. 이 새로운 상태에서 그라엘은 감히 자신의 심기를 거슬렀던 이들에게 뒷일을 생각하지 않고 원하는 만큼 고통과 고문을 가할 수 있었다. 그리고 그라엘에게 주어진 시간은 영원했다.

수년간 그들은 모두 그라엘을 멸시했다. 둔탁 감시대원이라고 조롱하며 비웃었다. 그라엘을 이렇게 만든 것은 바로 그들이었다. 이제 그들은 자신들의 오만과 옹졸한 억압이 만든 결과에 시달리게 될 것이다. "에를로크 그라엘은 죽었다. 이젠 쓰레쉬만 있을 뿐이야."

쓰레쉬는 웃기 시작했다.

"그래, 마음에 드는군…"

검은 안개 속에서 망자의 영혼이 모여들고 있었다. 수백은 되는 숫자였다. 영혼들은 창백한 불꽃이 타오르는 눈으로 라이즈 일행을 지켜봤다. 이를 드러내며 으르렁거리는 영혼도 있었고 불빛 너머의 늑대처럼 공격 신호를 기다리며 어둠 속에서 앞뒤로 서성이는 영혼도 있었다.

무리에는 덜 위협적이지만 더 애처로운 영혼도 있었다. 주변부에 남아 있는 이런 영혼들은 충격에 빠진 표정으로 자신의 얼굴과 영적 형체가 된 성긴 머리카락을 잡아당겼다. 도와달라며 소리치는 영혼도 있었고 살아 있는 이들에게 가까이 오라고 손짓하는 영혼도 있었다. 그중 라이즈가 아는 얼굴도 있었다. 몇몇 영혼이 라이즈의 이름을 부르며 안식을 얻게 도와달라고 애원하자 라이즈의 공포는 배가됐다.

타이러스가 주의를 줬다. "듣지 마라. 우리가 알던 그 사람들이 아니야. 이제는."

어린 톨루는 여전히 타이러스의 품에 안겨 있었다. 쌍둥이는 타이러스의 로브를 꼭 붙든 상태였다.

"점점 많아지네요." 젠다카야 기능장이 경고했다. 젠다카야는 유물 무기 두 개를 들고 있었다. 라이즈가 전에 본 적이 있었던 우아한 원거리 무기와 칼자루에 유물석이 박힌 커다란 검이었다. 젠다카야의 두 조수도 비슷하게 무장하고 있었다. 피오트르는 거대한 유물 망치를, 에일라는 중심부에 유물석이 박힌 하얗게 빛나는 활을 들고 있었다. 시위가 없는 활이었지만 라이즈는 그 활의 힘을 의심하지 않았다. 유물 무기의 위력을 본 적이 있는 라이즈는 젠다카야와 유물 무기가 있어 아주 든든한 기분이 들었다.

타이러스가 입을 열었다. “우리 생기에 이끌리는 걸지도 모르겠군요. 거머리가 피를 찾는 것처럼요.”

“너무 적절한 비유 같은데요.” 젠다카야가 답했다.

안개 속에서 한 영혼이 일행을 향해 두 팔을 뻗으며 덤벼들었다. 턱이 기괴할 정도로 크게 벌어진 영혼에게는 인간의 모습이 거의 남아 있지 않았다. 손가락 끝에는 갈퀴 같은 발톱이 달려 있었다. 젠다카야의 유물 무기에서 발사된 눈 부신 빛줄기가 뜨겁게 타오르며 영혼을 관통하자 영혼은 애처롭게 비명을 지르며 강풍 앞의 연기처럼 사라졌다. 또 다른 영혼이 달려들었다가 유물 활에 의해 소멸했다.

손으로 공중에 룬 기호를 만들어 낸 라이즈가 또다시 돌진해 오는 영혼을 향해 주먹을 날렸다. 룬 형상을 따라 솟구친 보라색 기운이 바깥으로 폭발하자 영혼이 몸부림치며 번들거리는 검은 증기로 소멸했다.

가까운 곳에서 끙끙거리며 욕하는 소리가 들려왔다. 고개를 돌린 라이즈는 그림자 같은 영혼 둘이 피오트르를 검은 안개 쪽으로 끌고 가는 것을 보았다. 피오트르는 망치를 마구 휘둘러 영혼 하나를 연기로 만들었지만 다른 영혼들이 그를 붙잡으려고 달려들었다. 젠다카야가 하나를 없앴고 나머지는 에일라의 활이 빛남과 동시에 사라졌다.

애비와 카를리의 비명이 라이즈의 주의를 끌었다. 얼굴이 녹은 밀랍처럼 뚝뚝 떨어지고 있는 영혼이 으르렁거리며 달려들더니 옆쪽에서 타이러스를 잡아당겨 균형을 무너뜨렸다.

“스승님!” 라이즈가 소리쳤다. 하지만 라이즈가 움직이기도 전에 타이러스가 자신을 잡은 유령의 반투명한 이마에 손을 올렸다. 타이러스의 손끝에서 불꽃이 튀었다. 영혼의 머리 안쪽에서 밝은 빛이 터지며 환해지더니 영혼이 검은 연기가 되어 무너져 내렸다.

더 많은 영혼이 달려들었지만 라이즈는 룬의 힘을 폭발시키며 영혼들을 없앴다.

일행은 아이들을 중심으로 등을 맞대고 둥근 원을 이루었다. 영혼들은 일행을 경계하며 잠시나마 뒤로 물러선 상태였다.

라이즈가 말했다. "안개에서 빠져나갈 방법을 찾아야 해요. 수가 갈수록 많아지고 있어요."

라이즈는 타이러스와 젠다카야가 눈빛을 주고받는 것을 봤다. 누구도 살아남을 수 없다고 생각하는 것이었다. 하지만 라이즈는 포기할 생각이 없었다. 라이즈는 들어가서는 안 되는 곳을 드나드는 자신의 실력에 자신이 있었다. 이번도 다르지 않았다.

"잠깐만요." 라이즈가 항구 바깥에서 봤던 것을 떠올리며 나직이 말했다. 주변을 휙휙 둘러본 라이즈는 바다를 멀리 내다보기 위해 가까이 있는 조각상의 대리석 받침대 위로 기어 올라갔다.

"뭘 찾는 거냐?" 타이러스가 물었다.

"저기 있어요!" 라이즈가 바다를 가리키며 소리쳤다. 검은 안개 너머 저 멀리 탁 트인 바다를 향해 가고 있는 카마보르 배의 모습이 얼핏 보였다.

"레이디 칼리스타가 목숨을 걸고 준 기회잖아요. 이대로 포기할 순 없어요."

타이러스가 미간을 찌푸렸다. "저기까지 헤엄이라도 치려고?"

"아니요. 절 믿어 주셨으면 좋겠어요."

받침대에서 내려온 라이즈는 룬 마법에 관해 적혀 있는, 가죽으로 장정한 책을 펼치고 필요한 내용을 찾아 미친 듯이 종이를 넘기기 시작했다. 필요한 부분을 찾은 라이즈는 이케시아 설형 문자를 재빨리 훑었다.

"그건 뭐냐?" 책을 보고 깜짝 놀란 타이러스가 뒤늦게 반응하는 한편 모여드는 영혼들을 계속해서 경계했다. "라이즈, 그 책은 어디서 났느냐?"

라이즈는 책 위로 눈을 바삐 움직이며 손을 흔들어 질문을 막았다. "나중에 말씀드릴게요. 할 수 있겠어요. 할 수 있을 것 같아요."

젠다카야가 재촉했다. "뭘 하려는 건지 몰라도 빨리 해. 저것 봐!"

기사와 말이 뒤섞인 거대한 악몽이 안개에서 빠져나와 질주해 오고 있었다.

기사는 보잘것없는 영혼들의 소용돌이를 헤치고 돌진하며 언월도로 영혼들을 쓸어 버리고 마구 짓밟았다. 젠다카야와 에일라가 이글거리는 빛줄기를 쐈지만 그의 속도는 줄어들지 않았다. 라이즈가 룬 감옥을 소환했지만 괴물 같은 기사는 발굽을 휘둘러 룬 감옥을 박살 냈다.

피오트르가 거대한 망치를 들어 올리며 앞으로 나섰다. 무모할지언정 숭고한 행동이었다.

기사는 명백한 도전을 무시하지 못하고 언월도를 높이 들어 올리며 피오트르를 향해 돌진했다.

피오트르는 달려오는 괴수 앞에 굳건히 서서 공격할 마지막 순간을 기다렸다. 피오트르의 망치가 기사의 옆을 강타하자 빛이 폭발했지만, 기사는 급소를 맞는 순간 언월도를 휘둘러 피오트르를 베었다.

비틀거리며 옆으로 쓰러진 기사가 자갈 위를 미끄러졌다.

피오트르는 쓰러져 있었다. 얼핏 봐도 일어나긴 힘들어 보였다. 기사의 공격은 치명적이었다. 아직 죽지 않았던 피오트르는 일어나려고 기를 썼지만 굶주린 망령들의 공격을 받은 후 어둠 속으로 질질 끌려 들어갔다.

비명을 지른 에일라가 피오트르를 쫓아가려고 했지만 젠다카야가 막았다.

"피오트르는 죽었어, 에일라. 죽었다고."

라이즈는 주위를 둘러봤다. 거대한 기사는 어느새 몸을 일으킨 상태였다. 피오트르의 공격으로 상처를 입은 것은 확실했지만 소멸하지는 않은 모양이었다. 두 번째 돌진에서는 아무도 살아남을 수 없을 것 같았다.

"스승님?"

"해봐, 라이즈." 타이러스가 다급히 말했다.

라이즈는 몸속으로 그 어느 때보다 방대한 힘을 끌어들였다. 라이즈의 피부 안에서 보랏빛 룬이 뜨겁게 타올랐다.

"손 밑에서 흙이 느껴진다." 라이즈가 중얼거리며 손과 팔을 빠르게 움직여 공중에 룬 형태를 만들었다.

일행 주위로 천천히 회전하는 룬의 원이 나타났다. 라이즈는 힘이 자신을 압도하려는 것을 느꼈다.

"손 밑에서 흙이 느껴진다!" 라이즈가 소리치자 원이 완성됐다.

검은 안개가 거리를 좁혀 오고 거대한 기사가 언월도를 휘두르며 그들을 끝장내기 위해 돌진했지만… 그들은 더 이상 그곳에 없었다.

들썩이는 대거호크의 갑판에 창백하게 타오르는 룬의 원이 나타나자 다시 경고의 함성이 울려 퍼졌다.

"이번에는 또 뭐야?" 베닉스 선장이 몸을 돌리며 말했다. 손에는 이미 곡선으로 휘어진 긴 양손 검을 쥔 채였다.

베닉스는 공포에 질려 소리도 지르지 못하고 헬리아가 삼켜지는 모습을 지켜봤다. 하얀 벽이 어두워져 대거호크 위로 무너져 내렸을 때 검은 안개가 스멀거리던 끔찍한 감각에 아직도 몸이 떨려 왔다. 하얀 안개에 둘러싸였을 때는 그 안의 마법과 베닉스의 바스타야 혈통이 공명하며 기운이 났지만 검게 타락한 안개가 닿는 감각은 극도로 불쾌했다. 마치 영혼이 빨려 나가는 느낌이었다.

룬의 원 안에서 작은 무리의 형체가 나타났다. 그 주변에서 희미한 빛이 춤추듯 일렁였다. 처음에는 영혼처럼 실체가 없는 모습이었다. 베닉스와 선원들은 무기를 겨누었다. 그때 빛이 서서히 사라지며 형체가 조금 더 실체 있는 모습으로 변했다. 무리 한가운데 어린아이들이 모여 있는 것을 본 베닉스는 검을 내렸다.

"성공했어요!" 호리호리한 청년이 외치며 무릎을 털썩 꿇고 쓰러졌다. 완전히 진이 빠진 것 같았다. 그의 피부 안에서 빛나는 룬이 서서히 사라지고 있었다. 베닉스는 그 청년이 칼리스타가 처음 군도를 방문했을 때 함께했던 나이 든 남자의 제자임을 알아봤다.

바로 그 나이 든 남자가 무릎을 꿇고 제자에게 팔을 둘렀다. "잘했다, 얘야."

"감동적이긴 한데 아직 안심하긴 일러요." 베닉스가 끼어들었다. "저것 봐요!"

강철 기사단의 유령 기사들이 밀려오는 검은 안개를 타고 항구를 가로지르며 배를 향해 달려오고 있었다. 인간과 말이 뒤섞인 끔찍한 괴물이 된 기사단장 헤카림이 맹렬한 기세로 앞장서고 있었다. 그들의 눈은 스산한 빛으로 타올랐다. 불이 이글거리는 발굽은 파도가 일렁이는 수면에 닿지 않았다.

베닉스는 열두 개의 바다를 항해하면서 온갖 것을 다 봤지만 죽은 기사와 말이 바다 위를 달려오는 것은 듣도 보도 못한 일이었다. 아주 기이한 광경에 공포가 밀려들었지만 선원들 앞에서 겁에 질린 모습을 보여 줄 수는 없었다.

"격퇴 준비!" 베닉스가 소리치자 선원들이 검을 뽑고 말뚝처럼 생긴 밧줄걸이를 들어 올리며 우현으로 뛰어갔다. "저 개자식들이 되살아난 걸 후회하게 해 주자고!"

"그런 무기는 소용없어요!" 새로 온 무리에 있던 사람이 외쳤다. 그날 일찍 군중 사이에서 봤던 검은 피부의 자그마한 여자였다. 부스스한 하얀 머리가 꼭 은을 녹인 것 같았다.

"다른 방법이라도 있어요?"

여자는 답하듯 달려오는 유령 기사들을 향해 작고 우아한 무기를 겨누더니 순수한 빛줄기를 발사했다. 검은 바다를 가로지른 빛줄기는 눈 부신 광환을 일으키며 기사 중 하나를 소멸시켰다. 다른 기사들이 콧김을 내뿜는 말에 바짝 붙으며 속도를 올렸다. 여자 옆에서는 머리를 짧게 깎은 여자가 다가오는 영혼들을 이상한 활로 겨누고 있었다. 두 여자는 돌진하는 적을 향해 하얀빛을 쐈다.

"남는 무기 없어요?" 베닉스가 외쳤다.

흰머리 여자가 다가오는 망령들에게 다시 한번 빛줄기를 쏘더니 등에 두르고 있던 긴 가죽 통을 급히 끌러 베닉스에게 던졌다. "여기요!"

베닉스는 통을 열고 긴 무기를 꺼냈다. 난생처음 보는 무기였다. 거대한 석궁과 비슷했지만 발사 장치도 시위도 화살도 없었다. 무기를 쥐자 피부에서 따끔거리는 감각이 느껴졌다.

흰머리 여자가 말했다. "익숙해지려면 훈련과 시간이 필요해요. 쏘지는 못하겠지만 유물석의 힘이 있으니 몽둥이처럼 휘두르면 효과가 있을 거예요."

베닉스는 어깨로 무기를 들어 올렸다. 칼리스타가 이정석을 써서 안개를 갈랐던 방법이 떠올랐다. 이 무기도 비슷한 방식으로 작동할 것 같았다.

"쏴, 이 망할 무기야!" 베닉스의 외침에 무기 끝에서 빛이 쏟아져 나가며 기사 중 하나를 집어삼켰다.

세 여자는 함께 섰다. 그들의 무기가 번쩍거렸다. 기사들과 함께 빗발치는 공격을 뚫고 돌진하던 헤카림은 결국 분노와 고통에 으르렁거리며 방향을 돌렸다. 십여 차례 빛을 맞은 헤카림의 검은 갑옷에는 커다랗게 찢어진 흔적들이 남아 있었다. 살아남은 부하들도 많지 않았다. 검은 안개 역시 눈 부신 빛줄기에 움츠러들었다. 마지막 남은 유령 기사가 어둠에 휩싸인 군도로 후퇴하자 베닉스의 선원들이 환호했다.

흰머리 여자가 무기를 내리며 놀란 듯 크게 뜬 눈으로 베닉스를 바라보았다. "보통은 이 무기에서 불꽃을 일으키는 데만 몇 달씩 걸려요. 아예 못 쓰는 사람도 있고요…" 여자가 나직이 말했다.

베닉스가 한쪽 눈을 찡긋 감았다. "어쩌겠어요? 난 보통 사람이 아니거든요."

"그런 것 같네요." 여자가 재미있다는 듯 베닉스를 살펴보며 말했다. "레이디 칼리스타 말로는 당신이 좋은 사람이라고 하더군요. 거기에 흥미롭다는 설명도 덧붙여야겠어요."

베닉스는 칼리스타에게 감사 인사를 해야겠다고 다짐했지만… 왠지 그럴 수 없을 것 같다는 섬뜩한 느낌이 들었다.

"그 사람도 빠져나왔죠?" 베닉스는 자신이 예상한 답이 나올까 봐 겁을 내며 물었다. "혹시 다른 방향으로 갔나요?"

베닉스는 생존자들의 얼굴에 떠오른 침울한 표정을 보고 답을 알 수 있었다.

건장한 체격의 나이 든 남자, 타이러스가 입을 열었다. "레이디 칼리스타는 우리가 달아날 수 있게 자신을 희생했습니다. 강철 기사단을 자신이 있는 쪽으로 유인했죠. 그러지 않았다면 우린 빠져나오지 못했을 겁니다."

베닉스는 고개를 떨궜다. 배를 세게 얻어맞은 듯한 느낌이었다. 베닉스가 중얼거렸다. "그 바보처럼 고결한 공주님이라면 그러고도 남았겠네요. 그럼 살아남은 사람은 여러분이 다인가요?"

"그런 것 같습니다." 타이러스가 말했다.

베닉스는 눈물을 닦았다. 그러나 눈물은 걷잡을 수 없이 쏟아지기 시작했다. "그 사람의 희생을 헛되이 하기만 해 봐요."

배신자…

칼리스타의 눈이 번쩍 뜨였다. 칼리스타는 잊히지 않은 고통에 신음하며 자리에서 일어섰다. 밑을 내려다보자 가슴에서 튀어나온 검은 날이 보였다.

배신자…

칼리스타는 이를 악물고 언월도를 잡아 뺐다. 금속이 긁히는 끔찍한 소리가 났다. 칼리스타는 무기를 바닥에 떨어뜨렸다. 거울 같은 언월도의 환영이 유령처럼 빛나며 여전히 칼리스타의 가슴에서 튀어나와 있었다. 칼리스타는 이해되지 않는다는 듯 환영을 내려다보았다. 빼내려고 했지만 손이 곧장 통과할 뿐이었다. 공포에 질린 칼리스타는 자신의 팔이 반투명하게 빛나며 연기처럼 실체가 없다는 것을 깨달았다. 길게 늘어난 손가락 끝에는 짐승의 발톱 같은 손톱이 달려 있었다.

여전히 숨을 쉴 수 있었다면 몸을 내려다보는 칼리스타의 숨이 턱 막혔을 것이다. 갑옷과 무기는 그대로 있었지만 마치 불에 그을린 것처럼 검게 변하고 갈라진 상태였다. 하지만 살이 있어야 할 곳에는 아무것도 없었다.

"칼리스타." 한 목소리가 메아리쳤다. 가까운 곳과 먼 곳에서 동시에 들리는 듯한 소리였다.

몸을 돌리자 거대한 망령이 서 있었다. 검은 갑옷은 전투의 여파로 여기저기 찢겨 있었다. 갈라진 틈으로 투명하게 빛나는 몸이 보였다. 손에는 부러진 검이 쥐어져 있었다. 환영만 남은 끝부분이 부러지기 전 검의 모습을 보여 주었다.

검은 투구 밑의 유령 같은 얼굴을 유심히 본 칼리스타의 눈이 경악으로 물들었다.

"레드로스?" 칼리스타가 속삭였다.

"그래, 내 사랑." 낮게 울리는 레드로스의 목소리에 칼리스타의 고통과 슬픔이 상상할 수조차 없을 만큼 커졌다. 칼리스타가 사랑했던 위풍당당하고 강하고 충성스러운 남자는 더 이상 없었다. 칼리스타가 생전에 알았던 고귀한 전사를 조롱하는 듯한 이 망가진 망령만이 있을 뿐이었다.

칼리스타는 돌아서서 부서진 도시의 모습을 확인했다.

칼리스타 앞에는 계몽의 아치 밑에서 싸우다 죽은 오십 명의 주력군 병사 전원이 밀집 대형으로 서서 명령을 기다리고 있었다. 칼리스타는 그들도 이곳에 갇혔다는 사실에 절망했다. 그들이 이곳에 온 것은 순전히 칼리스타 때문이었다. 칼리스타가 그들을 지옥으로 떨어뜨린 것이다.

"제발 꿈이라고 해 줘." 칼리스타의 목소리가 흔들렸다.

레드로스가 말했다. "악몽이지. 하지만 현실이야."

검은 안개가 마치 살아서 숨 쉬는 생명체처럼 그들의 주위에서 구불거리며 몸부림쳤다.

배신자…

"누가 말했지?" 칼리스타가 주변을 휙 돌아보며 말했다.

"아무 소리 안 났어."

칼리스타는 미간을 찌푸리고 레드로스를 돌아봤다. "그럼 우린 죽은 거군." 칼리스타의 말은 질문이 아닌 단정이었다. "결국 이렇게 됐어."

레드로스가 고개를 끄덕였다. "하지만 여긴 고귀한 선조의 전당이 아니야."

칼리스타가 말했다. "따뜻한 빛이 기억나. 그 안에서 목소리가 들렸어. 날 환영하는 목소리였지. 그런데 뭔가 날 끌고 갔어. 그리고 이 지옥에서 깨어난 거야."

"여기서 무슨 일이 일어났든 우리가 되돌리면 돼. 그러면 원래대로 함께 안식을 찾을 수 있을 거야."

배신자.

칼리스타가 눈을 가늘게 떴다. "비에고." 마침내 깨달은 칼리스타가 낮게 말했다. "그놈 때문이야."

배신자.

정당한 화와 분노가 밀려들며 다른 모든 것, 슬픔과 연민과 상실과 고통의 감각을 몰아냈다.

레드로스는 알로베드라에서 칼리스타에게 주려고 했던 목걸이를 꺼냈다. 레드로스가 목걸이를 내밀며 말했다. "자, 내 사랑의 상징이야. 죽음 후에도 그건 변하지 않지."

칼리스타는 레드로스의 행동을 인지하지 못했다. 칼리스타의 온몸이 분노로 떨리고 있었다.

배신자.

칼리스타의 삶은 배신으로 정의됐다. 비에고. 헤카림. 두 이름을 생각하자 칼리스타의 등에 가시처럼 튀어나온 한 쌍의 실체 없는 창이 나타났다. 창이 형태를 갖추어 가자 극심한 고통이 느껴졌다. 칼리스타는 괴로운 듯 거친 숨소리를 냈지만 고통을 기꺼이 반겼다. 고통은 배신의 기억을 강렬하고 날카롭게 되살리며 칼리스타의 결의를 강하게 할 뿐이었다.

칼리스타를 제일 크게 배신한 것은 그 둘이었지만 배신자는 그 외에도 있었다. 누뇨 네크리트. 라주 페로스. 에를로크 그라엘. 그리고 다른 이들까지. 칼리스타는 살면서 당한 모든 배신을 아주 사소한 것까지 하나하나 떠올리며 한과 분노를 끌어모았다. 칼리스타는 고결한 마음 때문에 바보처럼 계속해서 배신당했다.

칼리스타의 등에서 더 많은 창이 생겨났다.

"당신 몸이 왜 이러지?" 레드로스가 속삭였다.

칼리스타는 답하지 않았다. 자신을 배신했던 모든 이에게 복수해야 한다는 생각 외에 그 어떤 것도 존재하지 않았다.

"모두 배신자야."

"굴복하면 안 돼. 정신 차려!"

안개에서 틈이 생기며 빛나는 눈의 불길한 망령들이 모습을 드러냈다. 그들은 무장한 유령 짐승의 안장 위에 앉아 있었다. 한때 말이었던 짐승들은 훨씬 더 위협적인 모습으로 변해 있었다. 콧구멍에서는 연기가 뿜어져 나왔고 입에서는 엄니 같은 이빨이 튀어나와 있었다.

"강철 기사단." 레드로스가 으르렁거리며 검과 방패를 들어 올리고 앞으로 나섰다.

칼리스타는 안개 가장자리에서 서성이는 유령 기사들을 노려봤다. 이글거리는 눈에서 스산한 빛이 새어 나왔다.

"배신자들…" 칼리스타가 낮게 속삭였다.

칼리스타의 안에서 증오가 불처럼 타올랐다. 방금까지만 해도 아무것도 없었던 칼리스타의 손에는 어느새 영묘한 형체로 빛나는 창이 쥐어져 있었다.

"정신 차려, 칼! 함께 싸우는 거야." 주변에서 누군가 말했지만 칼리스타는 그게 누구인지 알아차리지 못했다. 그래도 상관없었다. 복수 외에는 아무것도 존재하지 않았다. 칼리스타는 망설임 없이 앞으로 튀어 나가 창을 던졌다.

환영 같은 창이 표적에 명중하며 강철 기사단 기사 하나를 안장에서 떨어뜨렸다. 다른 기사들이 으르렁거리는 말의 방향을 돌려 돌진해 왔다. 주력군은 일제히 창을 낮췄다. 칼리스타의 손에서는 새로운 창이 생겨났다.

"배신자에겐 죽음뿐!" 칼리스타가 소리쳤다.

라이즈는 부서진 폐허가 된 헬리아가 검은 안개에 휩싸인 채 배에서 점점 멀어지는 모습을 지켜봤다. 무시무시한 검은 안개는 이제 군도 전역에 깔려 있었다.

얼마나 많은 이들이 죽었는지 생각하면 몸서리가 났다. 저 지옥 같은 어둠 속에 얼마나 많은 영혼이 갇혔을까?

'무사히 빠져나온 건 우리뿐이야.'

회한, 죄책감, 수치심이 라이즈를 무겁게 짓눌렀다. 방금 일어난 일의 공포가 아직 온전히 느껴지지 않았다. 무엇보다 완전히 진이 빠진 느낌이었다. 라이즈는 자신이 전과 같아질 수 없음을 깨달았다.

라이즈에게서 자신의 모습을 봤다고 한 그라엘의 말이 라이즈의 뇌리를 떠나지 않았다. 그 말을 쉽게 떨쳐 낼 수 없는 것은 그 말에 진실이 있기 때문이었다. 라이즈는 억울함과 이기심에 굴복한 자신이 어디까지 갈 수 있는지 보았다. 그러나 세상에는 자신의 사소한 걱정거리보다 훨씬 중대한 일이 많다는 사실을 이제는 알았다. 라이즈는 두 번 다시 야심에 사로잡히지 않겠다고 다짐했다.

"이제 어떻게 해야 하지?" 라이즈는 생각에 잠겼다.

그는 젠다카야의 답에 그제야 주변에 사람이 있었다는 것을 깨달았다. "선장 말대로 해야지. 칼리스타의 희생이 헛되지 않게 하는 거야."

라이즈는 젠다카야를 돌아봤다. 젠다카야는 마지막 남은 조수와 함께 집어넣었던 유물 무기 중 하나를 꺼내 마치 처음 보는 무기처럼 손에 들고 이리저리 뒤집어 보는 중이었다.

"어떻게요?" 라이즈가 물었다.

"그건 각자 생각해 내야겠지."

"당신은 뭘 하려고요?"

젠다카야가 어깨를 으쓱했다. "아직 잘 모르겠어. 그런데 이 무기로 영혼을 공격하면 효과가 꽤 좋잖아. 무기를 더 만들고 그 무기를 쓸 새로운 감시단을 훈련한 다음 여기로 돌아와 이 상황을 끝내는 것도 나쁘지 않겠지."

라이즈는 헬리아를 돌아봤다. 먼 거리였지만 해안에서 미동 없이 서서 멀어져 가는 대거호크를 바라보고 있는 수백 명의 영혼이 보였다. 저 영혼들은 일부일 뿐이었다. 젠다카야의 말은 불가능한 일처럼 느껴졌다.

"사람이 엄청 많이 필요하겠네요."

"뭐든 시작은 있는 법이지."

젠다카야가 떠나자 침울하게 생각에 잠긴 라이즈는 군도가 검은 안개에 휩싸여 완전히 사라지는 모습을 끝까지 지켜봤다.

수천 년 동안 축복의 빛 군도로 알려졌던 곳이었지만 라이즈가 보기에 그 이름은 더 이상 어울리지 않았다. 군도는 이제 완전히 다른 곳이 되어 있었다.

"그림자 군도." 라이즈가 중얼거렸다. 그리고 몸을 돌려 발걸음을 옮겼다.

끝맺는 이야기

30년 후

몸이 아프다. 뼈마디가 쑤신다. 이제 앞도 잘 보이지 않고 이 글을 쓰는 순간에도 손에 경련이 난다. 한때 내게 있었을지도 모르는 아름다움은 사라진 지 오래지만… 베닉스는 끝까지 남아 내 곁을 지킨다.

베닉스에게 떠나라고 애원도 해 봤다. 베닉스가 날 이런 노쇠한 모습으로 기억하지 않았으면 한다. 베닉스가 좋았던 시절을 기억했으면 한다… 아, 참 많은 일이 있었는데! 물론 베닉스는 바스타야인 만큼 크게 달라지지 않았다. 예전처럼 의지가 강하고 맹렬하며 그 어느 때보다 생기와 사랑이 넘친다.

타이러스는 군도보다 더 중대한 문제가 있다며 라이즈를 데리고 대의에서 등을 돌린 지 오래다. 물론 타이러스의 말은 맞았다… 룬 전쟁으로 수백만 명이 목숨을 잃었다. 눈 깜짝할 사이 국가들이 통째로 파괴됐다. 모두 헬리아가 무너지지 않았다면 일어나지 않았을 일이었다.

대몰락 이래 수년간 군도의 저주를 끝내려고 애썼다. 어떻게 그러지 않을 수 있겠는가? 그 많은 영혼이 떠나지 못한 채 영원 속에 갇혀 있는데. 그들은 평온을 얻을 자격이 있다. 군도 어딘가에서 헤매고 있을 칼리스타는 그 누구보다 더.

사람들을 이끌고 검은 안개 속을 급습한 게 몇 번이나 됐을까? 이제는 모르겠다. 난 군도로 돌아갈 때마다 대가를 치러야 했다. 그곳에서 하루를 보내면 수명이 일 년씩 깎여 나갔지만 우리는 제법 많은 유물석을 되찾았다. 난 그 유

물석으로 새로운 무기를 만들었다. 아무런 보호 없이 그냥 놔두기엔 너무 위험한 금고 속 유물들도 몇 개 가져오는 데 성공했다. 위험을 마다하지 않는 보물 사냥꾼들이 그 외에 얼마나 많은 유물을 가져갔을지 생각하면 끔찍하다.

대몰락으로 촉발된 참상을 되돌리겠다는 목표는 아직 이루지 못했지만… 지금도 희망은 있다. 칼리스타의 이타심이 우리에게 남긴 것이다. 칼리스타의 희생을 헛되이 하지 않았으니 안식에 들 수 있을 것 같다. 다른 이들이 싸움을 이어 나갈 테니까. 난 사람들을 모으고 그 어둠을 몰아낼 무기로 무장시키며 최선을 다해 훈련했다. 규모가 점점 커지고 있는 새로운 감시단의 구성원 대부분은 축복의 빛 군도의 본래 모습을 본 적이 없지만 저주가 끝날 때까지 멈추지 않을 것이다. 그들은 해야 할 일을 하고야 말 것이다.

이미 그들은 몇 번이고 실력을 증명하며 수없이 많은 생명을 구했다. 몇 년 전, 검은 안개는 군도의 경계 너머로 퍼지며 그 손아귀에서 죽음을 맞이하는 모든 영혼을 사로잡기 시작했다. 하지만 검은 안개가 덮치는 곳에는 감시단이 있다.

새로운 전초 기지가 거의 다 완성됐다. 이곳에서 새로운 단원이 훈련받고 우리의 길로 들어설 것이다. 우리가 모은 모든 지식과 유물 무기가 이곳에서 보관될 것이다. 그리고 이 글을 쓰고 있는 이곳에서 나의 삶 또한 끝날 것이다.

지금은 모든 게 어둠에 잠겨 있을지 몰라도 아직 희망의 불씨가 남아 있다.

언젠가 그 불씨가 불길이 되어 마침내 어둠을 몰아낼 것이다.

감시단 기능장 젠다카야

감사의 말씀

상황이 아주 좋을 때도 소설을 쓰기란 어려운 일이다. 그리고 이 소설을 쓸 땐 그런 상황조차 아니었다. 이 책을 쓰는 동안 정말 많은 일이 있었고 한동안은 과연 이 책을 완성할 수 있을지 확신이 들지 않았다. 그런데도 결국 책을 완성한 데는 앞으로 언급할 사람들의 도움이 컸다.

먼저 나의 장모님과 장인어른이신 트리시 윌슨과 개리 윌슨의 도움이 없었다면 이 책을 완성하는 일은 없었을 것이다. 어려운 시기에 두 분께 받은 도움은 이루 말할 수 없다.

이 책을 만드는 모든 과정에서 나의 훌륭한 파트너이자 지원군, 아군이 되어 주었던 편집자 케이트 개리에게도 큰 감사를 표한다.

윌리엄 카마초, 그렉 놀, 마이크 로지츠키, 모건 링, 애리얼 로렌스, 기욤 터멜, 로더릭 피오 로다, 스테파니 리핏, 글렌 사델리 등 라이엇 도서 팀의 나머지 팀원에게도 감사를 표하고 싶다. 각각 아트 디렉션, 소싱, 아이콘을 담당해 준 라이엇의 브리짓 오닐, 미셸 모크, 그렉 길메티와 현지화 담당 댄 무어도 빠뜨릴 수 없다. 책이 나올 수 있게 조언해 준 폴라 앨런에게도 정말 감사하다.

오빗 출판사의 담당 편집자 브래들리 앙글레르와 아트 디렉션 담당 로렌 파나핀토에게도 감사를 표한다.

그레이엄 맥닐의 피드백은—언제나 그렇듯—크나큰 도움이 되었다. 몰리 마한, 이안 세인트 마틴, 로리 굴딩, 마이클 위스크 역시 원고를 보고 훌륭한 피드백을 제공해 주었다. 모두 감사드린다. 덕분에 훨씬 더 나은 책을 완성할 수 있었다.

물론 이 세계관을 만들고 나와 같은 사람들이 그 안에서 뛰어놀 수 있게 길을 열어 준 라이엇의 창립자, 브랜든과 마크에게도 크나큰 감사를 전한다.

과거 칼리스타의 오리지널 컨셉 아트를 담당했던 래리 레이와 소설의 내부 일러스트를 담당한 쿠도스 아트 스튜디오에도 감사를 표하고 싶다.

무엇보다 〈리그 오브 레전드〉의 플레이어와 팬 여러분 모두에게 감사를 표한다. 여러분이 최고다. 여러분이야말로 우리가 계속해서 룬테라의 이야기를 전하는 이유다. 여러분 모두에게 감사드린다.

앤서니 레이놀즈

칼리스타

비에고

에를로크 그라엘

라이즈

헤카림

젠다카야

베닉스

소라카

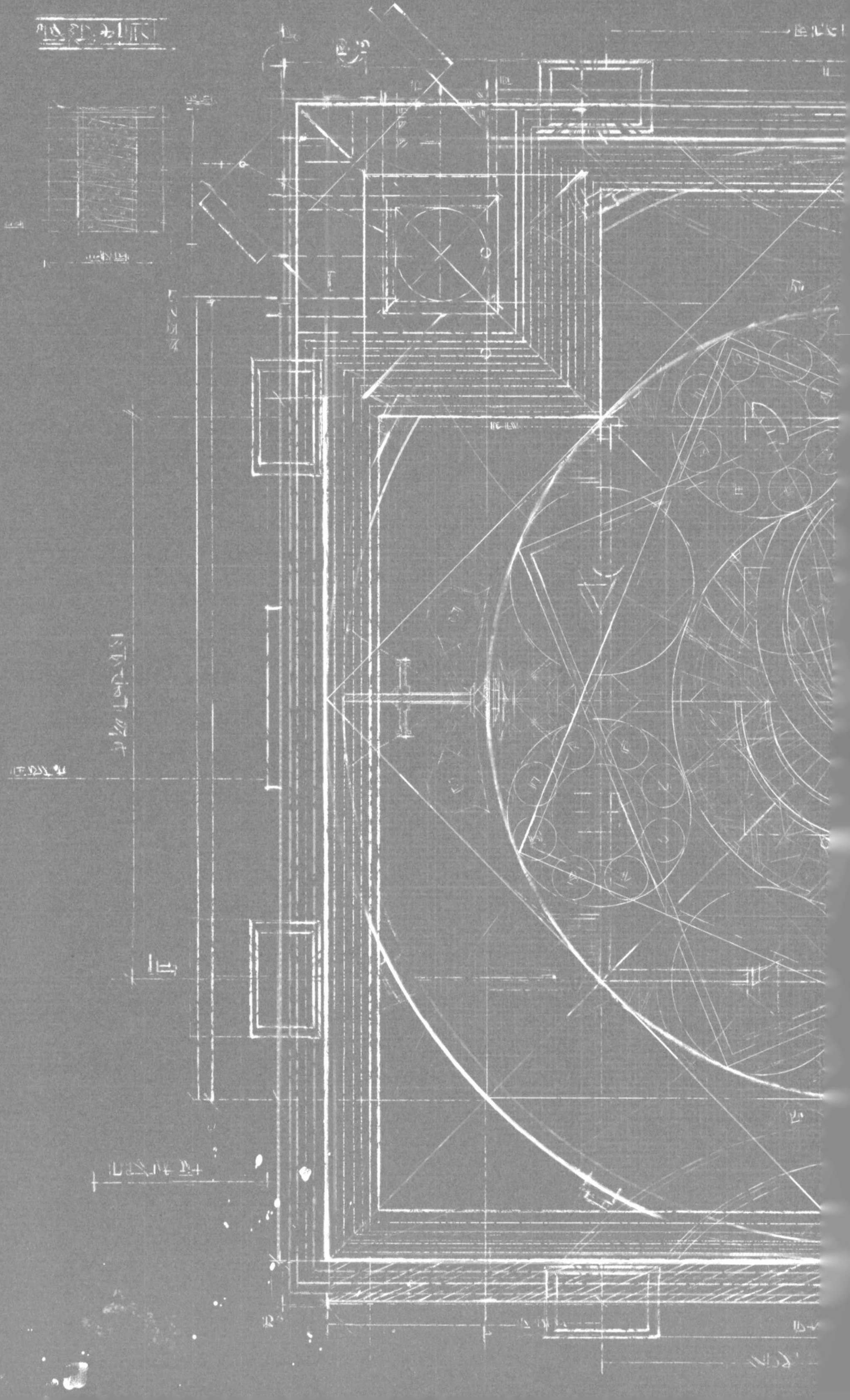